KB099635

임재도 장편소설

코리아타워 / 상

코리아타워 / 상

발행일 2015년 7월 14일

지은이 임 재 도
펴낸이 손 형 국
펴낸곳 (주)북랩
편집인 선일영 편집 서대종, 이소현, 이은지
디자인 이현수, 윤미리내, 임혜수 제작 박기성, 황동현, 구성우, 이탄석
마케팅 김회란, 박진관, 이희정, 김아름
출판등록 2004. 12. 1(제2012-000051호)
주소 서울시 금천구 가산디지털 1로 168, 우림라이온스밸리 B동 B113, 114호
홈페이지 www.book.co.kr
전화번호 (02)2026-5777 팩스 (02)2026-5747

ISBN 979-11-5585-660-4 04810(종이책) 979-11-5585-664-2 04810(세트)
979-11-5585-661-1 05810(전자책)

이 도서의 국립중앙도서관 출판예정도서목록(CIP)은 서지정보유통지원시스템 홈페이지(http://seoji.nl.go.kr)와 국가자료공동목록시스템(http://www.nl.go.kr/kolisnet)에서 이용하실 수 있습니다.
(CIP제어번호 : CIP2015019213)

이 책은 경남문화예술진흥원, 경남남도, 한국문화예술위원회의 지원을 받아 출간되었습니다.

코리아타워

임재도 장편소설

북랩 book Lab

작가의 말

한국문학에는 왜 미국의 베스트셀러 작가 존 그리샴의 작품들과 같은 스토리텔링의 힘이 느껴지는 법률소설이 보이지 않는가. 어릴 때부터 작가를 꿈꾸었지만, 법학을 전공한 후 그동안 법조계에서 일을 하면서 항상 느끼는 아쉬운 점이었다. 그래서 우리나라의 현행 민, 형사 소송구조와 법원실무를 그대로 작품 속에 녹인 '한국형 법률소설'을 직접 써보기로 하였고, 그 첫 작품이 현행 형사소송 구조의 구성을 취한 『퍼펙트크라임: 빛은 저울로 달 수 없다』(2007년 출간, 개정판 출간 예정)이었다. 그리고 이 소설 『코리아타워』는 현행 민사소송 구조의 구성을 취한 것으로 법률을 소재로 한 저자의 실질적인 두 번째 작품이라 할 수 있겠다(2014년 출간, 존엄사를 주제로 한 작가의 장편소설 『피터팬, 법정에 서다』는 이 소설의 초고를 탈고한 이후에 집필을 시작하여 먼저 출간하였다). 물론 위 작품들도 나름 큰 의미가 있지만, 그러나 이 소설은 개인적으로는 위의 전작들보다 훨씬 더 애착이 가는 작품이라고 할 수 있다.

이 작품을 탈고하기까지 그만큼 힘들었기 때문일 것이다. 처음 구상을 하고, 나름의 얼개를 머릿속에 그렸을 때까지만 해도 이 소설은 짧은 기간에 쉽게 쓰여질 것 같은 느낌이 들었다. 이 작품 속 '코리아타워'의 이미지도 어느 정도 머릿속에 그려져 있었다. 그러나 '코리아타워'는 이 소설 속에서 그린 유경준 박사의 각고의 설계과정만큼이나 쉽게 그 모습을 드러내지 않았다. 그래서 오직 이 소설에 매진하기 위하여 다니던 직장까지 사직하였고, 그 후 7여 년의 시간이 지나서야 비로소 '코리아타워'는 그 위용을 드러내었다.

그동안 글이 잘 쓰여지지 않을 때마다 '코리아타워'의 기단基壇이 된 무량수전이 있는 영주 부석사를 찾았고, 힘들 때마다 이 타워의 원형이 되는 경주 황룡사지터를 찾았다. 한 달 동안이나 단 한 자도 쓰지 못해 조바심이 나 하루 종일 황룡사지터의 주춧돌 위에 앉아 감포에서 불어오는 차가운 해풍을 맞고 있었던 적도 있었다. '코리아타워'가 탄생하기까지의 전설을 스스로 체험하고, 그 이미지를 보다 선명하게 그리기 위해 작품 속의 소설 「탑의 전설」에서 그린 백두대간과 정맥길을 무작정 걸어본 횟수만도 열 손가락이 모자랄 것 같다.

7여 년에 걸친 집필 기간 동안 무려 스무 번 이상을 다시 고치고 고쳐 쓴 작품이지만, 그래도 여전히 부족한 느낌을 지울 수 없는 것은 내 능력의 한계 때문일 것이다. 이제 부족한 이 작품을 세상에 내보낸다. 어깨 위에 지고 있던 무거운 짐을 내려놓는 홀가분한 기분이지만, 한편으로는 품 안의 자식을 멀리 떠나보내는 것 같은 허전한 느낌을 지울 수 없다.

이 책의 표지에 실은 고규정 변호사님의 추천사처럼, 이 소설이 훗날 '한국형 법률문학의 효시'로 평가받는다면, 개인적으로는 그것만큼 더 영광스러울 것이 없겠지만, 이러한 평가는 온전히 독자들의 몫일 것이다.

그동안 묵묵히 뒷바라지를 해준 아내에게는 항상 미안한 느낌이다. 그나마 올해는 아내의 생일에 이 책을 선물할 수 있게 되어 참 다행이고, 작은 기쁨이다. 이 소설의 법률 감수를 해주신 고규정 변호사님과 근현대사에서 왜곡된 한일 간의 외교적 현안에 대하여 깊이 있는 조언을 해주시고 힘들 때마다 용기를 주신 이태일 총장님께 특히 감사의 말씀을 드리고 싶다. 사랑하는 형제들과 형수님, 제수씨들, 조카들, 그리고 두 아들은 든든한 독자이자 신랄한 비평가이다. 이 책이 나오기까지 애써주신 ㈜북랩의 이소현 님, 이현수 님 이하 직원분들 모두 수고하셨습니다. 이 책의 출간을 후원해주신 경남문화예술진흥원, 경상남도, 한국문화예술위원회에도 감사드립니다.

많은 참고문헌과 자료들 중 특히 조선시대에 작성된 『산경도山經圖』가 큰 도움이 되었음을 밝혀둔다. 혹시 오해가 없기를 바라는 마음에서 이 소설에 나오는 법무법인과 다양한 법조인들의 모습은 오로지 작가의 상상력의 산물임을 밝혀둔다.

장마가 올 것이라고 하는데, 오늘은 하늘이 참 맑다.

2015년 7월, 김해 장유 '천지가' 자택 앞 수변공원 신록을 바라보며

임재도

용감한 사람을 보기를 원하면

용서할 줄 아는 사람을 보라.

영웅을 보기를 원하면 미움을 사랑으로 되돌려 보내는 사람을 보라.

—힌두교의 경전, 바가바드 기타—

프/롤/로/그

별은 침묵의 바다에서 뜬다

이제 당신은 떠나야 합니다.

바람이 불어오는 서쪽으로.

사랑하는 딸아

아름다운 영혼이 생명으로 깨어나는

빛나는 새 아침이다.

이제 너도 성인이 되었구나.

너의 모습이 자랑스럽고 대견스럽다.

오늘, 새날을 맞이하는 네 눈에는

세상의 모든 물상들의 모습이

어제와는 다르게 보일지도 모르겠다.

그러나 잊지 말아라.

사물의 본성은 변하지 않는단다.

사물이 다르게 보이는 것은

단지 네 눈이, 가슴이, 마음이 변했기 때문이란다.

네 눈이, 가슴이, 마음이 한결같으면

이 세상의 모든 사물도 한결같단다.

사랑하는 딸아

새벽빛을 스치는 바람을 맞아보렴.

작은 가지에 매달린 나뭇잎들의 재잘거림

하늘거리는 들꽃의 속삭임

키 작은 풀들의 여린 하품소리

바람 속에서 들리는 이 소리들은 어디에서 왔을까?

이것들은 단지 무의미한 공기의 울림(音)일까?

아니란다, 이것들은,

바람이라는 위대한 지휘자의 손끝을 타고 흐르는

보이지 않는 생명들의 숨결이란다.

너는 바람을 통하여

생명의 소리를 들을 수 있는 귀를 열어야 한다.

생명을 향한 열린 귀,

이것이 바람의 본성이다.

사랑하는 딸아

쉼 없이 아래로 흐르는 강물을 보렴.

강물은 아래로 오직 더 아래로 흘러

드디어 화합의 바다에 이른다.

그러나 아래로 흐르는 것이 물의 본성은 아니다.

그것은 중력의 작용일 뿐이다.

물은 중력에 제 몸을 맡기고 있지만,

중력에 패배하거나 굴복한 것은 아니다.

물의 의지는 화합이고, 그 본성은 겸손이다.

너는 물을 통하여 이것을 배워야 한다.

사랑하는 딸아
가슴을 열고 하늘을 바라보렴.
하늘은 근원이다.
생명의 근원이다.
모든 생명은 하늘의 기운을 받아
땅의 축복 속에서 자란다.
모든 생명에는 하늘의 뜻이 깃들어 있다.
하늘은 목적 없는 존재는 만들지 않았다.
보잘 것 없다고 여기는 존재의 삶에도 분명한 목적이 있다.
이것이 곧 하늘의 의지이다.
하늘을 공경하고,
땅에 감사하며,
사람을 사랑하여라.
이 세상의 모든 생명을 소중히 여겨라.
생명에 대한 무한한 사랑,
이것이 하늘의 본성이다.

사랑하는 딸아
그렇다면 인간의 본성은 무엇이고,
어디에서 찾을 수 있을까?
정말 미안하구나, 나도 아직 그것은 알지 못한다.
그것은 존재의 본성을 직관할 수 있는

네 마음의 창이 열릴 때 알게 될 것이다.
인간의 본성에 대한 끊임없는 탐구
이것이 곧 인간된 자의 사명이 되어야 할 것이다.
인간의 본성을 하늘의 본성으로 이끌어 올리는 데
네 몸과 영혼을 온전히 바쳐라.
이것이 궁극적으로 추구해야 할
네 삶의 목적과 가치가 되어야 한다.
이것이 곧 네 삶 자체가 되어야 한다.

* * *

거제 해금강비치관광호텔 20층 VIP룸

전망창 맞은편 벽 상단에는 '코리아타워 건축도급계약 조인식'이라는 고딕체 글씨가 새겨진 현수막이 가로로 걸려있고, 그 아래에는 붉은 노을 속에서 홀연히 솟아난 것처럼 장엄한 기상으로 우뚝 서 있는 초고층 마천루의 모습이 그려진 대형 걸개그림이 걸려있었다. 코리아타워! 그림 속의 타워는 건물이라기보다는 거대한 탑처럼 보였다. 그림 앞에서 전망창을 바라보면서 커다란 직사각형 원목 탁자를 사이에 두고 오른쪽에 세 사람, 그 맞은편 왼쪽에 두 사람이 앉아있었다.

오른쪽 안쪽 그림 앞에 앉은 남자는 유난히도 광대뼈가 툭 튀어나왔고, 그 때문에 움푹 꺼져 보이는 작은 눈이 차갑고 날카로운 인상을 주었다. 중간에 앉은 남자는 다른 사람들에 비해 머리 하나는 더 있어

보일 정도로 풍채가 우람했다. 짧은 스포츠형의 머리에 사각의 큰 턱, 우뚝 솟은 코, 무골풍의 강인함이 풍겼다. 창 쪽에 앉은 사람은 볼이 두툼한 온화한 얼굴이었지만, 엷은 갈색 안경테 너머에 있는 눈은 과단성과 결기를 감추고 있는 것 같았다. 양복 깃에는 저울 문양이 새겨진 변호사 배지가 꽂혀있었다.

왼쪽 안쪽, 광대뼈 남자의 맞은편에 앉은 남자는 머리가 하얗게 세고 얼굴색도 창백했다. 검은 뿔테 안경의 음영 때문인지 푸른빛이 스며든 볼은 오랜 투병생활을 하고 있는 환자처럼 홀쭉하게 살이 빠져 있었다. 바깥쪽에는 감색 양복에 붉은색 넥타이를 맨 청년이 앉아있었다. 달걀형의 섬세한 이목구비에 단정하고 맑은 얼굴, 그러나 어딘지 모르게 짙은 우수가 드리워진 표정이었다.

—서로 인사하시죠. 홍 실장님, 이분이 바로 저 코리아타워를 설계하신 유경준 박사님이십니다. 현재 광명대학교 건축공학과 교수로 재직하고 계십니다.

변호사 배지 남자가 일어나 벽에 걸린 마천루 그림을 손으로 가리키고는, 홍 실장이라고 부른 광대뼈 남자에게 왼쪽 안쪽의 홀쭉하게 야윈 남자를 소개했다.

—유경준입니다. 이 아이는 제 연구실의 조교로 있는 아입니다. 내가 몸이 좀 불편하여 제 차를 운전하여 함께 왔습니다.

유 박사가 의자에서 일어나 가볍게 목례를 하고 옆에 앉은 청년을 소개했다. 청년이 말없이 일어나 공손하게 허리를 숙여 절을 했다.

—유 박사님, 이분이 지난번에 말씀드렸던 홍 실장님이십니다. 오늘 이 자리를 빛내기 위해 특별히 오셨습니다.

변호사 배지 남자가 이번에는 홍 실장이라는 광대뼈 남자를 유 박사에게 소개했다.

–강 회장으로부터 얘기는 들었습니다.

홍 실장이 앉은 채로 퉁명스럽게 말했다. 유 박사와 청년의 공손한 태도와는 달리 오만하고 불손했다. 앉은 자리에서 상대방을 그대로 무시해 버리는 건방진 태도였다. 변호사 배지 남자가 홍 실장의 그런 태도를 감추려는 듯 서둘러 말했다.

–유 박사님, 여기 계신 강 회장님은 따로 소개를 않더라도 잘 아실 테지요. 그리고 이 사업의 공동시행자인 태성건설의 김 회장님은 부득이 오늘 이 자리에 참석하지 못했습니다. 계약 체결에 대한 모든 권한을 저희 법무법인에 위임하셨습니다.

–김 회장이 내게 유 박사님과 최 변호사님께 대신 안부를 전해달라고 했습니다.

강 회장이라고 소개받은 무골풍의 남자가 변호사 배지 남자를 최 변호사로 부르며 말했다.

–유 박사님, 오늘 이 자리를 빛내기 위하여 특별히 이 먼 곳까지 오신 홍 실장님을 위하여 저 코리아타워에 대하여 잠시 설명을 부탁드려도 되겠습니까?

최 변호사가 거대한 마천루 그림을 다시 한 번 손으로 가리키고는 의자에 앉으며 말했다. 유 박사가 벽에 걸린 그림을 바라보고 말했다.

–예, 코리아타워는 영주 부석사의 무량수전과 경주 황룡사9층탑을 현대적 조형으로 복원하여 형상화한 것입니다. 이 타워의 하부 18층까지는 탑의 기단에 해당한다 할 수 있습니다. 부석사 무량수전을 원형으로 삼았습니다. 탑신에 해당하는 그 위의 90층은 황룡사9층목탑을 새롭게 복원한 것입니다. 9층목탑의 각 층을 다시 각 10개 층으로

나누었습니다. 모두 합친 전체 층수는 108층으로 이것은 불교에서의 백팔 번뇌를 상징합니다. 아시는 바와 같이 무량수전은 우리나라에서 현존하는 가장 오래된 목조건물입니다. 정면 다섯 칸에 측면 세 칸의 팔작지붕으로 기둥의 현저한 배흘림이 특징이지요. 이 건물의 18층까지는 이러한 무량수전의 독특한 외형미를 현대적 감각으로 조형화한 것입니다. 무량수전을 통하여 모든 번뇌를 소멸시키고 광명의 세계로 나아가자는 고려인들의 염원과 호국을 기원하며 황룡사9층목탑을 쌓았던 당시 신라인들의 혼과 얼을 이 타워에 담았습니다. 전망대를 포함한 타워의 전체 높이는 600미터가 넘습니다. 아마 국내는 물론이고 전 세계를 통틀어서도 가장 높고 독특한 건물이 될 것입니다.

—정말 대단합니다. 웅장한 기상과 더불어 전통과 현대를 아우르는 조형미, 아마도 이 타워는 우리나라뿐만 아니라 세계건축사에도 길이 남을 건축물이 될 것입니다. 이제 서명을 하는 일만 남았습니다. 코리아타워 건축도급계약서입니다. 내용을 확인하시고, 이의가 없으면 서명, 날인해 주십시오.

최 변호사가 검은 서류가방에서 표지에 '인증서'라는 문구가 인쇄된 서류 2부를 꺼내어 유 박사와 강 회장에게 각 한 부씩 주었다. 유 박사가 서류를 받아 표지를 넘기고 눈으로 읽어가기 시작했다. 이윽고 유 박사가 서류에서 눈을 떼며 말했다. 그때까지도 강 회장은 서류를 탁자 위에 그대로 둔 채 가만히 앉아있었다.

—이것은 당초 내가 제시한 계약 내용과 다릅니다. 공사비가 이렇게 많이 산정되다니요? 그것도 무려 3천억 원이 넘는 금액으로 말입니다. 그리고 무엇보다도 독립유공자 복지재단과 아트홀에 대한 권리 조항이 빠졌습니다.

—강 회장이 미리 말하지 않았나요? 공사비 차액은 다른 용도로 쓰일 것입니다. 이미 양해를 구한 것처럼 공사금액은 윗분의 뜻입니다. 그 부분에 대해서는 그냥 눈감아 주십시오. 그리고 재단설립과 아트홀에 대한 권리는 다른 방법으로 강구될 것입니다.

홍 실장이 작은 눈으로 유 박사를 추궁하듯이 빠른 말로 말했다.

—나는 코리아타워가 어떤 정치적 의도로 이용되는 것을 원치 않습니다. 이미 말씀드린바와 같이 복지재단과 아트홀에 대한 원래의 제 뜻이 관철되지 않으면 나는 서명할 수 없습니다.

유 박사가 얼굴을 붉히며 단호하게 말했다.

—다시 한 번 고려해 주십시오. 이런 기회는 그저 오는 것이 아닙니다.

강 회장이 이번에는 위압적인 목소리로 말했다.

—내가 이 코리아타워를 설계한 것은 선대의 유산을 사회에 환원하고 오직 건축사에 남는 작품 하나를 남기고자 하는 일념에서였습니다. 다시 한 번 말씀드리지만, 나는 정치를 모릅니다. 더구나 내 작품이 정치나 다른 불순한 수단으로 이용되는 것을 원치 않습니다.

—불순한 수단! 감히 어디서 함부로…….

홍 실장이 갑자기 손바닥으로 탁자를 내려치며 말했다. 얼굴빛이 벌겋게 달아올라 있었다.

—아, 잠시 고정하십시오.

최 변호사가 홍 실장을 바라보며 차분하게 말했다.

—다시 한 번 말씀드리지만 재고해 주시지 않겠습니까?

이번에는 최 변호사가 간곡한 어조로 다시 말했다.

—제 뜻은 변함없습니다.

—정말 유감입니다. 도리가 없군요. 강 회장님께서 양보하셔야겠습니다.

최 변호사가 가방에서 동일한 표지에 동일한 '인증서'라는 문구가 인쇄된 다른 서류를 꺼내어 유 박사에게 내밀며 말했다.

—차선으로 작성한 두 번째 계약서입니다. 아마 만족하실 겁니다.

유 박사가 그 서류의 표지를 넘기고 찬찬히 읽기 시작했다. 한동안 서류를 살펴보던 유 박사가 이윽고 서류에서 눈을 떼며 말했다.

—내가 제시한 계약조건과 일치합니다. 서명하겠습니다.

유 박사가 양복 안쪽 호주머니에서 만년필을 꺼내어 계약서 마지막장에 있는 계약자란에 서명을 하고, 옆에 앉은 청년이 건네는 인감을 날인했다. 유 박사가 서명 날인한 계약자란의 상단에는 강호건설과 태성건설의 명칭을 표시한 고무인과 법인인감이 이미 날인되어 있었다.

—여기에도 서명 날인해 주십시오.

최 변호사가 동일한 서류 세 부를 가방에서 추가로 꺼내어 유 박사에게 내밀며 말했다.

—같은 계약서를 모두 네 부 작성해야 합니다. 한 부는 유 박사님께서 가져가시고, 한 부는 강호건설에서, 또 한 부는 태성건설이 보관합니다. 그리고 나머지 한 부는 저희 법인에서 보관하는 것입니다.

유 박사가 최 변호사가 건네는 나머지 세 부의 계약서에 모두 서명을 하고 날인을 마쳤다. 최 변호사가 가방에서 서류봉투 네 개를 꺼내어 각 봉투에 각 한 부의 계약서를 넣어 그중 하나를 유 박사에게 건넸다.

—이제 계약은 모두 끝났습니다. 유 박사님도, 강 회장님도 모두 수고하셨습니다.

최 변호사가 말했다. 그때 강 회장이 기다리고 있었다는 듯 호탕하게 웃으며 말했다.

—하하하. 나로서는 좀 아쉽긴 하지만, 이제 큰 짐 하나를 내려놓게 되었습니다. 사실 그동안 이 계약이 성사되지 않으면 어쩌나 하고 혼자서 노심초사하고 있었습니다. 우리나라 최고의 풍수지리학자이자 작명가이신 수암 선생께서 말씀하시더군요. 유 박사님께서 설계하신 코리아타워가 세워지는 곳은 한반도의 지기가 근혈점根穴點으로 모여드는 대동맥이라고요. 이런 명당에 세우는 코리아타워 계약을 아무데서나 해야 되겠습니까? 수암 선생에게 계약을 체결할 장소와 시간을 정해 주며 말씀하셨습니다. 이곳 거제도는 백두대간을 타고 내린 한반도 지기가 지리산에서 응축되어 바다로 뻗어내려 제주도까지 이르게 하는 연혈점連穴點이라고요. 그래서 내가 일부러 이 늦은 시간에 이 먼 거제도까지 박사님과 홍 실장님을 오시라고 했습니다. 한반도 지기의 대동맥에 세우는 코리아타워의 역사적인 시공 계약을 이런 곳에서 체결해야 이 타워의 기운이 바다를 넘어 전 세계로 뻗어나가지 않겠습니까. 이런 명당에 세우게 될 코리아타워는 우리나라는 물론이고 세계건축사에 길이 남을 기념비적인 작품이 될 것입니다. 믿어주십시오. 이 강진호의 이름을 걸고 심혈을 기울려 최선을 다해 세우겠습니다. 저희 강호건설이 시공하는 건축물 중 최고의 걸작이 될 것입니다. 더불어 이를 발판으로 우리 강호건설도 세계적인 기업으로 승승장구 뻗어나갈 것이고요. 하하하.

—그렇습니다. 강 회장님의 그 말씀을 듣고 나도 이 늦은 시간에 이 먼 곳까지 기꺼이 내려왔습니다. 서울에서 계약을 체결해도 되지만, 그런 세심한 것까지 배려하는 강 회장님의 말씀을 어찌 거부할 수 있겠습니까. 강 회장님께서는 다소 유감일테지만, 이제 서로 합의가 되

었고, 계약서까지 체결되었으니 이 사실을 기자회견을 통해 발표하는 것이 어떻습니까?

최 변호사가 나머지 계약서 세 부를 모두 자기의 서류가방에 넣으며 말했다.

—하하하! 당연히 그래야지요. 박사님의 훌륭한 뜻을 생각하면 내가 양보하는 것이 맞습니다. 유감이라니요. 설사 이 사업으로 내가 손해를 보더라도 이런 세계사적인 걸작에 내 이름 하나 새기는 것으로 나는 만족합니다. 하하하.

강 회장이 다시 호탕하게 웃으며 말했다.

—강 회장님께서 그렇게 이해해 주시니 정말 고맙습니다. 기자회견 장소와 시간을 정하여 알려주시면 저도 참석하겠습니다. 그럼 우리는 먼저 일어나겠습니다.

유 박사가 청년과 함께 일어서며 말했다.

—아니, 아름다운 다도해 풍경도 감상하시면서 며칠 푹 쉬다가 가시지 않고요?

강 회장이 과장된 어투로 말했다.

—아닙니다. 회장님의 배려는 감사합니다. 저는 내일 오전 병원에 예약이 되어 있고, 오후에는 재건축 상인들을 만나야 합니다. 이 길로 곧장 서울로 가야 합니다.

—그렇습니까? 그렇다면 어쩔 수 없군요. 밤늦은 시간인데, 조심해 가셔야겠습니다.

거구의 강 회장이 억센 손을 내밀어 젓가락처럼 가느다란 푸른 정맥이 솟은 유 박사의 다섯 손가락을 모아잡고 힘차게 흔들자 유 박사의 어깨까지 들썩거리는 것 같았다. 유 박사와 청년이 출입문을 나갔다.

10분 후, 같은 장소

방 안에는 여전히 세 사람이 남아있었다. 강 회장이 휴대전화를 꺼내 들었다.

―모두 준비는 되어 있겠지? 실수 없이 처리해.

―아니, 강 회장님, 무슨 일을 하려는 겁니까?

최 변호사가 놀란 얼굴로 강 회장을 쏘아보며 말했다.

―최 변호사님은 보고만 계시면 됩니다. 사업을 하다 보면 때로는 본의 아니게 사람을 죽이게 되는 경우도 생기는 법입니다.

강 회장이 최 변호사의 눈길을 모른 채 외면하며 말했다.

―대의를 위해서는 어쩔 수 없는 일이지요.

홍 실장이 날카롭고 단호한 음성으로 자리에 앉은 채로 말했다.

신거제대교 약 3킬로미터 지점 앞 도로변

편도 2차선의 도로 갓길에 고장이 난 것처럼 비상등을 켜고 정차해 있던 거대한 컨테이너차량의 운전사가 휴대전화의 화면을 닫고는 시동을 걸었다. 도로에 다른 차들은 보이지 않았다. 컨테이너차량이 가로등 없는 어두운 도로 위로 서서히 움직이기 시작했다. 컨테이너차량은 마치 뒤따라오는 다른 차를 기다리기라도 하는 것처럼 천천히 나아가고 있었다. 얼마 지나지 않아 뒤에서 전조등의 불빛이 보이며 승용차 한 대가 나타나고, 승용차의 뒤를 이어 25톤 트럭 한 대가 나타났다. 승용차가 속도가 느린 컨테이너차량을 추월하기 위하여 1차선으로 막 차선을 바꾸려는 순간, 뒤따르던 트럭이 무서운 기세로 경적을 울리면서 먼저 1차선으로 진입하면서 승용차의 진로를 막았다.

컨테이너차량을 추월하려던 승용차가 할 수 없이 다시 속도를 줄였다. 트럭은 2차선을 주행하고 있는 컨테이너차량과 일정한 속도를 유지하면서 1차선을 운행하고 있었다. 편도 2차선의 도로에서 진로가 막혀버린 승용차는 어쩔 수 없이 두 대의 대형 차량의 꽁무니를 천천히 따라가고 있었다. 그때 승용차의 뒤에 육중한 레미콘차량 한 대가 따라 붙었다. 그러자 승용차는 앞선 컨테이너차량과 좌측의 1차선을 달리는 트럭, 뒤에 따라 붙은 레미콘차량이 만든 삼각형의 상자 속에 갇혀 버리고 말았다. 승용차에서 몇 번이나 전조등의 불빛이 번쩍거렸다. 그러나 승용차 앞의 컨테이너차량도, 옆의 트럭도 아랑곳하지 않았다. 승용차는 세 대의 차가 만든 상자에 갇혀 속절없이 끌려가고 있었다.

중앙분리대가 설치된 왕복 4차선의 도로가 갑자기 중앙분리대가 없는 왕복 2차선으로 바뀌며 도로가 좁아졌다. 그러자 1차선을 달리던 트럭이 속도를 늦추어 승용차의 뒤로 밀려났다. 이때 갑자기 승용차가 속도를 내더니 중앙선을 넘어 앞선 컨테이너차량을 추월하려고 했다. 그러자 컨테이너차량이 덩달아 속도를 내며 중앙선을 넘어 승용차의 진로를 차단해 버리고 말았다. 또다시 추월을 저지당한 승용차가 다시 속도를 늦추어 자기 차선으로 돌아가자 컨테이너차량도 다시 자기 차선으로 돌아갔다. 이윽고 승용차를 위시한 네 대의 차가 신거제대교로 진입하였다. 반대 차선에서 마주 오는 차량도, 같은 차선에서 트럭이나 레미콘차량의 뒤를 따르는 다른 차들도 없었다. 곧게 뻗은 교량 위에 이르자 승용차가 다시 속도를 내며 중앙선을 넘어 컨테이너차량을 추월하려고 했다. 그러나 앞선 컨테이너차량이 다시 중앙선을 넘어 이를 저지했다. 줄을 이어 나란히 달리는 네 대의 차량이

다리 중간 지점쯤에 이르렀을 때 승용차를 뒤따르던 트럭에서 갑자기 전조등이 두 번 깜빡거렸다. 그것이 신호이기라도 하듯, 제일 앞서 달리던 컨테이너차량이 갑자기 끼이익, 브레이크 소리를 내며 급정거를 하고, 덩달아 뒤따르던 승용차도 컨테이너차량의 꽁무니에서 가까스로 급제동을 하며 멈추었다. 그러나 승용차의 뒤를 따르던 트럭은 멈추지 않았다. 트럭은 브레이크를 잡지 않고 오히려 가속 페달을 밟은 듯이 꽝, 하고 그대로 승용차의 후미를 들이 받고 말았다. 승용차가 앞으로 튕기면서 다시 꽝, 하는 소리와 함께 컨테이너차량의 후미를 들이받았다. 순간 다시 꽝, 하는 추돌소리가 들렸다. 언제 중앙선을 넘어갔는지 트럭의 뒤를 따르던 레미콘차량이 원래 차선으로 돌아오면서 추돌 후 멈춰 서 있는 승용차의 좌측 트렁크 부분을 들이 받은 것이었다. 육중한 레미콘차량에 부딪힌 승용차의 트렁크 부분이 가랑잎처럼 찌그러들면서 승용차는 반 바퀴 이상을 팽 돌아 튕겨 나와 전면 좌측 보닛 부분으로 다리의 난간을 들이 받았다. 그 충격에 난간의 철제 지지대가 밖으로 휘어지며 비스듬하게 쓰러지고 승용차는 차체 앞쪽 보닛 부분이 난간 밖으로 삐져 나와 허공에 걸린 채로 가까스로 멈추었다.

그때 전조등 불빛 하나가 밝게 비치며 경찰 오토바이 한 대가 레미콘차량의 뒤에서 나타났다. 오토바이에서 황급히 내린 제복경찰이 헬멧을 팽개치다시피 하며 승용차의 조수석으로 달려갔다. 찌그러진 차체의 뒷좌석에 깨어진 유리 파편을 덮어쓰고 피범벅이 되어 신음하고 있는 한 남자의 모습이 보이고, 운전석에 앉은 사람의 이마에서도 피가 흐르고 있었다. 불과 20여 분 전 호텔을 나왔던 유 박사와 청년이었다. 경찰이 찌그러진 조수석 뒷문을 거칠게 열고, 차체에 끼인 유 박사의 머리를 두 손으로 감싸듯 잡았다. 순간 경찰이 순식간에 유 박사의 목을 비틀어 꺾어 돌렸다. 고개를 돌려 경찰의 행동을 바라보고 있던 청년이 경악한 표정으로 눈을 부릅떴다. 경찰이 다시 유 박사가 앉은 조수석 뒷문을 거칠게 꽝 닫고는 차의 후미를 돌아 운전석에 앉은 청년에게 다가갔다. 앞쪽 보닛 좌측 부분은 레미콘차량의 충격에 찌그러졌지만, 운전석의 문은 그대로 있었다. 경찰이 운전석의 문을 잡았다. 그때 청년이 문을 박찼다. 경찰이 갑작스럽게 열리는 문에 부딪혀 멈칫거리며 몇 걸음 뒤로 물러섰다. 그 순간을 틈탄 청년이 황급히 차체에서 빠져나와 도망쳤다. 경찰이 뒤에서 청년의 어깨를 잡았다. 순간 청년이 격렬하게 몸을 돌리는 것과 동시에 오른 주먹을 뻗어 경찰의 왼쪽 턱을 힘껏 후려쳤다. 경찰이 뒤로 훔칠 물러나며 두 손으로 턱을 감쌌다. 경찰이 한 입 가득 짙붉은 피를 퉤, 하고 발아래에 뱉었다. 경찰이 험악한 표정으로 청년에게 달려들었다. 청년이 경찰을 피하여 급히 뒷걸음질을 쳤다. 그러나 그만 발을 헛디뎌 휘청하더니 아악, 하는 비명소리와 함께 휘어진 난간 틈새 아래로 떨어졌다. 그러나 청년은 엉겁결에 내민 오른손으로 난간의 철제 파이프를 잡고 위태롭게 대롱대롱 매달려 있었다. 그 모습을 본 경찰이 잠시 멈춰 서서 능글거리는 웃음을 흘렸다. 청년이 안간힘을 쓰면서 힘들게 왼손을 뻗쳐 올려 도로 바닥을 잡았다. 경찰이 조롱하듯이 오른손 검지를 뻗어 손가락질을 하며 천천히 청년에게 다가갔다. 그때 트럭의 운전석에서 운전사가 자루가 긴 몽키스패너 한 자루를 들고 내렸다. 트럭 운전사가 경찰을 앞질러 성큼성큼 걸어갔다. 트럭 운전사가 스패너로 매달려 있는 청년의 머리를 내리 찍었다. 청년이 잡았던 두 손을 놓으며 다리 아래로 떨어졌다. 비명소리는 들리지 않았다. 트럭 운전사가 떨어지는 청년을 겨냥하고 스패너를 힘껏 던졌다. 청년과 스패너가 시차를 두고 바닷물에 빠지는 풍덩하는 파열음이 두 번 들렸다.

청년이 떨어지는 모습을 본 경찰이 몸을 돌려 조수석에 앉아 이미 고개를 떨어뜨린 유 박사의 무릎 위에 놓인 서류 가방을 집어 들었다. 가방을 꺼낸 경찰이 승용차의 측면을 들이받고 멈추어 서 있는 레미콘차량의 운전사에게 손짓을 했다. 레미콘차량이 서서히 움직이더니 난간에 걸린 승용차의 뒤를 다시 한 번 들이 받아 밀었다. 승용차가 기우뚱 아래로 기울면서 바다로 떨어져 내렸다. 경찰이 뒤에 정차해 있는 트럭으로 다가가 가방을 조수석에 던져 넣었다. 그때서야 비로소 통영 쪽 반대차선에서 달려온 몇 대의 차가 사고 현장을 지나쳤다. 승용차를 들이받은 거제 쪽 차선의 트럭 뒤에도 몇 대의 차가 나란히 정차했다. 경찰이 태연하게 오토바이에서 경광봉을 꺼내들고 교통정리를 하기 시작했다. 통영 쪽 교량 끝에서 119 구급차와 견인차가 점멸등을 번쩍이며 사고 장소로 다가오고 있었다.

하늘은 짙은 구름에 가려 있었다. 별빛조차 보이지 않았다. 어두운 밤하늘에 우두둑 빗방울이 떨어지더니 이내 차가운 겨울비가 쏟아지기 시작했다. 빛을 잃은 수많은 별들이 빗방울과 함께 쏟아져 거대한 침묵의 바다로 가라앉고 있었다.

일주일 후, 서울 종로구 소재 강호빌딩 25층 (주)강호건설 회장실

응접실 오른쪽 소파에 홍 실장과 강 회장이, 왼쪽 소파에 최 변호사와 40대의 남자 한 사람이 앉아있었다. 남자가 검정색 서류가방에서 인장 케이스 하나와 서류철 하나를 꺼내어 맞은편의 강 회장에게 건네며 말했다.

—도장과 계약서입니다. 감정을 하더라도 진짜와 구별할 수는 없을 것입니다. 제가 확실하게 보장할 수 있습니다.

강 회장이 도장의 뚜껑을 열고 잠시 바라보고는 서류와 함께 그것을 최 변호사에게 건넸다. 그 서류는 일주일 전 거제도의 호텔에서 유 박사가 서명을 거부했던 계약서였다.

최 변호사가 그 계약서의 마지막장을 펼쳤다. 그 아래쪽 계약자란에는 유 박사의 필체와 같은 서명이 되어 있었다. 최 변호사가 그 서명의 말미에 건네받은 도장을 찍었다. 그리고는 일주일 전 유 박사가 직접 서명, 날인한 계약서를 가방에서 꺼내어 두 서류를 함께 강 회장에게 건넸다. 강 회장이 두 개의 계약서에 찍힌 인영과 필체를 꼼꼼하게 대조하며 살펴보았다.

—꼭 같군. 서명도 도장도 완벽하게 똑같아. 정 사장, 수고했어.

강 회장이 곁에 앉은 남자의 어깨를 다독이며 일어섰다.

—이제 이것은 없애버려야지요.

강 회장이 일주일 전 유 박사가 직접 서명, 날인한 계약서를 들고 실내 화장실로 가면서 말했다. 강 회장이 화장실의 문도 닫지 않은 채 계약서를 거칠게 북북 찢어 변기에 넣고는 물을 내렸다. 화장실에서 나온 강 회장이 후련하다는 듯 큰소리로 말했다.

—실장님, 이제 모든 일이 끝났습니다. 그럼 기자회견장으로 가실까요.

5분 후, 강 회장과 홍 실장이 강호빌딩 20층 대강당에 마련된 특별 기자회견장으로 들어섰다.

—지금부터 코리아타워의 시공과 관련한 저희 강호건설 강진호 회

장님의 특별기자회견이 있겠습니다.

검정 양복을 입은 사회자의 소개에 맞추어 강 회장이 단상으로 올라갔다.

–안녕하십니까. 강호건설 회장 강진호입니다. 먼저 코리아타워의 설계자로서 우리나라 최고의 건축공학자인 유경준 박사님께서 불의의 사고로 유명을 달리하신 것에 대하여 깊은 애도를 표합니다. 이 자리를 빌려 다시 한 번 고인의 명복을 빕니다. 저는 코리아타워의 투자자 및 재건축조합 상인들, 그리고 이 사업에 이해관계를 가진 여러분들께 미리 말씀드립니다. 여러분들은 유 박사님의 유고로 혹시나 이 사업이 제대로 시행되지 못하는 것은 아닐까 하고 걱정하고 계실 겁니다. 저는 여러분들의 걱정을 잘 알고 있습니다. 그러나 유경준 박사님은 코리아타워의 모든 설계를 마쳤고, 이제 이 설계에 따라 시공하는 일만 남았습니다. 저희들은 유경준 박사님에 못지않은 세계 최고의 건축가를 초빙하여 코리아타워의 공사와 감리를 맡길 것입니다. 그러므로 코리아타워의 투자자 및 이해관계인 여러분들은 아무런 걱정도 하실 필요가 없다는 점을 분명하게 약속드립니다. 코리아타워는 저희 강호건설과 태성건설의 공동책임으로 차질 없이 완공될 것입니다. 그리하여 코리아타워는 우리나라를 대표하는 기념비적인 작품으로 세계건축사에 길이 남게 될 것입니다. 감사합니다.

목 차

제1부 타워를 찾아서

제1부

타워를 찾아서

하늘 편지

비록 불가피하게, 어떤 상황이 당신에게 남을 비난하도록 강요하더라도
마음 깊은 곳에서는 남을 비난하지 말라.
그 상황을 누구의 탓으로도 돌리지도 말라.

3년 후

4월 초순의 따스한 햇살이 법원 청사 앞 잔디밭을 한가롭게 비추고 있었다. 법원 구내식당에서 서둘러 점심을 마친 휘진兪徽眞은 햇살이 내려쬐는 잔디밭 옆 벤치에 앉았다. 잔디밭과 그 사이에 있는 보도를 따라 줄지어 심어진 철쭉에는 작은 꽃봉오리가 맺혀 있었다. 그녀는 호주머니에 접어 넣어두었던 편지지를 꺼내어 다시 한 번 읽기 시작했다.

너와 내가 공유할 아이디와 비밀번호가 곧 도달할 것이다.

내 메시지를 그 메일에 올려놓겠다.

앞으로 네가 얻는 증거와 정보는 모두 그 메일에 올려두어라.

곧 다시 만나게 될 것이다.

–아버지가–

오전 재판을 진행하고 판사실로 돌아온 휘진은 책상 위에 놓인 여

러 우편물을 보다가 이상한 편지 하나를 발견했다. 분명 수신인의 이름은 그녀인데, 발신인의 주소나 이름이 적혀 있지 않았다. 가끔씩 재판 중인 피고인이나 그 가족들이 판사에게 직접 억울함을 탄원하는 편지를 보내오는 경우도 있었다. 처음 그녀는 그 편지도 그런 편지 중의 하나이려니 하고 짐작했다. 그러나 발신인의 이름이 적혀 있지 않은 것이 이상했다. 휘진은 봉투를 열고 편지지를 꺼냈다. 시중에서 흔히 볼 수 있는 그런 편지지였다. 그런데 편지의 내용, 편지지의 중간에 크게 쓴 단 네 줄의 글. 이 글이 도대체 무엇일까? 아버지라니?

휘진은 생각했다. 아버지는 분명 3년 전 교통사고로 돌아가셨다. 아버지의 시신을 직접 확인하고 장례식까지 치렀다. 그런데 곧 다시 만나게 될 것이라니? 돌아가신 아버지가 하늘나라에서 편지를 보냈거나 다시 살아났을 수는 없는 법. 그런데 아이디와 비밀번호가 도달할 것이라는 말은 또 무슨 소린가? 도대체 암호 같은 이 이상한 편지는 누가 보낸 것일까?

그녀는 오후 내내 그 편지 때문에 머릿속이 뒤숭숭했다. 퇴근준비를 하고 있는 그녀의 휴대전화가 울렸다. 화면을 보니 모르는 전화번호였다. 그녀는 고개를 갸웃했다.

—택배회사인데요. 본인에게 직접 전해 주라고 하는 택배 물건이 있는데, 어떻게 할까요?

—택배요? 택배를 보낼 사람이 없는데?

—유휘진 씨 아닙니까?

—맞아요. 보낸 사람이 누구죠?

—송규원이라는 사람입니다.

—송규원? 모르는 사람인데……?

—어떻게 할까요? 다시 돌려보낼까요?

—수신인이 제가 맞나요?

—예, 이름과 주소, 전화번호도 분명합니다.

—알았습니다. 그럼 경비실에 맡겨두세요. 나중에 퇴근하면서 찾아가겠습니다.

통화를 마친 그녀가 전화를 끊자 기다렸다는 듯이 다시 전화가 울렸다. 상혁崔相赫이었다. 휘진이 약속장소인 여의도의 R호텔 스카이라운지 레스토랑으로 들어서자 먼저 와 창가에 앉아있던 상혁이 손짓을 했다.

—와, 정말 아름답다.

휘진이 상혁의 맞은편에 앉으며 말했다. 마천루에서 바라본 한강은 물이 흐르는지, 빛이 흐르는지 분간하지 못할 정도로 형형색색의 휘황한 빛의 물결로 일렁이고 있었다. 그녀가 앉자 상혁이 뭔가 감춰둔 것이라도 있는 듯 의미심장한 눈길로 그녀의 눈을 빤히 바라보았다. 그리고는 호주머니에서 뭔가를 꺼내어 그녀에게 내밀었다. 자주색 천으로 예쁘게 포장한 사각상자에 금빛 리본이 매달려 있었다.

—이게 뭐예요?

—뭘 거 같아? 직접 열어 봐.

휘진이 조심스럽게 포장지를 열었다. 상자 안에 천장의 샹들리에 불빛을 받은 진주목걸이 하나가 영롱한 빛을 발하고 있었다. 상혁이 입가에 미소를 머금고 은근한 눈빛으로 그녀를 바라보고 있었다. 굳이 그의 말을 듣지 않아도 결혼을 재촉하는 상혁의 마음을 훤히 알 것 같았다. 휘진의 눈이 갑자기 젖어들었다. 그녀는 눈가의 물기를 감추기 위해 창밖으로 시선을 돌렸다. 강 건너에 콩나물시루 같이 빽빽이 들어선 고층 건물들 위에 거대한 애드벌룬 두 개가 하늘 높이 둥실 떠

있었다. 야광 처리를 한 흰색과 노란색의 애드벌룬은 마치 두 개의 보름달처럼 어두운 밤하늘을 환히 밝히고 있었다. 두 개의 애드벌룬 사이에 거대한 탑을 쌓아 올린 것 같은 건물조감도가 그려진 직사각형의 대형 현수막이 애드벌룬을 매달고 있는 줄에 걸려 펼쳐져 있었다. 그 현수막 상단에 '코리아타워'라는 글씨가 선명하게 인쇄되어 있었다. 예상하지 못한 상혁의 진지한 청혼과 창밖의 애드벌룬에 매달린 코리아타워의 조감도를 보는 순간, 그녀는 갑자기 아버지가 생각났다. 이럴 때 아빠가 계셨더라면…….

순간, 휘진은 3년 전에 겪었던 참혹한 광경이 떠올라 그만 왈칵 눈물을 쏟고 말았다. 3년 전, 아버지는 공교롭게도 그녀의 사법시험 최종합격자 발표가 있었던 날 새벽, 교통사고로 돌아가셨다. 아버지가 탄 차가 통영과 거제를 연결하는 신거제대교에서 난간을 부수고 바다로 추락했던 것이다. 합격의 기쁨도 잠시, 그녀는 청천벽력 같은 사고소식에 뒤이어 추락한 차에서 인양하여 병원의 시체안치소에 인치되어 있는 참혹한 아버지의 시신을 보아야 했다. 당시 경찰은 아버지가 운전 중 전방주시를 소홀히 하여 앞서가던 컨테이너차량을 들이 받은 후 난간을 부수며 다리 아래로 추락하였다고 결론을 내렸다. 당시의 사고가 경찰이 내린 결론과 같이 아버지의 과실에 의한 것인지는 알 수 없었다. 그러나 사고 당사자인 아버지가 사망하였고, 상대방 운전사 외에 다른 목격자가 아무도 없었다. 아버지의 차에는 동승자도 없다고 했다. 그래서 사고 원인은 오직 사고를 낸 상대방 운전사의 진술에 의존할 수밖에 없었고, 이러한 상태에서 그녀는 경찰의 수사 결과를 믿을 수밖에 없었다. 그러나 정작 아버지가 왜 그 먼 남도의 땅, 거제까지 갔는지는 지금도 수수께끼였다.

아버지는 전통 목조건축 양식에 바탕을 둔 독특한 조형으로 현대건축의 새 지평을 열었다는 평가와 함께 당시 언론을 떠들썩하게 장식한 '코리아타워'의 설계자였다. 그러나 그 건물의 설계를 마친 후 갑작스런 교통사고로 참변을 당했던 것이다. 어머니는 그녀가 태어난 직후 출산의 후유증으로 돌아가셨다는 말만 들었다. 그녀 외에 다른 형제도 없었다. 어머니도 없이 아버지의 손에서 무남독녀로 자란 그녀는 이제 그 아버지마저 잃어 혈혈단신 고아가 되고 만 것이다.

그런 반면에 상혁의 아버지는 이름만 대면 누구나 알 수 있는 국내의 상위 다섯 번째 안에 드는 로펌의 대표변호사였을 뿐만 아니라 얼마 전에 있었던 개각에서 법무부장관으로 입각까지 하였고, 상혁 자신은 현재 서울중앙지검에 검사로 재직하고 있었다. 비록 그녀도 사법연수원을 수료한 후 판사로 임용을 받아 서울중앙지법에 재직하고 있었지만, 이런 상혁의 집안에서 혈혈단신 고아인 그녀를 며느리로 쉽게 받아들이지는 않을 것 같았다. 그것은 작년 사법연수원 수료식이 있은 날 저녁, 상혁의 완강한 권유에 못 이겨 할 수 없이 상견례를 할 때, 상혁의 부모님의 눈길과 태도로 알 수 있었다. 특히 상혁의 어머니의 눈길은 냉랭하다 못해 아예 그녀를 무시하는 태도를 노골적으로 드러냈다. 그것도 그렇지만, 특히 그녀가 돌아가신 아버지의 얘기를 했을 때, 상혁의 아버지의 얼굴에 얼핏 스쳐 지나갔던 당혹감과 낭패감은 아직도 그녀의 가슴에 송곳처럼 박혀 있었다. 그때 그녀는 상혁의 아버지가 보였던 그 낭패감이 단순히 그녀가 어머니도 없이 홀아버지 밑에서 자랐고, 이제는 그 아버지조차 없는 고아라는 사실 때문만은 아니라는 느낌을 강하게 받았다. 그러나 상혁의 아버지가 왜 그런 표정을 지었는지는 지금도 알 수 없는 수수께끼였다.

—어, 왜 그래?

갑작스럽게 눈물을 쏟는 그녀의 행동에 상혁이 당황한 표정으로 말했다.

—미안해요. 갑자기 아빠 생각이 나서.

휘진이 손수건을 꺼내어 눈가에 번진 물기를 닦으며 잠긴 목소리로 말했다.

—참, 저 코리아타워가 아버님께서 설계하신 건물이었지. 내가 미처 그 생각을 못했구나.

상혁이 그때서야 창밖의 애드벌룬을 바라보고 스스로 제 머리에 꿀밤을 먹이면서 말했다.

식사를 하는 도중에 상혁이 많은 말을 했지만, 그녀는 듣는 둥 마는 둥 집중할 수 없었다. 그동안 상혁의 내심을 잘 알고 있었지만, 오늘 이렇게 목걸이까지 준비하여 재촉을 할 것이라고는 예상하지 못했다. 누가 보낸 것인지도 모르는, 아버지를 빙자한 편지는 계속하여 머릿속을 맴돌고 있었다. 이곳에 올 때까지만 해도 상혁에게 그 편지에 대해 얘기를 해야겠다고 생각하고 있었지만, 그녀는 망설이다가 결국 말을 꺼내지 못하고 말았다. 상혁이 특별히 마련한 의미 있는 자리에서 그런 불편한 모습을 보이기 싫었다. 상혁은 그런 그녀의 태도를 자기 나름대로 해석하여 그녀가 아직도 결혼에 대해 망설이고 있는 것으로 이해했다.

그녀는 서초동 법원에서 약 20분 거리에 있는 거실과 방 두 개의 오피스텔에서 혼자 생활하고 있었다. 아버지의 사고가 있은 후 사법연수원에 입소하면서 아버지와 함께 살았던 아파트를 정리했다. 그곳에 있으면 아버지의 모습이 떠올라 견딜 수 없었다. 혼자 생활하는 그녀에게 넓은 아파트가 필요도 없었다. 사법연수원을 마치고 판사로 임용을 받아 서울중앙지법에 첫 발령을 받으면서 법원에서 가까운 이 오피스텔을 구입하여 혼자 생활하기로 했다. 상혁 또한 검사로 임용을 받은 후 부모님이 거주하는 아파트와는 별도로 오피스텔 하나를 세를 얻어 거주하고 있었다. 오늘 약속 장소도 이제까지 대개 그랬던 것처럼, 그녀의 오피스텔에 가까운 서초동이나 상혁의 오피스텔이 있는 반포 근처로 정할 수 있었지만, 상혁은 나름대로 청혼을 하는 특별한 자리를 여의도로 잡은 모양이었다. 식사를 마치고 할 수 없이 상혁의 차를 타고 왔지만, 그녀는 차 안에서도 편안하지가 않았다.

—들어가서 차 한 잔 하고 가면 안 돼? 여기까지 왔는데.

휘진의 오피스텔 앞에 도착하자 상혁이 운전석에 앉은 채로 말했다. 작심하고 청혼을 하는 자리에서 평소와 달리 별다른 말도 없이 혼자만의 생각에 잠겨 식사조차 제대로 하지 못하는 그녀의 태도에 조바심을 내고 있었던 상혁이었다. 상혁의 말투에는 이제 은근한 짜증과 불만이 배어 있었다.

—미안해요. 생각도 정리할 겸 오늘은 혼자 있고 싶어요. 내일 전화할게요.

휘진이 차의 손잡이를 잡고 문을 열면서 말했다.

—아무 걱정 말고 편안하게 생각해. 내가 설득할 수 있어. 모두가 축복하는 결혼식이 될 거야.

차에서 내리는 그녀를 보며 상혁이 애써 불만을 감추고 부드럽게 말했다.

—상혁 씨 마음 잘 알아요. 고마워요. 조심해서 가세요.

상혁을 배웅한 휘진은 7층에 있는 오피스텔까지 일부러 계단을 걸어 올라가기 시작했다. 머리가 복잡하거나 심란할 때, 걷는 것은 그녀의 버릇이기도 했다. 걷다보면 저절로 머리가 맑아지곤 했다. 식사를 할 때도 그랬지만, 오피스텔까지 오는 동안 차 안에서 한마디 말도 없이 그냥 앉아만 있었던 것이 더욱 마음에 걸렸다. 오늘같이 의미 있는 날, 이런 일로 상혁이 받을 마음의 상처를 생각하니 가슴이 저렸다. 상혁의 마음은 너무 잘 알고 있었다. 같은 대학을 다니면서 알게 된 후 서로 사귄지 벌써 5년째, 그녀 또한 상혁에게 끌리는 마음을 부인할 수 없었다. 때로는 상혁에게 모든 것을 의지하고픈 충동이 일기도 했다. 그러나 그녀는 여전히 망설이고 있었다. 상혁의 부모가 한사코 반대하는 결혼이었다. 자신이 없었다. 자존심도 상했다. 방금 상혁이 차에서 내리는 그녀에게 걱정하지 말라면서 자기가 설득할 것이라고 한 말은 이와 같은 사정을 두고 한 말이었다. 상혁이 설득하겠다는 대상은 당연히 그들의 결혼을 반대하고 있는 두 분 부모님이었다.

그녀는 이런 모든 사정을 잘 알고 있으면서도 여전히 변함없는 애정을 보이는 상혁에게 새삼 고마움을 느꼈다. 3년 전, 그렇게 절망적인 상황에 처해 있을 때, 상혁이 곁에서 따뜻하게 감싸주고 위로해 주지 않았다면, 그녀는 그 힘든 시련을 쉽게 이겨내지 못했을 것이었다. 상혁 부모님의 반대에도 불구하고, 쉽게 상혁의 곁을 떠나지 못하는 이유는 그의 이러한 변함없는 배려와 애정 때문이었다.

그런데 도대체 그 편지는 누가 보냈을까? 휘진은 계단을 오르면서 다시금 낮에 받은 편지 생각에 빠져들었다. 7층 계단을 천천히 걸어올라와 오피스텔에 도착한 그녀는 샤워를 하고 스웨터와 바지로 옷을 갈아입었다. 그러나 머릿속은 여전히 상혁에 대한 미안함과 편지 생각으로 뒤엉켜있었다. 그녀는 커피 한 잔을 타서 잔을 들고 거실을 서성이며 커피를 마셨다. 그때 현관의 인터폰이 울렸다.

—누구세요?

—예, 경비실에서 왔습니다, 판사님. 경비실에 보관해두라고 한 택배 물건을 가지고 왔습니다.

현관 인터폰 화면에 경비실 아저씨의 낯익은 얼굴이 나타났다. 이 아저씨는 경비실에 배달되는 우편물을 통하여 그녀가 판사란 것을 알게 된 후부터 우편물이나 택배를 전달해 주거나 어쩌다 우연히 마주치기라도 하면 말끝에 항상 '판사님'이라는 꼬리를 달았다. 오피스텔 우편함에 넣어두어도 될 우편물도 일부러 직접 전달해 주는 경우가 많았다. 그때서야 그녀는 퇴근하기 직전 택배회사 직원의 전화를 받았던 것을 기억해냈다.

—안녕하세요. 밤늦게까지 수고를 끼쳐 드리게 됐네요.

—괜찮습니다. 판사님께 직접 전해 주어야 한다고 하면서 다시 가져가려는 것을 제가 책임지고 꼭 전해 주겠다고 하고 받아두었습니다. 물건이 판사님께서 혼자 운반하기에는 무거울 것 같아 제가 들고 왔습니다.

그렇게 말한 아저씨가 높이 1.5미터 정도쯤 되어 보이는 제법 큼직한 직육면체로 된 종이상자를 들고 들어와 식탁 위에 놓았다.

—고맙습니다.

휘진은 종이상자를 살펴보았다. 상자의 중간에 '본인친전', '기울이지 마세요. 파손주의'라는 글씨가 붉은 매직으로 횡으로 쓰여 있고, 크기와 부피로 짐작해 보아도 경비실에서 오피스텔까지 그녀 혼자 들고 오기에는 힘에 부칠 것만 같았다.

—여기에 서명해 주십시오, 판사님.

경비아저씨가 살갑게 말하면서 택배 영수장부를 그녀에게 내밀었다. 그녀가 전화번호와 이름을 적고 장부를 돌려주었다.

–안녕히 계세요. 가보겠습니다.

–예, 고맙습니다.

경비아저씨가 돌아가자, 그녀는 종이상자를 찬찬히 살펴보았다. 낮에 택배회사 직원의 말대로 보낸 사람은 '송규원'이라는 사람이었다. 그녀가 전혀 알 수 없는 부산의 어느 주소지가 적혀 있었다. 받는 사람의 주소와 이름은 분명히 그녀였다. 그녀는 가위로 상자의 포장지를 잘랐다. 스티로폼으로 남는 공간을 채운 종이상자 안에서 나온 물건을 본 그녀는 깜짝 놀랐다. 그것은 아주 세밀하고 정교하게 제작된 건축물의 목제모형이었다.

영주 부석사의 무량수전을 받침대로 하고 그 위에 황룡사9층탑의 이미지를 복원한 거대한 마천루의 모형. 상혁과 함께 여의도의 레스토랑 스카이라운지에서 보았던 현수막에 그려져 있던 코리아타워의 모형.

거기에는 보는 이를 압도하는 거대한 외적 조형미와 더불어 정교한 내적 공간미도 함께 어우러져 있었다. 웅장함 속에 깊은 예술적 여백이 있고, 그 여백 속에 보이지 않는 장인의 숨결이 있었다. 거대한 공간의 침묵을 새의 부드러운 깃털처럼 사뿐하게 들어 올리는 무량수전 팔작지붕의 유려한 곡선미, 그 곡선의 받침대 위에 세워진 웅장한 황룡사9층목탑의 자태가 입체 태극의 문양 속으로 소용돌이치며 빨려들고 있었다. 그런 모형을 보면서 휘진은 언젠가 과학TV 다큐멘터리 영화에서 본 적이 있는 무한한 우주에서 소용돌이치는 거대한 블랙홀 안으로 빨려 들어가는 것 같은 환상 속에 잠겨들었다. 그 탑에 걸려있을 구름도, 그 탑을 스쳐갈 바람도, 그 탑을 비출 달빛도, 그 탑을 수놓을 별빛도, 심지어 그 탑 위에서 빛날 태양광선마저도 모조리 탑 속으로 빨려들고 말 것만 같았다. 바라보는 시선이 끈이 되어 먼저 그녀의 동공이, 이어 머리가, 가슴이, 어깨가, 그리하여 전신이 송두리째 탑 속으로 빨려들고 있었다.

아아! 아버지! 갑자기 울컥 하면서 뜨거운 감자 같은 덩어리 하나가 가슴에 뭉클 자라났다. 그 뜨거운 기운이 전신으로 퍼져나가며 신체의 모든 관절이 나사가 풀리듯 스르르 분해되고 뼈를 감싼 모든 근육이 투명하게 녹아내리는 것 같은 전율이 왔다. 그녀는 그 전율에 몸을 맡기고 한참 동안 탑 속에 그대로 갇혀 있었다.

이윽고 전율이 잦아들고, 휘진은 서서히 탑의 소용돌이에서 빠져나왔다. 모형의 받침대 밑에 하얀 직사각형의 봉투 하나가 들어 있었다. 봉투 속의 내용물을 꺼낸 그녀는 다시 한 번 깜짝 놀랐다. 그것은 아버지의 사진이었다. 아무런 배경도 없이 흑백으로 찍은 아버지의 얼굴 사진이었다. 그녀의 기억 속에 있는 아버지의 모습보다 볼의 살이 홀쭉하게 빠져 있다는 느낌은 들었지만, 틀림없는 아버지였다. 생전에 자주 보았던, 살며시 입술을 비틀어 빙그레 웃는 여유롭고 자애로운 모습, 지금도 여전히 익숙한 느낌으로 남아있는 아버지의 웃는 모습이었다. 그러나 언제 찍은 사진인지는 알 수 없었다.

휘진은 낮에 받은 편지글을 생각했다. 곧 다시 만나게 될 것이라던 편지글은 이를 두고 한 말인가? 편지에는 아이디와 비밀번호가 곧 도달할 것이라고도 적혀 있었다. 그렇다면?

그녀는 사진을 뒤집어 뒷면을 보았다.

굵은 사인펜으로 'ID= forrevenge13, SECRET NUMBER = godfather82'라는 글씨가 적혀 있었다. 그녀는 선 채로 사진 뒷면에 적힌 글자를 뚫어지게 바라보았다. 아이디로 설정된 'forrevenge13'이 어떤 의미인지 알 수 없었다. 그녀는 영어 사전을 꺼내어 'forrevenge'라는 단어가 있는지 찾아보았다. 그러나 영어 사전에도 그런 단어는 없었다.

휘진은 다시 한 번 그 단어를 분석해 보았다. 그리고는 'forrevenge'란 단어가 어쩌면 'for revenge'일 수도 있다는 생각이 들었다. 'for revenge'라면, '복수를 위하여'라는 뜻이 되는데, 복수는 누구를 위한 어떤 복수를 말하는 것일까?

'godfather82'라고 된 비밀번호가 어떤 의미나 상징을 내포하고 있는 것은 아닐까? 'godfather'라는 단어는 '대부代父'라는 의미인데, 이것이 편지에 언급된 '아버지'와 어떤 연관성을 가지는 것은 아닐까?

휘진은 컴퓨터를 켜고 사진 뒷면에 적힌 아이디와 비밀번호의 메일을 열었다. '사랑하는 딸에게'라는 제목의 첨부파일이 하나 붙어 있었다. 그녀는 그 파일을 열었다.

사랑하는 딸아.

이제 드디어 일을 시작할 때가 왔구나.

지금부터 네 앞에는 많은 일들이 펼쳐질 것이다.

이 일들은 네 힘에 겨운 시련이 될 수도 있을 것이다.

때로는 그 시련에 굴복하고 싶은 순간도 있을 것이다.

그러나 네 의지는 강하고 부드럽다.

하늘은 네가 극복하지 못할 시련은 주지 않는다.

시련을 네 의지를 떠받치는 또 하나의 기둥으로 삼아라.

두려움에 직면할 수도 있을 것이다.

그러나 두려움이란 용기의 뿌리란다.

용기는 두려움의 뿌리에서 자란 자양분을 먹고 자란다.

용기는 두려움 속에서 더 밝게 빛나는 보석이다.

두려울수록 의지를 더 굳건히 하고 용기를 내어야 한다.

사랑하는 딸아

앞으로 네 앞에 그 어떠한 고난이 닥치더라도

네 스스로의 명예를 지키고 품위를 잃지 않아야 한다.

명예는 너 자신을 비추는 거울이다.

명예는 그 사람의 인성에 대한 타인의 평가이다.

아울러 네 명예와 마찬가지로 타인의 명예도 똑같이 존중하여라.

그리고 비록 적일지라도 용서할 줄 알아야 한다.

모든 사람과 사물을 너그럽게 바라보아라.

용서와 관용, 이것이 인성을 부드럽게 하는 본질이다.

그 어떤 사악함도 용서 앞에서는 무력하다.

용서할 수 없는 죄악이 있다는 생각,

이것이 더 큰 죄악임을 잊지 말아라.

사랑하는 딸아

이제 자유와 평화의 탑을 쌓는 일을 시작하자.

코리아타워를 되찾는 일을 시작하자.

이제 곧 네가 해야 할 일이 이 메일로 전달될 것이다.

– 아버지가 –

'사랑하는 딸아'라는 첫 문장에 아버지의 모습이 떠올라 잠시 눈시울이 젖어들었다. 누가 보낸 글일까? 이미 돌아가신 아버지가 하늘나라에서 메일을 보낼 수는 없다. 코리아타워를 되찾는 일? 이게 무슨 뜻일까? 그러나 이 글은 분명 그녀에게 어떤 메시지를 전달하기 위해 올려놓은 것이다. 휘진은 자신도 모르게 가슴이 두근거렸다. 휘진은 메일에 답장을 올렸다.

> 당신이 편지를 보내신 분인가요?
>
> 아버지라고 하는 당신은 누구인가요?
>
> 당신이 제 아버지를 알거나 아버지와 관계가 있는 분이라면 연락을 주십시오.
>
> 꼭 만나 뵙고 싶습니다.

다음 날, 휘진은 출근하자마자 곧바로 컴퓨터를 켰다. 어젯밤, 새벽이 되어서야 겨우 잠이 든 그녀는 아침도 거른 채 서둘러 출근한 뒤였다. 편지의 발신자가 글을 남겼을까? 화면이 나타났다. 그러나 메일에는 어제 저녁 그녀가 올려놓은 글 이외에 다른 글은 없었다. 누군가의 장난일까? 아니다. 단순한 장난이라면 아버지의 사진과 그렇게 정교하게 제작된 코리아타워의 모형을 보내지는 않았을 것이다.

점심시간이 되기 직전, 휘진은 다시 메일을 열어보았다. 그러나 메일은 여전히 비어 있었다. 퇴근시간이 되어갈 무렵, 그녀는 다시 메일을 열었다. 아, 그녀는 속으로 탄성을 질렀다. 글이 올라와 있었다.

> 먼저 나의 교통사고 수사기록을 입수하여 분석해 보아라.
>
> 그곳에 진실의 문으로 들어가는 열쇠가 있다.
>
> 그 수사기록과 앞으로 네가 얻는 다른 증거와 자료도 이 메일에 올려놓아라.
>
> 다시 연락하겠다.
>
> – 아버지가 –

진실의 열쇠

진정한 행복에 이른 사람은
이기적 외부 상황을 이타적 내부 상황으로 바꿀 수 있는 사람이다.
그런 사람은 안과 바깥, 생각과 행동이 항상 일치한다

상혁이 가르쳐 준 창원지방검찰청 통영지청은 바다에 연한 야트막한 언덕 위에 있었다. 웅장하거나 화려하지는 않지만, 청사 건물은 깨끗하고 정갈스러웠다. 휘진은 기록을 보관하고 있는 수형보존계를 찾아갔다. 담당 직원은 상혁의 전화를 받았다고 하면서 미리 복사해 둔 기록을 친절하게 내주었다. 문서수령부에 서명, 날인을 하고 서류를 받은 그녀는 검찰청사와 마주보고 서 있는 법원청사 쪽으로 천천히 걸어 나왔다. 법원청사 앞에 푸른 바다가 펼쳐져 있었다. 그녀는 크게 심호흡을 하고 바다를 바라보았다. 거제도를 앞에 둔 통영만의 바다는 잔잔했다. 그 잔잔한 바다 위에 그림 같은 작은 배들이 분주하게 오가고 있었다. 멀지 않은 곳에 아버지가 교통사고를 당했다는 신거제대교가 보였다.

휘진은 주차장으로 걸어 나와 차를 몰고 통영 쪽 교량 앞 휴게소에 차를 세우고 미리 준비해 간 국화꽃 다발을 들고 다리 위로 걸어갔다. 아직 완연한 봄이 되기에는 이른 날씨였다. 멀리서 보기에는 잔잔한 바다같이 보였으나 다리 중앙으로 나아갈수록 바닷바람이 꽤 거셌다.

차가운 해풍에 목도리와 긴 머리카락이 흩날렸다. 그녀는 다리의 중간 지점 인도에 서서 바다를 내려다보았다.

3년 전, 아버지는 저 차가운 바다 속에 잠겨 있었다. 그 바다 앞에서 그녀는 넋을 잃고 있었다. 그때 바다는 검고 깊고 거칠었다. 검고 거친 바다의 회오리가 그녀의 가슴을 어둠 속으로 쓸어가고 있었다. 불빛은 어디에도 보이지 않았다. 그 후 지금까지도, 그녀는 아버지를 바다 속에 빠뜨린 그 교통사고의 원인을 단순 자동차사고로 알고 있었다. 그런데 며칠 전 그녀에게 온 메일은 다른 암시를 하고 있었다. 아버지는 왜 이 먼 거제도에 왔던 것일까? 아버지의 죽음에는 어떤 비밀이 있는 것일까? 메일을 보낸 사람의 정체는? 어쩌면 저 깊고 푸른 바다는 그 비밀을 알고 있는지도 모른다. 아빠, 그녀는 속으로 아버지를 부르며 들고 왔던 꽃다발을 바다 위로 던졌다.

밤 열한 시, 통영에서 서울까지 하루 종일 운전하느라 피곤했지만, 그녀는 집에 도착하자마자 곧바로 기록을 펼쳤다.

먼저 당시 사고의 개요를 나타내는 '교통사고실황조사서'가 있었다.

아버지의 차가 먼저 앞서가던 컨테이너차량을 추돌하였고, 이 추돌 후에 아버지의 차를 따르던 트럭이 아버지의 차를 이중으로 추돌했다. 트럭의 뒤를 따르던 레미콘차량이 삼중 추돌을 피하려고 중앙선을 침범하여 반대차선으로 넘어갔다가 원래 차선으로 복귀하면서 아버지의 차의 측면을 다시 추돌했다. 이 충격으로 아버지가 탄 차가 다리 아래로 추락했다는 것이 실황조사서의 요지였다. 실황조사서의 뒤에 사고 경위를 진술한 사고차량 운전사들의 진술조서가 있었다.

첫 번째는 최초로 추돌사고를 당했다는 컨테이너차량 운전사의 진술조서였다.

진술조서(참고인)

……(중략)……

문 참고인은 사고 당시 상황을 진술해 주십시오.

답 예, 제가 오늘 오후 늦게 부산에서 컨테이너화물을 싣고 거제로 와서 하역작업을 마치고 돌아가는 중이었는데, 거제대교에 이르기 전 약 4킬로미터 지점쯤에서 사고승용차가 제 차 뒤에 따라붙었습니다. 저는 정상속도로 운행하고 있었는데, 그 차가 제 차를 추월하려고 몇 번이나 중앙선을 침범하였으나 도로가 굴곡이 지고 마주치는 차량들 때문에 여의치 않았습니다. 저는 가끔씩 백미러로 승용차를 보곤 했는데, 이따금씩 차가 흔들렸습니다. 아마 그 차의 운전사가 술을 마신 것 같았습니다. 그러한 상태에서 거제대교에 이르렀는데, 갑자기 승용차가 속도를 내더니 제 차를 들이받았습니다. 아마도 그 차는 다리 위 직선도로에서 제 차를 추월하려다가 부주의로 그만 추돌사고를 일으킨 것 같습니다.

문 그래서요?

답 충돌 후 제가 차를 멈추고 있는데, 뒤에서 다시 차가 충돌하는 소리가 연이어 두 번 들렸습니다. 제가 차를 멈추고 내리면서 뒤를 돌아다보니 승용차가 난간을 부수고 다리 아래로 추락하고 있었습니다.

문 뒤에서 연이어 들렸다는 충돌소리에 대하여 참고인이 직접 목격한 사실은 없나요?

답 그때 저는 전방을 주시하고 있었기 때문에 제 차 뒤에서 난 사고에 대하여는 보지 못했습니다. 저는 승용차가 다리 아래로 떨어지는 모습을 보았을 뿐입니다.

...... (후략) ......

두 번째는 아버지의 차의 후미를 추돌한 트럭 운전사의 진술조서였다.

진술조서(참고인)

......(중략)......

문 참고인은 사고 당시 상황을 진술해 주십시오.

답 예, 제가 오늘 거제에서 작업을 마치고 마산으로 가는 도중이었는데, 거제대교 앞 약 3~4킬로미터 지점쯤에 이르러 제 차 앞에 사고승용차와 컨테이너차량이 가고 있었습니다. 사고승용차는 앞의 컨테이너차량이 천천히 가자 이를 추월하려고 몇 번이나 중앙선을 침범하였습니다. 그러나 도로가 굴곡이 지고 마주 오는 차량들 때문에 추월하지 못했습니다. 저는 승용차의 뒤에서 정상운행하고 있었는데, 이따금씩 승용차가 흔들렸습니다. 저는 그때 승용차의 운전사가 술을 마셨거나 졸음운전을 하고 있다고 생각했습니다. 그러한 상태에서 거제대교에 이르렀는데, 갑자기 승용차가 속도를 내더니 앞차를 들이받으며 멈추었습니다. 그래서 저는 놀라 이중추돌을 피하기 위하여 급브레이크를 밟았는데, 차가 미끄러지면서 그만 승용차와 추돌하고 말았습니다. 제 차가 가까스로 멈추는 순간, 제 차 뒤에 있던 레미콘차량이 승용차의 옆을 들이받으면서 승용차가 난간을 부수고 다리 아래로 떨어졌습니다.

문 당시 참고인의 차의 속도는 얼마였나요?

답 아마 약 70킬로미터 정도 되었을 것 같습니다.

문 참고인이 돌발 상황에 대비할 수 있도록 충분한 차간거리를 유지하고 있었다면 사고를 예방할 수 있었지 않은가요?

답 제가 운전하는 25톤 트럭은 차체가 무거워 급제동을 할 수 없습니다. 당시 사고는 저로서는 어쩔 수 없는 상황이었습니다.

문 왕복 2차선 도로에서 레미콘차량이 어떻게 승용차의 옆을 추돌할 수 있나요?

답 아마도 레미콘차량은 제 차가 승용차를 들이받은 것을 보고 이를 피하기 위하여 중앙선을 넘어간 것 같습니다. 그러나 그때 마침 반대차선에서 차가 오는 바람에 이를 피하기 위하여 다시 핸들을 우측으로 꺽은 것이 승용차를 충돌하게 된 원인이 된 것 같습니다.

......(후략)......

세 번째는 아버지가 탄 차의 옆을 들이받은 레미콘 운전사의 진술조서였다.

진술조서(참고인)

……(중략)……

문 참고인은 사고 당시 상황을 진술해 주십시오.

답 예, 제가 거제 공사장에 레미콘을 타설하고 나서 돌아가고 있는 중이었는데, 거제대교 앞 약 4킬로미터 지점쯤에서 컨테이너차량, 사고승용차, 트럭 순으로 진행하고 있었습니다. 저는 트럭의 뒤를 정상속도로 운행하고 있었는데, 승용차가 앞의 컨테이너차량을 추월하려고 몇 번이나 중앙선을 침범하여 고개를 내밀었으나 도로가 굴곡이 지고 마주 오는 차량들 때문에 여의치 않았습니다. 승용차는 이따금씩 심하게 흔들리곤 했는데, 아마도 승용차의 운전사는 술을 마신 것 같았습니다. 그때마다 저는 아무래도 승용차가 위험하겠다 싶어 승용차와 앞선 트럭에게 주의를 주기 위해 뒤에서 깜박이를 넣기도 하였습니다. 이러한 상태에서 거제대교에 이르렀는데, 갑자기 승용차와 컨테이너차량이 추돌하면서 제 앞에서 트럭이 급제동을 했습니다. 저는 트럭과 추돌을 피하여 위하여 급히 핸들을 좌측으로 틀어 중앙선을 침범하여 가까스로 추돌을 면했습니다. 그런데 갑자기 반대차선에서 차가 오는 바람에 이를 피하려고 다시 핸들을 우측으로 꺾었는데, 이때 그만 트럭에 부딪혀 튕겨 나오는 승용차를 들이받고 말았습니다.

문 승용차가 어떻게 바다로 추락하였는가요?

답 당시 사고가 너무도 순간적으로 일어나 정확히는 알지 못하겠습니다. 제가 반대차선의 차를 보고 반사적으로 좌측으로 핸들을 꺾는 순간, 부딪히는 소리가 났고, 정신을 차려보니 승용차는 이미 바다로 추락한 뒤였습니다.

문 당시 참고인의 차의 속도는 어느 정도였나요?

답 약 70킬로미터 정도였습니다.

문 참고인이 일정한 차간거리를 유지하였더라면 중앙선을 침범하지 않고도 트럭에 부딪히지 않고 제동을 할 수 있었지 않습니까?

답 그렇지 않습니다. 레미콘차량은 차체가 무거워 제동거리가 길기 때문에 쉽게 멈출 수가 없습니다. 제가 핸들을 꺾은 것은 어쩔 수 없는 일이었습니다.

……(후략)……

진술조서에는 운전사가 음주운전을 하는 것처럼 승용차는 이따금씩 차체가 흔들리고 있었고, 승용차가 중앙선을 침범하여 앞선 컨테이너차량을 추월하고자 시도했으며, 이런 상태로 신거제대교에 이르러 승용차가 갑자기 속도를 내어 앞선 컨테이너차량을 추돌했다고 했다. 이 점에 대한 세 사람의 진술은 모두 일치하고, 따라서 사고는 승용차의 과실로 추정할 만했다.

이 세 사람의 진술조서 뒤에는 사고현장 사진이 여러 장 첨부되어 있었다. 사진에도 일견하여 별로 이상한 점이 발견되지 않았다.

휘진은 다시 한 번 실황조사서와 진술조서를 비교분석하면서 현장사진을 세밀하게 살펴보았다. 뭔가 이상하다는 생각이 들었다. 진술조서에 나타난 세 사람의 진술과 실황조사서의 도면 및 현장사진의 상태가 일치하지 않았다.

진술조서에는 운전사가 음주운전을 하는 것처럼 승용차가 이따금씩 흔들리고 있었다고 했는데, 과연 아버지가 술을 마신 상태에서 운전했을까? 그녀가 아는 한 아버지는 생전에 술을 전혀 마시지 않았다. 그렇다면 아버지는 졸음운전을 했던 것일까? 아버지가 그렇게 무리하게 운전을 했을까? 아니다. 아버지는 절대 그럴 분이 아니다.

그리고 승용차의 뒤를 2차 추돌한 트럭 운전사는 승용차가 갑자기 속도를 내어 컨테이너차량을 추돌하는 것을 보고 이를 피하기 위하여 급제동을 하였다고 했다. 25톤 화물 트럭이 시속 70킬로미터로 운행하다가 급제동을 하였다면 분명 도로에는 트럭의 스키드마크가 있어야 했다. 그런데 실황조사서의 사고 도면에는 이러한 스키드마크가 표시되어 있지 않았다.

휘진은 현장사진을 유심히 살펴보았다. 그러나 사진 속에도 스키드마크는 보이지 않았다. 교통사고조사에서 스키드마크의 표시는 가장 기본적인 조사사항이다. 이런 기본적인 조사도 이루어지지 않았다니……? 분명 뭔가 잘못되었다는 생각이 들었다.

사고현장 사진 뒤에는 바다에서 인양된 부서진 차체를 찍은 사진이 있었다. 사진 속 찌그러진 차체 안에 아버지의 얼굴이 있었다. 비록 흑백복사기로 복사한 사진이라 형체의 윤곽과 명암만 나타나고 있었지만, 그것은 분명 아버지의 모습이었다. 아버지의 처참한 모습을 보는 순간, 그녀는 손바닥으로 입을 틀어막고 오열하기 시작했다.

한참을 울고 난 그녀는 겨우 감정을 추스르고 다시 차체 사진을 보았다. 사진 속의 아버지는 인양된 차체의 조수석 뒷자리에 갇혀 있었고, 그 뒷자리의 차체 뒷문은 닫혀 있었다. 사고를 당하는 과정에서 아버지가 운전을 하다가 조수석 뒷자리로 옮겨 앉을 수는 없는 일이었다. 그렇다면 사고 당시 아버지의 차를 운전한 사람은 따로 있었다. 차체의 운전석 문은 열려 있었다. 아, 그녀는 퍼뜩 떠오르는 생각에 두 손바닥으로 머리를 감싸 쥐고 어깨를 들썩거리며 격렬하게 오열하기 시작했다.

그랬구나. 그 사람이 있었어. 아버지의 차를 운전할 사람은 그 사람밖에 없어. 그런데도 이제까지 나는 그 사람을 원망만 하고 있었어. 아버지가 그렇게 참혹한 변을 당했는데도 한 번도 나타나지 않는 그 사람을 원망만 하고 있었던 거야. 그 사람이 나타나지 않았던 것은? 그래, 그 사람, 아니 오빠는 그 사고에서 아버지처럼…….

아아! 휘진은 책상에 이마를 박고 엎드려 엉엉 소리 내어 울기 시작했다. 또 한 번 격렬하게 울고 난 그녀는 다시 마음을 추스르고 나머지 기록을 살펴보았다.

제일 마지막에 서면으로 조사를 한 강진호라는 사람의 진술조서가 있었다. 이 진술조서는 서면으로 된 질문서에 강진호가 자필로 답을 기재한 것이었다.

문 진술인의 성명, 주민등록번호, 직업을 말해 주십시오.

답 강진호, ○○○○○○-○○○○○○○, 현재 (주)강호건설 회장으로 재임 중입니다.

……(중략)……

문 그 계약은 어떤 계약입니까?

답 코리아타워 건축도급계약입니다.

……(중략)……

문 유경준 박사는 계약서를 작성하기 위하여 혼자 왔습니까?

답 예, 유 박사 혼자 왔습니다.

코리아타워 건축도급계약. 그랬구나. 아버지가 그 먼 거제에 간 것은 강호건설과 이 계약을 체결하기 위해서였구나. 강진호 회장이 작성한 진술조서의 앞부분을 읽으면서 그녀는 아버지가 왜 그 먼 거제까지 간 이유를 알았다.

그런데 왜 강호건설에서는 아버지와 체결한 코리아타워 건축도급계약 사실을 나에게 숨겼을까? 나는 아버지의 유일한 상속자이다. 아버지와 계약을 체결하고, 아버지가 사고로 사망하였다면, 그 계약상의 권리와 의무는 당연히 내가 상속받아야 한다. 혹시 아버지의 죽음이 이 계약과 관련된 것은 아닐까? 그녀는 계속 조서를 읽어갔다.

문 계약서를 작성하고 난 이후의 유경준 박사의 행동에 대하여 구체적으로 말해 주십시오.

답 계약을 마치고 계약 성사를 축하하기 위하여 내 숙소에서 가벼운 술자리가 있었습니다. 내가 집에서 가지고 갔던 고급 위스키를 마셨는데, 유 박사는 자신이 평생 소원하던 일을 드디어 이루게 되어 너무 기쁘다고 하면서 여러 잔의 술을 마셨습니다. 너무 과음을 한다 싶어 내가 만류하는데도 유 박사는 오히려 냉장고에 있는 맥주를 꺼내어 맥주에 위스키를 섞어 몇 잔을 더 마셨습니다. 술자리가 끝났을 때 유 박사는 상당히 취해 있었습니다. 너무 취한 것 같아 내 방 옆에 유 박사의 숙소를 마련해 놓았다고 하면서, 그날은 푹 주무시고 아침에 서울로 가라고 권했습니다. 그러나 유 박사는 괜찮다고 하면서 굳이 서울로 가야 한다고 우겼습니다. 내가 걱정이 되어 운전을 하는 다른 사람이 있느냐고 물어보자 혼자 왔다고 했습니다. 그러면서 이 정도 술은 걱정 없다고 하면서 스스로 운전할 수 있다고 계속하여 고집을 부렸습니다. 그래서 나는 걱정이 되어 직접 유 박사를 부축하여 숙소로 잡아두었던 옆방으로 데리고 가 잠을 자도록 조치하고 내 방으로 돌아왔습니다. 그런데 내가 돌아온 후 아마 유 박사는 취한 상태로 호텔을 빠져나가 음주상태로 운전을 하여 서울로 돌아가다가 그만 사고를 낸 것 같습니다.

……(후략)……

조서를 읽어가는 동안에 휘진은 가슴속에서 소용돌이치는 분노로 어금니를 꽉 깨물었다. 자기도 모르게 꽉 말아 쥔 주먹이 파르르 떨렸다.

그녀는 아버지가 생전에 술에 취한 모습을 한 번도 본 일이 없었다. 아니, 아버지는 아예 술을 입에 대지도 않았다. 그것은 그녀가 너무도 잘 알고 있었다. 굳이 술을 마셨다고 한다면, 일 년에 단 한 번, 그녀의 생일이자 어머니의 제삿날에 제사를 모신 후 제사상에 따른 술을 어머니의 영혼이라고 하면서 음복으로 한 모금 마시는 것이 전부였다. 그런 아버지가 강진호 회장의 진술처럼 몸을 가누지 못할 정도로 술을 마신다는 것은 있을 수 없는 일이었다. 만약 아버지가 강진호의 진술처럼 그렇게 술을 많이 마신 상태에서 사고를 내고 사망하였다면 당연히 아버지의 혈액에서는 다량의 알코올 성분이 검출되었을 것이다. 이것은 혈액의 혈중성분 분석검사로 알 수 있다. 그런데 수사기록에는 이 검사의 결과지는 고사하고 부검조서조차 첨부되어 있지 않다. 통상 사인死因 규명을 위한 부검에는 유족의 대표도 입회한다. 그런데 3년 전 경찰에서는 유족인 그녀에게 부검을 한다는 통지조차 하지 않았다. 만약에 혈중성분 분석검사나 부검이 없었다면 이것은 부실수사이고, 있었다면 정당한 절차를 거치지 않았을 뿐만 아니라 그 결과도 은폐되었다. 어떻게 이런 일이 가능한가?

가슴에서 일어난 분노의 불길은 이제 머릿속을 활활 태우고 있었다. 아버지의 사체는 조수석 뒷자리에서 발견되었다. 이 사실 하나만으로도 사고 당시 아버지가 운전을 하지 않았다는 사실을 알 수 있다. 그렇다면 당연히 다른 운전자가 있었다는 것도 알 수 있다. 그런데? 경찰은 이런 사실조차 철저하게 묵살하고 말았다. 어떻게 이런 일이 있을 수 있는가?

경찰의 수사는 그렇다고 하더라도 도대체 사건 지휘를 한 검사는 무얼 했다는 말인가? 검사가 어떻게 이렇게 부실한 경찰 수사기록을 보고서도 사건을 종결할 수 있었을까? 사고는 은폐되었고, 기록은 조작되었다. 그녀는 확신했다.

휘진은 치솟는 분노를 억제할 수 없어 자신도 모르게 의자에서 벌떡 일어났다. 분노에 휩싸인 심장이 발동기처럼 격렬하게 쿵쿵쿵 소리를 내고 있었다. 그녀는 가슴을 진정시키기 위해 깊게 심호흡을 하며 고개를 뒤로 젖히고는 눈을 감았다. 잠시 호흡을 고른 후, 심장소리가 잦아들자, 감은 눈에서 다시 눈물이 비집고 나와 흘렀다. 그녀의 머릿속에 낮에 통영에서 보았던 거제대교의 모습이 떠올랐다. 그 높은 다리 위에서 바다로 추락하는 아버지의 차가 보이고, 떨어지는 차의 운전석에서 튕겨 나와 거센 조류에 휩쓸려가며 울부짖는 한 청년의 모습이 마치 영화의 한 장면을 보는 것처럼 생생하게 그려졌다. 다시 눈물이 폭포처럼 흘렀다.

아니다. 어쩌면? 한참 동안 울고 있던 그녀는 문득 떠오르는 한 생각의 끈을 잡았다. 메일의 글은 아버지가 보낸다고 하고 있다. 아버지를 대신하여 글을 보낼 사람은 누구인가? 그 사람이다. 오빠다. 오빠가 아니면 그런 글을 보낼 사람이 없다. 그렇다면? 아아! 그래, 오빠가 살아있을지도 모른다. 그녀의 가슴이 벅찬 기대감으로 훈훈하게 젖어왔다. '수사기록과 앞으로 네가 얻는 모든 증거와 자료를 이 메일에 올려놓아라.'는 메일의 글이 생각났다. 그녀는 꼬박 밤을 새우면서 수사기록을 한 장도 빠짐없이 일일이 스캔하여 메일에 올렸다. 그리고는 글을 썼다.

수사기록을 모두 스캔하여 올렸습니다. 그러나 이 기록은 모두 조작된 것 같습니다. 당신은 진실을 알고 있는가요? 알고 있다면 당신은 그 진실을 제게 말해 주셔야 합니다. 그리고 혹시 당신은 진욱 오빠가 아닌가요? 당신이 진욱 오빠이기를 간절히 기도합니다. 그러나 당신이 진욱 오빠가 아니더라도 그를 만날 수 있는 방법이나 연락처를 알고 있다면 알려주십시오. 그것도 어렵다면 오빠의 생사만이라도 알려주십시오. 간곡하게 부탁드립니다.

3일 후, 그녀가 퇴근하여 집에 돌아와 메일을 여니 다시 글이 올라와 있었다.

그렇다. 이 사고기록은 모두 조작된 것이다. 나의 교통사고는 조직적으로 은폐되었다. 이제 진실을 밝혀야 할 시기가 왔다. 3년 전, 이 사고를 조사한 보험사의 보상담당자가 너를 찾아올 것이다. 그 사람이 진실의 문으로 들어가는 열쇠를 줄 것이다. 그리고 네가 말한 오빠라는 사람에 대한 기대나 미련은 모두 버려라. 그는 의무를 저버린 사람이고, 책임도 다하지 못했다. 다시 연락하겠다.

목격자

행복은 만인의 공유물이다. 누구의 행복을 우선할 것인가.
여기에 우선순위를 둘 수는 없다.
[illegible]
당신의 순위를 맨 마지막으로 돌려야 한다.

SH화재해상보험은 런던에 본사를 둔 세계 10대 손해보험사 중의 하나인 영국 BLH화재해상이 출자한 보험사이다. SH화재해상보험 경남지사의 차형일車炯逸 보상팀장은 평소와 다름없이 수신된 메일을 검색하던 중 이상한 제목 하나를 발견하고는 고개를 갸우뚱했다. 글의 제목이 '목격자'라고 되어 있고, 그 메일의 발신자 아이디가 'witness666'이라고 되어 있는 것이 눈길을 끌었다. 그는 메일을 열었다.

3년 전, 신거제대교에서 있었던 유경준 박사의 사고를 다시 조사해 보십시오. 유경준 박사의 죽음은 사고를 가장한 살인이었습니다. 증거는 경추골의 골절흔에 있습니다. 증거를 찾으면 반드시 서울중앙지법의 유휘진 판사를 만나보시기 바랍니다.

–목격자–

유경준 박사의 사고? 형일은 곰곰 생각해 보았다. 그는 이내 3년 전 당시 이 사고에 대하여 쉽게 납득할 수 없는 본사 법무실의 조치를 떠올렸다. 당시 신거제대교에서 추락한 사고승용차가 인양된 것은 사고 다음날 오후였다. 사고승용차는 다행히 조류에 휩쓸려 떠내려가지 않고 교각에 걸려 있었다. 차량번호를 통하여 그 차량이 SH보험사의 피보험차량이라는 사실을 확인한 그는 곧바로 사고조사전문 직원과 함께 현장의 상태를 세밀하게 살펴보았다. 현장에는 일부러 지워버린 것처럼 희미하게 나 있는 스키드마크가 있었다. 그는 그것을 실측함과 동시에 부서진 난간 등 현장의 상태를 정밀촬영하고는 사고차량의 운전사들을 만났다. 사고에 개입된 차량은 3대였는데, 공교롭게도 모두가 대형 중기 화물차량이었다. 세 사람 모두 사고현장에서 가까운 통영 시내의 어느 개인병원 정형외과에 입원해 있었는데, 하나 같이 그 병원에서 최고급의 1인 특실을 사용하고 있었다. 그들이 진단받은 요추 염좌 및 타박상은 물론 꾀병일 가능성이 많았고, 오히려 그들은 놀러온 여행객같이 건강해 보였다. 그러나 그의 경험상 이런 환자들일수록 장기간 병원에 죽치고 앉아 보험금을 축낼 사꾸라 환자가 될 것이었다. 분명 같은 병원에 입원해 있으면서 사고원인에 대해 서로 입을 맞출 것이다. 그들이 입을 맞추어 사고원인을 조작하기 전에 미리 각자의 진술을 확보해 둘 필요가 있었다.

처음으로 만난 사람은 승용차와 처음으로 추돌사고를 냈다는 컨테이너차량 운전사였다. 당시 그 운전사는 승용차가 갑자기 뒤에서 자기의 차를 추돌하는 바람에 차를 멈추었는데, 뒤이어 승용차의 뒤를 따르던 트럭이 이중으로 추돌했다고 했다. 두 번째로 만난 사람은 승용차를 추돌한 트럭 운전사였다. 앞서가던 승용차가 갑자기 속도를 내면서 컨테이너차량의 뒤를 추돌했고, 그는 이중추돌을 피하여 위하여 급제동을 하였으나 차가 밀리면서 어쩔 수 없이 승용차의 후미를 추돌하게 되었다고 했다. 그러면서 승용차는 교량에 진입하기 전부터 심하게 흔들리곤 했는데, 아마도 승용차 운전사가 음주상태에서 운전을 하고 있었던 것 같다고 했다. 세 번째로 만난 사람은 승용차의 측면을 추돌한 레미콘차량 운전사였다. 그는 앞서 가던 트럭이 급제동을 하면서 승용차를 들이받는 것을 보고 삼중추돌을 피하기 위하여 부득이 중앙선을 넘어 이를 피했는데, 갑자기 맞은편에서 차량이 달려오는 바람에 다시 핸들을 우측으로 꺾었다고 했다. 이 과정에서 그는 승용차의 측면을 들이 받았고, 이 충격으로 승용차가 다리 아래로 추락하였다고 했다. 그러면서 당시 맞은편에서 달려온 차량이 어떤 차량이었는지는 경황이 없어 알 수가 없다고 했다.

이러한 세 사람의 진술은 서로 일치하여 이상할 것이 없었다. 그런데 사무실로 돌아와 사고현장 사진을 살펴보던 중 이상한 점을 발견했다. 세 사람의 진술에 의할 것 같으면 승용차의 뒤를 따르던 트럭이 이중추돌을 피하기 위하여 급제동을 했다고 했다. 그렇다면 도로에 나 있는 스키드마크는 트럭의 것이어야 했다. 그런데 그가 실측한 스키드마크는 오히려 앞선 컨테이너차량의 것이었고, 이 스키드마크는 일부러 지우고자 애쓴 흔적이 나 있었던 것이다. 그리고 트럭 운전사의 진술에 의하면 승용차가 어떤 제동행위 없이 갑자기 앞선 컨테이너차량을 그대로 추돌했다고 했는데, 사고 현장 도로에는 분명 희미하나마 승용차의 스키드마크가 있었고, 이 또한 컨테이너차량과 마찬가지로 일부러 지우고자 한 흔적이 있었던 것이다. 이것은 승용차가 추돌하기 직전 급제동을 하였다는 것을 의미하는 것이었다. 따라서 세 사람의 진술은 분명 사고현장의 상태와 부합하지 않았다.

그때 형일은 이와 같은 의문점을 들어 사고원인을 정밀 재조사해야 하고, 보험금의 지급을 일단 거절해야 한다고 보고했다. 그리고 평소 같으면 이러한 그의 보고가 받아들여져 당연히 보험금은 지급되지 않았을 것이었다. 그런데 이상한 것은 당시 본사 법무실의 태도였다. 그가 그 사고에 대하여 한창 조사를 하고 있는데, 서울 본사의 법무실장이 그를 불러 즉각 조사를 중단하고 만약 피해자들이 보험금 청구를 하면 그 어떤 이의도 하지 말고 보험금을 지급하라는 명령을 내렸던 것이다. 더구나 그때 법무실장은 그 사고에서 사망한 피보험차량 운전자의 과실을 100% 인정해주라고 하면서 그에 따른 모든 책임은 자기가 지겠다고 했던 것이다. 그때 그는 별 수 없이 지시대로 따를 수밖에 없었지만, 어째서 특별히 그 사건에만 그런 지시가 내려졌는지 납득할 수 없었다.

그런데 오늘 그에게 온 익명의 메일은 그 사건에 숨겨진 음모가 있다는 것을 암시하고 있었다. 유경준 박사가 어떤 사람이었나? 한국이 낳은 세계적 건축공학자라고 했었다. 이런 유 박사의 교통사고가 사고를 가장한 살인이었다니? 충격적인 사실이 아닐 수 없었다. 증거는 경추골의 골절흔에 있다고? 3년이나 지난 사건인데, 혹시 나를 골탕먹이려는 스팸이 아닐까? 이따금씩 그의 메일에는 사고당사자들이 보험금의 지급과 관련하여 얼토당토 않는 거짓 정보를 보내기도 하고, 때로는 거의 협박에 가까운 항의성의 글이 올라오곤 했다. 그러나 증거를 찾으면 서울중앙지법의 유휘진 판사를 만나라는 실명까지 거론하고 있는 점에 비추어 이 메일은 단순한 스팸이 아닌 것 같았다.

메일의 내용과 같이 정말 그 사고가 유 박사를 살해하기 위한 가장된 교통사고였고, 이런 사실을 그가 밝혀낸다면 회사는 이미 지급한 보험금을 다시 회수할 수 있을 것이고, 이것은 승진을 앞둔 그의 인사 고과에도 크게 반영될 것이다. 아니, 회사 내부의 이런 사소한 문제를 넘어 이것은 엄청난 사회적 파장을 몰고 올 사건일 수도 있다. 경찰도, 검찰도 아닌 일개 보험회사의 말단사원인 그가 세계적 건축공학자인 유경준 박사의 죽음의 진실을 밝혀낸다. 만일 그렇게만 된다면, 각종 방송과 언론매체의 집중 조명을 받아 일약 스타가 될 수도 있을 것이다. 형일은 3년 전 유족동의서를 받기 위해 만났던 꺽다리에 수수깡처럼 빼빼 말랐던 한 여자의 얼굴을 떠올렸다. 본사 법무실의 이해할 수 없는 지시에 따라 사건을 덮기 위한 최종 마무리 절차로 유족으로부터 피보험차량 운전자의 과실을 인정한다는 내용의 확인서를 받는 일이었다. 본사가 미래의 분쟁까지 차단할 목적으로 특별히 받아두라고 했던 동의서였다. 그때 그녀가 사건을 덮으려는 본사의 의도를 알아채고 동의서에 날인을 거부하고 이의를 제기하지는 않을까 하고 마음을 졸였던 기억이 새삼 떠올랐다. 더구나 그때 그녀가 사법시험에 합격하고 곧 사법연수원에 입소할 예정이라고 했기 때문에 그 문제가 까다로운 소송으로 비화되지는 않을까하고 유독 긴장했던 기억이 생생했다. 그랬었다. 그때 그 여자의 이름이 바로 유휘진이었다. 그렇다면 메일에 언급된 서울중앙지법의 유휘진 판사는 바로 그녀다. 그는 어쩌면 이 사건은 현직판사의 힘을 빌려 쉽게 해결될 수도 있겠다는 생각이 들었다. 형일은 은근히 가슴이 두근거렸다.

–과장님, 안녕하세요.

–야아, 차 팀장 어서 오게. 그래 요즘은 어떻게 지내나?

형일이 K대학병원 정형외과 진료실로 들어서자 송진일宋鎭一 교수가 작은 눈을 깜빡이며 말했다. 그런 송 교수의 표정은 으레 그렇듯이 오늘도 봉투 하나는 준비해 왔겠지, 하는 기대로 차 있었다. 그는 잇속에 밝은 송 교수의 능글능글한 표정에 메스꺼움을 느꼈다. 자동차 사고와 관련하여 장애율 판정을 받아야 하는 경우나, 의료자문이 필요한 경우가 생길 때마다 그가 송 교수에게 주어야 하는 것은 봉투였고, 토해 놓아야 하는 것은 양심의 가책과 죄의식이었다. 다른 병원이나 다른 의사들도 가끔씩 봉투를 요구하는 경우도 있었지만, 송 교수의 경우는 특히 그 정도가 심했다. 봉투를 건네야 하는 것은 당연한 의무였고, 어쩌다 봉투가 얇기라도 하면 대놓고 핀잔을 주기까지 했다. 그런데도 그는 송 교수를 찾지 않을 수 없었다. 그것은 공생관계라고 해야 좋을 것이었다.

교통사고에서의 장애율은 평균임금 및 기대여명과 더불어 보험금을 결정하는 가장 큰 변수이다. 그런 장애율을 판단하는 송 교수가 발급하는 장애진단서의 글자 하나에 지급보험금의 액수는 차이가 나게 마련이었고, 그 차액만큼 보험사가 이익을 보게 되는 것은 당연한 결론이었다. 특히 피해자가 기대여명 기간이 길고 평균임금이 고소득자인 경우, 장애율이 단지 1퍼센트 차이만 나도 지급보험금의 액수는 상당한 차이가 났다. 이것이 그와 송 교수 사이의 공생관계를 만드는 사슬이었다. 그가 장애율을 낮추기 위해 양심을 팽개치면서까지 봉투를 건네도 대부분의 의사들은 쉽게 넘어가지 않았다. 그러나 송 교수에게는 봉투의 두께에 따라 장애율도 다르게 나왔다. 송 교수가 실제로 의사로서의 양심을 팽개치고 보험사에 유리한 장애판정을 하는지는 밝혀진 것이 없었다. 그러나 송 교수로부터 보험사에 유리한 장애판정을 받을 수 있다는 것은 형일과 같은 업무에 종사하는 보험사 직원들에게는 공공연한 비밀이었다. 송 교수가 자기 월급의 몇 배나 되는 금액을 매월 각 보험사에서 정기적으로 받는다는 말도 있었다. 형일이 동료들보다 이른 나이로 팀장이 될 수 있었던 것도 이런 송 교수의 비리에 일정 부분 편승했기 때문이었다. 그런 점에서 형일과 송 교수는 불가분의 공생관계에 있었다. 이 살벌한 경쟁사회에서 내가 살아남기 위해서는 어쩔 수 없는 일이다. 형일이 그런 일로 양심의 가책을 느낄 때마다 주문처럼 외우는 핑계이고, 송 교수를 찾는 이유였다.

–과장님, 이 사진 좀 판독해 주십시오.

형일이 사고기록 파일에서 가지고 온 X선 필름과 그 뒷면에 감춘 봉투를 함께 내밀었다. 그 X선 필름은 3년 전, 유 박사의 시신을 부검한 병원의 방사선 담당자에게 특별히 두툼한 봉투를 주고 얻은 유 박사의 경추골 X선 필름이었다. 그것은 부검 과정에서 유 박사의 전신을 촬영한 여러 장의 X선 필름 중 하나였다. 형일이 익명의 메일을 받고 당시 사고기록 파일을 찾아보니 다행히 본사의 지시를 받기까지 그가 조사했던 자료가 그대로 남아있었다. 메일은 경추골의 골절흔에 증거가 있다고 했다. 형일은 이 메일에 따라 유 박사의 경추골 X선 필름을 판독해 보기로 했던 것이다.

–무슨 문제가 있어?

송 교수가 슬그머니 봉투를 필름에서 분리하여 끝만 조금 열려져 있는 책상 서랍 속으로 밀어 넣고는 책상에서 걸어 나와 필름을 형광판독기에 끼우면서 말했다.

–골절 부분에 어떤 문제가 보이지는 않습니까?

–어디 보자, 4, 5번이 골절됐군. 그런데 이거 좀 이상한데. 압박이나 분쇄도 아니고, 세게 비틀린 것 같은데. 세게 비틀리는 바람에 목이 부러진 것 같아.

–비틀려서 목이 부러졌다고요? 자동차사고에서 목이 부러질 정도로 세게 비틀리는 경우도 있습니까?

–거의 드물다고 봐야지. 이런 골절은 oblique fracture, 즉 사선골절에 가까워. 세게 비틀릴 때 비스듬히 사선으로 부러지는 골절 말이야. 자동차사고 같은 단순한 외부충격이나 압박보다는 오히려 누군가를 살해할 의도로 고의로 목을 세게 비틀어 꺾을 때 이런 골절이 생긴다고 봐야지. 그런데 이것이 무슨 문제가 있다는 말인가?

–아닙니다. 고맙습니다.

–도움이 됐다면, 그냥 입 닦으면 안 돼.

–알겠습니다. 여부가 있겠습니까.

형일은 속에서 치솟아 오르는 메스꺼움을 애써 참으며 진료실을 나섰다. 사무실로 돌아온 그는 곧바로 서울중앙지법으로 전화를 걸어 유휘진 판사를 찾았다. 전화를 받은 법원 여직원에게 용건을 말하자, 여직원이 전화를 돌렸다.

–예, 유휘진 판사입니다.

–저는 SH보험 경남지사의 차형일 보상팀장이라고 합니다.

–SH보험? 차형일 보상팀장이라고요?

수화기에서 들리는 목소리의 톤이 유 판사가 깜짝 놀라고 있다는 것을 말해 주고 있었다.

–예, 그렇습니다. 혹시 3년 전에 교통사고로 돌아가신 유경준 박사님의 따님이 판사님이 아니신가요?

–예. 그렇습니다. 그렇지 않아도 전화를 기다리고 있었습니다.

다음 날 토요일 오후, KTX 열차편으로 서울역에 내린 형일은 어제 유휘진 판사가 전화로 가르쳐 준 약속장소로 갔다. 서울역에서 걸어서 5분 정도 걸리는 빌딩의 레스토랑 겸 커피숍이었다. 그다지 손님이 많지 않고 번잡스럽지 않아 얘기를 나누기에 적당한 장소였다. 서울역이 바라보이는 창문 쪽에 한 여자가 앉아있었다. 3년 전에 봤던 빼빼장이 여자의 모습을 한눈에 알아볼 수 있었다. 그는 곧바로 유휘진 판사에게로 다가가서 명함을 내밀면서 말했다.

–유휘진 판사님이시죠? 어제 전화드렸던 차형일 보상팀장입니다.

–예, 먼 길을 오시느라 수고하셨습니다. 유휘진입니다.

유휘진 판사가 자리에서 일어나 형일의 명함을 받으면서 말했다. 그리고는 자신의 명함을 형일에게 공손히 내밀었다. 형일이 그녀의 맞은편 자리에 앉았다.

–점심식사는 하셨어요?

–예, 열차에서 간단하게 요기를 했습니다. 차만 한 잔 마셔도 될 것 같습니다.

–이렇게 멀리까지 와주셔서 정말 고맙습니다.

–아닙니다. 오히려 판사님께서 시간을 내주셔서 제가 고맙습니다.

–여기요.

유휘진 판사가 여종업원을 불러 차를 주문했다. 형일이 커피를 주문하고, 유 판사가 녹차와 간단한 디저트를 함께 주문했다. 종업원이 차를 놓고 가자, 형일이 말했다.

–3년 전에 유족동의서를 받기 위해 판사님을 한 번 뵌 적이 있습니다.

–그래요? 저는 전혀 기억이 없는데?

–아마 그때는 사고를 당한 직후라 경황이 없었을 겁니다. 그보다 이렇게 뵙고자 한 것은 어제 이상한 메일을 받았기 때문입니다.

–예? 메일이라고요?

휘진이 놀라는 표정으로 되물었다.

—혹시 판사님께서도 이상한 메일을 받았습니까?

놀라는 그녀의 표정을 놓치지 않고 형일이 말했다.

—예, 그런데 그 이상한 메일이라는 것이 어떤 것이었나요?

—먼저 이것을 한 번 보시고 말씀하시죠.

형일이 메일을 프린트한 종이를 내밀면서 말했다.

형일이 건넨 프린트 종이를 읽는 휘진은 머리끝이 쭈뼛 솟으며 전신에 소름이 돋는 것 같았다. 순간적으로 충격을 받은 머릿속이 하얗게 변하는 느낌이 들었다. 아버지의 교통사고가 사고를 가장한 살인이었다니. 수사기록이 조작되었고, 사고가 은폐되었다는 확신을 하기는 했지만, 설마 아버지의 사고가 살인이라는 생각은 꿈에도 하지 못했다. 증거를 찾으면 반드시 유휘진 판사를 만나보라고? 그랬구나. 그녀의 메일에 보험사의 보상담당자가 찾아올 것이라고 했는데, 실제로 그렇게 되었다.

휘진의 놀란 표정을 바라보면서 형일이 말했다.

—제가 어제 이 메일을 받고서 3년 전 유 박사님의 사고기록 파일을 다시 조사해 봤습니다. 이 메일에 증거는 경추골의 골절흔에 있다고 하지 않습니까? 그래서 당시 유 박사님의 경추골 X선 필름을 판독해 보았습니다.

—예? 보험사에 그런 X선 필름이 있었어요?

—예, 어제 병원에 가서 그 필름을 판독해 보았습니다. 그런데 그 필름에 나타난 골절흔은 비틀림 골절흔의 전형적인 현상이라고 의사가 말했습니다.

—잘 이해가 되지 않습니다. 그것이 무슨 증거가 된다는 거죠?

휘진이 의아한 표정을 지으며 형일을 바라보았다.

—자동차의 추돌사고에서 아주 특별한 경우를 제외하고는 경추골이 골절되는 경우는 전후방 충격의 경우 앞, 뒤, 가로로, 측면 충돌의 경우라 하더라도 좌, 우 가로로 골절되는 경우가 대부분입니다. 그런데 병원 의사의 말로는 그 X선 필름에 나타난 골절흔은 누군가가 의도적으로 목뼈를 부러뜨리기 위하여 목을 비틀어 돌려 꺾을 때나 생기는 그런 골절흔이라고 했습니다. 통상적인 자동차의 추돌사고에서는 잘 생길 수 없는 아주 예외적인 현상이라고요. 따라서 메일에서 언급한 박사님의 죽음이 사고를 가장한 살인이라는 말은 충분히 개연성이 있는 것이지요.

—정말! 알 것 같아요. 그런데 그럴 수가……. 아버지가 살해당했다니? 정말 믿어지지가 않아요.

—그리고 이것을 한 번 보십시오.

형일이 들고 왔던 가방을 열어 서류봉투 하나를 꺼내면서 말했다. 봉투 속에서 몇 장의 사진을 꺼낸 형일이 그 사진 중 하나를 그녀가 잘 볼 수 있도록 탁자 위에 놓으며 말했다.

—이 사진은 사고가 난 다음 날 오후에 제가 직접 사고현장에 가서 찍었던 사진입니다. 그런데 여기를 보십시오. 이 스키드마크는 당시 박사님의 차 앞에 있었던 컨테이너차량의 것입니다. 이상하지 않습니까? 당시 컨테이너운전사는 자기는 정상속도로 차를 운행하고 있는데, 박사님의 차가 뒤에서 추돌했다고 했고, 박사님의 차를 후미에서 들이받은 트럭은 박사님의 차가 추돌하는 것을 보고 이를 피하기 위해 급제동을 했다고 했습니다. 그렇다면 사고현장에 나 있는 이 스키드마크는 트럭의

것이 되어야 하지 않습니까? 그런데 이 사진의 스키드마크는 컨테이너 차량의 것입니다. 이것은 오히려 박사님의 차 앞에 있던 컨테이너차량이 급제동을 했다는 것이고, 그 운전사가 거짓말을 했다는 것을 의미합니다. 그리고 이 스키드마크는 일부러 지운 듯이 희미하게 나 있습니다. 이것이 무엇을 의미할까요? 이것은 당시 사고현장이 조작되었을 수도 있다는 것을 의미합니다.

—아니, 사고 기록에는 스키드마크가 없었는데……?

형일의 말을 듣고 있던 휘진이 통영지청에서 가지고 왔던 기록을 생각하고 말했다.

—혹시 사고조사 기록을 보셨습니까?

형일이 앞으로 고개를 내밀면서 말했다.

—예, 사실 저도 이상한 메일을 받았어요. 그래서 수사기록을 봤는데, 기록의 어디에도 스키드마크는 없었어요. 그 점이 궁금했는데……?

—그렇다면 그 수사기록도 조작됐다는 것이 아닙니까?

형일이 눈을 빛내면서 말했다.

—예, 저도 그렇게 생각했어요. 아니, 수사기록은 분명 조작되어 있었어요.

휘진이 단정하며 말했다.

—그보다도 혹시 메일을 보낸 사람이 누군지 짐작 가는 데가 없습니까? 메일의 아이디가 목격자입니다. 메일을 보낸 사람은 분명 사고를 목격한 사람일 것 같습니다.

형일이 기대를 가득 담은 눈빛으로 그녀의 눈을 바라보며 말했다.

—글쎄요. 어렴풋하나마 짐작 가는 데가 있긴 한데, 확신할 수 없어

요. 그보다 이 사진과 아까 말한 그 X선 필름을 제게 좀 주실 수 없을까요? 검찰에 재조사를 신청하려면 그 증거가 꼭 필요할 것 같습니다. 차 팀장님께는 절대로 피해가 가지 않도록 하겠습니다.

–그렇지 않아도 여기 이 사진들은 제가 칼라복사를 해서 가져왔습니다. 그러나 X선 필름은 복사할 수가 없어서……. 아마, 검찰청의 부검기록에 그 X선 필름의 원본이 있을 것입니다. 검찰청을 통해서 공식적으로 입수할 수 있을 것입니다.

–그렇군요. 알겠습니다.

–저도 생전 유 박사님의 명성은 들은 적이 있습니다. 한국이 낳은 세계적인 건축공학자셨다고요. 만일 실제로 박사님께서 그렇게 비명에 가셨다면 진실을 밝혀야 하지 않겠습니까. 그런 일에 제가 조금이라도 도움이 될 수 있다면 저에게도 보람된 일입니다. 앞으로 제가 할 수 있는 일이라면 적극적으로 협조하겠습니다. 그럼 저는 가보겠습니다.

형일이 복사한 사진이 든 봉투를 그녀에게 건네고는 먼저 일어나 커피숍을 나갔다. 형일이 나간 후 휘진은 고개를 숙이고 한동안 커피숍에 혼자 앉아있었다. 휘진의 눈에서 샘물 같은 눈물이 흐르고 있었다.

생명의 근원

행복에 이르는 길은 무수히 많다.
그러나 그 어떤 길도 마음의 터널을 통과하지 않으면 안 된다.

오피스텔로 돌아온 휘진은 극심한 혼란을 느꼈다. 아버지가 살해당했다니? 정말 믿고 싶지 않았다. 그러나 차형일이 말한 X선 필름과 현장의 사진, 수사기록의 진술조서와 차체에서 발견된 아버지의 사진을 비교분석해 볼 때 믿지 않을 수 없었다. 메일을 보낸 사람이 진욱 오빠가 아니라면 그 사람은 도대체 누구일까? 그리고 그녀에게 아이디와 비밀번호를 보낸 '송규원'이라는 사람은 또 누굴까?

휘진은 메일을 열었다. 차형일에게서 받은 사진과 얻은 정보들을 메일에 올려놔야겠다고 생각했다. 그녀는 먼저 차형일로부터 받은 사진을 스캔하여 첨부파일로 올렸다. 그리고 글을 작성했다.

오늘 SH해상보험의 차형일 보상팀장을 만났습니다. 그는 X선 필름에 나타난 아버지의 경추골 골절흔이 통상적인 교통사고에 의한 골절이 아니라 사람이 인위적으로 목을 비틀어 꺾을 때 생기는 전형적인 비틀림 골절 현상이라고 말했습니다. 차형일 팀장에게서 받은 사고 현장 사진을 첨부파일로 올립니다. 이 현장 사진과 비틀림 골절이라는 X선 필름의 판독 결과, 그리고 수사 기록을 종합해 볼 때, 믿고 싶지 않지만 아버지는 정말 살해된 것 같습니다. 저는 이 증거들을 가지고 검찰에 아버지의 교통사고에 대한 재수사 신청을 할 생각입니다. 당신의 의견은 어떠한지, 당신이 이 증거 외에 다른 증거를 가지고 있는지, 있다면 그 증거들을 제게 보내주십시오. 그리고 진욱 오빠의 소식을 부탁드립니다. 다시 한 번 부탁드립니다.

PS. 차형일 팀장은 아버지의 사고가 사고를 가장한 살인이라는 메일을 받았다고 했습니다. 그 메일도 당신이 보낸 것인가요?

글을 올린 휘진은 상혁에게 전화를 걸었다. 이제까지 있었던 일을 모두 얘기하고 검찰에 정식으로 재수사를 신청하는 것에 대해 의논해 봐야겠다는 생각이 들었다. 그러나 상혁의 휴대전화는 연결되지 않았다. 그녀는 상혁에게 전화를 해달라는 문자메시지를 보내고는 수사기록과 차형일로부터 받은 사진과 그로부터 들은 X선 필름의 판독 결과 등 이제까지 수집한 증거를 일목요연하게 컴퓨터로 정리하기 시작했다. 정리를 다 마칠 때까지도 상혁에게서는 아무 연락이 없었다. 처음 이상한 편지를 받은 날로부터 이제까지 제대로 잠을 자지 못해 몸이 파김치가 된 듯했다. 시간은 자정을 향해 달려가고 있었다. 그녀가 침대로 가기 위해 책상에서 막 일어서는데 전화가 울렸다. 상혁이었다.

–오늘 공장 사람들과 북한산에 갔는데, 산에서 배터리가 나가 버렸어. 산에서 내려와 이제까지 술자리에 있었어. 라면 하나 끓여주면 안 되겠니? 지금 곧 그곳으로 갈게.

상혁은 검찰청을 자칭 '공장'이라고 말하곤 했다. 술을 많이 마셨는지, 수화기에서 술내가 푹푹 풍기는 것 같았다.

—많이 마신 것 같네요. 피곤할 텐데, 그만 집에 가서 쉬세요. 내일 전화 할게요.

—야, 말라깽이, 속풀이는 하고 가야 할 것 아냐. 방금 택시 탔다.

—너무 늦었어요. 그곳이 어딘데요?

—방금 택시를 탔으니, 택시 안이지. 야, 이 택시 비행기보다 더 빠르네.

상혁이 일방적으로 전화를 끊고 말았다.

그리고 누군가가 현관문을 두드리는 소리가 났다. 벨을 누르지도 않고 그대로 문을 꽝꽝 두드리고 있었다. 그녀는 문을 열지 않은 채 안에서 물었다.

—누구세요?

—누구긴? 비행기 택시 타고 온 낭군님이지.

다분히 혀가 꼬부라진 상혁의 목소리였다.

—너무 늦었어요. 이웃에 소문나겠어요. 그냥 돌아가세요.

—소문? 소문이 무서워? 이 문 안 열면 이렇게 소리칠 거다. 나는 말라깽이, 꺽다리 유휘진을 사랑한다. 나는 유휘진을 사랑한다. 문 열어 줄래? 아니면 같이 창피당할래?

—그러지 마요. 많이 취했어요.

—진짜 크게 소리 지른다. 나는…….

상혁이 목소리를 높였다.

—알았어요. 들어오세요.

—진작 열어 줄 일이지. 얌마, 사랑하는 낭군님이 왔으면 버선발로 달려 나와야지.

노란색 등산복 점퍼를 입은 상혁이 들어서며 일부러 그러는지, 아니면 진짜 술에 취해 그러는지 혀 꼬부라진 소리로 횡설수설하고는 털썩 바닥에 주저앉아 등산화의 끈을 풀기 시작했다. 등산화를 벗고 일어서는 상혁이 비틀거렸다. 휘진이 부축했다. 상혁이 그녀의 어깨에 매달리다시피 하며 거실을 가로질러 털썩 소파에 앉았다.

—많이 취했어요. 우선 물 한 잔 마셔요.

휘진이 냉장고에서 물병을 꺼내 물을 컵에 따라 상혁에게 내밀면서 말했다.

—정말 라면 끓여 드릴까요? 드실 수 있어요?

물을 마신 상혁에게서 다시 잔을 받아든 그녀가 말했다.

—뭐? 그렇지, 라면. 그래, 이제부터 라면 먹는 연습을 해 놔야지, 그렇지?

상혁이 싱긋 웃으면서 말했다. 결혼을 앞둔 휘진이 아직 요리에 서툴다는 점을 에둘러 하는 말인 것 같았다.

—잠시만 기다리세요.

그녀가 손잡이가 달린 작은 냄비에 물을 받아 가스레인지에 얹고 냉장고에서 김치랑 몇 가지 반찬을 식탁 위에 꺼냈다. 소파에 앉아 잠시 고개를 숙이고 있던 상혁이 일어나 등산복 점퍼를 벗어 소파에 두고 휘진의 뒤로 다가왔다. 그리고는 갑자기 덥석, 뒤에서 그녀의 두 팔과 가슴을 끌어안고 목 뒷덜미에 입술을 비볐다.

—왜 이래요, 이거 성추행이에요. 아이, 따가워.

휘진이 깍지를 낀 상혁의 손가락을 새끼손가락부터 하나씩 잡아 벌리고는 몸을 빼냈다.

—자자, 우리 낭군님, 라면 다 익었어요. 여기에 앉으세요.

휘진이 가스레인지 위 냄비에서 끓고 있는 라면을 사기그릇에 옮겨 담아 식탁 위에 놓고는 상혁을 식탁의자에 앉혔다. 상혁이 젓가락으로 그릇의 라면을 휘젓고는 후 불며 입으로 가져갔다.

—야, 정말 맛있다!

상혁이 씩씩하게 입김을 후후 불면서 뜨거운 라면을 맛있게 먹었다. 그런 상혁이 갑자기 무슨 생각이 들었는지 어깨를 푹 떨어뜨리고 고개를 숙인 채 말없이 후룩후룩 라면만 먹고 있었다. 맞은편 의자에 앉아 그런 상혁의 모습을 바라보는 휘진의 가슴이 애틋하게 젖어들고 있었다. 국물까지 깨끗이 비운 상혁이 냉수로 입안을 헹군 후 고개를 들어 물끄러미 휘진의 눈을 바라보았다. 술에 취한 탓인지, 상혁의 눈에 갑자기 그렁그렁 물기가 내비치고 있었다. 상혁이 젖어드는 목소리로 말했다.

—많이 힘들지? 미안해. 아버지가 왜 그렇게 변해 버렸는지 모르겠어. 그렇게 정의감이 강했던 분이 변호사가 되고 난 후부터 너무도 변해 버렸어. 마치 돈과 권력에 혈안이 된 사람 같아. 장관이 되었으니 이제는 대권을 꿈꾸고 있을까. 그 때문에 더욱 반대하겠지.

입술을 비틀어 빈정대는 표정을 지은 상혁의 음성에는 변해 버렸다는 아버지에 대한 체념과 조소가 짙게 묻어나고 있었다.

—그런 말 마세요. 그 때문에 이렇게 마셨어요? 나 때문에 괴로워하지 말아요. 설사 상혁 씨가 두 분의 뜻대로 한다 해도 나는 원망하지 않아요. 난 이해할 수 있어요. 이제까지 상혁 씨가 내 곁에 있어 준 것만으로도 충분해요. 상혁 씨가 없었다면 나는 정말 견뎌내지 못했을 거예요.

—널 보내지 않아. 그렇게 되진 않을 거야. 부모님 때문에 떠나겠다는 생각, 절대 하면 안 돼. 그건 너답지도 않고 내겐 더욱 안 어울려.

다짐하듯 말하는 상혁은 그새 술이 많이 깬 것 같았다.

―그보다도, 정말 이제부터 어떻게 해야 할지 모르겠어요.

―뭘 몰라? 그런 말은 너답지 않다고 했잖아.

휘진의 의도를 알지 못한 상혁이 잘라 말했다.

―아니, 그 문제가 아니라 돌아가신 아빠의 교통사고 말이에요. 수사기록을 봤는데 모두 조작되어 있었어요. 그리고 오늘 낮에 차형일이라는 사람을 만났어요. 보험회사 직원인데, 그 사람이…….

증거를 분석하고 정리하면서 상혁에게 말을 할 때는 내색하지 않아야 한다고, 냉정해야 한다고 수없이 다짐했었다. 그러나 막상 아버지가 살해되었다는 말을 꺼내려고 하자, 그녀는 안타까운 마음에 더 이상 말을 잇지 못하고 주르륵 눈물부터 흘리고 말았다.

―그 사람이? 무슨 일이 있었어?

그녀의 갑작스런 변화에 술이 확 깨어버린 듯 상혁이 정색을 하고 추궁하듯 말했다.

―아니, 오늘은 피곤할 텐데, 그냥 돌아가요. 나도 지금 너무 지쳤어요.

그러나 이내 평정을 찾은 그녀가 식탁에 놓여있는 냅킨상자에서 화장지를 꺼내어 눈물을 닦으면서 울먹이는 소리로 말했다.

―그런 말을 듣고 내가 돌아갈 것 같아? 말해 봐. 수사기록이 조작되었다니? 그게 무슨 말이야?

상혁이 참지 못하고 두 팔을 뻗어 그녀의 어깨를 잡고 말했다. 억제와 분출 사이에서 울먹울먹하던 휘진이 상혁의 눈을 바라보며 기어이 울음을 터트리고 말았다.

―울지만 말고 말해 봐.

상혁이 그녀의 어깨를 흔들며 말했다.

—아빠가 살해당했다고 했어요.

냉정해야 한다고, 그렇게도 다짐했건만, 정작 속에 있는 첫말을 꺼내자, 휘진은 여지없이 분출되는 감정의 물결에 휩쓸리고 말았다. 이제까지 의지력으로 간신히 막고 있던 슬픔과 분노의 물결이 거대한 해일로 그녀를 덮치고 말았다. 휘진이 울면서 가슴 속 응혈을 토해내듯 짧게 끊어지는 목소리로 말했다.

—그냥 사고인 줄 알았는데, 아니었어요. 아빠의 사고가, 아빠의 사고가, 사고를 가장한 살인이라고 했어요. 수사기록을 봤어요. 사진을 봤어요. 정말 아빠가 살해당한 것 같아요. 아빠, 우리 아빠를 누가? 아빠가 무슨 죄가 있다고.

격정에 휩쓸려 순식간에 말을 토해 놓은 휘진이 팔꿈치를 식탁에 세우고 두 손으로 얼굴을 감싸며 펑펑 눈물을 쏟았다. 어깨가 요동치듯 들썩거렸다. 놀란 상혁이 의자 뒤로 돌아가 들썩이는 그녀의 어깨를 잡아 일으켜 앞으로 돌려세우며 큰소리로 말했다.

—그게 무슨 소리야? 살해당했다니?

휘진이 와락 상혁의 가슴에 얼굴을 묻었다. 그리고는 절박한 목소리로 상혁의 가슴을 주먹으로 치며 말했다.

—정말 아빠가 살해당한 것 같아요. 두려워요. 너무 무서워요. 어떻게 해야 할지 모르겠어요. 좀 도와 줘요. 상혁 씨는 검사잖아요. 검사인 상혁 씨는 살인자를 잡을 수 있잖아요.

상혁이 그녀의 어깨를 잡은 채로 고개를 젖히고 잠시 천장을 바라보았다. 상혁이 한 손으로는 그녀의 등을, 한 손으로는 그녀의 머리를 감싸 가슴에 꼭 품으며 말했다.

—진정해. 지금은 말하지 마. 지금은 아무 말도 하지 마.

그렇게 말하는 상혁의 눈에서도 기어이 눈물이 흘렀다. 휘진의 가슴에서 일어난 격렬한 감정의 물결이 상혁의 가슴에서 천천히 가라앉았다. 상혁의 가슴은 따뜻했다. 의식적으로 안기기를 거부했던 가슴이었다. 그러나 오늘만은 그냥 이대로 있고 싶다. 그냥 이대로 안겨 이렇게 따뜻한 체온을 온전히 느끼고 싶다. 이렇게 안겨 그대로 잠들고 싶다. 팽팽한 긴장이 풀리면서 그런 생각이 드는 순간, 휘진은 갑자기 머릿속이 하얗게 타들어가는 느낌이 들었다. 고무풍선의 공기가 빠져나가듯 전신이 스르르 수축되어 버리는 것 같았다. 몸을 지탱하고 있던 모든 뼈가 연체동물의 살처럼 흐물흐물 녹아내렸다. 알아들을 수 없는 어떤 절박한 외침이 꿈속 메아리처럼 아득하게 들렸다.

캄캄한 어둠이었다. 빛은 어디에도 보이지 않았다. 어둠 속에서 바람소리가 들렸다. 바람소리는 무덤 속에서 울려나오는 비명 섞인 흐느낌 같았다. 그 소리가 그녀를 이끌고 있었다. 그녀는 무엇엔가 홀린 듯 그 소리를 따라가고 있었다. 걷고 있었지만, 발바닥에는 어떤 느낌도 없었다. 마치 공중을 부유하는 유령이 된 것 같았다. 갑자기 소리가 사라지고 어둠이 걷혔다. 그녀는 주위를 둘러보았다. 한 번도 와 본적이 없는 바닷가였다. 비가 내리고, 수평선은 짙은 해무에 가려 보이지 않았다. 비에 젖은 모래의 차가운 감촉이 발바닥을 통하여 올라와 다리를 지나고 허리를 적시더니 심장을 꽁꽁 얼어 붙였다. 그러나 춥지는 않았다. 그곳에 아주 오래 전부터 서 있었던 것처럼, 그녀는 얼음동상이 되어 바닷가에 서 있었다. 얼음동상의 눈에서 눈물 한 방울이 바다 수면에 떨어졌다. 수면에서 작은 파문이 일어나고, 그 파문이 번져나며 작은 물결이 일어났다. 물결은 거꾸로 먼 바다로 밀려가는 파도가 되고, 멍석을 말아가는 것처럼 파도가 점차 덩치를 불리더니 거대한 해일의 바퀴로 돌아가기 시작했다. 그 바퀴에 누가 매달려 있었다. 아버지였다. 아버지를 매단 거대한 해일의 바퀴가 짙은 해무 속으로 사라지고 있었다. 아빠, 아빠, 가지 마세요. 휘진은 소리를 질렀다. 그러나 꽁꽁 얼어버린 혀와 입술을 움직일 수 없었다. 아빠, 아빠, 가지 마세요. 너무 안타까워 얼어버린 심장이 깨질 듯 아팠다. 아, 아빠, 아빠…….

휘진은 눈을 떴다. 그러나 하얀 빛에 너무 눈이 부셔 눈살을 찌푸리며 다시 눈을 감았다가 천천히 다시 떴다. 침대머리 위 스테인리스 지지대에 매달린 링거액 주머니가 눈에 들어왔다. 휘진은 누운 채로 팔을 들어보았다. 손목 아래 혈관에 링거 주사바늘이 꽂혀있었다. 누운 채로 고개를 돌려보니, 간이의자에 앉자 침대머리 맡에 팔을 괴고 엎드려 잠든 상혁의 뺨이 보였다. 갈증이 났다. 입술이 바싹 메말라 있었다. 그때서야 상혁의 가슴에 안겨 갑자기 의식을 잃어버렸다는 생각이 들었다. 의식을 잃은 그녀를 상혁이 병원으로 데리고 온 모양이었다. 입안이 메말랐지만, 분명 지쳐 잠들었을 상혁을 깨우고 싶지 않았다.

그때도 그랬는데, 상혁에게 미안했다. 너무도 충격적인 아버지의 죽음과 장례식, 장례식에서 상주는 그녀가 유일했다. '성모 마리아의 집' 원장 선생님과 수녀님들, 상혁과 학교 친구들이 도와주지 않았다면, 그녀는 혼자서 장례식도 제대로 치르지 못했을 것이었다. 장례식을 치르고 난 뒤 휘진은 일주일을 병원에 입원해 있었다. 그때도 상혁이 병실을 지켰다. 상혁에 대한 고마움과 미안함으로 가슴이 뭉클해지며 눈물이 볼을 타고 흘렀다.

—어, 깨어났구나.

엎드려 있던 상혁이 고개를 들어 그녀의 얼굴을 바라보며 말했다. 휘진은 볼을 타고 내리는 눈물을 닦을 생각도 않고 상혁의 얼굴을 바라보았다. 면도를 하지 않아 거뭇하게 자란 수염과 헝클어진 머리카락에 얼굴마저 푸석했다. 상혁이 머리맡의 화장지를 꺼내어 그녀의 볼에 흐른 눈물을 닦아주었다. 그 눈물자국을 따라 다시 눈물이 흘렀다.

—좀 어때? 괜찮아? 야, 장가도 못가고 마누라 죽이는 줄 알았다.

상혁이 의자에서 일어나 허리를 숙이고 휘진의 바싹 마른 입술에 입술을 살짝 갖다 댔다 떼고는 싱겁게 웃으며 말했다. 그녀가 희미하게 웃었다.

—물 좀 줘요. 갈증이 나요.

—그래, 일어날 수 있겠어? 침대를 좀 올려줄까?

—고마워요.

상혁이 병상 침대의 레버를 돌리고, 휘진이 천천히 허리를 일으켜 앉았다. 상혁이 빨대가 꽂힌 물통을 가지고 와 그녀에게 주었다. 그녀가 물을 한 모금 빨아들여 마신 후 입안에 남은 물로 입술을 축이고는 말했다.

—몇 시나 됐어요?

상혁이 손목시계를 보고 쾌활하게 말했다.

—벌써 11시가 되었네. 야, 너 참 잠꾸러기다. 그래서 이렇게 미인인가?

—놀리지 마요.

—너무 과로해서 그렇대. 푹 자고 나면 괜찮을 거라고 하는데, 그래도 모르니까 며칠 입원하여 정밀검사를 받아보고 퇴원하자. 나는 집에 가서 좀 씻고 나중에 올게.

—걱정하지 마요. 이제 괜찮아요. 어제부터 쉬지도 못했을 텐데, 집에 가서 푹 쉬어요. 나중에 혼자 집에 가면 돼요.

—고집부리지 말고 내가 시키는 대로 해. 안 그러면 꿀밤 먹인다.

상혁이 웃으면서 병실을 나간 직후, 그녀는 다시 깊은 잠의 나락으로 떨어졌다.

다음날 월요일 아침, 휘진은 병가를 내고 심전도 검사와 몇 가지 기본적인 건강검진을 했다. 의사는 아무 이상이 없다고 하면서 단순과로로 인한 것이므로 며칠 푹 쉬고 나면 회복될 거라고 했다. 오후에 퇴원했다. 집에 돌아와 상혁에게 퇴원했다고 문자를 보냈다. 문자를 보낸 후 오피스텔 근처의 한 인쇄소에 들러 수사기록과 차형일로부터 받은 사진을 복사했다. 퇴근길에 상혁이 집에 왔다. 휘진은 수사기록과 정리해 둔 문서를 상혁에게 주었다. 상혁이 돌아가고 난 후 메일을 여니 글이 올라와 있었다.

자료는 잘 보았다. 증거에 대한 너의 분석도 모두 사실이다. 할 수 있다면, 검찰에 재수사를 요청하기 전에 사고에 직접 연루된 3명의 운전사와 사고 처리를 한 경찰관에 대하여 먼저 내사하여 그들에 대한 정보를 메일에 올려놓아라. 내가 가진 증거는 필요한 때에 너에게 전달될 것이다. 그들은 살인자임을 명심해야 한다. 내사는 은밀하게 해야 한다. 진실의 문을 열기 위해서는 용기가 필요한 법, 용기는 두려움의 뿌리에서 자란 의지를 먹고 자란다. 진실은 반드시 승리한다는 신념을 가져라.

또 하나의 장문의 글이 첨부파일에 들어 있었다.

사랑하는 딸아.

이제 너와 함께 할 시간이 얼마 남지 않은 것 같구나. 사람들은 육체의 소멸을 죽음이라고 하고, 그 죽음을 두려워하고 슬퍼한다. 그러나 죽음이란 단지 또 다른 시간과 공간으로 떠나는 여행일 뿐이란다. 생명을 만든 존재의 근원, 그곳으로 다시 돌아가는 여정일 뿐이란다. 소멸하지 않는 다차원多次元의 영겁永劫의 시간 속에서 이 지구의 생성과 소멸조차도 찰나刹那에 불과할 테지. 그러나 내 생명이 태어나고 존재한 이 공간에서, 지금까지 내 눈으로 바라본 모든 순간들은 그 하나하나가 참으로 아름다웠다.

사랑하는 딸아.

이제 머지않아 나를 태우고 떠날 시간의 돛단배가 내 영혼의 항구에 정박할 것이다. 그러면 나는 그 배를 타고 내가 왔던 존재의 근원, 그곳으로 다시 돌아갈 것이다. 그곳에 가면 분명 내가 이 차원의 이 공간에 태어나 존재하면서 이성으로 유일하게 사랑했던 사람, 나의 아내, 너의 생명을 있게 한 네 어머니가 나를 기다리고 있을 것이다. 귀로도 바라볼 수 있고, 눈으로도 들을 수 있는, 오감五感이 해체된 모든 공감각共感覺으로 내 안에서 또 하나의 내가 되어 버린 내 아내, 네 어머니가 나를 기다리고 있을 것이다. 그래서 나는 오늘도 기쁜 마음으로 피안彼岸의 언덕에 올라 나를 태워갈 시간의 돛단배가 나타나기를 기다리고 있다.

사랑하는 딸아.

그러니 나의 육체가 네 곁을 떠난다고 하여 슬퍼하거나 두려워해선 안 된다. 그것은 오히려 축복이란다. 그것은 내 생명을 만든 그 시원始原의 공간으로 향하는 가슴 벅찬 회귀의 순간이란다. 이제 곧 그날이 오면 나는 맑은 마음을 모아 감사의 기도를 드리면서 은총으로 가득한 그 귀향의 순간을 맞이할 것이다. 그러나 이제 새로운 여행을 준비하면서, 네가 모르고 있는 몇 가지 얘기를 해 주고 떠나는 것이 좋을 것 같구나.

사랑하는 딸아.

너의 생명은 어디에서 시작되었을까?

너의 아버지인 나의 생명은 또 어디에서 시작되었을까?

궁극의 시간을 거슬러 올라가보면 그 생명의 근원과 마주할 것이다. 생명의 근원, 여기에서 모든 인연은 시작되고 그 인연과 인연이 서로 얽히고 얽혀 오늘의 인연이 나타났을 것이다. 그래서 이 땅의 모든 생명과 사물은 이 연기법緣起法으로부터 자유롭지 못한 것 같다. 나는 이 궁극의 인연까지는 알지 못한다. 그러나 내 생명을 있게 한 내 아버지, 그 아버지의 아버지, 여기에서 비롯된 지금의 인연, 이 부끄러운 인연에 대해서는 말할 수 있다.

내 아버지의 아버지, 또 그 윗대의 아버지는 마름이었다. 그 마름의 주인은 이 나라를 일본에 넘긴 친일파 우두머리였다. 비록 역사서에는 실리지 않았지만, 을사늑약을 체결한 그 오적에 결코 뒤지지 않을 수괴였다. 그 주인은 친일을 하여 많은 재산을 모았다. 그 마름이 그 재산을 관리했다. 그 주인의 무남독녀 딸을 아내로 얻었다. 그 마름은 그 주인보다 더 지독한 친일파가 되었다. 그 주인이 나라를 팔아 모은 재산에다 그 마름이 동족을 핍박하여 모은 재산을 보탰다. 엄청난 재산이 모였다. 그 마름은 그 재산을 하나뿐인 아들에게 고스란히 물려주었다. 그 아들은 동족을 전쟁터로 내몰아 그 재산을 더욱 더 불렸다. 그 아들의 외아들, 내 아버지, 그는 이것이 부끄러웠다. 그는 이 재산을 거부했다. 평생을 가난하게 살고자 결심하고 유랑의 길을 택했다. 그 유랑의 길은 속죄의 길이었다.

그런 내 아버지는 목수였다. 목수 연장이 든 나무공구통 하나만을 달랑 울러 매고 이 나라 산천 방방곡곡을 유랑한 목수였다. 나무에 먹줄을 튕기고, 그 먹줄에 따라 톱질을 하고, 대패질을 하고, 나무못을 박은 그런 목수였다. 쇠못을 박으면 나무가 아프게 된다고 하면서 나무못만을 고집하던 그런 목수였다. 아무에게도 인정받지 못한, 그러나 그 인정받지 못함조차 마음에 두지 않았던 그런 목수였다. 그러나 아버지는 나무의 결을 알고, 그 결을 지키며, 그 결이 얘기하고 싶었던 것을 알고 있었던 목수였다. 대패질을 할 때 아버지는 대패와 하나가 되었고, 나무와 하나가 되었다.

언젠가 나는 아버지의 손에 이끌려 영주 부석사에 간 적이 있었다. 아버지는 부석사 입구, 도로 옆에 있는 붉은 사과나무 밭을 지나 멀리 일주문이 보이는 약간 비탈진 은행나무 가로수 길을 내 손을 잡고 걸으면서 아무 말이 없었다. 일주문을 지나 천왕문으로 오르는 길 중턱 왼편, 두 개의 당간지주幢竿支柱 앞에 섰을 때도 아버지는 말이 없었다. 어린 내가 턱을 치켜들고 쳐다보아야 그 끝이 보이는 곧게 뻗어 올라간 그 두 개의 돌기둥 앞에서 아버지는 단지 내가 아픔을 느낄 정도로 손을 꼭 잡아 주었을 뿐이었다. 낮은 돌계단을 올라 천왕문, 범종루, 안양루를 지나기까지 아홉 단의 석축 돌계단을 넘을 때도 아버지는 아무 말이 없었다. 돌계단을 넘은 그곳에 무량수전이 있었다. 나는 그때는 모르고 있었다. 무량수전이 어떠한 건축물인지를. 어린 나의 눈에는 단지 좀 크다 싶은, 기둥의 중간 부분이 굵어 조금은 우스꽝스럽게 보이는 기와집 한 채가 서 있었을 뿐이었다.

그러나 지금은 안다. 느낀다. 정면 다섯 칸, 측면 세 칸을 구분 짓는 배흘림기둥 위에 얹힌 팔작지붕의 훤칠하고 유려한 곡선미를 뽐내는 외관과 기둥, 들보, 서까래 등등 길고 굵은 나무와 짧지만 아기자기한 작은 나무들이 얽히고설키면서 엮어내는 장단長短의 선율로 출렁이는 내부, 아버지는 이러한 무량수전의 아름다움에 흠뻑 취해 있었다. 그러한 순간에도 아버지는 아무 말도 하지 않았다. 단지 다시 한 번 어린 나의 손을 힘주어 잡아주었을 뿐이었다.

그런 아버지는 내가 겨우 여섯 살이 되던 해, 차가운 바람이 부는 어느 날, 갑작스럽게 돌아가셨다. 아버지가 남겨놓은 것은 낡은 나무공구통 하나와 그 안에 든 당신의 손때 묻은 대패와 톱, 먹통(-桶), 기역자로 굽은 철자 등 목수 연장뿐이었다. 갑작스런 아버지의 죽음 앞에서 나는 슬픔보다는 그때 무량수전의 아름다움에 취해있었던 아버지의 얼굴을 보았다. 아버지는 그때 왜 넋이 나간 사람처럼 몽롱한 시선으로 무량수전을 보고 있었을까? 무량수전의 무엇이 아버지를 그렇게 흠뻑 취하게 만들었을까? 그것이 성인이 되기까지 나의 의식을 지배한 커다란 의문점이었다.

그러던 어느 날 나는 문득 깨달았다. 그것은 찰나의 순간에 떠오른 생각이었다. 아버지를 취하게 만들었던 무량수전의 아름다움, 그것이 곧 당신의 꿈이었고, 염원이었다는 것을. 아무도 인정해 주지 않았고, 인정해 주기를 바라지도 않았지만, 아버지의 내면에는 당신이 이 나라 최고의 목수라는 자부심과 긍지가 있었고, 그것이 곧 당신의 손으로 나무를 베고, 자르고, 벗기고, 켜고, 붙이고……, 그리하여 당신의 손으로 무량수전을 능가하는 이 나라 최고의 건축물을 남기고 싶다는 열망과 염원이 있었다는 것을. 당신의 아버지가 물려준 그 엄청난 재산보다도 그것이 더 소중한 삶의 가치였다는 것을. 그때 아버지는 아무 말이 없었지만, 아버지가 잡아 주었던 그 손을 통하여 부석사의 당간지주는 내 가슴에 우뚝 섰다.

사랑하는 딸아.

지금 여의도로 가서 바라보아라. 이 나라 수도 서울의 관문, 그 북쪽 강 건너편에 108개의 돌기둥이 자라고 있을 것이다. 108개의 당간지주를 조화롭게 엮은 섬세하면서도 웅장한 탑 하나가 솟아나고 있을 것이다. 이 나라뿐만 아니라 전 세계에서도 유례가 없을 가장 아름다운 마천루 하나가 솟아나고 있을 것이다.

그것은 내 아버지의 염원이었다.

그것은 너의 생명을 있게 한 네 아버지의 꿈, 나의 소망이었다.

훗날 사람들은 그 탑을 '코리아타워'라고 부를 것이다.

글을 읽고 난 휘진은 한동안 생각에 잠겼다. 글은 죽음을 앞둔 아버지가 딸에게 보내는 편지형식이다. 글 속의 아버지가 실제로 나의 아버지이고, 그 딸이 나라면? 그렇다면 아버지는 3년 전 그날의 사고, 아니 살인을 미리 예견하고 있었다는 말인가? 아니면 아버지가 죽음을 예견할 수밖에 없는 다른 이유가 있었던 것일까?

그런데 '내 아버지의 아버지, 그 윗대의 아버지'라면? 나에게는 고조할아버지가 된다. 그 할아버지가 친일파의 수괴였다니? 아버지는 생전에 이런 얘기를 단 한 번도 하지 않았다. 그녀도 모르는 집안의 내력을 메일은 언급하고 있다.

이것이 정말 사실일까? 혹시? 아니야. 그럴 리가 없어. 하지만? 그녀는 이제까지와는 다른 또 하나의 혼돈 속으로 빠져들고 있었다.

* * *

먼저 휘진에게 택배로 아이디와 비밀번호를 보냈다는 '송규원'이라는 사람은 택배 상자에 적힌 부산의 주소에 살고 있지 않았다. 상혁은 그것이 허위의 주소와 가명이라고 판단했다. 휘진이 비밀번호를 알려주지 않아 메일을 열어볼 수는 없었지만, 그 메일을 보낸 사람, 즉 송규원이라는 익명의 사람은 그녀와 단둘이서만 은밀하게 정보를 교환하기 위하여 그런 방법을 택했을 것이라는 휘진의 주장에 동의하지 않을 수 없었다.

다음으로 상혁은 휘진에게서 받은 증거자료들을 면밀하게 검토했다. 수사기록은 그 자체로서도 조작의 흔적이 있었지만, 차형일이 주었다는 사진과 결부해볼 때 그것은 더욱 분명했다. 그러나 유경준 박사의 경추골 골절흔이 살인의 직접증거라는 주장에는 쉽게 동의할 수 없었다. 차형일의 말과 같이 그것이 비틀림 골절흔이라고 하더라도 당시 사고는 3중추돌이 있었던 사고이고, 특히 피해차량의 측면을 들이받은 3차 충돌에서 피해차량이 급격히 회전했을 가능성이 있었고, 그때 목이 비틀렸을 가능성을 전연 배제할 수는 없었다. 또한 X선 필름에 나타난 '비틀림 골절흔'이라는 것이 통상의 골절흔과 의학적으로 그렇게 명확하게 구별될 수 있는 것인지도 의문이었다.

그런데 메일에는 특히 수사기록에 나타난 3명의 운전사와 사고조사 경찰관을 조사하라고 하면서, 그들이 살인자라고 했는데, 그 3명의 운전사와 경찰을 포함한 4사람이 살인의 공범이라는 것인지, 경찰관은 제외한 3명의 운전사만 살인자라는 것인지는 분명하지 않았다.

3명의 운전사가 살인자라고 하는 것은 이해할 수 있었다. 통상의 교통사고에서 자기가 가해자이면서도 자신의 잘못이 아니라고 우기거나 발뺌하는 경우는 허다하고, 연쇄 추돌사고와 같은 경우에는 가해자끼리 서로 말을 맞추거나 증거를 조작하여 오히려 가해자를 피해자로 둔갑시키는 경우도 더러 있었다. 특히 사고의 목격자가 없거나, 사고에서 상대방이 사망하고 없는 경우에는 더욱 그랬다.

그런데 메일은 왜 당시 수사경찰관을 조사하라고 했을까? 상혁은 이 점에 특히 주목했다. 설마 경찰관이 살인에 직접 가담하지는 않았을 것이다. 오히려 수사기록의 조작 흔적에 비추어 볼 때 운전사들이 당시 수사경찰관에게 금품을 주어 사건을 조작했을 가능성이 더 크다. 그렇다면 사건의 진실을 가장 명확하게 알고 있는 사람은 당시 수사경찰관이다.

상혁은 메일의 글처럼 우선 사고에 개입된 운전사들과 당시 사고를 조사한 경찰을 조사해 볼 필요가 있다고 생각했다. 경찰까지 개입된 사건에서 공개수사를 하는 경우, 그들은 틀림없이 증거를 인멸하거나 조작해 버릴 것이다. 휘진에게 보낸 메일의 경고와 같이 수사는 은밀하게 진행할 필요가 있었다.

–최검, 저녁에 누나집으로 와. 뭔가 좀 이상해. 사건에 엄청난 배후가 있는 것 같아.

상혁이 강남경찰서 정보과의 김영준金泳俊 경위에게 사건을 은밀하게 내사하도록 부탁한 후 한 달쯤이 지난 금요일 퇴근 무렵, 상혁의 휴대전화가 울렸다. 영준이었다. 영준은 상혁과 같은 대학 법학과 동창이었다. 대학을 다닐 때는 상혁과 함께 사법시험을 준비했지만, 낙방을 거듭하자 경찰 간부후보생으로 경찰에 투신한 친구였다. 서울에서 자란 상혁과는 달리 충북 음성에서 돼지 축산을 하는 부모 아래서 자란 다섯 형제 중 셋째였는데, 그곳에서 고등학교를 나왔고, 천성이 낙천적이고 소탈하면서도 불의를 보면 참지 못했다. 영준이 말하는 '누나집'이란 노량진시장 근처에서 그의 누나가 운영하는 삼겹살구이 식육식당을 말하는 것이었다. 영준은 누나가 운영하는 이 식당을 그의 부모가 경영하는 음성축산 '직영 제1호점'이라고 자랑했고, 실제 상호도 '누나집'이란 큰 간판 글씨 아래 '음성축산 직영 제1호점'이란 작은 글씨가 적혀 있었다. 음성축산에서 출하하는 돼지를 도축 당일 직송해 오기 때문에 싸고 싱싱하며 맛이 좋다고 했고, 실제로 그랬다. 그가 상혁처럼 사법시험에 합격하지 못한 것은 부모님을 도와 돼지 축사에서 분뇨를 치우느라 제대로 공부를 못했기 때문이지, 상혁보다 머리가 모자라서 그런 것이 아니라고 껄껄 웃으며 얘기하는 친구였다. '최검'이란 말은 영준이 이제 검사가 된 친구 상혁을 개인적으로 친하게 부르는 호칭이었다. 또한 영준은 같은 대학 출신으로 판사가 된 휘진도 알고 있었음은 물론 상혁과의 관계도 잘 알고 있었다. 상혁은 사건의 보안유지를 위하여 검찰의 공식적인 수사라인을 가동하는 대신 개인적으로 가장 믿을 수 있는 친구에게 운전사와 그 경찰을 내사해 줄 것을 부탁했던 것이다.

상혁이 식당에 도착했을 때는 거의 9시가 다 되어 가고 있었다. 그때까지도 음식점은 꽉 차 있었다. 축산농가에서 직영하는 집이라 고기 맛이 좋고 싱싱하다는 소문이 나 식당은 항상 붐볐다. 소탈한 성격처럼, 영준이 먼저 와서 앞치마를 두르고 홀에서 서빙을 하며 식당일을 도와주고 있다가 상혁을 여닫이 칸막이가 된 구석진 방으로 데려갔다. 상혁을 위하여 미리 마련해 둔 자리였다.

–사고를 낸 컨테이너차량, 레미콘차량은 태성건설 소유였고, 트럭은 강호건설 소유였어. 좀 이상하지 않아? 사고에 개입된 차들 모두 코리아타워의 시공사 소유라는 것이 말이야?

불판 위의 삼겹살이 채 익기도 전에 소주 한 잔을 마신 영준이 말했다.

–그 운전사들 모두 조사해 봤어?

–응, 먼저 레미콘 운전사 고광준은 학교법인 애림재활학원의 행정실장이었어.

—애림재활학원? 전혀 뜻밖이네. 그곳이 뭐하는 곳인데?

—장애인이나 지체부자유아, 부모 없는 무의탁 아이들을 모아 재활교육을 시키는 사회복지시설이야. 일종의 장애인 재활학교지. 태성건설이 기업의 사회적 봉사라는 명분을 내걸고 설립한 비영리 재단법인이야. 물론 이사장은 태성건설의 김형태 회장이고. 그러나 기업의 사회적 봉사라는 것은 빛 좋은 개살구고 사실은 이 법인이 태성건설의 모태가 되었다고 해. 재활교육은 명분일 뿐이고, 심지어 그곳에 있는 아이들에게 앵벌이를 시키기까지 했다는 소문이 있었어.

—설마 그럴 리가?

—확실한 증거는 없지만, 어쨌든 그런 소문이 있었어. 그런데 레미콘차량을 운전하는 중기 운전기사가 그런 학교의 행정실장이라고 하는 것이 이상하지 않아? 그리고 고광준이라는 이 사람, 고등학교 2학년 때 학교폭력으로 소년원에 간 것을 시작으로 모두 여덟 개의 전과가 있어. 폭력과 강간으로 세 번의 실형 선고를 받았고, 나머지는 모두 벌금형을 받았어. 그리고 두 번 이혼을 했는데, 그중 전처 한 사람을 만나 보니 아예 말도 꺼내지 못하게 했어. 망나니 중의 개망나니라고. 또 컨테이너차량을 운전했던 김희철이라는 사람은 폭력 전과는 없지만, 사기 전과가 세 개 있었어. 현재는 희건토건이라는 건설업체의 대표인데, 이 업체는 태성건설과 강호건설의 하청업체였어. 어쨌든 당시 사고에 연루된 고광준과 김희철이 태성건설 김형태 회장과 밀접한 관계가 있다는 것은 분명해.

사고에 직접 개입된 또 한 사람의 운전사인 트럭 운전사 윤경호에 대하여 영준이 조사한 내용도 고광준이나 김희철처럼 쉽게 이해할 수 없는 부분이 있었다. 윤경호는 조직폭력 사건으로 두 번의 실형을 받은 전과가 있고, 사소한 폭력 전과도 몇 개 더 있었다. 현재 강남의 고급 유흥업소 네 곳을 관리하고 있는데, 대외적인 직함은 '강남유통 총괄관리실장'이었다. 이것도 트럭 운전사 출신과는 너무도 동떨어진 직업이었다. 그런데 더욱 이해가 가지 않는 점은 당시 유 박사의 교통사고를 수사했던 경찰관 박홍길이 현재 강남유통의 대표이사라는 점이었다.

그리고 트럭의 소유자인 강호건설의 강진호 회장은 과거 강남의 유흥업소를 장악한 조직폭력배의 우두머리였다는 소문이 있고, 그 소문의 진위 여부를 떠나 강호건설을 설립하기 전, 그는 서울과 지방에 산재한 50개가 넘는 유흥업소를 직영하고 있었다고 했다. 또한 현재 강남유통에서 직영하는 유흥업소 네 곳, 즉 '강남 룸살롱 1, 2, 3, 4호점'의 실제 사주는 강진호 회장이라고 했다. 유흥가에서는 그를 유흥가의 대부로 불렀고, 그가 이곳에서 번 돈으로 강호건설을 설립하여 불과 10여 년 만에 일약 국내 20위권에 드는 건설회사로 성장시킨 신화적인 사업가라는 점은 이미 널리 알려진 사실이었다. 그리고 이러한 강호건설의 급성장 이면에는 과거 정부의 실세가 뒤를 받쳐 주고 있었고, 강호건설은 이 실세의 정치자금 조달 창구였다는 설도 있었다.

―고광준과 김희철이 태성건설과 연결되어 있고, 윤경호와 박홍길이 강호건설과 연결되어 있어. 그리고 태성건설과 강호건설 모두 코리아타워의 시공사야. 유경준 박사는 코리아타워의 설계자인 동시에 시행자로 보면 돼. 이렇게 조합을 짜 맞추어보면 코리아타워의 이권을 둘러싸고 태성건설과 강호건설이 개입되어 있는 것 같지 않아? 한번 파헤쳐보면 큰 건이 하나 걸려들 것 같은데?

영준이 기대에 찬 음성으로 상혁을 바라보며 말했다.

—일리가 있어. 그러나 지금은 우선 유 박사의 교통사고에 대해서만 치중해 보자. 네 추리와 같이 태성건설과 강호건설이 개입되었고, 당시 경찰관이었던 박홍길까지 거기에 개입되었다면 섣불리 건드릴 수 없어. 확실한 증거를 포착하기까지는 은밀하게 해야 해. 이제까지 수사하는 과정에 그 운전사들이나 박홍길이 낌새를 차리지는 않았겠지?

—야, 이 김영준이를 어떻게 보고 그런 소리를 해, 너나 조심해. 참, 그리고 박홍길, 이 사람 말이야.

영준이 상추에 싼 삼겹살을 제대로 씹지도 않고 꿀꺽 삼킨 후 이어 말했다.

—이 사건과 직접 관련된 일은 아니지만, 10여 년 전, 박홍길이 경찰이 되고 난 직후에 살인 혐의로 조사를 받았으나 무혐의로 처리된 사건이 하나 있었어. 박홍길이 사귀던 여자와 동해안으로 함께 여행을 갔다가 여자가 실족사고로 갯바위에서 추락하여 사망한 사건이었는데, 그때 죽은 여자의 부모가 그 사고는 실족사고가 아니라 박홍길이 살인을 한 것이라고 진정을 한 사건이었어. 그러나 결국 증거가 없어 무혐의 처리되었더군. 그것보다 박 검사는 어땠어?

영준이 물었다. 박 검사란 당시 유 박사의 교통사고 사건을 지휘했던 통영지청의 박병우 검사를 말했다. 영준이 그렇게 물은 것은 검찰 쪽 사람은 상혁이 직접 알아보기로 했기 때문이었다.

—응, 박 검사는 지금은 사직하고 법무법인 정에서 변호사로 있었어.

—법무법인 정이라면? 장관님이 대표변호사로 있었던 그곳 말이야?

—그래, 등잔 밑이 어둡다고, 그곳에 있었어. 박홍길과 마찬가지로 그 사건 직후 사직했다는 것이 다소 꺼림칙하기는 한데, 설마 검사까

지 개입했겠어? 그때 갑자기 지방으로 발령이 난 후 마침 법무법인에서 영입 제의가 들어오자 옷을 벗었다고 했어. 조만간 내가 직접 박 변호사를 한 번 만나봐야겠어. 너는 그 보험회사 직원이라는 차형일을 좀 조사해 줘. 당시 사고가 났을 때 현장에 가서 조사했던 내용과 X선 필름, 최근에 메일을 받기까지의 사정까지 자세하게 좀 알아봐 줘.

상혁이 소주병에 남은 마지막 소주를 제 잔에 따라 마시고 말했다.

어둠은 빛을 먹고 자란다

생명의 근원으로 올라가 보자.
그곳에서는 모든 사물과 사물, 생명과 생명이 하나로 연결되어 있다.

아버지가 살해되었다는 메일의 내용에 대하여, 그때까지도 휘진은 설마 그랬을까 하는 한 가닥 의문을 가지고 있었다. 그러나 상혁이 조사하여 보낸 자료들을 보자 이제는 싫더라도 인정하지 않을 수 없었다. 메일의 내용처럼 아버지는 살해된 것이 분명했다. 이 점에 대하여는 상혁도 같은 의견이었다. 상혁 혼자서 이 살인의 동기와 배후를 밝힐 수 있을까? 막연히 상혁이 진행하는 수사를 지켜보고만 있을 수는 없었다. 이제부터는 그녀도 나름대로 조사를 하고 대책을 강구해야 한다는 생각이 들었다.

그러나 휘진은 그들이 살인자라는 사실에 덜컥 겁부터 났다. 그녀가 뒤를 캐고 있다는 사실을 알게 된다면, 그 살인자들이 가만히 당하고 있지만은 않을 것이다. 불안하고 두려웠다. 용기가 필요했다. 용기란 두려움의 뿌리에서 자란 의지를 먹고 자란다. 문득문득 불안이 엄습할 때마다 메일을 생각하며 스스로를 가다듬었다. 그 글처럼 진실은 반드시 승리할 것이라고 스스로를 위로했다. 휘진은 그동안 수집한 증거자료와 상혁의 의견을 정리하여 메일에 올렸다.

며칠 후, 메일에서 답장을 보내 왔다.

네가 보낸 자료와 정보는 잘 받았다. 이제부터 살인자들의 배후를 특히 주의해야 한다. 그리고 송규원의 인터넷 연작소설『탑의 전설』을 주목하여라.

앞으로는 그 소설에 네가 원하는 정보가 실릴 것이다. 다시 연락하겠다.

‘송규원’이라면? 아이디와 비밀번호를 보낸 사람이다. 이 사람은 도대체 누구일까? 이번에도 첨부파일에 장문의 글이 올라와 있었다.

사랑하는 딸아.

다시 한 번 말하지만, 내가 존재의 근원으로 여행을 떠난다고 하여 슬퍼하거나 안타깝게 여길 필요는 없다. 모든 생명체는 반드시 그 근원으로 돌아가야 하는 법, 그것은 우주의 섭리가 만들어 놓은 피할 수 없는 인과법칙이다. 그것은 미지의 세계로 향하는 가슴 벅찬 여행이란다. 그것은 오히려 축복이라고 말했지.

사랑하는 딸아.

지난번에는 너의 할아버지, 나의 아버지에 대한 얘기를 했었지.

오늘은 나의 생명을 있게 한 너의 할머니, 나의 어머니에 대한 얘기를 해야겠다.

내 어머니는 해녀였다. 열네 살, 어린 나이로 차가운 바닷물에 몸을 적셔야 했던 내 어머니는 해녀였다. 어머니는 시시각각으로 변하는 바다의 빛과 질감을 오감을 통하여 느끼고, 바다가 내는 무수한 소리, 울림, 언어의 의미를 가슴으로 받아들였다. 개펄 속 작은 생명체의 숨소리를 들을 수 있었고, 헤엄치는 물고기의 지느러미가 내는 미세한 파동을 느낄 수 있었고, 그 파동에 일렁이는 해초의 언어들을 이해하고 있었다. 바다는 어머니의 고향이었고, 어머니의 생명을 만들어낸 자궁이었다.

그런 어머니가 아버지를 만났다. 전국 산천을 유랑하던 아버지가 어머니가 살던 그 바닷가 작은 마을에 우연히 들린 것이었다. 하늘은 그렇게 두 사람의 인연을 만들었다. 어머니가 아버지를 따라 서울로 왔다. 아버지는 어머니에게 부끄러운 유산 얘기를 하지 않았다. 가난했지만, 두 사람은 행복했다. 내가 태어나고, 아버지가 먼저 섭리를 따라 가셨다. 돌아가시기 직전, 아버지는 비로소 부끄러운 할아버지의 유산 얘기를 어머니께 하셨다. 그러나 어머니는 그 유산 속으로 들어가지 않았다. 대신 그동안 잃어버리고 있던 바다의 소리를 다시 들었고, 바다의 자궁 속으로 다시 들어갔다.

할아버지의 유산이 있었지만, 어머니도 아버지의 뜻을 온전히 이어받고자 했다. 그래서 여전히 가난했다. 어머니는 낡은 재래시장에서 건어물 가게를 하며 나를 키웠다. 나는 지금도 기억한다. 그때 어머니의 몸에서 풍기던 미역, 다시마, 파래, 김 등 갖가지 해초와 말린 조기, 명태, 오징어 등 건어물의 냄새를, 그 진하고 역한 비릿한 바다 냄새를. 그것은 어머니의 가슴에서 나는 그 풋풋한 젖내보다도 더 진한 것이었다.

낡은 재래시장의 작은 건어물 가게로 시작한 어머니는 그 시장의 큰 건어물 가게를 인수하고, 그 가게가 있던 땅을 사고, 또 더 큰 가게를 인수하고, 그 가게를 사들이고, 더 큰 땅을 사고, 그리하여 당신이 아버지를 따라 돌아가실 즈음에는 처음 가게를 시작했던 그 재래시장과 그 주변의 땅 모두를 사 놓은 뒤였다. 내 어머니, 너의 할머니는 그런 분이셨다.

어느 해인지는 모르겠다. 사월 초파일이었다. 나는 어머니의 손에 이끌려 버스를 탔다. 경주로 가는 버스였다. 버스에서 내린 어머니는 걷고 또 걸어 나를 어디론가 데려갔다. 거기에 두 개의 탑이 있었다. 나는 그때 그 탑이 무슨 탑인지도 몰랐다. 다만 어린 나의 눈에는 그중 하나는 아기자기한 돌을 쌓은 것이었고, 또 하나는 크고 투박한 돌을 쌓아 놓은 것이구나 하는 생각을 했을 뿐이었다.

그날 저녁, 어머니는 그 두 개의 탑을 울타리처럼 둘러친 동아줄에 연등을 달고 탑을 돌았다. 그 연등에 밝혀진 불이 황홀하고 신기하여 나는 마냥 즐거웠다. 그러나 어머니는 아무 말이 없었다. 처음 나는 일렁거리는 연등의 행렬을 따라 깡충깡충 뛰며 어머니의 뒤를 따라 탑을 돌았다. 몇 바퀴를 돌았는지, 얼마나 오랜 시간을 돌았는지 모르겠다. 밤이 깊어갈수록 춥고, 다리가 아팠다. 어머니의 그림자만 불빛에 일렁거리고 있을 뿐이었다. 나는 다만 어머니의 그림자를 따라가고 있었다. 반쯤 찬 달그림자가 서쪽으로 기울고 있었다. 멈추고 싶었다. 그러나 어머니는 그치지 않았다. 아무 말 없이 힘들어 하는 내 손을 꼭 잡고 나를 이끌었다. 그렇게 또 한참을 돌았다. 다리가 너무 아팠다. 나는 그만 어머니의 손을 뿌리치고 말았다. 나는 잠시 쪼그려 앉아있었다. 어머니는 혼자서 탑을 돌았다. 합장을 하고 있었다. 나를 일으켜 세우지도 않았고, 다시 이끌지도 않았다. 그만두라고 말하지도 않았다. 단지 한 걸음 또 한 걸음, 가슴 앞에 두 손을 모으고 묵묵히 탑을 돌 뿐이었다. 그 모습이 신비스럽고 경건했다. 그 경건함이 나를 다시 일으켜 세웠다. 나도 모르게, 나는 다시 어머니의 그림자를 따라가고 있었다. 어머니의 그림자가 자석처럼 나를 끌어당기고 있었다. 다리가 아프지도 않았다. 추위도 잊어버리고 말았다. 나도 알 수 없는 무한한 기운이 나를 이끌고 있었다. 그렇게, 어머니와 나는 꼬박 밤을 새우고 날이 밝을 때까지 탑을 돌았다.

새벽까지 탑돌이를 한 어머니가 어린 나의 손을 잡고 또 어딘가로 갔다. 그곳은 황량한 벌판이었다. 그 들판 위에는 넓적하고 커다란 돌들이 일정한 간격으로 줄을 지어 누워있었다. 어린 나의 눈에는 까마득하게 보이는 넓은 들판 위에 누워있는 그 돌들은 마치 누군가가 나타나 이불을 덮어주기를 기다리고 있는 것처럼 바람을 맞으며 뒤척이고 있었다. 그 돌들을 바라보며 어머니는 내 손을 꼭 잡아주었을 뿐이었다. 영주 부석사의 당간지주, 두 개의 돌기둥 아래에서 내 손을 꼭 잡아주었던 그때의 아버지처럼.

그때 어머니와 내가 밤새워 돌았던 그 탑, 경주 불국사의 다보탑과 석가탑, 이 두 개의 탑이 어떤 탑인지는 너도 잘 알 것이다. 그때 어머니는 왜 말없이 탑을 돌았을까? 어머니의 무엇에 이끌려 어린 내가 밤새워 그 힘겨운 탑돌이를 할 수 있었을까? 그때 탑을 돌면서 어머니는 어떤 기원을 하였을까? 경주 황룡사지터, 어머니는 왜 황량하기만 한 그 들판으로 나를 데려갔던 것일까? 어머니의 손을 잡고 바라보았던 그 주춧돌들, 그 돌들은 왜 그렇게 그곳에 누워있었던 것일까? 내가 자라면서 항상 가졌던 의문이었다.

그런 어머니가 아버지를 따라 섭리 앞으로 나아가시던 날, 당신은 내 손을 꼭 잡고 말씀하셨다.

–저기에 네 땅이 있다. 부끄러운 네 선대의 유산으로 사 둔 것이다. 그러나 저 땅은 네 할아버지의 것도, 네 아버지의 것도, 네 것도 아니다. 네 할아버지는 나라를 팔고 동포를 핍박했다. 그러고도 참회하지 않았다. 네 아버지는 참회했지만, 그 죄를 씻지는 못했다. 이제 네가 그 죄를 씻어야 한다. 그것이 너를 이 땅에 보낸 하늘의 소명이다. 그 소명을 알면서도 행하지 않고, 그 죄를 알면서도 씻지 못하면 그 업은 후대로 이어질 것이다. 이제 네가 그 소명을 행하라. 선대로부터 너의 핏줄 속에 흐르는 그 업을 소멸시켜야 한다. 내가 이 가문의 부끄러운 유산을 정리하여 저 시장과 땅을 모두 사 두었던 이유이다. 저 시장 사람들, 민초들의 생활을 돌아보아라. 이 나라 백성들의 삶을 바라보아라. 억눌리고, 핍박받고, 배우지 못하고, 가지지 못했다. 오천년 역사 이래

이 땅 위에 벌레처럼 붙어 오직 연명하며 살았다. 저들이 허리를 펴고, 배우고, 설움 받지 않게 저 땅 위에 탑을 쌓아라. 유사 이래 최고로 아름답고 눈부신 호국의 탑, 평화의 탑을 쌓아라. 그리하여 이 나라의 억눌린 모든 백성들이 그 탑 속에서 숨쉬고, 소망하고, 기쁘게 살게 하라. 그 탑으로 아버지의 염원을 이루어라. 이것이 내가 너의 손을 잡고 밤새워 탑을 돌면서 빌고 또 빌었던 소망이었다. 너를 그 황량한 들판으로 데려갔던 이유이다.

사랑하는 딸아.

지금 여의도에 가서 북쪽 강 너머에 솟아나는 돌기둥을 보아라. 그것은 내 어머니의, 네 할머니의 터에 세운, 내 아버지의, 네 할아버지의 당간지주이다. 그것은 그렇게 살다가신 두 분의 소망이다. 염원이다.

지난번 메일에는 친일로 모은 고조할아버지의 엄청난 재산이 있다고 했다. 부끄러운 유산? 이것이 과연 사실일까? 내 아버지의, 네 할아버지의 당간지주! 유사 이래 최고의 호국의 탑, 평화의 탑! 그래 어쩌면? 휘진의 가슴에서 파르르 작은 불꽃 하나가 피어나고 있었다.

정부종합청사 법무부장관실

퇴근시간이 다 되어 갈 무렵이었다. 최형윤崔衡潤 장관의 휴대전화가 울렸다. 그 전화는 개인적으로 특히 보안을 요하는 중요한 일에 사용하는 차명으로 개설한 전화였다. 그와 특별히 가깝고 중요한 몇몇 사람만이 그 번호를 알고 있었다. 전화를 받자, 박병우 변호사의 다급한 목소리가 파고들었다.

–장관님, 문제가 생겼습니다. 방금 중앙지검의 최상혁 검사가 다녀

갔습니다.

—최상혁? 그 아이가 무슨 일로요?

—유경준 박사의 교통사고 때문이었습니다. 최 검사가 그 사건을 내사하고 있었습니다.

—뭐라고요? 자세하게 말해 보세요.

—예, 최상혁 검사는 그 사고를 강호건설과 태성건설이 배후에서 조종한 사건이라고 의심하고 있었습니다. 정보수집 차원에서 그때 사건을 지휘했던 저를 만나러 왔다고 했습니다.

—그래요? 알았습니다.

박병우 변호사와 통화를 끝낸 최형윤 장관은 생각에 잠겼다. 3년 전, 그 사건은 박병우를 통하여 깨끗이 덮어버린 사건이었다. 그런데 하필이면 아들인 상혁이 그 사건을 다시 내사하고 있다니, 최 장관은 잠시 현기증을 느꼈다. 그러나 박병우의 얘기대로라면 아직 상혁은 그 사건의 실체에 접근하지 못한 것 같았다. 상혁이 박병우를 찾아온 것이 다행이었다. 그렇지 않고 다른 방법으로 은밀하게 내사하여 캐고 들어갔다면 일은 손 쓸 여지도 없이 크게 뒤틀려버렸을 수도 있을 것이다. 최 장관은 등줄기를 타고 내리는 서늘한 한기를 느꼈다. 상혁은 특히 최근 들어 혼자 오피스텔에 거주하면서 집에는 거의 들어오지 않고 있었다. 최 장관은 상혁에게 전화를 걸었다.

—예, 최상혁 검삽니다.

—나다. 아버지다. 오늘 집으로 좀 들어오너라. 늦어도 상관없으니 꼭 오너라.

상혁과 통화를 마친 최 장관은 다시 휴대전화의 번호판을 눌렀다. 신호음이 떨어지자 날카로운 금속성 목소리가 들렸다.

–홍 실장입니다.

–최 장관입니다. 작은 문제가 발생해서 전화를 했습니다. 서울중앙지검에서 3년 전 그 사건을 내사하고 있는 것 같은데, 강 회장과 김 회장도 미리 알아야 할 것 같습니다. 아래 사람들을 잘 단속하도록 말입니다.

–유 박사 사건 말입니까? 서울중앙지검에서 어떻게 냄새를 맡았다는 말입니까?

–그 경위는 아직 알 수 없지만, 어쨌든 조심해야 할 것 같습니다.

–서울중앙지검의 누구입니까?

최 장관은 난처했다. 아들 상혁의 이름을 스스로 말하기가 거북했다. 그러나 어차피 알려질 것이다. 최 장관이 작정하고 말했다.

–서울중앙지검의 최상혁 검삽니다.

그러나 그 검사가 차마 자신의 아들이라는 말은 할 수 없었다.

퇴근한 최 장관은 아파트 서재에서 창밖을 내다보고 있었다. 늦겠다는 상혁은 아직 집에 오지 않고 있었다. 창밖으로 한강의 조망이 한눈에 들어왔다. 멀지 않은 곳에 동작대교, 반포대교가 지친 다리를 펴고 누워있는 가운데 올림픽대로를 달리는 자동차의 행렬이 척추에서 뻗어 나와 흐르는 신경망처럼 퍼져가고 있었다. 그는 법무부장관이 되기까지의 지난 일들을 반추해 보았다. 누구보다도 정의감에 불탔던 젊은 시절이었다. 평생을 검사로 지내면서 한 점 부끄럼이 없다고 자부한 그였다. 그런데 검사장 승진을 눈앞에 두고 그가 도저히 수긍할 수 없는 인사가 있었다. 그는 비애를 느꼈다. 조직에서의 능력이나 평가보다도 정치력이 우선하는 현실에 환멸을 느꼈다. 그는 스스럼없이 옷을 벗었다. 그리고 생각을 바꾸었다. 그가 일관되게 추구해왔던 사회적 정의나 조직을 위한 희생은 현실에서는 전혀 무익한 도덕적 사치일 뿐이었다. 그의 바뀐 생각이 변호사로서의 성공을 가져다주었다. '법무법인 정'을 설립하여 대표변호사가 되었고, 불과 10년 만에 그 법인을 국내에서 다섯 손가락 안에 드는 유수한 로펌으로 키워 놓았다. 이제는 정계로 나가야 한다고 생각하고 있을 때였다. 그러던 4년 전, 어느 날이었다. 광운대학교 건축공학과 교수라는 유경준 박사가 그를 찾아왔다. 그와 고등학교 동창이라고 소개를 한 유 박사는 검찰 재직 중에 그가 보여주었던 불의와 타협하지 않는 성품을 동창과 그 주변 사람들로부터 많이 들었다고 했다. 그를 특별히 수소문하여 찾아왔다고 했다. 그러나 그에게 유 박사는 생면부지의 사람이나 다름없었다. 고등학교 동창이라고는 하나 재학 중에도 가깝게 지내지는 않았고, 졸업을 한 후에도 각자의 길이 서로 달라 만나지도 않았기 때문에, 4년 전, 처음 만날 당시에 그는 유경준 박사의 얼굴은 물론이고 이름조차 기억하지 못하고 있었다. 그때 유 박사가 선대로부터 물려받은 유산을 사회에 환원하는 방법으로 비영리 공익재단을 설립하는 일과 자신이 설계한 코리아타워의 시공사를 선정하는 법률적인 문제를 맡아달라는 부탁을 했다. 전적으로 믿고 일을 맡길 수 있는 사람이 필요하다고 했다. 그런데 그는 깜짝 놀랐다. 유 박사가 사회에 환원하겠다고 하는 재산이 무려 1조 원을 넘는 한강변 요지에 있는 어느 재래상가 전체였던 것이다. 유 박사는 그 재래상가 부지에 자신이 설계한 108층 높이의 '코리아타워'를 신축하고자 했다. 그렇게 엄청난 재산을 선 듯 사회에 환원하겠다고 하는 유 박사에게 존경심까지 우러났다.

유 박사의 의뢰를 받은 그는 먼저 그 부동산을 출자재원으로 한 ㈜한얼이라는 임시법인의 설립 절차를 마쳤다. 유 박사의 요청에 따라 그가 임시법인의 대표이사가 되었다. 법인의 업무를 원활하고 투명하게 하기 위해서는 법무법인의 대표변호사로서 도덕성과 전문성을 겸비한 그가 대표가 되어야 한다고 유 박사가 간곡하게 부탁했기 때문이었다. 이때까지만 해도 그에게는 어떤 사심도 없었다. 그리고 실제로 유 박사의 고귀한 뜻이 훼손되지 않도록 노심초사하면서 정직하게 업무를 처리했다. 임시법인의 대표이사를 맡는 문제에 있어서도 이 법인이 모체가 되어 향후 설립될 공익재단의 이사장은 반드시 유 박사가 맡는다는 조건으로 마지못해 수락했을 정도였다.

그 다음은 '코리아타워'의 시공사를 정하는 문제였다. 그와 유 박사가 시공사를 물색하고 있을 때, 홍정호洪廷浩 실장이 그를 찾아왔다. 사건은 그때부터 시작된 것이었다. 홍 실장은 A의 심부름으로 왔다고 했다. A가 여의도 정가에서 국회의원 공천은 물론이고 각료의 인선에까지 영향력을 미치고 있는 정치권의 숨은 실세라는 것은 이미 공공연한 비밀이었다. 당시 정치 입문을 모색하고 있던 그도 정치권에 미치는 A의 영향력을 잘 알고 있었다. 홍 실장이 A가 코리아타워의 시공사로 강호건설과 태성건설 컨소시엄이 선정되기를 바란다고 했다. 두 건설사가 시공사로 선정되면, A는 다음 개각 때 그의 입각을 보장하겠다는 것이었고, 장관 경력을 쌓은 후에는 차기 대권주자로 부각될 수도 있지 않겠느냐는 장밋빛 미래까지 은근하게 암시했다. 그것이 불과 3년 전 일이었다. 저절로 찾아온 입각과 정치 입문의 기회, 그는 그 기회를 놓치고 싶지 않았다. 또한 유 박사의 재산으로 설립된 법인의 출자자산은 그에게는 하늘에서 갑자기 뚝 떨어진 황금덩어리나 마찬가지였다. 형식상 그 법인의 대표이사인 그가 마음먹기에 따라서는 얼마든지 법인의 출자자산을 요리할 수 있을 것 같았다. 약간의 편법만 동원하면 실사주인 유 박사를 허수아비로 만드는 것은 제 손바닥을 뒤집는 일보다 더 쉬웠다. 엄청난 돈과 거대한 권력을 동시에 거머쥘 수 있는 그 절호의 기회 앞에서 그는 이성이 마비되었고, 영혼을 팔고 말았다. 결국 그들은 음모를 꾸몄고, 그는 그 음모와 결탁했다. 유 박사와 직접 체결해야 하는 코리아타워의 건축도급계약서를 위조하기로 했고, 위조된 계약서에 의한 사후 법률적인 문제는 그가 모두 처리하기로 했던 것이다.

여기까지는 분명 그도 이 음모의 공범인 동시에 실질적인 주체였다. 그러나 A와 추종자들은 그와 사전 공모한 계획보다 한걸음 더 앞서나가고 말았다. 위조계약서를 작성하기 위한 가공계약서에 유 박사의 인감과 서명을 받은 직후, 그들은 교통사고를 가장하여 유 박사를 살해하고 만 것이다. 그러한 사태에 당황했지만, 그때에는 이미 그가 발을 빼기에는 너무 늦었다. 그는 이미 살인의 공범이 되어 있었고, 여기에 대한 뒷수습도 그가 감당해야만 했다.

그는 그들의 범행을 은폐하기 위해 당시 사건 지휘 검사인 박병우를 매수했다. 박병우가 사건을 덮었고, 그의 입을 봉하기 위해 그를 '법무법인 정'의 구성원 변호사로 영입하여 미래까지 보장해 주었다. 유 박사의 사고를 그렇게 처리한 후, 그는 임시법인의 대표이사라는 지위를 이용하여 법인에 출자된 상가 부지의 소유권을 강호건설과 태성건설의 공동소유로 이전등기를 마쳤다. 이로서 그들의 음모는 일단락된 것이었다.

그러나 그 대가는 가혹했다. 일을 그렇게 수습한 후 막상 장관이 되었을 때, 그의 의식을 지배한 것은 성취감이 아니라 마음의 심연에 깔려있는 죄의식이었다. 그 죄의식은 안개처럼 소리 없이 피어나 가슴을 벙벙하게 채웠다. 그 후 지금까지 그는 단 한시도 그 안개에서 벗어날 수 없었다. 그러나 때늦은 후회를 했을 때는 이미 돌이킬 수 없는 지경이 되어 있었다. 그 일이 밝혀지면 그의 정치생명은 끝이었다. 아니, 정치생명뿐만 아니라, 그는 대표이사직을 불법 행사한 배임과 법인의 재산을 횡령한 파렴치범이 될 것은 물론이고 추악한 살인의 공범이 되어 사법처리를 받을 수밖에 없었다. 그런데 하필이면 그렇게 덮어버린 사건을 내사하고 있는 사람이 다름 아닌 아들 상혁이라니. 상혁이 유 박사의 사건을 내사하고 있다는 말을 들었을 때, 그는 자신도 모르게 등줄기를 타고 내리는 서늘한 전율을 느끼고 있었다.

그때 서재의 문을 두드리는 노크 소리가 들렸다. 그는 상념에서 깨어났다. 문이 열리고 아내가 도어의 손잡이를 잡은 채로 문틈으로 고개를 들이밀고 말했다.

—상혁이가 왔어요.

최 장관은 서재를 나와 거실로 갔다. 그곳에 젊었을 때의 그의 모습을 닮은 한 남자가 서 있었다. 당당하고 자신감이 넘쳐나고 있었다. 몇 달간 보지 못하는 사이에 훨씬 성숙해진 것 같았다. 눈빛도 보다 깊고 영민해진 것 같았다.

한때 내 모습도 저랬었다. 그러나 지금의 내 모습은 어떠한가? 나이 때문만은 아니다. 이 젊은이는 그의 아들이고, 이제 갓 임용을 받은 평검사다. 반면 그는 아버지고, 법조계의 수장인 법무부장관이다. 그런데도 그는 아들 앞에서 한없이 위축되는 자신을 발견했다. 나의 무엇이 아들 앞에서도 당당하지 못하게 만들고 있는가. 최 장관은 그 이유를 잘 알고 있었다. 지금까지도 그를 짓누르고 있는 죄의식, 결코 해서는 안 될 일을 하고 말았다는 내면에서 솟아나는 죄책감 때문이었다. 아무리 지우려고 해도 여전히 샘물처럼 솟아나는 양심의 소리였다. 그러나 이제는 어쩔 수 없는 일, 이미 발을 들여놓은 이상 물러설 수 없는 게임이 되어버렸다. 이 게임은 반드시 이겨야만 한다. 그 어떤 대가를 치르더라도.

—늦었구나. 앉아라.

최 장관은 저절로 위축되는 어깨를 추스르며 말했다.

—그동안 자주 못 와서 죄송합니다.

상혁이 맞은편 소파에 앉으면서 말했다. 그러나 그 말은 진정에서 우러나는 것이 아니라 마지못해 건성으로 하는 인사치레처럼 시큰둥하게 들렸다. 두 사람 사이에 서먹한 냉기가 흘렀다.

—저녁은 먹었니? 저녁상을 봐 오련?

어색한 분위기를 무마하려는 듯 홍희숙洪姬淑 여사가 탁자 위에 과일 접시와 찻잔을 내려놓으면서 말했다. 그녀는 그동안 고집 센 남편과 그에 못지않은 아들 사이에서 많은 고민을 한 탓인지, 얼굴의 주름살이 더욱 늘어나 있었다. 최 장관 곁에 앉은 홍 여사가 아들 상혁을 바라보았다. 어쩌면 이렇게도 부자가 닮을 수가 있는지, 외모도 그렇지만, 그 고집은 더 해. 그러나 자식에게 이길 부모가 없다고 하더니만……. 내가 혀를 깨물고 죽는 시늉이라도 하면 저 고집을 꺾을 수 있을까? 그녀는 두 사람 앞에서 반듯하게 고개를 세우고 있는 상혁이 그녀의 뱃속에서 나온 핏줄이 아니라 무슨 원수같이 느껴지곤 했다. 그런 순간, 그녀의 가슴에는 어느새 파란 독초가 싹을 틔우는 것이었다. 그러나 그녀의 이러한 적대감은 정작 아들인 상혁에게 향하는 것이 아니라, 상혁의 의식 속에 들어 있는 그 여자에게로 향하는 것이었다. 그녀가 열 달 동안 뱃속에 품었고, 살을 도려내는 아픔을 겪으며 고통스럽게 낳았고, 그 누구 못지않게 금지옥엽으로 키웠고, 그리하여 이제는 승승장구할 날만 남아있는 하나밖에 없는 아들을 빼앗아간 계집, 그 계집만 생각하면 그녀의 가슴에는 질시에서 우러난 독물이 콸콸 소리를 내며 흘렀다.

—아닙니다. 저녁은 먹고 왔습니다.

상혁이 건조한 목소리로 말했다.

—아직도 그 아일 만나는 거니?

최 장관이 말했다.

—…….

상혁은 대답하지 않았다.

—이미 몇 번이나 말했지만……, 그 아인 안 된다. 네가 다른 어떤 여자를 사귀더라도 상관하지 않겠다. 그러나 그 아이만은 안 된다.

순간 상혁이 최 장관의 말을 예상하고 있었다는 듯 입술을 꽉 깨물었다. 그 표정에는 불만을 넘어선 반감이 서려 있었다.

—왜 안 되는지 제가 납득할 만한 이유를 한 가지만이라도 말씀해 주십시오. 그 이유가 합당하다면 말씀을 따르겠습니다.

—이유는 알 필요가 없다. 다만…….

최 장관이 말끝을 흐렸다. 한동안 침묵이 흘렀다.

—고아나 진배없는 그런 애에게 집착하는 이유를 모르겠구나. 왜 하필이면 그런 애에게 정을 주고 있니?

최 장관의 침묵에 홍 여사가 끼어들었다.

—아버지께서도 그렇게 생각하십니까? 그런 이유라면 전 수긍할 수 없습니다. 그 사람은 누구보다 곧은 아버지 아래서 바르게 자란 사람입니다. 그런 슬픔을 딛고 꿋꿋하게 살아가는 모습이 오히려 대견하

지 않습니까?

—지금은 네가 아직 세상 물정을 몰라서 그렇지, 남녀 간의 정이라는 것도 어쩔 수 없이 조건에 따라 변하는 것이야. 왜 그 좋은 혼처를 다 마다하고 하필 그런 애에게 집착해. 제발 이 어미 말 좀 들어라. 내가 이렇게 부탁하마.

홍 여사가 두 손을 모은 자세로 애원조로 말했다.

—네가 아무리 고집을 피워도 어쨌든 그 아이만은 안 된다. 그것은 너뿐만 아니라 그 아이에게도 불행만을 가져다 줄 것이다. 그보다도…….

최 장관이 다시 말끝을 흐렸다. 그러면서 과일 한 조각을 집어 한 입 베물었다. 그러나 최 장관은 과일을 씹지 않고 그대로 입 속에서 우물거리고 있었다. 입 속에서 다음 말을 정리하는 것 같았다.

—3년 전, 거제에서 발생한 교통사고를 내사하고 있다는 것이 정말이냐?

갑자기 상혁이 놀라 최 장관의 얼굴을 빤히 들여다보았다. 상혁의 표정은 일개 평검사가 이제 막 수사에 착수한, 그것도 공식적인 검찰 수사라인을 통하지 않고 비밀리에 내사하는 그런 사건을 법무부장관이 어떻게 알고 있느냐고 오히려 반문하고 있었다.

—……?

—그 사건을 다시 내사하게 된 동기가 무엇이냐?

상혁의 침묵에 최 장관이 틈을 주지 않고 재촉했다.

—그보다도 아버지께서 왜 그 사건을 거론하는지 이해할 수 없습니다.

—그 사건에서 그 아이의 아버지가 죽었기 때문이냐? 그 아이가 그 사건을 다시 조사해 달라고 하였느냐?

상혁의 말에는 아랑곳하지 않고, 최 장관이 다시 피의자를 추궁하듯 힘주어 말했다. 그러나 상혁은 최 장관의 추궁에 수그러들지 들지 않았다. 오히려 그런 아버지를 다분히 비아냥거리듯 단호하게 말했다.

—예, 그 사건은 교통사고를 가장한 살인이라고 했습니다. 그리고 그러한 단서를 곳곳에서 포착했습니다. 그것이 검사인 제가 마땅히 할 일이라고 판단했습니다.

—뭐라고? 지금 네가 날 훈계하는 것이냐?

최 장관의 호통소리가 터져 나왔다.

—도대체 왜 이래요? 상혁아, 너도 왜 그러니, 응? 제발 좀 진정하세요.

홍 여사가 당황하여 끼어들었다. 그러자 최 장관은 이내 냉정을 찾고 말했다.

—그 사건에서 손을 떼어라. 다시 수사한다고 해도 더 나올 것도 없고…….

최 장관이 이번에는 타이르듯 얼버무렸다.

—저는 이해할 수 없습니다. 아버지께서 그 사건에 관심을 가지시는 이유가 무엇입니까? 또 제가 그 사건을 내사하고 있는 것을 어떻게 아셨습니까?

이제는 오히려 상혁이 추궁하듯 말했다.

—이유는 알 것 없다. 어쨌든 그 사건에서 손을 떼어라. 그렇지 않으면 내가 다른 조치를 취하겠다.

—다른 조치라니요? 그 사건은 정말 이상한 점이 한둘이 아닙니다.

상혁이 언성을 높였다.

—당신은 들어가 있어요.

그때까지 어리둥절한 표정으로 두 사람의 대화를 듣고 있던 홍 여사를 보고 최 장관이 말했다. 홍 여사가 무언가 심상찮은 분위기를 파악한 듯 일어나 안방으로 들어갔다. 최 장관이 다시 말했다.

—내가 부탁하마. 이유는 말할 수 없다. 어쨌든 그 사건에서 손을 떼어라. 그리고 앞으로 다시는 그 아이를 만나지 마라. 애비로서 아들에게 하는 간곡한 부탁이다.

—언제부터 아버지께서 이렇게 비겁하게 되셨습니까?

—뭐라고? 비겁하다고?

최 장관이 손바닥으로 탁자를 내려치며 호통을 질렀다.

—아버지는 어릴 적의 저의 우상이었습니다. 제가 법대에 진학하고 검사가 된 것도 아버지의 모습을 보았기 때문입니다. 언제나 당당하고 정의감에 불타던 검사로서의 아버지의 모습을 보았기 때문입니다.

상혁이 마치 대들듯이 쉬지 않고 말했다. 그러자 최 장관은 잠시 생각하는 표정을 짓다가 한숨을 쉬며 애원하듯 말했다.

—네게 그렇게 보였다면……, 미안하다. 그러나 이 아버지를 좀 도와주렴.

—이유를 말씀해 주십시오. 제가 납득할 만한 이유를 말입니다. 그 사람은 유 박사님의 사고가 교통사고를 가장한 살인이라는 제보를 받았다고 했습니다. 그리고 그러한 정황은 곳곳에서 나타나고 있습니다. 그것이 사실이라면 검사로서 그 사건을 다시 수사한다는 것은 너무도 당연하지 않습니까? 그런데도 아버지는 막무가내로 그 사건에서 손을 떼라고 하십니다. 법무부장관인 아버지께서 검사인 저에게 직무유기를 하라고 강권하고 있습니다. 이것이 타당한 일입니까? 그렇지 않다면 다른 이유가 있습니까? 그 이유를 말씀해 주십시오. 그 이유가 합당하다면 아버지의 뜻에 따르겠습니다. 도대체 아버지께서 왜 이러

시는지 오히려 제가 더 답답합니다.

최 장관의 애원에도 불구하고 상혁이 조리 있게 말을 이어 나갔다. 최 장관은 그러한 상혁을 물끄러미 바라보았다. 이젠 아버지로서 윽박질러 될 나이가 아니었다. 그렇다고 사실을 말할 수도 없었다. 자신의 권력욕이 만든 현재의 상황을 변명하거나 합리화할 핑계거리도 없었다. 그러한 변명이나 합리화가 이렇게 영민하고 정의감으로 똘똘 뭉친 아들을 설득시킬 수도 없을 것이다.

—이유는 다음에 알게 될 것이다. 그러니 제발 내 말을 좀 들어라. 아버지로서 이렇게 간곡하게 부탁하마. 그렇지 않으면 내가 다른 조치를 취할 수밖에 없다.

최 장관의 안타까운 목소리가 떨려나왔다. 아마도 상혁이 앞에 앉아있지 않았다면, 최 장관의 눈에는 눈물이 맺혔을 것이다. 그것은 아들에 대한 부끄러움이었다.

—가보겠습니다.

상혁이 일어서며 말했다.

—이 밤중에 어딜 간단 말이냐?

갑자기 안방 문이 급하게 열리며 홍 여사가 다시 거실로 뛰쳐나왔다. 그러나 상혁은 이미 현관으로 나가 구두를 신고 있었다.

—얘, 그러지 말고 자고 내일 아침에…….

홍 여사가 소리치며 현관문까지 달려 나왔을 때, 상혁은 이미 현관문을 나서고 있었다. 최 장관은 다시 서재로 들어가 버리고 거실에는 아무도 없었다.

상혁은 곧바로 차를 몰고 아파트를 빠져나왔다. 밤 9시가 넘은 시간이었지만, 올림픽대로에는 여전히 차들로 넘쳐나고 있었다. 그는 차들의 홍수 속에서 깊은 회의를 느꼈다. 맞은편 도로에서 비치는 자동차의 헤드라이트는 눈을 부릅뜨고 달려드는 밀림 속의 짐승처럼 보였다. 사람들은 이리 휩쓸리고 저리 휩쓸리며 휘청거리는 듯하지만, 실상 그들은 언제나 기회를 엿보고 있었다. 사람들은 언제든지 자신의 이익을 위해 배신할 준비가 되어 있는 것 같았다. 심지어 그에게 우상과 같은 존재였던 아버지조차도 그렇게 보였다. 아버지와 같은 길을 따라 법대를 택하고, 사법시험 합격 후 검사가 되었던 것도 아버지의 영향 탓이었다. 고등학교 1학년 때, 특수부 부장검사였던 아버지는 당시 여권의 정치 실세였던 모 국회의원을 구속시킨 적이 있었다. 당시 언론에도 대대적으로 보도된 사건이었다. 그때 상혁은 어린 나이였지만, 아버지가 고민하던 모습을 어깨너머로 보았었다. 외압에 굴복할 것인가? 아니면 직업적 양심을 지킬 것인가? 그러나 아버지는 결국 후자를 택했다. 그런 면에서 아버지는 철저한 원칙주의자였다. 그때 아버지는 어린 그에게 말했었다. 법은 상식이고 정의다. 법은 상식과 정의에 맞게 집행되어야 한다. 그런 아버지였다. 그런 아버지가 변해 있었다. 그 누구보다도 더 속물근성에 젖어버린 모습으로 변해 있었다.

휘진의 문제만 해도 그랬다. 그가 대학을 다닐 때만해도 아버지는 어떤 권력자나 재력가의 집안에서 자란 규수보다도 네가 사랑하고 너를 사랑하는 심성이 밝은 애라면 너의 선택을 존중하겠다고 했었다. 장차 며느리에 대한 아버지의 기준이었다. 그런 면에서 그 기준에 누구보다도 적합한 사람이 바로 휘진이었다. 그런데도 아버지와 어머니는 단지 그녀에게 부모가 없다는 이유를 들어 한사코 반대했다. 상혁은 이것을 변해 버린 아버지의 속물근성이 만들어낸 아집이라고 판단했다. 그러나 한편으로는 그런 아버지에게 연민을 느꼈다. 방금 전 아버지에게 대들다시피 하며 말대꾸를 할 때, 아버지는 늙고 초라하게 보였다. 그렇게 당당하던 젊은 날의 모습은 어디로 가버렸단 말인가. 상혁은 우울했다. 비참한 심정마저 들었다.

그런 생각에 젖어 있는 동안에 차는 어느 듯 그의 오피스텔에 와 있었다. 검사로 임용을 받은 후, 부모님과의 갈등으로 집을 나온 후 세를 얻어 혼자 거주하고 있는 숙소였다. 상혁은 지하주차장에 차를 주차한 후 곧바로 엘리베이터로 가려다가 생각을 바꾸었다. 허전하고, 가슴은 미어질듯이 갑갑했다. 휘진에게 전화를 할까? 상혁은 잠시 생각했다. 그러나 그녀를 만나면 오히려 더 고통스러울 것 같았다. 그는 휴대전화를 꺼내어 저장된 비밀번호를 하나 찾아냈다.

상혁이 카페 '히말라야'의 출입문을 밀고 들어섰을 때, 언제나처럼 창가에 앉아 노트북에 머리를 박고 있는 혜주成惠株의 모습이 보였다. 카페 히말라야는 그녀가 운영하는 찻집 겸 주점이었다. 대학 3학년 때 이미 정평 있는 일간신문의 신춘문예에 「우리들의 사랑방식」이라는 제목의 단편소설로 등단한 혜주는 졸업 후 국내 유력 일간신문의 기자로 몇 년 근무하다 사직하고, 지금은 이 찻집 겸 주점에서 소설 집필에 몰두하고 있었다. 상혁이 사법연수원을 수료하고 막 검사로 임용 받았을 무렵, 그녀는 당시 법원 및 검찰 출입 기자였다. 이때 상혁은 그녀를 처음 알게 되었다. 이후 그녀가 신문사를 그만두고 이 카페를 차리자, 상혁은 가끔 이곳을 찾아 함께 술을 마셨다. 자유분방한 성격에다 권위를 싫어하는 혜주의 성격에다 나이도 동갑이라 이제는 서로 말을 터놓고 지내는 가까운 사이가 되어 있었다. 휘진과 함께 이 카페를 찾은 적도 있었다. 그래서 휘진도 자기보다 나이가 세 살 많은 혜주를 언니라고 부르며 가깝게 지내고 있었다.

혜주가 고개를 들어 입구 쪽을 바라보았다. 상혁의 모습을 본 그녀가 다시 노트북에 코를 박으며 머리 위로 손을 들어 자기 쪽으로 오라는 손짓을 했다. 혜주는 상혁이 다가갈 때까지 여전히 노트북의 자판을 두드리고 있었다.

―최검, 시간 맞춰 잘 왔어.

혜주가 여전히 노트북에 코를 박은 채 말했다. 그녀의 흘러내린 긴 머리카락 사이로 드러난 목덜미가 하얗게 빛나고 있었다. 상혁이 맞은편 의자에 앉을 때까지도 그녀는 여전히 노트북에 눈을 박고 있었다. 자판을 두드리는 그녀의 손가락이 비바체의 날렵하고 빠른 음표가 되어 춤을 추고 있었다. 그러는 동안에 여종업원이 시키지도 않은 양주와 안주를 내왔다.

―함께 술 한 잔 하고 싶어 왔어.

―정말 시간 딱 맞춰 왔어. 이제 막 단편 하나를 탈고하기 직전이거든. 탈고 후에는 항상 술 생각이 나는 거 있지? 어떻게 알고 왔어?

혜주가 마지막 자판 하나를 손가락으로 튕기고는 드디어 노트북에서 고개를 들며 말했다. 그녀의 표정에는 이제야 원고의 굴레에서 벗어났다는 해방감이 넘쳐나고 있었다.

―제목이 뭐야?

―「어둠은 빛을 먹고 자란다」. 너무 진부하고 고상한 제목이지? 그렇지? 문학지 청탁 원고인데, 영 신통찮은 느낌이 들어. 된통 얻어맞지나 않았으면 좋겠어.

혜주의 상쾌한 목소리가 상혁의 머리를 노크했다. 그러나 그 목소리도 아버지가 들어 앉아있는 상혁의 머릿속을 깨우지는 못했다. 머릿속은 여전히 아버지의 변화에 대한 분노와 한편으로는 아버지에 대한 미안함과 연민이 뒤엉킨 채 뒤죽박죽되어 있었다.

–이 세상의 고민은 혼자 다 짊어지고 있는 표정이네. 술맛 떨어지게 왜 그래? 무슨 일이 있어?

혜주가 술병의 마개를 따면서 경직되어 있는 상혁의 얼굴을 보고 말했다.

–사랑은 지키는 것이라고 했던가?

그 말은 그녀의 신춘문예 등단소설에 나오는 한 대목이었다.

–에이그, 내가 그 신파 구절은 빼버렸어야 했는데. 이 우거지상, 먼저 한 잔 해.

술을 따른 그녀가 술잔을 가볍게 부딪치며 말했다.

–사랑을 지키기 위하여 생명마저 기꺼이 버렸는데…….

상혁이 그녀가 발표한 소설 속 주인공의 얘기를 신파극 대사처럼 중얼거렸다.

–아예 검사노릇 접고 나처럼 글쟁이가 되는 게 좋겠다. 아니면 신파극 배우가 되던가. 아직도 부모님이 반대하고 있어? 그것 때문에 이렇게 온 거야? 국수 한 그릇 얻어먹기 정말 힘들다. 그렇게 하고자 하는 결혼 죽자고 반대하는 사람이나 그렇게 반대하는 결혼 죽자고 하고자 하는 사람이나 다 똑같다. 사랑한다면 굳이 결혼이라는 요식행위가 필요해? 그냥 사랑하면 되잖아. 그냥 지켜주면 되잖아.

자유분방하고 활달한 혜주의 맑은 목소리가 유리알 구르는 소리처럼 이어졌다. 그렇게 말하는 동안 상혁은 이미 세 잔째의 술을 마시고 있었다.

—천천히 마셔. 숨 넘어 가겠다. 그보다 그렇게 반대하는 이유가 뭘까? 부모가 없다는 것은 단지 핑계이고, 혹시 아버지만 아시는 다른 비밀이라도 있는 것은 아닐까?

상혁과 휘진과의 관계를 잘 알고 있는 혜주가 상혁의 잔에 다시 술을 따르며 소설가다운 상상력을 발휘하여 말했다. 순간 상혁은 뒤통수를 얻어맞은 것처럼 한 생각이 번쩍 들었다. 그렇다. 결혼은 원래부터 반대했던 것이라고 하더라도 왜 그 사건에서 한사코 손을 떼라는 것인가? 문득 생각해 보니, 아까 아버지는 결혼문제보다는 오히려 그가 내사하고 있는 사건에 더 깊은 관심을 가지고 있었다. 그런 말을 하는 아버지의 표정은 뭔가 두려움에 사로잡혀 있었다. 이 나라의 법무부장관을 두렵게 하는 것, 평소 그렇게 당당하던 아버지가 두려워하는 것은 무엇일까? 그것보다 아무도 모르게 진행하고 있었던 내사 사실을 아버지가 어떻게 알았을까? 그는 낮에 박병우 변호사를 만났던 일을 떠올렸다. 아차, 그것이 실수였다. 박병우 변호사가 아버지가 설립한 법무법인의 변호사라는 사실을 간과했던 것이다. 법무부장관으로 입각하면서 대표변호사를 사임했지만, 아버지는 여전히 그 법무법인의 실질적인 대표였고, 법인의 운영에 가장 큰 영향력을 행사하고 있었다. 설마 그 사건에 검사까지 연루되었을까 하고 쉽게 생각한 것이 잘못이었다. 그것보다 혹시 아버지도 그 사건에 연루된 것은 아닐까? 상혁의 심장이 쿵쿵 소리를 내기 시작했다.

그 시간, 휘진은 메일이 언급한 송규원의 인터넷 연작소설 『탑의 전설』을 검색하고 있었다. 소설의 첫 번째 단락 「나의 첫 번째 살인」이 게재되어 있었다.

나의 첫 번째 살인

빛이다.

그 빛이 투명한 정자를 빚는다.

그 정자가 포근한 난자의 막을 뚫는다.

난자의 막을 또 다른 얇은 막이 감싼다.

얇은 막을 더 두꺼운 껍질이 둘러싼다.

껍질이 변하여 형체가 된다.

그 형체를 또 다른 껍질이 감싼다.

껍질, 껍질, 또 껍질

이제 빛은 보이지 않는다.

> 엄마가 섬 그늘에 굴 따러 가면
>
> 아기가 혼자 남아 집을 보다가
>
> ……

여러분도 '섬집 아기'라는 제목의 이 동요를 아실 겁니다. 엄마와 나, 그리고 내 동생이 살았던 곳은 이 동요의 가사와 같이 바닷가 외딴 마을이었습니다. 그 외딴 마을 서쪽에 달랑 집 한 채만 뚝 떨어져 있는 외딴집이 있었는데, 그 집이 바로 우리 집이었습니다. 그 집은 엄마가 자는 안방과 나와 동생이 함께 자는 곁방이 있고, 그 방 앞에 좁은 나무 마루가 있는 작은 양철 지붕 집이었습니다. 그 집 앞 바닷가 남서쪽에 제법 큰 바위섬이 하나 있어 늦은 오후부터 해가 질 무렵이면 그 섬의 그림자가 우리 집을 드리우고 있었다는 기억이 어렴풋이 납니다. 그러나 나는 지금도 그 외딴 마을이 어디에 있는지, 그 마을의 이름이 무엇인지는 기억나지 않습니다. 우리 집을 드리우던 그 바위섬 그늘의 서늘한 기억, 그래서인지 나는 그때 유독 이 섬마을 노래를 즐겨 불렀던 것 같습니다. 아니, 그때 나와 동생은 학교에 가지 못했고, 심지어 학교라는 것이 있는지도 몰랐기 때문에 우연히 마을 아이들로부터 귀동냥으로 배운 이 노래 외에 다른 노래는 알지 못했습니다. 그러니까 이 동요는 내가 아는 유일한 노래였던 셈입니다.

이 동요의 가사에는 엄마가 섬 그늘에 굴을 따러 간다고 했습니다. 그러나 우리 엄마는 한 번도 굴을 따러 가지 않았습니다. 엄마는 언제나 늦은 아침에 부스스 일어나 헝클어진 파마 곱슬머리를 손가락빗으로 대충 추스르고는 화장부터 했습니다. 크레용 같은 빨간 막대기로 입술을 붉게 칠하고, 밀가루 같이 하얀 분을 눈가에 덕지덕지 발랐습니다. 그렇게 화장을 한 엄마는, 때로는 허벅지가 허옇게 드러나는 짧은 치마를 입거나, 때로는 팔을 들기만 해도 겨드랑이와 젖가슴이 훤히 드러나는 울긋불긋한 저고리 한복을 입고 어디론가 나갔습니다. 날씨가 좋은 어떤 날은 빨간 양산을 들고 나가기도 했습니다. 양산을 들고 바닷가 들길을 걸어가는 엄마의 머리위로 노란 나비가 나풀거리며 날기도 하고, 투명한 낚싯줄 같은 아지랑이가 피어오를 때도 있었습니다. 그런 엄마의 모습을 보면서, 마을 장정들이 왜 그렇게 기묘한 웃음을 흘렸는지, 마을 아낙들이 왜 그렇게 수군대며 손가락질을 해 댔는지, 나는 그때 몰랐습니다. 마을 아이들이 나와 동생을 마치 송충이를 보듯이 힐끔힐끔 곁눈질을 하며 피한 이유가 그런 엄마 때문인 줄도 몰랐습니다. 여느 사람들처럼 바다로 들로 일하러 나가는 것도 아닌데, 엄마는 항상 아침 늦게 나가 밤이 깊어서야 돌아왔습니다. 그런 엄마의 입에서는 언제나 퀴퀴한 술 냄새가 풍겼습니다.

엄마가 나가고 나면 나와 동생은 텅 빈 집에 단둘이 댕그라니 남았습니다. 엄마는 밥도 챙겨놓지 않고 나갔습니다. 그래서 동생과 나는 항상 배가 고팠습니다. 나는 배가 고파 칭얼대는 동생을 달래기 위해 이 섬마을 노래를 불렀습니다. 엄마가 우리를 위해 바구니 가득 굴을 따서 달려오는 상상을 하면서……. 동생은 제대로 먹지 못해 마른 나뭇가지처럼 빼빼 말랐지만, 눈은 유난히도 크고, 깊고, 검었습니다. 아무도 찾아오지 않는 외딴 우리 집에 바위섬 그늘이 내리기 시작하는 오후가 되면 동생은 지친 나머지 그저 퀭한 눈으로 나를 바라보기만 했습니다.

나는 그런 동생을 데리고 바닷가로 갔습니다. 그곳에는 갈매기가 있었습니다. 갈매기는 우리의 유일한 동무였습니다. 갈매기도 우리처럼 배가 고파 끼룩끼룩 울어댔습니다. 이상하게도 동생은 그렇게 칭얼대다가도 갈매기만 보면 방긋방긋 웃었습니다. 갈매기는 동생의 눈 속에서 날았습니다. 배고픈 갈매기의 눈물이 동생의 눈을 통하여 흘러내렸습니다. 나는 뾰쪽한 돌로 굴을 따고 얕은 물가에 하늘거리는 여린 미역을 따서 동생에게 주었습니다. 갈매기는 내가 찍어 놓은 굴을 쪼았습니다. 섬마을 노래에는 엄마가 굴을 따다가 아기 생각이 나다 못 찬 굴 바구니를 머리에 이고 집으로 달려간다고 했는데, 엄마는 한 번도 굴을 따러 간 적이 없었습니다.

햇볕이 따가운 어느 여름날이었습니다. 그날도 엄마는 아침 늦게 일어나 어디론가 나갔습니다. 오후가 되자, 동생이 갈매기를 보러 가자고 보채기 시작했습니다. 나는 동생을 데리고 바닷가로 갔습니다. 그날, 바람이 없는 바다는 잔잔했습니다. 내리쬐는 태양 광선이 푸른 수면에 부딪혀 잘게 깨어지고, 바다는 생선비늘처럼 은빛으로 빛나고 있었습니다. 그런데 갑자기 바람이 불기 시작했습니다. 이내 하늘이 어두워지고 빗방울이 듣기 시작했습니다. 내가 따개비처럼 달라붙어 굴을 따던 바위를 집채만 한 파도가 사정없이 때리기 시작했습니다. 무서웠습니다. 갈매기도 무서웠던지 어디론가 가버리고 보이지 않았습니다. 나는 동생을 데리고 서둘러 집으로 돌아오기 시작했습니다. 소나기가 사납게 내리기 시작했습니다. 우리는 이내 흘딱 젖고 말았습니다. 비에 젖은 동생의 입술이 파랗게 질려가고 있었습니다. 어깨를 들썩거리며 이빨을 딱딱 마주치며 떨었습니다. 나는 동생을 품에 안았습니다. 그리고 달리기 시작했습니다. 파랗게 질려가는 동생의 입술을 뺨으로 문지르며 달렸습니다. 바위에 부딪힌 내 정강이에서 피가 흐르고 있었습니다. 그러나 나는 아픈 줄도 모른 채 줄기차게 내리는 비처럼 달렸습니다. 가쁜 숨을 몰아쉬며 겨우 집에 도착한 나는 먼저 마루 위에 동생을 뉘였습니다. 그리고 황급히 안방 문을 연 순간, 나는 방문 앞에 그대로 얼어붙고 말았습니다. 눈앞에는 정말 이상한 광경이 벌어져 있었습니다. 방 안에는 벌거벗은 두 개의 몸뚱이가 꿈틀거리고 있었습니다. 아침에 나갔던 엄마와 언젠가 마을에서 본 적이 있는 구레나룻 수염 남자가 벌거벗은 채로 뒤엉켜 있었습니다.

벌거벗은 두 개의 몸뚱이에서 비릿한 생선 비린내와 술 냄새가 풍겨 나고 있었습니다.

그때, 갑자기 눈에서 번쩍하고 불꽃이 일며 꽝하는 천둥소리가 울렸습니다. 그때, 정말 천둥이 울렸는지는 모릅니다. 천둥소리와 동시에 벼락이 내려치는 것 같았습니다. 나는 벼락을 맞은 사람처럼 속절없이 마루 위에 쓰러졌습니다. 남자가 벌거벗은 몸으로 뛰쳐나와 나의 따귀를 사정없이 후려쳤던 것입니다. 하얗게 타들어가는 머릿속으로 양철 지붕을 때리는 빗소리가 요란스레 울려 퍼지고 있었습니다. 눈앞의 모든 물체가 부옇게 흐려 보였습니다. 얼핏 눈을 껌뻑여보니, 흐린 시야가 점차 선명해지면서 그때까지도 수축되지 않은 남자의 덜렁거리는 남근이 눈에 들어 왔습니다. 징그러웠습니다. 나는 따귀를 맞은 아픔보다도 그 남근의 흉물스러움에 꽥꽥 하고 토하기 시작했습니다.

마루 위에 누워있던 동생이 자지러지는 소리로 울기 시작했습니다. 동생의 울음소리와 양철 지붕 빗소리가 뒤섞여 기묘한 화음으로 내 머릿속을 왕왕 울렸습니다. 그런 동생을 남자가 걷어찼습니다. 동생의 몸이 가벼운 깃털처럼 날아가 마루 구석에 처박혔습니다. 비명조차 지르지 못했습니다. 동생은 새우처럼 허리를 구부리고 모로 누워 그 크고 검은 눈을 하얗게 뒤집고 질려가고 있었습니다. 나는 그런 동생에게로 엉금엉금 기어가기 시작했습니다.

이번에는 남자가 내 옆구리를 걷어찼습니다. 나는 작은 다람쥐처럼 또르르 굴러 마루 아래로 떨어지며 섬돌에 이마가 부딪혔습니다. 섬돌 아래, 마당에는 아까보다 더 굵은 창대같은 비가 내리고 있었습니다. 이마에서 피가 흘렀습니다. 피와 비에 젖은 눈을 껌벅이며 가까스로 고개를 들어 마루 위에 서 있는 남자를 올려다봤습니다. 사타구니 사이, 시커먼 털에 뒤덮인 남자의 남근은 여전히 흉물스럽게 덜렁거리고 있었습니다. 나는 또다시 캑캑거리며 토하기 시작했습니다. 그런 사이 옷을 주섬주섬 입은 남자가 섬돌 아래로 내려섰습니다.

–입만 벙긋 해 봐라. 모가지를 확 분질러 뿔끼다.

남자가 마당에 쓰러져 있는 나의 옆구리를 다시 한 번 걷어차며 소리쳤습니다.

–에이, 재수 옴 붙었네.

남자가 투덜대면서 내 얼굴에 칵 하고 가래침을 내뱉고는 빗속으로 사라졌습니다.

그 이후로 이상한 일이 발생했습니다. 이상하게도 말을 하려고 하면 머릿속에서 '입만 벙긋 해 봐라. 모가지를 확 분질러 뿔끼다.'라고 내뱉던 남자의 목소리가 환청처럼 들렸습니다. 그 소리가 두려워 말을 하지 않게 되자, 점차 혀의 움직임이 둔해지더니, 종내에는 아예 혀가 굳고 말았습니다. 그리하여 나는 말을 알면서도 말을 하지 못하는 그런 아이가 되어버렸습니다.

그런데 더욱 이상한 일이 발생했습니다. 내가 말을 하지 않자, 동생도 말을 하지 않았던 것입니다. 그때부터 동생은 말을 하는 대신 내 눈을 바라보았습니다. 나도 동생의 눈을 바라보았습니다. 나는 동생의 눈을 보고 동생의 생각과 마음을 알 수 있었습니다. 동생도 마찬가지였을 것입니다. 우리는 입을 통하여 말을 하지 않고도 눈을 통하여 그렇게 서로 얘기할 수 있었습니다.

그런 일이 있은 몇 년 후, 어느 추운 겨울날, 아직도 어둠이 채 가시지 않은 이른 새벽에 엄마가 느닷없이 우리를 흔들어 깨우면서 말했습니다.

–이 말도 못하는 웬수들아, 니들 땜에 내가 못살겠다. 니들 애비 찾아가자.

그날 새벽, 우리는 잠도 채 깨지 않은 몽롱한 상태에서 엄마의 손에 이끌려 무작정 집을 나왔습니다. 차가운 해풍이 몰아치는 바닷가 들길을 걸어 나와 새벽 첫 버스를 타고, 또 버스를 갈아타고, 기차를 타고, 또 기차를 갈아타고, 그렇게 우리는 서울역에 도착하였습니다. 나는 처음 그곳이 서울역이라는 것도 알지 못했습니다. 캄캄한 밤인데도 사람들이 많았습니다. 모두가 내가 한 번도 보지 못한 색색의 예쁜 옷을 입고, 반짝이는 구두를 신고 있었습니다. 여자들은 입술을 붉게 칠하고, 얼굴에 하얗게 분칠을 하고 있었습니다.

–이리 온나. 여 꼼짝 말고 있어라. 니 애비 딜꼬 오마.

역사驛舍 안 어느 모퉁이 벽 아래로 우리를 데려간 엄마가 말했습니다. 엄마는 우리를 그곳에 남겨둔 채 종종걸음으로 사람들 틈에 섞여 어디론가 갔습니다. 몇 시간이 지났는지 모릅니다. 엄마는 돌아오지 않았습니다. 춥고, 배가 고팠습니다. 나는 동생의 어깨를 안고 모퉁이 벽 아래에 쪼그려 앉았습니다. 동생의 가냘픈 어깨가 떨리고 있었습니다. 동생이 바다로 가자고 눈으로 말하고 있었습니다. 그러나 거기에 바다는 없었습니다. 어디로 가야 할지도 몰랐습니다. 어느덧 날이 밝아오고 있었습니다. 지친 동생은 내 어깨에 기대어 새근새근 잠들어 있었습니다. 잠이 든 동생의 속눈썹 아래에 작은 이슬방울이 맺혀 있었습니다.

아침이 되자 더욱 많은 사람들이 분주하게 오가고 있었습니다. 그 많은 사람들 중에 엄마는 없었습니다. 우리에게 시선을 주거나 관심을 가지는 사람도 없었습니다. 사람들의 부산한 발소리에 깨어난 동생이 나를 바라보았습니다. 하룻밤 사이에 동생의 눈은 끝이 보이지 않는 우물처럼 움푹 패여 있었습니다. 그러나 내가 동생을 위하여 해줄 것은 아무것도 없었습니다. 그것이 안타까워 가슴이 답답하고 눈물이 날 것만 같았습니다. 그러나 눈물을 흘리지는 않았습니다. 내가 울면 동생도 따라 울 것 같아 억지로 눈물을 참았습니다.

점심때가 되어도 엄마는 돌아오지 않았습니다. 갑자기 눈앞이 부옇게 흐려지기 시작했습니다. 오가는 사람들의 모습이 두 개로 보이다가, 한 개로 보이다가, 다시 두 개로 보이다가 유령처럼 소리도 없이 사라지고 있었습니다. 자꾸만 눈이 감겨 왔습니다. 잠이 들면 안 돼. 잠든 사이에 누가 동생을 데리고 가버릴지 몰라. 나는 흐려지는 눈을 연신 껌벅이며 쏟아지는 잠을 쫓았습니다. 그러면서 동생을 품에 꼭 안고 엎드렸습니다. 혹시나 내가 잠든 동안에 누군가가 동생을 데려가지 못하도록…….

그렇게 엎드려 있는 동안 나는 기어이 잠이 들어버렸던 모양입니다. 얼마나 잤는지 모릅니다. 그런데 깨어나 보니 신기한 일이 벌어져 있었습니다. 내가 엎드려 있던 머리맡에 제법 많은 백 원짜리와 5백 원짜리 동전이 놓여있었고, 심지어는 구경하기 힘든 천 원짜리 종이돈도 몇 장 놓여있었던 것입니다. 나는 그때 알았습니다. 아! 이렇게 엎드려 있으면 사람들이 돈을 주는구나.

나는 서둘러 돈을 챙기면서 동생을 살펴보았습니다. 내 품 안에서 잠들었던 동생은 차가운 바닥에 새우처럼 등을 구부린 채 여전히 잠들어 있었습니다. 나는 동생을 흔들어 깨웠습니다. 그러나 깨어난 동생의 눈에는 생기라고는 하나도 보이지 않았습니다. 갈증에 메마른 입술은 하얗게 부르터 있었습니다.

나는 주위를 둘러보았습니다. 저만치 환하게 불을 밝힌 빵가게가 보였습니다. 사람들이 의자에 앉아 빵을 먹고 있었습니다. 나는 동생의 손을 잡고 일어나 그 가게로 갔습니다. 우리가 들어서자 짧은 치마에 하얀 세모 모자를 쓴 여자가 다가와 우리의 행색을 이리저리 훑어보았습니다. 나는 손으로 빵을 가리키며 돈을 내밀었습니다. 여자가 고개를 갸웃하더니 마치 귀찮은 물건이라도 치우는 것처럼 물통과 빵 두 개를 접시에 담아 왔습니다. 그리고는 내 손에 들려있던 천 원짜리 종이돈 세 장을 빼앗아 갔습니다.

혹시 그 사이에 엄마가 돌아와 있을지도 모른다. 나는 동생이 빵을 먹자마자 곧바로 원래 있던 그 모퉁이 자리로 돌아왔습니다. 그러나 엄마는 보이지 않았습니다. 내 손에는 반만 먹고 남은 빵조각이 들려 있었습니다. 나중에 동생에게 주고자 했습니다.

다시 밖이 어두워지고 있었습니다. 그러나 엄마는 돌아오지 않았습니다. 동생이 내가 먹다 만 빵을 바라보고 있었습니다. 나는 그 빵을 동생에게 주었습니다. 동생은 작은 생쥐처럼 오물거리며 빵을 먹었습니다. 나는 그때서야 문득 생각이 들었습니다. 엄마는 오지 않을지도 모른다고……. 어쩌면 엄마는 우리를 버리고 갔을지도 모른다고…….

덜컥 겁이 났습니다. 불쌍한 내 동생, 동생은 내가 돌봐 주어야 할 아이였습니다. 동생을 어떻게 돌볼까? 바다도 없는 이렇게 낯선 곳에서, 바다에 가면 되는데, 어디로 해서 어떻게 가야 하나? 바다는 어느 쪽에 있을까? 동생의 주린 배를 어떻게 채워 줄까?

그래, 아까 엎드려 있는 동안에 사람들이 돈을 주고 갔었지. 그렇게 해 보자. 나는 다시 동생을 품에 안고 두 손을 위로 벌린 채 이마를 바닥에 대고 엎드렸습니다. 그러나 이번에는 잠들지 않았습니다. 대신 모든 신경을 손바닥에 모았습니다. 신기했습니다. 그냥 앉아있는 동안에는 단지 스쳐 지나가던 사람들이 그렇게 엎드려 있자 내 손바닥 위에 동전이며 종이돈을 놓고 가는 것이었습니다.

그렇게 엎드린 자세로 얼마나 있었는지 모릅니다. 내 손바닥과 머리맡에 동전 몇 개와 천 원짜리 종이돈 두 장이 놓였습니다. 나는 왼손으로는 종이돈을 꼭 쥐고 오른손은 그대로 편 채 계속 엎드려 있었습니다. 내가 그렇게 있는 동안 동생은 내 품 안에서 다시 잠이 들었습니다. 동생은 작은 참새처럼 새근대고 있었습니다. 나도 갑자기 눈이 감겨오기 시작했습니다. 엄마를 따라나선 이후 먹은 것이라고는 빵 반 조각이 전부였습니다. 엄마를 기다리느라 꼬박 밤을 새우다시피한 내 몸은 몰려오는 졸음에 감각조차 없어진 것 같았습니다. 자면 안 되는데……. 엄마가 올지도 모르는데……. 그러나 내 의지와는 상관없이 나는 끝없는 잠속으로 빠져들고 있었습니다.

—이놈들, 예서 뭐하는 거야.

누군가가 내 어깨를 잡아 흔들며 호통을 쳤습니다. 나는 화들짝 놀라 고개를 들었습니다. 아직도 잠에서 채 깨어나지 못한 내 눈에 검은 양복을 입은 어떤 남자의 얼굴이 들어 왔습니다. 양복을 입었지만 얼굴은 험상 궂었습니다. 며칠 동안이나 면도를 하지 않았는지, 얼굴에는 수염이 텁수룩하게 자라있었습니다. 비오는 그 날, 남근이 덜렁거리던 구레나룻 남자의 얼굴이 떠올랐습니다. 무서웠습니다. 나는 공포에 질린 눈으로 남자를 바라보았습니다.

—이리 내.

남자는 곧바로 내 손에 들려있던 종이돈을 빼앗고는 내 머리맡에 놓여있던 동전을 주섬주섬 주워 호주머니에 넣었습니다. 지나가던 사람들이 보고 있었지만, 어느 누구도 나서서 그 남자를 제지하지 않았습니다. 사람들은 힐끔힐끔 쳐다보며 자기들과는 아무 상관없는 일인 것처럼 지나칠 뿐이었습니다.

–따라와.

남자가 나와 동생의 손목을 양손에 하나씩 잡았습니다. 그 손을 뿌리치려고 뻗대 보았지만, 역부족이었습니다. 우리는 남자에게 질질 끌려갔습니다. 그런데도 나는 어떤 말도 할 수 없었습니다. 여전히 내 혀는 굳어 있었던 것입니다.

역사 밖에는 수많은 차들이 불을 켜고 달리고 있었습니다. 눈이 부셨습니다. 쌩쌩 달리는 차들이 무섭기도 했습니다. 안 되는데……? 엄마가 올지도 모르는데……? 동생이 엉엉 울기 시작했습니다. 나도 울고 싶었습니다. 그러나 남자는 아랑곳없이 길가에 세워져 있던 검은색 승용차 안으로 우리를 밀어 넣었습니다.

어디로 가는지도 몰랐습니다. 도깨비처럼 눈에 불을 켜고 질주하는 차들 사이로 곡예를 하던 차가 도로를 벗어나더니 숲 속 오르막길을 한참 더 달렸습니다. 이윽고 차가 어느 집 대문 안으로 들어가 멈췄습니다. 남자가 먼저 동생을 끌어내고, 나를 끌어냈습니다. 나는 주위를 둘러보았습니다. 차가 세워진 정면에 붉은 벽돌로 된 커다란 이층집이 서 있었습니다. 그 집은 어마어마하게 큰 성채 같았습니다. 주위에 다른 집들은 보이지 않았습니다. 무서운 장승같은 나무들만 보였습니다. 산 아래로 수많은 불빛이 반짝이고 있었습니다. 마치 내가 떠나온 바닷가 외딴 마을의 밤하늘이 그대로 아래로 가라앉아 버린 것 같았습니다.

남자가 다시 우리를 집 뒤로 끌고 갔습니다. 그곳에 작은 철문이 하나 있었습니다. 남자가 철문 손잡이 옆 벽에 붙은 전등의 스위치를 올리고 문을 열자, 지하로 내려가는 계단이 나왔습니다. 계단이 끝나는 지하 바닥에 철문이 하나 더 있었습니다. 남자가 그 문을 열었습니다. 아, 나는 깜짝 놀라고 말았습니다. 그곳에는 나와 동생 또래의 아이들 10여 명이 둥글게 원을 그리듯 앉아있었습니다. 하나같이 남루한 옷차림에 지저분한 얼굴이었습니다. 그런 아이들 틈에서 엄마처럼 곱슬곱슬 파마머리를 한 여자가 작은 상 위에 놓인 밥통에서 밥을 퍼고 있었습니다. 상도 없이 빙 둘러 앉은 아이들의 중간에는 김치가 담긴 그릇 두 개와 된장국이 담긴 냄비 두 개, 간장 종지 하나가 놓여있었습니다. 여자가 우리를 바라보고는 야릇한 웃음을 입가에 흘렸습니다. 남자가 우리를 아이들 틈에 앉혔습니다. 여자가 퍼주는 밥공기가 순서대로 아이들에게 돌아가고, 여자가 우리에게도 밥 한 공기씩을 주었습니다. 나는 그만 왈칵 눈물이 솟았습니다. 이틀 동안이나 굶다시피 한 내 배는 등에 붙어 있었습니다. 그러나 나는 그 밥을 다 먹지 않았습니다. 나는 내 밥그릇의 3분의 1 가량을 덜어 동생의 밥그릇에 얹어 주었습니다. 불쌍한 내 동생, 내가 돌보고 보호해 주어야 할 내 동생이었으니까요.

밥을 먹은 아이들은 아무 말도 없이 구석진 자리에 포개져 있던 이불을 펴고 누웠습니다. 우리가 밥을 먹고 있는 동안에 밖으로 나갔던 여자가 우리에게도 이불 하나를 주었습니다. 지하실은 제법 넓은 편이었지만, 그곳에 있던 십여 명의 아이들과 우리가 넉넉하게 자리를 잡고 눕기에는 좁았습니다. 나는 구석진 자리 한 귀퉁이에 이불을 펴고 동생을 꼭 끌어안고 누웠습니다. 그나마 밥으로 배를 채운 동생은 이내 잠이 들었습니다. 나도 끝도 모를, 영원히 깨어나지 않을 그런 잠속으로 깊이, 아주 깊이 빠져들었습니다. 엄마도 잊어버린 채…….

—일어나.

꿈속인 듯 누군가가 외치고 있었습니다. 그러나 나는 눈을 뜰 수가 없었습니다. 꼼짝도 할 수 없었습니다. 모든 뼈마디가 분절되어 버리는 것 같았습니다. 춥기도 했습니다. 이러면 안 되는데……. 내가 아프면 누가 내 동생을 돌볼까. 나는 가물가물한 의식 속에서도 겨우 손을 뻗어 동생을 더듬어 보았습니다. 동생의 이마가 불같이 뜨거웠습니다.

—이것들 봐라. 일어나지 못해.

화난 남자의 목소리가 들리는 것 같더니, 옆구리가 송두리째 부서져 내리는 것 같았습니다. 남자가 내 옆구리를 걷어 찬 것 같았습니다. 나는 가물거리는 의식 속에서 동생을 끌어안은 채로 옆으로 뒹굴었습니다.

—오늘은 그냥 둬요. 열이 펄펄 끓고 있어요.

여자의 말소리가 들린 것 같았습니다. 그 소리를 어렴풋이 들으면서 그때 내가 의식을 잃어버렸는지, 아니면 다시 끝없는 잠 속으로 빨려 들어간 것인지는 알 수 없습니다. 나는 바닷가에 가 있었습니다. 우리처럼 배고픈 갈매기가 끼룩거리고 있었습니다. 잔잔한 물결 위에 은빛 햇살이 부서지다가 갑자기 어두워지며 집채만 한 파도가 나를 덮쳐오기도 했습니다. 그때마다 나는 가위에 눌려 깨어났다가 다시 의식을 잃고 더욱 더 깊은 어둠의 세계로 빨려 들어갔습니다. 가여운 내 동생, 내가 돌봐야 하는 불쌍한 내 동생을 파도가 집어삼키기도 했습니다. 나는 바다로 뛰어들어 동생을 끌어안고 어푸어푸 자맥질을 하다가 비릿하고 짠 바닷물을 토하며 깨어나기도 했습니다.

그 다음 날인지, 아니면 며칠이 지났는지 모릅니다. 겨우 기운을 차려 일어나보니, 지하실에 다른 아이들은 보이지 않고 나와 동생만 남아있었습니다. 그때 철문이 열리면서 남자와 여자가 들어왔습니다. 여자가 우리에게 밥을 주었습니다.

—밥 먹여주고 재워 주었으니까 이젠 돈을 벌어와야지.

우리가 밥을 먹고 나자 남자가 말했습니다. 동생은 그대로 남겨둔 채, 남자가 처음 우리를 끌고 왔던 승용차에 나를 태워 어디론가 데려갔습니다. 이상한 곳이었습니다. 땅 속에서 기차소리가 들렸습니다. 사람들이 그 땅 속에서 밀물처럼 쏟아져 나왔다가 썰물처럼 다시 땅 속으로 사라지고 있었습니다. 남자가 그곳 지하 입구 통로 계단으로 나를 데려갔습니다. 그 계단의 중간쯤에 평평하고 넓은 곳이 있었습니다. 그곳에서 남자는 내게 작은 플라스틱 바구니 하나를 주며 바구니를 머리맡에 두고 이마를 바닥에 대고 엎드려 있으라고 했습니다. 그랬습니다. 처음 그날 그 역에서도 그랬습니다. 사람들은 내가 그렇게 엎드려 있으면 돈을 주었던 것입니다. 나는 남자가 시키는 대로 바닥에 이마를 대고 엎드렸습니다. 그때 남자가 내 귀에 대고 낮은 소리로 말했습니다.

—내가 올 때까지 여기에 꼼짝 말고 있어야 해. 만약 도망가면 네 동생을 가만 두지 않을 거야. 죽여 버릴 거야.

나는 그 말이 무서웠습니다. 가여운 내 동생, 나는 동생을 돌봐야 했습니다. 그래서 나는 도망치지 못했습니다. 내 동생이 그 남자에게 잡혀 있었으니까요. 나는 그날 하루 종일 그 계단에 그렇게 엎드려 있었습니다. 그 남자의 말대로 혹시나 꼼짝이라도 하면 동생을 해칠까 봐,

죽여 버릴까 봐, 나는 정말 꼼짝도 하지 않았습니다. 그동안에 내 머리 맡의 바구니에는 제법 많은 종이돈과 동전이 수북이 쌓여 갔습니다. 내가 엎드려 있던 계단 위쪽 입구에서 비쳐들던 햇빛이 사라지고 어두워지기 시작했습니다. 그때 남자가 다시 나타났습니다.

—이제 가자.

나는 일어섰습니다. 그러나 너무 오래 엎드려 있었던 탓인지 몸이 굳어져 있었습니다. 나는 곧바로 일어서지 못하고 휘청거리다가 그만 들고 있던 바구니를 엎고 말았습니다. 동전이 쏟아졌습니다.

—이 새끼가! 어서 주워.

남자가 내 뺨을 후리치며 말하고는 황망히 동전을 주워 모으기 시작했습니다. 나도 모이를 쪼는 병아리처럼 이곳저곳 흩어진 동전을 줍기 시작했습니다. 계단을 오르내리는 사람들이 우리를 힐끗거리며 바라보았지만 아무도 도와주지 않았습니다. 오히려 멀찌감치 도망치듯 지나칠 뿐이었습니다. 겨우 동전을 수습하여 밖으로 나오니, 도로변에 남자의 차가 세워져 있었습니다. 그 차는 내가 처음 끌려오던 날 탔던 승용차가 아니라 지하실에 있던 아이들이 모두 탈 수 있는 작은 버스같이 생긴 승합차였습니다. 그 차에는 여자와 지하실에 있던 아이 세 명이 이미 타고 있었습니다. 남자가 차를 운전하여 다른 땅 속 기차역 입구나, 어느 커다란 빌딩 계단 앞, 또는 번화한 시장터 등 곳곳을 돌아다니며 아이들을 한 명씩 한 명씩 차례로 태웠습니다. 남자가 차에서 내려 아이들을 데리러가는 동안 여자가 차문 입구 의자에 앉아 차를 지켰습니다. 일곱 번째로 멈춘 곳에서 동생이 탔습니다. 아, 불쌍한 내 동생, 동생은 그냥 집에 있었던 것이 아니었습니다. 동생도 다른 장소에서 나처럼 하루 종일 그렇게 엎드려 있었던 것입니다. 이윽고 지하실에 있던 아이들 모두를 태운 차는 다시 집으로 돌아왔습니다.

밥을 먹기 전에 남자와 여자가 한 사람 한 사람씩 일일이 아이들의 몸을 뒤졌습니다. 물론 나와 동생의 몸도 뒤졌습니다. 동생보다 키가 작은 아이 하나의 옷소매 끝자락에서 파란 만 원짜리 종이돈 하나가 나왔습니다. 남자가 그 아이의 뺨을 사정없이 후려치기 시작했습니다. 아이의 뺨이 이내 붉게 부풀어 오르고 코피가 흘렀습니다. 남자가 아이를 발로 걷어찼습니다. 아이가 저만치 튕겨나가 배를 끌어안고 캑캑거리기 시작했습니다. 남자가 다시 아이에게 다가갔습니다. 아이가 공포에 질려 눈을 하얗게 까뒤집으며 반사적으로 일어나 남자의 다리에 매달리며 잘못했다고 빌기 시작했습니다. 남자가 그런 아이를 다시 발로 걷어찼습니다. 그날, 남자와 여자는 그 아이와 바구니에 든 돈이 제일 적은 아이에겐 밥을 주지 않았습니다. 그나마 다행인 것은 내 바구니의 돈과 동생의 바구니에 든 돈이 제일 적지 않았다는 것이었습니다. 나와 동생은 그날 저녁을 먹을 수 있었습니다. 밥을 먹자마자 동생은 곧 잠이 들었습니다. 나는 동생을 꼭 끌어안았습니다. 동생의 가는 어깨가 너무도 애처로웠습니다.

우리가 밥을 먹자마자, 남자와 여자는 두꺼운 철문을 열고 나가 밖에서 자물쇠를 채웠습니다. 밖에서 자물쇠가 채워진 그 두꺼운 철문을 우리가 열 수는 없었습니다. 그 문을 열 수 있었다고 해도 우리는 어디로 가야 할지를 알 수 없었습니다. 우리는 그렇게 갇혀 있었습니다.

그 다음 날도, 그 다음 날도, 나와 동생은 하루도 빠지지 않고 땅 속 기차가 다니는 계단 입구나 우리가 맨 처음 기차에서 내렸던 역으로 올라가는 계단, 그리고 어딘지도 알 수 없는 까마득하게 높은 건물 입구 계단 등을 돌아가며 그렇게 엎드려 있었습니다. 그런 동안에 어떤 날은 돈이 제일 적어 밥을 굶기도 하고, 때로는 아무 잘못도 없이 매를 맞기도 했습니다. 때릴 때, 그 남자는 꼭 뺨부터 먼저 때렸습니다. 그리고는 발로 찼습니다. 어떤 때는 아이들 모두를 한 줄로 세워 엎드리게 한 후 각이 진 몽둥이로 엉덩이와 허벅지를 사정없이 때릴 때도 있었습니다. 그런 날은 아이들 모두에게 밥을 주지 않았습니다. 매상이 너무 적어 밥값조차 못했기 때문이라고 했습니다. 우리는 그렇게 그곳에 잡혀 있었습니다.

그런데 그동안에 참 신기한 일이 발생하고 있었습니다. 겨우 아침과 저녁 두 끼밖에 먹지 못하고 하루 종일 그렇게 엎드려 있어야 하는 고통의 나날 속에서도 동생의 키는 훤칠 자라 있었고, 그렇게 홀쭉하던 볼도 살이 올라 발그레하게 홍조를 띠어 가기 시작했던 것입니다. 깊고 큰 두 눈도 생기로 반짝였습니다. 마치 맑은 샘물이 고여있는 것 같았습니다. 내가 보아도 너무나 예뻤습니다. 더구나 그렇게 가냘픈 어깨 아래의 가슴살도 볼록하게 튀어나오기 시작했습니다.

그때부터 동생을 바라보는 남자의 시선이 이상해지기 시작했습니다. 때로는 한 팔로 동생의 어깨를 안고 그 아래 가슴살을 은근 슬쩍 만져보기도 했습니다. 여자가 그런 남자를 보고 표독하고 앙칼진 목소리로 힐난을 할 때도 있었습니다. 그럴 때마다 남자는 오히려 화를 내며 문을 꽝 닫고 나가곤 했지만, 나는 자꾸만 가슴이 두근거리며 불안해지는 것이었습니다.

어느 날이었습니다. 남자에게 이끌려 땅 속 기차 계단에서 올라오니 비가 내리고 있었습니다. 눈이 섞인 진눈깨비였습니다. 나는 추위에 꽁꽁 언 손을 호호 불며 차에 탔습니다. 그런데 차 안에 있는 동생의 모습이 여느 때와 달랐습니다. 어디에선가 목욕이라도 한 것처럼 얼굴이 뽀얗고 깨끗했습니다. 몸에서는 처음 맡아보는 향긋하고 은은한 냄새까지 풍기고 있었습니다. 집에 오니 여자가 보이지 않았습니다. 우리는 남자가 시키는 대로 밥솥의 밥을 우리끼리 퍼먹고 곧바로 자리에 누웠습니다. 하루 종일 추위에 언 몸은 이불 속에 들자마자 이내 노곤해지며 끝도 모를 깊이 [illegible] 시작했습니다.

그때 이제까지 우리가 잠을 자는 동안에는 한 번도 열리지 않았던 철문이 열렸습니다. 열린 문의 찬바람을 타고 퀴퀴한 술 냄새가 확 풍겼습니다. 남자가 손전등을 들고 들어왔습니다. 잠이 확 달아나고 말았지만, 나는 여전히 잠든 채 그대로 누워있었습니다. 남자가 손전등을 이리저리 비추며 누군가를 찾는 것 같았습니다. 남자의 손에 들린 손전등의 빛이 내 얼굴을 스치고 지나 동생의 얼굴에 가서 멎었습니다. 남자의 발소리가 들렸습니다. 이윽고 내 머리맡에 이른 남자의 손이 내 품에 안긴 동생의 팔을 잡아 일으키고 있었습니다. 나는 본능적으로 벌떡 일어나 동생을 껴안았습니다. 순간 내 눈에서 불꽃이 번쩍 하고 튀었습니다. 남자가 내 얼굴을 주먹으로 사정없이 내려쳤던 것입니다. 나는 비명조차 지르지 못하고 고개가 옆으로 확 꺾이며 쓰러졌습니다. 동생 또한 남자에게 끌려가면서 비명조차 지르지 못했습니다. 아마도 동생의 입을 그 남자가 막고 있었을 것입니다. 어둠 속이라 보이지 않았지만 공포에 깃든 동생의 눈을 상상할 수가 있었습니다.

철문을 열고 나간 남자가 다시 자물쇠를 채우는 소리가 들렸습니다. 나는 얻어맞아 터진 코와 입술에서 흐르는 피를 닦을 겨를도 없이 어둠 속을 기어가 철문을 두드리기 시작했습니다. 자고 있는 아이들이 유령처럼 일어나 나의 모습을 바라보고 있었습니다. 그러나 내가 할 수 있는 일은 아무것도 없었습니다. 나는 철문에 기대앉아 꼬박 밤을 새웠습니다.

계단을 내려오는 발자국 소리가 들리고 드디어 철문이 열렸습니다. 남자가 나타났습니다. 어제 저녁부터 보이지 않았던 여자는 여전히 보이지 않았습니다. 동생도 보이지 않았습니다. 나는 고개를 들고 남자를 바라보며 동생은 어디에 있느냐고 간절한 눈빛으로 물었습니다. 남자가 그때까지도 부르터 퉁퉁 부어 있던 입술 언저리를 주먹으로 다시 한 번 세차게 내려쳤습니다.

여느 때처럼 아침을 먹인 남자는 우리를 차에 태우고 나갔습니다. 그날 하루 종일 땅 속 기차가 다니는 계단에 엎드려 있으면서도, 내 머릿속은 온통 동생 생각으로 가득 차 있었습니다. 하루가 그렇게 긴 시간인 줄은 몰랐습니다. 저녁이 되어 다시 남자가 나타났습니다. 여러 곳을 돌면서 아이들이 모두 차에 탔지만, 결국 동생은 타지 않았습니다. 내 가슴은 동생의 걱정으로 새까맣게 타들어 가기 시작했습니다.

집에 도착한 나는 차문이 열리자마자 제일 먼저 지하실 계단을 뛰어 내려갔습니다. 그러나 철문은 내 손바닥보다 더 큰 자물쇠로 채워져 있었습니다. 내 뒤에서 아이들을 이끌고 계단을 내려온 남자가 푸르게 멍이 들어 있는 내 뺨을 다시 한 번 손바닥으로 후려치고는 자물쇠를 열었습니다.

지하실 바닥 한쪽 모퉁이, 우리가 항상 누웠던 자리에 웅크리고 누워있는 작은 형체가 보였습니다. 동생이었습니다. 나는 후다닥 달려가 동생을 안아 일으켰습니다. 그러나 동생은 나를 알아보지 못했습니다. 하룻밤 동안에 한 뼘보다도 더 깊게 꺼져버린 것 같은 그 크고 검은 눈만 껌벅거리고 있었습니다. 초점조차 잡히지 않는 그런 눈으로 입술을 달싹거리며 실없이 웃고 있었습니다. 그 곱고 발그레하던 얼굴은 이미 핏기를 잃어버리고 군데군데 검은 얼룩이 져 있었습니다. 나는 남자가 주는 밥을 물에 말아 동생에게 떠먹이기 시작했습니다. 그러나 동생은 그 밥조차 넘기지 못했습니다.

저녁을 먹은 후 남자가 [illegible] 밖으로 사라지자, 나는 동생을 꽉 껴안고 누웠습니다. 동생의 입에서 비명 같은 신음소리가 끊임없이 새어나왔습니다. 무슨 일이 있었던 것일까? 가여운 내 동생, 자꾸만 눈물이 흘렀습니다. 그런 사이 나는 깜빡 잠이 들었던 모양입니다. 다리에 무엇인가 끈적끈적한 이물질이 달라붙어 있는 것 같은 느낌이 들었습니다. 나는 잠결에 무심코 다리 쪽을 더듬었습니다. 뭔가 축축하고 미끈미끈한 감촉이 손바닥에 닿았습니다. 나는 어둠 속에서 일어나 손바닥에 묻은 검은 이물질을 바라보았습니다. 나는 화들짝 놀라 일어나 이불을 걷었습니다. 아아, 그때 나는 보았습니다. 그 검은 이물질은 동생의 다리 사이에서 흘러나온 피였습니다. 가여운 내 동생의 다리 사이에서 검은 피가 샘물처럼 솟아나고 있었던 것입니다.

그런 일이 있고 난 후 여자가 없는 날이면 남자는 수시로 한밤중에 동생을 데리고 나갔습니다. 돌아온 후에 처음처럼 다리 사이에서 피를 흘리진 않았지만, 그런 날이 계속될수록 동생의 볼그스레하던 얼굴은 완연한 병색이 들어 푸르죽죽하게 변해가기 시작했습니다. 그렇게 맑게 빛나던 눈은 헛것을 보는 듯 초점을 잃고 자꾸만 희번덕거리기만 했습니다.

그런데 정말 이상한 일이 발생했습니다. 동생의 아랫배가 조금씩 불러오기 시작한 것입니다. 시간이 지날수록 동생의 배는 자꾸만 커지기 시작했습니다. 얼굴은 더욱 푸르죽죽하게 변하고 그나마 겨우 먹은 음식을 토하는 날도 잦아지기 시작했습니다. 아마도 그러한 동생을 여자가 유심히 살펴보았던 모양입니다.

어느 날 아침, 밥을 먹다가 동생이 갑자기 토하기 시작했습니다. 순간 작은 상 앞에 앉아 우리에게 줄 김치를 칼로 썰고 있던 여자가 표독한 눈빛으로 고개를 돌려 오른쪽 곁에 서 있는 남자를 흘겨보았습니다. 여자의 눈길에 남자가 움찔 하는 것 같았습니다. 여자의 입술이 부르르 떨리고, 안면 근육이 흉물스럽게 변해가기 시작했습니다.

—이 짐승만도 못한 인간!

여자가 갑자기 벌떡 일어나 식칼을 휘두르며 남자에게 달려들었습니다. 엉겁결에 여자가 휘두르는 칼을 손으로 움켜진 남자의 손에서 뭉클뭉클 피가 솟아났습니다. 남자가 여자를 발로 걷어찼습니다. 여자가 힘없이 바닥에 꼬꾸라졌습니다. 그러나 여자는 이내 식칼을 다시 움켜잡고 남자에게 달려들었습니다. 주춤주춤 뒤로 물러나던 남자가 자세를 가다듬더니 다시 여자를 발로 걷어찼습니다. 정통으로 배를 걷어차인 여자가 허리를 폭삭 꺾으며 주저앉았습니다. 얼굴이 사색이 된 여자는 배를 움켜잡은 채 가쁜 숨만 쌕쌕 몰아쉬고 있었습니다. 그런 여자의 손에서 남자가 식칼을 빼어들었습니다. 아이들은 모두 공포에 질린 채 비명을 지르며 구석으로 몰려가 웅크리고 있었습니다. 나는 그 와중에도 동생을 꼭 끌어안고 있었습니다. 손에서 흐르는 피를 바라보는 남자의 눈이 이상하게 번쩍이기 시작했습니다. 남자가 우리에게 다가오더니 동생의 머리채를 사정없이 끌어당겨 일으켜 세웠습니다.

—이런 재수 없는 것!

남자가 분풀이하듯 동생의 아랫배를 발로 걷어찼습니다. 동생의 가냘픈 몸이 휘청하며 날아가 벽에 부딪쳤습니다. 비명소리조차 내지 못했습니다. 나는 달려가 동생을 끌어안았습니다. 이미 의식을 잃고 고개를 떨어뜨린 동생의 다리 사이에서 샘물처럼 피가 솟아나기 시작했습니다. 그것을 본체만체 남자는 여자의 머리채를 움켜쥐고 밖으로 나갔습니다.

그날, 어쩐 일인지 남자는 밖에서 자물쇠를 걸어 잠근 채 한 번도 나타나지 않았습니다. 나는 동생의 다리 사이에서 솟아나는 피를 걸레로 닦으며 동생이 깨어나기를 빌고 또 빌었습니다. 하느님도 몰랐고, 부처님도 몰랐지만, 존재를 알 수 없는 그 누구에겐가 오직 한마음으로 기도했습니다. 제발 동생을 살려달라고……. 피는 거의 한 시간이 지나서야 겨우 멎었습니다. 그러나 동생은 여전히 의식을 잃은 채 꼼짝 않고 누워있기만 했습니다. 숨은 가늘게 쌕쌕거리고 있었지만, 손과 발은 멍이 든 것처럼 푸르게 변해가기 시작했습니다. 나는 그런 동생의 손과 발을 문지르고 또 문지르며 울고 또 울었습니다. 그때 나는 내 눈에 그렇게 많은 눈물이 고여있는 줄을 처음으로 알았습니다.

철문을 닫고 나가버리면 낮인데도 지하실은 속절없이 어둠 속에 갇혀버렸습니다. 얼마나 시간이 흘렀는지 모릅니다. 다시 문이 열리고, 손에 붕대를 친친 감아맨 남자가 나타났습니다. 남자가 먼저 내 옆구리를 걷어찼습니다. 남자는 내가 쓰러져 있는 사이에 그때까지도 꼼짝 않고 누워있는 동생을 안고 밖으로 나갔습니다. 남자가 다시 나타났습니다. 남자가 내 허리춤을 싸잡아 쥐더니, 나를 밖으로 끌고 나갔습니다. 밖은 이미 어두워져 있었습니다. 남자가 처음 우리를 태우고 왔던 승용차의 뒷좌석에 나를 밀어 넣었습니다. 커다란 수건을 깔아 논 그 좌석 위에 동생이 가로로 누워있었습니다. 나는 동생의 머리를 살며시 들어 내 무릎 위에 얹히고 앉았습니다. 운전석 옆에는 여자가 타고 있었습니다.

남자가 어디론가 차를 몰아가기 시작했습니다. 어디로 가는지 알 수도 없었습니다. 두 눈을 부릅뜬 자동차의 숲 속으로 남자는 빠르게 차를 몰았습니다. 형형색색의 불이 환이 밝혀진 건물을 수없이 뒤로 하고 차는 계속하여 어디론가 나아갔습니다. 얼마나 시간이 흘렀는지 모릅니다. 동생의 머리를 무릎 위에 얹은 채로 나는 깜빡 잠이 들었던 모양입니다. 어렴풋이 눈을 떠 창밖을 보니 새까만 어둠 속으로 커다란 나무 그림자들이 유령처럼 휙휙 스쳐 지나가고 있었습니다. 차가 도로를 벗어나 덜컹거리며 어딘가 숲 속으로 들어가는 것 같았습니다.

–이쯤이 좋겠어.

남자가 혼잣말을 하는 것인지, 아니면 옆에 앉은 여자에게 하는 말인지 모를 말을 하면서 차를 세웠습니다. 숲 속 길 옆, 잡풀이 우거진 조그마한 공터였습니다. 남자와 여자가 함께 차에서 내렸습니다. 남자가 뒤로 돌아와 내가 앉은 쪽의 차문을 열고는 내 뒷목을 잡아 차에서 끌어내더니, 다짜고짜 아랫배를 발로 걷어찼습니다. 나는 숨이 덜컥 막히고 눈앞이 노래지면서 배를 끌어안으며 풀숲에 털썩 무릎을 꿇으며 쓰러졌습니다. 남자가 다시 차에서 죽은 듯 누워있는 동생의 머리채를 한 손으로 잡고 끌어내어 내 옆에 팽개치듯 내려놓았습니다.

–이것들을 아예 죽여 파묻어버리고 가야 해.

남자가 차 뒤로 걸어가 트렁크의 문을 열고 삽을 꺼내면서 말했습니다.

—무슨 말이야. 그런 천벌 받을 짓을 하겠다는 거야?

여자가 달려와 내 앞을 막아서며 말했습니다.

—이것들이 신고라도 하면 어떡할 거야?

—이렇게 외딴 곳에서 이것들이 어떻게 길을 찾아. 말도 글도 모르는 바보들이 신고는 무슨 신고 [illegible]. 어차피 죽을 애들이야. 제발 그냥 버리고 가.

여자의 앙칼진 목소리를 들은 남자가 잠시 망설이는 것 같았습니다. 나는 오싹 소름이 돋았습니다. 달아나야만 했습니다. 그러나 나는 땅바닥에 얼어붙어 움직일 줄을 몰랐습니다. 캄캄한 어둠 속에서 어디로 달아나야 할지도 몰랐습니다. 달아나도 남자가 금방 나를 붙잡을 것이었습니다. 우리의 목숨은 오직 남자의 손에 달려 있었습니다.

—뭐해? 빨리 가지 않고.

여자가 머뭇거리는 남자의 팔을 잡아끌면서 말했습니다.

—아무래도 죽여 버려야 할 것 같은데……?

—누구 미치는 꼴 보고 싶어? 그래, 죽이려면 나부터 먼저 죽여.

여자가 다시 한 번 가시 돋친 목소리로 쏘아 붙였습니다. 남자가 하는 수 없다는 듯 열려있는 트렁크에 삽을 던져 넣고 운전석으로 갔습니다. 시동이 걸리고, 차는 왔던 길을 되돌아갔습니다. 나는 그때서야 겨우 허리를 일으키고 앉아 풀숲에 팽개쳐진 동생을 품속에 안았습니다. 동생은 여전히 꼼짝도 못한 채 가냘픈 숨만 간신히 내쉬고 있었습니다. 나는 동생을 가슴에 안은 채로 꿇어 앉아 고개를 들어 하늘을 올려다보았습니다. 키 큰 나뭇가지 사이로 별들이 초롱초롱 빛나고 있었습니다. 내가 자란 바닷가 마을 하늘에도 별이 빛나고 있을 거란 생각이 들었습니다. 바람이 휙 스치듯 불어왔습니다. 비릿하고 짭짤한 바다냄새가 풍겼습니다. 아마도 바닷가에 이어진 어느 숲 속인 것 같았습니다.

그때 왔던 길 어둠 속에서 차의 불빛이 다시 비쳤습니다. 그 차는 우리가 있는 장소로 다시 올라오고 있었습니다. 아, 그 남자가 결국에는 우리를 죽이려고 다시 오고 있구나. 나는 황급히 동생을 오른팔로 안고 왼손으로 엉금엉금 기어 숲 속으로 들어갔습니다. 가파른 숲 속 내리막이었습니다. 가시에 찔리고 수풀에 긁히면서 한참을 기어 내려가니 커다란 바위 하나가 나타났습니다. 나는 그 바위 뒤로 몸을 숨겼습니다. 바위 아래에서 꿈결처럼 철석거리는 파도소리가 들렸습니다.

—이것들이 그새 어디로 갔을까? 죽여 버려야 했는데.

바위 뒤에서 빠끔하게 고개를 내밀고 바라보니 손전등으로 이리저리 숲 속을 비춰보고 있는 남자의 검은 그림자가 보였습니다.

—어차피 죽을 애들이야. 그러지 말고 그냥 가자니까.

짜증을 내며 재촉하는 여자의 앙칼진 목소리가 들렸습니다. 손전등의 불빛이 꺼졌습니다. 다시 차에 불이 켜지고 차는 왔던 길을 내려갔습니다. 나는 그때서야 비로소 숨을 몰아쉬었습니다.

여름밤, 이슬이 내리고 있었습니다. 수많은 모기 떼가 달려들었습니다. 나는 동생의 몸을 감싸듯 끌어안았습니다. 동생의 몸이 이슬에 젖지 않도록…. 모기 떼가 동생에게 달려들지 못하도록……. 나는 등줄기와 뺨, 팔, 다리 전신을 송두리째 모기에게 맡긴 채 그렇게 동생을 끌어안고 있었습니다. 그렇게 고통스런 밤이 드디어 밝아오고 있었습니다. 나는 희미한 여명 속에서 주위를 둘러보았습니다. 키 큰 해송과 잡목이 빽빽이 우거진 숲이었습니다. 바람이 불 때마다 진한 송진 냄새와 바다 냄새가 함께 풍겼습니다. 갈증이 났습니다. 동생에게 물이라도 주어야 할 텐데, 다행히 우리가 몸을 숨겼던 커다란 바위틈에서 가느다란 물줄기가 새어 나오고 있었습니다. 나는 근처의 잡목에서 넓은 이파리 하나를 따 깔때기처럼 접어 물을 받아 동생의 입에 흘려 넣어 주었습니다. 그러나 동생은 그 물조차 삼키지 못했습니다. 나는 키가 작은 소나무에서 솔잎을 따서 입에 넣고 씹기 시작했습니다. 나는 그렇게 우려낸 솔잎의 진액을 동생의 입에 입을 맞추고 혀로 밀어 넣었습니다. 그러나 동생은 그것도 삼키지 못했습니다. 손가락을 깨물어 피를 마시게 해 사람을 살렸다는 옛날이야기가 생각났습니다. 나는 왼쪽 새끼손가락을 깨물었습니다. 피가 방울방울 솟아났습니다. 나는 피가 흐르는 손가락을 동생의 입에 넣었습니다. 그러나 입 속에 고인 피는 입언저리를 타고 그대로 밖으로 흘러내릴 뿐이었습니다. 바닷가로 내려가면 굴이라도 따 먹일 수 있을 텐데……. 나는 바위 아래에서 엉금엉금 기어 나와 철썩이는 파도소리가 들리는 아래쪽을 내려다보았습니다. 아아, 그러나 나는 이내 맥이 탁 풀리고 말았습니다. 벼랑 끝 아래로는 깎아지른 바위 절벽이었습니다. 움직이지도 못하는 동생과 함께 그 절벽을 타고 내려갈 수는 없었습니다. 어젯밤 어둠 속에서 도망치면서 몇 걸음만 더 나아갔더라면 속절없이 절벽 아래로 떨어졌을 것이었습니다.

나는 할 수 없이 동생을 업고 숲을 오르기 시작했습니다. 어제 남자가 차를 세웠던 곳에 가면 바다로 내려가는 길을 찾을 수 있을 것 같았습니다. 동생의 허리가 자꾸만 등 뒤로 꺾였습니다. 나는 오른손을 등 뒤로 돌려 동생의 엉덩이를 잡고 몸을 지탱하는 한편으로 왼손으로 바닥을 엉금엉금 기어올랐습니다. 숲 속 잡목 가시가 내 얼굴과 팔에 수많은 생채기를 내며 달려들었습니다. 드디어 어제 남자가 차를 세웠던 곳까지 왔습니다. 아직도 해는 떠오를 기미를 보이지 않고 있었습니다. 희미한 여명 속에 좁다란 길이 보였습니다. 바닷가를 따라 이어진 임도林道인 듯 했습니다. 그 길은 잡풀로 우거져 있었습니다. 자동차 바퀴가 지나간 자리에는 그나마 작은 풀들이 자라고 있었습니다. 나는 동생을 업고 자동차 바퀴 자국을 따라 걷기 시작했습니다. 경사진 도로를 따라 한참을 내려가니 아까 보았던 바위 절벽의 끝이 나오고 망망한 바다가 눈앞에 펼쳐졌습니다. 나는 그 바다를 향하여 걷기 시작했습니다. 바다로 걷는 동안 먼 수평선이 붉게 물들어 오기 시작했습니다. 그날, 바다는 잔잔했습니다. 바람 한 점 없는 고요한 호수처럼 잔잔했습니다. 이제까지 단 한 번도 그렇게 바람이 없는 잔잔한 바다를 본 적은 없는 것 같습니다. 건너편에 보이는 숲도, 바위 절벽도, 풀도, 나무도, 돌도, 그날 그 바닷가의 모든 물상들이 숨을 죽이고 우리를 지켜보고 있는 것 같았습니다. 수평선에서 시작된 붉은 빛이 잔잔한 바다 위에 둥근 동심원을 그리며 번져나고 있었습니다.

그렇게 바다를 향하여 걷는 동안 내 등허리가 축축하게 젖어들고 있었습니다. 나는 업고 있던 동생을 내렸습니다. 아, 그런데 이게 웬 일입니까. 동생의 다리 사이에서 다시 피가 흐르고 있었습니다. 업혀 오는 동안 내 등에 자극을 받은 동생의 아랫도리가 다시 터졌던 것입니다. 그때 동생의 아랫도리에서 흐르던 피는 먼 수평선에서 솟아나는 태양의 붉은 빛보다 더 선명했습니다. 나는 그런 동생을 안고 다시 바다로 걷기 시작했습니다.

바닷가, 진한 소금기가 배인 비린 내, 소라, 따개비, 연한 갈색의 다시마, 하늘거리는 미역의 여린 줄기, 그리고 굴……. 바닷가에 도착한 나는 평평한 바위 위에 동생을 뉘었습니다. 나는 동생의 얼굴을 조용히 바라보았습니다. 죽은 듯 눈을 감고 이미 입술이 검게 변한 동생의 얼굴은 붉은 여명을 받아 자주색으로 물들어 있었습니다. 나도 모르게 볼을 타고 눈물이 흘렀습니다. 그러나 나는 소리 내어 울지 않았습니다. 아니, 그렇게 고요한 바다가 내 울음소리조차 삼켜버렸던 것 같습니다. 나는 눈물에 가린 눈을 들어 붉게 물들어 오는 수평선을 바라보았습니다. 먼 바다 위, 솟아나는 붉은 태양 속에서 까만 형체의 새 한마리가 분수처럼 솟구치며 날아오르는 것이 보였습니다. 아아, 갈매기, 우리들의 유일한 동무 갈매기! 그 갈매기는 먼동이 터는 붉은 여명의 후광을 받으면서 힘찬 날갯짓을 하며 우리들을 향해 날아오고 있었습니다. 갈매기의 날개 짓에 그렇게 조용하던 바다가 잔잔한 파문을 일으키는 것 같았습니다. 갈매기는 수면을 가로지르듯 빠르게 다가왔습니다. 그리고는 내게 큰소리로 외쳤습니다. 끼룩(함께 가), 끼룩(함께 가)! 끼룩끼룩(나와 함께 가)!

그때였습니다. 죽은 듯 누워있던 동생이 반짝 눈을 떴습니다. 아마 동생도 갈매기의 외침소리를 들었던 모양입니다. 동생의 그 깊고 검은 눈이 내게 말했습니다. 갈래, 바다로 갈래. 갈매기를 따라 갈래.

갑자기 울컥하면서 뜨거운 감자 같은 뭉클한 덩어리 하나가 가슴을 꽉 메우더니, 폭포처럼 눈물이 흘렀습니다. 나는 눈물에 흠뻑 젖은 눈으로 동생에게 말했습니다.

그래, 가자. 갈매기를 따라가자. 얼굴도 모르는 아버지, 우리를 버린 엄마, 이제는 기다리지 말자. 엄마는 섬 그늘에 굴을 따러 간 것이 아니었다.

나는 조심스럽게 동생을 안아들었습니다. 동생의 몸은 솜털처럼 가벼웠습니다. 나는 동생을 안은 채 천천히 바닷물 속으로 들어갔습니다. 이제는 반쯤 솟아난 태양이 온 바다를 붉게 물들이고 있었습니다. 그 빛 속에서 갈매기가 평화롭게 원을 그리며 날며 어서 따라오라고 날개 손짓을 하고 있었습니다. 나는 갈매기를 따라 차츰차츰 먼 바다로 나아가기 시작했습니다. 여전히 감지 않은 동생의 눈망울에도 갈매기가 날고 있었습니다. 나는 다시 한 번 동생에게 눈으로 말했습니다.

그래, 가자. 갈매기를 따라 가자. 바다로 가자. 저 바다 속 어딘가에 저토록 찬란한 빛이 솟아나는 빛의 근원이 있을 것이다. 생명의 빛, 그 빛의 자궁이 있을 것이다. 그래, 저곳으로 가자. 어둠이 없는 찬란한 빛의 근원, 그 생명의 자궁 속으로…….

나는 온 바다를 물들이는 붉은 빛의 근원을 향하여 천천히 나아가기 시작했습니다. 한 발, 또 한 발, 발목, 종아리, 무릎, 허벅지, 그리고……. 드디어 동생의 가벼운 몸이 빛의 근원 속으로 가라앉기 시작했습니다. 꼬르륵, 동생의 코에서 솟아난 공기방울이 잔잔한 수면 위로 떠올랐습니다. 나는 계속 걸으면서 속으로 주문처럼 되뇌었습니다.

동생은 죽지 않았어. 바다로 간 거야. 갈매기를 따라 간 거야. 갈매기를 따라 저 빛 속으로 간 거야. 찬란한 저 빛의 근원으로 간 거야.

이것이 나의 첫 번째 살인 이야기입니다. 이것이 내 나이 열다섯 살, 동생의 나이 열세 살이었던 그날 새벽, 먼동이 터는 여름 바닷가에서 있었던 나의 첫 번째 살인입니다.

보이지 않는 빛 속에서 비틀거린다.

비틀거리다가 넘어져 한 꺼풀이 벗겨진다.

또 비틀거리다가 또 넘어져 또 한 꺼풀이 벗겨진다.

드러나는 형체

또 한 꺼풀이 벗겨진다.

벗겨지고, 벗겨지고, 또 벗겨지고

속살 속 알은 막

그 막 속의 난자

그 난자 속 정자

그 정자 속 빛

다시

빛이다

그 빛의 공간,

또 다른 생명은 움트고…….

흔들리는 초상

내 마음과 영혼이 맑은 바람이게 하소서.
그 바람이 어두운 세상의 하늘에 용서와 화해와 비를 내리게 하소서.

정부종합청사 법무부장관실

-최 장관님께서 심려가 크시겠군요.

A의 전화였다. 홍정호 실장과 통화를 했으니 당연히 A에게 보고가 되었을 것이다. 홍 실장은 3년 전 계약을 체결하는 장소에서 만난 일도 있고, 그 후에도 몇 번 만난 일이 있었다. 그러나 A를 만난 적은 한 번도 없었다. 이제까지 전화통화만 수차례 했을 뿐이었다. 그의 입각을 권유하는 전화, 정부의 공식발표보다 먼저 알려온 입각 확정 전화, 그 전화만으로도 A의 정치적 영향력을 짐작할 수 있었다. A의 안부나 부탁은 대부분 홍 실장을 통하여 전달되었다. 그러나 오늘 A가 직접 전화를 한 것은 그만큼 사안이 중요하다고 판단했기 때문일 것이다.

—심려를 끼쳐드리게 됐습니다. 지금 나름대로 경위를 알아보고 있습니다.

—그런데 그 검사가 최 장관님의 아드님이라는 것이 사실입니까?

최 장관은 뜨끔했다. 얼굴이 벌겋게 달아올랐다. 홍 실장에게는 말하지 않은 사실이었다.

–송구스럽습니다. 모두 제 불찰입니다.

–아닙니다. 그것이 최 장관님의 뜻대로 되는 것은 아닐 테지요. 그보다 내가 우려하는 것은 그 일로 최 장관님의 판단력이 흐려지지 않을까 하는 겁니다.

–그런 염려는 하지 않으셔도 됩니다.

이 모든 일이 내 뜻을 곡해한 그 사람들이 무리하게 일을 추진하는 바람에 생긴 일인데, 최 장관님을 탓할 수만은 없겠지요. 그러나 어쩌겠습니까. 이미 엎질러진 물이고, 그때처럼 최 장관님께서 잘 수습해 주셔야 하지 않겠습니까. 이런 일로 내가 도끼자루를 들고 나설 수는 없는 일이고, 나는 최 장관님을 믿습니다.

–알겠습니다. 잘 수습하도록 하겠습니다.

–참, 그리고 그때 돌아가신 유 박사님의 딸이 서울중앙지법의 유휘진 판사라지요. 일이 잘못 꼬여 그 사람들이 또다시 무리하게 일을 추진하지나 않을까 걱정됩니다. 최 검사나 유 판사 모두 이 나라의 소중한 젊은 인재들입니다. 희생은 유 박사님 혼자만으로 족합니다. 다시 한 번 말씀드리지만, 나는 오직 최 장관님만 믿겠습니다.

말을 마친 A가 일방적으로 전화를 끊었다. 최 장관은 등허리에서 식은땀을 흘리고 있었다. A는 이미 상혁이 그의 아들이라는 사실, 상혁이 유 판사와 사귀고 있다는 사실, 나아가 상혁이 그 사건을 내사하게 된 원인이 유 판사로부터 비롯된 것이라는 사실까지 알고 있는 것이 분명했다. 내가 도끼자루를 꺼내들 수 없다는 말은 일이 잘못되는 경우 A가 직접 나설 것이라는 은연 중 협박이었다. 그 사람들이 또다시 무리하게 일을 추진하지나 않을까 걱정된다, 희생은 유 박사 혼자만으로 족하다는 말은 겉으로는 그를 생각하고 배려하는 말처럼 들리지만, 내심은 만약 그가 일을 잘못 수습하면 유 판사나 상혁도 유 박사의 전철을 밟을 수도 있다는 무서운 경고였다. A가 직접 그렇게 하겠다는 것인지, 아니면 A의 의사에 반하여 수하들이 그럴 수도 있다는 것인지는 알 수 없었다.

3년 전, 최 장관은 아무런 죄책감 없이 행하는 그들의 살인행위를 똑똑히 보았다. 30년이 넘는 세월을 검찰에서 보내는 동안 강골검사로 평이 났던 그였지만, 아예 법을 무시해 버리는 그들의 무지막지하고 잔인한 행동 앞에서는 진저리를 치지 않을 수 없었다. 그런 자들에게 법은 멀리 있다는 것을 그때 절실히 체험했다. 만약 일이 잘못되어 그들이 막판에 몰린다면 무슨 짓을 못할까? A의 말은 단순한 경고 차원이 아니었다. 최 장관은 자신의 어깨에 아들 상혁과 유 박사의 단 하나밖에 남지 않은 혈육의 생명이 걸려있다는 사실에 심장이 오그라드는 것 같았다.

최 장관은 창밖을 바라보았다. 유 박사에게 그는 악마나 다름없는 존재였다. 그런 줄도 모르고 무한한 신뢰를 담아 순진하게 웃던 생전의 유 박사의 맑고 그윽한 눈길이 창문에 어른거렸다. 안타까운 마음에 최 장관의 눈에 물기가 번져났다. 이제 아들과, 그 딸을 보호하고 지켜야 하는 것은 자신의 의무인 동시에 책임이었다. 그의 정치생명, 아니 그의 운명은 이제 부차적인 문제였다. 그러나 같은 레일은 아니지만, 다행히 그 둘은 방향이 같은 궤도에 있었다.

며칠 후, 서울중앙지검 최상혁 검사의 방

—검사님, 청장님께서 찾으시는데요. 곧바로 방으로 올라오시랍니다.

전화를 받은 여직원이 상혁에게 말했다. 청장이 직접 부르다니, 무슨 일일까? 그는 고개를 갸웃하며 청장실로 향했다.

—이런 황당한 일에 대해서 자네는 어떻게 생각하나?

문을 열고 들어서자마자 키는 작지만 단단한 체구를 가진 청장이 서류 하나를 던지듯이 상혁에게 건네며 말했다. 청장의 얼굴에는 분노가 서려 있었다. 상혁이 서류를 받아들었다. 서류의 제목은 '인사발령'이라고 되어 있었다. 상혁의 목에서 불끈 힘줄이 솟았다.

—독일 베를린지검 외청 파견 검사라니, 도대체 이게 어떻게 된 일입니까?

—그 이유는 나보다 자네가 더 잘 알 것 같은데? 법무부장관의 특별 인사명령이니 말이야.

그렇게 말하는 청장의 표정에는 노골적인 모멸감이 퍼져 있었다. 청장은 법무부장관의 아들인 상혁이 직속상관인 자신과는 한마디 상의도 없이 아버지를 움직여 인사발령을 낸 것이라고 여기는 듯했다. 상혁은 황당했다. 아버지가 이렇게까지 할 줄이야. 부끄러움으로 얼굴이 화끈 달아올랐다. 상혁은 아무 변명도 하지 못하고 청장실을 나왔다.

이 시간, 휘진은 서울중앙지방법원의 법원장실에 있었다.

—법무부에서 왜 이런 무리한 인사를 하는지는 나도 모르겠네.

법원장이 난처한 표정으로 휘진에게 말하고 있었다.

—법원장님도 그 배경에 대해서는 전혀 모르는 일이라는 말씀이군요?

—미안하네.

—알겠습니다. 심려를 끼쳐드려 죄송합니다.

휘진은 조용히 법원장실을 나왔다. 이유를 알 수 없는 인사였다. 법관 정기인사도 아니었고, 그녀에게 어떤 언질도 없었다. 갑자기 미국 뉴욕 주 로스쿨 학술조사 겸 특별연수원생으로 미국으로 발령이 났던 것이다. 그 전보발령의 원인에 대하여는 법원장도 모르는 일이라고 했다. 문을 나서는 휘진의 가슴에서 작은 불길이 파르르 피어나고 있었다.

그날 저녁, 휘진은 잠실에 있는 어느 한식당에서 상혁을 만났다.

—미안해. 아버지가 우리를 떼어놓으려고 이런 일을 벌인 것 같아.

상혁의 얼굴은 그녀에 대한 죄책감과 아버지에 대한 분노로 상기되어 있었다.

—그렇게 단언하지 말아요.

—아니야. 얼마 전 아버지가 수사에서 손을 떼라고 했어. 그렇지 않으면 다른 조치를 취할 수밖에 없다고 하면서.

—그 말씀대로 해요. 내가 괜한 부탁을 해서 일이 이렇게 헝클어져 버린 것 같아요.

—뭐라고? 이런 부당한 조치에 그냥 가만히 있겠다는 거야? 내일 사표를 낼 거야.

이미 소주 한 병을 비운 상혁이 흥분해서 말했다.

—감정적으로 대응하지 마세요. 사표를 내면 아버님과의 관계만 더

악화될 거예요. 그리고 상혁 씨가 검찰에 남아있어야 훗날이라도 저를 도울 수 있지 않겠어요.

그녀의 말에 상혁이 깊은 한숨을 쉬고는 술을 마셨다. 상혁이 불쑥 물었다.

—넌 어떻게 할 거야?

—저는 아무래도 사표를 내야겠어요. 아버지가 살해당했다고 하는데, 딸인 제가 팔짱만 끼고 있을 순 없잖아요. 미국에서 무슨 일을 하겠어요. 그것보다 메일을 보내는 사람이 누군지 먼저 알아야 할 것 같아요. 그 사람이라고 짐작했는데, 아닌 것 같아요.

—그 사람이라니?

—아빠 연구실에 조교로 있던 박진욱이란 오빠가 있었어요. 그 오빠하고는 어릴 때부터 가족처럼 지냈어요.

—그 얘기를 왜 이제 하는 거야?

—상혁 씨가 오해할 수도 있잖아요. 확실하지도 않고. 그런데 혹시 송규원이라는 소설가를 알아요? 인터넷을 검색해 봐도 어떤 사람인지 전혀 나타나지 않아요. 작가의 프로필도 없어요.

—송규원이라면 그 택배를 보냈다는 사람?

—예, 그런 것 같긴 한데, 그 사람과 같은 사람인지는 확실치 않아요.

—소설가 송규원이라…… 처음 듣는 이름인데. 그런데 그 사람과 무슨 관계가 있어?

—메일에서 그 소설가가 인터넷으로 연재하는『탑의 전설』이란 소설을 주목하라고 했어요. 며칠 전에「나의 첫 번째 살인」이라는 소제목으로 첫 번째 단락이 발표되었어요. 그런데 그 소설은 아무래도 진욱 오빠의 과거를 소설로 쓴 것 같아요. 그리고 사고 때 아빠 차를 운전

한 사람은 진욱 오빠인 것 같아요. 그 오빠가 아니면 아빠 차를 운전할 사람이 없어요. 그런데 오빠는 아빠의 사고 이후로 한 번도 나타나지 않았어요. 처음에는 오빠가 살아서 메일을 보낸 것으로 생각했는데, 아닌 것 같아요. 살아있다면 나타나지 않을 리가 없어요. 그 오빠가 나타난다면 자세한 내막을 알 수 있을 것 같은데.

—박진욱이라고? 영준이에게 부탁해서 한 번 찾아보도록 하자.

—영준 씨에게 피해가 가지 않을까요? 우리처럼.

—그만한 눈치는 있는 녀석이니까 염려하지 않아도 돼. 잠깐, 금방 생각났는데, 송규원이라고 했지? 그 소설가 말이야. 혜주에게 물어보자. 같은 소설가니까 알 수도 있잖아?

그렇게 말한 상혁이 휴대전화를 꺼내어 번호를 누르기 시작했다.

—최검, 어쩐 일이야?

상혁의 휴대전화에서 들리는 혜주의 목소리가 휘진에게도 들렸다.

—응, 거두절미하고 하나 물어볼게. 혹시 송규원이라는 소설가를 알아?

—송규원? 그건 갑자기 왜 물어? 소설가는 모르겠고, 시인은 한 사람 있어.

—시인이라고? 혹시 그 사람 알아?

—친하지는 않은데, 문화부 기자할 때 첫 시집을 낸 그 사람을 인터뷰한 적이 있어.

—그 사람에게 연락이 되면 인터넷에 『탑의 전설』이란 소설을 연재하고 있는지 알아봐 줄래?

—『탑의 전설』? 알았어. 기다려 봐.

상혁이 전화를 끊고 다시 소주 한 병을 시켜 병뚜껑을 제 손으로 따서 스스로 술을 따랐다. 상혁은 여전히 흥분해 있었고, 화가 난 표정이었다. 새 병의 술이 반쯤 비워졌을 때, 상혁의 휴대전화가 울렸다. 혜주였다.

–그 사람은 아니야. 송규원 시인은 그런 소설 모른대. 동명이인이거나 필명일 거라고 했어. 다른 문인들에게 알아볼게. 오늘은 늦었고, 혹시 다음에 알게 되면 연락할 게.

혜주의 전화를 끊은 상혁이 다시 소주잔을 들었다. 그러나 잔은 이미 비어 있었다. 휘진이 병을 들어 잔을 채워주었다. 상혁이 마셨다. 휘진도 상혁을 따라 몇 잔을 마셨다. 상혁의 눈자위가 붉게 물들어 있었다. 상혁이 불쑥 말했다.

–오늘은 함께 있자. 집에 가지 마.

–그러지 마세요. 반대하는 결혼, 억지로 하긴 싫어요.

–너까지 왜 이래? 오늘은 무슨 일이 있어도 널 보내지 않겠어.

상혁이 갑자기 손을 내밀어 휘진의 두 손을 움켜잡았다. 연민으로 출렁이는 상혁의 눈이 휘진의 검고 깊은 눈을 뚫어지게 들여다보고 있었다.

–내 눈을 똑바로 쳐다 봐. 내가 얼마나 널 걱정하는지, 사랑하는지…….

상혁이 정색을 하고 말했다. 두 사람의 눈이 마주쳤다. 상혁의 눈은 이미 축축하게 젖어 있었다. 그 눈빛은 따듯하고 강렬했다. 강렬하면서도 속은 여렸다. 여린 눈길은 가까웠다. 널 사랑해. 언제까지 피하기만 할 거야? 상혁의 눈이 그렇게 말하고 있었다. 그 눈에는 그러한 사랑과, 그러나 그런 사랑하는 사람을 두고 멀리 떠날 수밖에 없는 안타까운 연민과, 지켜주지 못하는 미안함과, 그렇게 사랑하는 사람을 안고 싶다는 열망이 함께 섞여 출렁거리고 있었다.

순간 휘진의 심장이 부풀어 오르기 시작했다. 부풀어 오른 심장이 밖으로 튀어나올 것만 같았다. 심장에서 빠르게 분출되는 혈액이 뇌 속으로 폭포처럼 흘러들어가 켜켜이 쌓인 그녀의 갈등을 씻어내고 있었다. 그래, 이제 이 사람을 받아들이자. 내 앞에 어떤 운명이 가로놓여 있다고 할지라도 그 운명을 있는 그대로 받아들이자. 사랑하고 있지 않은가. 사랑, 이것 하나만으로 충분하다. 그래, 받아들이자. 있는 그대로의 이 모습을 온전히 받아들이자. 휘진의 가슴에서 메아리가 울렸다.

호텔 프런트에 서 있는 상혁의 어깨가 지쳐 보이는 것은 연인과 아버지 사이에서 부대끼는 마음의 고통 때문일 것이다. 저 지친 어깨를 이제는 가볍게 해 주자. 그래야 조금이라도 더 가벼운 마음으로 떠날 수 있을 것이다.

휘진은 그때까지도 가슴 밑바닥에 찌꺼기처럼 남아있는 마지막 갈등의 여운을 씻어내면서 엘리베이터 앞에서 기다렸다. 프런트에서 돌아선 상혁이 엘리베이터로 다가왔다. 두 사람은 함께 엘리베이터를 탔다. 객실로 들어선 두 사람은 누가 먼저랄 것도 없이 격렬하게 포옹했다. 마치 전극의 극이 바뀌어 자석처럼 두 물체가 달라붙듯이 서로를 갈구했다. 입술과 입술, 블라우스의 단추가 열리고, 가슴과 가슴, 스커트가 흘러내렸다. 그 가슴 속에 있는 심장과 심장, 브래지어 후크가 끌러지고, 그 심장 속에 있는 얼과 얼, 허리 아래를 감싼 마지막 하나의 장막이 걷혔다. 그리고 둘의 하나 됨.

아! 휘진은 상혁의 등을 세차게 끌어안고 비명을 질렀다. 하복부에서 자라난 불덩이가 척추를 타고 올라와 뇌를 송두리째 태워버리는 것 같았다. 순간, 그녀의 감은 눈 안에서 갑자기 하얀 빛이 나타났다. 그 빛은 너무도 밝았다. 눈이 부셨다. 그 빛이 점차 붉게 물들기 시작했다. 붉은 노을을 배경으로 한 마천루 하나가 홀연히 나타났다. 거대한 탑의 형상을 하고 있었다. 목제모형으로 보았던 코리아타워였다. 그 탑의 로비에 있는 거대한 두 개의 배흘림 돌기둥 앞에 아버지가 서 있었다. 아버지의 얼굴은 수척했고, 지쳐 보였다. 그런 아버지가 외로운 눈빛으로 그녀를 바라보고 있었다. 아버지의 하얀 머리카락이 붉은 노을을 쓸어내는 바람에 날리고 있었다. 붉은 노을이 점차 회색으로 바뀌며 어두운 바다가 나타났다. 그 바다 위로 작은 빛의 조각이 분절되어 퍼지기 시작했다. 그 조각이 바다 속 깊은 심연으로 사라지며 아버지의 모습이 점차 멀어지고 있었다. 신기루처럼 아련히 멀어지고 있었다. 아버지가 손을 흔들고 있었다. 빛이 사라지고 있었다. 아버지의 모습이 종내에는 어둠 속으로 잠겨들고 있었다.

아! 아버지! 휘진은 상혁의 가슴에서 조용히 빠져나와 창가에 섰다. 그녀는 옷을 벗은 채로 창밖을 바라보며 자신도 모르게 뺨에 흘러내리는 눈물을 손끝으로 닦았다. 코리아타워의 목제모형 받침대 아래 있던 아버지의 흑백사진이 잔영이 되어 나타나 창밖 어둠 속에서 유령처럼 흔들리고 있었다.

일주일 후, 상혁은 독일 베를린으로 떠났다. 휘진과 혜주가 공항까지 배웅했다. 혜주는 '송규원'이라는 소설가는 찾을 수 없었다고 했다. 그날, 공항에서 법원으로 돌아오자마자 휘진은 곧바로 사표를 냈다. 그날 밤, 휘진은 메일에 글을 올렸다.

오늘 저를 도와주던 분이 독일로 떠났습니다. 이제 저는 혼자입니다. 오늘 저는 사표를 냈습니다. 이제부터 제가 무슨 일을 해야 하나요? 아버지를 위하여 제가 할 수 있는 일은 무엇인가요? 당신의 도움이 필요합니다. 도와주세요.

다음 날, 메일.

너의 삶은 단지 너 하나만의 삶이 아니다. 네 삶은 다른 모든 삶과 연결되어 있다. 너는 혼자가 아니다. 두려워하지 마라. 절망해서는 더욱 안 된다. 아버지와 어머니가 너를 지켜보고 있다. 그분들이 너를 지켜줄 것이다. 잠시 때를 기다려라. 다음에 연락하겠다.

그리고 첨부파일로 보내온 글.

사랑하는 딸아.

지금까지는 내 아버지와 어머니, 네 할아버지와 할머니에 대한 얘기를 했었지.

오늘은 나의 아내, 너의 어머니에 대한 얘기를 들려주마.

내 나이 여섯 살 때 내 아버지, 너의 할아버지께서 섭리를 따라 가셨다는 얘기는 했었지. 아버지가 돌아가신 후 나는 바다의 자궁 같은 어머니가 차린 건어물 가게에서 자랐다.

어머니의 가게가 있었던 그 재래시장 입구, 어머니의 건어물 가게 옆에 딸린 작은 분식 식당. 그곳에 한 소녀가 있었다. 해쓱한 얼굴에 항상 수줍은 미소를 띠고 있는 한 소녀가 있었다. 눈이 동그랗고, 성냥개비같이 빼빼 마른, 그래서 동그란 눈이 더 크게 보이는 맑은 소녀였다.

그 소녀는 어머니를 도와 작은 통나무를 굴려 밀가루 반죽을 고르게 펴고 있었다.

고르게 편 밀가루 반죽을 그 연약한 손으로 칼로 가늘게 썰고 있었다. 가늘게 썬 밀가루 가락을 끓는 물에 넣어 익혀 건져내고 있었다. 그렇게 건저 낸 밀가루 가락을 양념에 비빈 칼국수.

—오빠, 이리 와. 같이 먹어.

그 소녀가 내게 손짓을 하며 말했다. 그 순간 나는 그 소녀의 맑고 동그란 눈 속으로 빨려 들어가고 말았다. 그때 내 마음과 영혼을 빼앗아가 버렸던 그 빼빼 마른 소녀, 그 소녀가 바로 네 어머니이다.

우리는 그 가게와 식당에서 먹고, 얘기하고, 장난치고, 웃고, 읽고, 쓰고, 그리고, 만들고, 생각하고, 상상하며, 오누이처럼 함께 자랐다. 그러는 동안에 우리는 어느 새 어른이 되어 있었다. 그리고 결혼을 했다. 행복했다. 우리는 그런 행복이 영원히 지속될 줄 알았다. 그러나 어찌 알았겠니. 새로운 생명이 그 뱃속에서 자라고 있는 동안, 그 머릿속에서는 무서운 종양이 숨어 우리의 행복을 시기하고 있었다는 것을. 네 어머니는 너의 생명을 위하여 한사코 치료를 거부했다. 네가 태어났던 바로 그날, 네 어머니는 너를 품에 안고 생의 마지막 기도를 했다.

—이 땅 위에 잠시나마 나의 육체를 머물게 해 주신 당신의 섭리에 감사드립니다. 내 작은 눈을 통하여 보다 큰 사랑을 볼 수 있게 해 준 당신의 은총에 감사드립니다. 내 가난한 육체를 통하여 보다 풍요로운 또 하나의 생명을 주심에 더욱 감사드립니다. 당신께서 주신 이 생명의 눈을 통하여 이 생명뿐만 아니라 내가 사랑하는 모든 사람들의 모습을 계속 지켜보게 해 주시고, 제 영혼이 여기 이 새로운 생명을 온전히 지키게 해 주시길 간절히 기도합니다.

그때까지도 너는 어머니의 유두를 입에 물고 나오지도 않는 젖을 빨고 있었다. 네 어머니가 마지막으로 너의 투명한 이마에 입술을 대고 내 손을 잡았다. 그리고는 다시는 돌아올 수 없는 생명의 근원으로 여행을 떠났다. 그때 떠나는 네 어머니의 입가에는 지극히 행복한 미소가 피어나 있었다.

사랑하는 딸아.

너의 모습은 네 어머니의 모습을 그대로 본 뜬 것 같구나. 너는 내 영혼과 함께 했던 네 어머니가 내게 준 가장 고귀한 선물이다. 네 어머니가 있어 행복했듯이, 네가 있어 정말 행복했단다. 너의 모습이 자랑스럽다.

이렇게 자랑스러운 내 딸을 내 눈에, 내 영혼에 간직하고, 나도 이제 또 다른 나의 여행을 준비하련다. 네 어머니가 그랬던 것처럼 행복하게 웃으면서.

아아! 어머니! 한 번도 보지 못한 어머니였다. 단지 빛바랜 사진으로만 보았을 뿐이었다. 나를 낳은 직후 돌아가셨다고 했다. 아버지로부터 단지 그 말만 들었을 뿐이었다. 메일을 보낸 사람은 내가 모르는 어머니의 생애와 임종의 모습까지 알고 있다. 선대 할아버지의 부끄러운 유산, 할아버지의 유랑과 참회, 할머니의 유언, 어머니의 죽음, 아, 어머니! 어머니는 그렇게 돌아가셨구나. 내 생명을 위하여 당신의 생명을 그렇게 희생하셨구나. 울컥, 가슴이 복받쳐 올랐다. 휘진은 책상에 팔꿈치를 괴고 두 손으로 얼굴을 감쌌다. 눈시울이 뜨거워지며 저절로 눈물이 흘렀다.

그런데 그녀도 모르는 이런 내밀한 가족사를 아는 사람은 누구일까? 진욱 오빠, 아버지가 나에게도 말하지 않은 이런 사실을 진욱 오빠에게 말했던 것일까? 그럴지도 모른다. 혹시 원장 선생님? 왜 진작 그 생각을 못했을까? 그래, 원장 선생님일지 모른다. 원장 선생님은 그 누구보다 아버지와 가까운 분이었다. 메일의 글도 원장 선생님의 기도문과 가깝다.

그렇다면 진욱 오빠는? 역시 오빠도 아버지처럼 희생되고 만 것인가? 울컥, 다시 한 번 가슴이 복받쳐 올랐다. 아버지의 사고 이후 3년이 지난 지금까지 단 한 번도 나타나지 않는 사람, 소식조차 없는 사람, 그래서 원망했던 사람, 그러나 여전히 가슴에 남아있는 사람. 그동안 상혁의 줄기찬 구애를 선뜻 받아들이지 못한 것은 상혁의 부모님의 반대 때문이기도 했지만, 한편으로는 여전히 마음에 앙금처럼 남아있는 그의 존재를 의식하고 있었기 때문인지도 몰랐다. 어릴 때부터 가족처럼 너무 가깝게 지냈기 때문에 그를 특별히 이성으로 의식하고 있었던 것은 아니었다. 그러나 막상 그가 사라져버린 지금 그녀는 새삼 가족이 아닌 이성으로서의 진욱의 존재도 은연 중 자신의 내면에 자리 잡고 있었다는 것을 자각했다. 어제 공항에서 손을 흔들며 떠나던 상혁의 모습과 지금도 잔상처럼 머릿속에 남아있는 진욱의 얼굴이 겹쳐 그녀의 눈에 어른거렸다.

미로의 갈림길

당신은 고통을 극복하고, 견디고, 변화시키고, 사랑하는 능력이 있습니다.
당신의 내면에는 고통을 통하여 삶의 정수精髓를 창조하는 원천이 있습니다.

메일에서는 잠시 때를 기다리라고 했지만, 마냥 그대로 손을 놓고 있을 수는 없었다. 벌써 여름의 문턱에 와 있었다. 변호사 사무실 개업 준비를 시작했다. 함께 일할 사무장과 직원을 구하는 일이 급선무였다. 알음알음으로 직원들을 추천받는 한편으로 법원 근처에 사무실을 알아보기 시작했다. 아버지의 아파트를 처분한 돈과 아버지가 재직했던 대학의 퇴직금, 연금, 보험금, 아버지의 장례를 치를 때 들어온 부조금 등은 고스란히 통장에 있었다. 개업에 필요한 자금은 그 돈만으로도 가능할 것 같았다.

토요일 오후, 휘진은 수원 외곽에 있는 '성모 마리아의 집'으로 향했다. 그곳은 버려진 영유아들이나 지체장애아들의 사회보육시설이었다. 어릴 때는 마치 내 집처럼 자주 드나들던 곳이지만, 아버지의 죽음 이후, 일부러 그런 것은 아니지만, 오랫동안 찾지 않아 소원해져 있었다. 수원 시내의 한 대형마트에 들러 옛날 아버지가 그랬던 것처럼 그곳 아이들에게 줄 간식거리와 학용품등을 사서 트렁크에 실었다. 차가 시내를 벗어나 들판을 가로지르는 농로를 확장한 시멘트 포장도로로 들어섰다. 그동안 와보지 못하는 사이에 들판도 많이 달라져 있었다. 벼가 자라던 논 들판에는 군데군데 아파트와 농가주택이 들어서고, 이를 둘러싸듯 농사용 비닐하우스가 빽빽하게 세워져 있었다.

들길을 지나 성모 마리아의 집으로 이어지는 산길로 접어들었다. 이 길은 어릴 때부터 아버지와 함께 다녔던 익숙한 길이었다. 천천히 차를 몰면서 길 주위를 둘러보았다. 길 양옆에는 개진과 나산가시노 무성하게 녹음을 드리운 낙엽송 사이에 띄엄띄엄 소나무가 늘어서 있었다. 숲은 예전에 비해 더욱 우거지고 짙어진 것 같았다. 숲에서 때 이른 매미소리가 들렸다.

휘진은 성모 마리아의 집 앞 공터에 차를 세웠다. 그때 건물의 현관문이 열리며 머리에 하얀 수건 모자를 쓴 수녀 한 사람이 나왔다. 동그랗고 두툼한 검은 뿔테 안경을 쓴 낯선 얼굴이었다.

–안녕하세요.

휘진이 인사를 했을 때, 현관문이 다시 열리고 강혜인 원장이 뛰다시피 빠른 걸음으로 나왔다. 휘진이 트렁크에서 선물 박스를 내리다 말고 강 원장에게 달려갔다. 두 사람은 인사 대신 먼저 서로를 꼭 보듬었다. 강 원장은 지금까지 한평생을 오직 이곳 성모 마리아의 집에서 불행한 아이들의 어머니로서 봉사의 삶을 살았고, 앞으로도 그럴 것이다. 너무 오랫동안 찾아뵙지 못했구나, 미안하고 죄송했다. '원장 선생님'이라고 불렀지만, 어릴 때부터 지금까지 마치 친어머니처럼 따랐던 분이다. 아니, 강 원장은 실제로 어머니가 없는 그녀의 어머니 역할을 한 사람이고, 그것은 앞으로도 마찬가지일 것이다. 아버지의 죽음에 대해 누구보다 더 아파한 사람이었다. 마치 자기의 피붙이가 없어지기라도 한 것처럼 그렇게 애통해했다. 그래서 그렇게 보인 것일까, 강 원장의 얼굴은 예전의 밝은 모습과는 달리 어둡고 노쇠하게 보였다. 아버지의 죽음으로 인한 상실감 때문일 것이다. 그런 강 원장의 모습을 보자 휘진은 가슴 한구석이 아련하게 저려왔다.

—연락도 없이 갑자기 어쩐 일이냐? 미리 전화라도 하지.

—죄송해요. 자주 찾아뵙지 못했어요.

—괜찮다. 네가 좀 바쁜 사람이냐. 이렇게 잊지 않고 찾아준 것만으로도 감사해야지. 어서 들어가자.

트렁크에 실린 선물 박스 세 개 중 수녀와 그녀가 하나씩 안고, 세 사람이 함께 원장실로 들어 왔다. 수녀가 나머지 선물 박스를 가지러 밖으로 나갔다.

—어디 좀 보자.

소파에 마주보고 앉은 강 원장이 손을 내밀어 얼굴 앞으로 흘러내린 그녀의 머리카락을 뒤로 쓸어 넘기면서 이마와 볼을 쓰다듬었다.

—정말 대견하구나. 혼자서 이렇게 꿋꿋하게 살아가는 걸 보니.

그렇게 말하는 강 원장의 눈이 금방 촉촉하게 젖어들었다. 다시 한 번 휘진의 가슴이 저려왔다. 강 원장이 눈가의 물기를 훔치며 말했다.

—나도 이제 늙어 가는가 보다. 이렇게 생각만 많아지고, 널 보니 박사님 생각이 나서…….

—너무 상심하지 마세요. 아빠도 원하시지 않을 거예요. 수녀님이랑 애들도 모두 잘 있죠?

—그래, 나중에 보러 가자.

그때 선물 박스를 가지러 나갔던 수녀가 찻잔을 들고 들어왔다.

—한 달 전에 새로 오신 박안나 수녀님이시다.

—처음 뵙겠습니다.

—반갑습니다. 말씀 나누세요.

안나 수녀가 다시 나가자 강 원장이 말했다.

—그래, 법원 일은 여전히 잘하고 있지?

휘진은 잠시 망설였다. 그러나 어차피 알려야 할 사실이었다. 그녀는 조심스럽게 말했다.

—예, 그런데 얼마 전에 사표를 냈어요.

—뭐라고? 그게 무슨 말이냐?

—변호사 개업을 하려고요. 특별히 다른 일이 있었던 것은 아니에요.

—뜻밖이구나. 이제 너도 어른이니까, 다 생각이 있어 그랬겠지. 내가 간섭할 일은 아닌 것 같구나.

—예, 그보다 뭐 좀 여쭤보고 싶어 왔어요.

30여 분 후, 그동안 쌓였던 얘기를 수다처럼 풀고 있던 휘진은 드디어 심중에 있던 말을 꺼냈다.

—그래, 무슨 일인지 말해 보렴.

—돌아가신 어머니 말씀인데요. 혹시 원장 선생님께선 어머니가 어떻게 돌아가셨는지 아세요?

메일에는 어머니의 임종 때의 기도하는 모습이 그려져 있었다. 메일을 보낸 사람이 강 원장일 가능성에 무게를 두고 한 질문이었다. 휘진은 강 원장의 표정을 유심히 살폈다. 강 원장의 얼굴에 순간적이나마 당혹감이 스쳐지나가는 것 같았다. 그러나 강 원장은 금방 냉정을 되찾았다.

—너를 낳고 이내 돌아가셨다는 얘기를 박사님께서 한 적이 있지만, 자세한 사정이야 나도 잘 모르지. 그런데 갑자기 왜 어머니 얘기는 꺼내니?

—혹시 어머니에 대해서 잘 아시는 분을 모르세요?

—얘가 점점 더 모를 얘기만 하는구나. 무슨 일이 있었던 거니?

—사실은 누가 메일을 보냈는데, 어머니 얘기가 있었어요. 혹시 원장 선생님은 그 메일을 보낸 사람을 아시나 해서요.

휘진이 강 원장의 눈을 똑바로 쳐다보며 말했다.

—그 메일이라는 것이 인터넷으로 주고받는 그것을 말하는 거지? 컴퓨터도 잘 다루지 못하는 나로서야 도무지 종잡을 수가 없구나.

강 원장의 태도로 보아 메일을 보낸 사람은 강 원장이 아닌 것은 분명한 것 같았다. 그렇다면 진욱 오빠일까? 휘진은 조심스럽게 다음 말을 꺼냈다.

—참, 그리고 오빠 말예요. 진욱 오빠.

지금 마주보고 있는 강 원장이 지어준 바로 그 이름이었다.

—그놈 이름은 입 밖에 꺼내지도 말아라.

소파에 앉아있던 강 원장이 갑자기 정색을 하고 벌떡 일어서며 소리쳤다. 그리고는 생각하기조차 싫은 듯 손을 내저으며 맞은편에 놓인 책상 앞으로 걸어 나갔다. 휘진은 깜짝 놀랐다. 이제까지 한 번도 상스런 말을 입에 올린 적이 없었던 강 원장이었다. 그런 강 원장의 입에서 대뜸 '그놈'이라는 말이 튀어나올 줄은 꿈에도 생각지 못했던 것이다.

—왜 그러세요? 무슨 일이 있었어요?

—너도 생각 좀 해 봐라. 그놈에게 박사님이 어떤 분이었어? 바닷가에서 죽어가는 제 생명을 살리신 분이다. 여기에 보내어 공부를 시키고, 대학을 보내고, 유학까지 보내 어엿한 사람 구실하게 만들었다. 그런 박사님이 그렇게 참혹하게 돌아가셨는데, 장례식에 얼굴 한 번

내민 적이 없다. 얼굴을 내미는 것은 고사하고라도 이제까지 전화조차 한 번 없는 놈이다. 그런 놈이 짐승이지 어찌 사람이라고 할 수 있느냐. 다시는 내 앞에서 그놈 이름은 꺼내지 마라. 나도 사람을 잘못 가르쳤지. 그래 다 내 탓이다. 누구를 탓하겠니. 내 탓이지. 제 놈이 박사님의 사고를 몰랐을 리가 없지. 온 나라가 떠들썩했는데. 그런데도 그놈은 한 번도 나타나지 않았다. 너도 이제 그놈은 아예 생각조차 말아라.

휘진은 강 원장의 돌변한 태도와 심정을 충분히 이해하고도 남을 것 같았다.

3년 전, 아버지의 참혹한 죽음 앞에 망연자실해 있을 때, 누구보다 그 사람이 위안이 되어줄 줄 알았다. 그 사람이 있었다면, 그 가슴에 얼굴을 묻고 하염없이 울었을 것이다. 그때 마지막 남은 단 하나의 혈육마저 떠나보내야 했던 그녀가 피를 나눈 친오빠처럼 따랐던 사람이었기에 더욱 그랬다. 그런데 그 사람은 지금까지 단 한 번도 나타나지 않았다. 처음에는 무슨 일이 있는 모양이라고, 어쩌면 사고를 모르고 있을 수도 있다고 스스로 자위했지만, 시간이 지날수록 그 섭섭함은 오히려 미움으로, 그 미움이 증오로 변해갔다. 그녀가 그랬는데, 강 원장의 분노는 오죽 했을까.

강 원장의 이런 태도에 비추어 그가 강 원장에게도 나타나지 않은 것은 분명했다. 강 원장에게 그의 행방을 물어보았자, 모르기는 매한가지일 것이었다.

–혹시 그동안 진욱 오빠의 소식을 들으셨는지 궁금해서 여쭤 봤어요. 너무 노여워 마세요.

강 원장이 자기의 행동이 너무 과했다고 생각했는지 다시 소파로 돌아와 앉으며 말했다.

—미안하구나. 화를 내서. 그러나 앞으로 그놈 얘기는 아예 꺼내지도 말아라.

—예, 죄송해요.

그때 휘진의 휴대전화가 울렸다.

—김영준입니다.

—아, 예, 영준 씨.

—선배님이 오늘 서울에 출장을 왔는데요. 혹시 시간이 나시면 한 번 만나보는 게 좋을 것 같아서요.

변호사 개업 준비를 하면서 상혁의 친구인 영준에게 사무장을 소개해 달라는 부탁을 해 둔 일로 전화를 한 것이었다. 영준은 대전에서 법률사무소의 사무장으로 근무하고 있는 이성호李成昊라는 사람을 추천했다. 고등학교 선배인데, 마침 서울로 직장을 옮길 생각을 하고 있다고 했다.

—지금 수원에 있는데, 시간이 좀 걸릴 것 같은데요.

—괜찮습니다. 오실 때까지 기다리라고 하겠습니다. 가능하면 빨리 오셨으면 좋겠습니다.

—예, 알았습니다.

휘진은 전화를 끊었다.

—죄송해요. 오늘은 그만 가봐야겠어요.

—바쁜 일인 모양이구나.

—변호사 사무실의 사무장을 하실 분을 소개해 달라고 했는데, 대전에서 와서 지금 기다리고 있다고 하네요. 이제부터는 자주 찾아뵐게요.

휘진이 일어서며 강 원장에게 인사를 건넸다.

–그래, 조심해서 가거라.

휘진은 원장실을 나와 차에 올랐다. 그녀의 차가 산모퉁이를 돌아갈 때까지 뒷모습을 지켜보고 있던 강 원장의 눈에서 어느새 눈물이 흐르고 있었다. 강 원장이 신음처럼 중얼거렸다.

–가여운 것들. 그러나 어쩌겠어. 다 하느님의 뜻이라고 해야지.

영준이 전화를 받고 곧바로 서울로 온 휘진은 이성호를 만났다. 영준과 같은 고등학교 출신이지만, 서울에서 법대를 졸업하였고, 졸업 후에도 몇 년간 사법시험에 응시했으나 낙방했다고 했다. 결혼을 하고 생계 때문에 공부를 포기하고 대전의 법률사무소에서 사무장으로 근무하고 있는데, 영준의 소개처럼 사람이 우직하고 믿음직스러웠다. 이성호를 만나고 집으로 돌아온 휘진은 상혁에게 전화를 했다.

–영준이가 소개해 준 사람이면 믿을 수 있어. 잘 됐네. 내가 오히려 마음이 놓인다.

상혁이 밝은 목소리로 말했다. 상혁과 통화를 끝낸 그녀는 메일에 글을 올렸다.

이제 변호사 개업을 하려고 합니다. 이제부터는 당신이 누구인지 묻지 않겠습니다. 그러나 당신이 저를 도와주실 분이라는 것은 압니다. 아버지를 위하여 앞으로 제가 무엇을 해야 하는지 알려주세요.

일주일 후 답변 메일.

이제부터 아버지의 죽음의 비밀을 밝히는 일에 착수하자. 변호사 개업을 하면 지금까지 수집한 증거와 자료를 가지고 먼저 아버지의 교통사고에 대한 손해배상 소송을 제기하도록 하여라. 그리고 소송의 모든 진행 경과를 메일에 올려놓아라. 이제부터 너는 외롭고 고된 길을 가야 한다. 누구에게 의지할 생각은 하지 마라. 아버지와 어머니가 너를 지켜줄 것이다. 용기와 희망을 잃어서는 안 된다.

한 달 후, 휘진은 변호사 개업과 동시에 강호건설과 태성건설을 공동피고로 하는 손해배상 청구 소송을 법원에 제기했다. 그날 밤, 휘진은 메일을 썼다.

오늘 손해배상 소장을 접수하였습니다. 소장의 내용은 첨부파일과 같습니다. 소송도 중요하지만, 먼저 아버지의 죽음의 진실이 우선입니다. 그 진실을 밝히는 일이라면 어떤 일도 하겠습니다. 소장의 사실을 입증하기 위한 증거가 필요합니다. 당신이 가진 증거는 무엇인가요?

휘진이 접수한 첨부파일 소장.

소 장

원 고 유휘진(○○○○○○-2○○○○○○)
서울 ○○구 ○○동 754 ○○오피스텔 B-1009호

피 고 1. 주식회사 강호건설
서울 종로구 00동 456 강호빌딩 24층
대표이사 강진호

2. 강진호(5○○○○○-1○○○○○○)
서울 동작구 ○○동 287 LK아파트 307동 2309호
3. 태성건설 주식회사
서울 중구 ○○동 298 태성빌딩 5층
대표이사 김형태
4. 김형태(5○○○○○-1○○○○○○)
서울 강남구 ○○동 534 유니온아파트 308동 3407호

손해배상(자) 청구의 소

청 구 취 지

1. 피고들은 연대하여 원고에게 금 100,000,000원 및 이에 대한 2○○○. 12. ○○.부터 이 사건 소장 부본 송달일까지는 연 5%, 그 다음날부터 다 갚는 날까지는 연 20%의 각 비율에 의한 돈을 지급하라.
2. 소송비용은 피고들이 부담한다.
3. 제1항은 가집행 할 수 있다.
라는 판결을 구합니다.

청 구 원 인

1. 당사자 관계

가. 망 유경준은 09도○○○○ 소나타 승용차(이하 '피해차량'이라고 한다)의 소유자로서 2○○○. 12. ○○. 23:30경 경남 통영시와 거제시를 연결하는 일명 신거제대교(이하 '사고 장소'라 한다) 교량 위에서 발생한 교통사고로 위 같은 날 사망하였습니다. 원고는 유경준의 자로서 유일한 상속인입니다.

나. 피고1. (주)강호건설은 운전자 윤경호가 운행한 서울 45도○○○○ 25톤 트럭의 소유자인 동시에 윤경호의 사용자이고, 피고2. 강진호는 피고1. (주)강호건설의 대표이사입니다. 피고3. 태성건설(주)는 운전자 김희철이 운행한 서울 07누○○○○ 컨테이너차량, 같은 고광준이 운행한 서울 23두○○○○ 레미콘차량(이하 윤경호, 김희철, 고광준을 통칭하여 '가해자'라고 하고, 그 각 차량을 '가해차량'이라고 한다)의 소유자인 동시에 위 가해자들의 사용자이고, 피고4. 김형태는 피고3. 태성건설(주)의 대표이사입니다.

2. 손해배상책임의 발생

가. 2○○○. 12. ○○. 23:30경 망 유경준은 사고 장소에서 김희철이 운행하는 컨테이너차량의 뒤를 따라 피해차량을 운행하고 있었고, 그 뒤를 윤경호의 25톤 트럭, 고광준의 레미콘차량이 나란히 운행하고 있었습니다.

나. 그런데 김희철은 사고 장소에 이르러 갑자기 급제동을 하였고, 이에 유경준이 추돌을 피하기 위하여 급제동 하는 순간, 윤경호의 트럭이 피해차량을 뒤에서 추돌하였습니다. 한편 고광준은 이중 추돌을 피하기 위하여 좌측으로 핸들을 꺾어 중앙차선을 침범하였다가 대향차선에서 마주 오는 번호 불상의 차를 피하기 위하여 다시 핸들을 우측으로 꺾으면서 피해차량의 측면을 추돌하였고, 이 사고로 피해차량은 교량의 난간을 부수고 다리 아래로 추락하여 결국 유경준이 현장에서 사망하였습니다.

다. 결국 이 사고는 김희철의 급제동, 윤경호의 전방주시 소홀에 의한 추돌, 고광준의 운전부주의라는 과실이 서로 경합하여 발생한 것이고, 따라서 피고1. (주)강호건설과 피고3. 태성건설(주)는 가해자들의 사용자이자 가해차량의 소유자로서 원고에 대하여 자동차손해배상법이 정하는 배상의 책임이 있습니다.

3. 손해배상의 범위

유경준은 19○○. ○○. ○○. 생으로 만 5○세의 신체 건강한 남자로서 사고 당시 광운대학교 건축공학과 교수로 재직하고 있었습니다. 이에 대한 유경준의 일실수익, 퇴직금, 위자료 등을 손해배상액 산정에 관한 호프만식 계산법에 따라 산정하면 약 총 금 5억 원을 상회할 것으로 추정되나 정확한 수액은 추후 특정하기로 하고, 우선 일부금으로 청구취지 금액을 청구하기로 합니다.

4. 소멸시효 문제

가. 문제의 제기

이 사고는 2○○○. 12. ○○. 23:30경 발생하였습니다. 한편 민법 제766조 제1항에서 정한 손해배상청구권의 소멸시효는 피해자나 그 법정대리인이 그 손해 및 가해자를 안 날로부터 3년입니다. 따라서 원고가 이 사건 소를 제기한 시점은 위 제1항에서 정한 손해 및 가해자를 안 날로부터 3년이 지난 시점이라는 소멸시효 문제가 제기될 수 있습니다.

나. 원고의 손해배상청구권은 유효합니다.

(1) 그러나 원고는 최근에서야 비로소 제3자(추후 입증하겠습니다.)로부터 이 사고가 위 가해자들이 일으킨 고의의 교통

사고란 제보를 받았습니다. 후술(6.)하는 바와 같이 이 사고는 피고 강진호와 김형태가 위 가해자들을 교사하여 일으킨 살인행위라는 제보를 받았던 것입니다. 최근 이 제보를 받기 전까지 원고는 오직 이 사고가 망 유경준이 전방주시를 소홀히 하여 발생한 유경준의 과실에 의한 사고로 잘못 알고 있었습니다.

(2) 따라서 이 사건에서 원고가 민법 제766조 제1항이 정하는 가해자를 안 날은 이 사고의 발생시점이 아니라 원고가 최근 제3자로부터 위와 같은 내용의 제보를 받은 날이 되어야하고, 이 사건 소 제기 시점은 이 시점(제보를 받은 날 ; 소멸시효의 기산점)으로부터 3년이 경과하지 않았기 때문에 원고의 손해배상청구권은 시효로 소멸되지 않았습니다.

5. 결론

그렇다면 피고들은 연대하여 원고에게 금 100,000,000원 및 이에 대한 200○. 12. ○○.부터 이 사건 소장 부본 송달일까지는 민법 소정의 연 5%, 그 다음날부터 다 갚는 날까지는 소송촉진등에관한특례법 소정의 연 20%의 각 비율에 의한 돈을 지급할 의무가 있습니다.

6. 특히 피고2. 강진호, 피고4. 김형태에 대하여

한편 이 사고는 위 가해자들의 공동과실과는 인과관계가 전혀 다른 피고2. 강진호와 피고4. 김형태의 사주를 받은 가해자들이 일으킨 고의의 교통사고라는 정황이 여러 곳에서 나타나고 있습니다. 만약 그렇다면 유경준은 가해자들에 의해 살해된 것입니다. 이와 같은 경우 피고2. 강진호, 같은4. 김형태는 형법상으로는 위 가해자들을 교사한 살인의 교사범이고, 민법상으로는 가해자들과 공동불법행위자의 지위에 있습니다. 이에 대하여는 추후 입증하겠습니다.

입증방법*

1. 갑 제1호증 기본증명서
1. 갑 제2호증 가족관계증명서
1. 갑 제3호증 주민등록등본
1. 갑 제4호증 교통사고사실확인원
1. 갑 제5호증 사망진단서
1. 갑 제6호증 재직증명서
1. 갑 제7호증 근로소득원천징수영수증
1. 갑 제8호증 한국인의 생명표(표지, 내용)

첨부서류

1. 위 각 입증방법 각 1통
1. 소장 부본 4통
1. 송달료영수증 1통

2○○○. ○○. ○○.
원고 유휘진

서울중앙지방법원 귀중

* 각 소송당사자가 자신이 소송에서 주장하는 사실을 입증하기 위하여 제출하는 증거 목록을 기재한다. 소송 실무상 원고가 제출하는 증거는 '갑 호증'으로, 피고가 제출하는 증거는 '을 호증'으로, 원, 피고 외에 다른 당사자가 있는 3면 소송이나 특수한 다면多面 소송인 경우 각 '병 호증', '정 호증'으로 표시한다. 첨부서류 중 소장 부본은 상대방(피고)의 수만큼 제출한다.

일주일 후, 답변 메일.

미리 말해 두지만, 이 소송은 단지 시작일 뿐이다. 아버지의 죽음의 비밀은 소송과정에서 차차 밝혀질 것이다. 이 소송의 목적은 다른 곳에 있다. 그러나 지금은 그 목적을 숨겨야 한다. 소송에 필요한 핵심적인 증거는 소송의 진행 상황에 맞추어 너에게 전달될 것이다.

소송의 목적은 다른 곳에 있다고? 아버지의 죽음의 비밀을 밝히는 것이 이 소송의 목적이 아니란 말인가? 메일이 감추고 있는 그 목적은 무엇일까? 휘진은 갑자기 현기증을 느꼈다. 메일은 송규원의 소설을 주목하라고 했다. 혹시 송규원의 소설에 그 답이 있을지도 모른다. 휘진은 인터넷을 검색했다. 송규원의 인터넷 연작소설 『탑의 전설』 중 두 번째 단락 「나팔 부는 아이」가 올라와 있었다.

나팔 부는 아이

따따따 따따따 주먹손으로

따따따 따따따 나팔 붑니다

……

여러분도 이 동요와 같이 주먹손으로 나팔을 만들어 불어 보았던 기억이 있을 겁니다. 저도 그렇습니다. 그때, 나는 저녁 무렵이 되면 언제나 나팔을 들고 '소망기도원' 집 뒤의 야트막한 동산으로 올라갔습니다. 처음에는 주먹손 나팔이었지만, 나중에는 진짜 나팔이었습니다. 억수같이 비가 오거나 눈이 내리는 그런 궂은 날씨가 아니면, 나는 거의 매일 그곳 동산으로 올라갔습니다. 특히 바람이 부는 날은 어김없이 그 동산으로 올라갔습니다. 바람을 탄 나팔소리가 더욱 멀리 갈 것이라는 생각에……. 나팔소리는 나의 기도였습니다. 나는 나팔소리에 간절한 내 소망을 실어 보내고 있었던 것입니다.

왜 그랬을까요? 동생이 보고 싶었기 때문입니다. 갈매기를 따라간 내 동생, 바다 속 붉은 빛의 근원으로 간 내 동생, 그 동생이 보고 싶었기 때문입니다. 아니, 솔직히 말하겠습니다. 동생을 닮았던 그 소녀가 보고 싶었기 때문입니다. 처음 본 그 순간부터 갈매기를 따라간 내 동생이 되어 버린, 아니, 또 하나의 내 생명이 되어 버린 소녀, 그 소녀가 보고 싶었기 때문입니다. 그 소녀에게 내 그리움을 전하고 싶었기 때문입니다. 말을 할 수 없어 전하지 못하는 내 마음을 나는 그렇게 나팔소리에 실어 보내고 있었습니다. 그 소녀가 누구냐고요? 이제부터 그 얘기를 하겠습니다.

그날, 어딘지조차 알 수 없었지만, 참으로 편안했습니다. 너무 평온하여 내 몸은 그 어떤 감각도 느끼지 못하고 있었습니다. 눈을 감고 있는지, 뜨고 있는지조차도 알 수 없었습니다. 아무런 감각도 의식도 없이 몸이 무중력 상태의 공간에 붕 떠 있는 느낌이었습니다. 그때 갑자기 밝은 빛이 보였습니다. 새하얀 빛이었습니다. 아니, 오히려 투명에 가까운 빛이라고 해야 할 것 같습니다. 그 빛은 아름답고, 신비롭고, 황홀했습니다.

이곳이 어딜까? 이렇게 아름답고 신비로운 빛에 둘러싸인 이곳은 도대체 어딜까? 이건 분명 환상일 거야. 처음에는 그런 생각이 들었습니다. 그러다가 한참이 지나서야 문득 기억이 났습니다. 그래, 그랬어. 분명 그랬어. 나는 동생을 안고 바다 속 붉은빛의 근원으로 가고 있었다. 생명의 빛을 따라가고 있었다. 그렇다면 이곳은? 그래, 바로 그곳이구나. 동생과 함께 가고자 했던 빛의 근원, 바로 그곳이구나. 순백의 광채로 가득한 황홀한 빛의 공간, 이곳이 바로 빛의 근원이 틀림없다. 빛이 탄생하는 곳, 생명의 자궁, 이곳은 이렇게도 아름답고 신비롭고 황홀한 세계구나. 그날 새벽 바다를 물들이고 있던 붉은 광채는 이 빛의 근원에서 솟아난 무지개였다. 나는 그 무지개를 따라 드디어 빛의 근원에 왔구나. 그렇다면? 여기에는 동생도 와 있을 것이다. 분명 와 있을 것이다.

나는 광휘로운 순백의 빛 속에서 동생을 찾아 이리저리 둘러보았습니다. 이곳, 저곳, 가까운 곳, 먼 곳, 더 먼 곳, 한참을 찾아보았습니다. 아, 그런데 동생이 보이지 않았습니다. 아무리 둘러봐도 동생이 보이지 않았습니다. 동생이 없다면 이렇게 아름다운 빛이 무슨 소용이 있나! 순간 너무도 안타까운 마음에 내 눈에서 눈물이 흘렀던가봅니다.

그때였습니다. 봄날의 아지랑이를 품은 부드러운 미풍처럼 따스하고 섬세한 촉감이 내 눈꺼풀 위에서 살랑거리고 있었습니다. 이 감촉은? 아, 그래, 누군가가 내 눈물을 닦아주고 있구나. 누군가가 나를 보살펴주고 있구나. 순간 아무런 감각도 없던 내 몸에 짜릿한 전율이 왔습니다. 아, 나도 누군가로부터 사랑받을 수 있구나! 나를 낳은 어머니조차도 버린 나를 누군가가 이렇게 정성껏 보살펴주고 있구나. 전율이 진동이 되어 몸을 흔들었습니다. 가슴이 격렬하게 울렁거리기 시작했습니다. 갑자기 걷잡을 수 없는 눈물이 흘렀습니다. 내 눈물을 닦아주는 사람이 누군지 보고 싶었습니다. 눈을 떴습니다. 아! 그런데, 이게 정녕 꿈은 아니겠지요. 동생이었습니다. 내가 그렇게 찾고 있던 동생이 거기에 있었습니다. 그 크고 검은 눈을 동그랗게 뜨고 환하게 웃고 있었습니다. 내 눈을 들여다 본 동생이 큰 소리로 말했습니다.

—아빠, 아빠, 빨리 와 봐. 눈을 떴어. 오빠가 눈을 떴어. 깨어났어.

기쁨에 넘치는 맑은 목소리가 바다 속 심연, 빛의 근원에 잠겨 있던 내 기억을 흔들어 깨웠습니다. 화들짝 정신이 들었습니다. 놀랍고 어리둥절했습니다. 동생은 말을 하지 못하는데, 도대체 어떻게 된 일일까? 눈물에 젖은 눈을 몇 번이나 껌벅여 물기를 걷어낸 후 그 소녀를 찬찬히 바라보았습니다. 동생을 많이 닮았지만 동생은 아니었습니다. 동생처럼 빼빼 마르고 깊고 동그란 큰 눈을 가졌지만, 분명 동생은 아니었습니다. 그때서야 나는 누운 채로 고개를 돌려 주위를 둘러보았습니다. 전혀 생소한 낯선 곳이었습니다. 내 몸은 보드랍고 폭신한 침대 위 이불 속에 뉘어져 있었습니다. 그리고 어쩔 수 없이 인정해야 했습니다. 동생과 함께 바다 속 빛의 근원으로 가고자 했는데, 우리를 해치는 사람이 없는 생명의 빛, 그 빛의 세계로 가고자 했는데, 동생은 갔지만, 나는 결국 가지 못했다는 것을……. 그러자 다시 눈물이 흘렀습니다. 그 소녀가 나를 바라보고 있는데도 마냥 눈물이 흘렀습니다.

—오빠, 울지 마. 울면 싫어.

그렇게 말하는 소녀의 눈에도 금방 눈물이 맺혔습니다. 소녀의 눈물을 보자 나는 더욱 슬퍼졌습니다. 그러나 한편으로는 이상하게 편안해졌습니다. 누군가가 나를 위해 울어준다는 것이 그렇게 큰 위안이 된다는 것을 그때 처음 알았습니다.

—그래, 깨어났구나. 일어날 수 있겠니?

깊고, 그윽한, 자애로운 남자의 음성이 들렸습니다. 나는 깜짝 놀라 상체를 일으키며 소리가 들린 쪽을 바라보았습니다. 언제 왔는지, 중년의 한 남자가 다가와 나를 굽어보고 있었습니다. 소녀의 아버지, 유박사님이었습니다. 나는 그렇게 소녀와 박사님을 만났습니다.

그곳은 박사님의 바닷가 별장이었습니다. 내가 동생을 안고 바다로 들어갔던 그날 아침 무렵, 마침 주말을 맞아 이곳에 와 있던 두 사람이 바닷가로 산책을 나왔다가 의식을 잃고 해안가에 밀려와 있던 나를 발견하고 집으로 데려 왔다고 했습니다. 나는 그곳 소녀의 방 침대에서 꼬박 3일 동안을 누워있었다고 했습니다. 가끔 의식이 없는 상태에서 가위에 눌려 몇 번 비명을 지르기도 했지만, 마치 죽은 듯 오랜 잠에 빠져 있었다고 했습니다. 그곳에서 꽤 먼 곳에 있는 읍내 의

사가 매일 왕진을 와서 응급치료를 하고 링거주사를 놓아주고 갔다고 했습니다. 내가 보았던 빛의 근원, 그곳은 아마 내가 그런 죽음 같은 깊은 잠에 빠져 있을 때 내면의식에 떠올랐던 꿈이었거나 환상이었을 겁니다. 그런 상태에서 겨우 의식을 차리고 눈을 뜬 순간, 맨 처음으로 그 소녀의 얼굴을 보았던 것입니다. 내 눈의 눈물을 처음으로 닦아준 사람, 나를 위해 처음으로 눈물을 흘려준 사람, 그 소녀 그리고 박사님. 나는 그때 동생을 잃었지만, 대신에 그렇게 가족 같은 두 사람을 얻었던 것입니다. 나는 그렇게 다시 태어났던 것입니다.

—오빠 집은 어디야?

—몰라.

—오빠는 엄마가 없어?

—있지만, 우리를 버리고 갔어.

—오빠는 아빠도 없어?

—몰라, 엄마 말로는 어딘가 있는 것 같았는데, 어디에 있는지는 몰라.

—오빠는 왜 말을 하지 않아?

—하고 싶은데, 안 돼.

—말을 하지 못하는 거야?

—응, 처음에는 했는데, 갑자기 혀가 굳어 버렸어.

—동생은?

—있었어. 너를 닮은 동생이 있었어.

—다른 가족은?

—없어.

—나는 아홉 살인데, 오빠는 몇 살이야?

—몰라. 아마 열다섯 살?

일주일쯤이 지나 내가 어느 정도 기운을 차리자, 소녀는 끊임없이 내게 물었습니다. 우리가 그렇게 서로 통하지 않는 대화를 하고 있을 때, 박사님은 커다란 책상에 큰 도화지를 펼쳐놓고 자를 대고 선을 긋거나 숫자나 알 수 없는 표시를 하고, 때로는 내가 서울에서 보았던 커다란 빌딩 같은 그림을 그리기도 했습니다.

박사님께서 일을 하고 계실 때, 나는 소녀와 함께 집 앞 바닷가에 나가 놀기도 했습니다. 갈매기도 있었습니다. 그 갈매기도 내가 떠나왔던 바닷가 마을의 갈매기처럼 배가 고파 끼룩끼룩 울고 있었습니다. 그러나 나는 그곳에 있는 동안에는 배고프지 않아도 됐습니다. 사실 처음에는 박사님이 서울의 그 무서운 사람처럼 밥도 주지 않고 무작정 내쫓아 돈을 벌어오라고 할까 봐 겁이 났습니다. 그러나 박사님은 그러지 않았고, 소녀와 똑같이 내게도 밥과 간식을 주었습니다. 그곳에는 내가 한 번도 보지 못하고 먹어보지 못했던 빵과 과자가 많이 있었고, 박사님은 그런 맛있는 빵과 과자를 내게도 똑같이 나눠주었습니다. 바닷가에서도 소녀는 끊임없이 물었습니다.

—오빠? 갈매기는 어디에서 자?

—아마 바위 위에서 잘 거야.

—오빠, 이거는 뭐야?

—따개비.

—이거는?

—굴.

—저거는?

—해파리, 그건 만지면 안 돼. 독침으로 쏘아.

—무서워, 징그러. 저거는?

—미역.

—미역은 먹는 거지? 여기 소라 고동이 있어.

—……? 바닷가에 소라 고동이야 널려 있지.

—오빠, 갈매기는 왜 끼룩끼룩 하고 울어?

—배가 고파서.

그렇게 속으로 말하고는 나는 옛날 동생에게 굴을 따 주었던 것처럼 뾰쪽한 돌로 굴을 따서 소녀에게 먹으라고 준 적이 있었습니다. 소녀가 눈을 왕방울만큼 크게 뜨고 기겁을 하며 소리쳤습니다.

—징그러! 오빠, 이걸 먹는 거야?

—그럼, 얼마나 맛있는데.

나는 그런 소녀를 이해할 수 없었지만, 한편으로는 소녀를 놀라게 한 것이 미안했습니다. 그래서 그 후부터는 다시는 굴을 따지 않았습니다. 사실 그곳에서는 배가 고프지 않았기 때문에 굴을 딸 필요도 없었습니다.

—아야야, 아파.

따가운 여름 태양 아래에서 바위틈에 숨은 게의 앞발에 손가락을 집힌 소녀가 얼굴을 찡그리기도 했습니다. 밤송이 같은 성게의 뾰쪽한 가시에 손가락을 찔려 울기도 했습니다. 그럴 때는 괜히 내가 잘못한 것 같아 미안해서 그냥 고개를 숙이고 함께 울먹이기도 했습니다.

그해, 여름이 끝나가는 팔월 어느 날, 박사님께서 차를 타고 읍내로 나갔습니다. 오후에 박사님은 떡과 몇 가지 과일, 생선과 수육을 사가지고 왔습니다. 그리고는 소녀와 나를 데리고 집 뒤의 산으로 올라갔습니다. 산으로 올라가는 농로를 겸한 오솔길은 내가 동생을 업고 내려왔던 그 길처럼 잡풀로 우거져 있었습니다. 박사님은 한 손에는 음식 보자기를 들고 또 한 손으로는 소녀의 손을 잡고 잡풀을 헤치며 산으로 올라갔습니다. 소녀가 땀을 뻘뻘 흘리면서 말했습니다.

–아빠, 엄마한테 가는 거지?

–그래, 내일 서울로 가야 하는데, 엄마한테 인사를 하고 가야지.

박사님이 말했습니다. 그렇게 한참을 올라가니 말끔하게 풀을 베어낸 잔디 무덤 하나가 나오고, 그 앞에 비석이 하나 놓여있었습니다. 그곳에서는 왼쪽에 외따로 뚝 떨어진 박사님의 별장과 오른쪽으로 멀리 작은 어촌마을이 환히 내려다보였습니다. 왼쪽 먼 바다로 툭 튀어나온 산 능선 하나가 있고, 그 능선 아래로 바위 절벽이 보였습니다. 그 바위 절벽 능선은 바로 나와 동생이 버려졌던 산이었습니다. 그러나 나는 동생의 얘기를 누구에게도 하지 않았습니다. 아니, 그때에는 말을 할 수 없어 할 수도 없었고, 글조차 몰랐기 때문에 글로 의사를 표현할 수도 없었습니다.

가지고 온 보자기의 음식을 비석 위에 차려 놓고 박사님이 말했습니다.

–자, 엄마한테 작별인사를 하자.

박사님이 술병을 따서 종이컵에 한 잔을 따라놓고 소녀와 함께 비석 앞 잔디밭에 엎드려 절을 했습니다. 절을 마친 소녀가 음료수를 마시며 말했습니다.

–아빠, 엄마는 어떻게 생겼어?

–너처럼 예쁘고 큰 눈을 가졌었지.

–엄마가 보고 싶어.

–우리는 엄마를 보지 못하지만, 엄마는 지금도 우리를 보고 있어.

–엄마의 영혼이 우리를 보고 있다는 말이지?

–그래, 엄마의 영혼이 항상 우리를 지켜보고 있어.

–영혼은 왜 보이지 않는 거야?

–영혼은 몸처럼 형체가 없기 때문이지. 그러나 우리가 마음을 모으면 느낄 수는 있단다. 아빠는 지금도 엄마를 느낄 수 있어.

–오빠는 어때? 오빠는 엄마의 영혼을 느낄 수 있어?

소녀와 마찬가지로 종이컵에 따른 음료수를 마시고 있던 내게 소녀가 물었습니다. 나는 놀랐습니다. 엄마의 영혼을 느낄 수 있냐고? 짙붉은 입술, 헝클어진 머리, 낯선 남자와 엉켜있던 이상한 모습, 나와 동생을 버려둔 채 사라지던 뒷모습, 그런 어머니의 모습이 떠올랐습니다. 그러한 어머니에게 영혼이라는 것이 있기는 있었던 걸까?

–몰라, 모르겠어.

나는 고개를 흔들었습니다.

–이제 내려가자. 너무 덥구나. 더워 먹겠다.

박사님이 말했습니다.

–엄마, 다시 올게. 기다리고 있어.

산을 내려오면서 소녀는 몇 번이나 무덤을 향해 뒤돌아보면서 손을 흔들며 말했습니다.

–아빠? 엄마 혼자 있으면 얼마나 외로울까?

–아니, 엄마는 외롭지 않단다. 엄마의 영혼은 항상 우리와 함께 있거든.

내려오는 길에 소녀와 박사님이 나누는 얘기를 들으면서 나는 생각했습니다. 소녀의 어머니는 죽어서도 영혼이 되어 항상 함께 있다고 하는데, 살아있는 내 어머니는 왜 우리를 버리고 떠났던 것일까? 나는 갑자기 슬퍼졌습니다.

산을 내려 온 박사님은 곧바로 집으로 가지 않고 바닷가로 갔습니다. 시원한 바닷바람이 땀방울을 말려 주었습니다. 박사님이 산에서 다시 가지고 온 음식보자기를 풀었습니다. 썰물이 되면 걸어 닿을 수 있을 것 같은 멀지않은 바다 물속에 외따로 솟아있는 제법 큰 평평한 바위 하나가 보였습니다. 그 바위 위에 무리지어 앉아있던 갈매기들이 음식 냄새를 맡았는지 끼룩끼룩 소리를 내면서 우리 주위로 모여들기 시작했습니다.

–아빠, 갈매기는 왜 끼룩끼룩 우는 거야?

–배가 고파서.

나는 무의식중에 지난번 소녀의 물음에 혼자 답했던 것처럼 속으로 말했습니다.

–글쎄다. 아마도 배가 고파 그러는가보다.

박사님이 내 속마음을 알았는지 똑같은 대답을 했습니다.

–불쌍하다, 아빠. 그치? 우리 이 음식 갈매기에게 줘. 우리 갈매기 먹이주기 놀이하자.

소녀가 말했습니다.

–그래, 기왕에 다 먹지 못할 음식이다. 내일은 떠나야 하고.

박사님이 가져 온 떡과 생선, 수육을 과일 깎는 칼로 잘게 썰었습니다.

–갈매기들아. 이리 와서 먹어.

소녀가 큰 소리로 갈매기를 부르면서 음식조각 몇 개를 근처의 바위 위로 던졌습니다. 갈매기들이 음식 조각을 향하여 떼를 지어 날아들기 시작했습니다. 그 다음에는 내가 던지고, 박사님이 던지고……. 그렇게 우리는 갈매기 먹이주기 놀이를 하며 그날 오후를 바닷가에서 보냈습니다. 지금 생각하면, 소녀와 함께 보낸 그 여름은 내 생애 최고의 행복한 시간이었습니다. 동생 같은 그 소녀, 인자하신 박사님, 그 여름은 그때까지 억눌려 있던 내 영혼의 상처를 조금씩 치유해 주고 있었습니다.

갈매기 먹이주기를 한 다음 날 아침 일찍, 박사님은 우리를 승용차에 태우고 서울로 향했습니다. 소녀와 내가 뒷좌석에 함께 탔습니다. 할 수만 있다면, 그 바닷가 작은 집에서 영원히 소녀와 함께 살고 싶었지만, 그것은 나의 욕심일 뿐이었습니다. 서울로 가는 도중에 박사님은 어느 작은 도시에 들렀습니다. 그때에는 그곳이 어딘지도 몰랐지만, 서울에서 그리 멀지 않은 곳이었습니다. 그때에는 그것이 성당인지도 몰랐지만, 박사님은 그 도시 시내의 어느 성당 앞에서 차를 멈췄습니다. 우리를 차에 그대로 둔 채 박사님이 내리더니 성당 안으로 들어갔습니다. 그리고는 얼마 있지 않아 머리에 하얀 수건 모자를 쓴 여자와 함께 다시 나왔습니다.

—박사님, 안녕히 가세요. 제가 강 원장님께 전화를 해 두겠습니다.

하얀 수건 모자를 쓴 여자가 우리를 배웅하며 말했습니다. 박사님이 다시 차를 운전하여 시내를 벗어나 외곽 들길을 따라 한참을 가더니, 차 두 대가 겨우 지나갈 수 있는 숲 속 길을 따라 올라갔습니다.

서울역에서 그 사람에게 끌려가던 길도 이런 길이었다. 혹시 그 무서운 사람에게 다시 데려가는 것은 아닐까? 가슴이 철렁했습니다. 너무 겁이 나 심장이 쪼그라들면서 얼굴에서 핏기가 싹 가시는 것 같았습니다.

—오빠, 왜 그래?

내 표정을 본 소녀가 물었습니다. 여전히 말을 못하는 나는 안타깝고 겁먹은 얼굴로 고개만 흔들 뿐이었습니다. 아마 그때 나는 너무 무서워서 속으로 울었던 것 같습니다. 그래서 나도 모르게 눈물을 흘렸던 것 같습니다.

—오빠, 왜 울어? 울지 마, 오빠.

소녀가 말했습니다.

—괜찮다. 걱정하지 않아도 된다. 원장 선생님께서 잘 보살펴 주실 거다.

박사님이 운전대를 잡은 채로 인자하게 말했습니다. 원장 선생님이라고? 그 말을 이해할 수 없었지만, 그러나 잘 보살펴 주실 거라는 말에 나는 마음이 놓였습니다. 숲길이 끝나는 곳에 하얀 2층 건물 하나가 나오고, 차가 그 건물 앞 공터에 멈췄습니다. 그때는 글을 몰랐기 때문에 읽을 수 없었고, 그 후에 알게 되었지만, 그 건물 정문 오른쪽 벽에 세로로 '소망기도원'이라는 글자가 새겨진 나무 현판이 붙어 있었습니다.

—자, 다 왔다. 내리자.

먼저 차에서 내린 박사님이 우리가 앉아있는 뒷좌석 문을 열면서 말했습니다. 차가 도착하는 것을 미리 보고 있었는지 열려있는 기도원의 현관문에서 한 여자가 나왔습니다. 성당에서 본 여자처럼 하얀 수건 모자를 쓰고 있지는 않았지만, 안색이 밝고 맑은 피부에 눈빛이 서글서글한 박사님과 비슷한 나이쯤으로 보이는 중년 여자였습니다. 우리를 버리고 간 어머니나 지하실의 그 여자처럼 곱슬곱슬한 파마머리가 아니라 긴 생머리를 목 뒤에서 단정하게 꽈리를 틀어 묶고 있었습니다. 부드럽고 자애로운 미소를 띤 입술과 표정이 그냥 바라만 봐도 편안한 느낌이 들었습니다. 물론 그 후에 알게 된 사실이지만, 그곳은 오는 길에 잠깐 들렀던 성당에서 운영하는 지체장애아를 돌보는 사회복지시설이었습니다. 박사님은 이전부터 정기적으로 그 시설, 즉 소망기도원에 후원금을 내고 있었고, 그곳에 있는 아이들에게 필요한 물품을 사서 직접 전해 주기도 해왔던 것입니다. 내가 그곳에서 처음 만난 여자, 그분은 그곳을 운영하는 강 원장님이었습니다. 그 이후부터 내가 어머니라고 부르게 된, 아니 실제로 나의 어머니 역할을 해 주신 분입니다. 박사님과 강 원장님은 오래 전 대학을 다닐 때부터 가깝게 지낸 친구 사이라고 했습니다.

—원장 선생님!

차에서 내린 소녀가 달려가며 외쳤습니다. 소녀가 작은 개구리처럼 폴짝 뛰어올라 원장님의 품에 답삭 안겼습니다.

—그 새 많이 컸구나. 어서 오너라.

원장님이 소녀를 안고 등을 토닥토닥 두드리며 말했습니다. 우리는 건물 현관 왼쪽에 있는 원장실로 들어갔습니다. 창문 쪽에 업무용 책상 하나가 놓여있고, 그 책상 앞에 폭신한 소파 네 개가 작은 사각형 탁자를 가운데 두고 두 개씩 서로 마주보고 있었습니다. 그 옆에 동그란 원통형 탁자와 그 탁자를 에워싸듯 나무의자 네 개가 따로 있었습니다. 소녀와 나는 그 원통형 탁자의 나무의자에 앉았습니다. 박사님과 원장님이 소파에 앉아 얘기를 했습니다.

—바닷가에 쓰러져 있었어. 근처 마을 아이도 아니고. 말을 하지 못해. 글도 모르는 것 같고. 무슨 큰 충격을 받은 모양이야.

—듣기는 해요?

—고개를 끄떡이고 나름대로 의사표시를 하는 것을 보면 청각은 정상인 것 같아.

–누군지도 전혀 모르는 아이네요. 보호자도 없고.

–지금은 그래.

–먼저 병원에 데려가는 것이 더 좋지 않을까요?

–아니야. 왕진을 왔던 의사 말로는 다른 외상도 없고 건강에는 아무 문제가 없다고 했어. 함께 한 달을 지냈는데, 정신이나 지능적으로는 문제가 없는 것 같아. 다만, 어떤 이유인지 모르지만 말을 하지 못하는 것뿐이야. 실어증 같은 것 말이야. 여기가 훨씬 나을 것 같아 일부러 여기로 데려왔어.

–알겠어요. 좀 지켜보다가 결정해도 늦지 않겠지요.

–그래도 눈빛이 초롱초롱한 것을 보면 키우는 재미가 있을 것 같아. 똘똘한 아들 하나 새로 얻었으니 우리 원장님 큰 복 받았어. 천국이 좀 더 가까워졌어, 하하.

–부처님이 빙그레 웃고 있네요. 박사님 보고. 마침 점심시간이니 함께 식사하러 가세요.

–바빠 오느라 애들 선물도 사오지 못했어.

–다음에 오실 때 두 아름 사오세요.

원장님이 소파에서 일어나며 웃으면서 말했습니다.

–자, 함께 점심 먹으러 가자. 친구들이랑 인사도 하고.

원장님이 탁자로 다가와 다정하게 내 손을 잡아 일으키며 말했습니다. 우리는 원장실을 나와 현관 오른쪽에 붙은 커다란 문으로 들어갔습니다. 그곳은 식당이었습니다. 그곳에 있는 열 개가 넘는 커다란 식탁에 삼삼오오 아이들이 앉아 밥을 먹고 있었습니다. 아이들은 밥을 먹느라 숟가락을 대그락거리며 와글거리고 있었습니다. 그런데 그런 아이들의 모습을 보고 나는 깜짝 놀랐습니다. 가만히 살펴보니 그 아이들은 거의 모두가 몸의 어느 곳 하나가 성치 않거나 이상한 모습을 하고 있었습니다. 어떤 아이는 눈이 삐뚤어져 희번덕거리고, 어떤 아이는 고개조차 제대로 들지 못하고, 또 어떤 아이는 팔을 제대로 가누지 못해 덜렁거리고, 또 어떤 아이는 설 수조차 없어 바퀴가 달린 의자에 앉아있었습니다. 그런 아이들에게는 성당에서처럼 하얀 수건 모자를 쓴 여자가 숟가락으로 밥을 떠먹여 주고 있었습니다. 그나마 나는 말을 하지 못한다는 것일 뿐 몸은 정상이라는 것이 믿기지 않을 정도였습니다.

—자, 여기를 보세요. 새 친구가 왔어요.

원장님이 크게 손뼉을 쳐 좌중의 시선을 모은 뒤 말했습니다.

—와, 에, 잉, 짝짝, 어어머어니.

아이들의 이상한 소리가 한데 뒤엉켜 왁자지껄 했습니다.

그렇게 하여 소망기도원에서의 내 생활이 시작되었습니다.

—자, 지금부터 원장 선생님께서 네 어머니가 돼 주실 거야. 엄마라고 불러도 돼. 이곳에서 먼저 말부터 배워야 해. 알았지?

—……?

그날, 소망기도원을 떠나면서 차에 오르기 직전, 박사님은 내 손을 모아잡고 다짐을 주듯이 말했습니다.

—오빠, 안녕.

소녀도 내게 인사를 하고 차에 탔습니다. 나는 숲길 모퉁이를 돌아 점점 멀어져가는 차의 꽁무니를 보면서 가슴이 먹먹하여 그냥 눈물을 뚝뚝 흘리기만 했습니다. 그때 텅 빈 숲 속 길에 박사님의 차가 다시 나타났습니다. 혹시 나를 다시 데려가기 위해 오고 있는지도 모른다. 나는 잔뜩 기대를 하고 기다렸습니다. 이윽고 차가 멈추고, 차문이 열리더니 소녀가 다람쥐처럼 쪼르르 내게 달려왔습니다.

—오빠하고 약속을 하지 못하고 갔어. 오빠 약속해.

소녀가 가느다란 오른쪽 새끼손가락을 내밀며 말했습니다.

—……?

—다음에 올 때 오빠는 말을 할 수 있어야 해. 알겠지? 오빠 약속해.

소녀가 다시 한 번 내 눈 앞에 새끼손가락을 들어 보였습니다. 그러나 나는 선뜻 손을 내밀지 못하고 쭈뼛쭈뼛 망설이고 있었습니다.

—그래, 그래. 약속하자. 자, 약속은 이렇게 하는 거야.

그런 내 모습을 본 원장님이 다가와 내 오른손을 잡아 새끼손가락을 펴게 했습니다. 그리고는 소녀의 새끼손가락에 내 손가락을 걸었습니다. 소녀의 손가락은 너무도 가늘었습니다. 몸도 빼빼 말랐는데, 손가락은 더욱 빼빼 말랐습니다. 그러나 그 작은 손가락에는 따뜻한 온기, 아니 전기가 흐르고 있었습니다. 빼빼 말라 마치 전깃줄 같은 그 손가락을 타고 전해지는 전기가 내 심장까지 찌르르 울리고 있었습니다. 원장님이 새끼손가락이 걸린 우리 두 사람의 손을 당신의 손으로 함께 모아 잡았습니다. 더 큰 전율이 왔습니다. 아! 그때 처음 잡아 본 소녀의 손길! 머릿속을 하얗게 태우는 것 같았던 그 오묘한 느낌을 어떻게 잊을 수 있을까요. 나는 지금도 그 전율에 가슴이 떨립니다.

—오빠, 아직 말이 안 돼?

—하고 싶어. 그러나 안 돼.

—오빠, 이번에도 안 돼?

—응, 미안해.

—이번에도 안 되는 거야?

—미안해.

—또 안 되는 거야? 싫어. 오빠가 말하지 않으면 난 울고 싶단 말이야.

—하고 싶은데, 정말 안 돼. 나도 울고 싶어.

그렇게 떠난 소녀는 박사님과 함께 보통 한 달 간격으로, 어떤 때는 두 달이 걸린 적도 있었지만, 주기적으로 기도원을 찾아왔습니다. 공책이나 연필 등 학용품과 과일, 또는 과자를 차에 가득 싣고. 그때마다 소녀는 내게 똑같은 질문을 하며, 떠날 때마다 똑같이 새끼손가락을 걸고 약속을 했습니다.

기역, 니은, 디귿, 리을, 엄마, 아빠, 사과, 배, 감, 귤, 자동차, 기차, 비행기, 참새, 독수리, 부엉이, 밤, 낮, 친구, 누나, 밥, 아침, 저녁, 한 시, 두 시, 세 시, 일, 이, 삼, 사…….

여전히 말은 되지 않았지만, 대신에 나는 원장님과 그곳에 있는 수녀님들로부터 글을 배웠습니다. 숫자와 산수도 배웠습니다. 원장님이 가르쳐주는 대로 쓰기도 배웠습니다. 얼마 지나지 않아 나는 글로 원장님과 대화를 할 수도 있게 되었습니다. 원장님은 말로 묻고 나는 글로 대답했습니다.

—아빠는?

—몰라요.

—엄마는?

—우리를 버리고 갔어요.

—우리라니? 너 말고 누가 있었니?

—여동생이 있었어요.

—고향은?

—몰라요.

—이름은 무엇이었니?

—박동배요. 이 이름은 싫어요.

—왜?

—엄마가 똥빼라고 하면서 때렸어요.

—그럼 내가 이름을 하나 지어줄게.

—예.

—진욱이라고 하자. 박진욱朴珍旭, 아침 해처럼 찬란하게 솟아나는 보배라는 뜻이야.

—좋아요. 정말 좋아요.

나는 그곳에서 공부도 했지만, 수녀님들과 함께 그곳에 있는 아이들을 돌보기도 했습니다. 몸을 움직이지 못하는 아이들에게 목욕을 시키고, 밥을 먹이고, 여러 가지 잡다한 일을 거들었습니다. 나는 그런 일을 한 번도 싫어하지 않았습니다. 나는 말을 못하고 있을 뿐 몸은 자유롭게 움직일 수 있었으나, 다른 아이들은 말도 어눌하고, 몸도 제대로 가누지 못하는 아이들이었습니다. 나는 아이들이 너무 가여워서 피곤한 줄 모르고 수녀님이나 원장님의 일을 도왔습니다. 아니, 그 일이 어느 정도 익숙하게 된 이후로는 수녀님이나 원장님이 시키지 않아도 스스로 아이들을 돌봤습니다. 아이들도 나를 좋아했습니다.

그러나 그런 일을 하는 동안에도 내 생각은 온통 소녀에게 가 있었습니다. 보통 한 달에 한 번씩, 어떤 경우에는 두 달에 한 번씩 일요일 오후 시간에 왔을 때의 그 만남은 너무 짧았고, 다시 만날 기다림은 너무 길었습니다. 소녀가 너무 보고 싶었습니다. 박사님이 사오는 공책이나 연필도 내게는 필요한 것이었지만, 연필은 나뭇가지로 대신할 수도 있었고, 공책 대신 땅바닥에 글씨 연습을 할 수도 있었습니다. 그러나 소녀는 그 무엇으로도 대신할 수 없었습니다. 그래서 나는 소녀가 보고 싶으면 저녁 무렵 혼자서 기도원 뒤에 있는 동산으로 올라가 주먹손 나팔을 불었습니다. 보고 싶다는 그리움을 나팔소리에 실어서. 나팔소리가 소녀에게 날아가 내 마음을 전해줄 것이라는 생각으로 주먹손 나팔을 불었던 것입니다.

아마도 그런 내 모습을 원장님이 눈여겨보고 있었던 것 같습니다. 내가 글을 쓰게 된 이후, 어느 날 박사님이 진짜 나팔 하나를 사가지고 왔습니다. 트럼펫이라고 했습니다.

―애가 주먹손 나팔을 분다고 하니, 애에게 이걸 한 번 가르쳐 보지. 혹시 말하는 데 도움이 될 것 같아 사왔어.

박사님이 원장님께 하는 말이었습니다. 그때부터 그 나팔은 내가 아침 눈을 뜨는 순간부터 잠들 때까지 나의 가장 가까운 친구가 되었습니다. 특히 저녁 무렵 나는 나팔을 들고 기도원 뒷동산에 올라가 간절한 마음을 모아 소녀가 있다는 서울 쪽을 바라보며 나팔을 불었습니다.

도레미파솔라시도도시라솔파미레도, 송아지송아지얼룩송아지, 떴다떴다비행기, 따따따따따따주먹손으로, 퐁당퐁당돌을던지자, 푸른하늘은하수하얀쪽배에, 엄마가섬그늘에굴따러가면, 등등…….

처음에는 쉬운 것부터, 다음에는 더 어려운 노래를. 시간이 지날수록 내 나팔솜씨는 점점 좋아졌습니다. 내가 부는 나팔소리는, 따뜻한 봄날, 아지랑이가 피어오르는 들녘에서 날개를 부비며 서로 사랑을 나누는 나비 연인과 함께 꽃향기를 타고 날기도 하고, 더운 여름 날, 하루 종일 울다 지쳐 잦아드는 매미소리처럼 나지막하게 흐느끼기도 하고, 서늘한 가을, 빨갛게 익어가는 홍시 같은 태양 속으로 빨려 들어가기도 하고, 차가운 겨울, 줄지어 날아가는 기러기 떼와 함께 북쪽 하늘로 날아가기도 했습니다.

그 나팔 외에도 내가 글을 쓰게 된 이후로 박사님은 책도 갖다 주었습니다. 소녀가 기도원에 오는 날은 소녀와 함께 원장님의 방, 동그란 탁자에 앉아 함께 책을 보았습니다. 때로는 나팔을 들고 소녀와 함께 뒷동산에 올라가 나팔을 불어주기도 했습니다. 소녀는 내가 부는 나팔소리를 듣고 손뼉을 치며 좋아 했습니다. 어떤 때는 너무 슬프다며 눈물을 흘리기도 했습니다. 아이들에게는 미안했지만, 그날만은 나는 아이들을 돌보지 않았습니다. 원장님도 그런 내 마음을 알았는지 일부러 가만히 내버려 두었습니다. 그러나 소녀가 말을 하지 못한다고 투정을 부릴 때마다 나는 미안하고 또 창피하여 어떻게든 말을 해 보려고 했지만, 이상하게도 내가 그런 마음을 가지면 가질수록 내 혀는 더 움직이지 않았습니다. 그때마다 내 자신이 너무 안타까워 눈물을 흘리기도 했습니다.

–오빠, 울지 마. 다음에 하면 돼. 할 수 있을 거야.

내 눈물을 본 소녀가 그런 말을 할 때는 너무 고맙고 미안하여 왕방울 같은 눈물을 뚝뚝 흘리기만 했습니다. 그렇게 2년이 지났습니다.

4월의 어느 일요일, 다른 때 같으면 오후에 왔을 박사님과 소녀가 그날은 해가 뜨기도 전 아침 일찍 기도원으로 왔습니다. 그날은 내가 중학교 입학 자격 검정고시 시험을 치르는 날이었습니다.

–시험 잘 치고 와.

원장님과 수녀님들이 모두 공터까지 나와 말했습니다. 박사님의 차를 타고 처음으로 학교라는 곳에 갔습니다. 나를 응원하기 위해 소녀도 함께 갔습니다. 처음으로 치르는 시험이라 약간 떨리기도 했지만, 사실 그 문제는 너무 쉬웠습니다. 혹시 실수한 것이 있었는지는 모르지만, 지금 내 기억으로도 내가 풀지 못하거나 틀린 답을 적은 문제는 없었던 것 같습니다.

시험을 모두 마치고 나오자 박사님과 소녀가 기다리고 있었습니다.

–오빠, 100점 받았지?

소녀가 말했습니다. 나는 고개를 끄덕이며 웃었습니다.

그날 저녁, 기도원의 식탁 위에는 박사님이 특별히 사 온 과자랑 빵, 음료수 등이 푸짐하게 차려져 있었습니다. 그때 나는 처음으로 박사님과 소녀, 원장님, 수녀님들, 그리고 아이들 모두가 모인 식당에서 나팔솜씨를 뽐낼 수 있었습니다. 내 나팔소리에 맞춰 모두 박수를 치며 즐거워했습니다.

그날, 내 나팔솜씨 자랑이 끝난 후, 박사님은 미리 사가지고 온 책 한 꾸러미를 주었습니다. 그것은 중학교 교과서와 참고서였습니다. 그 다음 날부터 나는 그 책으로 다시 공부를 시작했습니다. 가끔 모르는 것이나 잘 이해가 되지 않는 것은 원장님이나 수녀님들께 물어 보기도 했지만, 대부분은 나 혼자서 공부했습니다. 다시 한 해가 갔습니다. 그동안에도 나는 여전히 원장님과 수녀님들을 도와 아이들을 돌보았고, 내 나팔소리는 여전히 뒷동산에서 울려 퍼지고 있었습니다.

그리고 4월의 어느 일요일, 1년 전에 한 것처럼 다시 시험을 치렀습니다. 그 문제도 너무 쉬웠습니다. 시험을 마친 그날도 나는 모두가 모인 식당에서 나팔솜씨를 뽐낼 수 있었습니다. 물론 식탁 위에는 맛있는 특별 음식이 차려져 있었습니다. 내 나팔솜씨도 훨씬 더 좋아졌다고 모두가 칭찬했습니다. 그날도 박사님은 미리 사가지고 왔던 책을 주었습니다. 그 책은 고등학교 교과서와 참고서였습니다.

그 다음 날부터 나는 그 책으로 다시 공부를 시작했습니다. 이때부터는 나는 혼자서 공부를 했습니다. 그 책은 어려웠던지 원장님이나 수녀님도 모르는 것이 많았기 때문입니다. 그러나 차근차근 책을 반복해서 보면 모두 이해할 수 있었고, 나는 그런 공부가 너무 재미있었습니다. 내 생활도 여전히 변함없었고, 내 나팔소리 또한 여전히 뒷동산에서 울려 퍼졌습니다.

다시 1년이 지난 8월의 어느 무더운 여름날 일요일, 나는 박사님의 차를 타고 다시 학교에 가서 시험을 치렀습니다. 그 문제도 어렵지 않았습니다. 아마 틀린 답은 거의 없었을 것입니다. 그날 저녁에도 나는 특별 음식이 차려진 식당에서 한층 능숙해진 내 나팔솜씨를 뽐낼 수 있었습니다. 나팔소리는 이제, 마치 내 입에서 저절로 흘러나오는 것처럼 자연스럽게 울려 퍼졌습니다. 박사님과 원장님, 소녀와 수녀님들, 그곳에 있는 아이들, 모두가 즐거워서 손뼉을 치고 춤을 추었습니다. 말도 잘 못하고 제대로 움직이지도 못하는 아이들이 마냥 즐거워서 제각각 낼 수 있는 소리를 지르며 즐거워했습니다. 수녀님 한 분은 움직이지 못하는 아이의 휠체어를 끌면서 머리에 쓴 하얀 모자가 벗겨지는 줄도 모르고 빙글빙글 돌며 춤을 추었습니다. 나는 그때, 내가 다른 사람들에게 그런 기쁨을 줄 수 있는 사람이 되었다는 것이 너무도 자랑스러웠습니다.

그렇게 하여 나는 그곳, 소망기도원에서 있었던 4년 동안 초·중·고 검정고시를 모두 합격하였습니다. 그동안에 내가 한 공부만큼이나 내 키도 훌쩍 자라 있었고, 코 밑에는 거뭇거뭇 수염이 자라나고 있었습니다. 그날 밤, 축하파티가 끝나고 아이들 모두가 잠자러 간 후에도 나는 수녀님들과 함께 밤늦게까지 식당을 정리하였습니다. 일을 마친 후 원장님의 방 앞을 지나다가 마침 두 분이 방 안에서 나누는 대화를 엿듣게 되었습니다.

—저렇게 영민한 아이가 왜 말을 못 할까요?

원장님의 말이었습니다.

—글쎄 말이야.

박사님이 한숨을 내쉬듯이 말했습니다. 나를 두고 하는 말이구나. 나는 방문 앞에서 걸음을 멈추고 귀를 쫑긋 세웠습니다.

—이제는 저애를 더 이상 여기에 둘 수 없어요.

순간 나는 가슴이 덜컥 내려앉았습니다. 이제 나를 내보내려고 하는구나. 내가 말을 못해서? 이제 나는 어쩌나? 갑자기 눈앞이 뿌옇게 흐려졌습니다. 원장님의 다음 말이 흘러나왔습니다.

—이제는 박사님이 데려가세요. 지금까지 보셨겠지만, 얼마나 영민한 아이에요. 그냥 내버려 두기에는 너무 아까운 아이예요. 데려가서 더 훌륭한 인재로 키우세요. 여기에 있어봤자 애에게 무슨 도움이 되겠어요.

—이제 수능이 두 달밖에 남지 않았으니, 수능 때까지는 그대로 둡시다. 갑자기 환경이 바뀌면 안 되니까. 대학에 들어가는 걸 봐서 결정해도 늦지 않아요. 수능 때까지는 여기에 그대로 두고 공부만 열심히 하게 합시다.

나는 가슴을 쓸어내렸습니다. 나는 두 분이 눈치 채지 못하게 조용히 고양이 걸음으로 내 방으로 왔습니다. 두 분은 나를 대학에 진학시킬 얘기를 하고 있었던 것입니다. 내가 대학에 들어가면 박사님이 나를 이곳에서 데려갈 것이고, 그러면 나는 어쩜 다시 소녀와 함께 지낼 수도 있을 것 같았습니다.

나는 그해 11월에 있는 수능시험을 위해 남은 두 달을 정말 열심히 공부했습니다. 오직 소녀와 함께 있을 수 있다는 그 하나의 생각으로……. 그리고 그 다음해 1월, 나는 박사님이 교수로 재직하고 있던 K대학의 건축공학과에 수석으로 합격하였습니다. 그날, 기도원에서는 또 한 번 축하파티가 열렸습니다. 처음 만났을 때 아홉 살이었던 소녀는, 이제 바다로 보낸 내 동생 또래의 열네 살 사춘기 소녀로 훌쩍 자라있었습니다.

그날 밤, 파티가 끝난 후 모두가 잠든 뒤, 나는 내 분신과도 같은 트럼펫을 들고 혼자 기도원의 뒷동산으로 올라갔습니다. 1월의 한밤중, 꽁꽁 얼어붙은 날씨였습니다. 까만 하늘 가득이 무수한 별들이 성운을 이루어 흐르고 있었습니다. 나는 트럼펫을 입에 물었습니다. 느리게, 느리게, 연주하기 시작했습니다. 그 곡의 가사는 성경 구절(아가 4-9,10,11)을 다소 변형하여 내가 쓴 것이었고, 곡도 트럼펫을 부는 동안에 스스로 익힌 나의 자작곡이었습니다.

나의 누이 나의 신부여
그대는 내 마음 사로잡아
포도주보다 더 달콤한 그대의 음성
그대 단 한 번의 눈짓으로
우리는 서로 하나가 되니
오, 그대의 사랑은 얼마나 아름다운가!
나의 누이 나의 신부여
그대는 내 영혼 사로잡아
젖과 꿀이 흐르는 그대의 숨결
그대 목걸이 한 줄로

우리는 서로 하나가 되니

오, 그대의 사랑은 얼마나 향기로운가!

첫 번째 연주를 마시고, 다시 두 번째의 연주를 시작하는 순간, '다음에 올 때 오빠는 말할 수 있어야 해, 알겠지? 오빠 약속해.'라고 말하던 소녀의 목소리가 천둥처럼 귀청을 울렸습니다. 그 가느다란 새끼손가락을 내밀던 어린 소녀의 모습이 눈앞에 확 나타났습니다. 약속을 지키지 못했다. 새끼손가락을 걸고 다짐했던 그 약속을 지키지 못했다. 내 가장 소중한 사랑과 한 그 약속을 지키지 못했다. 그런 생각이 들자 미안함과 죄책감으로 걷잡을 수 없는 눈물이 흘렀습니다. 나는 차갑게 언 땅 위에 무릎을 꿇고 엎드렸습니다. 그리고는 트럼펫을 두 손으로 받쳐 들고, 양 팔꿈치 사이에 이마를 땅에 대고 간절하게 기도하기 시작했습니다.

—하늘에 계신 아버지, 주여. 당신의 이름을 간절히 부르나이다. 내게 다시 생명을 주셔서 감사합니다. 내게 다시 사랑을 보내주셔서 감사합니다. 은총이 가득한 주의 이름, 거룩한 주의 이름을 내 입으로, 이 닫힌 입으로 불러볼 수 있도록 해 주십시오. 주께서 내게 보내신 내 사랑의 이름을 내 입으로, 이 닫힌 입으로 한 번만이라도, 단 한 번만이라도 불러볼 수 있도록 해 주십시오. 이렇게 간절히 기도하나이다.

나는 이런 기도를 몇 번이나 드렸는지 모릅니다. 마치 주문을 외우는 것처럼, 언 땅 위에 엎드려 머리를 박고 계속 기도했습니다. 무릎과 이마가 언 땅에 함께 얼어붙는 줄도 모른 채 그렇게 간절히 기도했습니다.

얼마나 시간이 지났는지도 몰랐습니다. 내 기도는 끝없이 계속되고 있었습니다. 그런 한 순간, 갑자기 하늘의 별들이 소나기처럼 내 몸 위로 떨어지기 시작했습니다. 그 별이 빛의 화살이 되어 이마와 정수리로 꽂혀들기 시작했습니다. 그 빛이 머릿속에서 회오리바람처럼 꿈틀거리더니 전류처럼 혀끝으로 흐르기 시작했습니다. 그렇게 단단하게 굳어 있던 혀가 조금씩 움직이기 시작했습니다. 나는 혀를 움직여 박사님과 원장님이 소녀를 부르던 이름을 소리 내어 불러보았습니다.

—지, 지, 지, 지

안 돼, 조금만 더, 조금만 더.

—지이, 지이, 지이, 지이.

조금만 더, 조금만 더, 조금만 더 혀를 움직여 봐.

—지인, 지인, 지인, 지인.

드디어 내 사랑의 이름, 그 발음이 형체를 드러내며 힘겹게 입천장을 뚫고 터져 나왔습니다.

—진아, 진아, 진아, 진아, 진아, 진아.

혹시나 다시 끊어져 버릴까 봐 땅에 엎드린 채 무수하게 그 이름을 불렀습니다.

이제 된다. 부를 수 있다. 내 혀가 움직였다. 말과 소리를 위한 내 입이 열렸다. 너무도 가슴이 벅차 저절로 눈물이 흘렀습니다. 나는 땅에서 벌떡 일어났습니다. 그리고는 고개를 젖혀 하늘을 우러러보며 큰 소리로 반복하여 외쳤습니다.

—진아, 진아, 진아, 진아, 진아.

바로 그때였습니다.

—오빠가 말을 했어. 내 이름을 불렀어. 하느님께서 내 기도를 들어주셨어.

내 목소리가 아닌 다른 목소리 하나가 들렸습니다. 하늘을 우러러는 내 목소리보다 더 감격에 겨운 울먹이는 목소리였습니다. 그 소리는 처음에는 꿈속인 듯 몽롱하게 환청처럼 들렸습니다. 그러나 뒤돌아보니 그것은 꿈도 환상도 아닌 분명한 현실이었습니다. 그곳에 내 사랑, 소녀가 서 있었습니다. 회색 털목도리를 목에 칭칭 감고 두터운 밤색 점퍼를 입은 소녀가 별빛을 받으며 서 있었습니다. 소녀의 눈에서 흐르는 눈물이 별빛에 일렁이고 있었습니다. 소녀가 팔을 벌리고 뛰어와 와락 내 품에 안겼습니다. 그리고는 전율을 일으키듯 몸을 떨면서 장갑 낀 주먹으로 내 가슴을 토닥토닥 두드리며 다시 한 번 소리쳤습니다.

—오빠가 말을 했어. 내 이름을 불렀어. 하느님께서 내 기도를 들어주셨어.

나는 소녀를 꼭 껴안은 채 다시 한 번 하늘을 우러러보았습니다. 그때 나는 보지는 못했지만, 분명 느낄 수 있었습니다. 내가 소녀의 침대에 누워 무의식 속에서 바라본 그 빛, 그 빛의 근원에 존재하는지, 아니면 저 하늘 어딘가에 존재하는지는 모르지만, 이 우주를 창조한 전능자, 절대자, 하느님, 신, 그분의 실체를 분명히 느낄 수 있었습니다. 나는 그분의 위대한 은총에 감사하며 간절한 마음으로 이렇게 기도하고 있었습니다. 아니, 맹세하고 있었습니다.

하늘에 계신 창조주 아버지, 주여!
당신의 거룩한 이름으로 기도드립니다.
이렇게 큰 은총을 주셔서 감사합니다.
새 생명을 주셔서 감사합니다.

다시 보내 주셔서 감사합니다.

내 동생, 아니 내 사랑

이제는 그렇게 보내지 않겠습니다.

그 어느 누구도 해치지 못하게 하겠습니다.

제가 지키겠습니다.

제가 돌보겠습니다.

저의 이 맹세를 지킬 수 있도록 해 주십시오.

제가 이 맹세를 지키지 못하면,

오히려 저의 생명을 거두어 주십시오.

침입자

너 자신을 알고, 너 자신이 되는 법을 배워라.
너는 너 자신과 가장 가까운 친구가 되는 법을 배워야 한다.

—인디언 체로키 족의 가르침—

정부종합청사 법무부장관실

최형윤 장관의 비밀휴대전화가 울렸다. 쇠를 갈아내는 것 같은 건조한 목소리가 울려 나왔다. 홍정호 실장이었다.

—방금 강 회장으로부터 얘기를 들었습니다. 소장도 보았고요. 최 장관님께서도 소장의 내용을 보셨지요?

—예. 그러나 단순한 교통사고 손해배상 사건일 뿐입니다.

—그렇지 않다는 걸 장관님께서 더 잘 알지 않습니까? 소송을 한 그 여자, 유경준의 딸이라고 했지요. 그 여자가 뭔가 알아낸 것이 틀림없습니다.

—소장의 내용은 단지 추측일 뿐입니다.

—그렇게 간단하게 넘겨버릴 사안이 아닙니다. 소장에는 강 회장과 김 회장이 사주한 고의의 교통사고라고 했습니다. 유경준이 살해되었다고 했습니다. 장관님이 지금이라도 그 소송을 막지 못하면 부득이 우리 애들이 다시 나서게 될 것입니다. 불행은 한 번으로 족하지 않겠습니까?

서울 종로구 소재 강호빌딩 24층, 강호건설 회장실

전화를 받는 강진호 회장이 얼굴을 일그러뜨렸다. 홍정호 실장이었다.

―강 회장은 이 소송에 어떻게 대응할 생각입니까?

―조금 전에 박병우 변호사가 다녀갔습니다. 박 변호사의 말로는 단순한 교통사고 손해배상 사건이라고 했습니다. 이 소송과 관련된 문제는 박 변호사가 전담하여 처리하기로 했습니다. 정 안되면 돈 몇 푼 쥐어주면 되지 않겠습니까?

―아니, 강 회장도 최 장관과 꼭 같은 말을 하는 겁니까? 최 장관이 베를린으로 보내 버린 최상혁 검사가 사건을 다시 내사하고 있었습니다. 판사로 있던 유경준의 딸이 사표를 내고 낸 소송입니다. 그 딸이 단순히 돈 몇 푼 받겠다고 판사까지 그만두고 이런 소송을 제기했을 것 같습니까? 뭔가를 알아냈기 때문에 3년 전 일을 꺼낸 것이 아니겠습니까? 그러기에 그때 일을 확실히 했어야지. 그때 그 조교라는 놈이 살아있는 게 아닐까요?

―그놈이 살아있다면 왜 3년 동안이나 가만히 있었겠습니까? 윤 실장의 말로는 그놈은 그때 분명히 머리를 맞고 바다로 떨어졌다고 했습니다.

―그렇다고 시체가 발견된 것도 아니잖습니까?

―그렇긴 합니다만……. 조만간 박 변호사를 보내어 유경준의 딸을 만나 보도록 하겠습니다. 소송을 취하하는 조건으로 요구하는 돈을 줘서 입을 막아버리죠.

―그렇게 된다면야 더 이상 신경 쓰지 않아도 되겠지만, 만에 하나 무슨 일이 일어날지 모르니 밑에 있는 사람들 입단속부터 잘 시키세요.

—박 사장이나 윤 실장은 염려할 필요 없습니다. 그놈들은 제가 시키는 일은 목숨을 걸고라도 하는 놈입니다.

—어른께서 많이 우려하고 있습니다. 더 이상 문제가 커지지 않게 해야 합니다.

—알겠습니다.

서울 중구 소재 태성빌딩 5층, 태성건설 회장실

김형태 회장의 휴대전화가 울렸다.

—홍 실장입니다.

—예, 직접 전화까지 주시다니, 이거 정말 황송합니다.

—강 회장과는 잘 의논했을 줄 압니다.

—여부가 있겠습니까? 저야 뭐 강 회장님과 장관님께서 시키는 대로만 하겠습니다. 저 같은 무지렁이가 뭘 알아야지요.

—그게 더 걱정입니다. 밑에 있는 사람들 입단속 잘 시켜야 합니다.

—그런 걱정은 안 하셔도 됩니다. 제 놈들이 스스로 죽을 짓을 하겠습니까? 저는 오직 실장님께서 시키는 대로만 할 뿐입니다. 실장님을 위해서라면 제 목숨이라도 내놓겠습니다. 무엇이든지 시켜만 주십시오.

서울 서초동 소재 변호사 유휘진 법률사무소

오후 3시가 되었지만, 휘진은 여전히 송규원의 소설에 사로잡혀 있었다. 어젯밤, 「나팔 부는 아이」를 읽으면서, 그 소설이 단순히 작가의 상상만으로 이루어진 픽션이 아님을 알 수 있었다. 소설 속에 설정된

'소망기도원'은 바로 '성모 마리아의 집'이었고, 그 소설은 바로 그곳에서 있었던 박진욱과 그녀 자신의 얘기였다. 소설 속의 '소녀'는 바로 그녀였고, 소설 속의 주인공 '나'는 박진욱이라는 실명을 그대로 사용하고 있었다. 소설 속에 묘사된 '소녀'와 '나'의 만남, 어머니의 묘소, 바다, 갈매기 먹이주기 등 소설의 주요 장면은 지금도 그녀가 생생하게 기억하고 있는 실제 상황이었다.

휘진은 생각했다. 소설 속 주인공 '나', 박진욱, 소설에서처럼 만나 오누이처럼 가깝게 지낸 사람이었다. 친형제처럼 지냈기에 의식적으로 이성적 접근을 거부하고 있었지만, 그런 표면적 의지와는 달리 내면의 감정은 불쑥불쑥 이성의 여울을 넘나들기도 했다. 그러나 3년 전, 분명 아버지의 사고와 죽음을 알았을 텐데도 지금까지 소식조차 없는 사람, 그래서 더 야속한 마음에 지금도 가슴에는 애증이 교차하고 있는 사람, 특히 소설에 묘사된 것처럼, 박진욱이 실어증을 극복하고 다시 말문을 트던 그 겨울밤의 기억은 너무도 생생했다. 물론 소설 속에서 박진욱이 불렀던 '진아'라는 이름은 그녀의 이름을 지칭하는 것이었다. 첫 번째 소설 '나의 첫 번째 살인'은 생소한 얘기였지만, 그것은 바닷가에서 진욱을 발견하기 이전의 그의 불행한 과거가 분명했다.

박진욱에게 그런 처절한 과거가 있었다는 것을 생각하자, 휘진은 그동안에 품었던 반감이 일시에 사라지며 그때 그 차가운 겨울밤의 격렬한 감동에 사로잡히고 말았다. 그 때문에 뒤척이다 거의 눈을 붙이지 못하고 출근하였지만, 그녀는 오후가 되어서도 여전히 그 소설에 사로잡혀 있었다.

이런 소설을 쓴 송규원이라는 작가는 박진욱과 어떤 사이일까? 어쩌면 송규원이라는 소설가는 바로 박진욱 자신인지도 모른다. 혹시 다른 사람이라고 하더라도 박진욱이 송규원이라는 소설가를 통하여 자신과 그녀의 얘기를 소설의 형식으로 발표하고 있다. 그녀에게 메일을 보내는 사람도 박진욱이거나 분명 그와 관계가 있는 사람이다. 그렇다면 박진욱은 살아있다. 이제 분명해졌다. 박진욱은 아버지의 죽음의 비밀을 알고 있고, 이제 그녀를 통하여 그 비밀을 밝히는 일을 시작한 것이다.

—변호사님, 손님이 오셨습니다.

휘진이 생각에 잠겨 있을 때 노크소리가 들리면서 여직원이 문을 반쯤 열고 말했다.

—들어오시라고 하세요.

그녀의 말이 끝나자마자 낯익은 사람이 들어섰다. 훤칠한 키와 벌어진 가슴, 우뚝한 콧날, 서글서글한 눈매, 한눈에 보아도 미남형이었다. 그녀가 판사로 재직하고 있을 때 법정에서 몇 번 보았던 사람이었다.

—박병우 변호삽니다.

남자가 명함을 내밀며 말했다. 그러나 외모와는 달리 목소리는 마치 여자처럼 가늘었다. 명함에는 가로 첫줄에 '법무법인 정', 그 아랫줄에 '변호사 박병우'라고 새겨져 있었다. 박병우, 바로 이 사람이구나. 3년 전 아버지의 교통사고를 지휘한 검사, 허점투성이의 사고기록을 그대로 덮은 직무유기 검사. 그 사건 직후 검사를 사직하고 '법무법인 정'에 들어갔다고 했는데, 아버지의 사고에 이 사람도 개입된 것은 아닐까? 휘진의 가슴에서 모락모락 적개심이 피어오르기 시작했다.

—어서 오십시오. 아직 개업인사를 하지 못했습니다.

휘진이 솟아나는 적개심을 감춘 채 공손하게 말했다.

—강호건설 소송 건으로 왔습니다. 유 변호사님께서 제기한 그 소송

은 저희 법인에서 수임했습니다. 제가 담당변호사로 지정되었고요. 돌아가신 유 박사님 사건은 참으로 유감입니다. 강 회장님께서도 먼저 유감의 말씀을 전해달라고 하셨습니다.

—고맙습니다. 그런데 강호건설 소송 건이라면?

—예, 강 회장님께서는 유감의 말씀을 전하면서 사건의 경위를 떠나 유 변호사님께서 소송에서 청구하는 금액을 모두 지급하겠다고 하셨습니다. 소장의 내용을 보면 일부금으로 1억 원을 청구하고 있는데, 어느 정도의 금액이면 합의가 가능하겠습니까?

—미리 말씀드리지만 제가 이 소송을 제기한 것은 단순히 돈 때문이 아닙니다. 말씀은 고맙지만 저는 합의할 생각이 없습니다.

—그렇지만 이런 손해배상 사건은 결국에는 돈 문제로 귀착됩니다. 강 회장님께서는 회사의 이미지를 고려하여 이 문제가 소송으로 비화되는 것을 원치 않습니다. 그래서 소를 취하하는 조건으로 원고의 금전적 요구를 모두 들어주라고 하셨습니다.

—제 나름대로 신중히 결정하여 제기한 소송입니다. 강 회장님의 배려는 감사하다고 전해 주세요.

—다시 한 번 생각해 보시지요. 솔직히 말씀드리면 유 변호사님께서 이길 가능성은 전혀 없는 소송이지 않습니까?

그때까지 고분고분하게 말하던 박병우가 얼굴을 붉히며 언성을 높였다. 준수한 외모와는 달리 가느다란 목소리만큼이나 참을성이 없어 보였다.

—아직 해 보지도 않은 소송입니다. 왜 그렇게 단정적으로 말씀하세요.

—소송상 청구금액을 모두 주겠다고 하는데, 굳이 소송을 할 이유가 어디 있습니까?

–저는 돈보다도 제 아버님의 죽음의 진실을 원합니다. 그 진실이 밝혀지기 전까지는 저는 어떠한 경우에도 합의하지 않을 것입니다.

–정 그렇게 나오신다면 저희들은 원고의 청구금액을 공탁해 버릴 것입니다. 그러면 자연히 소는 기각될 수밖에 없지 않겠습니까?

–그런 문제는 그쪽에서 판단하십시오. 제가 관여할 사안은 아닌 것 같습니다.

–유감이군요. 그럼 저희 쪽에서도 대응할 준비를 해야겠군요. 혹시 생각이 바뀌면 언제라도 연락 주십시오. 그러나 너무 늦으면 우리도 합의할 생각은 없습니다.

박병우가 아니꼽다는 듯 경멸 섞인 눈초리로 그녀를 바라보며 시비조로 말했다.

–합의를 위해 연락할 일은 없을 것입니다. 그럼 안녕히 가십시오.

서울 종로구 소재 강호빌딩 24층, 강호건설 회장실

–합의할 생각은 전혀 없는 것 같았습니다.

회장실 책상 앞에 선 박병우가 무슨 죄라고 지은 것처럼 잠긴 목소리로 말했다. 호화로운 가죽 시트 의자에 등을 기대고 있던 강진호가 벌떡 일어나며 말했다.

–돈을 주겠다고 하는데도 말이오? 그 여자 제정신이야?

–자기 말로는 아버지의 죽음의 진실을 밝히기 위해 소송을 했다더군요.

–진실은 무슨 얼어 죽을 진실. 죽은 놈은 죽은 거지. 죽은 제 애비하고 꼭 같이 고집 센 계집이군. 그래, 박 변호사는 일을 어떻게 처리할 작정이오?

—이 사건은 단순한 교통사고의 손해배상 사건에 불과합니다. 그리고 모든 증거도 우리 쪽에 유리하게 되어 있습니다. 저희 로펌이 어떤 곳입니까? 이름만 들어도 쟁쟁한 법조인 출신들이고, 그 수만 해도 100명이 넘습니다. 더구나 아시다시피 이 나라 법조계의 수장인 법무부장관이 뒤를 봐 주고 있고요. 신출내기 판사 출신의 앳된 여자 변호사 하나 갖고 놀기란 쉽습니다. 너무 걱정 안하셔도 됩니다.

—그 말을 들으니 안심이오. 모든 법적인 문제는 박 변호사에게 일임하겠소. 판사를 매수하던 무슨 일을 하던 간에 돈에 구애받지 말고 일만 잘 마무리 지으시오. 우선 이것 가지고 가서 필요할 때 쓰시오. 나중에 모자라면 더 청구하고.

강진호가 검은 사각서류가방 하나를 박병우에게 건네며 말했다.

—알겠습니다. 그럼 저는 이만 물러가겠습니다.

박병우는 회장실을 나와 엘리베이터를 탔다. 엘리베이터에는 아무도 없었다. 그는 그동안을 참지 못하고 강 회장이 준 가방의 뚜껑을 살짝 열어보았다. 가방에는 만 원짜리 현금 다발이 차곡차곡 쌓여있었다. 얼핏 부피로 가늠해 보아 5천만 원 정도는 되어 보였다. 그는 속으로 쾌재를 불렀다. 부하에게 명령을 하는 것 같은 무례하고 건방진 강 회장의 태도가 메스껍기는 했지만 별것도 아닌 소송 한 건으로 회사의 공식적인 수임료 외에 온전히 제 호주머니에 채워 넣을 5천만 원을 받은 것이다. 이 돈이야 떡고물에 불과하지. 박병우는 앞으로 우려낼 돈 생각에 절로 콧노래가 흘러 나왔다.

소가 1억 원의 단순 자동차 손해배상 사건이었다. 대충 계산해 보니 원고가 나중에 청구취지를 확장한다하더라도 채 4억 원은 넘지 못할 것 같았다. 더구나 그 교통사고의 원인은 과거에 그가 조작해 놓았던 사건이었다. 인생은 새옹지마라더니, 그것이 딱 맞는 말이었다.

박병우가 사법시험을 합격하고 검사로 임용 받은 것은 단지 변호사 개업에 유리한 전관의 경력이 필요했기 때문이었다. 그가 바라본 세상은 오직 돈이 지배하는 세상이었다. 돈 앞에 비굴해지지 않는 사람을 보지 못했다. 돈에 연연하지 않고 고고한 척 하는 놈치고 위선자 아닌 놈이 없었다. 그들은 오히려 보이지 않는 곳에서 더욱 은밀하게 치부하기에 더 급급했다. 권력으로 할 수 없는 것도 돈으로는 할 수 있었다. 돈 앞에는 권력도 무력했다. 돈으로 권력도 살 수 있고, 돈이 없으면 권력도 유지될 수 없었다.

이런 생각을 가진 그는 애초부터 검사 생활을 오래할 생각도 없었지만, 그동안에도 검사 본연의 직무를 제대로 수행하려고 마음조차 먹지 않았다. 그가 맡은 대부분의 사건은 그에게 주는 뇌물의 액수에 따라 기소 여부가 결정되었다. 뇌물의 액수에 따라 결과가 상반되게 나오는 경우, 즉 가해자와 피해자, 고소인과 피고소인이 둔갑되는 경우도 더러 있었다. 사건의 당사자나 변호사가 돈을 줄 낌새가 보이지 않으면 오히려 그가 먼저 전화를 하여 은근히 손을 벌리거나 경우에 따라서는 노골적으로 강요하기도 했다.

이런 방법으로 5년 동안 검사를 하는 동안, 그는 꽤 많은 돈을 모았다. 그러나 꼬리가 길면 잡힌다고, 그가 결과를 조작한 사건의 고소인이나 피해자들이 연이어 상부에 진정을 했다. 그가 검사가 아니고 경찰공무원이나 일반 행정공무원이었다면 당연히 사법처리를 면치 못할 그런 사안이었다. 그 문제로 그는 지방으로 인사발령을 받았다. 제 식구 감싸기로 사법처리는 겨우 면한 좌천이었고, 그것이 4년 전의 일이었다. 그때 그는 검사를 사직하고 변호사 개업을 할까 고민했었다.

그러나 참기로 했다. 머리도 식힐 겸 지방으로 내려가 잠시 숨을 죽이고 있다가 다시 기회를 엿보기로 했던 것이다.

그런 그에게 전혀 예상하지 못한 행운이 하늘에서 뚝 떨어졌다. 그 지방의 관할에서 발생한 사소한 교통사고 사건 하나를 두고 서울에서 막강한 영향력을 행사하는 로펌의 대표변호사가 직접 제의를 해 왔던 것이다. 사실 그 사건은 그런 제의가 없었더라도 그는 경찰 의견 그대로 수사를 종결해 버릴 생각을 하고 있었다. 머리를 식힐 겸 지방으로 내려와 있는 마당에 일부러 사건을 복잡하게 파헤쳐 골머리를 싸맬 이유가 전연 없었던 것이다. 그런데 그 대표변호사의 제의는 이제까지 그가 피라미 사건으로 긁어모은 돈을 합친 것보다 더 큰 액수였고, 사건 처리가 끝나고 그가 원하기만 한다면 그 로펌의 구성원변호사로 영입하겠다는 파격적인 제안이었다. 망설일 이유가 없었다. 그가 할 일도 없었다. 사건은 이미 경찰에서 조작되어 있었고, 그는 그 조작 흔적을 모른 채 눈감아 주기만 하면 되었다. 사건의 진실이 어떤 것인지에 대한 관심은 물론이고, 경찰이 그것을 어떻게 조작한 것인지에 대해서는 더욱 관심을 갖지 않았다. 단지 그는 경찰의 수사기록 중 논리적으로 눈에 띄게 오류가 있는 몇 군데의 자구를 수정했을 뿐이었다. 지방으로 좌천된 것이 그에게는 생각지도 못한 행운을 가져다주었고, 인생사 새옹지마란 말은 바로 이것을 말하는 것이었다.

이 손해배상 소송에 그가 담당변호사로 지정된 것은 그 연장선에 있었다. 법무부장관으로 입각하여 형식적으로는 대표변호사를 사임했지만, 최 장관은 여전히 로펌의 실질적인 오너였다. 최 장관이 직접 법인의 다른 변호사들을 배제하고 그에게만 이 사건을 전담하도록 했던 것이다. 그가 현직에 있을 때 처리한 형사사건을 퇴임 후의 민사소송에서 담당변호사가 되는 것이 변호사법 위반의 소지가 있지만, 만약 그것이 문제가 된다면, 그때 가서 담당변호사를 사임하면 될 것이었다. 물론 그렇게 한 이유는 3년 전 그가 한 일 때문이었다. 이제 그는 마음만 먹으면 로펌 내의 다른 변호사들이 알지 못하게 얼마든지 제 잇속을 챙길 수 있었다. 지금 그가 들고 있는 가방의 돈도 온전히 그의 개인 호주머니에 들어갈 돈이라는 사실에 그는 절로 신이 났다.

3년 전 그 교통사고의 진실이 무엇인지, 강 회장이나 최 장관이 그 사건에 어떻게 연루되어 있는지는 아직 모르지만, 두 사람의 태도에 비추어 이 사건의 뒤에는 밝혀져서는 안 될 비밀이나 음모가 있는 것이 분명했다. 그것은 3년 전 최 장관이 그에게 제시한 파격적인 제안으로 충분히 짐작할 수 있었다. 3년 전에는 일을 건성으로 처리하느라 그것을 알지 못했고, 알려고 하지도 않았지만, 이제 그 비밀이나 음모에 숨겨진 그들의 약점은 고스란히 그의 수중에 들어온 것이나 다름없었다. 그는 이 약점을 무기로 활용하여 최 장관을 압박하여 로펌 내 자신의 위상을 단단히 구축해야 한다고 생각했다. 또한 강 회장은 물론이고, 공동피고 중 한 사람인 김형태 회장도 그의 한마디 말에 죽는 시늉까지 해야 할 것이었다. 그런 상상에 빠져들자, 그는 마치 하늘을 날 것 같은 기분이 들었다.

이 소송의 주요 쟁점이 될 교통사고의 원인은 사망자의 전방주시의무 소홀이었고, 그는 이 부분에 대한 경찰의 수사기록 중 논리에 어긋나는 부분을 그때 이미 손질까지 해 둔 상태였다. 비록 얼마 전 최상혁 검사가 그 사건을 다시 내사하고 있었지만, 최 검사는 이미 독일로 보내버린 뒤였다. 이런 상태에서 3년이 지난 지금에 와서 원고가 당시의 수사기록을 뒤집을 수는 없을 것이었다. 절대적으로 피고 측에 유리한 소송이었다. 일부러 지고 싶어도 질 수가 없는 사건이었다. 설사 피고가 지게 될 낌새라도 보이면, 강 회장을 부추겨 원고가 청구하는 금액을 공탁해 버리면 그뿐이었다. 그야말로 땅 짚고 헤엄치는 사건, 머리 썩힐 일도 없고, 그저 소일삼아 법정에 몇 번 출석하기만 하면 될 그런 사건이었다. 강 회장의 말대로 판사에게 로비를 할 필요도 전혀 없었다. 단지 로비를 한다는 구실로 가능한 한 많은 돈을 우려내면 될 것이었다. 이렇게 별것 아닌 소송에 강 회장이 예민하게 반응하는 모습이 오히려 신기하게 보였다.

돈 많은 족속들일수록 그저 법이라면 벌벌 떤다니까. 박병우는 자기가 변호사라는 사실에 무한한 긍지를 느꼈다. 생각 같으면 원고의 손해배상 청구금액을 계산하여 공탁을 하고 곧바로 소송을 끝내버려도 될 것 같았다. 그러나 이런 사건일수록 일부러 질질 끌면서 어려운 척해야 한다. 그래야 열심히 일을 한다는 생색을 낼 수 있고, 또 그동안에 어떤 구실이라도 붙여 좀 더 많은 돈을 우려낼 수 있다. 그는 벌써부터 사건 생각보다는 어떻게 돈을 우려낼까 하는 생각에 골몰해 있었다.

강호빌딩을 나온 박병우는 은행에 들러 가방에 든 돈을 그만이 아는 차명계좌에 입금했다. 그리고는 사무실로 돌아와 형식적인 답변서를 작성하여 법원에 제출하도록 했다.

2○○○가단34○○○호 손해배상(자)

답 변 서

사 건 2○○○가단34○○○호 손해배상(자)
원 고 유휘진
피 고 (주)강호건설 외 3

위 사건에 관하여 피고들 소송대리인은 다음과 같이 답변합니다.

청구취지에 대한 답변

1. 원고의 청구를 모두 기각한다.
2. 소송비용은 원고의 부담으로 한다.
라는 판결을 구합니다.

청구원인에 대한 답변

1. 소장에 언급된 망 유경준의 사망 원인은 자동차 운행 중 전방주시의무 소홀이라는 본인의 과실에 의한 것입니다. 따라서 원고의 청구는 이유 없습니다.

2. 나머지는 원고의 입증 정도에 따라 대응하고자 합니다.

2○○○. ○○. ○○.
피고들 소송대리인
법무법인 정
담당변호사 박병우

서울중앙지방법원 민사○○단독 귀중

* * *

막 퇴근한 휘진은 오피스텔 현관문의 비밀번호를 눌렀다. 문을 열고 안으로 들어서자 현관문의 자동점등 장치가 고장이 났는지 불이 들어오지 않았다. 어둠 속에서 뭔가 이상한 냄새가 풍기는 것 같았다. 현관문을 닫고 오른쪽 벽에 있는 거실의 전등 스위치를 올렸다. 순간 그녀는 얼어붙은 듯 그대로 멈춰서고 말았다. 전면 장식장 위에 놓여있던 TV 수상기가 거실 바닥에 떨어져 박살이 나 있었고, 그 주위로 깨진 유리잔 조각과 사기 그릇 파편이 널려있었다. 그녀는 놀라 벌어진 입을 손으로 막은 채 잠시 멍하니 서 있었다. 다리가 후들거렸다. 도둑이 들었던 것일까? 구두를 신은 채로 조심스럽게 거실을 가로질러 안방 문을 열고 스위치를 올렸다.

–악!

그녀는 외마디 비명을 질렀다. 너무 놀라 하마터면 그 자리에 풀썩 주저앉을 뻔했다. 천장 중앙 전등에 무언가가 달려 있었다. 배가 갈라져 창자가 흘러내린 동물의 시체였다. 고양이였다. 바닥에는 피가 흥건했다. 그녀는 오른손으로 벽을 짚고 후들거리는 다리를 겨우 지탱했다. 그리고는 뒷걸음으로 멈칫멈칫 거실을 나와 현관문을 열고 복도로 나왔다. 너무 무서워도 눈물이 나오는 것일까? 덜덜 떨리면서 저절로 눈물이 흘렀다. 침착해야 해. 그렇게 속으로 말하면서도 여전히 덜덜 떨었다. 떨리는 손으로 휴대전화를 꺼내어 영준의 전화번호를 눌렀다. 신호음이 가는 소리를 들으며 빠른 걸음으로 엘리베이터를 향해 걸었다.

—여보세요. 유 변호사님, 어쩐 일이십니까?

영준의 활달한 목소리가 흘러나왔다.

—영준 씨, 무서워요. 집으로 좀 와 주세요.

그녀가 울음에 잠겨 기어들어가는 목소리로 말했다.

—잘 안 들립니다. 무슨 일이 있어요? 크게 말씀 좀 해 주세요.

—무서워요. 지금 제 오피스텔로 빨리 좀 와 주세요.

여전히 울먹이는 소리로 말했다.

—무슨 일이 생겼습니까? 알았습니다. 아무것도 손대지 마시고 그대로 계세요. 지금 좀 멀리 나와 있는데, 최대한 빨리 가겠습니다. 늦어도 한 시간 내로는 가겠습니다.

사고를 직감한 영준의 서두르는 목소리가 크게 울렸다. 전화를 끊은 그녀는 엘리베이터를 타고 1층으로 내려와 오피스텔 건물을 빠져나왔다. 건물 안에 있으면 공포영화에 나오는 것처럼 죽은 고양이 귀신이 그녀를 덮칠 것 같았다. 침착해야 해. 침착해야 해. 그녀는 주문을 외는 것처럼 속으로 계속 중얼거리면서 오피스텔 건물을 빙빙 돌며 걸었다. 몇 바퀴를 도는 동안에 어느 정도 마음이 가라앉았다. 엘리베이터 앞 계단 입구에 앉아 영준을 기다렸다. 전화에서 말한 대로 거의 한 시간이 다 되어서야 영준의 모습이 나타났다.

—많이 기다리셨죠. 퇴근시간이라 차가 좀 막혔습니다.

영준이 앞장서고 그녀가 뒤를 따라 다시 방으로 들어섰다. 거실을 둘러보고 안방의 광경을 본 영준이 눈살을 찌푸리며 말했다.

—어떤 놈이 이런 짓을 했어. 이건 또 뭐야?

영준이 고양이 다리에 유리테이프로 감겨 부착되어 있는 메모 쪽지에 적혀있는 글을 눈으로 읽으며 말했다.

'더 이상 접근하지 마라. 그렇지 않으면 이 꼴이 될 것이다.'

섬뜩한 협박성 문구였다. 너무 놀란 나머지 그녀가 미처 보지 못한 것이었다.

—우선 현장을 보존하고 경찰을 부르겠습니다.

영준이 말했다. 그러나 이제는 휘진도 냉정해져 있었다. 그녀는 냉정하게 상황을 분석해 보았다. 단순한 도둑이 아니다. 누굴까? 고양이를 죽여 매달아 놓고 경고문을 붙여 놓은 것은 그 고양이처럼 그녀를 죽일 수도 있다는 협박이다. 접근하지 말라고? 낮에 박병우 변호사가 다녀갔었다. 소송을 말하는 것이 분명했다. 아버지의 죽음에 대한 진실에 더 이상 접근하지 말라는 경고이고, 합의를 하든가 소를 취하하라는 메시지라는 생각이 들었다. 집안의 상황으로 보아 침입자는 일부러 물건을 깨뜨린 것이고, 그렇다면 그들이 누구인지 현장에 단서를 남기지도 않았을 것이다. 상황을 인식하게 되자, 머리는 더욱 명료해졌다. 이제까지 겁에 질려 있던 마음이 오히려 분노로 끓어 오르기 시작했다. 그 분노가 분출되어 전신을 팽팽하게 긴장시키며 두려움을 밀어내었다. 경찰에 신고한다는 것은 일을 더 복잡하게 만들 뿐이라는 생각이 들었다.

—아니에요. 신고해봤자 아무 소용도 없을 것 같아요. 이런 짓을 할 사람이면 단서를 남기지도 않았을 거구요. 우선 집안부터 정리하게 좀 도와주세요.

휘진이 차분하게 말했다. 그녀는 집안을 차근차근 살펴보기 시작했다. 거실과 안방뿐만 아니라 서재로 사용하는 작은 방도 난장판이 되어 있었다. 서재의 책상 위에 있던 컴퓨터 모니터는 화면이 부서진 채 박살이 나 있었고, 책상 아래 놓여있던 컴퓨터 본체도 케이스가 열린 채 바닥에 나뒹굴고 있었다. 그녀는 우선 거실의 깨진 그릇이며 유리를 치웠다. 영준이 안방 천장 전등에 매달린 고양이 시체를 수습하고 바닥의 피를 닦아내었다. 서재에 흩어진 책들도 하나하나 정리했다.

—없어진 물건이 있는지 확인부터 해 보시죠.

실내를 정리한 영준이 말했다. 만약 소송과 관련된 일이라면 그 자료들이 없어졌을 것이다. 휘진은 서랍 속에 넣어둔 바인더 노트를 살펴보았다. 역시 예상대로였다. 바인더 노트가 통째로 사라지고 없었다. 거기에는 처음 받았던 발인신이 기재되어 있지 않았던 편지, 차형일로부터 받은 스키드마크가 찍힌 사진, 통영지청에서 복사해 온 수사기록 등 이제까지 수집한 증거들이 모두 들어 있었다. 이로써 침입자의 목적은 명백해졌다. 휘진은 바닥에 나뒹굴고 있는 컴퓨터 본체를 살펴보았다. 컴퓨터의 하드디스크에는 이제까지 정리한 자료들이 저장되어 있었다. 그녀가 직접 작성하고 스캔을 하여 동영상으로 저장해 둔 자료였다. 사건에 대해 상혁과 주고받은 의견도 정리되어 있었다. 이 자료들이 침입자에게 넘어가면 그들은 소송을 제기하기까지 그녀에게 일어난 일들을 속속들이 알게 될 것이었다. 컴퓨터 본체의 하드디스크가 보이지 않았다.

—최검에게 알리는 것이 좋을 것 같습니다.

집안을 모두 정리한 영준이 말했다.

—아니에요. 알리지 마세요. 상혁 씨가 안다면 당장 사표를 내고 귀국하려고 할 거예요. 그러면 서로에게 도움이 되지 않아요. 상혁 씨는 검찰에 남아있어야 되요.

그녀가 차분하게 말했다.

—혼자 있어도 괜찮겠습니까?

고양이 시체와 깨지고 부서진 물건들을 버리고 돌아온 영준이 걱정스럽게 말했다.

—이제 괜찮습니다. 영준 씨 고마워요. 그들이 나를 정말 해치고자 했다면 고양이 시체를 매달지는 않았겠지요. 걱정하지 마시고 이제 돌아가세요.

처음 겁에 질려 눈물까지 흘리던 그녀가 아니었다. 조약돌보다 더 단단한 알갱이가 가슴에 자라나 있었다. 영준이 돌아가고 난 후 휘진은 갖고 다니는 노트북을 열고 메일에 글을 올렸다.

오늘 집에 누군가가 침입하여 컴퓨터를 파손하고 하드디스크와 이제까지 수집한 증거자료를 모두 훔쳐가 버렸습니다. 그들은 소송을 중단하라고 협박을 하고 있습니다. 이제 어떻게 하면 되나요? 도와주세요.

다음 날 받은 답변 메일.

하드디스크가 없어졌다면 이제 이 메일은 폐쇄시키겠다.

연락할 방법은 새로 전달될 것이다.

거대한 벽

소리가 울리기 위해서는 공간이 있어야 한다.
텅 빈 마음의 자리에는 그 어떤 억압도 감정도 없다.
지상의 가장 아름다운 소리는 이와 같은 텅 빈 마음의 자리에서 저절로 우러난다.

서울 종로구 소재 강호빌딩 24층, (주)강호건설 회장실

—이것을 한 번 보십시오.

등을 보이고 선 박홍길이 들고 있던 서류꾸러미에서 종이 한 장을 강진호의 책상 위에 올려놓으며 말했다. 그것은 휘진이 받은 발신자가 적혀 있지 않은 편지였다. 박홍길의 옆에는 윤경호가 서 있었다. 편지를 읽은 강진호가 말했다.

—이게 뭔가?

—그 계집의 바인더 노트에서 발견된 쪽지입니다.

—아버지라니? 설마 유경준이 살아있는 것은 아니겠지?

—그럴 리가 없습니다. 유경준의 시체는 다음 날 차 안에서 발견되었습니다.

—그러면 이 '아버지가'라는 말은 무엇인가?

—아무래도 아버지를 빙자하는 다른 놈이 있는 것 같습니다.

—그놈이 누굴까? 설마 그 조교 놈은 아니겠지?

—그놈은 제 스패너에 머리를 맞고 다리 아래로 떨어졌습니다. 그렇게 떨어진 놈이 살아있을 리가 없습니다.

윤경호가 말했다.

—시체가 발견되지는 않았잖아. 아냐, 그놈이 살아있어. 놈이 살아있다면 문제가 심각해. 유경준의 가방 속에는 계약서도 없었고, 만약 그놈이 살아있고, 계약서 원본을 가지고 있다면 큰일이야. 그 계집의 컴퓨터에는 뭐가 들어 있었어?

—소송 자료와 이제까지 메일로 주고받은 글이 있었습니다. 문제는 이 편지와 차형일이라는 보험사에서 일하는 놈으로부터 시작된 것 같습니다. 다행히도 최상혁 검사가 결정적인 증거를 찾아내지는 못했습니다. 이제 최 검사가 없으니 그것은 걱정하지 않아도 될 것 같습니다. 자세한 내용은 이 서류에 모두 들어 있습니다.

윤경호가 뭔가 큰 것을 알아내기라도 한 것처럼 자신 있는 표정으로 어깨를 으쓱하며 말했다.

—그보다도 유경준이처럼 그 계집도 미리 없애버리죠?

박홍길이 성가시다는 듯 툭 던지는 투로 말했다.

—아니야. 그 계집에게 이런 짓을 하는 놈을 찾기 전에는 안 돼. 그때까지는 계집을 미끼로 활용해야 돼. 도청을 하든, 미행을 하든, 무슨 수를 써서라도 이놈부터 찾아. 먼저 이놈을 찾아 없앤 후에 계집을 처치해야 해.

—알겠습니다.

윤경호가 허리를 숙이면서 말했다.

—그리고 태성의 김형태 말이야. 아무래도 무슨 수작을 부리고 있는 것 같아. 이 일을 빌미로 우리 강호건설을 통째로 삼키려고 하고 있

어. 병신새끼들에게 앵벌이를 시켜 돈을 번 그 양아치 새끼가 간이 부어도 단단히 부은 모양이야. 태성의 양아치 새끼들이 수작을 부리면 가차 없이 처단해 버려. 이 강진호를 배신하는 대가가 어떻다는 것을 똑똑히 보여주란 말이야. 기껏 공사를 주어 키워주었더니, 이것들이 주인을 넘보고 있어. 주인을 무는 개는 사정없이 죽여 버려야 해. 알았어?

—예.

윤경호가 제식훈련을 받는 사병처럼 차렷 자세를 취하며 말했다. 그 옆에서 박홍길이 고개를 돌리고 피식 웃었다.

서울중앙지방법원 민사단독법정 ○○○호실

휘진이 제기한 소송의 변론준비기일.

손주일 판사: 2○○○가단2○○○○호 손해배상(자) 원고 유휘진, 피고 강호건설 외 3

원고 유휘진과 피고들의 대리인 박병우 변호사가 원, 피고석에 섰다.

박병우: 원고의 소장은 청구취지가 특정되지도 않았고, 청구원인 사실도 불분명합니다. 먼저 이 부분이 특정되어야 합니다.

손주일 판사: 원고의 소장의 청구원인이 너무 포괄적입니다. 피고의 피용자 중 누구의 어떤 행위가 어떤 과실에 해당하는지 분명히 해 주십시오. 그리고 피고 강진호와 김형태에 대한 청구원인 사실도 명확하게 특정해 주십시오.

유휘진: 그 부분에 대해서는 준비서면을 제출하도록 하겠습니다.

손주일 판사: 입증은 어떻게 할 것인가요?

유휘진: 먼저 교통사고 수사기록에 대한 문서송부촉탁신청과 SH보험사에 대하여 문서제출명령을 신청합니다.

손주일 판사: 어떤 부분에 대한 입증입니까?

유휘진: 경찰의 수사기록과 보험사의 조사기록을 비교하여 피고의 과실을 입증하도록 하겠습니다.

손주일 판사: 피고는요?

박병우: 피고도 같이 신청합니다.

유휘진: 그리고 원고의 증인으로 SH보험 경남지사 보상팀장 차형일을 증인으로 신청합니다. 당시 사고 후 현장을 실사한 사람입니다.

박병우: 피고의 증인으로 윤경호, 고광준, 김희철을 신청합니다. 당시 사고의 직접당사자로서 피고의 무과실을 입증할 것입니다.

손주일 판사: 기록이 법원에 도착한 후 원, 피고는 미리 주장 및 쟁점을 정리한 준비서면을 제출해 주시기 바랍니다. 변론기일은 이런 모든 절차가 진행된 후 추후 지정하겠습니다.

법정에서 사무실로 돌아온 박병우는 곧바로 최형윤 장관에게 전화를 걸었다.

—원고가 수사기록의 문서송부촉탁 신청을 하고 보험사에 대하여 문서제출 명령을 신청했습니다. 그리고 보험사 직원 차형일을 증인으로 신청했습니다. 우리는 윤경호, 고광준, 김희철을 증인으로 신청했습니다.

—수사기록이야 걱정할 것 없지만, 보험사 기록이 문제가 되겠군. 강 회장에게 직접 가서 상황을 설명하고 별도의 지시가 있을 때까지 경거망동하지 않도록 주의를 주게. 보험사 기록은 내가 조치하겠네.

—알겠습니다.

박병우는 곧바로 강호건설로 갔다. 강진호가 그를 기다리고 있었다.

—아직 염려하실 필요는 없습니다. 문서송부촉탁 기록은 오히려 우리 쪽에 유리한 증거입니다. 문제는 그 보험사 직원이 조사한 자료인데, 이 문제는 장관님께서 직접 조치를 하겠다고 하셨습니다. 그러니 회장님께서는 다른 생각 마시고 부디 자중하고 계셔야 한다고 당부하셨습니다.

간밤에 내린 비가 오염된 먼지를 말끔하게 씻어낸 모양이었다. 새벽공기가 상쾌했다. 아파트 유리창에 반사되는 아침햇살이 눈부셨다. 이유를 알 수 없이 뭔가 좋은 일이 생길 것 같은 기분 좋은 아침이었다. 차형일은 아파트를 나와 SH화재해상 경남지사 사무실로 출근하여 막 양복 윗도리를 벗어들었다. 그때 기다리고 있었다는 듯이 책상 위의 전화기가 울렸다.

—예, 차형일 팀장입니다.

—본사 법무실의 하성준 실장입니다.

어감만으로도 잔뜩 분기가 올라있음을 감지할 수 있었다. 무슨 일이 생겼구나. 집을 나설 때의 기분 좋은 예감은 오늘도 사무실에 도착하자마자 여지없이 박살나고 말았다. 그는 갑자기 목이 움츠러드는 기분을 느꼈다. 이어지는 하 실장의 목소리가 송곳처럼 고막을 찢으며 달려들었다.

—3년 전 유경준 박사의 교통사고 기록이 그곳에 있지요?

—예.

—그 기록을 모두 가지고 지금 즉시 항공편으로 본사 법무실로 오세

요. 기록 중 하나라도 빠뜨리면 안 됩니다. 차 팀장이 직접 조사한 기록을 모두 포함해서요. 시간이 촉박하니 곧바로 준비하여 오도록 하세요.

–예. 그런데 무슨 일로……?

–와 보면 알게 됩니다.

풀 죽은 형일의 말이 채 끝나기도 전에 하 실장이 말을 자르며 일방적으로 전화를 끊고 말았다.

유 박사의 일 때문인 것만은 분명한데, 무엇이 잘못된 것일까? 유 박사의 사고기록을 모두 가지고 오라니? 3년 전 그때도 법무실장은 이해할 수 없는 조치를 했었다. 형일은 항공편을 알아보고는 서둘러 기록을 챙겨 사무실을 나섰다. 김해공항에서 김포공항에 도착하여 본사에 도착한 시간은 오후 1시경이었다. 하 실장이 기다리고 있다가 의례적인 인사말조차 없이 대뜸 언성을 높여 추궁하기 시작했다.

–이미 종결된 사건을 왜 다시 조사했습니까? 그 일은 3년 전에 내가 덮어 두라고 말하지 않았습니까?

–예? 그게 좀……, 이상한 메일을 받았습니다.

–메일이라니요?

–예, 유경준 박사의 교통사고가 교통사고를 가장한 살인이라고 했습니다.

–뭐라고요? 그리고요?

–진실의 열쇠는 경추골 골절흔에 있다고 했습니다.

–누가 보낸 메일이었나요?

–모릅니다. 단지 '목격자'라는 아이디가 있었을 뿐입니다.

–그 메일을 받고 다시 그 사고를 조사했어요?

—예, 하도 이상한 메일이라서 당시의 사고 파일을 보았습니다. 그리고 당시 유 박사님의 경추골 X선 필름을 판독해 봤습니다.

—결과는요?

—비틀림 골절이라고 했습니다. 일반적인 교통사고에서는 나타날 수 없는 비틀림 골절흔의 전형적인 현상이라고 했습니다.

—이런 얘기를 다른 누구에게 한 적 있나요?

—서울중앙지법의 유휘진 판사님께 했습니다. 유경준 박사님의 딸입니다.

—나 이거 참, 유 판사 외에 다른 사람은 없었나요?

하 실장이 어이없다는 표정을 지으며 탄식을 하고는 다시 물었다.

—예, 그런데 무슨 문제라도 생겼습니까?

—내가 덮으라고 했는데, 왜 다시 들춰내 문제를 자초합니까? 그런 일이 있으면 먼저 보고부터 해야지, 왜 보고도 하지 않고 마음대로 일을 처리합니까?

하 실장이 다시 분통을 터트렸다.

—저는 회사를 위해서 했습니다. 메일의 말대로 그것이 정말 살인이라면 보험금을 다시 회수할 수도 있고…….

—집어치워요. 회사를 위해서 했다는 그 일 때문에 지금 회사가 얼마나 곤경에 빠졌는지 알기나 하세요? 이제부터 이 사건은 아예 언급조차 하지 마세요. 가지고 온 기록은 이것이 전부입니까?

—예, 이것이 제가 현장에서 찍은 사진이고, 이것은 유 박사의 경추골 골절흔 X레이 필름입니다.

—이 필름은 어떻게 구했습니까?

—저, 그게 저…….

그는 그때서야 하 실장이 왜 그렇게 화를 내는지 어렴풋이 짐작했다. 그 필름은 그가 불법으로 수집한 것이었다. 형일은 그것이 문제가 된 것이라고 지레 짐작했다.

—유휘진 판사라고 했나요? 이 필름도 주었습니까?

—아닙니다. 필름은 주지 않고 그냥 얘기만 했을 뿐입니다.

—다행이군.

하 실장이 일어서며 혼자 중얼거리듯 말했다. 그리고는 정수기로 가 물을 한 잔 따라 마시고는 돌아와 눈에 힘을 주고 쏘아보며 말했다.

—그 유휘진 판사가 사직을 하고 변호사 개업을 했습니다. 그리고 소송을 냈습니다. 차 팀장을 증인으로 신청했고요. 소송에서 분명히 그 X선 필름이 문제가 될 것인데, 그것을 차 팀장이 불법으로 얻었다는 사실이 알려지면 어떻게 되겠어요.

—유 판사님은 그 때문에 저희들에게 절대 피해가 가지 않도록 하겠다고 약속했습니다.

—이렇게 순진한 사람을 봤나. 그 말을 믿어요? 유 판사, 아니 유 변호사가 설사 그렇게 하고 싶어도 피고가 가만 놔두겠어요? 우리 회사에서 불법으로 증거를 수집했다는 사실이 드러나면 어떻게 되겠어요. 차 팀장이 형사처분을 받을 수도 있어요. 앞으로 차 팀장은 이제까지 있었던 일에 대하여 일체 입을 다무세요. 이 사건을 다시는 거론해서는 안 됩니다. 증인으로 출석하지도 마세요. 이 말이 무슨 뜻인지 알겠지요? 그리고 혹시 메일을 보낸 사람이 다시 메일을 보내거나 연락을 해 오면 즉시 나에게 알리세요.

—알겠습니다.

—일이 잘못되면 차 팀장과 내가 모두 책임을 져야 합니다. 회장님

이 직접 전화를 하여 노발대발했단 말입니다. 우리 두 사람 목이 달려 있어요. 아시겠어요.

–예.

–이 기록들은 모두 여기에 두고 가세요. 내가 알아서 할 겁니다. 그리고 앞으로 유 변호사나 다른 사람이 이번 소송일로 차 팀장을 찾더라도 일체 응하지 마세요. 법원에서 증인소환장이 오더라도 응하면 안 됩니다. 설사 구인장이 발부되더라도 말입니다.

–알겠습니다.

형일은 반쯤 얼이 나간 채 휘청거리며 법무실을 나왔다. 마치 저승 문턱까지 갔다가 돌아온 기분이었다. 서울역에서 마산행 무궁화호 열차를 타고서야 겨우 갈피를 잡은 형일은 곰곰 생각해 보았다. 메일은 유 박사의 교통사고가 살인이라고 했다. 그것이 사실이라면 회사에서는 오히려 죽기 살기로 그것을 밝히고자 해야 마땅하고, 그것이 보험사 본연의 의무다. 그런데도 회사는 법무실장까지 나서서 오히려 이를 은폐하려 하고 있다. 도무지 이해할 수 없는 일이 벌어지고 있다. 하 실장은 겉으로는 그가 불법으로 획득한 유 박사의 X선 필름을 문제 삼고 있지만, 근본적인 이유는 다른 곳에 있는 것이 분명했다. 보험금을 지급하지 않기 위해서라면 불법한 수단이라도 은연 중 이를 묵인하거나 오히려 보다 적극적인 불법행위까지도 조장하는 회사가 아닌가. 이런 문제로 담당자를 본사까지 오라고 하지는 않는다. 통상 그렇듯이 만약 이런 일이 문제가 되면 선량한 회사(?)의 지시나 사규를 어긴 불량한 실무담당자(?)가 그 책임을 지면 될 뿐이었다. 하 실장이 감추고 있는 문제가 어떤 문제인지는 모르지만, 그 이상한 메일을 받은 후 소박한 정의감과 공명심에서 행한 일이 본사 법무실장에 나아가 그룹의 총수인 회장까지 직접 나설 정도로 일파만파로 확대될 것이라고는 꿈에도 생각하지 못했다. 에라, 모르겠다. 일개 말단사원인 내가 뭘 할 수 있어. 시키는 대로 할뿐이지. 항상 그렇듯이 그는 회사라는 거대한 기계의 작은 부속품 중 하나일 뿐이다. 법무실장의 말마따나 아직 모가지가 붙어 있는 것이 다행이라 여겨야 할 판이다.

형일은 자조 섞인 웃음을 지으며 좌석을 뒤로 젖히고 벌렁 누워 잠을 청했다. 그가 탄 무궁화호 열차가 마산역에 도착하려면 족히 다섯 시간은 더 갇혀 있어야 할 것이다.

그 시각, 하성준 법무실장이 누군가와 통화를 하고 있었다.

–하 실장입니다. 자료는 모두 확보했습니다.

–모두 폐기해 버려. 법원에서 제출하라고 해도 그런 자료가 없다고 통보해. 그리고 차형일이라고 했나? 혹시 모르니 그 친구는 외국으로 보내버리고 일이 끝날 때까지 불러들이지 마. 이런 일에는 멀찌감치 피해있는 것이 상책이야.

–알겠습니다.

* * *

휘진은 먼저 변론준비기일에서 신청한 문서송부촉탁신청을 했다. 이것은 당시 교통사고를 수사한 검찰의 수사기록을 재판이 계류 중인 법원으로 보내 달라는 신청이었다. 다음으로 그녀는 SH화재해상에 대한 문서제출명령신청을 했다. 이것은 차형일이 조사하여 SH화재해상에서 보관하고 있는 조사 자료를 법원에 제출하라는 공식적인 명령신청이었다. 그리고 보험회사 직원이었던 차형일에 대한 증인신청서와 증인신문사항** 을 작성했다.

증인 차형일에 대한 신문사항

1. 증인은 2○○○. 12. ○○. 당시 SH보험 경남지사에 근무하고 있었고, 지금도 같은 지사에 근무하고 있지요?

2. 증인은 2○○○. 12. ○○. 경남 통영시에 있는 신거제대교에서 발생한 서울 09도 ○○○○호 소나타승용차(이하 '사고차량'이라 한다)가 사고를 낸 원인에 대해 조사한 사실이 있지요?

3. 사고차량이 사고를 낸 다음 날 오후, 증인은 사고 현장에 가서 현장의 상태를 정밀 실측하고, 당시 운전사들을 만나 사고 경위에 대해 조사한 사실이 있지요?

** 법원 실무상 증인신청서에는 증인의 인적사항과 증인을 통하여 입증할 증언의 요지를 기재하고, 이 증인신청서에 증인신문사항을 첨부하여 법원에 제출한다. 법원은 제출된 증인신문사항 부본을 상대방 당사자에게 송부하여 상대방이 반대신문을 통하여 방어준비를 할 수 있도록 한다. 대리인(변호사)이 있는 경우, 상대방 대리인에게 미리 증인신문사항을 교부하고, 상대방 대리인이 이를 수령했다는 증명으로 '부본 영수인'을 받아 제출하도록 하고 있다.

4. 증인은 당시 사고차량의 앞을 운행하던 컨테이너차량 운전사 김희철, 사고차량의 뒤를 따르던 트럭 운전사 윤경호, 그리고 사고차량의 측면을 추돌한 레미콘차량의 운전사 고광준을 만난 사실이 있지요?

5. 위 사람들 중 컨테이너차량의 운전사 김희철은 사고 당시 상황에 대하여 어떻게 말했나요?

6. 트럭 운전사 윤경호는 당시 사고 상황에 대하여 어떻게 말했나요?

7. 레미콘차량의 운전사 고광준은 사고 당시 상황에 대하여 어떻게 말했나요?

8. 증인은 당시 사고 현장 도로면에 나타난 스키드마크를 실측하고, 사고차량에 의해 부서진 난간의 상태 등을 정밀 촬영한 사실이 있지요?

9. (이때 갑 제9호증의 1 이하 각 사진을 증인에게 제시하고)

가. 이 사진은 당시 사고 현장에서 증인이 직접 촬영한 것이지요?

나. 이 사진 속의 스키드마크는 증인이 실측한 것이지요?

다. 이 스키드마크는 사고 당시 제일 앞서가던 컨테이너차량의 스키드마크였지요?

라. 당시 사고 현장에 망 유경준의 승용차를 추돌한 트럭의 스키드마크는 없었지요?

10. 따라서 김희철, 윤경호, 고광준이 말한 사고 상황이라면, 스키드마크는 앞서가던 컨테이너차량에서 생길 수는 없고, 급정거를 한 트럭에서 생겨야 하지요?

11. 증인은 언제부터 SH보험사에서 근무하였나요?

12. SH보험사에서 증인이 한 업무는 교통사고를 분석하고 그 사고에 따른 당사자의 과실을 측정하여 보험금을 지급하는 보상업무였지요?

13. 당시 사고를 조사한 증인은 사고운전사 윤경호, 고광준, 김희철의 진술이 사고현장 상황과 일치하지 않는 점을 발견하였지요?

14. 당시 증인이 발견한 일치하지 않는다고 하는 점은 구체적으로 어떤 것이었나요?

15. 기타신문사항

증인신문사항에서 차형일이 판독해 보았다는 X선 필름에 대하서는 일부러 언급하지 않았다. 차형일에게 피해를 주지 않겠다고 한 약속을 지키기 위해서였다. X선 필름이 신문사항에 포함되면 어쩔 수 없이 그 필름의 출처에 대한 반대신문이 있을 것이고, 그렇게 되면 차형일이 난처해질 것이다. 굳이 차형일로부터 입증하지 않더라도 X선 필름은 부검기록의 문서송부촉탁을 통하여 합법적으로 입수할 수 있고, 비틀림 골절흔의 흔적은 그 필름에 대한 적법한 의료감정을 통하여 입증할 수 있을 것이다.

–변호사님, 택배가 왔습니다.

휘진이 신문사항의 작성을 막 끝냈을 때, 여직원이 택배로 온 종이상자를 들고 들어왔다. 상자의 중간에 붉은 매직으로 쓴 '본인친전'이라는 글자가 눈에 띄었다. 상자에 적힌 보낸 사람의 이름을 보았다. 유휘진? 이상했다. 보낸 사람의 이름을 받는 사람으로 잘못 적은 것인가? 받는 사람의 이름을 보았다. 유휘진! 종이상자는 그녀가 그녀에게 보낸 것으로 되어 있었다. 순간 지난 번 오피스텔에서 받은 택배가 생각났다. 휘진은 직감적으로 바로 그 사람이 보낸 물건이라는 느낌이 들었다.

상자 안에는 통영지청에서 복사해 왔던 수사기록과 차형일에게서 받은 스키드마크가 나와 있는 현장 사진 등 침입자가 가져가 버린 물건이 모두 들어 있었다. 그러나 그것은 원본이 아니고 컴퓨터에서 출력한 복사본이었다. 그때서야 그녀는 수집한 모든 자료들을 스캔하여 메일에 올려놓았다는 생각을 했다. 메일을 보낸 사람이 그녀가 스캔하여 올려놓았던 자료들을 출력하여 다시 보내온 것이 틀림없었다. 상자 바닥에 물건을 보낸 사람이 쓴 작은 메모 쪽지가 있었다.

도난당한 수사기록과 자료를 출력하여 보낸다.

ID=fortrue7508

SECRET NUMBER=KJT2895

휘진은 처음 메일을 폐쇄시키고 연락할 방법을 새로 전달하겠다던 마지막 메일의 글을 떠올렸다. fortrue7508. 진실을 위하여? 그녀는 곧바로 새로운 아이디의 메일을 열었다. 그러나 메일은 텅 비어 있었다.

휘진은 곧바로 준비서면을 작성하기 시작했다. 문서송부촉탁신청을 하고, 문서제출명령신청을 한 것은 침입자가 그 자료들을 가져가 버렸기 때문이었다. 만약의 경우를 대비하여 다시 찾은 이 자료만이라도 미리 법원에 증거로 제출할 필요가 있었고, 그것이 안전하다는 생각이 들었다.

2○○○가단26○○○호 손해배상(자)

준 비 서 면

사 건 2○○○가단26○○○호 손해배상(자)

원 고 유휘진

피 고 (주)강호건설 외 3

위 당사자 간 2○○○가단26○○○호 손해배상(자) 사건에 관하여 원고는 다음과 같이 변론을 준비합니다.

다 음

1. 문서송부촉탁 기록

－갑 제9호증의1 이하 24

가. 갑 제9호증의 1 이하 24 각 서증은 창원지방법원 통영지청 2○○○형제23○○호 피의자 윤경호, 고광준, 김희철에 대한 도로교통법위반 사건의 수사기록입니다. 이 기록에 의하면 망 유경준은 사고 장소(신거제대교)에서 그 소유의 차량을 운행 중 전방주시 소홀로 김희철이 운행하는 컨테이너차량을 뒤에서 추돌한 과실로 사망한 것으로 나타나고 있습니다.

나. 그러나 이와 같은 판단의 근거는 윤경호 이하 가해자들의 일방적 진술에 의한 것이고, 객관적인 증거는 오히려 피고들의 사주에 의한 가해자들의 고의적인 살인이었습니다. 이하에서는 이러한 살인의 점에 대하여 살펴봅니다.

2. 김희철, 윤경호, 고광준의 각 진술조서

－갑 제9호증의 7, 8, 9

가. 김희철의 진술조서(갑 제9호증의 7)

김희철은 위 도로교통법위반 사건의 연쇄 추돌사고(이하 '이 사건 사고'라 한다)에서의 컨테이너차량의 운전사입니다. 그는 '…(중략)… 이따금씩 승용차가 흔들렸습니다. 아마 그 차의 운전사가 술을 마신 것 같았습니다. 그러한 상태에서 거제대교에 이르렀는데, 갑자기 승용차가 속도를 내더니 제 차를 들이받았습니다. 아마도 그 차는 직선도로인 다리 위에서 제 차를 추월하려다가 부주의로 그만 추돌사고를 일으킨 것 같습니다. …(중략)… 충돌 후 제가 차를 멈추고 있는데, 뒤에서 다시 차가 충돌하는 소리가 연이어 두 번 들렸습니다. 제가 차를 멈추고 차에서 내리면서 뒤를 돌아다보니 승용차가 난간을 부수고 다리 아래로 추락하고 있었습니다.'라고 진술하고 있습니다.

나. 윤경호의 진술조서(갑 제9호증의8)

윤경호는 이 사건 사고에서 망 유경준의 차량을 뒤에서 추돌한 트럭 운전사입니다. 그는 '…(중략)… 저는 승용차의 뒤에서 정상운행하고 있었는데, 이따금씩 승용차가 흔들렸습니다. 저는 그때 승용차의 운전사가 술을 마셨거나 졸음운전을 하고 있다고 생각했습니다. 그러한 상태에서 거제대교에 이르렀는데, 갑자기 승용차가 속도를 내더니 앞차를 들이받으며 멈추었습니다. 그래서 저는 놀라 이중 추돌을 피하기 위하여 급브레이크를 밟았는데, 차가 미끄러지면서 그만 승용차와 추돌하고 말았습니다. 제 차가 가까스로 멈추는 순간, 제 차 뒤에 있던 레미콘차량이 승용차의 옆을 들이받으면서 승용차가 난간을 부수고 다리 아래로 떨어졌습니다.'라고 진술하고 있습니다.

다. 고광준의 진술조서(갑 제9호증의9)

고광준은 망 유경준의 차의 측면을 추돌하여 유경준의 차가 바다로 추락하게 된 직접적인 원인을 제공한 레미콘차량의 운전자입니다. 그는 '…(중략)… 이러한 상태에서 거제대교에 이르렀는데, 갑자기 승용차와 컨테이너차량이 추돌하면서 제 앞에서 트럭이 급제동을 했습니다. 저는 트럭과 추돌을 피하여 위하여 핸들을 좌측으로 급히 틀어 중앙선을 침범하여 가까스로 추돌을 면했습니다. 그런데 갑자기 반대차선에서 차가 오는 바람에 이를 피하려고 다시 핸들을 우측으로 꺾었는데, 이때 그만 트럭에 부딪혀 튕겨 나오는 승용차를 들이받고 말았습니다.'라고 진술하고 있습니다.

라. 소결

(1) 위 세 사람의 진술을 토대로 사고 당시 상황을 정리하면 사고 경위는 다음과 같습니다.

(가) 사고 당시 음주상태였던(?) 망 유경준은 사고 지점에 이르러 전방주시를 소홀히 한 결과 김희철이 운전하던 앞선 컨테이너차량을 추돌하였다.

(나) 이때 마침 그 뒤를 운행하던 트럭 운전자 윤경호가 이중 추돌을 피하기 위하여 급제동을 하였으나 불가항력으로 유경준의 차의 후미를 추돌하였다.

(다) 한편 윤경호의 차의 후미를 운행하던 레미콘차량 운전자 고광준은 중앙차선을 넘어 윤경호의 차와 추돌을 피하였으나, 이때 마침 반대 차선에서 마주 오는 번호 불상의 차와 추돌을 피하기 위하여 원래의 차선으로 복귀하는 과정에 유경준의 차의 측면을 추돌하였고, 이 추돌로 말미암아 유경준의 차는 바다로 추락하였다.

(2) 그리고 이러한 상황은 위 세 사람의 진술이 일치하고 있는 점에서 사실인 것처럼 보입니다. 그러나 결론적으로 이 세 사람의 진술은 허위입니다. 이하에서는 이에 대하여 항을 바꾸어 살펴봅니다.

3. 조작된 기록입니다(진술조서의 허위성)

가. 도로 현장 사진(갑 제10호증)

이 사진은 SH화재해상보험(주) 경남지사 보상팀장인 차형일이 이 사건 직후 사건(도로)현장을 촬영한 것입니다. 그리고 이 사진 속의 도로에 나타난 스키드마크는 김희철이 운행한 컨테이너차량의 스키드마크입니다.

나. 문서송부촉탁 기록 중 현장 사진

한편 문서송부촉탁으로 신청한 이 사건 사고의 수사기록 중 사고현장을 촬영한 도로의 현장사진(갑 제10호증 도로현장 사진의 장소와 같은 장소에서 촬영한 사진이다)에는 사고차량의 스키드마크가 나타나지 않습니다. 이것은 곧 이 사건 사고에 대한 수사가 누군가의 사주(피고2. 강진호와 피고4. 김형태의 사주로 추정된다)에 의하여 조직적으로 은폐, 축소되었다는 것을 의미합니다. 따라서 위 세 사람의 진술에 의존한 수사기록의 판단은 신뢰할 수 없습니다.

4. 사고를 가장한 살인입니다.

가. 위와 같은 증거에 의하여 사고 당시 상황을 재현해 보면, 위 세 사람의 진술조서에 나타난 3대의 차량 중에서 사고 당시 급제동을 한 차량은 윤경호의 트럭입니다. 따라서 사고현장에는 윤경호의 트럭에 의한 스키드마크가 나 있어야 논리에 부합합니다. 그런데 갑 제10호증 도로 사진에 나타난 스키드마크는 오히려 김희철의 컨테이너차량에 의하여 생긴 스키드마크입니다. 이러한 사실은 위 세 사람의 진술이 허위라는 사실을 나타내는 단적인 증거입니다. 즉 이 사건에서의 사고는 경찰이나 검찰의 판단과 같이 망 유경준이 전방주시 소홀로 김희철의 컨테이너차량을 추돌한 것이 아니라 유경준의 앞에서 진행하던 김희철이 의도적으로 급제동을 하였고, 이 급제동에 유경준의 차량이 덩달아 급제동을 하자 뒤따르던 윤경호가 어떤 제동행위도 하지 않고 의도적으로 유경준의 차량을 추돌했다는 것을 의미합니다. 레미콘차량의 운전사 고광준이 중앙선을 넘었다가 유경준 차량

의 측면을 추돌한 것도 유경준의 차량을 바다로 추락시키기 위한 의도적인 행위였습니다. 따라서 이들 세 사람은 유경준을 살해한 공범입니다.

나. 이와 같이 이 사건 사고에 대한 경찰 및 검찰의 판단은 논리적으로 설명되지 않습니다. 원고의 이러한 주장에 대하여는 증인 차형일과 위 세 사람(고광준, 김희철, 윤경호)에 대한 증인 신문 후 추가 증거를 제출하겠습니다.

5. 추가 증거

–망 유경준의 경추골 골절흔에 대한 X선 필름

가. 아직 확인되지는 않았지만, 망 유경준의 부검조서에 첨부되어 있는 경추골 X선 필름에 나타난 골절흔이 전후, 또는 측면의 추돌사고로 인한 단순골절이 아니라, 비틀림에 의한 골절흔이라면, 이것은 원고의 주장을 뒷받침하는 보다 확실한 증거가 될 것입니다. 그 이유는 수사기록에 나타난 상황과 같은 추돌사고로 인한 경추골 골절은 전후, 또는 좌우의 단순골절 형태로 나타나고 비틀림 골절의 형태로 나타날 수 없기 때문입니다.

나. 경추골의 비틀림 골절흔은 누군가가 의도적으로 목을 비틀어 살해할 경우에 나타나는 골절흔입니다. 그런데 만약 망 유경준의 골절흔이 이러한 비틀림 골절흔의 전형적인 모습을 하고

있다면, 이것은 곧 위 세 사람 중 누군가가 또는 위 세 사람 이외의 다른 공범이 고광준의 레미콘차량에 의하여 측면을 추돌당한 후 차 속에 갇혀 있던 망인의 목을 비틀어 살해하였다는 것을 의미합니다. 위 세 사람 중의 한 사람이거나 또는 위 세 사람 이외의 다른 공범이 망 유경준을 자동차 사고로 가장하여 목을 비틀어 살해한 후에 이를 은폐할 목적으로 차와 함께 바다로 추락시킨 것입니다.

다. 이를 입증하기 위하여 원고는 망 유경준의 부검조서에 대한 문서송부촉탁신청과 그 조서에 첨부된 망인의 경추골 X선 필름에 대한 감정신청을 하겠습니다.

입증방법

1. 갑 제9호증의 1 (형사피의사건 기록) 표지
1. 2 이하 24 각 (같은 기록) 내용
1. 갑 제10호증의 1 내지 7 각 사진(사고현장 도로 및 유경준의 인양 차체)

2○○○. ○. ○○.

원고 유휘진

서울중앙지방법원 민사○○단독 귀중

부검조서의 X선 필름에 나타난 경추골 골절흔이 전형적인 비틀림 골절흔일 것으로 예상된다고 한 것은 차형일을 보호하기 위해서였다. 차형일이 이미 X선 필름을 판독해 보았고, 그 결과가 비틀림 골절흔의 전형적인 모습이라는 사실을 준비서면에서 밝힌다면, 결국 차형일이 불법으로 X선 필름을 수집했다는 사실이 드러날 것이기 때문이었다.

준비서면의 작성을 모두 마쳤을 때는 이미 퇴근시간이 다가와 있었다. 휘진은 새로운 아이디의 메일을 열었다. 그리고 글을 올렸다.

자료를 보내주셔서 감사합니다. 며칠 전, 첫 재판이 열렸습니다. 저는 보험사 직원 차형일을 증인으로 신청하였고, 피고는 세 사람의 운전사를 모두 증인으로 신청하였습니다. 그리고 오늘 첨부파일과 같이 차형일에 대한 증인신문사항과 준비서면을 작성하였습니다. 검토해 보시고 당신의 견해와 다른 점이 있다면 알려 주십시오. 당신은 아버지의 사고를 살인이라고 했습니다. 그들은 왜 아버지를 살해하였나요? 그들의 살인을 입증할 추가 증거가 필요합니다. 당신이 가진 다른 증거가 있으면 보내주시기 바랍니다.

다음 날, 올라온 메일.

준비서면은 올바르게 작성되었다.

다음 증인으로 경찰관 박홍길을 증인으로 신청할 것.

필요한 자료와 증거는 소송에서 필요한 시기에 맞춰 보내겠다.

메일을 확인한 휘진은 곧바로 준비서면을 출력하여 법원에 접수시키도록 했다.

서울 종로구 소재 강호빌딩 24층, 강호건설 회장실

–한마디로 소설에 불과합니다. 아무 증거도 없이 살인 운운하는 이런 준비서면을 믿을 재판부는 없습니다. 걱정하지 않으셔도 됩니다.

강진호의 우측 소파에 앉은 박병우가 휘진이 제출한 준비서면을 탁자 위에 내려놓으며 말했다.

–증거로 붙은 그 사진이 컨테이너의 것이라고 하지 않소? 이거 일이 잘못되어 가는 것은 아니요?

강진호가 박병우의 자신만만한 태도를 믿을 수 없다는 듯이 말했다.

–컨테이너에서도 스키드마크는 생길 수 있습니다. 뒤에서 추돌하는 소리를 듣고 급히 브레이크를 밟을 수도 있지 않습니까?

–그 경추골 사진이라고 하는 것은 또 어떻게 됩니까?

–사고 당시에 승용차는 앞과 뒤, 측면 세 곳에서 충격을 받았습니다. 실제로 비틀림 골절이 생긴 것인지도 알 수 없지만, 설사 그런 골절흔이 있다고 하더라도 세 번이나 있었던 충격 과정에서 비틀림 골절이 생길 수도 있지 않겠습니까? 이 부분에 대해서는 전문가의 소견을 받아 법원에 제출할 것입니다. 염려하지 않으셔도 됩니다.

–내가 살인을 사주했다고 하는데, 이런 터무니없는 주장을 명예훼손으로 고소할 수는 없습니까? 이렇게 살인자로 몰려도 가만있어야 되는가 하는 말이오.

–회장님의 심정은 충분히 이해하고도 남습니다. 그러나 단지 민사소송상의 주장 사실만으로 형법상 명예훼손으로 고소하기란 어렵습니다.

–하 참, 이런 짓거리에도 내가 참아야 한다니. 그 계집 도대체 미친년 아니요. 돈을 준다는 데도 마다하고, 생사람을 살인자로 몰아붙이고.

—송구스럽습니다.

박병우는 자기가 무슨 잘못을 저지른 사람처럼 고개를 숙였다.

—그것보다도 그 계집이 낸 증인신문사항 말이오. 차형일인가 뭔가 하는 그 보험사 놈이 법원에 나와 그 사진에 대해 증언하면 어떻게 되는 거요.

—그것도 크게 염려하실 필요는 없습니다. 직접 사고를 목격한 자도 아니고, 그의 증언도 단지 추정에 불과할 뿐 직접적인 증거는 되지 못합니다. 제일 좋은 방법은 차형일이 증언하러 나와서 오히려 우리에게 유리한 증언을 해 주는 것이지만, 그것은 기대할 수 없겠지요. 원고의 반대신문을 버텨내지 못할 것입니다. 그래서 그 문제는 이미 저희들이 조치를 해 놨습니다.

—어떤 조치를 해놨다는 말이오?

—증언을 해야 할 때쯤이면 그자는 외국에 가 있을 겁니다.

—외국에 있으면 부르지 못합니까?

—그렇지는 않습니다. 아마 원고는 구인장을 발부해서라도 끝까지 차형일을 소환해 달라고 할 것입니다. 그러나 외국에 있다는 핑계로 나가지 않으면 됩니다.

—그렇다고 언제까지 버틸 수는 없는 일 아니요?

—그렇긴 하지만 그 문제는 제가 알아서 조치하겠습니다.

—알겠소. 아무쪼록 법적인 문제는 박 변호사에게 일임하겠소. 그래, 뭐 내가 도와주어야 할 일은 없소? 부담 갖지 말고 말해 보시오.

박병우의 눈이 반짝 빛났다. 이 순간을 기다린 것이다.

—예. 그 엑스레이 필름과 관련해서 말입니다. 이 사고와 같은 경우에도 비틀림 골절이 생길 수도 있다는 전문가의 소견을 받기 위해서

는 의사 몇은 구워삶아야 할 것 같습니다. 그래서 말인데…….

—알겠소. 내 준비해 놓겠소.

—감사합니다. 그럼 가보겠습니다.

박병우가 일어나 허리를 깊숙하게 숙이고는 방을 나갔다. 그때 강진호의 휴대전화가 울렸다. 발신자 표시를 본 강진호가 눈살을 찌푸렸다. 홍 실장이었다. 금속성의 목소리가 울렸다.

—강 회장도 그 준비서면을 보셨겠지요?

—예, 그러나 박 변호사는 걱정하지 않아도 된다고 했습니다.

—무슨 그런 한가한 소리를 하는 거요. 살인의 공범이라고 했습니다. 마치 3년 전 일을 훤히 들여다본 것처럼 얘기하고 있습니다. 그때 죽이지 못했던 그 조교 놈이 살아있거나 또 다른 놈이 뒤에 있는 것이 분명합니다.

—그 계집의 뒷조사를 하고 있습니다. 조만간 그놈을 찾아낼 것입니다.

—그보다 당장 그 보험사 놈은 어떻게 할 작정이오?

—박 변호사와 장관님이 조치를 취해 놓았다고 하니까 걱정하실 필요는 없을 것 같습니다.

—어떤 조치를 취했다고 합니까?

—그놈은 외국으로 보낼 것이라고 했습니다.

—돌아가는 사정을 보니, 그 보험사 놈은 분명 그 조교 놈과 한패일 것 같은데, 그런 놈이 외국에 있다고 해서 제 할 짓을 못하겠어요? 후환거리는 미리 없애버립시다. 더 이상 싹이 자라기 전에. 그 조교라는 놈과 유경준의 딸에게 보여주기 위해서라도 말입니다.

—그 말씀은?

—참, 이렇게 말귀가 어두워서야. 입을 영원히 봉하려면 어떻게 해

야 되겠습니까?

서울 서초동 소재 변호사 유휘진 법률사무소

—변호사님, SH보험사에 문서제출명령 신청한 것 말입니다.

이성호 사무장이 휘진의 방으로 들어와 말했다.

—예, 기록이 왔던가요?

—아닙니다. 기록이 도착하지 않아 보험사에 알아보니, 이미 그 기록은 폐기하고 없다고 합니다.

—그럴 리가 없는데? 차형일 씨가 협조해 주기로 했는데요.

—차형일 씨와도 연락이 되지 않습니다. 휴대전화도 바뀌었고, 메일도 없어져버렸습니다. SH보험 경남지사에 연락해 보니, 차형일 씨는 일주일 전부터 출근하지 않는다고 합니다. 직원들도 이유를 모른다고 합니다.

—그럼 증인소환장을 받았는지도 모르겠네요?

—법원에 알아보니 증인소환장이 소재불명으로 반송되어 왔다고 합니다. 차형일의 개인 주소지로 다시 송달해 달라고 하겠습니다.

—예, 그렇게라도 해야 할 것 같네요.

적극적으로 협조를 하겠다고 약속한 차형일이었다. 휴대전화와 메일이 바뀌었고, 출근조차 하지 않는다니. 휘진은 보이지 않는 거대한 벽을 마주 보고 선 느낌이 들었다.

저기 노란 꽃을 꺾어 와

저기 저 계곡을 보라. 이제 저곳에는 꽃이 없다.
향기도 없다. 바람도 없다.

박홍길은 디젤 코란도를 몰고 마산으로 가고 있었다. 그 차는 그의 차가 아니었다. 고속도로나 다른 방범 카메라에 포착되어도 그의 존재가 드러날 수는 없었다. 그 차 뒷좌석 뒤 짐칸에는 불법으로 입수하여 개조한 사냥총과 낚시장비가 실려 있었다. 차가 남해고속도로 서마산 IC에 이르자 날은 이미 어두워져 있었다. IC를 벗어난 그는 차를 마산 어시장 쪽으로 몰았다. 어시장의 해안도로 근처에 미리 봐두었던 한 허름한 모텔 주차장에 차를 주차한 그는 방 하나를 예약했다. 방범 CCTV도 없었고, 창밖으로 선착장이 보이는 곳이었다. 이 방을 예약한 것은 숙소로 삼기 위해서가 아니라 오늘밤 선착장에 나타날 그놈을 기다리기 위해서였다. 차를 주차해 둘 장소도 필요했다.

서울에서 다섯 시간 넘게 운전을 해 온 그는 다소 피곤했다. 어디 가서 소주라도 한 잔 해야 할 것 같았다. 그는 객실 열쇠를 호주머니에 넣은 채로 다시 해안도로로 걸어 나왔다. 해안도로를 따라 즐비하게 늘어선 횟집들 앞 도로에는 포장마차 형식의 간이의자와 탁자가 백열

등 아래 늘어서 있었다. 간이의자에는 삼삼오오 사람들이 앉아 생선회와 장어구이를 안주로 소주잔을 기울이고 있었다. 퇴근시간 직후라 오가는 사람도 많았다. 그가 가게 앞으로 걸어가자 횟집 종업원들이 호객행위를 하며 매달렸다. 그는 한 종업원에 이끌려 왁자지껄 손님들로 붐비는 가게 앞에 비치된 간이의자에 앉았다. 해안을 따라 축대를 쌓은 해안도로 아래의 바다는 오염된 검은 물로 번들거렸다. 폐유가 번져 있는 수면은 짓물러 터진 버짐 같았다. 그는 생선회 한 접시와 소주를 시켰다. 이제부터 그는 그림자가 되어야 했다. 그가 마산에 내려온 흔적은 절대 남기지 않아야 했다. 경찰관이었던 그는 경찰의 수사수법을 잘 알고 있었다. 이곳 마산에서 흔적 없이 일을 마치고 그림자처럼 사라져야 하는 것이다. 이런 번잡한 곳이 오히려 더 좋다. 그림자는 이런 번잡한 곳에서는 드러나지 않는 법이다. 많은 손님들 사이에 낀 그를 다른 손님이나 종업원이 눈여겨보지는 않을 것이다.

그는 검은 바다를 바라보며 연속으로 담배 두 개비를 피워 비어 있는 위벽을 니코틴으로 도색했다. 이윽고 종업원이 주문한 생선회 안주와 소주를 가져왔다. 그는 소주병을 따서 안주도 먹지 않고 연거푸 몇 잔을 따라 마셔 위벽의 니코틴을 씻어 내렸다. 그동안 비어 있던 위장이 허기진 듯 소주를 흡수하자 이내 얼굴이 화끈거리며 아련하게 취기가 올랐다. 그는 불빛에 일렁이는 검은 바다를 바라보며 생각했다. 지금까지 모두 세 번째, 그는 이제 네 번째의 살인을 앞두고 있었다. 앞으로 몇 사람을 더 죽여야 할까? 그러나 그는 어떤 죄의식도 느끼지 못했다. 그에게 살인이란 중독성 강한 마약 같은 것이었다. 처음에는 몰랐으나 살인을 하는 과정에서 느끼는 그 미묘한 스릴과 긴장은 지금도 의존하고 있는 필로폰의 쾌감에 못지않았다. 그는 자신도 모르게 은연중 살인의 쾌감에 중독되어 있었다.

첫 번째 살인, 그 희생자는 4년 동안 사귀었던 그의 첫 번째 여자였다. 어릴 적부터 공부보다는 운동에 소질을 보였던 그는 초등학교 때부터 태권도와 유도를 하였고, 그 덕분에 태권도 특기생으로 대학에 입학하였다. 대학 2학년 때, 태권도부 후배의 소개로 그 여자를 알게 되었다. 같은 학년의 미대생이었다. 그가 좋아하는 스타일의 치렁치렁한 생머리에 굴곡진 몸매가 선명하게 드러나는 꽉 끼이는 청바지를 입고 있었다. 그는 첫눈에 그 여자에게 빠지고 말았다. 조물주가 자신을 위해 특별히 그 여자를 만들어 점지해 준 것 같은 느낌이 들었다. 빨리 내 것으로 만들지 않으면 다른 놈이 채 가고 말 것이다. 조바심이 사고를 일으키고 말았다. 어느 날, 그의 감언이설에 속아 체육관의 탈의실까지 따라온 여자의 아랫배를 후려쳐 기절시킨 후 그는 바로 여자를 범했다. 겨우 깨어난 여자를 다시 범하고, 저항하는 여자를 또 다시 범했다. 여자의 반항은 그의 성욕을 자극하는 촉진제일 뿐이었다. 그 이후, 여자는 그의 성노리개가 되었다. 죽음의 공포를 동반하는 그의 집요하고 잔인한 폭력 앞에 여자는 어떤 저항도 하지 못했다. 1년 동안 체육관에서 운동으로 보내는 시간보다 그 여자와 함께 뒹구는 시간이 더 많았다. 그러한 그가 대학 3학년 때 국가대표 선발전에서 탈락한 것은 당연했다. 그러나 그는 그 사실을 받아들일 수 없었다. 그는 홧김에 해병대에 지원하였다. 군대에서 그는 사격에도 탁월한 재능을 보였다. 제대 후, 그가 제일 먼저 한 일은 여자에게 전화를 거는 일이었다. 그러나 여자는 전화를 받지 않았다. 그동안 졸업을 한 여자는 이미 다른 사람의 약혼녀가 되어 있었다. 그는 국가대표 선발전에서 탈락했을 때보다도 더 큰 분노에 휩싸였다. 다시 돌아오지 않는다면, 그는 여자를 죽여 버리겠다고 작정했다. 살의를 품은 채 복학을 했고 졸업과 동시에 경찰에 특채되었다. 국가대표 선발전에 나갈 정도로 우수한 태권도와 유도 실력, 군대에서의 특출한 사격 실력이 특채의 이유였다. 경찰이 된 그는 여자를 추적했다. 어느 날, 지하철에서 내려 인도를 걸어가는 여자의 앞에 경찰 백차를 세우고 그녀의 앞을 막아섰다. 경찰 제복을 입은 그의 모습을 알아본 여자는 체념하고 순순히 경찰 백차에 탔다. 설마 경찰이 살인을 할까, 여자는 그렇게 생각했을지도 모른다. 여자를 태운 그는 해병대에서 군복무를 하면서 보아둔 동해안의 바닷가로 갔다. 군사보호시설 가까이라 아무도 가지 않는 외진 바닷가, 깎아지른 바위 절벽. 차를 세우고, 여자를 내리게 한 그는 아무 말도 없이 마치 역기를 드는 것처럼 여자를 머리 위로 번쩍 치켜들었다. 유도로 단련된 그의 몸이 가냘픈 여자의 몸을 들기란 너무도 쉬웠다. 절벽 아래, 엎드려 손을 뻗으면 닿을 것 같은 가까운 바위틈에 꽃 한 송이가 피어 있었다. 이름도 모르는 노란 꽃이었다. 바람에 하늘거리는 대궁이 여자의 가냘픈 허리 같았다. 꽃은 가냘픈 허리를 흔들면서 교태를 부리고 있었다. 그 자태에 너무 눈이 부셔 질식할 것만 같았다. 절벽의 가장자리에 이른 그는 머리 위 손아귀에서 비명을 지르는 여자에게 소리쳤다.

–내게 다시 돌아와. 제발 돌아와 줘. 그렇지 않으면 던져 버리겠어.

–싫어요. 내려줘요! 무서워! 살려줘요!

바람이 불었다. 꽃잎 두 개가 떨어져 바람에 날렸다. 꽃잎이 뾰족한 화살이 되어 날아와 그의 멍울진 가슴을 관통했다. 가슴에 격렬한 통증이 몰려왔다. 그 아픔에 눈물이 어렸다.

–장난 아니다. 내게 다시 돌아와. 부탁이야. 지금까지 그 어느 누구

에게도 부탁이라고는 해 본 적이 없어. 그러나 너에게만은 부탁할게. 나 지금 울고 있다. 울면서 부탁하고 있다.

–싫어요. 이젠 안 되는 거 알잖아요.

–내가 이렇게 울면서 부탁하는데도?

–안 돼요. 어쩔 수 없어요.

–정말 안 돼? 그래?

–무서워요. 제발 내려줘요.

–정말 안 돼?

–그래요. 이젠 어쩔 수 없어요.

–그럼 저기 노란 꽃을 꺾어 와.

그는 여자를 절벽 아래로 가볍게 던졌다. 아악, 툭, 툭, 툭, 풍덩, 여자의 짧은 비명, 절벽 중간 중간 돌출된 바위에 몇 번 부딪히며 떨어진 여자의 몸이 바닷물에 빠지는 소리가 들렸다. 그는 절벽을 빙 돌아 잡목으로 우거진 숲을 헤치고 바닷가로 내려갔다. 뾰쪽한 바위에 찢기고 찢긴 여자의 몸이 절벽 아래 바위 틈새 바닷물에 떠 있었다. 그는 여자를 물에서 인양했다. 머리가 깨어지고 허리가 꺾인 여자는 이미 숨이 멎어 있었다. 그는 태연하게 휴대전화를 꺼내어 119에 전화를 했다. 경찰인 그는 경찰조사에서 이렇게 진술했다.

–연인인 우리는 동해안으로 여행을 떠났습니다. 바닷가 절벽에 피어 있는 노란 꽃을 발견한 그녀가 꽃을 꺾기 위해 손을 뻗다가 그만 실족하고 말았습니다. 그녀를 구하기 위해 급히 바닷가로 내려갔으나 여자는 이미 숨진 상태였습니다.

경찰인 그가 하는 진술을 다른 경찰은 의심하지 않았다.

두 번째 살인, 그 범행에서의 희생자도 역시 여자였다. 그는 처음부터 서울시경 강력계로 발령받았고, 담당한 업무는 주로 조직폭력과 인신매매 등 유흥가를 무대로 펼쳐지는 강력 사건이었다. 이러한 업무에 그가 투입된 것은 물론 그의 운동경력 때문이었다. 태권도와 유도로 단련된 그의 몸은 어지간한 조직폭력배 예닐곱 정도는 혼자서도 거뜬히 처리할 수 있었다. 경찰에 투신한 지 5년째로 접어드는 해였다. 그때 그는 전남도경에서 이첩된 여고생 실종사건을 수사하고 있었다. 목포에서 실종된 여고생이 인신매매 조직에 의해 서울로 납치되었다는 제보가 들어왔으므로 서울의 유흥가를 탐문하여 공조 수사할 필요가 있다고 했다. 그의 경험으론, 이러한 사건은 크게 힘들여 수사할 필요가 없었다. 관련 조직 몇몇 놈을 잡아 족치면 어느 놈인가 불게 마련이었다. 그에게 과학수사란 말은 미친 개수작 같은 것이었다. 과학수사랍시고 현미경이다, 지문채취다, 혈흔 분석이다 지랄방정을 떨어봤자 시간과 돈만 낭비할 뿐이었다. 그가 잡아 족쳐 스무 명을 검거할 동안 과학수사를 하는 좀생이들은 한 건도 제대로 처리하지 못했다. 그의 생각에는 경찰이 하는 거짓말 중에서 가장 큰 거짓말이 '완전범죄는 없다.'는 말이었다. 해결되는 범죄보다는 미궁에 빠진 채 잊혀져가는 완전범죄가 훨씬 더 많았다. 오늘도 어느 누군가의 집이나 주점, 심지어 공공장소에서 폭력이 난무하고, 어느 지하철이나 버스에서는 자기도 모르게 지갑을 털리고 있는데도 신고조차 되지 않는 범죄가 얼마나 많은가. 신고가 들어왔다고 하더라도 제대로 수사가 되는 사건은 과연 몇 개나 되는가. 해결되는 사건보다는 수사에 착수하지도 못한 채 미제로 처리되는 사건이 더 많았다. 그래서 재수 없는 치기 한 놈이 붙잡히면 소설 한 편 분량의 미제 사건을 줄줄이 엮었다. 그가 미제 사건을 처리하는 수법이었다. 한 건으로 기소되건 열

건으로 기소되건 그놈들이 국립대학에서 교육을 받게 되는 기간은 대동소이했다. 그에게 걸린 치기들은 어느 놈이나 할 것 없이 그동안 미제로 쌓여있던 사건을 한 짐 가득 지고 학교에 입학했다. 그런 점에서 소위 '완전범죄는 없다.'는 말은 경찰이 자신들의 무능을 은폐하기 위한 사탕발림이지 실제 이 사회는 완전범죄의 천국인 것이다. 그의 살인도 완전범죄가 아니었던가.

사건이 배당되자 그는 즉시 강남 유흥가의 몇몇 놈을 포착하여 그의 안가로 데려가 족치기 시작했다. 경찰서 조사실에서 족치면 고문이다, 인권침해다 하며 기자 나부랭이들이 온갖 입방아를 쪼아댔다. 그래서 그는 서울 외곽의 어느 한적한 지하창고 하나를 사비로 빌려두고 필요하면 그곳에서 찍소리 하지 못할 정도로 용의자를 족치곤 했다. 그곳이 스스로 이름붙인 그의 안가였다. 그 자신도 살인자에다 지독한 악당이었지만, 그래도 그는 경찰이었다. 그런데 경찰도 아닌 범죄가 직업인 놈들에게 인권은 무슨 지랄 인권인가. 그의 지론이었다. 그래서 그는 강남 유흥가에서 '저승사자'라는 별명으로 불리고 있었다.

그런데 그 사건에서 몇몇 놈을 족치는 과정에서 대어가 하나 물렸다. 목포에서 실종되었다는 그 여고생이 강남의 모 룸살롱에 있고, 그 사장은 강남 유흥가에만도 열개가 넘는 룸살롱을 직영하는 조직폭력배의 우두머리라는 것이었다. 그 사장의 명성(?)은 그도 잘 알고 있었다. 그는 두 자루의 권총을 휴대하고 단신으로 그 룸살롱으로 갔다. 그리고는 그곳에서 제일 큰 룸 하나를 차지하고 앉아 지배인을 불렀다. 잔뜩 겁에 질린 지배인이 나타나자마자 그는 다짜고짜 권총의 총구를 지배인의 입에 쑤셔 박고는 실종된 여고생의 사진을 내놓고 여자를 데려오라고 했다. 그 과정에서 이미 이빨 두 개가 부러진 지배인이 나간 얼마 후, 검은 양복을 입은 20여 명의 건장한 사내들을 거느린 사장이라는 작자가 나타났다. 제일 넓은 룸이었지만, 20여 명의 사내들이 들어서자 룸 안은 비좁았다. 그중 몇몇은 기다란 일본도를 들고 있었다. 호위하는 사내들을 믿는 구석이 있었는지 사장이라는 작자는 만만치 않았다.

–나, 강진호야. 이곳에서 행패 부린 놈치고 제 발로 걸어 나간 놈 하나도 없어.

그도 지지 않았다. 그는 겨드랑이에 차고 있던 권총 한 자루를 꺼내어 탁자 위에 내려놓으며 호기롭게 말했다.

–이 총알 대가리에 박고 꼬꾸라지지 않는 놈 하나도 없었어.

–저 새끼가…….

성질 급한 사내 하나가 탁자 위로 뛰어올라 일본도를 빼들고 휘두르며 그에게 달려들었다. 그는 탁자 위에 내려놓았던 권총을 오른손으로 집어 들며 잽싸게 점프를 하여 탁자 위에 올라섰다. 그리고는 사내가 찔러오는 칼을 허리를 비틀어 피함과 동시에 앞발차기로 사내의 명치를 정확하게 걷어찼다. 급소를 걷어차인 사내가 악, 하는 비명을 지르며 오른쪽 소파 위에 벌렁 나자빠졌다.

–이 개자식들, 해골에 구멍이 나고 싶어 환장한 새끼들이네. 어느 놈 해골에 먼저 구멍을 내줄까?

그는 허리춤에 차고 있던 또 한 자루의 권총을 왼손으로 빼내어 들고, 양손에 든 권총을 사내들을 향하여 겨누며 큰소리로 소리쳤다.

–너희들은 나가 있어.

사장이라는 작자가 사내들에게 말했다. 룸을 가득 채우고 있던 사내들이 나가고, 마지막으로 소파에 나자빠진 사내가 일어나 출입문 쪽으로 비실대며 걸어가고 있었다.

–이것도 가져가야지.

그는 왼손에 들고 있던 권총을 다시 허리춤에 차고, 사내가 떨어뜨린 일본도를 집어 들고 출입문을 향해 던졌다. 칼이 사내의 머리 위를 스치듯 날아가 출입문에 꽂혔다. 문에 꽂힌 일본도의 손잡이가 파르르 떨리고 있었다. 그 칼을 빼든 사내가 문밖으로 사라지자 강진호가 말했다.

–자, 이제 앉아서 얘기하지.

그와 강진호의 인연은 이렇게 시작되었다. 그날, 그는 강진호로부터 현금 1억 원을 받았다. 박봉에 시달리는 그에게는 생각지도 못한 엄청난 거금이었다. 물론 목포에서 발생한 여고생 실종사건을 덮는다는 조건이었고, 나아가 그때부터 오히려 그가 강진호가 운영하는 룸살롱의 배후가 되어 준다는 조건이 부가된 것이었다. 이른바 공권력과 폭력조직의 유착관계가 성립된 것이었다. 그리고 사건을 영원히 덮고 이 유착관계가 계속 유지되기 위해서는 실종된 여자의 모습은 앞으로 그 어디에서도 보이지 않아야 했다.

그날 밤, 그와 강진호가 앉아있는 룸에 끌려나온 그 여학생은 두려움과 공포에 떨고 있었다. 여고 2학년의 아직도 앳된 소녀였다. 몸에 꽉 끼는 청바지, 하얀 티셔츠 위로 볼록 튀어나온 젖가슴, 여자로서는 이미 성숙한 몸매를 하고 있었다. 마치 쌍둥이처럼 그의 첫 번째 여자를 닮은 애였다. 그 순간, 그는 그 여자를 떠올렸다. 그리움과, 그 그리움조차도 철저하게 거부당하고 말았던 파괴된 자존심과, 그에 따른 복수심과 주체할 수 없는 성욕을 동시에 느꼈다.

그는 강진호의 허락을 받아 그 여고생을 데리고 나와 그의 승용차에 태웠다. 그가 경찰이라는 사실을 안 여자는 경계심을 풀고 순순히 차에 탔다. 그는 조사를 받아야 한다는 핑계를 대어 여자를 그의 안가로 데리고 갔다. 지하창고 입구에 오자, 비로소 뭔가 낌새를 차린 여자가 잔뜩 경계의 눈초리로 몸을 움츠렸다.

–특별조사는 원래 이런 곳에서 하는 거야.

그는 여자의 손목을 움켜쥐고 지하창고의 문을 열었다. 그곳에 때 묻고 낡은 침대 하나가 있었다. 그가 용의자를 족치다가 피곤할 때 사용하는 것이었다. 그날 밤, 그는 몸속의 정액이 모조리 고갈될 때까지 그 침대 위에서 여자를 유린했다. 마지막으로 여전히 삽입을 한 채로 이미 탈진상태에 있는 여자의 목을 조이는 순간, 그는 이제까지 한 번도 느껴보지 못한 최고의 절정을 맛보았다. 목을 조여감에 따라 튀어나올 듯 동공이 팽창되고, 생명의 끈을 놓치지 않기 위해 안간힘을 다하는 본능적 저항, 그 마지막 저항의 순간에 여자의 질이 격렬한 진동을 일으키며 그의 성기에 기묘한 압박과 자극을 가했던 것이다.

다음 날 아침, 그는 고물상에 가서 쇠사슬을 구입하여 여자의 몸을 칭칭 동여맸다. 그리고는 비닐로 여자의 몸을 두껍게 감싼 후 낚시용 대형 아이스박스에 넣었다. 허리를 완전히 꺾었는데도 무릎과 팔이 박스에서 빠져나와 뚜껑이 잘 닫히지 않아 팔과 다리를 발로 짓밟아 분질러 쑤셔 넣었다. 그는 여자의 시신이 든 아이스박스와 낚시도구를 챙겨 목포로 갔다. 시신을 버리기 위해서였다. 예전에 낚시를 하러 갔던 목포 앞바다의 무인도가 시신을 버리기에 적당하다고 생각했다. 가까운 서해안 등 몇몇 장소가 생각났지만, 굳이 그 먼 목포를 택한 것은 여자가 목포에서 실종되었다고 했기 때문이었다. 시신이라도 고향으로 보내주어야겠다는 시답지도 않은 감상이 일어난 탓이었다. 목포에서 낚싯배를 타고 그는 그 무인도의 갯바위로 갔다. 다행히 그가 생각했던 갯바위에는 다른 낚시꾼들은 없었다. 만약 다른 낚시꾼이 있었다면 아무도 없는 다른 장소를 찾아 나설 참이었다. 그곳에서 그는 여자의 시신을 감쌌던 비닐을 걷어낸 후 쇠사슬로 동여맨 시신을 수심이 가장 깊어 보이는 바다 속으로 던졌다. 쇠사슬의 무게 때문에 여자의 몸은 떠오르지 않을 것이다. 어부의 그물은 쇠사슬을 건져 올리지도 못할 것이다. 쇠사슬이 부식할 즈음에는 여자의 몸은 이미 고기밥이 된 후 뼈만 남아있을 것이고, 그 뼈는 영원히 바다 속 깊이 잠들어 있을 것이다.

그날, 그는 여자의 시신이 가라앉은 지점에서 50센티미터가 넘는 참돔 한 마리를 낚아 생선회를 쳐서 먹었다. 참돔의 육질은 죽은 여자의 성숙하지 않은 유방처럼 풋풋하면서도 매끈했다. 그는 입안에 착착 감기는 육질을 음미하면서 그 여자가 절명하던 순간에 그의 성기에 전해지던 마지막 진동과 자극을 상상했다. 그는 갯바위에 선 채로 성기를 흔들어 자위를 했다.

세 번째 살인, 그 살인은 3년 전에 언론을 요란하게 장식했던 유경준 박사의 교통사고였다. 두 번째 살인이 있은 몇 년 후, 강호건설이라는 회사를 차린 강진호는 조직폭력배의 보스에서 어엿한 사업가로 변신해 있었고, 3년 전 유경준 박사의 사고가 있었을 즈음 강호건설은 국내의 몇 손가락 안에 드는 중견 건설업체로 성장해 있었다. 그러한 강호건설의 고속성장의 배경에는 당시 집권 세력의 비호가 있었고, 강진호가 그들 세력의 은밀한 정치자금 조달 창구라는 소문이 있었다. 그 당시 그는 여전히 경찰로 서울에 근무하고 있었다. 그런 그에게 강진호가 제안을 했다. 이른바 청부살인이었다. 현금 3억 원과 강진호가 운영하고 있는 강남의 룸살롱 몇 개의 운영권을 그에게 주겠다는 조건이었다.

강진호의 제안을 수락하고 난 며칠 후, 그는 낯선 거제경찰서로 전보발령을 받았다. 경찰의 인사를 하루아침에 좌지우지할 수 있는 힘, 이로 미루어 강진호는 그가 알 수 없는 거대한 정치세력의 비호를 받고 있음이 틀림없었다.

사건이 있었던 그날 밤, 거제검문소에서 미리 대기하고 있던 그는 계획대로 실행하라는 강진호의 휴대전화를 받았다. 전화를 받은 얼마 후, 미리 예정되어 있었던 것처럼 컨테이너차량이 나타나고, 그 뒤를 이어 유경준 박사가 탄 승용차, 레미콘차량, 트럭이 차례로 검문소를 통과했다. 이어 다리 중간 지점에서 충돌 소리가 들렸다. 그는 다른 차량이 다리 위로 진입하지 못하도록 곧바로 검문소의 차단기를 내리고는 그곳에서 근무하는 의경에게 그의 지시가 있을 때까지는 다리 위로 차를 진입시키지 말라고 지시했다. 다리 건너 통영 쪽 도로의 의경에게도 무전으로 반대 차선의 차들이 교량 위로 진입할 수 없도록 도로를 통제하라고 지시했다.

그가 경찰 오토바이를 타고 사고 현장에 도착했을 때 유경준 박사의 차는 이미 참혹하게 찌그러진 상태로 다리 난간에 위태롭게 걸려 있었다. 교통사고를 가장한 이 살인에서 그가 맡은 역할은 유경준 박사를 살해하고 유 박사와 강진호 사이에 체결되었다는 계약서를 회수한 후 그 범행을 단순 교통사고로 조작하여 사건을 종결하는 것이었다. 그때, 그는 파손된 차의 조수석에 끼여 구조를 요청하는 유경준 박사의 목을 비틀어 확인 살해했다.

그 다음은 그때 유 박사의 차를 운전하고 있던 그 젊은 놈의 차례였다. 그러나 방심했다. 그놈이 그렇게 기습 반격을 해올 것이라고는 전혀 예상하지 못했다. 그때 찌그러진 차에서 탈출한 그놈이 엉겁결에 내지른 주먹에 맞아 그의 앞니 한 개가 부러져 탈구되고 말았다.

그러나 그때 그놈은 트럭 운전사 윤경호의 몽키스패너를 머리에 맞고 분명 바다로 떨어졌다. 비록 그런 사소한 실수는 있었지만, 사고를 가장한 그 살인은 계획된 시나리오에 따라 단순 교통사고로 조작하여 종결되었고, 지금까지 아무런 문제도 없었다. 그 세 번째의 살인이 있은 후, 그는 강진호가 주는 돈을 받고 경찰을 사직했다. 그 후 3년이 지난 지금까지 그때 바다에 떨어져 죽었다고 생각한 그놈은 나타나지 않았고, 결국 그 세 번째 살인도 완전범죄라고 생각하며 잊고 있었다.

박홍길은 반 정도가 남은 나머지 소주를 유리컵에 한꺼번에 따라 그대로 쭉 들이키고는 젓가락 가득 생선회를 집어 초고추장을 듬뿍 발라 입 속에 넣고 씹었다. 살아있는 인육의 맛도 이런 맛일까? 그는 짜고 비릿하며 썩은 하수도 냄새가 풍기는 어두운 밤바다를 바라보며 생각했다. 이제까지의 살인에서 그는 한 번도 죄의식을 느끼지 않았다. 그의 생각에는 역사상 위인들, 특히 역사교과서에 이름 석 자라도 올라있는 인간들 거의 대부분은 그 자신과 마찬가지로 살인자들이었다. 오히려 그들은 누가 살인을 많이 했느냐에 따라 위인의 등급이 매겨질 정도로 살인광들이었다. 다만 그들의 살인은 권력을 둘러싸고 합법을 가장하거나 전쟁이라는 형식을 빌린다는 점에서 차이가 있을 뿐이었다. 이들과 비교하여 이제 겨우 세 사람을 죽인 것에 불과한 그가 죄책감을 가질 이유가 어디 있는가. 그를 살인의 세계로 이끈 강진호만해도 그랬다. 일개 조직폭력배의 두목으로서 무수한 범죄를 저지른 강진호가 일약 중견 건설업체의 총수가 된 것을 어떻게 설명해야 할까? 그 또한 강진호처럼 되지 말라는 법이 어디 있는가? 그는 강진호를 이용하여 그 자신 또한 재개로 진출할 희망에 부풀어 있었다.

그런데 생각지도 않은 곳에서 훼방꾼이 나타났다. 보험사 직원 한 놈이 3년 전 그때의 사건을 쑤시고 다닌 것이다. 이 보험사 놈이 어떻게 냄새를 맡게 되었을까? 그때 실수로 확실하게 죽이지 못한 그 운전사 놈? 그때 죽은 줄로만 알았던 그놈의 시체는 지금까지도 발견되지 않았다. 그놈이 살아있어. 그리고 그놈과 이 보험사 놈이 서로 연결되어 있는 거야. 3년 전 그날, 유경준의 차에서 가져온 서류 가방에는 강진호가 회수하라고 한 계약서는 없었다. 당연히 가방 속에 있을 거라 여기고 가방을 가져왔는데, 의외로 가방은 비어 있었다. 그 후 인양된 차 속에서도 그 서류는 발견되지 않았다. 얼마 전, 유경준의 딸이라는 여자 변호사의 방에 들어간 것도 그 계약서를 찾기 위해서였다. 일부러 고양이의 시체를 매달아 더 이상 나서지 말라는 경고까지 했다. 그러나 그놈은 그만두지 않았다. 만일 그놈이 살아있고, 더구나 그 계약서를 가지고 있다면? 강진호와 그가 새삼 이제 와서 전전긍긍하는 이유였다.

보험사 놈은 필시 그 운전사 놈과 한패일 것이다. 그렇지 않고서야 3년이 지난 지금에서야 이 보험사 놈이 불쑥 나타날 이유가 없다. 숨어 있는 그 운전사 놈은 앞으로 찾아내어 처치해야 할 문제이고, 당장 눈앞에 닥친 일, 그들의 범행이 드러날 여지가 있는 싹부터 잘라버려야 한다. 보험사 직원 차형일의 입을 영원히 봉하는 것, 그가 그림자가 되어 먼 마산까지 내려온 이유였다. 그는 오염된 검은 바다를 바라보며 네 번째의 살인 계획을 머릿속으로 다시 한 번 점검하기 시작했다.

오늘 밤 토요일, 차형일은 그의 유일한 취미인 밤바다 낚시를 위해 이곳 어시장 선착장에서 낚싯배를 탈 것이다. 나는 같은 낚시꾼으로 가장하여 같은 배에 승선한다. 흔적을 남기지 않도록 두터운 방한 파카 점퍼와 선글라스, 마스크로 얼굴을 감춘다. 승선 명부에는 가짜 주민등록번호와 이름을 기재한다. 차형일은 항상 그런 것처럼 혼자서 낯선 무인도나 갯바위에서 내릴 것이고, 귀가 시간은 내일 일요일 오후 4시쯤이 될 것이다. 그 시간쯤에 그를 다시 데리러 오도록 낚싯배 선주에게 부탁할 것이다. 이런 차형일의 행동 루트는 미리 파악해 놓았다. 차형일이 내린 지점을 확인한 나는 그가 내린 반대편 지점이나 꽤 멀리 떨어진 다른 지점에서 내린다. 내일 새벽 6시에 데리러 와 달라고 선주에게 말한다. 그리고 낚시장비와 함께 가지고 간 총을 가지고 반대편 산을 오르거나 해안 숲을 가로질러 저격할 수 있는 지점을 확보한다. 이윽고 어두운 심야의 바다 위에 소음기가 부착된 총구에서 총알 하나가 발사된다. 어쩌면 별과 바람은 그 나직한 총성을 들을 수 있을 것이고, 그 소리의 정체를 알 것이다. 그러나 별과 바람이 나의 정체를 제보하거나 증언하지는 못할 것. 내일 새벽 6시, 나는 다시 낚싯배를 타고 돌아온다. 선주는 오후 4시로 예약한 차형일이 내린 장소에는 가지 않을 것이다. 오후 4시, 차형일을 데리러 간 낚싯배 선주가 바닷가에서 그의 시체를 발견했을 때 나의 흔적은 이곳 마산 그 어디에도 남아있지 않을 것이다. 그때쯤이면 나는 이미 서울에 가 있을 것이다. 이로써 나의 네 번째 완전범죄가 종결된다. 차형일, 너는 열흘 후, 새 발령지인 런던으로 가지 못하고 오늘 저승으로 가게 된다.

나는 멍청한 고기낚시보다도 이런 인간낚시가 더 재미있다. 이 얼마나 황홀하고 스릴 만점의 취미인가. 이 얼마나 고상한 취미인가 말이다. 오늘 밤, 이런 고상한 취미생활을 또 한 차례 즐긴 나는 내일 밤, 얼마 전 새로 룸에 데려온 미스 윤의 야들야들한 허리와 미끈하게 뻗은 다리에 칭칭 감겨 있을 것이다. 부드럽게 감싸 잡으면 손가락 사이로 살짝 삐쳐 나오는 그 탄력 있고 통통한 유방과 뽀얀 허벅지 사이의 그 무성하고 짙은 숲에 푹 파묻혀 중력을 거슬러 올라가는 은빛 필로폰의 열락에 취해 있을 것이다. 퍼내고 또 퍼내어도 결코 마르지 않는 우물 같은 미스 윤의 그 오묘하고 황홀한 숲 속 열락의 샘, 그 샘물에서 솟아나는 투명한 필로폰의 향기를 마시고 별과 별 사이를 유영하고 있을 것이다. 그때, 그 바위 절벽의 노란 꽃은 다시 피어날 것이고, 나는 그 노란 꽃을 따기 위해 또다시 그 바위 절벽에서 뛰어내릴 것이다. 저기 노란 꽃을 꺾어다 줄게. 가지 마. 돌아와. 보고 싶어. 사랑해.

생명의 이음줄

가장 자유로운 사람은 누구인가.
집착도, 이기심도, 미움도, 분노도, 심지어 사랑마저도
그 마음속에서 녹여버린 사람이다.

—이 사무장님, 일찍 출근하셨네요.

평소보다 좀 이른 시간에 출근한 휘진은 변호사실로 들어가 막 서류 가방을 열었다. 그때 노크소리가 들리고 이성호 사무장이 들어섰다. 그의 손에는 광장신문이 들려 있었다. 이 사무장이 수심 가득한 얼굴로 신문의 한 면을 펼쳐 보이며 말했다.

—변호사님, 이 신문 좀 보세요.

이 사무장의 태도가 심상치 않았다. 겁에 질린 표정이었다. 휘진은 가방을 그대로 책상 위에 둔 채 이 사무장과 함께 소파로 가서 앉았다. 이 사무장이 미리 노란 형광펜으로 색칠을 해 둔 기사가 눈에 띄었다. 사회면 상단에 박스로 된 보도기사였다. 기사의 제목은 '실종된 보험사 직원 총기에 의해 피살'이라고 되어 있었다. 문득 불길한 생각이 스쳐 지나갔다. 휘진은 기사의 내용을 읽어가기 시작했다.

2○○○. ○. ○○. 15:00경 창원 마산항에서 약 3킬로미터 떨어진 무인도에

서 익사체로 발견된 차형일 씨가 총기에 의해 피살된 것으로 확인됐다. 경찰은 숨진 차 씨의 시신을 부검한 결과 차 씨의 후두부에 박힌 총탄을 발견하고 이같이 확인했다. 경찰은 피살된 차 씨의 마지막 행적을 알기 위해 차 씨를 무인도까지 태워 준 낚싯배를 찾는 한편…….

차형일? 이름을 확인하는 순간, 휘진은 속으로 비명을 질렀다. 차형일은 그녀가 제기한 소송의 증인으로 채택되어 있었다. 이런 그가 살해된 것은 범인들이 증거를 인멸함과 동시에 그녀에게 두 번째의 경고 메시지를 보냈다는 것을 의미했다. 더 이상 아버지의 죽음의 비밀에 접근하지 말라는. 그렇지 않으면 언제든지 그녀도 죽일 수 있다는 실제적인 협박인 것이다. 침착하자. 겁에 질린 모습을 보여서는 안 된다. 그녀는 잠시 심호흡을 하면서 마음을 가라앉혔다.

–정말 무서운 사람들입니다. 앞으로 소송이 걱정입니다.

이 사무장이 근심 어린 표정으로 말했다.

–걱정하지 마세요. 다른 방법을 찾아보아야죠.

그녀가 침착하게 말했다. 그때, 그녀의 휴대전화가 울렸다.

–저는 나가보겠습니다.

이 사무장이 방을 나가고, 휘진이 전화를 받았다. 상혁이었다.

–나야. 방금 영준이가 전화했어. 차형일이 살해되었다고? 그놈들이야. 너도 위험해. 곧바로 귀국하겠어. 사표를 내야겠어.

소송을 제기하였고, 차형일을 증인으로 신청한 것은 상혁도 이미 알고 있었다. 베를린으로 떠난 이후 상혁은 거의 매일 전화를 하거나 메일을 보내 그녀의 안부와 소송의 진행 경과를 물어왔다.

–그러지 마세요. 상혁 씨까지 그러면 내가 더 불안해져요.

—차형일이 살해되었다면, 너도 위험해.

—알아요. 하지만 상혁 씨가 사표를 낸다고 하여 위험이 없어지는 것은 아니잖아요. 그들이 나를 해치고자 했다면 벌써 했을 거예요. 너무 걱정하지 마세요.

—생각해 봤는데, 당장 집을 옮겨. 영준이가 모두 얘기했어. 그놈들이 방에 고양이 시체를 매달아 놓았다며? 왜 진작 얘기 안 했어. 그런 놈들이 무슨 짓을 할지 몰라. 혜주에게 얘기해 놓았어. 당분간 혜주하고 함께 지내. 알았어? 그리고 영준이가 사설경호원을 붙여 줄 거야. 내가 부탁했어.

—그러지 마세요. 괜히 언니마저 위험에 끌어들이고 싶지 않아요.

—고집부리지 말고 시키는 대로 해. 널 혼자 두려니 내가 불안해서 그래. 알았지?

—예, 알았어요.

상혁의 얘기를 듣자, 조금 전 신문을 볼 때는 실감나지 않았던 두려움이 실제로 느껴지면서 전신이 오그라드는 것 같았다. 상혁의 말대로 그들이 차형일을 죽였다면, 그녀도 노리고 있을 것은 분명했다. 책상에 앉아있는데 몸이 저절로 덜덜 떨렸다. 몇 번이나 심호흡을 하면서 팽팽하게 긴장된 가슴을 진정시켰다. 지금까지 일어났던 일들을 되짚어 보았다. 발신인이 적혀 있지 않았던 편지, 익명의 메일, 차형일의 출현, 아버지의 죽음에 대한 상혁의 내사, 이유를 알 수 없는 전보발령, 소송의 제기, 차형일의 증인신청과 피살…….

아버지의 죽음의 비밀을 알고 있는 사람, 차형일은 그중 한 사람이었다. 그런 차형일이 피살되었다. 소탈하고 선한 눈빛, 커피숍에서 만났던 차형일의 얼굴이 떠올랐다. 그 사람은 그녀 때문에 살해된 것이

나 마찬가지였다. 이제는 두려움보다 차형일에 대한 죄책감과 그들에 대한 분노가 뒤섞여 가슴에서 회오리를 일으켰다. 어쩌면 메일의 발신자도 차형일의 죽음을 알고 있지 않을까? 생각을 가다듬고 메일을 열었다.

예상하지 못한 일이 발생했구나. 그 때문에 두려울 것이다. 그러나 용기를 가지고 현실을 직시해야 한다. 차형일이 없더라도 그들의 범죄는 반드시 입증될 것이다. 아버지와 차형일의 죽음을 헛되게 해서는 안 된다. 너의 의지는 강하고 부드럽다. 네 용기를 감상의 바다에 띄우지 마라. 두려움이란 나약한 감상에서 피어나는 환영일 뿐이다. 내가 있는 한, 그들은 너를 해치지 못할 것이다.

첨부파일이 있었다.

사랑하는 딸아.

너의 할아버지와 할머니, 어머니에 대한 얘기를 했었지.

이제는 내가 소망했던 나의 꿈 얘기를 해야겠다.

무량수전의 아름다움에 빠져 있었던 아버지. 그 무량수전을 능가하는 이 나라 최고의 건축물을 염원하셨던 아버지. 어릴 적 아버지와 함께 보았던 부석사의 당간지주, 그 당간지주가 나를 건축의 세계로 이끌었다.

대학의 건축과에 합격했던 첫 날, 나는 다시 한 번 부석사를 찾았다. 해가 뉘엿뉘엿 기울어가는 저녁, 늙은 사과나무 밭을 지나 멀리 일주문이 보이는 약간 비탈진 가로수 길에는 아버지와 함께 보았던 그 은행나무가 앙상한 가지를 드러내고 추위에 떨고 있었다. 가느다란 저녁 햇살이 일주문의 문턱에 걸터앉아있었다. 일주문을 지나면서 나는 그 문턱에 새겨진 아버지의 발자국을 보았다. 나는 아버지의 발자국을 따라 걷기 시작했다. 한 발, 또 한 발, 아버지의 자취를 따라가니, 천왕문으로 오르는 길 중턱 왼편, 우뚝 솟은 두 개의 당간지주, 그 앞에 방금 염을 마친 수의壽衣 같은 아버지의 하얀 도포자락이 바람에 휘날리고 있었다. 아버지는 그때까지도 여전히 그 낡은 나무 공구통을 어깨에 울러 메고 그곳에 서서 나를 기다리고 있었다. 볼이 움푹 패여 뼈만 앙상하게 남은 아버지는 지쳐 보였다. 이젠 턱을 치켜들지 않아도 끝이 보이는 그 당간지주 앞에서 나는 아버지의 손을 잡았다. 말없이, 어린 나의 손을 잡아주었던 아버지의 그 손, 이제는 내가 아버지의 그 손을 잡아주어야 한다고 생각했다. 나는 그때 아버지의 손을 잡은 채로 아버지의 낡은 공구통을 들여다보았다. 거기에는 녹슨 대패와 톱, 역시 녹이 쓴 기역 철자, 말라버린 먹통, 심이 부러진 연필 등등, 아버지의 손때가 묻은 공구들이 그대로 들어 있었다. 그때서야 아버지는 비로소 공구통을 어깨에서 내리며 이제는 훌쩍 자라난 아들의 모습을 대견스럽게 바라보았다. 수척했지만, 아버지는 웃고 있었다. 그때 나는 아버지의 손을 잡고 다짐했다. 아버지, 아버지의 염원을 잘 알고 있습니다. 아버지의 염원을 이루겠습니다. 당신의 생명을 이어 받은 당신의 아들이 반드시 이루겠습니다. 그날, 나는 아버지의 공구통을 가슴에 안고 무량수전의 아미타여래불상 앞에 엎드렸다. 그때 부처님도 내 가슴 속에서 활짝 웃고 있었다.

내 땅 위에 탑을 쌓아라. 그 탑 속에서 이 땅의 억눌린 사람들이 숨쉬고, 소망하고, 기쁘게 살게 하라. 그 탑을 통하여 아버지의 염원을 이루어라. 이것은 어린 나를 데리고 밤새워 탑을 돌며 빌었던 어머니의 소망이었다. 대성이 두 세상 부모에게 효도하다大城孝二世父母. 이런 불국사의 창건 설화 때문이었는지도 모르겠다. 어머니의 장례식을 치른 후, 나는 한 줌 어머니의 뼛가루를 가지고 경주 불국사로 갔다. 해질 녘, 불국사에는 비가 내리고 있었다. 멀리 감포 앞바다에서 자라난 비구름이 어슬렁거리며 토함산을 넘어와 그 산자락에 자리 잡은 불국정토를 적시고 있었다. 서른 세 계단의 백운교와 청운교, 그 33천天 세계를 지나 자하문紫霞門을 들어선 그곳에 있는 두 개의 탑, 그 탑을 적시고 있었다. 내 가슴을 적시는 눈물처럼 두 개의 탑을 적시고 있었다. 비에 젖은 두 개의 탑, 그 앞에 어머니가 합장을 한 모습으로 서 계셨다. 하얀 모시적삼과 치마를 입은 젊은 날의 어머니, 달려가 안기면 풋풋한 젖내, 비릿한 바나냄새가 확 풍길 것 같은 어머니, 그 어머니가 그 두 개의 탑 앞에서 나를 기다리고 있었다. 내가 다가가자 어머니는 말없이 탑을 돌기 시작했다. 나도 어머니를 따라서 탑을 돌기 시작했다. 어머니의 그림자를 따라 밤새워 탑을 돌았던 어린 날의 그때처럼, 나는 우산도 쓰지 않은 채 어머니의 발자국을 밟아가기 시작했다. 그렇게 밤을 새워 나는 탑을 돌았다. 새벽녘, 비는 그쳐 있었다. 먼 동해의 심연에서 솟아난 태양의 붉은 빛이 먼저 감포 앞바다를 물들이고, 이어 토함산 골짜기를 휘감은 안개를 걷어가기 시작했다. 그때 내 앞에서 말없이 탑을 돌던 어머니가 걸음을 멈추고 뒤돌아섰다. 나는 그 자리에 무릎을 꿇고 어머니를 바라보았다. 어머니는 퍼지는 햇살 속에서 웃고 있었다. 하얗게 웃고 있었다. 그때 어머니가 말없이 손을 내밀었다. 그 손에는 오래된 두루마리 하나가 들려있었다. 나는 어머니가 내미는 두루마리를 받아 들었다. 그러자 어머니가 환하게 웃으며 춤을 추기 시작했다. 어머니의 하얀 모시적삼 치마가 당신의 뭉클한 가슴의 유선乳腺에서 뿜어져 나오는 젖빛 안개를 타고 퍼지는 햇살과 함께 너울거리고 있었다. 그때 어머니의 춤사위는 너무도 경이로웠다. 신비로웠다. 그런 순간 어머니의 모습이 갑자기 햇살 속으로 조각조각 분절되기 시작했다. 어머니, 가지 마세요. 가지 마세요. 어머니, 어머니……! 나는 빛의 조각이 되어 사라지는 어머니를 애타게 불렀다.

그러나 나의 외침에도 아랑곳없이 어머니는 종내에는 빛과 더불어 먼 하늘로 사라지고 말았다. 아아, 어머니! 나는 눈물에 흠뻑 젖은 눈으로 어머니가 사라진 하늘을 바라보다 내 손에 들려있는 두루마리를 펼쳐 보았다. 거기에 내가 이전에 한 번도 보지 못했고, 생각하지도 못했던 조감도 하나가 그려져 있었다. 순간, 아! 나는 가슴이 벅차올랐다. 심장이 멎을 것만 같았다. 아버지와 함께 바라보았던 무량수전을 받침대로 하여 우뚝 솟아나 있는 거대한 탑. 그것은 무량수전 위에 세운 황룡사9층목탑이었다. 황룡사9층목탑, 이 탑이 어떤 탑인지는 너도 잘 알 것이다. 당시 신라인들이 염원하였던 호국의 상징, 세계 최고의 목탑, 이 탑을 세움으로써 일본日本(1층), 중화中華(2층), 오월吳越(3층), 탁라托羅(4층), 응유鷹遊(5층), 말갈靺鞨(6층), 거란契丹(7층), 여진女眞(8층), 예맥濊貊(9층), 당시 주변국을 모두 아우르고자 했던 신라인의 염원, 몽고의 침입으로 소실되어버리고 절터만 남아있는 황룡사, 그 호국 사찰의 9층목탑을 복원한 것이었다.

사랑하는 딸아.

나는 그때 알았다. 나라를 팔고 동포를 핍박하여 모은 부끄러운 조상의 유산, 이제 그 유산으로 이 나라 유사 이래 최고의 탑, 호국의 탑, 평화의 탑을 세워 조상이 지은 죄업을 씻으라는 어머니의 유언, 바로 그것이었다. 그 조감도는 아버지의 염원과 어머니의 소망이 이룬 결합체, 바로 그것이었다. 나는 그것에 '코리아타워'라는 이름을 붙였다. 어머니가 네게 준 두루마리, 그것은 바로 코리아타워의 조감도였다.

사랑하는 딸아.

어머니로부터 이 조감도를 받은 지 벌써 20년이 지났구나. 그동안 나는 단 한순간도 어머니가 주고 간 이 조감도를 머릿속에서 지울 수 없었다. 아버지의 그 염원과 어머니의 그 소망은 지금까지 내 의식 속에서 한 번도 떠나지 않았던 화두였다. 이것이 내 삶의 최상의 가치이고, 건축가로 나를 이 땅에 존재하게 한 창조주의 뜻이라고 여겼다. 이것이 20년간 내가 쉬지 않고 코리아타워의 설계에 매달린 이유이다. 이제 그 소망이 드디어 세상에 나오려고 한다. 아버지의 그 염원, 어머니의 그 소망을 구현한 코리아타워의 설계도가 드디어 완성되었다. 이제 남은 일은 이 설계도에 따라 탑을 쌓는 일. 그러나 아마 내 생전에 탑이 완성되지는 못할 것 같다. 내 폐 속에서 자라고 있는 암세포란 친구들이 이 탑의 완성을 시기하는 것 같구나.

사랑하는 딸아.

그러나 나는 알 수 있다. 내가 완성하지 못하면 네가 이어받을 것이고, 네가 완성하지 못하면 너의 의지를 이어받은 어느 누군가가 반드시 완성할 것이라는 것을……. 생명의 이음줄이 이어지듯이 소망의 이음줄도 반드시 이어질 것이다. 오늘은 무척이나 네 어머니가 보고 싶구나. 내 폐 속의 친구들도 이제 그만 쉬라고 하는가 보다. 오늘은 유난히도 가슴이 아프구나. 그만 쉬어야겠다. 다시 연락하마.

글을 읽어가는 동안 가슴에 뭉클한 덩어리 하나가 자리 잡기 시작했다. 할아버지의 부끄러운 유산, 무량수전의 아름다움에 취한 할아버지, 그 유산으로 유사 이래 최고의 탑을 쌓으라고 했던 할머니, 아버지는 그 소망의 이음줄을 이어가려고 했다. 메일에서 말한 탑, 코리아타워, 바로 이것이다. 아버지는 부끄러운 조상의 유산으로 잃어버린 역사를 복원하고자 했다. 그렇게 함으로써 선대의 할아버지가 지은 역사적 원죄를 씻고자 했다. 그런 아버지가 살해당했다. 아버지의 죽음은 이것과 관련이 있다.

휘진은 가슴을 진정시키고 차분하게 생각을 정리해 보았다.

차형일을 살해한 것으로 보아 살인자들은 마음만 먹는다면 그녀도 쉽게 살해할 수 있었을 것이다. 아무도 모르게 집에 들어와 고양이의 시체를 매달 정도라면 그들이 그녀를 살해하기는 쉬웠을 것이다. 그런데 왜 차형일만 먼저 살해했을까? 사건은 그녀에게 온 익명의 편지로부터 시작되었고, 차형일도 익명의 메일을 받았다. 그 후 그들은 그녀의 방에 침입하여 컴퓨터의 하드디스크를 빼갔다. 그 이유는 무엇일까? 그렇다. 그들은 그녀의 뒤에 숨어 있는 익명의 사람을 찾고 있다. 사건의 열쇠는 차형일과 그녀가 쥐고 있는 것이 아니라 아직도 베일 속에 가려진 익명의 사람이 쥐고 있다. 따라서 그들은 먼저 이 익명의 사람을 찾아야 한다. 그렇다면? 비록 차형일은 살해되었지만, 그들은 이 익명의 사람을 찾기 전까지는 그녀를 해치지는 않을 것이다. 그녀를 해치더라도 그가 살아있는 한 그들의 범행은 은폐될 수 없고, 현재로서는 그녀가 익명의 사람과 연결되는 유일한 실마리이기 때문이다. 그들은 그녀를 익명의 사람을 끌어낼 미끼로 활용할 것이다. 그들이 아직은 그녀를 해칠 수 없는 이유이다. '내가 있는 한, 그들은 너를 해치지는 못할 것이다.'라는 메일의 글. 그렇다. 메일을 보내는 사람은 그들의 이런 생각과 약점을 잘 알고 있고, 이것을 역이용하고 있다. 지금까지 익명의 사람이 나타나지 않는 이유이고, 이것은 그녀를 보호하기 위해서다.

이런 결론에 이르자 휘진은 이제 냉정해졌다. 그런데 진욱 오빠가 아니라면, 이 메일을 보내는 사람은 도대체 누구인가? 글의 내용으로 보아 아버지에 대하여 그녀 자신보다도 더 많이 알고 있는 사람이다. 소설가 송규원? 이 사람은 진욱 오빠와 어떤 관계일까? 아니야. 진욱 오빠다. 진욱 오빠가 송규원이라는 이름으로 소설을 쓰고, 메일을 쓰고 있다. 그가 아니라면 이런 일을 할 사람은 없다. 진욱 오빠는 살아 있다. 이제까지 그가 나타나지 않는 것은 스스로 미끼가 되어 나를 보호하기 위해서였다. 아아, 그런데도 나는 이제까지 그를 원망만 하고 있었구나. 미워하고만 있었구나. 그런데 '내 폐 속에서 자라고 있는 암세포란 친구들'이라니? 그럼 아버지는 폐암을 앓고 있었다는 말인가? 아! 아버지……. 나는 아버지가 이렇게 아픈 줄도 모르고 있었구나. 아버지, 진욱 오빠!

휘진의 눈에서 굵은 눈물이 흘렀다.

소백산국립공원 내의 봉황산 중턱 자락에 위치한 부석사는 사찰 입구에 관광객을 위한 대형주차장이 있었다. 월요일, 평일이고 오후 4시가 넘은 시간인데도 주차장은 꽤 붐볐다. 그러나 그 차들은 대부분 관광을 마친 사람들을 싣고 돌아가는 차들이었다. 부석사로 오는 동안 점심조차 거른 채 오랜 시간을 운전만 해서인지 휘진은 다소 피곤함을 느꼈다. 주차장에 차를 세운 그녀는 부석사로 오르는 아스팔트 포장도로를 따라 걷기 시작했다. 그 도로 오른쪽 아래에는 인공연못이 조성되어 분수가 솟구치고 있었다. 겨울로 접어드는 늦가을, 그 물줄기에 늦은 오후의 햇살이 부딪혀 엷은 무지개가 피어나 있었다. 파랗게 물든 하늘, 쇠락하는 햇살이 산사로 향하는 아스팔트 도로에 부서지고 있었다. 도로 입구에는 산채비빔밥, 파전, 도토리묵 등을 파는 식당들과 기념품 가게가 늘어서 있었다. 그녀는 시장기를 느꼈지만 곧바로 사찰로 향하는 도로를 따라 걸었다. 길옆에서 플라스틱 바구니에 사과를 담아놓고 파는 할머니, 아주머니들이 말을 걸어왔다.

—아가씨, 농약도 치지 않은 꿀사과요. 한 바구니에 5천 원, 자, 자,

싸게 줄게요.

–내려오는 길에 살게요.

굽이치는 아스팔트 도로를 돌자 산사로 올라가는 완만하게 비탈진 도로가 나타났다. 일주문을 지나자 은행나무가 열병하는 병사들처럼 늘어서 있었다. 은행나무 가로수 길은 비포장도로에 자갈이 깔려 있거나 중간 중간 일부 도로는 그대로 맨 땅이라 움푹 팬 곳도 있고, 반반한 돌을 심어 바닥을 다져놓은 곳도 있었다. 도로 좌우에 길게 늘어선 은행나무 가로수에서 떨어진 노란 은행잎이 도로에 자욱이 깔려있고, 이따금씩 바람이 불때마다 나무에 매달려 있던 은행잎이 떨어져 분분히 휘날렸다. 아버지도 이 은행나무 길을 걸어갔을 것이다. 그때 아버지의 머리 위에도 지금처럼 이렇게 은행잎이 분분히 날리고 있었을까? 그녀는 바람에 날리는 은행잎을 바라보며 아버지의 생각에 잠겼다.

은행나무 건너편 둔덕을 쌓은 경사진 밭에 사과나무가 있었다. 나뭇가지에 주렁주렁 매달린 탐스런 빨간 사과가 열어지는 가을 햇살 아래에서 서로의 얼굴을 뽐내며 반짝거렸다. 아버지가 보았던 늙은 사과나무는 어디 있을까? 휘진은 사과나무들을 유심히 살펴보았다. 그러나 고목처럼 보이는 사과나무는 보이지 않았다. 오히려 빨간 사과가 주렁주렁 매달린 젊고 씩씩한 사과나무 사이에 앳돼 보이는 나무들이 군데군데 자라고 있었다. 고목이 되어버린 늙은 사과나무는 베어내 버리고 어린 묘목을 다시 식재해 놓은 것 같았다. 아버지가 보았던 늙은 사과나무가 있다면 그 나무를 통하여 아버지의 생각 속으로 더 깊이 들어갈 수 있을 것 같은 아쉬움이 들었다.

그녀는 은행나무 가로수 길을 천천히 걸어 올라갔다. 이윽고 길 왼편에 두 개의 돌기둥이 보였다. 부석사浮石寺 당간지주幢竿支柱. 아버지가 할아버지의 손을 잡고 턱을 치켜들고 올려보았던 당간지주. 아버지의 가슴에 우뚝 솟았던 그 당간지주. 그녀는 고개를 들고 직선으로 곧게 뻗은 두 개의 사각형 돌기둥을 바라보았다. 절 문양의 철제 울타리 안에 서 있는 돌기둥의 3분의 1 지점쯤에 잎이 떨어진 몇 가닥 담쟁이 넝쿨이 다시 올 봄을 기약하며 숨을 멈추고 있었다. 좌우 대칭이 아닌 위쪽으로 올라갈수록 조금씩 간격이 좁혀져 있는 두 개의 돌기둥은 서로가 그리워 얼싸안고 싶은데도 더 이상은 가까이 다가갈 수 없어 그저 바라보기만 하고 있는 것 같았다. 그나마 서로를 바라볼 수는 있으니 얼마나 다행인가. 지금 이 자리에 아버지가 계신다면! 아버지가 할아버지의 손을 잡고 바라본 것처럼 아버지의 손을 잡고 이 돌기둥을 바라볼 수 있다면! 그러나 그 앞에 서 있을 것 같은 아버지는 없었다.

그곳을 지나 몇 개의 낮은 돌계단을 지나 천왕문에 이르렀다. 현악기를 든 동방지국천왕, 오른손엔 뱀을 감고 왼손에는 방울을 든 서방광목천왕, 칼을 든 남방증장천왕, 오른손엔 창, 왼손에는 불탑을 올려놓은 북방다문천왕, 이들의 우람한 팔뚝과 투박한 손, 울룩불룩 왕방울보다 크게 치켜뜬 눈, 그래서 오싹 공포감을 자아내게 하는 네 개의 기묘한 나무 형상. 그녀는 사천왕이 눈을 부라리고 서 있는 천왕문을 지나 사찰의 경내로 들어섰다. 천왕문에서 무량수전에 이르는 아홉 단 석축 돌계단은 지극한 낙원의 세계, 이른바 극락세계에 이르는 9품品 만다라를 건축적 구조로 구현한 것이라고 하는데, 휘진은 오히려 극락세계가 아닌 아버지와 딸이라는 인연의 법칙에 이끌리고 있는 자신을 발견했다.

천왕문을 지나 세 개의 석축 돌계단을 오른 곳에 자리 잡은 요사를 지나 다시 세 계단을 지난 곳에 있는 범종루梵鐘樓. 이곳을 지나 다시 한 계단을 오르니 크고 작은 자연석을 잇고, 끼우고, 메운 돌 축대 위에 선 안양루安養樓가 날개를 활짝 편 새의 자태로 날아갈듯 서 있었다. 그녀는 새의 날개 품속에 안기듯 여덟 개의 기둥이 누각을 받치고 있는 석축을 오르는 돌계단을 천천히 걸어 올랐다. 누각 밑을 지나 극락세계에 이르는 9품 만다라의 마지막 돌계단은 이 누각 밑에서 무량수전에 이르는 돌계단이었다. 휘진은 전후 각 네 개의 기둥이 만든 세 칸의 가운데 칸으로 이어진 돌계단을 올라 무량수전의 앞마당에 섰다.

무량수전, 정면 다섯 칸에 측면 세 칸, 팔작지붕, 주심포집, 현존하는 최고最古의 목조건축물, 기둥의 현저한 배흘림이 특징. 그녀가 알고 있는 무량수전에 대한 지식의 전부였다. 휘진은 무량수전의 앞마당에 선 국보 제17호로 지정된 아담한 석등 곁에 서서 무량수전의 정면을 바라보았다.

할아버지의 넋을 빼앗아 갔다는 무량수전, 이렇게 거무칙칙하고 퇴색한 목조건물의 무엇이 할아버지와 아버지를 취하게 만들었을까? 팔작지붕의 치미에서 아래로 내려오는 지붕선의 유려한 곡선미, 공포장치로서 주심포의 간결미, 지붕을 떠받치고 있는 기둥의 배흘림, 단지 이것 때문이었을까? 알 수 없었다. 마당에서 건물이 안치된 다섯 개의 축담 돌계단을 올라가 정면 다섯 칸의 오른쪽 둘째 문을 열고 법당 안으로 들어갔다. 문 입구 한편에서 개량한복을 입은 나이 든 보살 한 분이 작은 앉은뱅이 탁자 앞에서 불사를 모금하고 있었다. 그녀는 불전함에 넣기 위해 미리 준비했던 봉투를 보살에게 건네고는 법당의 내부를 둘러보았다. 이럴 수가! 외부에서 보기와는 달리 천장도 없이 탁 트인 내부의 웅장한 공간감! 할아버지와 아버지는 이 공간의 위용에 압도되었던 것일까? 그러나……, 아닌 것 같았다. 그러면 무엇일까? 분명 할아버지와 아버지를 도취시켰던 그 무엇이 있을 것이다. 휘진은 방석을 깔고 다른 법당과는 달리 서쪽에 모셔져 동쪽을 바라보고 있는 아미타여래상 앞에 엎드렸다. 시간은 흐르면서도 정지한 것 같고, 정지한 것 같으면서도 흘렀다. 길이를 가늠할 수 없는 시간의 촉수가 정수리로 뚫고 들어와 목뼈를 타고 내리더니 갑자기 어깨가 저절로 들썩이기 시작했다. 그때였다. 그녀의 귀에 무엇인가 둥둥 하는 소리가 들렸다. 그것은 북소리 같기도 하고 속이 빈 나무를 두드리는 소리 같기도 했다. 목탁소리 같기도 했다. 그런데 그 소리 속에서 또 다른 소리가 들리고 있었다. 또 다른 소리, 또 다른 소리, 여러 소리가 어울려 들렸다. 그녀는 가만히 귀를 기울였다. 이 소리는? 장구소리다. 이 소리는? 징소리. 이 소리는 또 꽹과리, 현과 관의 소리가 더해지고……, 산과 들의 바람소리, 강물소리, 닭과 소 울음, 아낙네의 푸념과 남정네의 탄식, 아이들의 재잘거림, …… 아아, 세상 만물의 소리가 그 속에서 모두 울리고 있었다. 이 소리들은 어디에서 나는 것일까?

휘진은 엎드린 자세에서 고개를 들어 천장을 올려다보았다. 기둥, 들보, 서까래 등등……, 길고, 짧고, 둥글고, 굵고, 가는 각양각색의 나무들, 소리는 그 나무들이 내고 있었다. 갖가지 형태로 얽기고 설긴 나무들이 서로 맞물려 흥겹게 노래를 부르고 있었다. 서로 얼싸안고 춤을 추고 있었다. 무량수전 내부의 웅장한 공간, 그 속에서 세상의 모든 사물이 서로 어울려 춤추고 노래하고 있었다. 극락세계, 아! 이곳이 바로 그곳이구나. 모두가 어울려 함께 춤추고 노래하는 율려律呂의 세계. 이곳이 바로 그곳이구나. 황홀한 전율이 발끝에서 일어나 점차 전신으로 퍼져가기 시작했다. 숨이 벅차오르고, 기쁨이 넘쳐 가슴을 폭포처럼 적셨다. 아! 할아버지와 아버지의 넋을 빼어간 것은 이것이었다. 내 탑 속에서 세상의 모든 사람들이 기쁘게 노래하고 숨 쉬게 하라는 할머니의 말씀은 바로 이것이었다. 그녀는 온 가슴을 두드리는 전율에 몸을 떨었다. 환희의 눈물이 절로 흘렀다.

휘진은 엎드린 자세 그대로 전율 속에 몸을 맡기고 있었다. 이윽고 그 전율이 잦아들고, 그녀는 조용히 일어나 법당을 나왔다. 이미 해는 많이 기울어져 있었다. 무량수전 앞의 안양루 처마에서 붉은 노을이 뚝뚝 떨어지고 있었다. 안양루 옆의 석축 위에 서서 눈앞에 펼쳐진 태백의 연봉들을 바라보았다. 망망한 바다처럼 펼쳐진 수많은 산봉우리들이 석양에 물들고 있었다. 안양루 누대에 걸린 김삿갓의 시가 적힌 작은 현판이 보였다.

평생에 여가 없어 이름난 곳 못 왔더니

백발이 다 된 오늘에야 안양루에 올랐구나.

……

지나간 모든 일이 말 타고 달려오듯

우주 간에 내 한 몸이 오리마냥 헤엄치네.

……

안양루에서 바라보는 이 장엄한 절경에 취해 김삿갓뿐만 아니라 수많은 시인들이 저마다 한 수 시를 읊었다는데, 그러나 그녀에게는 그런 감상이 일어나지 않았다. 휘진은 가물가물 까마득하게 펼쳐진 산봉우리들을 바라보면서 문득 외로움을 느꼈다. 맞은편에 보이는 산

중턱에 할머니와 할아버지의 산소가 있다는 것을 생각했다. 어릴 적 언젠가 아버지와 함께 맞은편 저 산의 중턱에 서서 눈앞에 빤히 보이는 이 무량수전을 본 적이 있었다. 그때는 몰랐었다. 오늘에야 비로소 무량수전의 신비를 알았다. 아마 두 분은 지금 저 산 중턱에서 유일한 핏줄로 남은 그녀를 보고 있을 것이다. 얼굴조차 본 적이 없는 할아버지와 할머니는 그렇다고 하더라도, 아버지가 없다는 사실이 지독한 상실감으로 다가왔다. 문득 생각이 들었다. 나는 누구인가? 할아버지와 할머니가 아버지를 낳고, 아버지와 어머니가 나를 낳고, 그리고 나는……? 생명의 줄은 이렇게 이어진다. 그녀는 아랫배를 가만히 쓰다듬었다. 이 속에 또 하나의 생명이 자라고 있다. 상혁을 보내면서 가진 단 한 번의 관계, 임신이었다. 생명은 예고도 없이 이렇게 찾아왔다. 그녀는 아직 아무에게도 말하지 않았다. 심지어 상혁에게도…….

차가운 산바람이 잿빛 정장 속의 얇은 블라우스를 헤집으며 들어왔다. 나약한 감상에 빠질 일이 아니다. 휘진은 고개를 흔들었다. 오늘 이 먼 곳 부석사까지 온 것은 이런 감상에 젖기 위해 온 것이 아니었다. 아버지의 꿈의 흔적을 찾기 위해서였다. 아버지가 평생 가슴에 품고 있었던 그 소망을 찾기 위해서였다. 이제 이곳 무량수전 나무들의 춤과 노래를 통하여 그것을 알았다. 이제 아버지가 이루지 못한 일을 내가 이어받아야 한다. 생명의 이음줄이 내 배 속에 자라는 것처럼, 아버지의 소망의 이음줄도 내가 함께 이어받아야 한다. 휘진은 속으로 가만히 되뇌었다.

아버지, 제가 이어받았습니다. 절대로 놓치지 않겠습니다. 할아버지의 염원, 할머니의 소망, 아버지의 꿈, 제가 이루겠습니다. 제가 이루지 못하면 내 몸 안에서 자라고 있는 이 아이에게 전하겠습니다. 이 아이, 나의 핏줄, 아버지의 핏줄이 이어가도록 하겠습니다. 반드시 이어가도록 하겠습니다.

* * *

차형일이 살해되었다는 광장신문의 보도를 본 직후 행선지도 밝히지 않고 사무실을 나간 유 변호사는 퇴근시간이 넘도록 연락이 되지 않았다. 휴대전화도 꺼져 있었다. 여직원은 이미 퇴근하고 사무실에는 이성호 사무장 혼자 남아있었다. 그도 이제 막 퇴근을 하려는 참이었다. 그때 전화벨이 울렸다.

–예, 유휘진 법률사무소입니다.

–사무장님, 저예요. 사무실에 별일 없었죠?

–다른 특별한 일은 없었습니다. 참, 조금 전에 성혜주라는 분이 다녀가셨습니다.

–성혜주요?

–예. 늦더라도 연락이 되면 꼭 전화를 해 달라고 했습니다.

–알았습니다. 다른 일 없으면 퇴근하세요. 내일 뵐게요.

유 변호사와 통화를 끝낸 이성호는 사무실을 나와 지하철역으로 걸어갔다. 2호선 서초역에서 지하철을 탄 그는 서울대입구역을 지나 신림역에서 내렸다. 그가 가야 할 곳은 이미 정해져 있었다. 신림동 고시원 쪽방. 그가 혼자 거주하고 있는 곳이었다. 비록 서울에서 일류로 통하는 대학은 아니었지만, 그래도 그는 법대를 수석으로 졸업했고,

사법시험도 쉽게 합격할 줄 알았다. 그러나 곧 잡힐 것 같았던 그 시험은 언제나 바로 눈앞에서 도망가 버리고 말았다. 그러기를 벌써 십수 년, 이미 결혼까지 하여 초등학교에 다니는 딸까지 두고 있었지만, 그는 아직도 사법시험에 대한 미련을 버리지 못하고 있었다. 그가 대전의 법률사무소를 사직하고 가족과 떨어져 신림동의 쪽방으로 다시 올라온 이유였다.

지하철에서 내려 고시원 쪽방으로 올라가는 경사진 골목길로 접어들면서 그는 어깨를 짓누르는 중압감을 느꼈다. 법률사무소에서 받는 월급으로는 언제나 빠듯했다. 그렇다고 당장 이를 타개할 별 뾰쪽한 수단이 있는 것도 아니었다. 여전히 공부는 하고 있었지만, 언제 합격할지, 아니 도대체 합격할 수 있을지조차 장담할 수 없었다. 날은 이미 어두워져 있었다. 그는 터벅터벅 힘없는 걸음으로 골목길을 걸어 올라갔다. 그런데 평소 같으면 비어 있을 쪽방의 골목 어귀에 검정색 밴 승합차 한 대가 주차되어 있었다. 차창도 내부가 보이지 않게 검게 선팅이 되어 있었다. 그가 막 차를 지나치는 순간, 갑자기 차의 여닫이문이 열리며 검정색 양복을 입은 두 남자가 차에서 내려 앞을 가로막았다.

—이성호 씨죠?

—예.

—함께 좀 가시죠.

두 사람 중 한 사람이 양복주머니에서 지갑을 꺼내어 얼핏 신분증 같은 것을 내 보였다. 그가 그것을 확인할 겨를도 없이 다른 양복을 입은 사람 하나가 우악스럽게 그의 팔을 움켜쥐면서 그를 자동차 안으로 밀어 넣었다.

위증

사랑은 서로를 마주 보는 데 있는 것이 아니라
함께 같은 방향을 쳐다보는 데에 있다.

–생텍쥐페리–

–김 형사, 낚싯배는 아직 몬 찾았나?

–예, 선착장을 샅샅이 뒤지고 있으니 곧 나타날 깁니더.

–그라고, 피살자 대가리에서 나온 그 총알, 뭐라데?

–예, 멧돼지 사냥에 쓰는 불법 사제 탄환이랍니더.

–어떤 우라질 새끼가 멧돼지 사냥총으로 사람을 쏴 죽였단 말이군. 총포상은 뒤지고 있제?

–예, 거기도 샅샅이 뒤지고 있심더.

–그래, 욕본다. 그라고 피살자가 누구에게 원한 같은 거 산 일이 있었는지도 단디 하문 알아보고.

–예. 알겠심더.

–야! 너 이 자석 일부로 그라제? 이 자석이 사사건건 깁니더, 있심더야.

–반장님이 자꾸 사투리 쓰니까 나도 따라하게 된다 아입니꺼.

창원 마산중부서 강력계의 남형우南炯宇 반장은 아들 같은 김 형사의 볼멘소리를 들으며 이른 아침부터 씩씩대고 있었다. 그도 그럴 것이 얼마 전 반장으로 승진하여 발령받은 첫 번째 부임지 관내에서 대형 살인사건이 발생한 것이었다. 강력계 형사 생활로 잔뼈가 굵은 그가 20년 만에 겨우 반장으로 진급한 지 열흘 만이었다. 다른 동료들은 사무실에 앉아 쥐새끼 좁쌀 모으듯 공부하면서 승진시험을 준비해 온 탓에 일찌감치 잘도 승진했는데, 항상 외근 형사 노릇 하느라 책하고는 담을 쌓아온 터라 이제 정년을 몇 년 남겨놓지 않은 시기에 간신히 달라붙은 승진이었다.

마산어시장 선착장에서 도선으로 40분 정도 걸리는 사람이 살지 않는 작은 섬에서 익사체 하나가 발견되었다는 보고를 받았을 때만 해도 낚시꾼의 단순한 실족사이려니 했었다. 현장의 상태도 실족사인 것 같았다. 그 섬 남쪽에 있는 대략 7, 8미터 높이의 갯바위 아래로 추락한 피살자의 시체는 조류에 떠내려가지 않고 바위 아래 얕은 해안 바위틈에 끼어 있었다. 바닷물에 퉁퉁 불어터진 피살자의 오른쪽 이마가 깨져 있었고, 찢어진 옷 사이로 어깨에도 커다란 타박상이 있었다. 이 상처는 일견하여도 피살자가 실족하여 떨어지면서 돌출된 바위에 찍힌 것처럼 보였다. 경사가 급한 갯바위 위에는 피살자가 사용한 릴낚싯대 세 개가 그대로 있었기 때문이었다. 그러나 부검에서 피살자의 왼쪽 뒤통수를 뚫고 들어가 뇌간에 박혀있는 총알이 발견되었다. 승진하자마자 마치 기다리고 있었다는 듯이 그가 부임한 관내에서 이제까지 유례가 없었던 총기에 의한 강력 살인사건이 발생하다니, 그는 늘그막에 편안하게 쉴 팔자는 아닌 것 같다는 생각에 기분이 영 개운치 않았다. 그때 그의 책상 위에 있는 전화벨이 울렸다.

—예, 강력계 남형웁니다.

이런 제길, 또 반장이라는 말을 빼먹고 말았다. 불쑥 전화를 받은 남형우는 괜스레 부아가 치밀었다. 20년 만에 반장으로 승진했으면 '남형우 반장'이라고 고함이라도 치며 으스대며 전화를 받아야 했는데, 또다시 습관적으로 반장이라는 호칭을 빼고 전화를 받고 말았던 것이다.

–수고하십니다. 독일 베를린의 최상혁 검삽니다.

–예? 독일 머시라고요?

–예, 저는 최상혁 검사라고 합니다. 독일 베를린 파견 검사입니다.

–예? 검사라고예? 지금 독일에서 전화를 하는 깁니꺼?

–예.

–독일에서 무신 일로요?

–차형일 피살 사건과 관련해서입니다.

제길, 초장부터 지랄이야. 시작부터 초를 쳐. 남 반장은 불쑥 짜증이 나 속으로 투덜댔다. 그의 경험에 의하면 제 딴엔 검사랍시고 수사 시작부터 검사가 나발을 분 사건치고 제대로 되는 것이 없었다.

* * *

서울중앙지법 민사단독법정 OOO호실

휘진이 제기한 민사소송의 제1회 변론기일.

손주일 판사: 2○○○가단2○○○호 손해배상(자) 원고 유휘진, 피고 강호건설 외 3

유휘진: 소장 및 2○○○. ○○. ○○. 자 준비서면 진술합니다.

박병우: 2○○○. ○○. ○○. 답변서 진술합니다.

손주일 판사: 원고 증인 차형일 출석하였습니까?

유휘진: 증인 차형일은 철회하겠습니다.

손주일 판사: 철회하는 이유는 무엇인가요?

유휘진: 증인 차형일은 살해되었습니다. 얼마 전 마산에서 총기에 의해 살해되었다고 보도된 피살자가 오늘 증인으로 출석하기로 한 차형일이었습니다.

손주일 판사: 그래요? 그럼 피고 증인은 출석하였습니까?

박병우: 신청한 증인 중 윤경호가 출석하였습니다.

손주일 판사: 그럼 증인 윤경호에 대한 신문을 하겠습니다. 증인 윤경호 나오십시오.

휘진은 방청석에서 일어나 증인석으로 나오는 윤경호를 바라보았다. 사건 기록에서의 트럭 운전사였다. 남자로서는 크지도 작지도 않는 중간키에 좁은 어깨와 갸름한 얼굴을 하고 있었다. 얼핏 보기에는 설마 저런 사람이 그 무거운 25톤 트럭으로 아버지의 차를 들이받았을까 싶을 정도로 곱상하고 여성스런 모습이었다. 그러나 외모에서 풍기는 연약한 여성적 이미지와는 다르게 눈빛은 사나웠다. 찢어질 듯 꼬리가 올라간 가느다란 눈이었다. 증인석으로 나온 윤경호는 휘진을 노려보며 입술을 일그러뜨렸다. 휘진의 가슴에서 파란 불꽃이 일기 시작했다.

손주일 판사: 증인은 선서해 주십시오.

윤경호: 양심에 따라 숨기거나 보태지 아니하고 사실 그대로 말하

며, 만일 거짓말을 하면 위증의 벌을 받기로 맹세합니다.

박병우 변호사의 증인 윤경호에 대한 주신문.

문1: 2○○○. 12. ○○. 자정 경, 증인은 피고 (주)강호건설(이하 '피고 회사'라고 합니다)의 소유인 ○○루○○○○호 25톤 덤프트럭(이하 '트럭'이라고 합니다)을 운전하여 경남 거제에서 마산으로 오고 있는 중이었지요?

답: 예.

문2: 증인의 트럭이 신거제대교 앞 약 3, 4킬로미터 지점쯤에 이르렀을 때, 증인의 트럭 앞에는 망 유경준이 운전하는 소나타승용차(이하 '사고승용차'라고 합니다)가 가고 있었고, 사고승용차 앞에는 김희철이 운전하는 컨테이너차량(이하 '컨테이너차량'이라고 합니다)이 운행하고 있었지요?

답: 예.

문3: 위 지점에서 사고승용차는 몇 번이나 중앙선을 침범하여 앞서 가는 컨테이너차량을 추월하고자 시도하였지요?

답: 예.

문4: 그러나 사고승용차는 반대차선에서 오는 차량들 때문에 추월하지 못했지요?

답: 예.

문5: 이때 사고승용차는 이따금씩 심하게 흔들리곤 하였는데, 당시 증인은 사고승용차의 운전자가 음주운전을 하고 있다고 여겼지요?

답: 예.

문6: 그래서 증인은 사고를 방지하기 위해 경적을 울려 사고승용차의 운전자에게 경각심을 주기도 했지요?

답: 예.

문7: 이러한 상태에서 증인의 차를 포함한 세 대의 차가 신거제대교에 이르렀지요?

답: 예.

문8: 당시 증인의 차와 앞에 가는 컨테이너차량은 제한속도인 시속 70킬로미터 정도를 유지하고 있었지요?

답: 예.

문9: 그런데 사고승용차가 갑자기 속도를 내더니 앞서가는 컨테이너차량을 들이받았지요?

답: 예.

문10: 사고승용차가 무엇 때문에 앞선 컨테이너차량을 들이받은 것 같았나요?

답: 정확한 사정은 모르지만 아마 당시 운전자가 술을 마셨거나 깜빡 졸았던 것 같습니다.

문11: 사고를 인지한 순간, 증인은 어떤 방어조치를 취했나요?

답: 저는 이중 추돌을 방지하기 위하여 순간적으로 급브레이크를 밟았습니다. 그러나 제 차가 미끄러지면서 사고승용차의 후미를 들이받고 말았습니다. 그러나 그것은 어쩔 수 없는 불가피한 상황이었습니다.

문12: 그 뒤의 상황에 대해 증인이 알고 있는 사실은 어떤 것인가요?

답: 제가 차를 들이박은 직후 정신도 없는 상태에서 다시 차가 충돌하는 소리가 들리고, 사고승용차가 난간을 부수면서 아래로 떨어졌습니다. 나중에 알고 보니 그 사고는 제 차 뒤에서 따라오던 레미콘차량이 급정거하는 제 차를 피하기 위해 반대차선으로 넘어갔다가 다시 복귀하면서 승용차를 들이받은 것이었습니다.

문13: 결국 당시의 사고는 사고승용차의 운전자가 음주상태나 또는 졸음운전을 하여 앞서가는 컨테이너차량을 추돌하는 바람에 생긴 불가항력적인 사고였지요?

답: 예.

박병우: 이상입니다.

유휘진의 증인 윤경호에 대한 반대신문.

(주신문 제1항과 관련하여)

문: 사고 당시 증인이 운전하고 있던 트럭은 피고 회사의 소유였는데, 당시 증인은 피고 회사의 사원이었나요?

답: 당시는 그랬지만, 현재는 아닙니다.

문: 사고 당시 시간은 자정경이었는데, 증인은 어떤 업무로 거제에 가게 되었나요?

답: 당시 거제에 있었던 건축공사장에 건축용 모래를 운반해 주었습니다.

문: 거제의 어떤 건축공사장이었나요?

답: 그것은 지금 기억나지 않습니다.

문: 통상 모래 운반을 자정에 가까운 밤에 하지는 않지요?

답: 그렇지만, 그때는 그랬습니다.

문: 그 모래는 어디에서 적재하여 어느 장소에 하차하였나요?

답: 잘 기억나지 않습니다.

문: 증인은 언제부터 언제까지 피고 회사의 사원으로 근무하였나요?

답: 아마…….

문: 당시 증인의 월급은 어느 정도였나요?

답: ……?

박병우: 잠깐만요. 지금 신문은 이 사건 쟁점과는 관계가 없습니다. 증인의 프라이버시에 관한 것입니다.

유휘진: 증인의 전체 증언의 신빙성에 관한 문제입니다. 관계없는 것이 아닙니다.

손주일 판사: 피고 대리인은 나중에 다시 신문할 기회를 드리겠습니다. 원고의 신문을 방해하지 마십시오.

문: 피고 회사의 사원으로 근무하였다는 증인이 본인의 월급도 잘 기억하지 못한다는 말입니까?

답: …….

(주신문 제 2, 3, 4항과 관련하여)

문: 신거제대교 앞 약 3, 4킬로미터 지점 앞 도로에는 중앙분리대가 없었나요?

답: 일부 구간에 중앙분리대가 있긴 했으나 승용차는 중앙분리대가 없는 곳에서 추월을 시도했습니다.

문: 사고승용차가 몇 번이나 추월을 시도할 때 컨테이너차량이 의도적으로 승용차의 추월을 방해하지는 않았나요?

답: 제가 보기에는 컨테이너차량은 일정한 속도로 정상운행하고 있었습니다.

문: 당시 컨테이너차량이나 사고승용차의 속도는 어느 정도였나요?

답: 당시 제가 규정 속도인 70킬로미터로 운행하고 있었으므로 컨

테이너차량도 그 정도 되었을 것입니다.

문: 증인은 폭력 등 행위로 실형을 선고받아 교도소에 수감된 적이 있었고, 음주운전으로 구속된 적도 있지요?

답: 예, 있습니다.

문: 증인은 지난 한 해 동안 과속으로 스티커를 발부받은 적이 몇 번이나 되나요? 경찰서에 조회하면 다 밝혀질 사안입니다. 사실 그대로 말해 주세요.

답: 아마 예닐곱 번쯤 될 것 같습니다.

문: 음주운전으로 구속된 적이 있고, 한 해 동안 그렇게 많은 과속 위반행위를 한 증인이 자정이 가까워 차량의 통행량이 드문 왕복 4차선의 넓은 대로에서 규정 속도를 그대로 지켜 운행하고 있었다는 것이군요.

답: 예, 나는 그때 과속을 하지 않았습니다.

(주신문 제5, 6항과 관련하여)

문: 사고승용차에는 동승한 사람이 없었나요?

답: 날이 어두워 알 수 없었습니다.

문: 경적을 울려 경각심을 주자 사고승용차가 똑바로 운행하던가요?

답: 경적을 울릴 순간에는 잠시 정상운행을 하였지만, 얼마 지나지 않아 다시 차가 흔들렸습니다.

(주신문 제9, 10, 11항과 관련하여)

문: 당시 맨 앞에서 운행하던 컨테이너차량이 갑자기 급제동을 하였기 때문에 뒤따르던 사고승용차가 미처 대처하지 못하고 사고를 낸

것은 아닌가요?

답: 아닙니다. 컨테이너차량은 규정 속도로 정상운행하고 있었습니다.

문: 사고승용차가 후미를 들이받은 사고 후에도 컨테이너차량이 급제동을 하지는 않았나요?

답: 당시 제가 몰고 있었던 트럭이나 컨테이너차량 같은 대형화물차는 급제동을 하면 적재한 화물이 쏟아지거나 그 무게로 브레이크가 파열될 위험이 있기 때문에 급제동하기가 힘듭니다.

문: 당시에는 적재한 화물이 없었지 않습니까?

답: …….

문: 당시 컨테이너차량이 정상운행하고 있었다는 것을 증인이 어떻게 아는가요?

답: 제가 정상속도로 운행하고 있었고, 앞선 차와 차간거리를 일정하게 유지하고 있었기 때문에 앞선 차도 정상운행하고 있었다고 보는 것입니다.

문: (이때 증인에게 갑 제10호증 SH화재보험의 현장사진을 증인에게 제시하고) 이 사진은 당시 사고현장의 노면 상태를 촬영한 사진입니다. 이 사진에는 노면에 스키드마크가 나타나 있지요?

답: 예.

문: 스키드마크는 어떠한 경우에 생기는가요?

답: 차가 급제동을 했을 때 생깁니다.

문: 그러면 이 스키드마크는 급제동을 한 증인의 트럭에서 생긴 스키드마크인가요?

답: 그것은 모르겠습니다.

문: 당시 사고를 조사한 보험회사의 이 조사기록에 의하면, 이 사진에 나타난 스키드마크는 컨테이너차량의 것입니다. 그리고 이 사진에는 증인이 운전하고 있었던 트럭의 스키드마크가 없습니다. 증인의 증언에 의하면 분명히 급제동을 한 사람은 증인이고, 컨테이너차량은 급제동을 한 사실이 없다고 했습니다. 그렇다면 이 스키드마크는 증인의 트럭에서 생긴 것이어야 논리적으로 맞지요?

답: 무슨 말인지 저는 모르겠습니다.

문: 그럼 다시 한 번 말하겠습니다. 스키드마크는 급제동을 했을 때 생기는 것이지요? 맞나요?

답: 예.

문: 조금 전 증인은 증인의 트럭이 이중 추돌을 피하기 위하여 급제동을 했다고 했지요?

답: 예.

문: 그렇다면 사고현장에 나타난 이 스키드마크는 증인의 트럭에서 발생한 것이 되어야 맞지요?

답: 그런 것 같습니다.

문: 그런데 이 스키드마크는 컨테이너차량의 스키드마크입니다. 그렇다면 당시 급제동을 한 차량은 증인의 트럭이 아니라, 컨테이너차량이 되어야 논리적으로 맞지 않나요? 그렇지 않은 가요?

답: 그렇기는 한데, 나도 그 이유는 모르겠습니다.

문: 증인, 그렇다면 증인의 증언이 이와 같이 논리에 어긋난다는 사실은 알겠습니까?

답: 잘 모르겠습니다.

문: 증인, 당시 사고는 사고승용차가 컨테이너차량을 먼저 들이받은

것이 아니라 컨테이너차량이 먼저 급제동을 하였고, 이어 사고승용차도 급제동을 하자, 증인의 트럭이 급제동을 하지 않고 사고승용차를 먼저 추돌한 것이 아닌가요?

답: 아닙니다. 아까 말한 것처럼 사고승용차가 먼저 컨테이너차량을 들이받았습니다.

문: 증인, 이 스키드마크가 증인의 트럭에서 생긴 것이 아니고, 컨테이너차량의 것인데도 말입니까? 증인, 왜 뻔히 드러날 거짓말을 합니까? 증인, 사고는 어떻게 났는가요?

답: 이제까지 말한 그대로입니다.

(주신문 제12항과 관련하여)

문: 사고를 낸 직후 정신이 없는 상태에서 다시 충돌하는 소리가 들리며 사고승용차가 난간 아래로 떨어졌다고 했는데, 사고 이전에 증인은 레미콘차량이 증인의 뒤에서 따라오는 것을 알았습니까?

답: 예.

문: 레미콘차량이 사고승용차를 들이받는 모습은 보지 못했습니까?

답: 예, 그때는 정신이 없었습니다.

문: 사고현장에는 레미콘차량의 스키드마크도 없는데, 당시 레미콘차량이 급브레이크를 밟는 소리는 듣지 못했나요?

답: 순식간에 일어난 일이라 정신이 없었습니다.

문: 레미콘차량의 스키드마크가 없다는 것은 레미콘차량이 사고승용차를 들이받는 순간에도 브레이크를 밟지 않았다는 것을 의미하고, 이것은 레미콘차량이 의도적으로 사고승용차를 추돌하려고 했기 때문이 아닌가요?

답: 그것은 모르겠습니다.

문: 증인이 운전하고 있었던 트럭은 강호건설의 소유이고, 컨테이너 차량, 레미콘차량은 피고 태성건설의 소유인데, 태성건설 소유 차량의 위 운전사들은 모두 태성건설 사원이었나요?

답: 당시 나는 강호건설의 계약직 사원이었지만, 그 사람들이 태성건설의 사원인지는 모릅니다.

문: 증인은 당시 컨테이너차량의 운전사 김희철, 레미콘차량의 운전사 고광준을 이전부터 알고 있었지요?

답: 아니, 몰랐습니다. 그 사람들은 사고가 난 후 경찰서에서 조사를 받을 때 처음 본 사람입니다. 지금도 그 사람들은 모릅니다.

문: 당시나 지금도 위 사람들을 모른다는 말인가요?

답: 예.

문: 증인은 현재 강남유통의 총괄관리실장으로 재직하고 있지요?

답: 예.

문: 증인은 언제부터 강남유통의 총괄관리실장으로 재직하고 있나요?

박병우: 지금 신문은 이 사건과 전혀 관계없는 신문입니다. 증인은 지금 신문에는 대답할 필요가 없습니다.

유휘진: 그렇지 않습니다. 원고는 준비서면에서 망 유경준의 교통사고가 사고를 가장한 살인이라는 주장을 하였습니다. 지금 신문은 그 살인과 관계된 것입니다. 중요한 신문입니다.

손주일 판사: 피고 대리인, 신문을 중단시키지 마세요. 나중에 신문할 기회를 드리겠다고 하지 않았습니까? 원고는 계속 신문해 주십시오.

문: 다시 묻겠습니다. 증인은 언제부터 강남유통의 총괄관리실장으로 재직하고 있나요?

답: 약 2년 정도 된 것 같습니다.

문: 강남유통의 사장은 박홍길이지요?

답: 예.

문: 박홍길은 예전에 증인이 사고를 낸 유경준의 교통사고를 조사한 경찰관이었지요?

답: 예.

문: 경찰관이었던 박홍길이 강남유통의 사장이 된 배경에 대하여 증인은 알고 있나요?

답: 저는 그런 것에 대해서는 모릅니다.

문: 트럭 운전사였던 증인이 어떤 연유로 강남유통의 총괄관리실장이 되었나요?

답: 저는 본래 유통업에 종사하고 있었습니다. 트럭 운전은 그때 근무하던 회사가 망하는 바람에 생계를 위해 일시적으로 한 것이었습니다. 강남유통에서 유통업에 경험이 있는 사람을 구한다는 얘기를 듣고 취직을 한 것입니다.

문: 증인은 강남유통에 취직을 하기 전에 강호건설의 강진호 회장과 박홍길 사장을 알고 있었지요?

답: 아니, 몰랐습니다. 취직을 하려고 찾아가서 박홍길 사장님을 만나게 되었습니다. 제가 유통업에 종사한 경험이 있고, 이 사고의 조사 과정에서 박 사장님을 만난 일이 있었기 때문에 쉽게 취직이 되었습니다.

문: 증인이 말하는 유통업이라는 것은 사실 유흥업소를 관리하는 것

이지요?

답: 유흥업소도 운영하고 있지만, 실제로 유통업도 하고 있습니다.

문: 어떤 상품의 유통을 취급합니까?

답: …….

문: 강남유통의 실제 사장은 박홍길 사장이 아니라 강호건설의 강진호 회장이라고 하는데, 아닌가요?

답: 아닙니다. 그것은 시중에 떠도는 풍문일 뿐입니다. 박홍길 사장님이 실제 사장입니다.

문: 증인은 당시 사고와 관련하여 강진호 회장을 만난 적이 있지요?

답: 없습니다. 저는 강진호 회장을 한 번도 본 적이 없습니다.

문: 증인은 이 사고를 내기 전에 강호건설의 강진호 회장으로부터 어떤 지시를 받은 적이 없나요?

답: 한 번도 만난 적이 없는데, 어떻게 지시를 받습니까?

문: 강진호 회장이 증인에게 유경준 박사의 차를 들이받아 살해하라는 그런 지시를 한 적이 없다는 말이지요?

답: 살해라니? 지금 무슨 말을 하는 겁니까? 생사람 잡지 마세요.

유휘진: 이상입니다.

손주일 판사: 피고 대리인 신문할 사항이 있으면 신문하세요.

박병우 변호사의 증인 윤경호에 대한 재주신문.

문: 증인이 사고승용차를 추돌한 것은 돌발 상황에서 어쩔 수 없었던 것이지요?

답: 예.

문: 증인이 강남유통의 총괄관리실장이 된 것은 강남유통에서 낸 구인광고를 통해서인가요?

답: 예.

문: 강남유통의 실소유자는 박홍길이고, 증인은 강호건설의 강진호 회장은 이제까지 한 번도 만난 적이 없지요?

답: 예.

박병우: 이상입니다.

유휘진: 증인에게 한 가지만 더 묻겠습니다.

유휘진의 증인 윤경호에 대한 재반대신문

문: 증인은 이 사고를 조사한 보험회사의 직원 차형일이 살해되었다는 사실은 압니까? 신문에 크게 보도가 된 사실입니다.

답: 금시초문입니다. 저는 신문을 잘 보지 않습니다.

문: 차형일이 살해된 일과 증인이나 박홍길 사장, 강진호 회장은 전혀 관계없다는 것입니까?

답: 우리가 그 사람을 살해할 이유가 어디 있습니까? 나는 모르는 일입니다.

문: 지금 증인은 '우리'라고 했는데, 그 '우리'라는 말에는 강진호 회장도 포함시켜 말하는 것인가요?

답: 예.

문: 조금 전에는 강진호 회장을 본 적도 없다고 하지 않았습니까?

답: 그것은…….

유휘진: 이상입니다.

손주일 판사: 스키드마크가 컨테이너차량의 것이라고 한다면, 증인이 말한 사고 경위가 논리적으로 맞지 않은데, 증인이 사고 당시 상황을 정확하게 파악하지 못한 것은 아닙니까?

윤경호: 제가 본 것은 이제까지 말씀드린 것과 같습니다.

손주일 판사: 이상으로 증인신문을 마치겠습니다. 증인은 수고하셨습니다. 돌아가셔도 좋습니다. 증인으로 신청한 차형일이 살해되었는데, 원고는 다른 입증방법이 있나요?

유휘진: 박홍길을 증인으로 신청합니다. 당시 사고조사 경찰관입니다.

박병우: 박홍길은 피고도 증인으로 함께 신청하겠습니다.

손주일 판사: 원, 피고 모두의 증인으로 박홍길을 채택합니다.

유휘진: 그리고 망 유경준의 부검조서에 대한 문서송부촉탁신청을 합니다. 부검조서에 첨부되어 있는 망인의 경추골 엑스레이 필름에 대하여 서울대 법의학과에 감정신청을 하겠습니다.

손주열 판사: 어떤 점에 대한 입증입니까?

유휘진: 망인의 사인이 자동차 사고로 생긴 것이 아니라는 점을 입증하기 위해서입니다.

손주열 판사: 원고는 문서송부촉탁신청과 함께 감정할 부분을 특정하여 감정신청을 해 주십시오.

박병우: 이 사건에서 원고는 아직까지 일부금만을 청구하고 전체 청구금액을 특정하지 않았습니다. 원고의 청구취지를 특정해 주십시오. 피고는 원고의 주장이 정당하다고 인정하는 것이 아니라, 피고 회사의 기업이미지를 고려하여 가능한 한 원고의 청구에 응할 생각을 하고 있습니다.

손주일 판사: 원고는 피고와 조정할 의사는 없나요? 피고가 원고의 청구에 응할 생각이 있다고 하는데요.

유휘진: 원고는 이 사고가 단순한 교통사고가 아니라 피고들의 계획적인 살인이라고 주장하였습니다. 제가 원하는 것은 진실을 밝히고자 하는 것이지, 손해배상 금액의 다과는 부차적인 문제입니다.

손주일 판사: 원고가 그런 의사를 가지고 있다고 하더라도 이 법정은 궁극적으로는 손해배상액을 정하는 것입니다. 다음 기일까지 청구취지를 확정해 주시기 바랍니다.

박병우: 국민건강보험공단에 망인의 진료내역에 대한 사실조회촉탁을 신청합니다.

손주일 판사: 이 사건과 어떤 관계가 있습니까?

박병우: 망인은 사고 당시 지병을 앓고 있었습니다. 그 지병이 어떤 것이냐에 따라서 망인의 여명기간이 단축될 수 있고, 여명기간의 장단은 이 사건의 손해배상액 범위를 정하는 데 있어 중요한 요소입니다.

손주열 판사: 채택합니다. 다음 기일은 원고의 감정신청과 그 감정결과가 도착한 후에 추후 지정하도록 하겠습니다.

휘진은 법정을 나와 이제는 잎이 다 떨어진 단풍나무가 서 있는 법원의 잔디밭 사이로 걸어 나왔다. 증인 윤경호가 아버지를 살해한 범인 중의 한 사람일지도 모른다는 생각 때문에 자칫 흥분할 수 있었다. 법정에 들어서기 전부터 냉정해야 한다고 마음을 다스렸고, 신문을 하면서도 감정에 휩쓸리면 안 된다고 몇 번이나 다짐을 했었다. 피고의 주신문에 맞추어, 수사기록의 허점을 추궁했지만 어차피 진실을 말하지는 않을 증인이었다. 예상되는 반대신문의 내용에 대해 실제상황을 고려한 연습까지 하고 나왔을 증인이었다. 재판부에 증인이 거짓말을 하고 있다는 심증을 준 것만으로도 만족해야 한다고 생각했다.

그녀는 잠시 걸음을 멈추고 하늘을 올려다보았다. 어제 내린 비 탓인지 초겨울로 접어드는 늦은 오후의 하늘은 맑았다. 희뿌연 매연으로 우중충하던 하늘이 어제 내린 비로 목욕을 하고 파란 속살을 드러내고 있었다. 그 파란 하늘의 어느 모퉁이에서 수심에 젖은 아버지의 눈이 그녀를 바라보고 있는 것 같아 마음이 쓰렸다. 아버지, 걱정하지 마세요. 끝까지 싸우겠습니다. 그녀가 속으로 마음을 추스르며 막 사무실을 향하여 걸음을 옮길 찰나였다.

―유, 휘, 진, 변, 호, 사, 님.

등 뒤에서 일부러 또박또박 끊어 말하는 경쾌한 여자의 목소리가 들렸다. 투명한 유리구슬이 방금 올려다 본 파란 하늘 마루 위에 통통하며 구르는 소리처럼 맑았다. 소리가 난 곳으로 고개를 돌린 그곳에 성혜주 작가가 서 있었다.

―어머, 언니? 법정에 있었어요?

―그래, 변호사가 된 네 모습이 한 번 보고 싶었어. 당당하고 멋지더라. 아마 최검도 봤다면 뿌듯했을 거야.

―언니가 예쁘게 봐 줘서 그렇겠죠.

차형일이 살해되었다는 보도가 있은 후, 성혜주와 함께 있으라는 상혁의 전화를 받았다. 그날 오후 부석사에 가 있는 동안, 성혜주가 사무실까지 찾아왔다는 사실을 알았지만, 일부러 전화를 하지 않았다. 그게 마음에 걸렸다.

―그런 법이 어디 있어? 전화조차 하지 않고…….

처음과는 달리 혜주의 목소리는 이내 질책으로 바뀌었다.

—미안해요, 언니. 언니에게 걱정을 끼쳐드리고 싶지 않았어요.

—바보 같은 소리 마. 최검과 내가 얼마나 걱정했는지 알아?

—알아요, 언니.

—그러지 말고 우리 집으로 와. 나도 혼자 적적한데 함께 지내자.

—언니 마음은 고맙지만 내가 알아서 할게요.

—고집부리지 마. 최검이 대강의 얘기는 하더라. 널 혼자 두면 안 될 것 같아.

—그 사람들이 날 해치고자 했다면 벌써 했을 거예요. 걱정하지 않아도 돼요. 그보다도 나와 함께 있으면 언니까지 위험해질 수 있어요. 언니까지 위험에 빠뜨리고 싶지 않아요.

—그러지 말고 내 말을 들어.

—언니에게 부담주기 싫어요. 언니 마음은 고마워요.

—알았어. 그러나 언제든지 내가 필요할 땐 연락해. 최검이 화 많이 내겠다.

—상혁 씨에겐 내가 전화할게요. 그보다 그동안 언니는 어떻게 지냈어요?

—나야 뭐 만날 그렇지. 글 쓰고, 가끔 술 마시고……. 참, 그런데 지난번에 알아봐 달라고 했던 송규원이라는 소설가 말이야.

—예, 언니, 뭐 좀 알아냈어요?

휘진이 솔깃해서 혜주를 뚫어지게 바라보며 말했다.

—아니, 그런 소설가는 없어. 누가 필명으로 글을 쓰는 것 같아. 지금까지의 소설이 어쩐지 완전한 픽션 같지만은 않다 했는데, 어제 발표된 글에서는 작정한 듯 유 박사님 사고를 여과 없이 그대로 다루고 있데. 아직 못 봤니?

–그래요? 재판 준비하느라 보지 못했는데, 새 소설이 발표됐어요?

–그렇다니까. 그래서 네가 그 소설가를 찾으려고 하는구나 생각했지. 오늘은 내가 안 되고, 내일은 어때? 저녁이나 함께 먹자.

–그래요, 언니. 시간 봐서 전화할게요.

–그래, 무슨 일이 있으면 바로 연락해야 해. 그럼 그만 갈게.

–예, 언니. 너무 걱정하지 마세요.

법원 주차장 쪽으로 멀어져가는 혜주의 뒷모습을 보면서 휘진은 잠시 동안 생각에 잠겼다. 자신과 아무 관계가 없는 타인에 불과한데도 자기 일처럼 배려해 주는 혜주의 마음이 고마웠다. 더구나 상혁으로부터 자초지종을 들었다면, 혜주는 자칫 자신의 신변도 위험해질 수 있다는 사실을 알았을 것이다. 그런데도 아무렇지도 않게 그런 위험까지도 감수하겠다는 혜주의 마음이 한층 더 고마웠다. 아버지를 잃고 난 이후 겪었던 그 지독한 절망감과 상실감 앞에서 힘들어할 때 혜주는 마치 친언니처럼 함께 아파하며 상혁과는 다른 또 하나의 버팀목이 되어 주곤 했다. 그러나 이제는 그 어떤 위험이나 어려움이 닥치더라도 혼자 헤쳐 나가야 한다고 마음을 다 잡았다.

초겨울로 접어드는 날씨는 이제 제법 차가워져 있었다. 단풍나무 아래 떨어져 있던 낙엽이 갑자기 불어오는 차가운 바람에 팽이처럼 팽그르르 맴을 돌며 잔디 위로 쓸려갔다. 휘진은 옷깃을 여미면서 사무실을 향하여 걸어가기 시작했다.

* * *

증인신문을 마치고 법정을 나온 윤경호는 곧바로 강호빌딩으로 차를 몰았다. 차 안에서 증인신문을 할 때의 상황을 떠올리자, 그는 다시 한 번 등줄기에서 식은땀이 흘렀다. 비록 박병우 변호사와 함께 예상되는 다양한 반대신문을 가정하고 미리 준비를 했지만, 그 꺽다리 여변호사는 두 사람이 전혀 생각지도 못한 사실을 추궁했다. 그 계집이 마음만 먹는다면 그와 강진호, 박홍길의 관계를 알아내기란 쉬울 것이다. 아니, 그 계집은 이미 알고 있는 것 같았다.

윤경호가 강진호를 처음 만난 것은 20년 전이었다. 그때 그는 트럭 한 대로 생활을 꾸려가고 있었다. 지방의 농산물을 트럭에 싣고 서울의 농협공판장에 내다 파는 일을 하고 있었다. 한 차 가득 싣고 서울에 와서 팔면 기름 값을 빼고도 제법 남는 것이 있어 재미가 쏠쏠했다. 그날도 짐을 하차했는데, 얼마 전 수해로 인해 농산물 가격이 폭등해 있어 그동안 밀린 외상값을 포함하여 그에게는 공돈 같은 제법 큰 뭉칫돈이 굴러들어왔다. 그는 그 돈을 가지고 간판도 쳐다보지 않고 현란한 네온사인이 번들거리는 한 주점으로 들어갔다. 강진호가 운영하는 룸살롱이었다. 그는 호기롭게 양주와 도우미 아가씨까지 불러 진탕 나게 술을 마셨다. 그러나 술값은 그의 호기를 비웃고 있었다. 당연히 시비가 붙었다. 싸움이라면 어릴 때부터 이력이 붙은 그였다. 얼굴은 여자처럼 곱상했지만, 소위 말하는 깡다구로 단련된 그의 집요함과 잔인성은 동네나 학교에서도 소문이 났을 정도였다. 그날, 술김에 실랑이를 하던 종업원 셋을 때려눕히고 말았다. 강진호가 수하들을 대동하고 나타났다. 동네 싸움깨나 했다고 하나 강진호의 수하 여럿을 혼자서 대항할 수는 없었다. 온몸이 만신창이가 되도록 얻어터지고 말았다. 그러나 그는 굴복하지 않았다. 술값 대신 손가락 하나를 잘라야겠다는 비웃음에 찬 강진호의 말을 듣는 순간, 그는 거리낌 없이 왼손 새끼손가락 하나를 입속에 넣었다. 그리고는 어금니로 와지끈 깨물어 자른 손가락 끝마디 하나를 강진호의 얼굴을 향하여 퉤하고 뱉었다. 그것이 오히려 전화위복이 되었다. 알고 보니 강진호는 그의 고향 선배였고, 강진호가 그런 그의 독종 기질을 높게 평가하여 룸살롱의 지배인으로 채용했던 것이다. 지배인을 하는 동안에 그는 몇 번의 폭력 사건에 연루되어 실형을 받아 교도소에 간 적이 있었다. 그 사건은 강호건설이라는 건설 회사를 차려 재계로 진출하기 전, 강진호가 휘하에 있는 조직을 동원하여 경쟁관계에 있는 업소의 룸살롱을 습격한 살벌한 집단 패싸움이었다. 그가 행동대장을 맡았다. 그런 일로 그 는 강진호의 확실한 신임을 얻어 지금에까지 이른 것이었다.

그 여변호사는 그와 강진호의 이러한 관계까지 알고 있을지도 모른다. 박병우 변호사의 말대로 함께 증인으로 채택된 태성건설 쪽의 고광준, 김희철과도 미리 입을 맞춰 둘 필요가 있었다. 증인신문을 마친 후 강호빌딩 회장실에서 그들과 만나기로 약속이 되어 있었다.

어쩌면 그 여변호사는 3년 전 그 사건의 내막도 알고 있는 것이 분명했다. 법정에서 그 꺽다리 계집이 단순한 교통사고가 아니라 피고들의 고의에 의한 살인이라는 말을 했을 때, 어지간한 강심장인 그도 내심 가슴이 철렁 내려앉았다. 그는 3년 전 거제대교에서 바다로 떨어지던 젊은 청년의 얼굴을 떠올렸다. 그 계집이 정말 알고 있을까? 혹시 그때 바다 위로 떨어졌던 그놈이 살아있는 것은 아닐까? 강진호 회장의 말대로 그때 확실하게 처리했어야 했다. 그때 박홍길이 조금만 더 신중했더라면 보다 확실하게 처리할 수 있었을 텐데. 그런 생각을 하자, 윤경호는 새삼스레 화가 났다. 그런데 그놈이 정말 살아있다면……? 그놈은 분명 내 얼굴을 기억하고 있을 것이다. 윤경호가 불길한 생각에 사로잡혀 있는 사이 차는 어느새 강호빌딩의 지하주차장으로 들어서고 있었다.

–그 계집이 뭐라고 해?

윤경호가 회장실로 들어서자마자, 책상 너머 안락의자에 다리를 꼬고 비스듬히 앉아있던 강진호가 벌떡 일어서며 말했다. 먼저 와 있던 태성건설의 고광준, 김희철이 강진호의 책상 앞에 디귿자 형태로 배치된 왼편 소파에 나란히 앉아있고, 그 맞은편에 박홍길이 앉아있었다.

–예, 그게, 저……. 그 계집이 모두 다 알고 있는 눈치였습니다. 이대로 가다가는 정말 낭패를 당할지도 모르겠습니다.

윤경호가 쭈뼛거리며 말했다. 순간 강진호의 표정이 일그러졌다.

–뭐? 낭패를 당한다고? 이 새끼야, 그걸 말이라고 하는 거야?

강진호가 큰소리로 외치며 책상 위에 놓여있던 묵직한 수정재떨이를 윤경호의 얼굴을 향해 집어던졌다. 윤경호가 얼떨결에 고개를 숙여 날아오는 재떨이를 피했다. 재떨이가 그대로 벽에 부딪혀 요란한 소리를 내며 깨어져 흩어졌다. 그러자 더욱 분기가 오른 강진호가 용수철처럼 뛰어나와 윤경호의 오른쪽 정강이를 사정없이 걷어찼다.

–악!

–야, 이 새끼야. 일을 그 따위로 해 놓고 이제 와서 낭패를 당한다고? 그게 네놈이 할 소리야!

강진호가 분을 참지 못하고 허리를 숙여 정강이뼈를 만지고 있는 윤경호의 엉덩이를 다시 한 번 걷어찼다. 윤경호가 뒤뚱거리며 넘어지려다가 팔을 뻗어 바닥을 짚고서야 겨우 일어섰다.

–회장님, 뭘 그리 걱정하십니까? 지금이라도 아예 그 계집을 없애버리면 될 것 아닙니까.

그런 모습을 보고 있던 고광준이 답답한 듯 소파에서 일어서며 퉁명스럽게 말했다. 큰 키에 딱 벌어진 어깨, 왼쪽 귀밑에서 뺨을 가로질러 입술 언저리까지 나 있는 칼에 베인 흉터가 무성한 구레나룻 수염의 면도 자국 아래에서 꿈틀거리고 있었다.

–뭐라고? 그 계집을 아예 없애버린다고? 고 실장, 김 회장이 그렇게 말했어? 아직도 정신을 못 차렸군. 그럼 그 계집 뒤에 숨어있는 놈은 어쩌고? 그 계집이 있어야 뒤에 숨어있는 놈을 찾을 것 아냐. 그러기에 애초에 일을 제대로 처리했어야지.

강진호가 고광준을 돌아보며 목에 핏대를 세우고 소리를 질렀다. 그런 모습을 보는 박홍길의 얼굴에 얼핏 피식하는 시니컬한 웃음이 피어났다. 그때 강진호의 책상에 놓인 인터폰이 울렸다.

–회장님, 박 변호사님께서 오셨습니다.

–알았어. 잠깐만 기다리라고 해. 빨리 깨진 물건이나 치워.

강진호가 엉거주춤 서 있는 윤경호의 어깨를 툭 내리치며 말했다. 윤경호가 벽에 맞아 깨어진 재떨이 파편을 주섬주섬 주워 쓰레기통에 넣었다.

–들어오시라고 해.

강진호가 인터폰으로 다시 지시를 했다. 이윽고 출입문이 열리며 서류 가방을 든 박병우가 들어섰다.

–어서 오십시오. 수고하셨습니다.

강진호가 출입문 쪽으로 다가가 박병우의 손을 잡으며 점잖은 목소리로 말했다. 조금 전 고래고래 악을 쓰던 행동과는 영 딴판이었다.

—몇 가지 말씀드릴 일이 있어 이렇게 들렀습니다.

—그렇지 않아도 오늘 법원 일이 궁금했습니다. 우선 앉으세요.

강진호가 박병우에게 소파의 자리를 권하며 말했다. 박병우가 혼자 앉아있는 박홍길의 옆에 앉자 강진호가 디귿자의 중간 소파에 앉았다.

박병우가 옆에 앉은 박홍길을 보고 멈칫 했다. 김희철이나 고광준은 윤경호의 증인신문을 준비하느라 만난 적이 있었다. 그러나 박홍길은 처음 보는 사람이었다. 박병우의 심중을 알아차린 강진호가 말했다.

—아, 박 변호사, 서로 인사하세요. 말씀드린 강남유통의 박홍길 사장입니다. 박 사장을 증인으로 신청한다고 해서 오늘 일부러 불렀습니다. 협조를 부탁하려고요. 그때 교통사고를 조사했던 담당 경찰이 바로 이 박 사장입니다.

강진호의 말을 들은 박병우가 그제야 표정을 풀며 말했다.

—잘 되었습니다. 그렇지 않아도 한 번 만나야 하는데.

—그럼 저희들은 나가보겠습니다.

김희철이 일어서며 말했다. 박홍길도 따라 일어섰다.

—아니, 아니, 그대로 계십시오. 윤 실장님도 미리 와 계셨네요.

박병우가 말했다.

—오늘 윤 실장님이 증언을 했지만, 다음 재판에 대하여 미리 준비를 좀 해야 할 것 같습니다.

강진호가 손짓으로 윤경호를 불렀다. 윤경호가 김희철 옆에 앉자 박병우가 브리핑을 하듯 말했다.

—먼저 오늘 윤 실장님은 잘 하셨습니다.

윤경호의 얼굴이 그제야 조금 밝아졌다. 박병우가 계속 말했다.

—다음에는 고 실장과 김 사장님이 증인으로 출석해야 합니다. 그런데 법정 증언에서는 무엇보다도 증인들의 말이 서로 일치해야 합니다. 오늘 윤 실장님이 한 증언과 다음에 할 고 실장님, 김 사장님의 증언이 서로 다르면 안 된다는 말씀입니다. 아마 다음 주쯤이면 법원에서 작성된 윤 실장님의 증인신문조서가 나올 것 같은데, 그때 제가 신문조서를 줄 테니, 세 분은 그 신문조서를 미리 숙지하시고 서로 다른 내용의 증언이 나오지 않도록 유의해 주십시오. 그리고 오늘 박 사장님이 증인으로 정식 채택되었습니다. 이 사건에서는 박 사장님의 증언이 제일 중요합니다. 그러므로 박 사장님께서는 미리 철저하게 준비를 해야 할 것 같습니다.

—어떻게 준비를 해야 합니까?

그때까지 한마디도 않고 잠자코 있던 박홍길이 건조한 음성으로 말했다.

—아직 시간이 있으니 저와 박 사장님이 별도로 만나 준비를 하도록 합시다. 그런데…….

박병우가 잠깐 말을 멈추고 네 사람을 바라보고는 다시 말을 이었다.

—오늘 윤 실장님이 증언을 잘 하셨지만, 그런데 현장 사진과 증언이 일치하지 않는 것이 문젭니다.

—그 보험회사 직원인가 뭔가 하는 작자가 찍은 사진을 말하는 거요?

강진호가 다소 짜증이 배인 어투로 말했다.

—그렇습니다. 재판부는 이 사진을 중요시하는 것 같습니다.

—그 사진을 찍은 놈은 이미 이 세상에 없는데, 무슨 걱정이란 말입

니까?

그때까지 잠자코 있던 박홍길이 불쑥 말했다.

–그 사람이 살해되었다는 말을 듣고 저도 깜짝 놀랐습니다. 그러나 이 문제는 그리 간단하지 않습니다. 그 사람이 없으면 증거관계상 사진의 진정성이 입증되지 않으므로 우리가 유리한 것은 확실합니다. 그러나 수사기록은 이미 법원에 제출되었기 때문에 어쩔 수 없다 하더라도 문제는 부검기록입니다.

–아, 좀 알아듣게 말해야지. 부검기록이 어떻다는 말입니까?

강진호의 언성이 다시 높아지며 잔뜩 짜증이 묻어났다.

–오늘 원고는 부검기록에 대한 문서송부촉탁신청을 하고, 유경준의 X레이 필름에 대하여 감정신청을 했습니다. 문제는 X선 필름의 감정 결과가 자동차 사고에 의하여 생길 수 있는 있는 골절이 아니라고 판명되는 경우입니다. 그렇게 되면 이 소송은 낙관할 수 없습니다.

–낙관할 수 없다니? 지금 박 변호사는 그 계집의 말대로 우리가 살인자라고 하는 거요? 뭐요?

강진호가 눈을 부라리며 고개를 앞으로 쑥 내밀고 따질 듯이 물었다.

–회장님, 고정하십시오. 물론 원고의 주장은 터무니없습니다. 그러나 소송은 감정으로 하는 것이 아니고 증거로 하는 것입니다. 행여 원고의 말대로 만일 그 X레이 필름에서 다른 증거가 나오면 문제가 복잡해집니다.

–문제가 복잡해지다니? 그런 일이 생기지 않게 하는 것이 박 변호사의 일 아닙니까?

강진호가 추궁하듯 말하자, 박병우는 잠시 말을 멈추고 침을 삼켰다가 다시 말을 이었다.

—그래서 그런 결과를 미리 방지하기 위하여 오늘 재판부에 원고의 청구취지를 확정해 달라고 강력하게 요청했습니다.

—요청만 해서 될 일이요. 판사를 구워삶아서라도 그 계집이 꼼짝 못하도록 해야지.

강진호가 다시 박병우의 말을 잘랐다.

—물론입니다. 판사는 오늘 원고에게 다음 기일까지 청구취지를 확정하도록 명령했습니다. 이 사건은 형사고소사건이 아니라 민사소송입니다. 지난번에 말씀드린 것처럼 민사소송에서는 원고가 청구하는 금액을 그대로 인정하거나 공탁해 버리면 바로 소송을 끝낼 수 있습니다.

—그래요? 그 계집이 무슨 억하심정으로 이런 소송을 했는지 모르지만, 역시 문제는 돈이라는 말이지요?

—그렇습니다.

—이것 참, 외부에 알려져 문제가 커지기 전에 소송을 빨리 끝내버려야 하는데……. 그래요. 그 계집이 원하는 만큼 돈을 줘 버리세요.

—그래도 혹시 모르니 감정신청에 대비를 해야겠습니다.

박병우는 정색을 하고 다시 한 번 침을 꿀꺽 삼켰다.

—어떻게 말이요?

박병우가 실내를 잠시 두리번거렸다.

—다음 증인신문 준비를 위해서는 실장님과 박 사장님과는 따로 만나기로 하고……. 그것이…… 참, 이런 말씀을 드려도 될지……?

그리고는 맞은편에 앉은 네 사람이 부담스럽다는 표정으로 강진호를 바라보았다.

—괜찮아요. 이 사람들은…….

—혹시 회장님께 누가 될까 싶어…….

—그래요? 정 그렇다면.

—회장님, 그럼 저희들은 물러가겠습니다.

고광준과는 달리 땅딸막하고 간사하게 보이는 김희철이 금방 눈치를 채고 강진호와 박병우를 번갈아 바라보다가 자리에서 일어서며 말했다. 그러자 함께 앉아있던 세 사람도 덩달아 일어났다.

—그래요. 참, 박 사장은 내가 나중에 따로 연락하겠소.

네 사람이 나가자, 박병우가 목을 쭉 뽑아 얼굴을 강진호에게 들이밀며 말했다.

—원고는 서울대 법의학과에 감정신청을 한다고 했습니다. 만약 원고가 말을 듣지 않고 그대로 감정신청을 한다면 서울대 법의학과를 구워삶아야 하는 경우가 생길 수도 있습니다. 우리 쪽에 유리한 감정이 나오도록 말입니다. 이런 일은 은밀하게 이루어져야 합니다. 그래서 일부러 다른 사람들은 내보내도록 했습니다. 죄송합니다.

—그것보다도 그런 일이 생기지 않도록 미리 판사를 요리해 버리면 되지 않소?

—그런 일은 저희들에게 맡겨주십시오. 저희 사무실이 어떤 사무실입니까? 현직 법부무장관이 뒤를 받쳐주고 있습니다. 이런 송사리 한 마리를 잡는 데 큰 칼을 쓰기가 좀 그래서 그럽니다. 그러나 조금 더 상황을 지켜보다가 정 아니다 싶으면 언제든지 조치를 취하겠습니다.

—하긴 그렇지. 뭣 모르고 날뛰는 송사리 같은 계집 하나 잡자고……. 그보다도 서울대가 어떤 곳이오. 그것이 가능하겠소?

—이 세상에 돈 앞에 굴복하지 않는 놈은 못 봤습니다. 서울대라고 다르겠습니까?

—어느 정도 필요할 것 같아요?

—구워삶아야 할 사람이 다섯 명 정도 됩니다. 아무래도 두당 다섯 장 정도는 감안하셔야…….

—알겠소. 그러나 그런 일이 필요하지 않도록 박 변호사가 미리 힘을 좀 써주시오. 내 그러면 따로 박 변호사께 사례를 하겠소.

—여부가 있겠습니까. 원고가 청구취지를 확정하면 곧바로 공탁을 하고 사건을 마무리하겠습니다. 그리고 장관님께서 여간 걱정이 아니십니다. 누가 범인인지는 모르지만 차형일이 살해됨으로 인해 오히려 일이 헝클어지고 말았다고요. 도대체 어떤 놈이 차형일을 죽였는지 참 모를 일입니다.

—그러게 말이오. 그러나 그놈이 없어져 버려 나는 속이 시원합니다. 자중하라는 장관님의 당부도 있고 하여 이러지도 저러지도 못하고 있었는데, 오히려 잘 됐지 않습니까. 후환거리 하나가 없어져 버렸으니.

강진호가 능글맞게 받아넘기고 있었다.

강호빌딩을 나와 사무실로 돌아가는 차 안에서 박병우는 생각했다. 이 사건은 앞으로 원고가 청구취지를 확장한다 해도 기껏해야 청구금액이 5억 원 정도에 불과한 단순한 교통사고 손해배상 사건이다. 그런데 강진호 회장은 왜 이렇게 이 소송에 집착하는 것일까? 지난번 그에게 5천만 원이라는 거액의 돈을 활동비로 쓰라고 준 것도 한편으로는 의아했는데, 오늘 감정 로비를 위하여 2억 5천만 원이라는 거금을 선뜻 내놓겠다고 하는 것은 더 이상하다. 더구나 그룹 내에 법률실무를 담당하고 있는 공식 법무팀이 있는데도 불구하고 회장이라는 사람이 직접 나서서 시시콜콜 챙기고 있는 것부터가 예사롭지 않다.

혹시 이 사건의 이면에 다른 비밀이 있는 것은 아닐까? 원고는 소장의 청구원인에서부터 이 사건을 단순한 교통사고가 아닌 살인 사건이라고 주장하고 있다. 3년 전, 최형윤 장관의 부탁을 받고 사건을 덮을 때, 사실 그는 사건의 내용은 제대로 살펴보지도 않았다. 수사기록도 논리상의 허점이 있는지 세밀하게 검토하지 않고 대충 갈무리하고 말았다. 사건을 일부러 파헤쳐 골머리를 앓고 싶지 않았고, 사건을 덮는 마당에 그걸 알아야 할 필요도 없다고 판단했다. 그런데 지금 다시 살펴보니 수사기록에는 원고의 주장처럼 명백하게 논리적으로 설명되지 않는 부분이 한두 군데가 아니었다.

박병우는 짜내듯 다시 한 번 머리를 굴려보았다. 그때 최 장관이 단순한 교통사고 하나를 덮기 위해 그런 거액을 주었다는 것이 이상했고, 그를 법무법인 정으로 영입한 것은 더 이상하다는 생각이 들었다. 그렇다면 원고의 주장처럼 당시의 교통사고는 실제로 사고를 가장한 살인일지도 모른다. 더구나 원고가 신청한 증인 차형일이 살해되었다. 아까 박홍길이라는 자는 '그 사진을 찍은 놈은 이미 이 세상에 없는데.'라고 했다. 그렇다면 혹시 차형일도 이들이 살해한 것이 아닐까? 최 장관이 이런 가능성을 염두에 두었기 때문에 일부러 그를 시켜 강 회장에게 자중하고 있으라는 당부를 했던 것은 아닐까? 만일 그렇다면 이만큼 더 좋은 사건은 없다. 이제부터 얼마든지 돈을 우려낼 여지가 있는 것이다. 강진호 회장은 그들의 범행을 은폐하기 위해 아낌없이 돈을 쓸 것이다. 그럴듯한 핑계를 대기만 하면 얼마든지 돈을 우려낼 수 있을 것이다.

이런 생각을 하자 박병우는 절로 흥이 났다. 원고가 청구취지를 확정하면 곧바로 사건을 마무리하겠다는 것은 전혀 마음에도 없는 빈말이었다. 최소한 일을 하고 있다는 흉내는 내야 했을 뿐이다. 서울대 법의학과에 로비를 한다는 것도 빈말이었다. 로비를 할 생각은 눈곱만큼도 없고, 로비를 해서 될 일도 아니다. 설사 실제로 감정이 이루어지고 그 결과가 불리하게 나온다고 하여도 그럴듯한 핑계를 만들어 실패한 로비라고 얼버무리면 될 것이다. 더구나 원고가 아무리 발버둥을 쳐도 이 사건의 승패는 이미 결정되어 있다. 이 사건은 민사소송이고, 결국에는 손해배상액의 다과로 귀결되게 마련이다. 원고가 정식으로 피고들을 고소하지 않은 한 민사소송에서의 단순한 주장을 범죄 혐의의 단서로 삼을 수는 없다. 피고가 진다고 하여도 결국 판결은 일정액의 돈을 원고에게 지급하라는 내용일 것이고, 그때 가서 돈만 지급하면 그뿐이다. 그가 맡은 피고는 얼마든지 돈을 지급할 준비가 되어 있다. 오히려 이 사건에서 이긴 원고가 이를 이유로 피고를 형사 고소하면 그는 제대로 된 더 큰 사건 하나를 수임하게 될 것이다. 돈도 안 되는 지저분한 송사리 사건 몇 건을 맡아봐야 머리만 아플 뿐이다. 져도 그만, 이겨도 그만, 아니 오히려 패배하면 더 좋은 이런 사건은 일생에 한 번 맡아볼까 말까 한 사건이다. 이미 우려낸 5천만 원도 사실은 공돈이다. 이제 곧 2억 5천만 원이라는 새로운 공돈이 들어올 것이다. 그러나 이것은 시작에 불과하다. 그는 사건을 최대한 지연시킬 것이고, 그동안 어떤 구실을 만들어서라도 더 많은 돈을 우려낼 것이다. 이렇게 쉽게 돈을 벌 수 있는 변호사라는 직업은 하늘이 그에게 내린 축복이 아니고 무엇인가? 나는 이렇게 은혜로운 축복을 마음껏 누릴 것이다! 박병우는 누구라도 붙들고 외치고 싶은 생각이 들었다.

—빵, 빵, 빵, 빵!

사방에서 울리는 갑작스런 경적소리.

박병우는 깜짝 놀라 반사적으로 급브레이크를 잡았다. 황홀한 상상에 빠져있던 사이에 자기도 모르게 신호를 무시하고 교차로로 진입하고 있었다. 그는 차창을 내리고 겸연쩍게 손을 들어보이고는 시계를 보았다. 법정에서 나와 강호건설에 다녀오는 동안 이미 퇴근시간이 넘어 있었다. 마침 금요일이다. 내일은 출근하지 않아도 되고, 이렇게 좋은 날을 그냥 흘려버리기엔 아깝다. 곧바로 사무실로 들어가려고 했던 박병우는 마음을 바꿨다. 그는 휴대전화로 사무실 여직원에게 바로 퇴근하겠다는 전화를 하고 차를 테헤란로 쪽으로 돌렸다. 그는 얼마 전 사건 수임을 위해 들렀던 룸살롱을 떠올렸다. 송윤미라고 했었지. 박병우는 밤새도록 그의 품에 안겨 교성을 지르던 여자의 포동포동한 젖가슴과 아랫도리의 깊고 풍성한 숲을 머릿속에 그려보았다.

이 시간, 휘진은 송규원의 인터넷 연작소설 『탑의 전설』 중 세 번째 단락 「몽파르나스의 연인」을 읽고 있었다.

몽파르나스의 연인

대학에 입학하면서 나는 소망기도원을 나왔습니다. 원장님을 비롯한 수녀님들과 헤어지는 것도 아쉬웠지만, 그곳에 있던 다른 아이들과 헤어지는 것이 더 마음이 아팠습니다. 그러나 이제는 더 자주, 더 자유롭게 소녀를 만날 수 있다는 기대로 가슴이 벅차올랐습니다. 그렇게 하여 K대학 기숙사에서의 나의 대학생활이 시작되었습니다.

대학은 내게 새로운 세상으로 통하는 문을 열어주었습니다. 그곳에서 새로 사귄 교우들과의 학교생활을 통하여 파괴되었던 어릴 적의 내 자아는 서서히 치유되고 있었고, 점차 시간이 지날수록, 나는 혼자 힘으로도 험한 세상의 조류를 타고 넘을 용기도 가지게 되었습니다. 일요일, 박사님의 차를 타고 세 사람이 함께 소망기도원에 가는 일은 언제나 즐거웠습니다. 박사님이 바쁘셔서 가지 못하는 날은 나 혼자, 또는 소녀와 함께 둘이서 버스를 타고 갔다 오기도 했습니다. 공휴일이나 특별한 날, 세 사람이 함께 외식을 하거나 가끔씩 박사님의 아파트에 가서 소녀와 함께 보내는 시간은 더 없이 즐겁고 소중한 시간이었습니다. 그때, 소녀는 빛의 근원으로 떠난 내 동생인 동시에 연인이었고, 친구였습니다. 그러나 그런 행복한 시간은 오래가지 못했습니다. 1년 후, 박사님께서 프랑스에 있는 어느 대학의 교환교수로 가게 되었고, 소녀도 함께 프랑스로 유학을 떠났기 때문입니다.

프랑스로 떠나기 일주일 전, 봄이 오기에는 아직 이른 2월 초순의 어느 날, 우리는 영주에 있는 박사님의 부모님 산소에 성묘를 갔습니다. 산소는 부석사가 한눈에 내려다보이는 맞은편 산중턱에 있었습니다. 그곳에서 성묘를 마친 우리는 부석사로 갔습니다.

부석사 일주문으로 오르는 길옆에는 헐벗은 은행나무가 일렬로 나란히 서서 추위에 떨고 있었습니다. 그 가로수 길이 끝나는 지점에 장승처럼 우뚝 서 있는 두 개의 돌기둥, 그때, 내가 처음으로 보았던 부석사 당간지주幢竿支柱였습니다. 그 돌기둥 앞에서 박사님은 아무 말 없이 소녀와 내 손을 양손에 하나씩 꼭 잡았습니다. 그리고는 한참 동안 묵묵히 그것을 바라보고만 있었습니다. 이름 모를 산새 한 마리가 돌기둥 끝에 내려앉아 호기심 어린 눈빛으로 우리를 바라보고 있었습니다.

당간지주의 긴 그림자를 밟고 나간 박사님은 부석사의 아홉 단 석축 돌계단을 올라 시작도 끝도 없는 그 무량의 세계, 무량수전으로 우리를 데리고 갔습니다. 그러나 그곳에서도 박사님은 아무 말이 없었습니다. 무량수전의 배흘림기둥 아래에서 단지 다시 한 번 소녀와 내 손을 꼭 잡아 주었을 뿐입니다.

그러나 나는 그때 분명히 느꼈습니다. 그때 박사님의 손을 타고 내 손에 전해지던 그 따뜻한 온기, 그 열망의 에너지를. 그때, 내 손에 닿은 그 에너지가 미묘한 파동으로 전환되어 내 팔을 타고 전신으로 퍼져나가, 내 몸이 저절로 떨리고 있었습니다. 그것은 신비롭고 황홀한 전율이었습니다. 그때 박사님은 아무 말이 없었지만, 당신과 당신께서 이어받은 두 분 부모님의 소망과 염원을 무언의 손길로 우리에게 전해 주고 있었습니다. 지금도 그때를 생각하면 나는 몸이 떨립니다.

무량수전 오른쪽 옆길을 빙 돌아 조사당으로 올라가는 겨울 숲에는 그때까지 녹지 않은 하얀 눈이 쌓여있었습니다. 낙엽이 져버린 앙상한 나뭇가지 위에는 새들이 떠나버린 빈 둥지 하나가 우두커니 혼자 숲을 지키고 있었습니다. 박사님과 소녀가 떠나버리면 나 또한 저렇게 텅 빈 둥지처럼 혼자가 될 것이란 생각에 허전했습니다. 다시 아홉 단의 석축 돌계단을 내려와 은행나무 길을 따라 내려왔습니다. 앙상한 나뭇가지 사이로 시리고 파란 하늘이 강물처럼 흐르고 있었습니다. 은행나무 아래를 걸으면서 소녀가 벙어리장갑에서 손을 빼내어 내 손을 잡았습니다. 소녀의 손도 따뜻했습니다. 전류처럼 흐르는 그 따스함이 내 가슴에서 파문을 일으키고 있었습니다.

일주일 후, 박사님과 소녀는 프랑스로 떠났습니다. 다음날, 토요일, 나는 홀로 소망기도원으로 갔습니다. 한밤중, 나는 트럼펫을 들고 뒷동산으로 올라갔습니다. 흐린 탓에 별도 보이지 않았습니다. 바람도 지친 듯 잠이 들어 있었습니다. 나는 트럼펫에 나를 실었습니다. 트럼펫 소리는 빛이라고는 하나도 보이지 않는 새까만 하늘로 외롭게 울려 퍼졌습니다.

다시 3년이 지났습니다. 나는 어느 새 K대학의 졸업반이 되었습니다. 박사님과 소녀가 귀국한다는 연락이 왔습니다. 기뻤습니다. 이제는 더 이상 외롭지 않아도 될 것 같았습니다. 졸업식을 앞둔 2월 어느 날, 박사님과 소녀가 귀국했습니다. 여고생 나이였지만, 3년 만에 보는 소녀는 그 사이 훤칠한 꺽다리 숙녀가 되어 있었습니다. 함께 얼굴을 마주 바라볼 수 있다는 것만으로도 행복했습니다.

그러나 이 행복도 오래가지 못했습니다. 이번에는 내가 프랑스로 유학을 떠났기 때문입니다. 박사님은 내가 졸업을 하는 시기에 맞춰 박사님이 재직하셨던 프랑스의 그 대학에 내 입학허가서를 미리 받아두고 있었습니다. 그래서 박사님과 소녀가 귀국한 지 겨우 한 달 만에 나는 프랑스로 갔습니다. 다시 소녀와 헤어지는 것이 너무도 아쉬웠지만, 나의 장래를 위해서는 박사님의 결정에 따를 수밖에 없었습니다.

대부분의 여행안내서나 문학잡지 등을 보면 파리의 세느강은 낭만적이고, 몽환적인 분위기가 물씬 풍기는 서정적인 곳이라고 합니다. 그러나 내가 느낀 세느강의 정경은 이런 느낌과는 다릅니다. 솔직히 파리의 세느강은 여러분이 책을 보고 느끼는 것처럼 그리 아름답다거나, 낭만적인 곳이 아닙니다. 강변 산책로는 한강공원 도로에 비하면 작은 오솔길에 불과하고, 강폭을 가로지르는 다리들은 한강의 다리에 비하면 작은 하천 다리에 불과합니다. 강물도 탁해 별로 정감이 가지 않습니다. 세느강에서 볼 수 있는 에펠탑, 알렉산드르3세 다리, 노트르담 성당 등등, 이런 유물과 유적들도 단지 문학의 소재가 되고, 역사적 의미가 부여되어 다소 과장되게 미화됐을 뿐이라는 생각이 듭니다. 가장 파리답다는 늦가을 세느 강변의 가을 풍경도 낙조에 물든 영주 부석사의 은행나무 가로수 길에 비하면 그리 정감이 우러나지 않습니다.

나는 프랑스 파리에서 서양 고대건축을 연구하며 5년을 보냈습니다. 이때 나는 내 인생의 또 다른 전기가 된 두 사람을 만났습니다. 파리에 간 지 2년이 지났을 무렵, 늦가을, 세느 강변에서였습니다. 그날,

내가 그곳에 간 것은 특별히 무슨 이유가 있었던 것은 아닙니다. '퐁네프의 연인들'이란 영화를 아실 겁니다. 그 퐁네프 다리를 지나면 강변 주변 도로에 고서적을 파는 노점이 늘어서 있습니다. 나는 이들 노점에 행여 중세 유럽 건축과 관련한 고서적이라도 있을까 싶어 혼자서 어슬렁거리고 있었습니다. 그때, 어느 노점상 진열대 앞에 서 있는 여자가 눈에 띄었습니다. 검은 생머리를 목 뒤에서 모아 머플러로 묶어 어깨 아래까지 늘어뜨린 뒷모습에 호기심이 끌렸습니다. 하얀 티셔츠 상의에 몸에 착 달라붙는 청바지를 입은 그녀는 그냥 얼기설기 엮은 것 같은 털실 윗도리의 양 소매로 허리를 질끈 동여매고 있었습니다. 어떤 치장을 한 것도 아니고, 그냥 손에 잡히는 옷을 아무렇게나 허리에 질끈 동여매고 나온 그런 모습에서 나는 가볍게 비상하는 자유를 느꼈습니다. 늘씬한 몸매의 파리지엔느에 비교하여도 뒤지지 않을 훤칠한 키와 균형 잡힌 몸매, 그럼에도 불구하고 나는 그녀가 동양인, 어쩌면 특히 나와 같은 한국인일지도 모르겠다는 생각이 문득 들었습니다. 그녀와 함께 서서 얘기를 나누고 있는 남자가 다소 부담스러웠지만, 내 발걸음은 어느 새 그녀가 서 있는 가게로 향하고 있었습니다. 그녀는 내가 다가가는 줄도 모른 채 손에 든 어떤 책에 대하여 불어와 영어를 섞어 남자에게 설명해 주고 있었습니다. 나는 그녀의 옆으로 슬며시 다가가 그 책이 무엇인지 흘깃 보았습니다. 그때 나는 깜짝 놀랐습니다. 누렇게 변색된 아주 낡은 표지에 사슴 그림이 그려져 있었습니다. 놀랍게도 그 책은 동인지 '청록집' 창간호였습니다. 국내에도 몇 권 남아있지 않다는 그런 희귀한 시집 초판이 이곳 프랑스의 고서적 노점상에 진열되어 있을 줄은 생각조차 못한 일이었습니다. 놀란 나는 부지불식중에 우리말로 크게 외치고 말았습니다.

—청록집!

그 소리에 깜짝 놀란 그녀가 토끼눈을 하고 나를 바라보며 역시 우리말로 물었습니다.

—이 책을 알아요?

그때, 그녀도 나처럼 그 희귀본 시집을 발견한 기쁨에 들떠 그 책의 가치에 대하여 함께 온 남자에게 설명을 해 주고 있었던 것입니다. 우리는 그렇게 만났습니다.

그녀는 대학 때 이미 국내의 정평 있는 일간지의 신춘문예에 당선된 소설가였습니다. 대학을 졸업하고 보들레르와 사르트르에 심취하여 프랑스에 유학을 왔고, 공교롭게도 나와 같은 대학에 다니고 있었습니다. 이 첫 만남 이후로 우리는 대학 캠퍼스의 나무 그늘 아래 벤치에서, 강의실에서, 구내식당에서, 세느강의 유람선 바토무슈(Bateaux Mouches)에서, 그 강변의 이름 없는 노천카페에서, 루브르 박물관에서, 콩코드 광장에서, 마들렌 성당, 꼽추 콰지모도가 종을 울리고 있는 노트르담 성당에서, 오르세 박물관에서, 에펠탑 위에서, 몽파르나스의 묘지, 그 한 귀퉁이에 자리 잡은 쓸쓸하고 볼품없는 보들레르, 사르트르, 시몬 보바리의 묘 앞에서, 그리고 심지어 내 숙소나 그녀의 숙소에서도 우리는 서로 만났습니다. 그리고 시간이 지날수록 우리는 서로에게 깊이 빠져들기 시작했습니다.

우리는 둘 다 사랑하는 사람을 잃어버린 아픔을 공유하고 있었습니다. 내가 동생을 그렇게 보냈듯이, 그녀도 사고로 언니와 사랑하는 연인을 잃어버린 아픔을 지니고 있었습니다. 언니를 잃어버린 사고에 대해서는 자세하게 말하지 않았지만, 연인을 잃어버린 첫사랑 얘기는 가슴을 뭉클하게 했습니다. 그녀보다 두 살 아래의 후배 남학생으로,

유달리 산을 좋아했다고 했습니다. 그녀도 산을 좋아했습니다. 산이 누구에게도 구속되지 않는 자유를 주기 때문이라고 했습니다. 그녀가 그를 사랑한 것은 그가 산을 좋아하고 자유의 본질을 이해하는 자유로운 영혼을 가진 사람이었기 때문이라고 했습니다. 또 그들은 사랑이라는 명목으로 서로를 구속하지 않았다고 했습니다.

그를 만난 첫해 여름방학 때, 함께 히말라야로 갔다고 했습니다. 지구의 가장 높고 순결한 곳, 그곳에 가서 아래를 향하여 오줌을 누고 싶었다고 했습니다. 히말라야의 꼭대기에 올라 소변을 보면서 그 아래 오염된 세상을 비웃고, 조롱하고, 그러면서 진정한 자유가 무엇인지 느껴보고 싶었다고 했습니다. 단지 그것뿐이었다고 했습니다. 그런데 히말라야의 5천 미터 고지 빙벽을 오르다가 그만 사고가 났다고 했습니다. 두 사람이 같은 자일에 매달렸고, 그 자일은 두 사람의 몸무게를 지탱하기에는 너무 약했다고 했습니다. 한 사람이 포기하지 않으면 두 사람 모두 추락할 수밖에 없는 절박한 순간, 그는 스스로 자일의 고리를 끊어버리고 끝없는 눈의 계곡으로 떨어져 내렸다고 했습니다. 그녀가 먼저 하려고 했는데, 정작 망설여지더라고 했습니다. 살고 싶더라고 했습니다. 그런데 그는 아무 거리낌 없이 제가 죽을 줄을 알면서도 태연하게 그녀가 보는 앞에서 고리를 끊어버리더라고 했습니다. 한마디 말도 없이 그냥 빙긋 웃으면서……. 떨어지면서 비명 대신, 잠시 외출했다 곧 돌아올 것처럼 가볍게 손을 흔들더라고 했습니다.

그와의 짧은 만남을 통해서, 그녀는 비로소 진정한 사랑을 알게 되었다고 했습니다. 그러면서 진정한 사랑이란 생색내지 않는 것이라고 했습니다. 사랑한다는 말도 생색에 불과하다고 했습니다. 사랑하면 그냥 주면 되는 것이라고 했습니다. 비록 그것이 자신의 생명일지라도. 그러면서도 사랑은 지키는 것이라고 했습니다. 생색내지 않고 지키는 것이라고 했습니다. 사랑을 지키기 위해서 자신의 생명까지도 기꺼이 줄 수 있어야 한다고 했습니다. 그것이 그와 그녀의 사랑 방식이라고 했습니다.

어느 추운 겨울날, 우리는 몽파르나스의 묘지 한 귀퉁이에 쓸쓸하게 자리 잡은 시인 보들레르의 묘지를 찾아간 적이 있습니다. 물론 거기에 가자고 한 사람은 그녀였습니다. 그 쓸쓸한 묘지 앞에서 나는 그 천재시인처럼 외롭게 방황하는 그녀의 영혼을 보았습니다. 그 영혼을 위로해 주고 내 영혼을 위로받고 싶다는 생각이 들었습니다. 나는 그때 그녀에게 비로소 말했습니다. 나의 혹독한 어린 시절과 동생을 바다 속 빛의 근원으로 보내야만 했던 일, 특히 소녀에 대한 내 마음과 감정을, 그래서 온전히 내 모든 것을 그녀에게 주지 못해 미안하다고, 그러나 사랑의 형태는 여러 가지가 있고, 소녀에 대한 내 감정과는 다른 방식으로 나는 그녀를 사랑하고 있음을.

내 말을 들은 그녀는 한동안 말이 없었습니다. 나의 이중성에 화가 난 것일까? 혹시 내 진심을 오해하고 배신감을 느낀 것일까? 그녀의 눈에 시리고 파란 겨울바람이 머물고 있는 것 같았습니다. 그녀가 고개를 들어 하늘을 올려다 본 채로 한참 만에 말했습니다.

—그 사랑 변치 말고 꼭 지켜야 해. 네가 그 사랑을 지키고 있는 한 너는 내가 지킬 거야.

그녀의 눈이 내 눈동자 안으로 들어왔습니다. 나는 약속의 표시로 말없이 고개를 끄떡였습니다. 그녀의 눈에 얼핏 눈물이 비치더니, 그녀가 나를 꼭 끌어안았습니다. 우리는 몽파르나스의 묘지, 그 쓸쓸한 천재시인의 묘 앞에서 그렇게 서로의 영혼을 끌어안고 오래 동안 서 있었습니다.

그녀를 처음 만났을 때, 그녀와 함께 있었던 남자, 우리들의 친구 얘기를 해야 할 것 같습니다. 그분은 중동 어느 나라의 왕자였습니다. 그 나라가 어디인지, 그 사람이 누군지는 말하지 않겠습니다. 내가 놀란 것은 그분이 장차 한 나라의 왕위를 이어 받을 왕자라는 신분보다 다방면에 걸친 그분의 해박한 지식이었습니다. 그분은 우리와 같은 대학의 법학부에서 로마법과 프랑스 민법이 현대 이슬람권 국가의 법제도에 미친 영향에 대하여 연구하고 있었습니다. 그분은 세계 각국의 법제도와 역사는 물론이고 각국의 독특한 전통과 민속 및 민간신앙에 대해서도 놀랄 만치 깊고 해박한 지식을 가지고 있었습니다. 그녀가 그분을 알게 된 것도 루브르박물관에서 한국의 전통 민속에 관한 학술 모임이 있었는데, 그 행사에 참석한 그분의 통역을 그녀가 맡게 된 것이 계기가 되었다고 했습니다.

그분과 교제하면서 알게 된 또 하나의 놀라운 사실은 그분이 박사님도 잘 알고 있었다는 것입니다. 물론 소녀도 잘 알고 있었습니다. 박사님과 소녀가 프랑스에 있는 동안, 그분의 모국 정부에서 발주한 건물의 설계를 박사님이 맡게 된 것이 계기가 된 것이었습니다. 그래서 우리는 더욱 가깝게 지내게 되었습니다.

프랑스에서 보낸 마지막 여름에, 우리는 그분의 초청을 받아 중동에 있는 그분의 왕궁으로 갔습니다. 왕궁이 있는 그 나라의 수도 한복판에 박사님이 설계한 그 나라 최고층 빌딩이 위용을 드러내고 있었습니다. 우리는 그분의 안내로 그 나라 곳곳을 여행했습니다. 여행 도중, 어느 이슬람 사원에 들러 사원 건축양식에 대하여 대화를 나누고 있던 중 그분이 문득 생각난 듯이 박사님의 '코리아 스피릿 아트홀(Korea Sprit Arthall)'에 대하여 아느냐고 물었습니다. 나는 그때 그분을 통해 처음으로 알았습니다. 박사님께서 당신의 마지막 작품으로 그 아트홀을 구상하고 계셨다는 것을. 세계 각국의 전통과 민속에 대해 해박한 지식과 관심을 가지고 있던 그분은 박사님이 구상하고 있던 그 작품에 많은 관심을 갖고 있었습니다.

그 여름을 마지막으로 나는 5년 동안의 프랑스 유학생활을 마치고 귀국했습니다. 그러나 나를 기다리고 있는 것은 박사님과 소녀와의 재회의 기쁨이 아니었습니다. 마른하늘에 청천벽력 같은 소식이 기다리고 있었습니다. 그것은 박사님께서 폐암에 걸렸고, 이제 생명이 얼마 남지 않았다는 사실이었습니다. 더 이상의 치료가 불가능하다는 의학적 진단을 받았다고 했습니다. 정말 믿고 싶지 않았지만, 그것은 엄연한 현실이었습니다. 박사님은 이런 사실을 아무에게도 말하지 않고 숨기고 있었던 것입니다. 박사님의 말씀에 따라 나도 이 사실을 소녀에게 알리지 않았습니다. 그동안 법대에 진학하여 대학기숙사에서 생활하며 사법시험 준비에 매진하고 있는 소녀에게 충격을 주지 않기로 하였던 것입니다.

박사님은 당신의 생명이 다하기 전에 당신의 마지막 작품을 완성하고자 아픈 몸으로 사력을 다하고 있었습니다. 중동의 왕자님이 말했던 그 아트홀이었습니다. 박사님은 당신의 마지막 작품에 대하여 이렇게 말했습니다.

—내게는 할아버지가 물려준 부끄러운 유산이 있어. 할아버지가 나라를 팔고, 동포를 핍박하여 모은 재산이야. 내 아버지는 그 재산을 거부하고 가난한 목수가 되었지. 목수였던 아버지는 무량수전 같은

역사에 남을 아름다운 건축물 하나를 남기는 것이 평생의 꿈이었지. 그러나 그 꿈을 펴지도 못하고 돌아가셨어. 어머니는 해녀였어. 바다의 자궁에서 태어나 바다의 영혼으로 회귀하신 분이었지. 아버지가 돌아가신 후 어머니는 곳곳에 흩어져 있던 할아버지의 부끄러운 유산을 정리하여 한강변에 있는 재래시장 하나를 사 놓았어. 서울의 관문이라고 할 수 있는 곳이야. 시간이 지나면서 그 시장의 땅값이 올라 거액의 재산으로 불어났어. 그 부끄러운 유산으로 이 나라 유사 이래 가장 아름답고 웅장한 호국의 탑, 평화의 탑을 쌓아라. 그 유산은 원래 이 나라 백성들의 것이었다. 원래의 주인에게 남김없이 돌려주어야 한다. 네가 그 탑을 쌓는 일이 곧 그 부끄러운 유산을 그들에게 돌려주는 일이다. 그리하여 네 할아버지가 지은 원죄를 씻고, 네 아버지의 소망을 이루어라. 어머니가 돌아가시면서 내게 한 말이야. 지금 내 폐에 반갑지 않은 손님이 찾아왔어. 암이라는 친구야. 얼마나 버틸지 모르겠어. 아내는 머리에 종양이 자라나 먼저 갔지. 지금 생각해 보면 아내가 그렇게 가고, 내가 이렇게 된 이유도 다 선대의 원죄 때문인 것 같아. 내 딸은 이 원죄의 굴레에서 벗어나야 해. 이것이 부석사로 가서 어린 너희 둘의 손을 잡고 그 당간지주를 바라본 이유였어. 그 무량의 세계, 무량수전을 찾아간 이유였어.

박사님과 나는 그 마지막 작품에 온 힘을 쏟았습니다. 박사님이 구상하시고, 내가 도면으로 그려 구체적인 설계도로 완성시켜 나갔습니다. 박사님은 당신의 마지막 작품, 그 호국의 탑, 평화의 탑에 '코리아타워'라는 이름을 붙였습니다.

코리아타워는 과거 이 나라와 이 나라 모든 민중들이 겪은 수난을 소멸시킨다는 상징적 의미로서 지상 건물의 층수를 백팔 번뇌의 108

층으로 한 마천루입니다. 지상 18층까지의 받침대는 부석사 무량수전을 현대적 조형으로 형상화했습니다. 그것은 곧 박사님의 아버님의 소망이기도 했습니다. 그 위의 90층 마천루, 이것은 이제는 소실되고 없는 신라의 황룡사9층목탑을 복원하여 현대 건축양식과 접목한 것입니다. 나라를 팔아 모은 그 할아버지의 유산으로, 이제는 반대로 호국의 상징이었던 황룡사9층탑을 다시 세우고자 했던 것입니다. 이것은 박사님의 어머님께서 유언으로 남긴 염원이었습니다.

드디어 설계도가 완성되고, 박사님은 어머니가 사 둔 그 재래시장 터, 서울의 관문이라고 할 수 있는 그 터에 코리아타워를 세우고자 했습니다. 이 타워에 코리아 스피릿 아트홀을 만들어 이 나라에서 생성되고 자라나 이 땅의 백성들과 함께 숨 쉬고 있는 우리 고유의 얼과 전통의 가치를 구현하고자 했습니다. 서울의 관문에 우뚝 선 코리아타워, 호국과 평화의 상징, 이 탑의 향기가 세계로 퍼져나가기를 기원했습니다.

코리아타워의 시공을 위한 건축도급계약은 K건설 및 T건설과 맺었습니다. 계약을 체결하는 날, 나는 박사님을 모시고 거제 해금강비치 관광호텔로 갔습니다. 박사님이 제시한 계약의 주요 조건은 완공된 코리아타워에 대한 박사님의 지분은 3분의 1이고, 이 지분으로 독립유공자 후손들을 위한 공익재단을 만드는 데에 두 건설사는 협조한다는 것이었습니다. 설계를 변경하는 경우에는 반드시 박사님의 동의를 받도록 했고, 이 타워의 51층과 60층까지 10개 층은 반드시 '코리아 스피릿 아트홀'로 사용되어야 한다는 부가조건을 달았습니다. 두 건설 회사는 이 조건을 모두 수용했습니다.

그러나 이 계약의 이면에는 박사님과 내가 몰랐던 거대한 음모가 있었습니다. 그날 밤, 박사님을 모시고 서울로 돌아오던 중 신거제대교에서 박사님이 살해된 것입니다. 그들은 교통사고를 가장하여 박사님을 살해했습니다. 그들은 나도 살해하려고 했으나 실패했습니다. 박사님이 살해된 이 교통사고가 2○○○. 12. ○○. 신거제대교에서 발생한 교통사고입니다. 신거제대교에서 있었던 건축공학박사 유경준 박사님의 교통사고입니다.

살인자들은 이 비밀을 알고 있는 나를 추적하고 있습니다. 나는 그 음모를 밝혀내기 위해 그들을 추적하고 있습니다. 나는 이제 그들과 대결할 것입니다. 이것은 박사님의 영전에서 맹세한 나의 의무입니다. 나에게 한 나의 약속이고, 몽파르나스의 묘지에서 그녀에게 한 영혼의 약속입니다.

코리아타워! 이 탑은 박사님의 마지막 작품이자 꿈이었습니다. 이제 나는 빼앗긴 박사님의 그 꿈을 다시 찾아 내 사랑, 그 소녀에게 돌려 줄 것입니다. 그리하여 그 소녀를 통하여 박사님의 꿈을 이루도록 할 것입니다. 그들은 박사님을 살해한 것처럼 그 소녀도 해치고자 할 것입니다. 그러나 나는 지킬 것입니다. 내 동생을 보냈던 것과 같은, 그런 일은 다시는 하지 않겠습니다. 비록 박사님은 지키지 못했지만, 내 사랑, 그 소녀는 반드시 지킬 것입니다. 내 생명을 바쳐서라도. 이것이 그녀로부터 배운 나의 사랑방식입니다.

유혹과 현실

두려움이란 단지 우리의 생각이 만들어낸 허상일 뿐이다.
두려움이란 우리의 생각 속에 존재할 뿐 그 실체는 없다.

송규원의 소설 「몽파르나스의 연인」을 읽고 난 휘진은 또다시 아버지와 진욱에 대한 연민에 사로잡히고 말았다. 그 연민이 통곡과 회한의 강물이 되어 가슴에서 소용돌이를 일으키며 흘렀다. 소설에서는 아버지가 교통사고를 당한 날짜를 정확하게 적시하고 있었고, 아버지의 실명을 그대로 사용하고 있었다. 소설 속의 중동의 왕자님, 그때는 어렸고, 그 후 오랜 시간이 지났지만, 그녀는 알 것 같았다. 프랑스에 있을 때, 아버지와 함께 소설에 언급된 중동의 그 나라에 간 적이 있었다. 소설은 바로 폐암으로 투병하는 아버지와 그런 아버지를 도와 코리아타워의 설계에 전력을 다하고 있었던 진욱 오빠의 얘기였다. 아! 아버지, 아버지가 그렇게 힘든 시간을 보내고 있을 때, 나는 무엇을 하고 있었나? 진욱 오빠, 코리아타워를 되찾기 위해, 나를 지키기 위해 이렇게 힘든 싸움을 하고 있는데, 그것도 모르고 이제까지 원망만 하고 있었구나. 후회와 죄책감에 사로잡힌 그녀는 밤새도록 울었다.

새벽녘이 되어서야 겨우 슬픔을 걷어낸 그녀는 생각해 보았다. 코리아타워, 아버지의 꿈, 아버지는 살해되었고, 코리아타워는 빼앗겼다. 그 빼앗긴 코리아타워를 이제 진욱 오빠가 되찾으려 하고 있다. 그런데 왜 진욱 오빠는 나타나지 않는 것일까? 이 모든 내막을 알고 있으면서도 왜 그들의 음모와 범죄를 공개하지 않는가? 소설 속에서 진욱 오빠가 만난 그녀, 소설가라는 그녀는 누구일까? 단순히 소설에서 창조된 허구의 인물은 아닐 것이다. 어쩌면 작가인 송규원 자신인지도 모른다. 코리아타워 건축도급계약서, 건축도급계약을 체결했다는 K건설과 T건설, 분명 강호건설과 태성건설의 이니셜일 것이다. 이 계약서는 어떤 내용일까? 이 모든 일들이 여전히 의문투성이였지만, 그러나 한 가지만은 분명했다. 현재 진욱 오빠가 어디에서 무엇을 하고 있건, 그를 믿어야 한다는 것. 그래야 빼앗긴 코리아타워를 되찾을 희망이 있다는 것. 소설의 새 단락이 연재되었다면, 메일의 발신자도 새 메일을 보냈을 것이다. 휘진은 메일을 열었다. 발신자가 보낸 글과 첨부파일 두 개가 있었다.

이제 빼앗긴 코리아타워를 찾기 위한 작업을 시작할 때가 되었다. 코리아타워 건축도급계약서를 첨부파일로 보낸다. 이 파일이 아버지의 꿈과 너의 비전을 실현하는 나침반이 될 것이다. 아버지의 당부를 잊지 말아라. 아버지가 너를 지켜보고 있다. 이 작업은 회피할 수도 포기할 수도 없는, 하늘이 너에게 부여한 신성한 소명이다.

하늘이 너에게 부여한 신성한 소명! 가슴에서 일어난 강한 전율이 전류처럼 전신으로 퍼져나갔다. 휘진은 첫 번째 첨부파일을 열었다.

사랑하는 딸아.

나는 지금 여유롭고 흐뭇한 마음으로 서쪽 하늘에 붉게 피어난 낙조를 바라보고 있다. 오늘 새벽에 바라본 풀잎에 맺힌 이슬방울은 미지의 샘처럼 아름다웠다. 그 이슬을 승화시키는 한낮의 햇볕은 사랑처럼 황홀했다. 지금 바라보는 저녁노을은 오랜 여행을 끝내고 고향으로 돌아가는 순례자의 잔영처럼 신비로운 외경으로 물들어 있구나. 이제 이 노을이 스러지고, 어둠이 내리면, 드디어 나를 태우고 존재의 근원으로 돌아갈 돛배가 피안의 포구에 정박할 것이다. 이 배에 오르기 전에 마지막으로 네가 명심해야 할 몇 가지 당부를 해야겠다.

비록 부끄러운 조상의 유산으로 세우는 것이지만, 내 아버지의 열망과 내 어머니의 염원의 결합체, 코리아타워!

먼저 이 탑을 어디에 세울 것인가.

내 아버지, 너의 할아버지는 선대의 부끄러운 유산을 거부하고 속죄의 일념으로 유랑생활을 했었다. 나의 어머니, 너의 할머니는 이 유산을 모두 정리하여 처음 건어물 가게를 차렸던 그 재래시장과 주변의 땅을 사 두었다. 그런데 아버지가 평생 동안 전국의 산천 방방곡곡을 유랑한 것이 단지 속죄의 방편이었기 때문이었을까? 어머니는 왜 유독 그 재래시장에 건어물 가게를 차려 그 터를 사 놓았을까? 어머니로부터 조감도를 받아 코리아타워의 설계를 시작하면서 떠오른 의문이었다. 그래서 나는 그때까지 제대로 살펴보지 않았던 두 분의 유품을 낱낱이 조사해 보았다. 그리고 그 이유를 알았다. 아버지는 단지 속죄의 일념으로 전국을 유랑한 것이 아니었다. 아버지가 유랑한 이유는 더 큰 곳에 있었다. 아버지는 코리아타워를 세울 터를 찾고 계셨던 것이다. 백두대간에서 발원한 지기地氣가 가지를 뻗어 응혈되는 곳, 그곳을 찾고 계셨던 것이다. 그곳이 바로 내 어머니가 사 두었던 이곳 재래시장 터이다. 이 재래시장 터는 한반도 지기의 근혈점根穴點이다. 심장으로 흐르는 피가 역류하지 못하게 하는 대동맥의 판막이 형성된 곳이다. 이 나라 서울의 관문이라고 할 수 있는 곳이다. 과거 우리나라를 지배했던 일본의 조선총독부도 이 사실을 알고 있었다. 그래서 그들은 이 재래시장 터에 지기를 끊는 108개의 단지맥봉斷地脈棒을 박았다. 그러므로 코리아타워는 먼저 이 단지맥봉을 제거하고 반드시 이곳에 세워야 한다.

다음으로 코리아타워의 형태와 구조에 관한 것이다.

코리아타워는 한반도 지기地氣의 근혈점에 세우는 것이고, 그 형태와 구조도 이 지기地氣가 가장 융성하게 발현되도록 특별히 설계된 것이다. 내가 평생을 고심하여 이 설계에 매달린 이유이다. 그러므로 코리아타워는 반드시 나의 설계도대로 건축되어야 한다. 건물의 위치와 방위, 재질, 형태, 구조 등 어느 하나 사소한 것이라도 절대로 설계가 변경되어서는 안 된다. 조선총독부가 이 터에 108개의 단지맥봉을 박은 이유처럼, 내가 이 건물의 층수를 108층으로 한 이유이고, 부석사 무량수전과 황룡사9층목탑의 형태를 본 뜬 이유이다. 어머니가 내게 조감도를 준 이유이다.

마지막으로 코리아타워의 용도와 관련된 것이다.

코리아타워의 각 층을 그 경제적 효용에 따라 어떤 용도로 사용하여도 무방하다. 그러나 이 타워의 중심 51층에서 60층까지 10개 층은 반드시 '코리아 스피릿 아트홀(Korea Sprit Arthall)', 즉 한국의 혼을 구현하는 전통예술관으로 사용해야 한다. 한반도 지기의 근혈점에 세우는 이 탑의 중심에 한국의 고유한 혼이 자리 잡고 있어야 하는 것은 더 말할 필요가 없을 것이다. 그러므로 이 10개 층은 반드시 한국의 혼과 얼이 담긴 한국정신의 산실(Korea Sprit Arthall)이 되어야 한다. 이 나라에서 생성되고 자라나 이 땅의 민중들과 함께 여전히 숨 쉬고 있는 예술혼과 가치를 이곳에서 복원하고, 수집하고, 전시해야 한다. 내 아버지가 그랬던 것처럼, 비록 주목받지 못했을지라도, 이를 지키기 위하여 자신과 가족을 희생한 수많은 장인들의 피땀을 이 탑 속에서 기려야 한다. 그리하여 오천년 전통과 예술의 향기가 이 탑을 통하여 발현되어야 한다. 이것이 어린 내 손을 잡고 그 높은 당간지주를 바라보았던 내 아버지의 뜻이었다.

사랑하는 딸아.

나는 소망한다.

이 탑이 과거의 매국의 유산을 넘어 미래의 호국의 자산이 되기를.

이 탑이 미완의 과제로 남아있는 친일청산의 문제에 대한 역사적 반성의 계기가 되기를.

이 탑이 가난하고 소외된 이 땅의 민중들에게 삶의 기쁨과 안식을 주게 되기를.

이 탑이 억압받고 있는 모든 약소민족에게 자립과 자존의 상징이 되기를.

그리하여 이 탑이 전 세계인의 가슴에 자유와 평화의 상징이 되기를.

그러나 이 탑은 내 것도, 네 것도 아니다.

이 나라 민중에게 돌려주어야 할 그들의 것이다. 돌려주어라. 반드시 돌려주어야 한다. 이 나라 민중의 삶의 터전으로, 호국의 상징으로, 자유와 평화의 표상으로. 이 탑의 주춧돌을 놓는 것은 나의 일이지만, 이 탑을 쌓고, 이 탑의 향기를 퍼뜨리는 것은 네가 할 일이다. 이것이 앞으로 네가 추구해야 할 삶의 좌표이자 비전이 되어야 한다.

사랑하는 딸아.

이 글이 너에게 보내는 마지막 글이 될 것 같구나. 그러나 네가 지혜로운 눈으로 사물의 근원을 바라본다면, 너는 어디에서든 나를 만나게 될 것이다. 내가 섭리를 따라 간다고 하여 슬퍼할 이유도 상실감을 느낄 필요도 없다. 내가 없다고 하여 웃음을 잃어서도 안 된다. 항상 여유롭고 너그러운 마음으로 사물과 현상을 관조하고, 단 한 번의 숨일지라도 깊고 풍성하게 쉬어야 한다. 그런 숨으로 네 생활을 여과시키고, 네 의지를 단련시켜야 한다.

이제 그들에게 빼앗긴 코리아타워를 되찾을 작업을 시작할 때가 되었다. 두려워하지 마라. 너는 혼자가 아니다. 비록 보이지 않는 곳일지라도, 나는 항상 네 곁에 있을 것이다. 너의 주변, 네가 읽는 글, 네가 하찮다고 여기는 모든 사물과 현상에, 내가 너에게 보내는 메시지가 있음을 명심하여라. 그 메시지가 코리아타워를 찾아가는 나침반이 될 것이다.

사랑하는 딸아.

앞으로 네가 어떤 가치를 추구하며, 어떤 삶을 사느냐하는 것은, 오로지 너의 선택에 달렸다. 너를 믿는다. 믿을 뿐만 아니라, 나는 지금 이미 올바른 선택을 하여 새로운 비전의 삶을 살아가고 있는 네 모습을 흐뭇하게 바라보고 있다. 네가 자랑스럽다.

이런 네 모습을 바라보며, 나는 이제 웃으면서 그리운 영혼이 있는 그곳, 존재의 근원으로 가련다. 그곳에 가서 그동안 누군가가 잡아주지 않아 몹시도 외로웠을 그 손을 꼭 잡고 자랑스러운 우리 생명의 이음줄, 우리의 딸 얘기를 들려주련다.

–아버지가–

글을 읽는 동안 휘진은 자신도 모르게 줄줄 눈물을 흘리고 있었다. 가슴에서 일어난 격렬한 소용돌이에 몸을 맡긴 채 어깨를 들썩거리며 전율했다. 한동안 울고 난 휘진은 두 번째 첨부파일을 열었다. 그것은 글로 된 것이 아니라 스캔하여 보낸 여러 장의 사진이었다. 첫 번째 사진은 '인증서'라는 제목이 붙은 서류의 표지였다. 두 번째 사진, 제일 상단에 큰 활자체로 된 제목이 있었다.

코리아타워 건축도급계약서.

바로 이것이구나! 아버지가 체결하였다는 그 계약서. 계약의 상대방은 강호건설과 태성건설이었고, 계약을 체결한 날짜는 아버지의 교통사고가 난 바로 그날이었다. 표지를 뺀 내용만도 열두 장이나 되는 계약서였다.

계약당사자인 아버지가 사고로 돌아가셨다면, 계약의 상대방인 강호건설과 태성건설은 상속자인 나에게 이 사실을 알리고 계약에 따른 권리의무를 내가 상속받을 수 있도록 해야 한다. 그런데 그들은 계약의 체결 사실조차 숨기고 있었다. 왜?

계약서의 내용을 처음부터 한자도 빠짐없이 차례차례 읽은 휘진은 제일 마지막 장에 있는 인증공증인을 확인하고 속으로 비명을 질렀다. '법무법인 정, 대표변호사 최형윤', 상혁 씨의 아버지이자 현직 법무부장관, 지금 배 속에서 자라고 있는 새 생명의 할아버지, 장차 시아버지가 될지도 모르는 사람이다. 아! 이 사람이 아버지의 죽음에 개입되어 있단 말인가? 문득 사법연수원을 수료하고 상혁의 권유에 따라 상견례를 할 때 최형윤 장관이 보였던 곤혹스런 표정이 떠올랐다. 이제까지 줄기차게 결혼을 반대한 이유를 알 것 같았다. 아버지의 죽음에 대한 상혁의 내사, 이해할 수 없었던 전보발령, 이 모든 일의 전말을 알 것 같았다.

그러나 무엇 때문에? 계약의 입회인이 아버지의 살인에까지 개입할 이유가 없지 않은가? 설마? 아닐 것이다. 공증은 대표변호사의 명의로 다른 변호사가 할 수도 있다. 섣불리 판단해서는 안 된다. 휘진은 의식적으로 머리를 세차게 흔들었다.

그러나 만약 최형윤 장관이 정말 아버지의 죽음에 개입되었다면? 이 일을 어떻게 해야 하나? 상혁에게 알려야 할까? 그렇지 않아도 그녀와 아버지의 사이에서 괴로워하고 있는 상혁이었다. 언젠가는 알게 될 텐데, 미리 알려 그 고통을 앞당길 필요는 없다. 이제부터는 상혁의 도움을 바랄 수도 없다는 생각이 들었다. 아버지가 개입된 범죄행위를 아들인 상혁이 어떻게 수사할 수 있는가. 영준의 도움도 바랄 수 없을 것이다. 절친한 친구의 아버지가 개입된 사건을 어떻게 공정하게 수사할 수 있을 것인가. 혼란스럽고 어지러웠다.

휘진은 잠시 눈을 감고 길게 심호흡을 하며 냉정하게 마음을 다 잡았다. 이제는 혼자이다. 이제부터는 철저하게 혼자서 해야 한다. 내 아버지라서가 아니라, 아버지의 소망이 걸린 문제라서가 아니라, 한 사람이 살해되었고, 그 사람이 평생을 추구하던 염원도 범죄행위로 빼앗겼다. 이것은 사사로운 개인의 문제이기 이전에 보편적 정의의 문제다. 연인과 연인의 아버지라는 관계 때문에 보편적 정의를 외면할 수도 없고, 불의의 권력을 묵인하거나 그 권력에 굴복할 수도 없다. 비록 혼자이더라도 불법 권력과 싸우고 저항해야 한다. 사사로운 감정은 버려야 한다. '네 용기를 감상의 바다에 띄우지 마라. 두려움이란 나약한 감상에서 피어나는 환영일 뿐이다.' 지난번 메일에 언급된 글, 메일의 발신자는 나의 이런 내면의 고통까지 예상한 것일까? 휘진은 메일에 글을 올렸다.

어제 첫 번째 변론기일이 열렸습니다. 증인 윤경호에 대한 신문을 마쳤고 (신문내용은 첨부파일과 같습니다), 다음 증인으로 박홍길을 신청했습니다. 그리고 아버지의 부검조서에 대한 문서송부촉탁신청과 함께 경추골 X선 필름에 대한 감정신청을 했습니다. 보내주신 건축도급계약서는 잘 받았습니다. 이제 이 계약서를 근거로 코리아타워를 찾는 작업을 시작하겠습니다. 법률 검토를 한 후 소변경신청을 하겠습니다. 소변경신청서가 작성되면 첨부파일로 올려놓겠습니다. 아버지의 소망과 당부를 결코 잊지 않겠습니다.

—이 사무장님, 국립과학수사연구소에 문서송부촉탁 신청을 해 주시고요. 그리고 이 인증서의 부동산목록에 있는 토지등기부등본과 토지대장을 모두 발급해 주세요. 한 필지라도 빠뜨리면 안 됩니다. 그 토지에 대한 소유권확인 소송을 위한 소가와 인지대도 좀 계산해 주시고요.

월요일, 출근하자마자 휘진은 곧바로 이성호 사무장에게 메일의 첨부파일에서 출력한 '코리아타워 건축도급계약서' 한 부를 주면서 말했다. 주말 이틀 동안 내내 생각한 것이지만, 아버지의 죽음은 분명 이 계약서와 관계된 것이다. 계약서에 나타난 이 엄청난 사실, 상상조차 못한 일이다. 아버지가 이런 계약을 체결하였다니, 여전히 실감이 나지 않았다. 메일의 발신자가 의도한 것은 애초부터 아버지의 교통사고에 대한 소송이 아니다. 메일에는 '먼저 아버지의 교통사고에 대한 손해배상 소송을 제기하도록 하여라.'라고 했다. 메일이 왜 '먼저'라는 말을 했는지 이제 알았다. 메일의 발신자의 의도는 지금까지 다투어 온 교통사고 사건이 아니라 이 계약서를 근거로 한 코리아타워 부지의 소유권에 관한 것이었고, 이제 그 증거자료로 소송상 '추가적 소변경신청'을 위한 자료를 보내온 것이다. 병행해야 할 교통사고 사건의 입증을 위한 서울대 법의학과에 대한 감정신청은 부검 기록이 당도한 후에 이 기록을 토대로 해야 할 일이다.

–여기 이 목록 말씀이시죠. 알겠습니다.

이성호 사무장이 계약서의 제일 마지막 장에 붙은 부동산목록을 펼쳐 보이며 말했다. 이성호 사무장이 막 일어서려는데, 노크소리가 들리고 문이 열렸다.

–변호사님, 손님이 오셨습니다.

문을 연 여직원의 뒤에 선 혜주의 모습이 보였다.

–어머, 언니, 어서 오세요.

–회의 중이라는데 방해가 된 건 아니니?

–아니에요. 방금 마쳤어요. 참, 언니, 이 사무장님 처음 뵙죠? 전에 말씀드린 영준 씨의 선배님이에요. 사무장님, 소설가 성혜주 언니에요. 인사하세요.

휘진이 이성호 사무장과 혜주에게 서로를 소개했다.

–이성호라고 합니다. 전에 한 번 잠깐 뵌 적이 있습니다.

–그렇죠. 반갑습니다.

–언니, 어쩐 일이세요?

서로 인사를 끝내자, 휘진이 혜주에게 물었다.

–떠나기 전에 얼굴이나 한 번 보고 가려고.

–떠나다니요?

–머리도 식힐 겸 여행이나 좀 다녀오려고. 좀 오래 걸리는 여행이 될 것 같아. 인천공항으로 가는 길에 들렀어.

–어디로 가는데요?

휘진이 물었다.

–먼저 남아공에 가서 아프리카를 종단해서 이집트와 터키를 돌아보고 유럽 쪽으로 갈 생각인데, 아직 정하지는 않았어. 어쩌면 터키에

서 인도 쪽으로 가게 될지도 모르겠고.

—그럼 저는 나가보겠습니다. 말씀 나누십시오.

이성호 사무장이 방을 나갔다.

—그보다 인터넷이 와글와글 거리고 있더라.

혜주가 무심코 지나가는 말투로 말했다.

—그게 무슨 말씀이세요?

휘진이 물었다.

—네가 알아봐 달라고 한 소설가 송규원 말이야. 얼마 전 발표한 글이 「몽파르나스의 연인」이었지. 그 소설에서 돌아가신 유 박사님 교통사고가 그대로 실리지 않았어. 실화다, 아니다, 라며 인터넷이 시끌벅적하던데 넌 모르고 있었니?

—그래요?

—차형일이라는 사람이 살해되었고, 인터넷이 와글거리고, 그저께 최검하고 통화했는데, 최검이 걱정 많이 하더라. 최검하고 통화도 잘 안 한다며? 일도 좋지만 주위도 좀 살펴봐. 그럼 난 갈게.

—차도 안 마시고 가요?

—밖에 택시가 기다리고 있어. 빨리 가야 비행기 시간에 맞출 수 있겠어. 혹시 유럽 쪽으로 가게 되면 최검이 있는 베를린에도 한 번 들러볼게.

혜주가 서둘러 방을 나갔다.

—이 사무장님 수고하세요.

—안녕히 가세요.

이성호 사무장과 여직원이 동시에 일어나 인사를 했다.

—언니, 잘 다녀오세요.

휘진이 사무실 밖까지 혜주를 배웅했다. 사무실 앞 차도에 혜주가 타고 온 콜택시가 정차해 있었다. 혜주를 배웅하고 방으로 들어온 휘진은 의자에 앉지 않고 그대로 서서 창밖을 바라보았다. 하늘은 잔뜩 화가 난 듯 찌푸려져 있었다.

* * *

퇴근시간이 되자마자 이성호는 곧바로 사무실을 나서 택시를 탔다. 택시 뒷좌석에 앉은 그는 휴대전화를 꺼내어 다시 한 번 낮에 받은 문자메시지를 확인했다. '회향回鄕', 인사동에 있는 한정식 식당. 이성호는 등받이에 등을 기대고 잠시 눈을 감고 생각을 정리했다. 최근 그에게 전개되고 있는 예사롭지 않은 일들, 혼란스럽고 겁이 나기도 했다. 그러나 다른 한편으론 이것이 그의 앞날을 바꾸어 놓을 새로운 전기가 될 수도 있겠다는 생각이 들었다. 차형일이 살해되었다는 보도가 있었던 그날 저녁 퇴근길, 그는 숙소로 삼고 있던 고시원 쪽방 앞 골목길에서 정체를 모르는 두 남자에 의해 강제로 검정색 밴에 실렸다. 차안에도 운전사 외에 건장한 사내 둘이 더 있었다.

–조용히 따라오시오. 저항하지만 않으면 해치지는 않겠소.

조수석에 앉아있던 사내 하나가 고개를 돌려 뒤를 바라보며 건조한 목소리로 말했다. 이성호는 주눅이 들고 말았다. 사내의 말대로 저항해서 될 일은 아닌 성 싶었다. 다섯이나 되는 건장한 사내를 완력으로 이길 방법은 없었다. 그는 저항하지 않았다.

—잠시만 참으면 됩니다.

운전석 뒤에 앉아있던 또 다른 사내 하나가 호주머니에서 수면용 검은 안대를 꺼내어 이성호의 눈을 가렸다. 차는 움직이고 있었지만, 어디로 가는지, 어느 방향으로 가는지 전혀 가늠할 수 없었다. 차는 일부러 시내를 빙빙 돌고 있는 것처럼 이리저리 방향을 바꾸는 것 같았다. 한 시간은 넘은 것 같았다. 이윽고 차가 멈추고 이성호는 사내들에게 양팔을 붙들린 채 끌려나왔다. 여전히 안대로 눈을 가린 채였다. 계단을 내려가는 것 같았다. 계단의 숫자를 세어 보았다. 사십 여덟 계단, 네 번의 층계참, 아마도 지하 2층쯤 되는 모양이었다. 둔중한 철문이 열리는 소리가 들리고 몇 걸음을 끌려간 이성호는 강제로 의자에 앉혀졌다. 접었다가 펼 수 있는 딱딱한 간이 철제의자인 것 같았다. 드디어 눈을 가리고 있던 안대가 풀렸다. 갑작스런 빛에 눈이 부셨다. 이성호는 손으로 빛을 가리며 눈살을 찌푸렸다. 눈을 껌벅여 눈이 빛에 익기를 기다렸다. 제일 먼저 눈에 들어온 것은 정면에 놓인 별로 크지 않는 조잡한 사무용 책상에 걸터앉아있는 검은 양복을 입은 남자였다. 흰 와이셔츠에 붉은 줄무늬 넥타이, 튀어나온 광대뼈, 얼굴면적에 비해 유난히 작은 눈, 남자의 인상은 너무 날카로워 섬뜩했다. 방 안에 다른 물건이나 장식은 전혀 없었다. 회색 페인트를 칠한 벽은 군데군데 칠이 벗겨져 음산하기까지 했다. 처음 그를 밴에 밀어 넣은 두 사내가 부동자세로 출입문 쪽에 서 있었다.

—놀랐겠지만, 다 나라를 위한 일이니 이해해 주시오.

책상에 앉은 남자가 일어나 천천히 다가오며 말했다. 목소리가 금속을 갉아내는 것처럼 날카로웠다. 나라를 위한 일이라고?

—여기는 어딥니까? 무슨 일로 나를……?

이성호는 겨우 용기를 내어 겁먹은 목소리로 말했다.

—오늘 차형일이라는 사람이 죽었다는 보도는 보았겠지?

그러나 남자는 그의 말을 무시하고 일방적으로 반말로 물었다. 차형일이라는 말에 이성호는 움찔 놀랐다. 신문보도에 의하면 차형일은 머리에 총을 맞고 피살되었다고 했다. 그것을 상기하자 저절로 심장이 오그라드는 것 같았다.

—신문에서 보았습니다.

—만약 당신이 우리에게 협조를 한다면 아무런 문제가 없을 거야. 그러나 협조하지 않는다면…….

남자가 잠시 말을 중단하고 이성호의 눈을 찌를 듯 쏘아보았다. 그 눈빛이 너무 강렬하여 이성호는 마주보지 못하고 고개를 숙이고 말았다. 다리가 표시가 나도록 덜덜 떨렸다.

—어떤 협조를……?

이성호는 기어들어가는 목소리로 겨우 물었다.

—유휘진 변호사 사무실의 사무장이라고? 당신은 그 사무실에서 일어나는 모든 일을 우리에게 알려 주기만 하면 돼. 유 변호사가 만나는 사람이나 주고받는 메일 등 사소한 것 하나라도 빠뜨리지 말고.

—무엇 때문에……?

—질문은 필요 없어. 당신은 우리가 시키는 대로만 하면 되는 거야.

남자가 갑자기 언성을 높이는 바람에 이성호는 다시 한 번 움찔했다. 남자가 다시 말을 이었다.

—다만, 이런 모든 일이 나라를 위한 일이라는 것만 알아두시오. 협조한다면 응분의 보상이 따르겠지만, 그렇지 않으면 그에 상응하는 혹독한 대가를 치러야 할 거야. 그만 보내 줘.

남자가 출입문 쪽으로 걸어가며 말했다. 남자가 나가고 난 후, 두 사내가 다시 그에게 다가와 처음 올 때와 마찬가지로 안대로 눈을 가렸다. 눈이 가려진 채 계단을 올라온 그는 다시 차에 태워졌다. 올 때와 마찬가지였다. 안대가 풀렸다. 차가 멈춘 곳은 처음 그가 출발한 고시원 쪽방 골목이었다.

—연락할 방법은 내일 문자로 알려 줄 것입니다. 작은 사소한 일이라도 놓치면 안 됩니다. 그리고 이것은 실장님께서 주시는 특별활동비입니다.

사내 하나가 두꺼운 비닐 쇼핑백 하나를 건네주며 말했다. 이성호는 엉겁결에 그것을 받아 들었다.

—자, 그럼 가보세요. 참, 미리 말해두지만, 오늘 일에 대하여 경찰에 신고하거나, 우리가 누군지 캐어볼 생각은 아예 마시오. 차형일이 살해되었다는 것을 명심하시오.

사내들 중에서 제일 상급자처럼 보이는 조수석에 앉은 남자가 말했다.

이성호가 내리자마자 차는 바로 떠나갔다. 이성호는 일부러 그 차의 번호를 보지 않았다. 그들의 경고가 마음에 걸렸기 때문이었다. 꼭 무언가에 홀린 것 같았다. 그러나 고시원 쪽방으로 돌아와 그들이 건네 준 쇼핑백을 열어보았을 때, 그는 그때까지의 모든 일이 생생한 현실임을 비로소 깨달았다. 그 쇼핑백에는 3천만 원이나 되는 현금 다발이 들어 있었던 것이다.

다음 날, 이성호는 그들이 보낸 문자메시지를 받았다. 그리고 이제까지 그들이 지시한 대로 은밀하게 유 변호사를 감시하고 있었던 것이다. 그런데 오늘 아침, 유 변호사가 건넨 인증서, 코리아타워 건축도급계약서. 계약당사자뿐만 아니라, 계약의 내용은 더욱 엄청난 것이었다. 코리아타워의 지분 3분의 1이 걸린 내용이었다. 유 변호사의 지시대로 소가 산정을 위해 등기부등본과 토지대장을 발급받아 계약서에 표시된 부동산목록의 공시지가를 계산해 보니 무려 3천억 원이 넘었다. 공시지가가 그렇다면 실질가치는 대충 추산해도 족히 1조 원은 넘을 것이다. 그 순간 이성호는 그 인증서가 그를 납치한 정체불명의 사람들과 관계가 있다고 확신했다. 유 변호사가 진행하고 있는 손해배상 사건은 단순한 교통사고 손해배상 사건이 아니라 무려 1조 원에 달하는 천문학적 액수의 돈이 걸린 민사소송이었던 것이다. 그때서야 그는 차형일이 피살된 이유를 알 것 같았다. 그들이 그를 납치하여 협박하고 회유하는 이유도 알 것 같았다.

그의 이런 추리가 틀렸더라도, 그는 그들에게 보고를 해야 했다. 이미 그는 그 대가로 돈 3천만 원을 받은 뒤였고, 또한 보고하지 않음으로 인하여 가해질 보복이 두려웠다. 차형일이라는 사람은 총을 맞고 피살되지 않았는가. 그들은 언제든지 그도 차형일처럼 살해할 수 있을 것이다. 그는 그들의 협박에 대항할 용기도 없었지만, 거금 3천만 원을 선뜻 주는 것처럼 다음에 제공될 경제적 대가도 뿌리치고 싶지 않았다. 그들이 누구인지 모르지만, 앞으로 잘만 하면 일확천금을 얻을 수 있을 것 같기도 했다.

이성호는 아침에 유 변호사가 소설가 성혜주를 배웅하고 방으로 들어가는 모습을 보고 휴대전화를 들고 화장실로 나와 곧바로 그들에게 전화를 했다. 그가 전화를 한 후 얼마 있지 않아 퇴근 후 즉시 인사동에 있는 한정식집 '회향'으로 오라는 문자메시지를 받았던 것이다.

인사동 대로에서 택시를 내린 이성호는 좁은 골목을 따라 한참을 걸어 들어갔다. 골목은 미로처럼 꼬불꼬불했다. 골목 끝자락에 두 개의 청사초롱 전등 사이에 한자로 '回鄕'이라고 양각으로 새긴 목판 간판이 보였다. 고향으로 돌아간다는 의미의 '회향'이라는 상호처럼 고풍스런 멋을 내고자 입구를 초가지붕으로 장식하고 있었지만, 그것은 주변 건물과는 어울리지 않았고, 양복 위에 두루마기를 걸친 것처럼 부자연스럽게 보였다. 이성호가 출입문을 들어서자 개량 한복 유니폼을 입은 여종업원이 나와 그의 이름을 묻더니 인터폰으로 어디론가 전화를 하고는 따라오라고 했다. 여종업원이 안내하는 복도는 미로 같았다. 안내가 없으면 혼자서는 출입구를 찾지 못할 것 같았다. 여자를 따라 한참을 가자 정교하고 아기자기하게 꾸민 실내 정원이 나왔다. 그 정원은 처음 들어올 때 본 입구의 초가집과는 전연 딴판으로 중간 중간에 수석에 버금갈만한 기암괴석을 놓고, 그 돌들 사이로 좁다란 인공 냇물까지 흐르게 만든 것이 한눈에 보기에도 고풍스런 풍치가 절로 우러났다. 마치 처음 본 입구의 조잡한 장식은 내부의 이런 기품 있는 장식을 일부러 감추고자 위장을 해놓은 것 같은 느낌이 들었다. 특별한 VIP 손님들만 받는 은밀한 요정이 있다는 얘기를 들은 적이 있는데, 이곳이 그런 곳인가, 이성호는 얼핏 그런 생각이 들었다. 그를 안내해 온 여종업원이 정원을 가로질러 가더니 한지를 바른 여닫이문 앞에 서서 나지막이 말했다.

–손님을 모셔 왔습니다.

문이 열리고 연푸른색에 붉은 매화 무늬가 수놓인 한복을 입은 여자가 나타났다. 중간에 가르마를 타서 뒤에서 감아올린 쪽머리, 훤칠한 키에 길고 가는 목, 초승달같이 날렵하게 그린 눈썹, 오뚝 선 콧날,

다소 짙지만 음란하게 보이지는 않게 둥글게 오므린 붉은 입술, 기품이 있으면서도 묘한 정념을 불러일으키는 여자였다. 여자의 자태에 반쯤 얼이 나간 이성호는 흡사 동화책에서 본 선녀가 내려와 있는 것이 아닌가 하는 착각이 들 지경이었다.

–기다리고 계십니다.

여자가 공손하게 허리를 굽히며 그를 맞았다.

–저는 가보겠습니다.

안내하여 왔던 여종업원이 한복을 입은 여자에게 절을 하고는 돌아섰다. 이성호는 구두를 벗고 여닫이문 앞의 작은 마루로 올라서서 여자가 인도하는 대로 방 안으로 들어섰다. 그러나 방 안에는 아무도 없었다. 그 방을 지난 곳에 또 하나의 여닫이문이 있었다.

–손님을 모셔왔습니다.

여닫이문 앞에서 여자가 공손하게 말했다.

–들어 와.

방 안에서 남자의 목소리가 들렸다.

–들어가시지요.

여자가 조심스럽게 여닫이문을 열고는 이성호에게 손짓을 하면서 말했다. 이성호가 방 안으로 들어섰다. 방 안에는 세 사람이 앉아있었다. 음식상을 가운데 두고 왼쪽에 두 사람, 오른쪽에 한 사람이 있었다. 이성호는 오른쪽에 앉은 사람을 단번에 알아보았다. 그날, 영문도 모르게 끌려간 지하실에서 보았던 광대뼈가 튀어나온 섬뜩한 얼굴, 가까이 다가가기만 해도 냉기가 훅 끼칠 것 같던 그 얼굴이었다.

–오느라 수고했소.

그 남자의 맞은편 앞에 앉은 뚱뚱하고 덩치가 큰 사람이 말했다. 뚱뚱한 남자의 안쪽에 또 한 남자가 앉아있었다. 사각형에 가까운 턱에 잔인한 느낌의 인상이었다. 오른쪽에 혼자 앉은 섬뜩한 남자의 얼굴이 아니더라도 이성호는 이미 방 안의 분위기에 압도당하고 말았다.

–이쪽에 앉으십시오.

여자가 별도로 마련한 듯이 보이는 앞쪽 방석을 엉거주춤 서 있는 이성호의 발치께로 당겨놓으며 말했다.

–자네는 나중에 부르겠네.

광대뼈 남자가 여자에게 말했다.

–알겠습니다.

여자가 일어나 조용히 문을 닫고 소리 없이 나갔다.

–그 서류가 분명히 코리아타워 건축도급계약서였나?

여자가 나가고, 이성호가 방석에 앉자마자 광대뼈 남자가 추궁하듯이 대뜸 물었다.

–예, 여기 한 부를 복사해 가지고 왔습니다.

이성호는 사무실에서 미리 복사하여 가지고 온 인증서를 안주머니에서 꺼내 광대뼈 남자에게 건넸다. 광대뼈 남자가 표지를 넘기고 뒷장을 한 장 한 장 넘기며 살펴보고는 그것을 다시 맞은편에 앉은 덩치 큰 남자에게 넘겼다. 남자와 마찬가지로 인증서를 한 장 한 장 넘기면서 보는 덩치 큰 남자의 표정이 점차 굳어지기 시작했다. 광대뼈 남자가 다시 물었다.

–이것은 원본을 복사한 것인가?

–아닙니다. 그것도 복사본이었습니다. 아마도 컴퓨터에서 출력한 것 같았습니다.

–원본은 없었다는 말인가?

—제가 받은 것은 컴퓨터에서 출력한 복사본이었습니다.

—그 계집이 이 서류를 어떻게 구했는지는 말하지 않았나?

—예, 그런 말은 하지 않았습니다. 혹시 의심을 할까 봐 물어보지도 못했습니다.

유 변호사를 '그 계집'이라고 표현하는 안하무인격인 광대뼈 남자의 말이 마치 범죄자를 신문하는 것 같아 이성호는 기분이 영 개운치 않았다. 그러나 그들은 그가 넘볼 수 없는 고위층의 인사라는 생각이 들자 그런 생각은 순식간에 사라지고 말았다. 이성호는 아침에 있었던 일들을 마치 브리핑하듯 상세하게 말했다. 긴장한 탓인지 입에서 침이 바짝 말랐다.

—소유권확인 소송을 위한 소가를 계산해 달라고 했다고?

광대뼈 남자만이 말하고 다른 두 사람은 잠자코 있었다.

—예, 그렇습니다.

—소송은 언제 한다고 하던가?

—유 변호사님은 당장이라도 소송을 제기할 태세였습니다.

—시간이 없군. 그 소송을 자네가 막을 방법은 없나?

—핑계를 대어 며칠 시간을 벌 수 있을지는 몰라도…….

이성호가 얼버무렸다.

—그 외에 다른 일들은 없었나?

—성혜주라는 여자가 찾아왔었습니다.

—그 여자는 어떤 여잔가?

—잘 모르지만, 소설가라고 했습니다. 유 변호사님과 개인적으로 가까운 사이인 것 같았습니다.

—그 성혜주라는 여자가 이 서류를 가져 온 것은 아닌가?

—아닙니다. 제가 유 변호사님으로부터 이 서류를 받고 난 뒤에 성혜주라는 여자가 왔습니다. 그리고……, 혹시 아시는지 모르지만 유경준 박사의 사고를 다룬 인터넷 소설이 연재되고 있습니다.

—뭐라고? 그런 소설이 있다고?

—예, 송규원이라는 소설가입니다.

—송규원이라……? 이것은 복사본이었고? 그럼 원본은 그놈이 갖고 있겠군.

광대뼈 남자가 그에게 묻는 건지, 혼자 말하는 건지 모르게 작은 소리로 중얼거리고는 다시 말했다.

—자네가 할 일이 생겼어. 이 인증서의 원본을 입수해 주게. 가능하면 소송이 제기되기 전에. 자네가 이 서류의 원본을 구해 주거나 어디에 있는지, 또는 누가 가지고 있는지 알려주면 응분의 보상을 하겠네. 자네가 평생 일하지 않고 먹고 살 수 있는 정도로 말이야. 할 수 있겠나?

—최선을 다해 보겠습니다.

—최선만 가지고는 안 되지. 반드시 해내야만 해. 자, 착수금일세. 우선 두 장이야. 성공하기만 한다면 이 돈의 열 배가 아니라 백 배라도 내 기꺼이 내놓겠어.

그때까지 잠자코 있던 맞은편의 뚱뚱한 남자가 음식상 아래에서 종이 쇼핑백 하나를 꺼내어 건네며 말했다. 이성호는 쇼핑백을 조심스럽게 받아들었다. 묵직했다. 두 장이라고 하는 것은 2천만 원을 말하는 것 같았다. 광대뼈 남자가 다시 말했다.

—반드시 알아내야 해. 그리고 이 일과 관련하여 딴 생각은 아예 않는 게 좋아. 인정사정이 없는 것이 돈이야. 그 돈을 받고서도 배신하면 어떻게 될지는 잘 알겠지?

광대뼈의 눈이 형형했다. 이성호는 심장이 오그라드는 것 같았다. 이성호의 대답도 기다리지 않고 광대뼈 남자가 손바닥을 두 번 짝짝 울렸다. 잠시 후, 여닫이문이 열리며 그를 방으로 안내했던 여자가 다시 들어왔다.

–부르셨습니까?

–손님을 모셔다 드려.

광대뼈 남자가 말했다. 여자가 다소곳이 머리를 숙이고 이성호에게 손짓을 했다. 그는 일어나 여자를 따라 나왔다. 어디서 봤더라? 아무래도 광대뼈 남자의 맞은편에 앉은 두 사람을 어디선가 본 적이 있다는 생각이 얼핏 들었다.

이성호가 나간 후, 방 안에 남아있는 세 사람의 표정은 침통하게 일그러져 있었다.

–그날 없애버린 인증서의 원본이 틀림없지요?

홍정호 실장이 그때까지 인증서를 들고 바라보고 있는 강진호에게 물었다.

–그런 것 같습니다 .

강진호가 곤혹스런 얼굴로 말했다.

–우려하던 일이 결국 터지고 말았어. 그놈이 살아있어. 계약서 원본을 갖고 말이요.

홍 실장이 질책하는 목소리로 말했다.

–놈을 찾아내야 하는데, 도대체 그놈이 어디에 숨어 있는 것일까요? 그 계집의 컴퓨터만 뒤져보면 놈을 찾을 수 있을 줄 알았는데, 이것 참…….

뚱뚱한 강진호 회장이 답답한 듯 큰 손으로 작은 술잔을 들어 단숨에 마시고는 말했다.

–실장님, 아까 그 서류는 복사본이라고 했습니다. 원본이 공개되기 전에 특단의 조치를 취해야만 합니다. 최 장관을 압박해서라도 말입니다. 이것도 저것도 안 되면 지 애비처럼 아예 그 계집을 없애버리겠습니다.

태성건설의 김형태 회장이 사각턱을 내밀며 결연하게 말했다.

–그것은 마지막 수단이고, 우선은 그놈과 원본을 찾는데 치중해야지. 내일 내가 최 장관에게 전화를 하겠습니다.

–그런데 혹시? 아까 말한 성혜주라는 여자 말입니다.

김형태가 갑자기 뭔가 생각이 날 듯 말 듯 아리송한 표정을 지으며 홍 실장에게 동의를 구하는 눈길을 보내며 말했다. 그는 세 사람 중에서 제일 나이가 적어 보였다.

–성혜주라? 그러고 보니 뭔가 꺼림칙합니다. 아까 유경준의 사고를 다룬 소설이 연재되고 있다고 했지 않습니까? 그리고 성혜주라는 여자가 소설가라고 했고……. 내일 당장 그 여자를 잡아 족쳐 봐야겠습니다.

강진호가 김형태에게 지지 않겠다는 듯 어깨를 으쓱하며 말했다.

–어른께서 노심초사하고 계신데, 자칫 잘못하다간 오히려 우리가 낭패를 당할지도 모릅니다. 신중해야 합니다. 내일 우리 아이들을 시켜 성혜주에 대한 조사를 해 볼 테니까, 강 회장은 내가 언질을 줄 때까지 기다리세요. 지난번처럼 일을 엉성하게 하다가는 돌이킬 수 없게 됩니다.

홍 실장이 핀잔을 주듯이 강진호에게 말했다. 그때 방 안의 인터폰이 울렸다.

—회장님, 아이들을 들여보내도 괜찮겠습니까?

인터폰에서 여자의 목소리가 들렸다.

—실장님, 너무 걱정 마시고 오늘은 맘껏 즐기다가 가시지요.

김형태가 두 손을 마주잡고 비굴하게 말했다.

—들여보내.

김형태의 태도가 아니꼬운 듯 강진호가 화난 음성으로 인터폰에 대고 버럭 소리를 질렀다.

타워를 찾아서

아! 고통이여. 당신은 내게 너무도 친숙합니다.
당신은 항상 나와 함께 있습니다.
당신 없는 기쁨이나 행복을 상상이나 할 수 있을까요?

화요일, 최형윤 장관의 비밀휴대전화가 울렸다. 정부청사로 출근하는 관용차 안이었다. 홍 실장이었다.

—통화가 가능하겠습니까? 긴급한 일입니다.

—곧 방에 도착할 것 같으니, 잠시만 기다려주세요. 내가 전화를 하겠습니다.

최 장관은 운전사를 힐금 쳐다보면서 말했다. 매사에 신중해야 했다. 설사 운전사라도 믿을 수가 없었다. 방에 도착하자마자, 그는 곧바로 홍 실장에게 전화를 걸었다.

—최 장관입니다.

—그 계집이 인증서를 입수했습니다. 빨리 조치를 취하지 않으면 일이 어디로 터질지 모릅니다. 다행히 원본은 아니라고 하는데, 원본이 나타나기 전에 특단의 조치를 취해야 할 것 같습니다.

홍 실장이 말했다. 목소리에는 조바심이 잔뜩 묻어나 있었다.

—그 인증서는 내가 미리 조치를 해놨습니다. 그것이 크게 문제될

일은 없습니다.

–그 인증서로 소유권확인 소송을 한다고 합니다. 이 일이 언론에 알려지기라도 하면 걷잡을 수 없게 되는데, 이보다 더 큰 문제가 어디 있습니까?

홍 실장의 날카로운 목소리가 추궁조로 바뀌었다.

–소송을 한다고 해도 그때 유 박사와 함께 왔던 그 젊은이만 나타나지 않으면 크게 문제될 것이 없습니다. 문제는 그 젊은이입니다.

–그렇잖아도 지금 전 직원을 동원하여 그놈이 누군지를 찾고 있습니다.

–인증서 문제는 내게 맡겨주시고 실장님께서는 그 젊은이를 찾는 데만 치중해 주십시오. 그리고 강 회장은 왜 시키지도 않은 일을 해서 화를 자초합니까? 왜 무고한 사람을 해쳐 일을 자꾸 어렵게 만드나 말입니다. 앞으로는 더 이상 무고한 사람들이 다쳐서는 안 됩니다. 강 회장에게 단단히 주의를 주세요.

–일을 완벽하게 하려면 어쩔 수 없는 일입니다. 그럼 인증서 문제는 장관님만 믿습니다. 어른께도 그렇게 보고를 드리겠습니다. 그만 끊습니다.

전화를 마친 최 장관은 한동안 방 안을 서성거리며 생각해 보았다. 소유권확인 소송을 한다고? 유 박사의 딸, 이제는 변호사가 된 그 딸이 인증서를 입수했다면 충분히 그럴 것이다. 그녀가 교통사고 손해배상 소송을 제기했을 때부터 여기까지는 예상했던 바였다. 문제는 그 젊은이였다. 계약서를 작성하는 장소에 현직 법무부장관인 그가 동석하고 있었고, 인증서의 작성 경위가 그 젊은이의 증언을 통하여 증명되는 것이 문제이다. 그 젊은이가 나타나는 경우를 대비해야 한다. 그보다도 강 회장이나 홍 실장이 앞으로 저지를 일이 더 염려가 되었다. 유 박사를 살해하고, 심지어 아무런 관계가 없는 보험회사 직원까지 살해한 그들이 막판에 몰리게 되면 유 박사의 딸과 그 젊은이를 그대로 둘 리가 만무했다. 홍 실장에게 이제는 더 이상 무고한 사람들이 다쳐서는 안 된다고 일부러 언성을 높였지만, 그들이 그 말을 귀담아 듣지 않을 것이라는 것은 너무도 자명했다. 이 아이들까지 희생시킬 수는 없어. 방법을 찾아야 해. [illegible]

목요일, 휘진은 그동안 준비한 자료를 토대로 소변경신청서를 작성하기 시작했다.

소 변 경 신 청

사 건 2○○○가단26○○○ 손해배상(자)
원 고 유휘진
피 고 (주)강호건설 외 3

위 당사자 간 위 사건에 대하여 원고는 다음과 같이 소를 변경합니다.

변경한 청구취지

1. 피고들은 연대하여 원고에게 금 605,738,293원 및 이에 대

한 2○○○. 12. ○.부터 이 사건 소변경신청서 부본 송달일까지는 연 5%, 그 다음날부터 다 갚는 날까지는 연 20%의 각 비율에 의한 돈을 지급하라.

2. 별지목록 부동산(3)에 관한 1/3 지분은 원고의 소유임을 확인한다.

3. 소송비용은 피고들이 부담한다.

4. 제1항은 가집행 할 수 있다.

라는 판결을 구합니다.

변경한 청구원인

1. 소장 기재의 제1항(당사자 관계) 및 제2항(손해배상 책임의 발생)에 대한 청구원인 사실은 그대로 유지하고, 나머지 청구원인 사실 및 이 사건 청구취지 제2항에 대한 청구원인을 다음과 같이 추가합니다.

2. 손해배상의 범위

망 유경준은 19○○. ○○. ○○. 생으로 만 5○세의 신체 건강한 남자로서 사고 당시 광운대학교 건축공학과 교수로 재직하고 있었습니다. 이에 대한 유경준의 일실수익, 퇴직금, 위자료 등을 손해배상액 산정에 관한 호프만식 계산법에 따라 산정하면 별지1 표의 기재와 같은 총 금 605,738,293원입니다.

3. 청구취지 제2항에 대하여

가. 코리아타워 건축도급계약서(갑 제11호증)

망 유경준과 피고 (주)강호건설, 피고 태성건설(주)는 2○○○. 12. ○○. 다음과 같은 내용의 건축도급계약(갑 제11호증의 1, 2 인증서 표지 및 코리아타워 건축도급계약서 ; 이하 '코리아타워 계약서'라 한다)을 체결하였습니다.

(1) 계약의 당사자, 체결일

당사자 ; 갑 유경준, 을 1. (주)강호건설 2. 태성건설(주)

병 (주)한얼

체결일; 2○○○. 12. ○○.

(2) 계약 내용(이 사건과 관계있는 부분만 발췌; 전체 계약은 갑 제11호증 코리아타워 건축도급계약서 참조)

가) 갑, 을, 병은 현재 병 소유 명의의 별지목록 부동산(1)(이하 '상가 부동산'이라고 한다)이 갑이 전액 출자(出資)한 갑의 실소유 재산임을 상호 인정한다.

나) 갑은 별지목록 부동산(1)을 2○○○. ○○. ○○.까지 을에게 소유권 이전을 함에 동의하고, 소유권 이전을 위한 모든 절차에 협조한다.

다) 갑은 을에게 별지목록 부동산(2)(이하 '코리아타워'라 한다.)의 설계비용을 청구하지 않는다. 코리아타워의 설계의 권

한은 전적으로 갑이 행사한다. 을은 코리아타워를 시공하는 과정에 어떠한 경우에도 갑의 동의 없이는 설계를 변경할 수 없다. 건물의 일부분에 대한 설계의 변경도 갑의 동의를 받아야 한다. 을이 설계를 변경하여 이를 위반하는 경우 갑은 계약을 해지할 수 있다. 계약이 해지되는 경우, 을은 나)항에 따라 이전받은 별지목록 부동산(1)의 소유권 등기를 갑에게 이전해야 한다.

라) 을은 코리아타워의 준공검사를 필함과 동시에 즉시 갑이 출자한 위 상가 부동산의 대금 및 갑에게 지급하여야 할 설계비용의 대상(代償)으로 코리아타워의 소유권 지분 1/3을 갑에게 이전한다. 을은 이 지분으로 갑이 설립할 독립유공자 후손들의 복지향상을 위한 공익재단(가칭 독립유공자 복지재단)의 설립에 적극 협조하여야 한다.

마) 을은 코리아타워를 완공한 후 이 건물의 51층에서 60층까지 10개 층을 '코리아 스피릿 아트홀(Korea Sprit Arthall ; 이하 '아트홀'이라고 한다)'로 제공하여야 한다. 을은 아트홀의 관리, 유지 및 활동을 위한 공익재단법인의 설립에 적극 협조하여야 한다.

바) 을은 이 계약서 체결일 현재 상가 부동산의 상인(이하 '상가 철거민'이라고 한다)들에게 코리아타워 상가의 우선분양권을 제공하여야 한다. 을은 코리아타워의 완공시까지 상가 철거민들의 생계를 위한 대책을 강구하여야 한다. 이를 위하여 철거민들로 구성된 '철거민 비상대책위원회'와 협의하여야 한다. 만약 상가 철거민들에게 영업보상금 등을 지급하여야 할 경우가 생길 경우, 그 비용은 갑, 을(1, 2)이 각 1/3씩 균분하여 공동으로

부담한다.

나. 원고와의 관계

원고는 망 유경준의 유일한 상속인입니다(갑 제12호증 기본증명서). 따라서 원고는 유경준의 위 계약상의 권리를 상속하였습니다.

다. 확인의 이익

그렇다면 피고 (주)강호건설과 피고 태성건설(주)는 원고에게 위 계약상의 권리에 따른 별지목록 부동산(2), 즉 코리아타워의 소유권 지분 1/3에 대한 소유권이전등기 절차를 이행할 의무가 있습니다. 그러나 아직 코리아타워가 완공되지 않았기 때문에 현재 시점에서는 소유권 이전을 위한 등기절차가 불가능합니다. 이에 원고는 이 권리에 대한 확인의 소송(추가하는 청구취지 제2항)을 통하여 이 계약서상의 권리를 미리 확보해 둘 필요성이 있습니다.

라. 일부 청구

망 유경준 소유의 별지목록 부동산(1) 전체 상가 부동산은 총 52개 필지에 그 공시지가만도 약 3,000억 원에 달하고, 실제 가치는 약 1조 원을 상회합니다. 그리고 완공 후의 코리아타워의 전체 가치(토지대금 포함)는 5조 원을 초과한다고 합니다(갑 제13호증 신문보도문 참조). 그러나 원고는 일부청구로서 별지목록 부동산(3)(전체 상가 부동산의 소유권확인 소송을 위해서는 약 3

억여 원에 달하는 인지대가 필요한데, 현재 원고는 이 돈을 마련할 수 없어 우선 청구취지 제2항 기재의 1필지 부동산에 대한 일부청구를 하고, 추후 경제적 여건이 마련되는 대로 청구취지를 확장할 예정입니다)에 대한 1/3의 소유권 지분 확인을 위하여 이 사건 소를 제기합니다.

4. 결어

그렇다면,

가. 피고들은 연대하여 원고에게 망 유경준의 교통사고(이것이 고의의 살인인 점에 대하여는 이미 적시한 바와 같습니다)에 대한 책임으로서 청구취지 제1항의 금액을 지급할 의무가 있습니다.

나. 그리고 원고는 망 유경준의 유일한 상속인으로서 코리아타워에 대한 소유권 지분 1/3에 대한 확인의 이익을 구하고자 청구취지 제2항의 청구에 이른 것입니다.

입 증 방 법

1. 갑 제11호증의1	인증서(표지)
2	코리아타워 건축도급계약서(내용)
1. 갑 제12호증	기본증명서
1. 갑 제13호증의1 내지 52	각 토지등기부등본

1. 갑 제14호증의1 내지 52　각 토지대장
1. 갑 제15호증　신문보도문

2OOO. O. OO.
원고 유휘진

서울중앙지방법원 귀중

인증서와 등기부등본, 토지대장을 일일이 대조하고, 신문보도문을 입수, 발췌하는 등 신청서의 작성에 많은 시간이 소요되었다. 오후에 법정을 다녀오고 퇴근시간이 되어갈 무렵에야 비로소 소변경신청서의 작성을 마친 휘진은 이성호 사무장을 불러 말했다.

—이 사무장님, 이 소변경신청서, 월요일 아침에 바로 접수할 수 있도록 준비해 주세요.

—예, 알겠습니다.

이성호 사무장이 대답하고는 선 채로 휘진이 작성한 소변경신청서에 첨부된 증거자료를 보고는 말했다.

—변호사님, 다른 증거들은 원본인데, 이 인증서는 사본이네요. 혹시 원본을 변호사님께서 가지고 계십니까?

—꼭 원본이어야 하나요?

—원칙적으로 원본이거나 원본대조필이 되어야 합니다. 그래야 상대방이 진정 성립을 다투더라도 대응할 수 있지 않겠습니까.

—원본은 제가 가지고 있지 않은데 어떻게 하지요?

—예? 그럼 다른 사람이 가지고 있습니까? 그분에게 제가 연락하여 원본을 가져오도록 하던가, 오기 힘들다면 제가 직접 다녀오겠습니다.

이성호는 침을 꿀꺽 삼키고는 휘진의 반응을 기다렸다. 그러나 그의 기대는 빗나갔다.

—그것은 원본을 스캔한 것인데, 스캔한 것이라면 원본으로 간주될 수도 있지 않나요?

휘진이 이성호의 은근한 속셈은 짐작하지도 못한 채 물었다.

—법원에서 원본을 제출하라고 하면 그때는 어떻게 할까요?

이성호가 대답 대신 반문했다.

—우선 그것을 제출하고 나중에 보완하도록 하지요. 저도 지금은 그 사람의 연락처를 몰라서 그래요. 메일로 받았거든요. 법원에서 요구하면 원본은 그때 제출하기로 하고, 지금은 그것으로 법원에 제출해 주세요.

—그런데 제가 소가를 계산해 보니 인지대만도 3억 원이 넘습니다.

아직 신청서의 구체적 내용을 보지 않은 이성호 사무장이 말했다. 그것은 3억 원이 넘는 인지대를 어떻게 마련하겠느냐는 물음이었다.

—그래서 일부청구만 했습니다. 나중에 필요할 때 돈은 제가 마련해 볼 테니까 사무장님은 걱정하지 마세요.

—알겠습니다. 준비하여 월요일 아침에 접수시키도록 하겠습니다.

이성호 사무장이 나간 후 휘진은 곧바로 메일을 열었다.

이제 아버지의 꿈을 찾는 작업을 시작합니다. 첨부파일과 같이 소변경신청서를 작성하였습니다. 이 신청서는 월요일 법원에 접수될 것입니다. 그리고 보내주신 인증서의 원본이 필요합니다. 인증서 원본을 꼭 보내주시기 바랍니다.

휘진은 창가로 다가가 밖을 내다보았다. 잔뜩 찌푸린 하늘에 눈발이 날리고 있었다. 벌써 겨울이구나. 눈발이 점차 굵어지고 있었다. 휘진은 내리는 눈발을 바라보며 입술을 꽉 깨물고 속으로 말했다. 아버지, 코리아타워를 찾는 작업을 이제 시작합니다. 아버지, 도와주세요. 저를 지켜주세요. 그리고 오른손으로 가만히 아랫배를 쓰다듬었다. 헐렁한 블라우스로 감추지 않았다면 다른 사람이 눈여겨보면 임신을 알아차릴 정도로 배가 불러오고 있었다. 휘진은 아랫배에 가만히 손을 대고 배 속의 아기를 느껴보았다. 아가, 이 일로 인해 너는 아버지와 할아버지를 잃을지도 몰라. 그러나 엄마에게는 다른 선택의 여지가 없어. 미안해. 엄마를 용서해 줘.

유 변호사가 먼저 퇴근하고, 여직원이 퇴근한 뒤에도 이성호는 혼자 사무실에 남아있었다. 그는 유 변호사가 작성한 소변경신청서를 꼼꼼하게 읽어보기 시작했다. 전체 토지의 소유권 확인을 구하는 소송이라면 인지대만도 3억 원이 넘는 어마어마한 소송이었다. 그래서 유 변호사는 확인을 구하는 전체 토지 중 1필지만을 청구취지로 하는 일부 청구를 하고 있었다. 1필지만의 소송 결과를 통하여 전체 토지의 향방을 알기 위한 시험소송이라고도 할 수 있었지만, 이것이 소송법상 허용되지 않는 것은 아니었다. 오히려 인지대를 절약하기 위하여 소송실무에서는 이러한 일부 소송이 더 자주 이용되고 있었다. 그가 유 변호사에게 인증서의 원본의 행방을 물은 것은 물론 '회향' 에서의 언질 때문이었다. 유 변호사가 알아채지 못하게 업무를 처리하는 척 하면서 인증서 원본을 가진 사람을 알아보려고 했던 것이다. 원본의 소지자만 찾아낸다면 그는 로또복권에 당첨되는 것이나 다름없었다. 그날, 활동비라고 받은 2천만 원의 열 배, 아니 백 배라도 지급하겠다고 했으니, 그것이 로또복권에 당첨되는 것이 아니고 무엇인가. 그러나 유 변호사도 아직까지는 원본의 소지자를 직접 만난 적은 없는 것 같았다. 메일로 받았다고 하니, 아이디는 이미 알고 있고, 이제 비밀번호만 알아내면 된다. 이성호는 휴대전화를 꺼내 홍 실장의 전화번호를 눌렀다.

—오늘 유 변호사님께서 소변경신청서를 작성하여 주었습니다.

—소변경신청서라니, 그게 뭔가?

—말씀드린 소유권 확인 소송입니다. 지금 진행 중인 민사소송의 청구취지를 변경하여 인증서에 있는 토지 소유권의 확인을 구하는 소송으로 소를 변경하는 것입니다.

—그 소송은 언제 제기되는가?

—월요일에 접수될 것입니다.

—인증서를 보낸 사람은 아직 찾지 못했나?

—유 변호사님도 그 사람과는 직접 연락을 하지 않는 것 같았습니다. 인증서는 메일로 받았다고 했습니다. 계속 지켜보겠습니다.

—언제까지 지켜보고 있을 수만은 없어. 이렇게 하지. 그 계집의 방에 CCTV와 도청 장치를 설치하자고. 모레 토요일, 자네가 사무실에 출근하면 그곳으로 설치할 사람을 보내겠어.

—유 변호사님께서 간혹 토요일에도 출근하기도 하는데, 제가 먼저 출근하여 상황을 보고 있다가 전화를 드리겠습니다.

—알았어. 계속 수고해 주게.

서울 중구 소재 광장신문 본사, 보도부

금요일, 출근하자마자 곧바로 화장실로 달려가 한바탕 토하고 난 뒤 사무실로 들어온 광장신문 특별취재팀의 장선웅張宣雄 기자는 의자에 앉으려다말고 다시 솟구치는 구역질에 화장실로 종종걸음을 쳤다. 최근 며칠 동안 하루도 거르지 않고 퍼 마신 술로 속이 탈이 나도 단단히 난 모양이었다. 아예 속이 거꾸로 뒤집혀버린 모양인지 계속하여 구역질이 솟았다. 조금 전에, 음식은 물론이고 텅 빈 속의 노란 위액까지 토해 내었는데, 또다시 토할 것이 남아있는 모양이었다. 그는 화장실 변기에 고개를 처박고 '왝, 왝' 거리며 다시 한 번 노란 위액을 토해내고는 세면대 수도꼭지의 물을 손바닥으로 받아 입을 헹구었다. 그가 벽에 걸린 두루마리 화장지로 입가의 물기를 닦아내고 있는데 휴대전화가 울렸다.

—예, 장선웅입니다.

—선배, 그동안 잘 지냈어요?

—누구? 아, 성 기자! 아니, 이제는 작가님이라고 해야겠지. 그런데 새벽부터 웬 전화야?

—새벽이라고요? 선배, 아직 술집에 있어? 그럼 저녁에 다시 전화해야겠네.

—우리 일이 새벽 저녁 따지는 일이 아니잖아. 무슨 일인데?

—특종 하나 줄려고.

—특종? 진짜야? 듣던 중 반가운 소리네. 그런데 지금은 내가 영 아니다.

—화장실이지? 보지 않아도 뻔하다. 그래도 마감시간 되면 초롱초롱해지잖아요.

—진짜 특종이지? 어떤 거야? 진짜면 목숨 떼놓고 술 산다.

—그럼 진짜지. 그러나 술은 사양할래요. 나 지금 먼 곳에 있어 만날 수도 없거든.

—술 안 사도 되고, 그거 구미가 솔솔 당기는데, 어떤 거야?

—대한민국 건국 이래 소가 최고액의 단독 민사소송, 특종이 될 것 같지 않아요?

—정말! 진짜지?

—대신 취재원은 철저하게 보호해 주기다. 나를 포함해서. 그렇지 않으면 안 줘.

—내가 누구야. 선웅이다. 수컷을 만방에 펼치는 선웅이란 말이야.

—그럼, 방금 메일 보내놨으니까 참고해 주세용. 안녕, 선배. 아참, 선배. 요즘 인터넷에 와글거리는 송규원의 소설 말이야. 그 소설 심상찮더라.

—송규원의 소설? 난 모르는데?

—기자가 인터넷 세상도 점검하지 않고 있어? 아이고, 앞이 훤하다.

—야, 바깥세상만 해도 눈이 팽팽 돌 지경인데, 보이지도 않는 선 안의 세상을 내가 어떻게 다 알아. 그런데 그 소설이 심상찮다니?

—연재소설 형식으로 세 번째까지 연재되었는데, 무명작가의 글인데도 댓글이 줄줄 달리고 있어요. 선배, 앞으로 그 소설 유심히 한 번 읽어보세요. 그 소설이 방금 내가 보낸 특종을 소재로 한 소설인 것 같아서 하는 말이에요. 그만 끊을게요.

—변호사님, 이런 분이 찾아오셨습니다.

오후 재판을 마치고 법정에서 돌아와 막 책상에 앉은 휘진에게 여직원이 뒤따라 들어와 명함 하나를 건네며 말했다. 광장신문 특별취재팀 기자 장선웅.

—예, 들어오시라고 하세요.

휘진은 손님을 맞기 위해 책상에서 일어나 소파 쪽으로 걸어갔다. 여직원이 나가면서 열어주는 출입문으로 한 남자가 들어섰다. 엄청난 거구였다. 농구선수처럼 키가 컸다. 얼굴은 마치 고릴라처럼 무성한 수염으로 뒤덮여있었다. 족히 사흘은 면도를 하지 않은 것 같았다. 남자가 솥뚜껑같이 큼지막한 손을 내밀어 그녀의 손을 덥석 잡아 흔들며 말했다.

—하하, 반갑습니다. 아침에 전화했던 장선웅 기잡니다. 수컷을 만방에 펼치라고 우리 꼰대가 지어준 이름입니다.

거구의 체격만큼이나 우렁찬 목소리. 다소 상스러웠지만, 악의 없는 시원시원한 어투였다. 장 기자의 아귀에 잡힌 손이 아팠다.

—아, 예, 유휘진 변호삽니다. 처음 뵙겠습니다.

휘진이 찌푸린 얼굴로 겨우 손을 빼내며 말했다.

—하하, 제 모습에 놀라셨죠. 다들 그래요. 그래도 마음은 비단결처럼 부드러운 남자니까 너무 겁내지 않아도 됩니다.

—그런데 무슨 일로?

—뭘 벌써 감추시려고, 이 장선웅이에게 걸려 곱게 빠져나간 사람 별로 없습니다. 실토하시죠?

—도대체 뭘 말씀하시는 건지……?

—코리아타워, 대한민국 건국 이래 소가 최대의 단일 민사소송, 미

리 다 알고 왔으니까 좋게 말할 때 실토 하시죠.

–그런데 그걸 어떻게 아셨죠?

–아, 취재원에 대해서는 비밀입니다. 제 밥줄을 끊어놓을 생각은 마십시오.

장선웅이 거구의 몸을 소파에 털썩 내려놓으며 말했다.

한 시간 후.

–소변경신청서, 이것이 바로 그 소송이라는 말씀이죠. 알겠습다. 내일 가판대에 광장신문 쫙 깔릴 때까지 다른 새들에게 모이 주면 안 됩니다. 이 장선웅이 화냅니다. 아셨죠?

취재를 끝내고 마지막으로 그녀의 사진까지 찍은 장선웅이 방을 나서며 곧바로 휴대전화를 꺼냈다. 그리고는 사무실이 쩌렁쩌렁 울리도록 큰 소리로 말했다.

–편집부 바꿔.

–…….

–야, 나 수컷이다. 내일 일면 헤드라인 뭐야?

–…….

–빼. 한 시간 내로 특종 보낼 테니까, 비워두라고 해. 비워두지 않으면 편집부 오늘 초상난다. 자, 그럼, 이 꽃미남은 그만 갑니다. 아가씨도 수고하세요.

장선웅이 거구를 흔들며 개구쟁이처럼 일부러 여직원에게 찡긋 윙크를 보내고는 사무실을 나갔다. 이성호 사무장이 휴대전화를 들고 사무실을 나갔다.

서울 종로구 소재 대아빌딩 24층 2401호, 국가미래 전략연구소

—막아야 해. 무슨 수를 써서라도.

이성호와 통화를 끝낸 홍정호 실장이 신음처럼 중얼거렸다. 잠시 의자에서 일어나 사무실을 서성거리던 홍 실장이 어디론가 전화를 했다.

—문제가 생겼습니다. 내일 광장신문에 보도가 될 것 같습니다.

—광장신문에서 어떻게 냄새를 맡았지?

—그것은 아직 알 수 없고 우선은 보도를 막는 것이 급선무일 것 같습니다.

—알았어. 그 문제는 내가 직접 나서야겠군. 광장신문, 이놈들이 또 말썽을 부리는군.

A와 통화를 끝낸 홍 실장이 어금니를 꽉 깨물었다.

서울 중구 소재 광장신문 본사, 편집부

장선웅이 문을 부술 듯 열어젖히며 편집부로 들어섰다.

—사장님 지시라고? 사장이 왜 편집에 관여해? 곧바로 편집회의 소집해. 급해, 빨리.

한 시간 후, 광장신문 편집회의.

김호근 편집장이 장선웅 기자를 보고 추궁하듯 말했다.

—소스 분명하지?

—하 참, 내가 직접 가서 확인까지 했다니까요. 이것입니다. 소변경 신청서.

장선웅이 유휘진 변호사로부터 받아온 소변경신청서의 사본을 흔들며 말했다.

–월요일 접수되는 것도 분명하고?

–내 손에 장을 지집니다. 만약 오보라면 제가 책임지겠습니다. 당시 유경준 박사의 교통사고에 얼마나 많은 의문점이 있었습니까? 그런데 이상하게도 차단이 됐습니다. 이제 그 뚜껑이 열리려고 하고 있다고요. 독점입니다. 아직 아무도 모르고 있습니다. 유경준 박사의 딸, 유휘진 변호사로부터 방금 취재한 것입니다.

–그래? 그런데 저 꼴통 사장이 시비를 거는 게 영 마땅찮은데…….

–사장이 왜 편집에 관여합니까? 지난 번 노사협의에서 경영진은 편집에 관여할 수 없다고 합의하지 않았습니까. 아직 그 합의서 잉크도 채 마르지 않았습니다. 이러다간 광장신문 망합니다. 만약 잘린다면 D로 넘기겠습니다.

경쟁사인 대한일보로 넘기겠다는 협박 아닌 협박은 장선웅이 종종 써 먹는 수법이었다.

–뭐? 너, 이 자식, 아직 그 버릇 안 고쳤어? 자식이 삐딱하면 넘긴다고 공갈을 쳐. 좋아. 때리자. 선웅이 니 모가지, 내 모가지 두 개 다 걸고 때리자.

–고맙습다, 편집장님.

장선웅이 거구의 몸을 벌떡 일으켜 두꺼비 같은 손으로 거수경례를 하며 큰소리로 말했다.

–대신에 지금부터 게이트키핑 철저히 가동한다. 알았어?

–알았습다.

장선웅이 손을 내리고 어깨를 으쓱하며 다시 한 번 큰소리로 말했다.

–자, 그럼 일하러 갑시다.

김호근 편집장이 일어나 방을 나갔다.

—헤헤, 편집장님, 근데 제 모가지는 굵어서 잘 안 잘릴 건데요.

복도로 걸어가는 편집장의 뒤로 살살 눈웃음을 치며 슬금슬금 다가간 장선웅이 편집장의 귀에다 말하고는 쿵쿵 복도를 달음박질치며 뛰어갔다.

월요일, 사무실 근처 유료주차장에 차를 주차한 휘진은 사무실로 걸어가다 문득 걸음을 멈추었다. 사무실이 있는 건물 앞 인도에 많은 사람들이 모여 웅성거리고 있었다. 카메라를 메고 있는 사람도 보였다. 무슨 일일까?

—저깁니다.

누군가가 외쳤다. 순간, 웅성거리던 사람들이 우르르 그녀를 향해 달려왔다. 카메라의 불빛이 요란하게 터졌다. 휘진은 순식간에 보도진들에 의해 둘러싸이고 말았다. 여기저기서 질문이 쏟아졌다.

—강호건설을 상대로 1조 원대의 민사소송을 제기하였다는 것이 맞습니까?

—유경준 박사님이 살해당한 것이 맞습니까?

—광장신문의 토요일 기사가 맞습니까?

휘진은 그때서야 그 이유를 알았다. 광장신문은 사무실에서 구독하고 있었다. 토요일, 출근하지 않은 그녀는 그때까지 광장신문을 보지 않고 있었다.

—나중에 기회가 되면 말씀드리겠습니다.

—소송을 제기한 것은 맞는가요?

—나중에 말씀드리겠습니다. 좀 비켜주세요.

휘진은 기자들의 틈을 뚫고 겨우 사무실로 올라왔다. 그러나 그들은 쉽게 물러날 기색이 아니었다. 그녀를 따라온 보도진들은 순식간에 사무실을 점령해 버리고 말았다. 휘진은 급히 변호사실 자기 방으로 들어가 문을 잠갔다. 그녀는 그때서야 탁자 위에 놓인 광장신문을 보았다.

코리아타워를 둘러싼 1조 원대의 민사소송
설계자 유경준 박사는 살해되었다

일면 헤드라인을 완전히 점령하다시피 한 큼지막한 제목이었다. 가슴이 두근거렸다. 보도진들은 여전히 사무실을 점령하고 있었다. 그녀의 가슴에서 작은 불꽃이 피어나 퍼지기 시작했다. 이제 본격적인 싸움을 시작해야 한다. 그녀는 가방에서 장선웅 기자에게 보여준 소변경신청서가 든 봉투를 꺼냈다. 다시 한 번 검토하기 위해 금요일 퇴근하면서 집으로 가져간 것이었다. 휘진은 입술을 깨물며 속으로 가만히 외쳤다. 아버지, 이제부터 시작입니다. 물러서지 않겠습니다.

휘진은 봉투에서 신청서를 꺼내어 오른손에 들고 방문을 열었다. 보도진들의 카메라가 일제히 그녀에게로 향하고 있었다. 그녀는 소변경신청서의 표지를 전면으로 향하게 하여 어깨높이까지 들고 또박또박 말했다.

–저는 오늘 강호건설과 태성건설을 상대로 코리아타워의 지분에 대한 1조 원대의 소유권확인 소송을 제기합니다. 저는 이 소송을 통하여 이 타워의 설계자이자 저의 아버지인 유경준 박사님이 억울하게 살해되었다는 것을 밝혀낼 것입니다. 아울러 저는 고백합니다. 아버

지에게는 선대의 부끄러운 친일유산이 있었습니다. 아버지는 이 부끄러운 유산으로 당신이 설계한 코리아타워를 세워 이 나라 민중에게 다시 돌려주려고 했습니다. 아버지는 소망했습니다. 코리아타워, 과거의 부끄러운 매국의 유산으로 쌓는 이 탑이 미래의 호국의 상징이 되기를. 이 탑이 여전히 미완의 과제로 남아있는 친일청산의 문제에 대한 역사적 반성의 계기가 되기를. 이 탑이 코리아 스피릿, 즉 한국의 혼과 얼을 구현하는 시금석이 되기를. 그러나 그들은 이 탑을 빼앗아 갔습니다. 아버지를 살해하고 이 탑을 빼앗아 갔습니다. 아직 그들이 누군지는 정확하게 밝혀지지 않았습니다. 그러나 저는 찾아낼 것이고, 또 싸울 것입니다. 코리아타워, 이 탑은 제 아버지의 마지막 꿈이고, 제가 아버지로부터 이어받은 저의 소망입니다. 아버지와 저의 소망, 한국의 혼, 코리아 스피릿의 구현을 위해, 이 탑으로 피어날 이 나라 민중의 자유와 자존을 위해, 저는 지금부터 싸울 것입니다. 이 소변경신청서는 이 싸움의 시작으로써 먼저 코리아타워에 대한 소유권 지분 일부를 청구하는 소송입니다. 이상입니다.

다윗과 골리앗

심지어 막대기와 돌멩이까지도 우주를 가득 채우고 있는 신비한 힘의 표현이며,
그 자체로 영적인 본질을 가지고 있다.
–인디언의 격언–

휘진은 출근하자마자 탁자 위에 놓인 광장신문을 펼쳐 들었다. 사흘 전, 장선웅 기자가 소변경신청 후 새로 열리게 될 변론기일에 대하여 취재를 하고 갔었다.

다윗과 골리앗의 싸움이 시작되다
갓 개업한 단독 여변호사와 대형 로펌과의 싸움

기사 제목이었다. 기사는 최근 갓 개업한 신출내기 변호사인 그녀가 국내 굴지의 대형 로펌 중 하나인 법무법인 정의 쟁쟁한 변호사들과 어떻게 싸워 나갈지 주목된다고 하면서, 이 소송을 '다윗과 골리앗의 싸움'에 견줄 만하다고 하고 있었다. 기사는 이 사건의 배후에는 보험사 직원 차형일 피살 사건도 개입되어 있다고 하면서, 다음과 같이 마무리하고 있었다.

……한편 현재 인터넷에 연재 중인 송규원 작가의 연재소설 『탑의 전설』에 등장하는 유경준 박사가 이 소송에서의 유경준 박사의 실명인가에 대하여 독자들과 네티즌들의 궁금증이 증폭되고 있다. 본 취재진은 이 사실을 확인하기 위하여 소설가 송규원 씨의 소재를 파악하고 있으나 연락이 되지 않았다.

장선웅 기자는 취재 과정에서 그녀가 언급하지 않은 송규원의 소설까지 기사화하고 있었다. 그런데 장선웅 기자는 그녀가 소변경신청을 통하여 코리아타워 소송을 제기한다는 사실을 어떻게 알았을까? 장선웅 기자와 광장신문? 휘진은 문득 성혜주 작가가 예전에 광장신문 기자였다는 사실을 떠올렸다. 그렇다면 혹시? 아니다. 혜주 언니는 그녀가 소변경신청서를 작성하기도 전에 여행을 떠났다. 혜주 언니가 여행을 떠난다고 사무실에 온 것은 지난 월요일이었고, 그녀가 소변경신청서를 작성한 것은 목요일이었다. 그리고 혜주 언니에게 소변경신청 얘기는 하지도 않았었다. 소변경신청을 통하여 소송을 제기한다는 사실은 메일에만 올렸을 뿐이고, 누구에게도 말한 적이 없다. 그런데도 이런 정보가 장선웅 기자에게 새어나갔다면? 아! 그래, 어쩌면 그럴지도 모른다. 휘진은 반짝 머리를 스치는 한 생각의 끈을 붙들었다. 휘진은 곧바로 인터넷의 통합검색란에 '성혜주'라는 이름을 입력했다.

성혜주

소설가. 19○○년 서울 출생. Y대학 불어불문학과 및 동 대학원 졸업. 대학 3학년 재학 중인 199○년 J일보 신춘문예에 단편소설 「우리들의 사랑방식」이 당선. 20○○년부터 20○○년까지 광장신문 기자. 20○○년 프랑스 ○○○

대학 불문학 박사 과정 수료.

휘진의 예상은 적중했다. 성혜주가 유학한 프랑스 ○○○대학은 아버지가 교환교수로 근무했던, 진욱 오빠가 유학한 바로 그 대학이었다. 유학 시기도 진욱 오빠가 프랑스에 있었던 시기와 겹쳤다. 그랬구나. 그러나 확인이 필요했다. 휘진은 곧바로 장선웅 기자의 휴대전화 번호를 눌렀다.

–하하, 오늘 기사 마음에 들었습니까?

휘진이 말을 꺼내기도 전에 장선웅 기자가 먼저 우렁찬 목소리로 말했다. 아마 그녀의 사무실 전화번호를 입력해 두고 있었던 모양이었다.

–기사보다도 한 가지 물어볼 게 있어서요.

–예, 말씀만 하십시오.

–소설가 성혜주 씨를 아시죠?

–예? 그건 왜 묻습니까?

–제가 소송을 제기한다는 것을 성혜주 씨가 알려주었죠?

–죄송하지만 취재원에 대해서는 비밀입니다.

–대답해 주지 않으면 앞으로 저도 협조하지 않을 겁니다. 대답해 주세요. 맞죠?

–하, 이것 참 난처하네. 수컷의 명예가 걸린 문제인데, 이거 참…….

–이 일로 차형일 씨가 살해되었습니다. 그들이 이 사실을 알면 성혜주 씨도 위험해요. 제가 꼭 만나야 합니다.

–예, 다 알고 있는 것 같아 말씀드립니다만, 처음 취재하러 가던 날

아침, 성 작가와 통화를 했습니다. 멀리 있다는 말만 했습니다. 사실 저도 성 작가를 찾고 있습니다. 그러나 그때 이후 지금까지 완전히 소식두절입니다.

–혹시 전화나 연락이 닿으면 제가 꼭 만나야 한다고 전해 주세요. 꼭 부탁드립니다.

–알겠습니다.

전화를 끊은 휘진은 확신했다. 그녀가 소송을 제기한다는 사실은 메일에만 올렸다. 그런데 그 메일의 정보가 장선웅 기자에게 갔고, 그 정보를 준 사람은 혜주 언니다. 그렇다면 혜주 언니가 그 메일을 보았다는 것이고, 결국 그녀에게 메일을 보내는 사람도 진욱 오빠이거나 혜주 언니가 틀림없다. 그랬구나. 소설 속 주인공 '나'는 진욱 오빠이고, 주인공 '나'를 사랑하는 그녀는 바로 혜주 언니였구나. 소설은 송규원이라는 필명으로 발표하는 혜주 언니의 소설이구나. 왜 진작 이 생각을 하지 못했을까? 그보다도 만약 그들이 이 사실을 알게 된다면 혜주 언니도 위험하다. 진욱 오빠를 쫓는 것처럼, 그들은 혜주 언니를 쫓을 것이다. 혜주 언니는 마침 아프리카로 여행을 떠난다고 했다. 이것이 단순한 우연일까? 아닐 것이다. 혜주 언니도 위험을 잘 알고 있다. 혜주 언니는 이 소송으로 인해 자신에게 닥칠 위험을 예상하고 의도적으로 피신한 것이다. 그것도 아무도 찾지 못할 먼 아프리카로. 이런 생각이 들자, 휘진은 다소 마음이 놓였다.

그러나 장선웅 기자와의 이런 전화대화가 낱낱이 도청되고 있다는 것을 그녀도, 장선웅 기자도 생각조차 하지 못했다. 그녀의 사무실에서 멀지 않은 유료주차장에 주차되어 있는 검정색 밴에 있던 한 사내가 휴대전화를 꺼내어 어디론가 전화를 했다.

—실장님, 찾았습니다. 성혜주라는 소설가입니다.

같은 시간, 법무법인 정의 공동대표변호사 양희준 변호사의 방에는 법인 소속의 열한 명의 변호사가 모여 있었다. 그중 세 명은 여성 변호사였다. 양희준 변호사는 최형윤 장관과 사법연수원 동기로 5년 전 고법 부장판사를 마지막으로 공직을 마치고 법인의 공동대표변호사로 합류한 사람이었다. 원만하고 합리적인 성품으로 법원 내에서도 신망이 두터웠다. 양희준 변호사가 말했다.

—공동변호인단은 이 자리에 계신 여러분들을 모두 포함하여 20명으로 구성하였습니다. 그동안 기록을 전담하여 검토한 박병우 변호사가 사건의 쟁점에 대하여 설명해 주세요.

소파 앞에 서 있던 박병우가 브리핑을 하듯이 말했다.

—크게 쟁점이 될 문제도 없는 간단한 사건입니다. 원고가 제출한 코리아타워 건축도급계약서는 위조된 계약서입니다. 이 계약서는 저희 법인 공증사무실에서 작성된 것입니다. 특히 입각 전 장관님께서 직접 서명하여 작성된 인증서입니다. 원본이 저희 공증사무실에 보관되어 있었습니다. 제가 원본과 제출된 위조계약서의 내용을 비교하여 정리해 왔습니다.

박병우가 문서철에서 A4 용지에 작성한 서류를 꺼내어 모두에게 한 부씩 배부했다. 모두가 고개를 숙이고 한동안 서류를 보고 있었다.

—그러니까 계약서 원본에는 소유권 지분 3분의 1을 이전한다는 내용이 없다는 것이 아닙니까? 이게 사실입니까? 하하, 이것 정말 희대의 소송 사기입니다. 그것도 자그마치 1조 원대의 소송 사기라니……. 혹시 이 여자 제정신이 아닌 것 아닙니까? 간이 배 밖으로 나

오지 않고서야. 당장 문서위조로 고소하여 구속시켜 놓고 일을 시작하는 것이 좋을 것 같습니다.

소파 오른쪽 끝에 앉은 사람이 말했다. 전직 부장검사 출신으로 산적 두목처럼 우락부락하게 생긴 외모와 불같은 성격 때문에 '강꺽정'이라고 불리는 강일수 변호사였다.

―그럽시다.

―무슨 애들 장난하는 것도 아니고…….

―강 변호사님 말씀처럼 쓴맛부터 보여주어야 할 것 같은데요.

―그런 말씀 마세요. 이런 소송을 제기하여 우리 회사 살림을 두둑하게 해 주니 얼마나 고맙습니까.

―하하하, 그렇습니다. 소송비용으로 강남에 있는 강호건설 아파트 한 동쯤은 내놓게 만들어야지요.

―허허허, 맞는 말입니다.

―오늘 광장신문 보셨습니까? 다윗과 골리앗의 싸움이라고 되어 있던데요. 하하하, 우리 모두 돌팔매 맞을 준비를 단단히 해야 할 것 같습니다. 골리앗이야 다윗의 돌팔매에 맞아 쓰러졌다 해도 이것이 어디 돌팔매 가지고 하는 완력 싸움입니까?

모인 변호사들 누구나가 조롱 섞인 한마디씩을 거들며 웃었다.

―경력은 일천하더라도 그래도 법관 출신 변호사가 이런 무리한 소송을 제기하다니, 참 믿기지가 않네요.

그나마 세 명의 여성 변호사 중 한 사람이 안타깝다는 듯 진지한 얼굴로 말했다.

그때 양희준 변호사가 정색을 하고 말했다.

―물론 원고가 제출한 문서는 위조계약서입니다. 강 변호사님의 말

대로 고소를 하던가, 그렇지 않더라도 위조 사실만 밝혀내면 이 소송은 간단하게 끝낼 수 있을 수 있는 사안입니다. 그러나 이 문제에 대한 장관님의 당부를 먼저 말씀드리겠습니다.

좌중이 일순 조용해지며 양희준 변호사의 다음 말을 기다렸다.

–장관님께서는 이 문제가 필요 이상으로 확대되기를 원치 않습니다. 그리고 이러한 입장은 의뢰인들도 마찬가집니다. 우리가 이 문제에 대하여 위조 항변을 하게 되면 어쩔 수 없이 이 문서의 인증자인 장관님이 사건에 연루되고, 이렇게 되면 장관님의 정치적 입지가 곤란하게 됩니다. 그래서…….

–위조 항변을 하지 않으면, 다른 마땅한 대응 수단이 없을 것 같은데요.

양희준 변호사의 곁에 앉은 이수호 변호사가 낮은 목소리로 말했다. 지법 수석부장판사 출신으로 송무를 강화하기 위해 법인에서 특별히 영입한 사람이었다.

–그 문제는 내가 장관님과 직접 의논하여 정리하겠습니다. 오늘 변론기일에는 박 변호사가 출석하도록 하세요. 다른 주장은 하지 말고 단지 변론준비를 위한 속행을 구해 주세요. 그리고 다른 분들은 모두 자중해 주십시오. 안 그래도 이 문제로 인터넷이 시끌벅적한 판인데, 괜히 말 한마디 잘못해서 세간의 입에 오르내릴 필요는 없습니다. 특히 이 문제가 다른 방향으로 확대되면 장관님의 입지가 곤란해집니다. 오늘 이렇게 모이라고 한 것은 이 때문입니다. 다시 한 번 말씀드리지만 개인적으로 언론과 접촉하는 것은 허용되지 않습니다. 다른 어느 누구에게도 이 문제에 대해서는 함구해 주십시오. 그리고 이 사건은 저와 이수호 변호사님이 직접 전담합니다. 대언론 창구도 이 변

호사님으로 통일합니다. 실무적으로는 지금까지 이 사건을 맡아온 박 변호사가 수고해 주세요.

서울중앙지방법원 민사합의법정 제○○호실

사건은 원고의 소변경신청으로 인하여 관할이 변경되어 합의부로 이부移部되었다. 이에 따라 사건번호도 새로 부여되었고, 법정도 합의부 법정으로 변경되었다.

오후 2시, 휘진은 법정으로 들어섰다. 여행을 떠난다고 했으나, 가지 않았을지도 모른다. 휘진은 혹시 성혜주 작가가 법정에 와 있을지도 모른다는 생각에 방청석을 빙 둘러보았다. 그러나 그녀는 보이지 않았다. 대신 전봇대처럼 우뚝 솟은 텁수룩한 수염의 장선웅 기자가 방청석 앞줄에 앉아 눈을 찡긋했다. 법정에는 일반 방청객들보다 기자들이 더 많은 것 같았다. 이윽고 재판장과 배석판사들이 입정하여 판사석에 앉았다. 재판장인 최호중 부장판사에 대한 평은 그녀도 익히 들어 알고 있었다. 법원 내부에서도 정치적 성향이 강한 해바라기 판사로 소문이 나 있었다. 아직 언론에 공개되지는 않았지만, 이 사건에 현직 법무부장관이 연루되어 있다는 사실은 누구보다 피고들 소송대리인들이 더 잘 알고 있었다. 이런 사건이 최 부장판사에게 배당된 이상 공평한 재판 진행은 기대할 수 없다는 생각이 들었다. 아니, 이 사건이 최 부장판사에게 배당된 것 자체가 분명 윗선의 입김이 작용했기 때문일 것이다.

그녀의 편은 아무도 없었다. 장선웅 기자의 기사대로 다윗과 골리앗의 싸움이었다. 아니, 다윗과 골리앗의 싸움에서는 심판관이 없었지만, 이 싸움에는 심판관조차 골리앗 편이었다. 휘진은 입술을 깨물었다. 최호중 부장판사가 사건번호를 호명했다.

최호중 판사: 2○○○가합16○○○ 손해배상(자) 원고 유휘진, 피고 강호건설 외 3

휘진은 원고석에 앉았다. 피고석에는 박병우 변호사가 앉았다.

휘진: 소변경신청서 진술합니다. 소변경신청서에 첨부한 갑 제11호증부터 제15호증을 제출합니다.

최호중 판사: 그것보다 원고에게 먼저 묻겠습니다. 소가 1조 원대의 이 사건에서 원고는 전체 52필지의 토지 중 가장 면적이 적은 단 한 필지에 대한 소유권 확인을 구하는데, 이거 시험소송 아닙니까? 속된 말로 알박기 소송이 아니냐 이 말입니다.

최 부장판사가 노골적으로 그녀에게 면박을 주었다.

휘진: 소변경신청서에서 경제적 능력이 닿는 대로 청구취지를 확장하겠다고 하였습니다.

최호중 판사: 그것이 언젭니까? 황송아지 새끼 낳을 때까지요?

와하하하. 방청석이 술렁거렸다. 어느 정도 예상하고 나왔지만, 이렇게까지 공개적으로 모욕을 가할 줄이야. 휘진의 가슴에서 뜨거운 바람이 휘몰아쳤다. 여기서 밀리면 안 된다. 그녀는 최 부장판사를 똑바로 쏘아보며 말했다.

휘진: 민사소송법의 어디에도 일부 청구를 금하는 조항은 없습니다. 당사자의 인격을 모독하는 발언은 자제해 주시기 바랍니다. 공평한 진행을 부탁드립니다.

재판부 기피 신청을 하겠다는 말이 목구멍에서 치밀어 올랐지만, 입안에 고인 침과 함께 삼키고 말았다. 그녀의 쏘아보는 눈길에 최 부장판사의 얼굴이 벌겋게 달아올랐다. 신출내기 변호사인 그녀가 이렇게 당차게 나올 줄은 예상하지 못한 것 같았다. 방청석이 술렁거렸다. 최 부장판사도 분노와 모멸감이 뒤섞인 눈빛으로 그녀를 노려보았다. 그러나 방청석과 기자들을 의식한 때문인지 더 이상 그녀를 몰아세우지는 않았다. 최 부장판사가 그녀에게로 향한 시선을 돌려 박병우 변호사를 보고 말했다.

최호중 판사: 피고의 주장은요?

박병우 변호사: 차회에 준비서면을 제출하도록 하겠습니다.

최호중 판사: 이 사건은 유경준에 대한 교통사고 손해배상과 코리아타워 토지에 대한 소유권확인, 이 두 가지 쟁점에 관한 것입니다. 피고는 손해배상과 관련하여 이미 채택된 증인은 그대로 유지하는가요?

박병우 변호사: 증인의 유지 문제를 포함하여 차회에 쟁점 사항을 정리하여 준비서면으로 제출하도록 하겠습니다.

최호중 판사: 원고는요?

휘진: 증인 박홍길은 그대로 유지합니다.

최호중 판사: 원, 피고는 각자 증인신청서와 쟁점을 정리한 준비서면을 제출하여 주십시오. 원, 피고가 제출하는 준비서면을 보고 증인 소환 여부 및 차회 변론기일을 정하겠습니다.

기록을 챙긴 휘진은 법정을 나섰다. 복도로 나서자 방청석에 있던 기자들이 우르르 몰려나와 그녀를 둘러쌌다.

—알박기 소송이라는 것은 무엇을 말하는 것입니까?

—원고가 일부 청구를 한 것은 인지대를 마련하지 못했기 때문입니까?

—코리아타워를 찾아 정말 이 나라 민중에게 돌려줄 의향인가요?

—차형일 살인 사건은 이 사건과 어떤 관계가 있나요?

—유경준 박사가 살해되었다는 것은 사실인가요?

—…….

휘진은 한마디도 하지 않았다. 입을 굳게 다문 채 고개를 똑바로 들고 보도진들 사이를 또박또박 걸어 나갔다. 일부 보도진들은 그녀의 사무실까지 따라왔다. 사무실로 들어선 휘진은 책상 앞에 한동안 그대로 서 있었다. 분노 앞에서 의지와 인내로 버티고 있었지만, 혼란스러웠다. 그 혼란 때문에 머릿속이 뒤엉켜들더니 종내에는 뇌세포가 마비되어 버린 것처럼 아무 생각도 할 수 없었다. 휘진은 소파에 앉아 여직원이 타온 커피 한 잔을 천천히 마셨다. 무슨 일이라도 해야 마비된 머리가 풀릴 것 같았다. 그녀는 머리를 세차게 흔들고는 책상에 앉아 컴퓨터를 켜고 메일을 열었다. 상혁의 글이 올라와 있었다. 거의 매일이다시피 메일을 보내오는 상혁이었다. 그러나 이 소송에 상혁을 개입시킬 수는 없었다. 아버지가 개입된 사건이었다. 독일로 떠나기 전, 그날의 기억이 새삼 떠올랐다. 휘진은 가만히 아랫배를 쓰다듬었다. 그때 책상 위의 전화벨이 울었다. 휘진은 전화를 받지 않고 잠자코 있었다. 다섯 번째의 전화벨이 울렸을 때, 그녀는 송수화기를 들었다.

—예, 유휘진 변호삽니다.

—법무법인 정의 양희준 변호삽니다.

—예, 안녕하세요.

—짐작하시겠지만, 소송과 관련하여 한 번 만나서 얘기하고 싶은데, 언제 시간을 좀 내어 주실 수 있겠습니까?

—제 의사는 지난 번 박 변호사님을 통하여 이미 말씀드렸습니다.

—허허, 여전하시군요. 그러나 상황의 변화라는 것이 있지 않습니까. 그러지 말고 우리 한 번 만나서 얘기해 봅시다. 가능하면, 오늘 저녁이라도 좋을 것 같은데, 나중에 내가 차를 보내겠습니다.

—장소를 말씀해 주시면 제가 가겠습니다.

—허허, 너무 사양하는 것도 때로는 실례가 됩니다. 7시쯤이 어떻습니까, 시간에 맞추어 내가 차를 보내겠습니다.

—알겠습니다.

7시, 휘진은 양희준 변호사가 기사를 딸려 보낸 승용차에 탔다. 망설였지만, 굳이 만나는 것 자체를 마다할 이유는 없을 것 같았다. 오히려 그들이 어떤 제안을 해올지 알아보는 것도 나쁠 것 없다는 생각도 들었다. 인사동으로 접어든다고 생각했는데, 갑자기 이면도로로 접어든 차는 뱅글뱅글 맴을 돌 듯 미로 같은 골목을 따라 한참을 들어갔다. 어디로 데려가는 걸까? 휘진은 문득 불안한 생각이 들었다. 휘진은 손가방에서 무엇을 찾는 척하며 가방에 든 가스총과 휴대전화 모양의 액체 스프레이 최루액 분사기를 만져 보았다. 집에서 고양이 시체를 발견한 다음 날, 호신용품점에서 구입하여 항상 소지하고 다니는 것이었다. 만약 이들이 무슨 짓을 한다면 당장 믿을 것은 이것뿐이었다. 이윽고 차가 어느 건물 앞에 멈추었다. '回鄕'이라는 한자어 간판이 붙어 있었다. 개량 한복을 입은 여종업원이 나와 그녀가 탄 뒷좌석의 문을 열었다. 휘진은 종업원을 따라 음식점으로 들어섰다. 종업원이 실내 전화를 들어 어디론가 전화를 하더니, 그녀에게 따라오라고 했다. 미로처럼 나 있는 통로를 따라 가니 아기자기하게 꾸민 실내 정원이 나왔다. 그 정원을 가로질러간 여자 종업원이 한지를 바른 여닫이문 앞에 서서 말했다.

–손님을 모셔 왔습니다.

문이 좌우로 열렸다. 매화무늬 꽃잎이 수놓인 연푸른색의 치마저고리 한복을 입은 여자가 나왔다.

–어서 오십시오.

휘진은 방 안으로 들어갔다. 그 여닫이문 안에 또 다른 여닫이문이 있었다. 여자가 문 앞에 서서 말했다.

–손님이 도착하셨습니다.

–들어오시도록 하게.

여자가 문을 열고 허리를 숙이며 휘진에게 손짓을 했다. 휘진은 방 안으로 들어섰다. 방 안에는 음식상을 가운데 두고 세 사람이 앉아있었다. 그녀가 오기 전에 미리 음식상을 보아둔 모양이었다. 오른쪽에 혼자 앉아있던 사람이 일어나 손을 내밀며 말했다.

–양희준 변호삽니다.

이름은 들었지만, 직접 만나기는 처음이었다. 50대 후반의 나이에 서글서글한 둥근 눈매, 적당이 살이 오른 볼이 선하고 인자한 느낌을 주었다.

–처음 뵙겠습니다. 유휘진입니다.

양 변호사가 내미는 손을 잡으며 휘진이 말했다.

–자, 앉읍시다.

양 변호사의 권유에 따라 그의 옆에 앉은 그녀는, 그때서야 맞은편에 앉은 두 사람을 똑바로 쳐다보았다. 그리고는 흠칫 놀랐다. 안쪽, 양 변호사의 맞은편에 앉은 사람은 의외로 최형윤 장관이었다. 사법연수원을 수료하던 날, 상혁의 주선으로 사적으로 한 번 만난 일이 있고, 법무부장관 취임 이래 텔레비전 화면으로 몇 번 본적이 있었다.

바깥쪽, 그녀의 맞은편에 앉은 사람은 전혀 안면이 없었다. 골격과 풍채가 우람했다. 이 사람들이 왜? 휘진은 의아한 눈길로 양 변호사를 바라보았다.

—미리 말씀드리지 않았군요. 장관님은 잘 아실 테고, 이분은 강호건설의 강진호 회장님입니다.

그녀의 눈길을 의식한 양 변호가가 최 장관의 옆에 앉은 사람을 소개했다.

—처음 뵙겠습니다. 유휘진입니다.

휘진이 공손하게 머리를 숙이며 인사했다.

—자, 식사를 하면서 얘기를 하지요.

강 회장이 한껏 위엄을 가장한 목소리로 말했다. 휘진을 안내했던 매화 무늬 한복을 입은 여자가 음식 시중을 들기 위해 방 안으로 들어왔다. 식사를 하는 동안에 술이 몇 잔 오갔다. 휘진은 양 변호사가 권하는 술잔을 받아 마시지 않고 그대로 상 위에 두고 있었다. 양 변호사가 주로 말을 하고, 강 회장이 그에 응하는 가벼운 우스개 대화가 오가고 있었지만, 그녀의 귀에는 그런 대화가 들어오지 않았다. 여자의 시중을 받으며 이것저것 건성으로 음식을 먹고는 있었으나, 식욕은 전혀 일어나지 않았다. 강 회장은 소송의 당사자이기 때문에 이 자리에 온 것은 이해할 수 있었지만, 현직 법무부장관인 최 장관이 이 자리에 왜 왔을까?

순간 사법연수원 수료식 날 보았던 최 장관의 얼굴에 나타났던 낭패감과 당혹감이 되살아났다. 그러면서 이제는 조금씩 불러오기 시작하는 아랫배로 저절로 의식이 갔다. 배 속 아이의 할아버지가 될 사람이었다. 그러나 이 사람이 그것을 용인할까? 휘진의 머릿속은 이런 생각으로 가득 차 있었다.

그녀처럼, 최 장관도 무슨 생각에 잠겨 있는지 거의 식사를 하지 않았다. 말없이 강 회장과 양 변호사가 따라주는 술을 몇 잔 마시고 있었다.

–자네는 차를 좀 내주고 나가 있게.

식사가 거의 마무리되자, 양 변호사가 음식 시중을 드는 여자에게 말했다. 다른 여종업원 둘이 들어와 음식상을 물리는 동안 어색한 침묵이 방 안을 맴돌았다. 휘진은 혼란스러웠다. 긴장 탓인지 머리로 열기가 올랐다. 잠시 밖으로 나가 머리를 식혀야겠다는 생각이 들었다.

–잠깐 실례하겠습니다.

휘진은 손가방을 들고 일어나 밖으로 나왔다.

–화장실은 저쪽에 있습니다. 절 따라 오십시오.

매화 무늬 여자가 따라 나와 말했다. 휘진은 세면기에 물을 받아 얼굴의 열기를 식혔다. 화장실 거울 앞에 서서 루주를 지우고 다시 칠하고는 옷매무새를 가다듬었다. 머릿속이 한결 맑아지는 느낌이 들었다. 그녀가 다시 자리로 돌아오자, 음식상이 물려지고 간단한 주안상 위에 찻잔이 놓여있었다.

–오늘 이 자리는 서로의 오해를 풀기 위한 자립니다.

휘진이 다시 자리에 앉자, 양 변호사가 웃음 띤 얼굴로 말했다.

–뭐, 오해고 뭐고 할 것 없이 유 박사님의 일은 나도 정말 유감입니다. 그러나 이미 돌아가신 분을 어떻게 하겠소. 다시 살릴 수도 없는 일이고. 내 단도직입적으로 말하겠소. 얼마면 되겠소? 100억? 200억? 좋소. 내 200억을 내놓겠소.

강 회장이 무슨 큰 선심이라도 쓰는 듯 앞으로 고개를 쑥 내밀며 말했다. 입술을 옆으로 쭉 찢은 득의만만한 웃음이 입가에 번졌다. 설마 이 돈에도 네가 넘어가지 않겠어? 조롱과 경멸이 섞인 강 회장의 눈빛이 이렇게 말하고 있었다. 휘진의 가슴에서 울컥 분노가 치솟았다. 그녀는 입술을 깨물었다. 눈을 크게 뜨고 강 회장을 똑바로 쳐다보았다. 생각 같아서는 그 얼굴에 침이라도 뱉어주고 싶은 심정이었다. 그러나 휘진은 차분하게 말했다.

—회장님께서는 모든 가치를 돈으로 평가하시는 모양이군요. 그러나 제가 원하는 것은 돈이 아닙니다. 진실입니다.

—하! 내 이거 참.

강 회장이 어처구니가 없다는 듯 고개를 돌리며 마치 가래를 내뱉듯 혀를 찼다.

—200억은 큰돈입니다. 유 변호사가 평생 먹고 살 만한 그런 돈입니다. 무익한 소송은 하지 않는 게 좋지 않을까요?

양 변호사가 조용히 타이르듯 거들었다.

—그런 말씀을 하시려고 저를 불렀다면 저는 그만 가보겠습니다.

휘진은 망설이지 않고 곁에 둔 가방을 들고 일어섰다.

—잠시만 앉아 보게. 그 원하는 진실을 내가 말해 주겠네.

식사 때는 물론이고, 그때까지 한마디도 하지 않고 있던 최 장관이 무겁게 입을 열었다. 휘진은 선 채로 최 장관을 바라보았다. 최 장관은 그녀를 쳐다보지도 않고 말없이 찻잔을 들어 입술을 축이듯 한 모금 마셨다. 찻잔을 든 최 장관의 손이 가볍게 떨리고 있었다. 휘진은 다시 자리에 앉았다. 최 장관이 찻잔을 놓고 입을 열었다.

—돌아가신 아버님과 나는 고등학교 동창이었네. 사고가 나기 몇 해 전, 아버님께서 내 사무실로 찾아왔었네. 그때는 내가 법무법인의 대

표변호사로 있을 때였지. 법률자문을 구하러 오셨더군. 그때 아버님께서 말했었네. 폐암이라고. 말기 폐암이라 생명이 얼마 남지 않았다고 하더군. 그러면서 죽기 전에 물려받은 유산을 사회에 기증하고 싶다고 했어. 자네가 기자들 앞에서 말한 그 부끄러운 유산을 말일세. 아버님의 생각은 분명했어. 물려받은 토지 위에 코리아타워를 세워 그 코리아타워를 사회에 기증하고자 했어. 아버지는 아무도 모르게 그 일을 하고자 하셨네. 물론 자네에게도 알리지 말라고 했고. 그래서 내가 주선하여 코리아타워를 건축하는 일은 여기 계시는 강 회장이 맡고, 유산을 기증하는 방법에 대해서는 내가 직접 하게 되었어. 코리아타워가 완공되면, 그때 아버지가 내게 부탁한 기증방법과 인증서의 원본을 공개할 것이네. 그러나 단언하지만, 자네가 소송에서 제출한 그 인증서는 아닐세. 자네가 그 인증서를 어떤 경위로 입수했는지는 모르나, 그것은 아닐세. 자네 아버지와 강 회장이 작성하고, 내가 인증한 코리아타워 건축도급계약서, 그 인증서의 원본은 내가 가지고 있네. 코리아타워가 완공되고 나면 공개하라는 것이 자네 아버지의 뜻이었어. 그래서 아직까지 공개하지 않았네. 내 말을 믿고, 이 소송 취하하게. 그것이 아버지의 뜻을 받드는 일이고, 자네의 신상에도 이로운 일일세. 지금 강 회장이 약속한 돈은 자네가 소취하서를 제출하는 날 즉시 지불하겠네. 내가 보증하지. 이 나라의 법무부장관인 내가 직접 보증하겠네.

—그 인증서 원본을 먼저 보여 주십시오. 그것이 아버지의 뜻이 분명하다면 소송을 취하하겠습니다. 그러나…….

—아니, 장관님께서 직접 인증을 했다는데도 믿지 못하겠다는 말입니까?

그녀가 하는 말을 중간에서 자르면서 양 변호사가 다소 언성을 높여 말했다.

—보세요. 젊은 변호사님, 어른들이 하는 일에 젊은이가 나서 시시콜콜 따지지 않는 법이오. 내가 200억이란 돈을 선뜻 내놓겠다는 것도 유 박사님의 고귀한 뜻을 생각했기 때문이요. 이러한 내 선의를 거부한다면 나도 법대로 할 수 밖에 없어. 내 인내와 자비심에도 한계가 있다 그런 말이오.

강 회장이 반말 투의 비꼬는 어조로 거들고 나섰다. 최 장관의 신상에 이롭다는 말이나 강 회장의 내 인내와 자비심이라는 말, 그것은 은연 중 협박이었다. 휘진은 얼굴이 후끈 달아오르며 모멸감을 느꼈다.

—저는 그분의 유일한 혈육입니다. 하나밖에 없는 그분의 딸입니다. 그 인증서 원본, 다른 사람은 몰라도 딸인 저에게는 보여주어야 하지 않습니까? 그 원본에 200억 원이라는 돈을 저에게 주도록 되어 있습니까? 그렇게 되어 있다면 지금 강 회장님의 약속은 당연한 저의 권리이고, 없다면, 그런 돈을 주어서라도 소송을 취하시켜야만 할 다른 이유가 있기 때문이겠죠. 그렇지 않습니까? 그리고…….

강 회장의 오른손이 부르르 떨렸다. 얼굴도 일그러져 붉으락푸르락 꿈틀거렸다. 그러나 휘진은 강 회장과 최 장관의 얼굴을 똑바로 바라보며 계속해서 말을 이어 나갔다.

—그 인증서가 유산을 기증하는 방법에 관한 것이라면 상속인인 제가 당연히 알아야 합니다. 그 계약서의 내용이 어떠한가를 불문하고 그것은 저의 권리입니다. 만일 그것이 사전유증에 해당하는 것이라면 저는 유류분을 받을 권리도 있습니다. 그것은 민법에 정해진 저의 당연한 권리입니다. 법조계의 수장이신 장관님께서 설마 그것을 모르시

지는 않을 테지요. 장관님께서 무슨 권리로 저의 권리를 침해하시는 겁니까?

최 장관의 표정이 침통하게 일그러졌다. 그때 양 변호사가 최 장관의 표정을 살피고는 언성을 높여 말했다.

–유 변호사가 법원에 제출한 그 인증서 말일세. 원본과 비교를 해 보았네. 굳이 내 입으로 위조문서라고 말해야 되겠나? 그것이 위조문서라는 것은 본인이 더 잘 알지 않소. 유 변호사가 정 이렇게 나오면 불행하지만 우리도 어쩔 수 없어요. 형사조치를 취할 수밖에. 오늘 이런 자리를 마련한 것은 돌아가신 박사님의 높은 뜻을 생각해서였네. 돌아가신 분의 고귀한 뜻이 살아있는 자들의 추악한 욕심 때문에 훼손되어서는 안 된다, 이것이 장관님의 생각이네. 그래서 장관님께서 직접 이 자리까지 나오게 된 것일세. 나중에 원본이 공개되면 자네도 이해할 걸세. 우리가 왜 이렇게 하는가를……. 우리를 믿어 주게. 유 박사님의 뜻은 결코 훼손되지 않을 걸세.

–제가 제출한 것이 위조문서라고요? 무슨 근거로 그런 말씀을 하시죠? 그리고 인증서는 그렇다 하더라도, 아버지의 죽음은요? 아버지가 왜 살해되신 거죠? 딸인 제가 그것조차 모른 체 해야 하나요?

–살해당했다고 하는데, 그것은 오해요. 박사님의 사고는 우리도 예상하지 못했어요.

최 장관이 말했다.

–사고라고요? 그것 때문에 차형일 씨가 억울하게 살해되었습니다. 이 사람의 죽음도 사고인가요? 머리에서 총알이 나왔다고 하는데요.

일순 강 회장의 얼굴이 당혹감으로 변했다. 최 장관의 얼굴도 더욱 침통하게 일그러졌다. 한동안 침묵이 좌중을 지배하고 있었다. 그런 침묵을 깨고 최 장관이 목소리를 깔고 무겁게 말했다.

—내 한마디만 하지. 아직 자네는 어려서 세상을 잘 몰라. 세상의 모든 일을 알려고 하지 말게. 알려고 하다가 몸을 크게 다치는 경우가 있다네. 내 진심으로 자네를 위해서 하는 말일세. 세상일이란 싸우는 것만이 능사가 아니라는 것도 알아야 해. 때로는 타협할 줄도 알아야지. 돌아가서 잘 생각해 보고, 양 변호사님과 함께 뒷일을 수습해 주기를 바라네. 이것이 내 마지막 부탁이자 충고일세.

그녀의 가슴에서 격렬한 회오리바람이 일어났다. 이들은 협상을 하려고 온 것이 아니라 협박을 하러온 것이다. 휘진은 최 장관을 정면으로 쏘아보며 또박또박 말했다.

—그 부탁과 충고, 고맙습니다. 그럼 저는 이만 일어나겠습니다.

휘진은 그대로 방을 나오고 말았다.

다음 날, 그녀가 출근하자마자 이성호 사무장이 신문을 들고 변호사실로 들어섰다. 그의 얼굴엔 걱정이 가득했다. 그의 손에는 대한일보가 들려 있었다. 대한일보는 광장신문의 경쟁사였다. 광장신문과는 사사건건 대립되는 논지로 보도를 하는 전형적인 보수신문으로 평이 나 있었다.

—변호사님, 이 기사 좀 보세요.

이성호 사무장이 신문을 펼쳐 그녀에게 내보이며 말했다. 휘진은 신문을 보았다. 일면 좌측 상단에 큼지막하게 제목이 달려 있었다.

알박기 소송을 통한 사기극인가

진정한 민족주의자인가

그녀의 소송에 대한 기사 제목이었다. 어제 최호중 부장판사가 언급한 알박기 소송이라는 말을 여과 없이 제목으로 쓰고 있었다. 경쟁사인 광장신문에 특종을 빼앗겨버린 배앓이를 하는 것인지도 모를 일이었다. 기사 내용은 보지 않아도 알 것 같았다.

—너무 신경 쓰지 마세요.

휘진은 신문을 보지도 않은 채 바로 책상에 앉았다. 이성호가 머쓱해져 신문을 들고 밖으로 나갔다. 지난밤 고심 끝에 작정하고 나온 그녀였다. 나머지 토지 전체 필지에 대하여 청구취지를 확장하고 인지대를 납부하면 알박기 소송이라는 말은 하지 못할 것이다. 그것은 현직 법무부장관까지 가세한 어젯밤의 회유와 협박에 결코 굴복하지 않겠다는 대외적인 천명이었다. 인지대 3억 원을 마련할 방법을 찾아보아야 했다. 아버지의 아파트를 팔았던 돈과 보험금은 개업자금으로 거의 소진된 상태였다. 지금 살고 있는 오피스텔에 저당권을 설정하여 대출을 받고 모자라는 돈은 신용대출이라도 받을 수밖에 없다는 생각이 들었다. 휘진은 대출상담을 하기 위해 거래은행인 C은행 강남지점에 전화를 걸었다.

오후 3시, 오후 재판을 마친 휘진은 법원 주차장에서 출구 쪽으로 천천히 차를 몰아가고 있었다. 아침에 대출관계로 은행에 전화를 했을 때, 은행지점장은 그녀에게 직접 은행으로 한 번 와서 자세한 상담을 해 주기를 요청했고, 이 때문에 재판을 마친 그녀는 사무실에 가지 않고 곧바로 은행으로 가기 위해 주차장을 빠져나가고 있는 중이었다. 그때 출구 쪽 주차라인에 주차해 있던 회색 그랜저 승용차 한 대의 시동이 걸렸다. 휘진의 차가 그 차 앞을 지나 출구로 향하자 그 차가 그녀의 차 뒤에 바짝 따라붙었다. 주차장에서 통상 있는 일이라 휘진은 처음에는 그 차를 크게 의식하지 않았다. 그러나 주차장을 벗어나 도로에 들어섰는데도 그 차가 계속 따라붙는 것이 이상했다. 단순히 같은 방향의 차 같지는 않았다. 마치 그녀의 차를 미행하고 있는 것 같은 느낌이 들었다. 마침 신호에 걸린 휘진은 이마 위의 실내 거울을 움직여 그녀의 차 뒤에 멈추어 선 차 안의 사람을 유심히 살펴보았다. 감색 양복 정장과 흰 와이셔츠에 붉은색 넥타이를 단정하게 맨 남자가 운전을 하고 있고, 조수석에 역시 감색 양장과 흰색 블라우스에 폭 좁은 붉은색 넥타이를 맨 여자가 앉아있었다. 두 사람의 옷차림은 통상적인 외출복이 아니라 회사의 유니폼처럼 보였다. 여자는 머리카락을 뒤로 모아 묶고 있었다. 시원한 이마와 달걀형의 기품 있고 단정한 미모의 얼굴이었다. 두 사람 다 20대 후반이나 30대 초반 쯤으로 보였다.

신호가 바뀌고 앞선 휘진의 차가 출발했다. 그 차는 여전히 같은 차선에서 그녀의 차를 따라오고 있었다. 누굴까? 어젯밤, 최형윤 장관과 강진호 회장과의 불쾌한 대화가 떠올랐다. 10분 후, 휘진은 C은행 강남지점이 있는 H빌딩의 지하주차장으로 들어갔다. 그 차는 그녀의 불안은 아랑곳하지 않고 지하주차장까지 따라왔다. 휘진은 그때서야 아차, 하며 지하주차장으로 내려온 것을 후회했다. 오피스텔 천장 전등에 매달려 있던 고양이의 시체가 생각났다. 만약 그들이 해코지를 하려한다면 지하주차장이라 도망칠 곳이 없다는 생각이 들었다. 덜컥 겁이 났다. 휘진은 위급한 상황이 도래하면 언제든지 가스총을 꺼낼 수 있도록 손을 뻗어 조수석에 놓인 손가방의 지퍼를 열었다. 지하 2층, 빈 주차공간이 없었다. 다시 한 층을 더 내려갔다. 빽빽하게 주차된 주차장에 마침 두 대의 차가 나란히 주차할 수 있도록 비워진 주차

공간이 있었다. 휘진은 그중 하나의 주차라인에 차를 세웠다. 그리고는 급히 손가방을 들고 차에서 내려 엘리베이터 표시등을 보고 거의 뛰다시피 빠르게 걸어가기 시작했다. 심장이 쿵쿵 뛰고 손바닥에서 땀이 났다. 양옆으로 빽빽하게 차가 밀집한 차도 통로를 따라 약 10m 정도를 갔을까, 갑자기 뒤에서 누군가가 어깨를 잡는 것 같은 이상한 느낌이 들었다. 휘진은 자기도 모르게 뒤를 돌아보았다. 순간, 그녀는 악, 하는 비명을 지르며 그 자리에 얼어붙은 듯 멈춰서고 말았다. 회색 그랜저 승용차가 소리도 없이 그녀의 뒤에 바짝 다가와 있었던 것이다. 멈춰선 차의 앞 범퍼와 그녀의 사이는 불과 1m도 채 되지 않을 것 같았다. 그녀가 혼비백산해 있는 사이에 조수석의 문이 열리며 실내 백미러로 본 젊은 여자가 황급히 내렸다. 휘진은 오른손을 손가방 안에 넣어 가스총을 잡았다. 여자가 한 손에 직사각형의 제법 큰 손가방을 들고 그녀에게 다가와 정중하게 허리를 굽혀 절을 하고는 말했다.

–놀라게 해서 죄송합니다. 유휘진 변호사님이시죠?

–예? 예, 그런데요. 저를 아세요?

오른손을 여전히 손가방 안에 넣은 채 휘진이 되물었다.

–저는 한맥그룹 전략기획실의 한지혜라고 합니다. 회장님의 분부를 받고 왔습니다.

그러면서 여자는 명함 대신 상의 오른쪽 호주머니에서 자신의 사진과 이름이 새겨진 비닐코팅이 된 한맥그룹의 명찰을 내보였다.

–한맥그룹요?

휘진이 눈을 동그랗게 뜨고 불안한 눈초리로 여자를 바라보며 물었다.

–예, 잠깐 커피숍이라도 가서 자세한 말씀을 드리겠습니다. 나쁜 일로 그러는 것은 아니니 안심하셔도 됩니다.

휘진의 불안한 표정을 살핀 여자가 부드러운 눈길로 말했다. 휘진은 일단 안심했다. 여자의 표정이나 정중한 태도로 보아 정작 우려할 만한 일은 아닌 것 같았다. 손가방 안에 넣어 가스총을 잡고 있던 오른손을 자연스럽게 빼내어 손가방의 지퍼를 잠갔다.

—예, 그렇게 하시죠.

운전을 해온 남자를 그대로 차에 둔 채 두 사람은 함께 엘리베이터를 탔다. 그 건물의 최상층 20층에 레스토랑 겸 커피숍이 있었다. 점심과 저녁의 중간시간이라 그런지 커피숍은 한적했다. 실내를 한번 쭉 훑어본 한지혜가 칸막이가 쳐진 구석진 테이블로 휘진을 이끌었다. 웨이트리스가 주문을 받으러 왔고, 두 사람은 모두 커피를 시켰다. 잠시 후 웨이트리스가 주문한 커피를 내려놓고 가자, 한지혜가 말했다.

—회장님의 특별한 분부라서 본의 아니게 놀라게 했습니다. 제가 그 이유를 말씀드리기 보다는 저희 회장님과 직접 통화를 하시는 것이 더 좋을 것 같습니다.

그리고는 한지혜가 자신의 휴대전화를 꺼내어 번호를 누르기 시작했다. 신호음이 가는 시간이 꽤 오래 걸렸다. 드디어 전화가 연결되었는지 한지혜가 전화기에 대고 말했다.

—회장님, 저 한 실장입니다. 예, 유 변호사님은 여기에 함께 계십니다. 바꿔드리겠습니다.

말을 마친 한지혜가 전화기에서 입을 떼고, 휘진을 바라보며 말했다.

—회장님이십니다. 지금 외국에 계신데 직접 통화를 하시겠답니다.

휘진이 전화기를 받아 들고 말했다.

—유휘진 변호삽니다. 처음 뵙겠습니다.

—반갑습니다. 한맥그룹 한정일 회장입니다.

—예, 방금 지혜 씨로부터 들었습니다. 존함은 익히 들어 알고 있습니다.

한맥그룹은 재계 5대 그룹 중의 하나로서 민족기업을 지향하는 대표적 기업이라는 것은 휘진도 알고 있었다. 현 한정일 회장의 선친이 일제 때 민족자본을 육성하기 위하여 세운 한맥상사가 그 전신이었다. 그러나 그녀는 한정일 회장과는 일면식도 없었다. 그런 한정일 회장이 이런 곳에서 그녀에게 직접 전화를 하겠다니, 잘 이해가 되지 않았다.

—그래요. 내 이제까지 언론 등을 통해서 유 변호사를 쭉 지켜보고 있었어요. 코리아타워, 우리 한민족의 상징이 될 훌륭한 작품이더군요. 돌아가신 유 박사님이 아주 뜻 깊은 큰일을 하고 가셨어요. 유 변호사가 혼자서 힘든 싸움을 하고 있다는 것을 압니다. 내가 유 변호사를 좀 돕고 싶어요.

—고맙습니다. 관심을 가져 주셔서…….

—오늘 신문을 보니 인지대가 없어 알박기 소송이라는 비난을 감수하고 있더군요. 괜한 오해를 사지 말고 아버님의 유훈처럼 당당하게 나가세요. 인지대가 3억 정도 된다고요. 내가 도우리다.

—고맙습니다. 그렇게 해 주시면 정말 큰 힘이 되겠습니다.

—한 실장에게 미리 지시를 해 두었습니다. 부담 갖지 말고 받아주세요. 끝까지 싸우세요. 포기하거나 좌절하면 안 됩니다. 우리 한민족의 뿌리와 자존이 걸린 싸움입니다.

갑자기 가슴이 울컥하며 눈물이 핑 돌았다. 휘진은 울먹이는 소리로 말했다.

—고맙습니다. 회장님의 그 말씀만으로도 용기가 납니다. 끝까지 싸우겠습니다. 정말 감사합니다.

–유 변호사는 혼자가 아니라는 것을 명심하세요. 그럼 수고하세요. 한 실장 좀 바꿔주시겠어요.

–예.

다시 전화기를 받은 한지혜가 한참 동안 전화기를 귀에 대고 있었다.

–예, 잘 알겠습니다. 회장님.

한지혜가 전화를 끊었다. 그리고는 근처에 누가 있는지 다시 한 번 주위를 돌아보고는 들고 있던 손가방을 열어 두툼한 봉투 하나를 꺼내어 휘진에게 내밀면서 낮은 소리로 말했다.

–회장님의 말씀을 들으셨으니 따로 설명을 드리지 않겠습니다. 4억입니다. 출처를 알 수 없도록 미리 조치를 한 소액 수표이므로 그대로 사용하셔도 좋습니다. 다만 회장님의 당부 말씀을 드리겠습니다. 회장님은 이 일에 회장님이 개입된 것을 누구도 알지 못하게 은밀하게 일을 처리하라고 하셨습니다. 사무실로 찾아가지 않고 이렇게 무리하게 유 변호사님의 뒤를 따라온 이유입니다. 그러니 유 변호사님도 철저하게 보안을 지켜주셔야 합니다.

–잘 알겠습니다. 회장님께 절대로 폐를 끼치지 않도록 하겠습니다.

–그럼 저는 가보겠습니다.

한지혜가 일어나 정중하게 허리를 숙여 절을 하고 먼저 밖으로 나갔다.

한지혜가 나간 후 휘진은 한동안 멍하니 앉아있었다. 마치 꿈을 꾸고 있는 것만 같았다. 굳이 수표를 꺼내어 확인해 보지 않아도 그 액수는 분명 한지혜가 말한 금액일 것이다. 휘진은 커피숍에서 은행으로 전화를 걸어 대출상담을 취소하겠다는 전화를 하고는 곧바로 사무실로 돌아왔다. 휘진은 곧바로 청구취지정정신청서를 작성하기 시작했다.

2○○○가합34○○○호 손해배상(자)

청구취지정정신청

사 건 2○○○가합34○○○호 손해배상(자)

원 고 유휘진

피 고 (주)강호건설 외 3

위 사건에 대하여 원고는 다음과 같이 청구취지를 확장합니다.

정정한 청구취지

소변경신청서의 변경한 청구취지 제2항 기재 '별지목록 부동산(3)'을 '정정한 별지목록 부동산(3)'으로 정정하고, 나머지는 그대로 유지합니다.

정정한 청구원인

원고는 소변경신청서에서 일부 청구를 하였으나 토지의 전체 필지(별지 정정한 부동산의 표시)에 대하여 소유권 확인을 구하는 것으로 청구취지를 확장합니다.

2○○○. ○. ○.

원고 유휘진

서울중앙지방법원 귀중

—이 사무장님, 이 청구취지정정서 내일 아침에 바로 접수시켜주세요.

퇴근하기 직전, 휘진은 청구취지정정서를 이 사무장에게 주면서 업무를 지시하고는 장선웅 기자에게 전화를 걸었다.

—대한일보 자식들, 나한테 뒤통수 맞더니 되게 씹어 놓았데요.

장선웅 기자의 첫마디였다. 대한일보가 알박기 소송을 통한 사기극이라는 보도를 한 것을 두고 하는 말이었다.

—그것 때문에 전화를 했는데요. 내일 전체 토지에 대한 소유권 확인을 구하는 청구취지정정서를 접수할 겁니다.

—그래요! 야호, 대한일보 자식들, 또 한 번 열 받겠네요.

—팩스번호 좀 불러주시겠어요. 지금 바로 청구취지정정서 보내드릴게요.

—나한테만 주는 거죠? 강조하지만, 다른 데 모이 주면 안 됩니다.

장선웅 기자가 휘파람을 불면서 말했다. 휘진은 장선웅 기자가 불러주는 팩스번호로 청구취지정정서를 전송하고는 사무실을 나섰다. 메일로 보낼 수도 있었지만, 법원에 접수할 원본을 그대로 보내주는 것이 더 낫겠다는 생각을 했다.

서울 종로구 소재 대아빌딩 24층 2401호, 국가미래 전략연구소

—실장님, 이성호가 지금 막 보낸 팩스입니다.

검은 양복을 입은 사내가 건네는 문서를 받아 읽어 본 홍정호 실장이 실눈을 크게 떴다가 이내 얼굴을 일그러뜨리고 눈살을 찌푸렸다. 문서는 휘진이 작성한 청구취지정정서였다.

—그리고 이것은 성혜주에 대한 보고서입니다.

사내가 파일 하나를 홍 실장의 책상에 놓았다. 파일의 표지를 넘겨 본 홍 실장이 말했다.

—전직이 광장신문 문화부 기자였다고?

—예. 지금은 기자를 그만두고 전업 소설가로 활동하고 있습니다.

—가족관계는?

—아직 미혼이고, 부모 외에 다른 가족은 없습니다. 언니가 하나 있었지만, 10여 년 전에 사망했습니다.

—지금 성혜주가 살고 있는 곳은 어딘가?

—서울 ○○구에 주민등록이 되어 있습니다.

—성혜주와 박진욱, 이 둘을 찾아야 해. 무슨 수를 써서라도 반드시 찾아내. 라인을 총 가동해.

—예. 알겠습니다.

지시를 한 홍 실장이 휴대전화를 꺼내어 전화를 걸었다.

—홍 실장입니다. 그 계집이 내일 청구취지정정서를 법원에 제출한답니다. 방금 그 서류를 받았습니다. 제 아비처럼 독한 계집입니다.

—알았습니다.

짤막하게 대답하는 최 장관의 목소리가 수화기에서 들렸다.

—그리고 그때 유경준과 함께 왔던 그놈이 누군지 알아냈습니다. 유경준의 조교였다는 그놈 말입니다. 박진욱이라는 놈입니다. 이놈을 찾아야 합니다. 이놈의 뒤에 성혜주가 있습니다. 성혜주 이년도 찾아야 합니다. 전 세계를 뒤져서라도 반드시 찾아야 합니다.

통화를 끝낸 홍 실장이 다시 휴대전화의 번호를 눌렀다.

—강 회장, 돈은 준비하지 않아도 될 것 같소. 그 계집이 청구취지를 확장하여 전면전을 일으켰다는 보고를 받았소.

—그 계집, 미친 년 아닙니까? 200억을 준다 해도 마다하다니.

씩씩거리는 강진호의 거친 어투가 수화기에서 쩡쩡 울렸다.

정부종합청사, 법무부장관실

최형윤 장관이 휴대전화를 꺼내어 번호를 누르기 시작했다.

—최 장관입니다. 그 아이가 결국 청구취지를 확장했다는군요. 이제는 할 수가 없습니다. ……그렇게 합시다. 고소장을 접수시키세요. 그 후의 문제는 내가 조치를 하겠습니다. 이 방법밖에 없습니다. 애처롭지만, 그 아이를 보호하려면 이 방법밖에 없습니다. 그 아이는 유 박사의 마지막 혈육입니다.

법무법인 정, 대표변호사실

최형윤 장관과 통화를 끝낸 양희준 변호사가 곧바로 인터폰을 눌렀다.

—박병우 변호사를 내 방으로 좀 올려 보내세요.

잠시 후, 박병우가 방으로 들어섰다.

—합의를 위해 유 변호사를 따로 만날 필요는 없을 것 같습니다. 고소장을 접수시킵시다. 박 변호사님은 곧바로 고소장을 작성해 주세요.

—알겠습니다.

박병우가 고개를 숙이고 말했다. 박병우가 나가자, 양 변호사가 다시 인터폰을 눌렀다.

—이수호 변호사님 계시면 내 방으로 좀 오시라고 하세요.

한 시간 후.

—지금 막 재판을 마치고 법정에서 돌아오는 길입니다.

이수호 변호사가 방 안으로 들어서며 말했다.

—강호건설 사건 말입니다. 원고가 내일 전체 토지에 대한 소유권확인을 구하는 청구취지정정서를 접수시킨다고 합니다.

양 변호사가 책상에서 일어나 소파로 가며 말했다.

—설마요? 200억 원이라는 돈을 마다하고 말입니까?

이수호 변호사가 믿을 수 없다는 표정을 지으며 말했다. 양 변호사가 이어 말했다.

—박 변호사에게 고소장을 작성하도록 했습니다. 강 회장에게 연락하여 내일 우리가 먼저 기자회견을 열도록 합시다. 그 친구에게는 불행한 일이지만, 어쩔 수 없는 일입니다.

—그 참, 욕심도 정도껏 부려야지.

이수호 변호사가 안타까운 듯 한숨을 쉬며 말했다.

다음 날, 오전 9시, 광장신문 편집부

—장선웅이 아직 안 나왔어?

막 통화를 끝낸 김호근 편집장이 실내를 두리번거리며 소리를 질렀다.

—조금 전에 화장실에서 봤습니다.

—그 자식, 어제도 들이부은 모양이군. 당장 끌고 와.

그때 막 장선웅 기자가 입가를 문지르며 사무실로 들어서고 있었다. 텁석 머리에다 면도조차 하지 않아 마치 고릴라 같은 형상을 하고 있었다. 김호근 편집장이 장선웅을 바라보며 버럭 소리를 질렀다.

—야! 저 꼬락서니 좀 봐. 꾸물대지 말고 강호건설로 가 봐. 10시에

기자회견을 한데.

그때까지도 술에서 덜 깨 게슴츠레한 눈으로 사무실로 들어서던 장선웅 기자가 왕방울 같은 눈을 부릅뜨며 말했다.

—강호건설? 알겠습니다.

사태를 짐작한 장선웅 기자가 힘차게 거수경례를 붙이고는 사무실을 달려 나갔다.

같은 시간, 서초동 소재 변호사 유휘진 법률사무소

휘진의 휴대전화가 울렸다.

—예, 유휘진입니다.

—장선웅입니다. 지금 강호건설로 가고 있는 중입니다. 강호건설에서 10시에 기자회견을 한다고 하는데, 알고 계십니까?

—아뇨?

—혹시 뭔가 짚이는 것이라도 없습니까?

—방금 제가 접수한 청구취지정정서 때문이겠죠.

—벌써 접수했습니까?

—예, 9시 출근하자마자 곧바로 법원에 접수하도록 했습니다.

—그 외에 혹시 다른 짐작 가는 일은 없습니까?

—예, 저로서는…….

—알겠습니다. 기자회견 후 나하고 데이트 좀 합시다. 나중에 가겠습니다.

오전 10시, 종로구 소재 강호빌딩 24층 소회의실 특별기자회견장

장선웅이 기자회견장에 들어섰을 때, 회견장은 먼저 도착한 각 방송사와 신문사 기자들로 북적거리고 있었다. 회장실 옆 특별회의실의 의자와 책상을 강당처럼 재배치한 것이었다. 약 5, 60명 정도는 수용할 수 있을 것 같은 실내는 입추의 여지없이 꽉 차 있었다. 전면에는 방송국 카메라 기자가 이미 점령하고 있었다. 회견장 정면에 설치된 마이크 앞에 검은 양복을 입은 남자가 서 있었다. 남자가 마이크에 대고 말했다.

—이렇게 와 주셔서 대단히 감사합니다. 강호건설 홍보담당관 송희근입니다. 오늘 여러분들을 급히 모시게 된 것은 원고 유휘진이 저희 회사를 상대로 제기한 손해배상 소송과 관련하여 말씀드릴 사항이 있기 때문입니다. 그럼 저희 회사의 소송을 지휘하고 계시는 법무법인 정의 이수호 변호사님을 모시도록 하겠습니다.

특별회의실의 안쪽 문이 열리며 이수호 변호사가 들어와 마이크 앞에 섰다. 감색 양복 상하의에 반백의 머리를 뒤로 곱게 빗어 넘긴 중년의 남자였다.

—이미 보도를 통해 아시겠지만, 원고는 코리아타워의 토지소유권에 대한 소송을 제기하였습니다. 그러나 현재까지 저희들이 조사한 바에 의하면 원고가 소유권 확인의 근거로 법원에 제출한 인증서는 위조된 것입니다. 그래서 강호건설의 위임을 받은 저희 법무법인에서는 원고를 사문서위조 및 동행사, 사기미수 혐의로 고소하였습니다. 이 고소장이 방금 서울중앙지방검찰청에 접수한 고소장 사본입니다.

이수호 변호사가 오른손에 든 서류봉투에서 고소장을 꺼내어 표지가 보이도록 기자들을 향해 들어 보였다. 웅성거리는 소리와 어지럽게 터지는 카메라의 불빛 속에서 어느 기자가 외치는 소리가 들렸다.

—위조됐다는 확실한 증거가 있습니까?

—예, 우리는 그것을 분명히 확인했습니다.

—원고가 제기한 소송은 소가가 무려 1조 원이나 되는 건국 이래 최대의 단일 민사소송이라고 하는데, 그런 소송이 문서위조에 의한 단순한 해프닝이라는 말씀입니까?

장선웅 기자는 제일 앞좌석에서 일어나 목청껏 외치는 한 사람을 보았다. 대한일보의 김기용 기자였다. 그 목소리는 이제까지 특종을 뺏겨버린 데 대한 분풀이를 하는 것처럼 들렸다.

—현재까지 우리가 조사한 바에 따르면 그렇습니다. 아마 검찰의 수사 결과도 우리의 조사 결과가 다르지 않을 것입니다.

늦게 도착하여 뒤쪽에 서서 지켜보고 있던 장선웅이 우렁찬 목소리로 외쳤다.

—원고가 제출한 문서가 위조문서라면 그 문서와는 다른 원본문서를 피고가 가지고 있다는 말씀입니까? 그렇다면 피고가 그 원본문서를 공개하지 않는 이유는 무엇입니까?

—원본문서는 고소장에 첨부하여 검찰에 제출되었습니다.

—원본문서와 위조문서의 차이점은 어디에 있습니까? 어떤 부분에 대한 위조입니까?

장선웅 기자가 큰소리로 다시 물었다.

—그것도 검찰의 수사과정에서 자세하게 밝혀질 것입니다.

—……?

다른 기자가 이수호 변호사에게 무언가 질문하고 있었지만, 장선웅 기자는 곧바로 기자회견장을 빠져 나왔다. 문서위조에 의한 단순한 해프닝이라고? 머리끝까지 전류가 통하는 것 같았다. 정말 그렇다면? 그는 한 앳된 여변호사에게 놀아난 꼴이 되는 셈이었다. 그는 곧바로 유휘진 변호사에게 전화를 걸었다. 신호음이 떨어지는 것과 동시에 그가 먼저 말했다.

—장선웅 기잡니다. 기자회견장입니다. 강호건설에서 문서위조로 유 변호사님을 고소했다고 하는데요? 이게 어떻게 된 일입니까?

—이미 예상하고 있었습니다.

놀랄 만도 한데, 유 변호사의 목소리는 의외로 차분했다.

—좀 만납시다. 설마 정말로 문서를 위조한 것은 아닐 테지요.

장선웅 기자가 흥분하여 소리쳤다.

—나중에 제가 전화드릴게요. 그때 모두 말씀드리겠습니다.

여전히 차분한 목소리로 말한 유 변호사가 먼저 전화를 끊었다.

쥐의 음모

사람이 삶의 거미줄을 짜 나가는 것이 아니다.
사람 역시 한 올의 거미줄에 불과하다.
따라서 그가 거미줄에 가하는 행동은 반드시 그 자신에게 되돌아오게 마련이다.
–인디언, 시애틀 추장의 연설문에서–

오전 10시에 있었던 피의자의 구속적부심 재판을 마친 박병우는 서둘러 강호빌딩으로 차를 몰아갔다. 원래는 이수호 변호사와 함께 기자회견을 하기로 했지만, 갑작스럽게 정해진 이 구속적부심 때문에 부득이 기자회견에는 참석하지 못했던 것이다. 박병우는 운전을 하면서 회심의 미소를 지었다. 그동안 강진호 회장이 단순한 교통사고 손해배상 사건 하나에 왜 그렇게 초조해하고 있었는지를 알 것 같았다. 유경준의 교통사고 사건은 손해배상 액수나 사고 경위에 비추어 기업의 총수인 강진호 회장이 직접 나서서 챙길 만치 그렇게 비중이 큰 사건이라고 할 수 없었다. 그런데도 강 회장은 유독 이 사건에 집착하여 그에게 생각지도 못한 거액의 돈을 주면서까지 안절부절 못하고 있었던 것이다. 이 인증서 때문이었어. 코리아타워의 지분 3분의 1이 걸려 있었던 거야. 어쩌면 원고의 주장과 같이 정말 강 회장이 유경준을 살해했는지도 모른다. 그리고 여기에는 현직 법무부장관이 개입되어 있다. 그동안 강 회장이나 최 장관의 태도에 비추어보면 그럴 가능성은 충분했다. 정말 그렇다면 이 기회에 이들의 약점을 단단히 잡아야 한다. 소송도 소송이지만, 이 증거를 확보하는 것이 더 중요하다. 언제까지나 월급쟁이 변호사로서 지낼 수는 없는 일이다. 만일 이들이 실제로 살인에 개입하였고, 그 증거만 확보하게 된다면, 그는 이 증거를 무기로 최 장관과 강진호 회장을 조종할 수 있을 것이다. 그러면 그는 법인의 운영에도 영향력을 미칠 수 있을 것이고, 앞으로 그가 꿈꾸는 정계 진출은 물론 정치자금을 대줄 든든한 후원자도 거느리게 되는 것이다. 역시 나는 운이 좋아. 하늘이 나를 돕고 있어. 박병우는 다시 한 번 회심의 미소를 지었다. 그의 가방에는 지금부터 그와 강 회장이 나눌 대화를 녹음할 고성능 녹음기가 들어 있었다. 박병우가 강호빌딩의 주차장에 차를 세웠을 때 시간은 이미 오후 1시가 넘어 있었다.

—아하하, 박 변호사, 어서 오세요.

박병우가 회장실로 들어서자 강진호 회장이 만면에 웃음을 띠고 반갑게 맞았다. 소파에는 이수호 변호사가 앉아있었다.

—자, 그러면 나는 먼저 일어나 보겠습니다. 실무적인 문제는 여기 박 변호사님과 의논을 하시면 됩니다.

이수호 변호사가 소파에서 일어나며 말했다.

—알겠습니다. 오늘 수고가 많으셨습니다. 조심해서 가십시오.

강 회장이 일어나 이수호 변호사가 내미는 손을 잡고는 출입문 쪽으로 가며 말했다. 박병우는 그 사이에 가방에 손을 집어넣어 녹음기의 녹음 버튼을 눌렀다.

—이런, 조금 더 일찍 와서 함께 식사라도 할 걸 그랬습니다.

출입문 밖까지 나가 이수호 변호사를 배웅하고 돌아온 강 회장이 소파에 앉으면서 말했다.

—재판 때문에 본의 아니게 늦었습니다.

—아닙니다. 아닙니다. 기자회견은 이 변호사님께서 잘 마무리했습니다. 그 계집을 잡아넣는다고 생각하니 10년 앓던 충치가 쑥 빠진 기분입니다. 이제 그 계집이 더 이상 날뛰지는 못할 테지요.

강 회장이 과장된 어투로 손을 흔들면서 말했다.

—아, 예. 아마 조만간 그렇게 될 것입니다.

—암, 그래야지요. 그래, 앞으로는 일이 어떻게 진행됩니까?

강 회장이 느긋한 표정으로 소파 등받이에 몸을 기대며 물었다.

—예, 앞으로 몇 가지 문제가 있는데, 먼저 오늘 고소 건부터 말씀드려야 할 것 같습니다. 조만간 검찰에서 고소인 조사를 위하여 회장님을 직접 소환할지도 모르겠습니다. 그때는 저와 함께 검찰청에 한번 나가셔야 합니다.

—그런 일이라면 한 번이 아니라 열 번, 백 번이라도 가야지요.

—고소인 조사와 관련하여 미리 유념해 두셔야 할 사항이 있습니다. 여기 오기 전에 장관님께서 은밀하게 저에게 당부하신 내용입니다.

박병우는 일부러 목소리를 낮추어 심각한 표정으로 말했다. 물론 그것은 거짓말이었다. 최 장관을 끌어들임으로써 이제부터 그가 놓을 덫에 대하여 강 회장이 의심하지 않도록 미리 생각해 둔 말이었다.

—그래요?

강 회장이 등받이에서 몸을 일으키며 박병우 앞으로 고개를 쑥 내밀며 말했다.

—먼저 검찰청에 제출한 저희들의 인증서 원본과 관련한 문제입니다. 먼저 그것이 어떻게 작성되었는지 말씀해 주십시오. 제가 알고 있어야 미리 대응할 수 있습니다.

박병우는 강 회장이 걸려들도록 미끼를 끼운 바늘을 던졌다.

―그것은 장관님께서 말하지 않던가요?

그렇게 말하는 강 회장이 갑자기 의심쩍은 눈빛으로 그를 바라보는 것 같았다. 도둑놈 제 발 저리다고, 박병우는 속으로 움찔했다.

―전화로 오래 얘기할 수 없다고 하시면서 자세한 내용은 회장님을 직접 뵙고 여쭤보라 하셨습니다.

박병우는 강 회장의 눈빛을 피하며 태연하게 둘러댔다. 산전수전 다 겪은 눈치 빠른 강 회장이었다. 약간의 방심이라도 보이면 그는 이내 의심할 것이다. 만약 응접실 탁자 아래 놓인 가방 속에 녹음기가 들어 있다는 것을 강 회장이 알기라도 하면, 만사가 끝이다. 박병우는 진땀이 흐르는 것 같았다. 박병우는 강 회장이 생각할 틈을 주지 않고 재빨리 다음 말을 이어갔다.

―먼저 그 인증서를 작성한 장소와 관련해서입니다. 특별한 사정이 있는 경우가 아니면, 인증서는 저희 공증사무실에서 작성합니다. 인증서를 작성한 곳이 어디였습니까?

―거제였지요. 거제 해금강비치관광호텔. 그곳에서 인증서를 작성하고 서울로 돌아가는 길에 유경준이 교통사고를 당했지요.

박병우의 조바심과는 달리 강 회장은 다시 느긋해져 있었다. 아직까지 강 회장은 그를 전혀 의심하지 않는 것 같았다. 박병우는 강 회장이 미끼를 물었다고 판단했다.

―예. 그것과 관련하여 장관님께서 미리 당부하셨습니다. 만약 검찰이 인증서를 작성한 장소를 물으면 저희 공증사무실에서 작성했다고 해야 합니다.

―그거야 뭐 어려운 일도 아니군.

–그때의 사정을 자세하게 말씀해 주십시오. 인증서를 작성하는 장소에 구체적으로 누가 있었습니까? 그래야 제가 미리 준비를 할 수 있습니다.

박병우는 낚싯대를 슬슬 끌어당기기 시작했다.

–그때 우리 쪽에는 장관님과 나, 실장님이 있었고, 그쪽에는 유경준과 조교라는 젊은 애가 하나 있었지요.

–거제도의 그 관광호텔에 말입니까?

–예.

–그런데 실장님이시라면?

–아, 그분에 대해서는 알 필요도 없고, 아예 언급도 하지 마세요.

강 회장의 표정이 단호해 보였다. 실장의 정체가 궁금했지만, 강 회장의 태도가 워낙 강경하여 그만 입을 다물고 말았다. 계속 파고들면 물었던 미끼마저 뱉어낼 것 같았다. 이럴 때는 우회해야 한다. 박병우는 다시 머리를 회전시켰다.

–그러면 그 실장님을 대신할 사람을 찾아야겠습니다.

–그게 무슨 소리요?

–회장님의 진술을 뒷받침해 줄 다른 진술이 필요한데, 그 실장님이 나서기가 곤란하다면 실장님을 대신할 누군가가 필요하지 않겠습니까?

–음, 무슨 얘긴지 알겠소. 그 문제는 내게 맡겨 주시오.

–사실 이렇게까지 할 필요도 없지만, 만일을 대비하자는 겁니다. 유경준이 죽은 마당에 그 조교라는 애가 나타난다고 하더라도 무슨 문제가 생기겠습니까? 자기 말을 입증해 줄 사람이 아무도 없는데. 그리고 우리 뒤에는 장관님이 계십니다. 이것은 만에 하나라도 실수하지 않도록 미리 대비하고자 하는 차원이니 회장님은 걱정하지 마십시오.

박병우는 강 회장을 안심시켰다. 그리고는 슬며시 대화의 주제를 바꾸면서 다시 미끼를 던지기 시작했다.

—지금 코리아타워 공사는 어떻게 진행되고 있습니까?

—이제야 겨우 공사를 준비하고 있습니다. 기존의 재래시장을 철거하고 공사를 해야 하는데, 상인들이 말을 들어야지요. 목숨을 내놓고 죽치고 앉아 버티고 있으니 도리가 있습니까? 돈을 줘서 내보낼 수밖에요. 그 당시 재래시장 상인들이 모두 5백 명이 넘었어요. 한 사람당 평균 5, 6억 정도였으니까, 대충 3천억 가량이 상인들의 영업보상금으로 나갔습니다. 유경준의 땅 값이 약 3천억 정도 되었는데, 그 돈이 모두 상인들의 보상금으로 지급된 겁니다. 그 말 많은 상인들이 그런 돈을 받지 않고 순순히 자기들의 생계 터전을 내 주겠습니까? 그런 엄청난 돈을 주고 상인들과 합의를 하는데 3년이 걸렸습니다. 그리고 유경준이가 죽는 바람에 할 수 없이 설계변경을 하여 다시 건축허가를 받아야 했고, 이래저래 공사가 늦어져 이제 겨우 터파기공사를 준비하고 있습니다.

—원고가 제출한 인증서에 코리아타워 지분 3분의 1을 유경준에게 준다는 것은 무슨 말입니까? 그리고 '코리아 스피릿 아트홀'과 '독립유공자 복지재단'이라는 것은 또 무엇입니까? 우리가 가진 원본에는 그런 조항이 없는데요.

—3분의 1 지분? 지금 뭔 아트홀이라고 했나요? 독립유공자 재단? 참, 웃기는 얘기지. 그 계집이 지가 무슨 애국지사라고, 그 계집이 별 희한한 생각을 다 지어냈어요. 그것 때문에 내가 위조라고 하는 것입니다. 참, 나……, 그때 유경준이는 그런 얘기를 한 번도 꺼낸 적이 없어요. 코리아타워 지분 3분의 1이라면 억 단위를 넘어선 조 단위의 어

마어마한 돈인데, 그걸 모두 내놓는단 말입니까? 그거 주고 나면 나는 알거지가 되는데, 말이 되는 소리를 해야지.

—그래도 유경준이 토지를 넘기고 자기는 한 푼도 가지지 않았다고 하는 것은 좀 이상합니다.

—뭐가 이상합니까? 그 뒤의 조항이 있지 않습니까? 나중에 완공 후에 정산을 하여 공시지가로 산정한 토지대금과 사업이익금 중 20퍼센트를 준다고. 고생은 내가 다 하고 유경준이는 가만 앉아서 토지대금 삼천억 원과 이익금 20퍼센트를 가져갑니다. 그때 나는 10퍼센트도 많다고 했는데, 유경준이 끝까지 우기는 바람에 내가 통 크게 양보하여 20퍼센트로 한 겁니다. 공사를 해 봐야 별로 남을 것도 없을 것 같고, 그때 유경준이가 일부 재산을 사회에 기부할 것이라고 하는 바람에 나도 이 기회에 좋은 일 한 번 한다는 셈치고 통 크게 그냥 양보를 한 겁니다.

—재산을 사회에 기부하는 방법에 대해서는 무슨 얘기가 있었습니까?

—그것에 대해서는 아마 장관님과 유경준이 따로 얘기를 했을 겁니다. 유경준이는 그 문제에 대한 일은 전적으로 장관님에게 일임한다고 했어요.

—그러면 장관님과 유경준 사이에 별도의 이면 계약이 있었겠군요.

순간 강 회장이 의아한 표정을 지으며 박병우를 빤히 들여다보았다. 아차, 박병우는 가슴이 덜컥 내려앉는 것 같았다. 혹시 눈치 챈 것이 아닐까? 무언가 수습할 변명거리가 필요했다.

—장관님께서 잠깐 그런 언급을 하셨기에 혹시나 해서 여쭤보는 겁니다.

박병우가 아무렇지도 않은 듯 태연하게 말했다.

—음, 그것은…….

강 회장이 한참 뜸을 들인 후에 다시 말을 이었다.

—아마 그럴 거요. 나로서야 그 내용은 모르지요. 나는 완공 후 정산을 하여 이익이 남는다면 그 돈을 주기만 하면 되니까. 내가 그런 일에까지 신경 쓸 필요가 없지요. 그리고 미리 말하지만, 이 공사해서 남는 것 없습니다. 오히려 손해가 안 나면 다행이지요. 상인들에게 벌써 3천억이 가버렸는데 무슨 재주로 이익을 냅니까?

—잘 알겠습니다. 이 부분에 대해서 장관님께서 누차 강조하셨습니다. 장관님과 유경준 사이에 이면 계약이 있었다는 것이 절대로 외부에 알려지면 안 된다고. 검찰에 가면 원본에 있는 대로 공시지가로 산정한 토지대금과 정산이익금 20퍼센트를 주기로 하였고, 그 방법은 완공 후에 유경준과 다시 의논하기로 했다는 정도로만 하십시오.

—아, 내가 무슨 바보요. 그런 것을 말하게.

강 회장이 툭 쏘듯이 말했다.

—죄송합니다. 혹시나 하는 노파심에서 장관님의 당부를 전해드렸을 뿐입니다.

박병우가 고개를 수그리며 말했다. 오늘은 이쯤에서 그만두어야겠다. 자칫 잘못하면 꼬리를 잡히겠어. 박병우는 속으로 생각했다. 유경준과 장관의 이면계약, 이 사실 하나만으로도 강 회장과 장관의 약점 하나는 단단하게 움켜잡은 것이다.

—그건 그렇고, 지금 진행되고 있는 민사소송은 어떻게 되는 겁니까?

강 회장이 박병우의 태도가 영 마뜩잖은 음성으로 물었다. 제 생각에 빠져 고개를 숙이고 있던 박병우가 화들짝 놀라 말했다.

—아, 예, 고소 사건과는 별도로 민사소송은 그대로 진행하게 됩니

다. 그러나 원고의 문서위조 사실이 밝혀지면 아마 민사소송도 저절로 끝나게 될 것입니다. 문제는 원고가 제기한 교통사고 손해배상 사건인데, 이 사건은 위조문제와는 또 달라서…….

–가짜 인증서라는 것이 들통 난 마당에 그 계집이 무슨 재주로 소송을 한다는 말입니까?

강 회장의 말투에는 이제 짜증이 배어나고 있었다.

–예, 그렇긴 합니다만 민사소송이라는 것은 원고가 소를 취하하지 않는 한 어쨌든 판결은 내려야 합니다. 그래서 소송을 빨리 끝내기 위해서 지난번에 신청한 증인들을 출석시켜 신문을 하는 것이 좋겠습니다. 소송을 끝내기 위한 형식적인 마무리 절차입니다.

–그럼 태성건설 사람들과 박 사장이 모두 증인으로 출석해야 한다는 말입니까?

–태성의 고광준 실장과 김희철 사장은 우리가 신청한 증인이기 때문에 철회할 수도 있지만, 박홍길 사장님은 쌍방증인이라 우리가 철회한다고 하더라도 원고가 철회하지 않는 한 어차피 한 번은 출석해야 합니다.

–아니 그 계집이 구속되어도 말입니까?

–원고가 구속되는 것은 형사고소 사건이고, 민사소송은 형사 사건과는 별개로 진행됩니다. 아까 말씀드린 바와 같이 원고가 소를 취하하지 않는 한 민사소송은 그대로 진행됩니다.

–그럼 증인들을 출석시켜 하루 빨리 소송을 끝내 버립시다. 이제 더 이상 이 일에 신경 쓰고 싶지 않아요.

–알겠습니다. 그리고 지난번에 원고가 서울대 법의학과에 신청한 감정 결과는 우리 쪽에 유리하도록 손을 써 놓았습니다. 마지막 작업

으로 떡고물을 좀 풀어야 하겠습니다.

원고가 신청한 유경준의 경추골 X-레이 필름에 대한 감정 결과를 말하는 것이었다. 감정 결과 회신서는 법원에 이미 도착되어 있었다. 그러나 이 결과에 대하여 박병우가 서울대 법의학과에 실제로 로비를 한 것은 아니었다. 아니, 그는 애초부터 로비를 할 생각조차 하지 않았다. 그런데도 행운의 여신은 여전히 그의 편이었다. 회신된 감정서의 내용은 '비틀림 골절의 전형적인 현상으로 추정되지만, 다른 원인으로 인하여 발생할 가능성을 전연 배제할 수 없음.'이라고 되어 있었다. 여기에서 후단의 '다른 원인으로 인하여 발생할 가능성……'은 분명 소송상 피고에게 유리하게 작용하는 것이다. 만일 이 후단 문맥이 없이, 원고의 주장처럼 '비틀림 골절의 전형적인 현상'이라고만 나왔다면, 그는 실패한 로비였다고 얼버무릴 참이었다. 그리고 이것으로 돈을 뜯어내기에는 명분이 궁색했다. 그런데 행운의 여신은 친절하게도 그를 위하여 생각지도 못했던 사족을 달아 놓았다. 그러나 박병우는 행운의 여신이 가져다 준 이 결과를 그가 행한 로비가 성공했기 때문이라고 스스로를 반복하여 세뇌시켰다. 그러자 최면에 걸려버린 뇌세포가 실제로 그런 것처럼 믿게 되었고, 이제 그 공로에 대하여 대가를 요구하는 것도 당연한 권리라고 생각했다. 그가 감정 결과를 이미 알고 있으면서도, 아직 도착하지 않은 것처럼 숨기고는, '우리 쪽에 유리하도록 손을 써 놓았고, 떡고물이 필요하다.'고 말한 이유였다. 그것은 약속했던(?) 로비 작업이 성공하였고, 이제 그 성공의 대가를 지불해 달라는 청구서에 다름 아니었다.

-무슨 얘긴지 알겠소. 그래, 어느 정도가 필요합니까?

박병우는 방 안에 그들 외에 아무도 없다는 것을 알면서도, 혹시나 누군가가 엿듣지나 않는지 확인하는 것처럼 일부러 주위를 한 번 돌아보고는 잠시 뜸을 들인 후에 최대한 목소리를 낮추어 말했다. 물론 이러한 행동은 그가 미리 의도한 연기였다. 실제로 로비가 있었다고 믿게 만들기 위해서는 최대한 실감나게 연기를 할 필요가 있었다.

–아무도 모르게 은밀하게 작업을 하였습니다. 그들이 한 사람당 다섯 장 정도는 되어야 한다고 하는 것을 제가 우겨 석 장으로 했습니다.

처음 예정해 두었던 것은 다섯 장이었지만, 박병우는 일부러 석 장이라고 했다. 강 회장의 의심을 사지 않으면서도 로비 자금을 대폭 줄였다는 생색을 내기 위해 미리 작정하고 온 말이었다.

–그때 다섯이라고 했지요? 삼오는 십오, 한 장 반이군.

그렇게 말한 강 회장이 소파에서 일어나 책상 오른쪽 뒤쪽에 붙은 작은 문을 열고 들어갔다. 잠시 후 다시 나온 강 회장의 손에는 검정색 서류가방 하나가 들려 있었다. 그 방에 강 회장이 쓰는 사금고라도 있는 모양이었다. 똥개가 똥냄새 맡은 듯, 그것을 본 박병우는 자기도 모르게 소파에서 벌떡 일어났다. 강 회장이 서류가방을 박병우에게 내밀며 말했다.

–내 박 변호사의 노고를 생각해서 섭섭하지 않게 두 장을 넣었소.

–감사합니다. 역시 회장님께서는 남다른 데가 있으십시다. 이 은혜는 잊지 않겠습니다.

박병우는 비굴하게 두 손을 맞잡고 말하면서 가방을 받았다. 지어낸 말 몇 마디에 2억이라는 거금이 그의 수중에 들어온 것이다. 이렇게 쉽게 돈을 벌수만 있다면야, 그깟 자존심이나 변호사의 품위가 무슨 상관인가. 그런 것은 아예 지나가는 강아지에게 던져줘 버려도 될 것이다. 자존심이나 품위가 오그라든 위장을 펴주지는 않는다. 배고픈 놈이 품위 같은 것을 내세워봤자 알아주는 사람은 아무도 없다. 오히려 그런 족속들만 바보 취급당하기 일쑤인 것이다.

—그럼 계속해서 수고해 주세요.

강 회장이 선 채로 말했다.

—여부가 있겠습니까. 소송은 제가 만반의 준비를 하겠습니다. 회장님께서는 마음 놓으시고 느긋하게 즐기시기만 하면 됩니다. 그럼 검찰청에서 소환장이 오면 그때 다시 찾아뵙겠습니다.

박병우는 녹음기가 든 자기의 가방과 강 회장이 건넨 가방의 손잡이 두 개를 오른손에 한꺼번에 모아 쥐고 회장실을 나왔다. 오른쪽 어깨 근육에 느껴지는 묵직한 가방의 무게감이 상쾌했다.

—쥐새끼 같은 놈이 감히 이 강진호를 갖고 놀고 있어.

박병우가 나가고 난 뒤 강진호는 솟아나는 분기를 가까스로 참아내며 혼자 중얼거렸다. 고소 사건과 관련하여 검찰에서 어떻게 진술해야 하는지에 대해서는 이미 최 장관과 사전에 조율이 되어 있었다. 검찰의 일이라면 그가 강남의 유흥가를 거느릴 때부터 산전수전 다 겪은 터였다. 민사소송 또한 마찬가지였다. 이제까지 그가 치른 소송만도 손가락 발가락을 모두 합쳐도 모자랄 지경이었다. 서울대의 감정결과는 박병우가 도착하기 전에 이수호 변호사가 이미 말해 주고 갔던 것이다. 그런데 박병우는 아직 결과가 나오지 않은 것처럼 돈을 뜯어내려는 수작을 부렸던 것이다. 사실 박병우가 서울대에 로비를 한다는 명목으로 은근히 돈을 요구했을 때부터 뭔가 미심쩍다는 생각을 했다. 그런 와중에 박병우가 인증서의 작성 경위를 말해달라고 했을 때, 그는 박병우의 속을 떠봐야겠다는 생각을 했다. 박병우가 이면계약 얘기를 꺼냈을 때, 그는 박병우가 다른 꿍꿍이속을 갖고 있다고 확신했다. 계약서를 작성한 날, 유경준이 죽었는데, 이면계약이 있을 수가 없었다. 설사 그런 계약이 있었다고 하더라도 최 장관이 그런 사실을 박병우에게 말할 리가 없었다. 그것은 박병우가 은연 중 넘겨짚는 것이 틀림없었다. 호랑이 새끼를 키우고 있었다는 최 장관의 말이 맞았다. 그런데도 그가 박병우의 말에 순순히 응해 주는 것처럼 장단을 맞춰준 것은 박병우가 무슨 꿍꿍이 수작을 부리고 있는지 알아보기 위해서였다. 뻔히 눈에 보이는 거짓말에 속는 것처럼 돈 2억을 내준 것도 앞으로 박병우가 어떻게 하나 보자는 심산으로 일부러 그랬다. 물론 박병우에게 말한 상인들에 대한 영업보상금을 그렇게 지급한 것도 아니고, 유경준의 지분과 이익금 문제도 두루뭉술하게 얼버무린 것이었다.

–뭐 이면계약이 있었다는 것이 알려지면 안 된다고. 하아, 이 자식이거, 그냥 두면 큰일 낼 놈이야. 이 자식을 그냥 둘 수 없어. 이 강진호를 속였다간 어떻게 된다는 것을 뼈저리게 느끼게 해 주지.

강진호는 다시 한 번 혼자서 중얼거렸다. 유휘진 변호사, 그 계집의 뒤에는 박진욱이라는 놈이 있고, 그놈의 뒤에는 성혜주라는 소설가년이 있다. 이제 이것들만 찾아내어 없애버리면 될 일이다. 그전에 해야 할 일이 있었다. 박병우의 입도 봉해야 했다. 이성호는 계속 이용하다가 돈 몇 푼 쥐어주며 으름장을 한 번 놓으면 될 일이다. 강진호는 휴대전화를 꺼내어 화풀이라도 하듯 거칠게 번호를 누르기 시작했다.

* * *

지난 추석 때 인부를 시켜 벌초를 했지만, 그 후에 다시 풀이 자랐던지 봉분은 말라버린 잡초로 수북하게 덮여있었다. 뒷산에 걸린 12월의 해가 선혈을 토해내듯 마지막 빛줄기를 뿜어내고 있었다. 산 아래 멀리 석양에 물들어가는 바다가 시린 바람 속에 몸을 뒤척이고 있었다. 차가운 해풍에 볼이 시렸다. 휘진은 털목도리로 목을 감싸고는 봉분 앞, 언 땅에 무릎을 꿇고 앉았다. 예상하지 못했던 것은 아니지만, 정작 장선웅 기자로부터 피고들이 고소를 했다는 얘기를 들었을 때, 그녀는 드디어 올 것이 왔다는 생각을 했다. 검찰에서는 틀림없이 인증서의 원본을 요구할 것이다. 그러나 그녀에게는 원본이 없었다. 메일을 보내는 사람이 진욱 오빠던가, 혜주 언니라는 생각에는 변함이 없었다. 진욱의 행방은 여전히 묘연했고, 혜주 언니도 아프리카로 여행을 떠난 마당에 확인할 길도 없었다. 메일로 받은 복사본이 원본을 복사한 진본이라는 것을 입증할 아무런 증거가 없었다. 기자회견이 끝나면, 보도진들은 사실 확인을 위해 그녀에게 몰려올 것이다. 기자들에게 지금까지 일어났던 모든 일을 일일이 설명할 수도 있겠지만, 그들이 그것을 곧이곧대로 믿어주지는 않을 것이다. 기자들이 조목조목 따지고 들면 사실 대답할 말도 궁했다. 그것은 장선웅 기자에게도 마찬가지였다. 갑갑했다. 누구에게 의지하고 싶고, 속을 터놓고 싶었지만, 지금 그녀의 곁에는 아무도 없었다. 메일의 글은 아버지를 칭하는 누군가가 보내고 있다. 휘진은 문득 아버지와 어머니의 산소를 떠올렸다. 그래, 지난 추석에도 가보지 못했었다. 아버지에게 가보자.

어쩌면 아버지가 답을 주실지 모른다. 휘진은 장선웅 기자에게는 나중에 전화를 하겠다고 하고는 그길로 곧바로 아버지의 산소로 왔다. 사고 후 장례를 치르면서 아버지의 묘소는 어머니의 묘소 옆에 모셨다. 휘진은 봉분 앞에 엎드린 채로 속으로 아버지에게 말을 걸었다.

아버지, 앞으로 저는 어떻게 해야 하나요? 조사가 시작되면 검찰은 분명히 인증서의 원본을 제출하라고 할 텐데, 왜 원본은 보내지 않는 거죠? 진욱 오빠는 어디에 있나요? 혜주 언니는 왜 사라져 버렸을까요? 왜 이런 모든 일이 나도 모르는 곳에서 일어나고 있는 걸까요……? 불안하고 무서워요.

휘진은 한동안 차가운 언 땅에 그대로 앉아있었다. 차가운 땅기운이 무릎을 송곳처럼 찔렀다. 문득, 어릴 적 그날, 성모 마리아의 집 뒷동산에서 차갑게 언 땅에 무릎을 꿇고 있던 진욱의 모습이 떠올랐다. 진욱 오빠, 내 이름을 부르기 위해 그렇게 언 땅에 무릎을 꿇고 있었다. 갑자기 가슴이 복받치며 눈물이 흘렀다. 그래, 오빠야. 오빠가 나를 지키고 있어. 아버지를 대신하여 오빠가 나를 지키고 있어. 두려워할 것 없어. 불안해할 필요도 없어. 오빠가 나타날 거야. 휘진의 가슴에 훈훈한 바람이 불기 시작했다. 휘진은 봉분 앞에 엎드린 채로 다시 아버지에게 말했다.

아버지, 보고 싶어요. 오빠는 어디에 있나요. 왜 나타나지 않는가요. 이 모든 일들이 아버지의 뜻인가요? 아버지를 믿습니다. 오빠를 믿습니다. 그들이 저를 고소했지만, 두렵지 않습니다. 이 일로 인하여 어떠한 고난이 닥치더라도 포기하지 않겠습니다. 절대 굴복하지 않겠습니다. 아버지, 흔들리지 않도록 저를 붙들어 주세요. 제가 이 난관을 헤치고 나아갈 수 있도록 지혜와 용기를 주세요.

장선웅 기자는 점점 부아가 치밀어 올랐다. 나중에 전화를 주겠다던 유휘진 변호사는 퇴근시간이 지나도록 아무런 소식도 없었다.

—야, 그 애송이 변호사에게 당한 것 아냐?

그가 기자회견장에서 사무실로 돌아왔을 때, 김호근 편집장이 대뜸 말했다. 문서위조를 통한 희대의 사기극에 그가 놀아난 것이 아니냐는 말이었다. 그럴 만도 했다. 그 자신도 기자회견장에서 그렇게 생각했으니까. 유 변호사를 만나기라도 하면 자초지종을 알아볼 수도 있을 텐데, 이제 마감시간이 다 되도록 유 변호사는 아무 연락도 없었다. 그는 책상을 정리하고 자리에서 일어났다. 대한일보에서 쏟아낼 내일 기사를 생각하니 머리에서 불이 날 지경이었다. 그때 그의 휴대전화에 문자가 들어왔다는 알람표시가 반짝였다.

송규원의 네 번째 소설 발표.

문서위조와 관련한 제 대답은 그 소설과 같습니다.

—유휘진—

퇴근을 하려던 장선웅 기자는 곧바로 인터넷을 검색했다. 송규원의 네 번째 소설 「마라톤맨」이 올라와 있었다.

마라톤맨

팔을 내밀어 허공을 휘저어 봅니다. 손에 잡히는 것이라곤 아무 것도 없습니다. 캄캄합니다. 분명 눈을 뜨고 있는데도, 마치 눈꺼풀이 달라붙어 있는 것처럼 온통 칠흑 같은 어둠뿐입니다. 어둠 속에 갇혀, 어디로 가야할지 전혀 가늠할 수 없습니다. 저만치, 아주 먼 것 같으면서, 가깝게 보이는, 암전이 된 연극 무대 같은 그런 곳입니다. 하얀 점 같은, 작은 빛 하나가 나타납니다. 동심원을 그리며 퍼져가는 물결 파문처럼, 그 빛점이 점차 커집니다. 점점 크게 자라난 빛의 동그라미 안에 검은 실루엣 같은 두 사람의 그림자 형상이 나타납니다. 빛은 후광처럼 두 사람을 밝게 비춥니다. 강한 빛에 눈이 부셔 실눈을 뜨고 그림자 형상을 바라봅니다. 키 큰 아버지가 키 작은 어린 딸의 손을 잡고 서 있는 모습입니다. 아버지와 딸의 얼굴은 알 수 없지만, 그러나 그들은 분명 내가 지금까지 애타게 찾고 있는 사람의 모습입니다. 나는 어둠을 뚫고 빛을 향하여 달려갑니다. 그러나 내가 다가가는 어둠의 거리만큼, 빛의 거리도 멀어집니다. 간격은 좁혀지지 않습니다.

오히려 더 멀어질 뿐입니다. 나는 가쁜 숨을 몰아쉬며 계속 달려갑니다. 너무나 숨이 벅찬 나머지 그만 주저앉아 배를 움켜잡고 헐떡거립니다. 빛은 점점 더 멀어지고, 빛의 동그라미도 점점 작아집니다. 동그라미 안에서 두 사람이 손을 흔들고 있습니다. 제발 가지 마세요. 나는 외칩니다. 그러나 절박한 내 외침은 두 사람에게 들리지 않는 것 같습니다. 다시 일어나 달려가지만, 갑자기 다리가 후들거리면서 털썩 주저앉고 맙니다. 나는 무릎을 꿇고 앉아 손짓을 하며 두 사람을 부릅니다. 안 돼요! 가지 말아요. 그러나 이제는 목소리조차도 나오지 않습니다. 빛의 동그라미는 점점 더 오그라들고, 종내에는 두 사람의 모습도 작은 점이 되어 사라집니다. 가슴이 꽉 조여들면서 저절로 눈물이 흐릅니다. 안 돼요! 가지 마세요. 가면 안 돼요.

나는 소스라쳐 놀라 일어납니다. 꿈입니다. 3년 전, 박사님이 살해된 그날 이후부터 거의 유사한 장면으로 반복되는 꿈입니다. 온몸이 땀에 흥건히 젖어 있습니다. 나는 또다시 꼭 같은 감정에 사로잡힙니다. 죄책감입니다. 내가 보호해야 할 사람을 지키지 못했다는. 나는 침대에서 일어나 욕실로 갑니다. 욕실 벽, 거울을 봅니다. 거울 속에 비친 내가 전혀 생소한 낯선 사람처럼 느껴집니다. 나는 욕조에 물을 받아, 물속에 몸을 담그고 눈을 감습니다. 그동안 숱하게 반복해 왔지만, 3년 전 그날의 참혹했던 광경을 다시 한 번 되새겨봅니다. 그리고 다짐합니다. 그들에 대한 복수를. 아니, 이것은 단순한 복수가 아닙니다. 내 사랑을 지키고, 박사님의 소망을 이루기 위한 전쟁입니다. 몽파르나스의 묘지에서 그녀에게 약속한 내 영혼의 맹세입니다. 나의 복수와 전쟁은 이미 시작되었습니다.

3년 전 그날, 박사님이 살해되었다고 했는데, 누가? 어떻게? 여기에 대해 먼저 말씀드리겠습니다.

코리아타워의 설계를 마친 박사님께서는 타워의 공사를 맡아줄 시공업자를 물색하였습니다. 이때 박사님이 만난 사람이 법무법인 J의 대표변호사였던 C변호사였습니다. C변호사는 박사님과 고교 동창으로 과거 검사로 재직할 당시부터 청렴하고 강직한 성품으로 법조계의 신망이 두터운 사람이었습니다. 박사님은 C변호사를 전적으로 신뢰하고 있었습니다. C변호사가 K건설의 K회장을 박사님께 추천했습니다. C변호사의 중재로 박사님과 K회장 사이에 계약 조건에 관한 몇 번의 절충과정이 있었습니다. 이때 박사님께서 제시한 가장 중요한 계약 조건은, 코리아타워의 설계를 변경하는 경우 반드시 박사님의 허락을 받을 것, 건축에 제공되는 박사님 소유 토지 전부와 설계비용의 대가로 완공된 코리아타워의 지분 3분의 1을 보장해 줄 것, 그리고 코리아타워의 51층부터 60층까지는 반드시 '코리아 스피릿 아트홀(Korea Sprit Arthall)'로 제공되어야 한다는 것이었습니다. 박사님은 이 세 가지 조건은 반드시 충족되어야 한다고 주장했습니다. 박사님은 이 지분 3분의 1로 독립유공자 후손들을 위한 복지재단을 설립하여 선대로부터 물려받은 유산을 사회에 환원하고자 했습니다.

이에 대해 K건설은 공시지가로 산정한 박사님의 토지대금에 코리아타워의 완공 후 정산이익금의 20퍼센트를 박사님의 지분으로 주겠다고 했고, 이를 자본금으로 한 복지재단 설립 절차는 C변호사가 대표변호사로 있는 법무법인 J에 맡기자고 했습니다. 아트홀에 대해서도 난색을 표시했습니다. 그러면서 토지대금과 합친 정산이익금 20퍼센트는 박사님이 요구하는 지분 3분의 1에 해당하는 금액을 틀림없이 초과할 것이고, 이것은 K회장 자신이 장담한다고 공언했습니다.

이즈음 박사님의 건강은 극도로 악화되어 있었습니다. 폐에서 자라난 종양이 갑상선까지 전이되어 언제 쓰러질지 모르는 위중한 상태에 있었습니다. 박사님은 자신의 생전에 코리아타워의 완공을 볼 수는 없을지라도 그 중요한 주춧돌은 놓고 가고자 했습니다. 언제 꺼져버릴지 모르는 생명의 불꽃 앞에서 시간은 촉박했습니다. 이런 사정 때문에 C변호사가 특별히 추천하는 K건설 대신 다른 시공업자를 물색하는 것도 여의치 않았습니다. C변호사의 중재로 다시 몇 번의 절충 과정이 있었지만, 쉽게 합의점을 찾지 못하고 있었습니다.

그런데 사건이 발생했던 그날 아침, 박사님은 C변호사로부터 합의가 되었으니 계약을 체결하자는 전화 연락을 받았습니다. 그날 밤 10시에 거제에 있는 해금강비치관광호텔 20층 VIP룸에서 만나 계약을 체결하자고 했습니다. 서울에서 해도 될 것을, 왜 굳이 먼 남도의 섬, 거제까지 내려오라고 하는 것일까? 그것도 밤이 한참 늦은 시간에. 쉽게 납득할 수 없는 의문이 목구멍에 걸린 생선가시처럼 꺼림칙했습니다. 그래서 나는 거제로 출발하기 전에, 계약 장소에서 있을 대화를 몰래 녹음해 두어야겠다는 생각을 했습니다. 혹시 박사님께서 돌아가신 후 발생할지도 모를 장래의 분쟁에 대비해 계약의 체결 과정을 보다 확실하게 해두는 것이 좋겠다는 생각이 들었던 것입니다. 그래서 나는 출발하기 전에 얇고 성능이 좋은 소형녹음기를 미리 준비해 가져갔습니다.

그날 오후 늦게, 나는 박사님을 차에 모시고 거제로 출발했습니다. 여전히 꺼림칙한 느낌은 지울 수가 없었습니다. 왠지 불안하고, 초조하고, 심지어 두려운 마음까지 들었습니다. 운전을 하는 도중에, 불현듯, 어릴 적 서울역에서 어머니로부터 버림받던 일이 생각났습니다.

지하실에 갇혀 지내며 겪었던 그 고통스런 나날들, 동생과 함께 바닷가 숲 속으로 끌려갔던 그 여름밤의 위기, 죽어가는 동생을 안고 생명의 빛을 찾아 동트는 새벽바다에 스스로 잠겨야 했던 핏빛 절망이 파노라마처럼 되살아났습니다. 그때까지 잊고 지냈던 그런 참혹한 기억들이 하필 왜 그때 떠올랐을까? 그것은 불길한 전조였습니다. 지금 생각하면, 그것은 어릴 적의 그런 혹독한 경험을 통하여 내 잠재의식에 각인된 예지叡智나 생존본능이 그날 밤의 불행한 사태를 미리 감지했기 때문인 것 같습니다. 그것은, 과학적 논리나 이성으로서는 설명할 수 없지만, 그날 밤 닥칠 K회장의 무서운 음모에 미리 대비하라는 위험신호였던 것 같습니다.

우리가 약속장소인 거제 해금강비치관광호텔 VIP룸에 도착했을 때, K회장과 C변호사, 그리고 H실장이라는 사람이 먼저 와 있었습니다. 나는 그 방으로 들어가기 직전 양복 안주머니에 든 녹음기의 녹음 버튼을 눌렀습니다. C변호사가 T건설의 G회장은 계약체결 권한을 자기에게 위임하고 참석하지 않았다고 했습니다. H실장이라는 사람은 정치권에 상당한 영향력을 가진 사람처럼 보였고, 박사님을 대하는 태도와 말도 건방지고 거칠었습니다. 마른 얼굴에 광대뼈가 튀어나오고 눈매가 날카로웠습니다.

계약을 체결하기 전에, C변호사는 서로 다른 내용의 두 가지 계약서를 제시했습니다. 처음 계약서는 그동안 K회장과의 수차에 걸친 협상 과정에서 박사님이 거절했던 조건으로 작성된 것이었습니다. 그들은 마치 박사님의 의중을 다시 한 번 떠 보기 위해서 일부러 그런 계약서를 준비한 것 같았습니다. 물론 박사님은 그 계약서에 서명, 날인하기를 거부했습니다. 그러자 C변호사가 두 번째 계약서를 꺼냈습니다.

그것은 박사님의 요구 조건을 모두 수용한 계약서였습니다. 너무 쉽게 수용하는 것 같아 오히려 의아한 생각이 들 정도였습니다. 박사님은 이 계약서에 서명, 날인을 하였습니다.

계약을 체결한 우리는 호텔을 나와 곧바로 귀경길에 올랐습니다. 박사님께서 다음 날 오전에 병원에 예약이 되어 있었고, 오후에는 박사님의 재래시장 상가의 상인대표자들과 만나기로 약속이 되어 있었기 때문입니다. 내가 운전하는 차는 호텔을 빠져 나와 어두운 해안도로를 따라 달렸습니다. 시간은 이미 자정이 가까워지고 있었습니다. 자동차의 헤드라이트 불빛에 해금강 일출전망대 입간판이 보였습니다. 그때 조수석 뒷좌석 등받이에 기대어 있던 박사님께서 말했습니다.

–여기서 잠시 바람이나 쐬고 가지. 가슴이 답답해.

평소 창백한 얼굴 혈색이 피곤에 지쳐 파리하게 보였습니다.

–날씨가 매우 춥습니다. 괜찮겠습니까?

나는 걱정스럽게 말하며 전망대의 주차장에 차를 세웠습니다. 전망대에는 아무도 없었습니다. 지나가는 차들도 없었습니다. 차창 밖에서 차갑게 얼어붙은 해풍이 몰아치는 소리가 귀신 울음소리처럼 을씨년스럽게 들렸습니다. 구름이 잔뜩 낀 하늘에는 별도 달도 보이지 않았습니다. 어둠에 잠긴 먼 바다에 항해하는 배의 불빛이 아스라이 가물거리고 전망대 아래에서 바위에 부딪치는 사나운 파도소리가 울려 퍼지고 있었습니다.

–그 사람들이 무엇 때문에 생각을 바꾸었을까? 계약이 성사되지 않을 줄 알았는데.

박사님께서 차창을 내리고 어두운 밤바다에 시선을 두고 혼잣말처럼 말했습니다.

—너무 쉽게 양보하는 것이 뭔가 꺼림칙합니다. 사실 이제까지 말씀드리지 않았지만, 그 사람들은 평판이 아주 좋지 않았습니다. 자신들의 목적을 위해서라면 살인이라도 마다하지 않을 그런 사람들이라고 했습니다. 무엇보다도 서울에서 해도 될 계약을 굳이 이 먼 거제도까지 와서 한다는 것이 아무래도 이상합니다. 혹시 그 사람들이 무슨 음모를 꾸미고 있는 것은 아닌지 모르겠습니다.

나는 이제까지 심중에 담아두고 있던 말을 조심스럽게 꺼냈습니다.

—음모라니? 설마 법무법인의 대표변호사가 입회한 자리에서 체결한 계약을 그 사람들이 어떻게 하겠어. 에취!

열린 차창을 통해 몰아치는 차가운 해풍에 박사님께서 발은기침을 토했습니다.

—날씨가 너무 차갑습니다. 창문을 닫겠습니다.

—그래. 콜록콜록. 그러고 보니 좀 불길한 생각이 드는군.

—그래서 오늘 그곳에서 있었던 대화를 모두 녹음해 놨습니다. 만일을 대비해서요.

—그래? 그 사람들이 알면 무척 화를 내겠군.

—처음부터 끝까지 모두 녹음했습니다. 지금 한 번 들어보겠습니다.

나는 양복호주머니에서 녹음기를 꺼내어 재생 버튼을 눌렀습니다. 녹음기에서 제일 먼저 C변호사의 목소리가 흘러나오기 시작했습니다. 녹음기에는 우리가 호텔에 들어갔을 때부터 박사님과 그 사람들 사이에 오고갔던 대화가 빠지지 않고 녹음되어 있었습니다. 이윽고 녹음소리가 멈추자 박사님께서 가방에 들어 있던 계약서 원본이 든 서류봉투를 꺼내어 네게 건네며 말했습니다.

—그것을 들으니 정말 불길한 생각이 드는군. 네 말처럼 뭔가 좀 이

상해. 혹시 모르니 이 계약서와 함께 그 녹음 CD를 네가 잘 보관해. 상하지 않게.

—예.

나는 조수석 앞 사물함에 미리 준비해두었던 비밀봉투를 꺼내어 먼저 녹음기에서 꺼낸 CD를 넣고 포장용 비닐테이프로 단단하게 밀봉했습니다. 그리고 박사님으로부터 받은 서류봉투도 다른 비닐봉투에 넣어 똑같이 밀봉했습니다. 마지막으로 밀봉된 두 개의 비닐봉투를 또 하나의 비닐봉투에 함께 넣어 이중으로 단단하게 밀봉했습니다. 그리고는 비닐봉투와 계약서의 두께 때문에 잘 접하지 않는 것을 억지로 네 겹으로 두툼하게 접어 양복 안쪽주머니에 넣고 단추를 채웠습니다. 나는 다시 차를 출발시켰습니다. 차가 움직이자 박사님께서 눈을 감은 채로 내게 말했습니다.

—내가 없더라도 말이야. 네가 친오빠처럼 그 아이를 보살펴줘야 해. 행여 어려운 일이 있으면 원장님과 상의하고…….

가방에 들어 있던 서류봉투를 꺼내어 내가 별도로 보관하게 한 것, 그리고 내가 없더라도 그 아이를 보살펴주라고 하는 마지막 유언 같은 박사님의 말씀. 아마 그때 박사님은 잠시 후에 일어날 그날의 비운을 예감하지 않았던가 하는 생각이 듭니다. 그 말에 나는 갑자기 가슴이 울컥했습니다.

—예, 걱정하지 마십시오. 제가 꼭 지키고 돌보겠습니다.

나도 모르게 목소리가 떨리고 갑자기 눈가에 물기가 어렸습니다. 나는 박사님이 알아채지 못하도록 황급히 눈에 어린 물기를 손등으로 찍어냈습니다.

한참을 운전하여 도로의 모퉁이를 돌자 저만치 어둠 속에 통영과

거제를 잇는 신거제대교가 보였습니다. 그때 얼핏 백미러를 보니 25톤 화물트럭 한 대가 내 차와 같은 차선에서 뒤를 따라오고 있었습니다. 그런데 얼마 지나지 않아 대형 컨테이너차량 한 대가 내 차 앞에서 나아가고 있었습니다. 그때까지도 나는 뒤의 트럭과 앞의 컨테이너차량이 단순히 나와 동일한 방향으로 운행하는 차량이라고 생각했습니다. 잠시 고개를 돌려 뒷좌석의 박사님을 바라보니, 피로에 지친 박사님은 잠이 든 것 같았습니다. 앞서가는 컨테이너차량은 큰 자세 때문인지 속도가 느렸습니다. 그래서 나는 적당한 시기에 차선을 1차선으로 바꾸어 컨테이너차량을 추월하려고 했습니다. 직선도로로 접어들어 반대차선에서 차가 오지 않는 것을 확인한 내가 추월하기 위하여 핸들을 좌측으로 꺾는 순간, 뒤를 따라오던 트럭이 굉음을 울리며 전속력으로 내 차를 앞질러 1차선으로 들어와 진로를 막았습니다. 그래서 나는 다시 속도를 늦출 수밖에 없었습니다. 내가 속도를 늦추자 앞의 컨테이너차량도 1차선의 트럭도 동시에 속도를 늦추었습니다. 그때 내 차 뒤에 육중한 레미콘차량 한 대가 다시 따라붙었습니다. 그러자 내 차는 앞서가는 컨테이너차량과 1차선의 트럭, 뒤의 레미콘차량이 만든 삼각형의 상자 속에 갇히고 말았습니다. 그 순간, 나는 이들 차량들이 우연히 나타난 것이 아니라는 것을 알았습니다. 직감적으로 우리를 해치려고 나타난 차들이라는 느낌이 들었습니다. 불안과 두려움, 전조가 현실화되고 있었습니다. 한시 바삐 이 상자 안에서 벗어나야 한다는 생각이 들었습니다. 그러나 앞선 컨테이너차량과 옆 1차선의 트럭이 진로를 막고 있어 속도를 내어 뿌리칠 수도 없고, 뒤의 레미콘차량 때문에 속도를 늦추어 벗어날 수도 없었습니다. 두렵고, 긴장한 나머지 핸들을 잡은 손과 이마에서 땀이 솟았습니다. 편도 2차선의 구간이 1차선 구간으로 바뀌는 지점에서 나는 몇 번이나 중앙선을 넘어 컨테이너차량을 추월하고자 시도했습니다. 그러나 컨테이너차량과 트럭이 먼저 진로를 막는 바람에 실패했습니다. 이런 과정에 뒷좌석에서 주무시던 박사님이 눈을 뜨고 상황을 알아차린 것 같았습니다. 박사님의 얼굴이 백짓장처럼 하얗게 질렸습니다. 이윽고 우리를 가둔 세 대의 차가 신거제대교로 진입했습니다. 곧게 뻗은 교량 위에서 나는 다시 중앙선을 넘어 컨테이너차량을 추월하고자 시도했습니다. 그러나 앞선 컨테이너차량이 먼저 중앙선을 넘어 진로를 막는 바람에 다시 실패하고 말았습니다. 교량의 중간 지점쯤, 내가 다시 원래의 차선으로 돌아오는 순간, 뒤따르던 트럭에서 비상등이 깜빡였습니다. 그것을 신호로 삼아 앞선 컨테이너차량이 갑자기 급정거를 했습니다. 나도 덩달아 급브레이크를 밟는 순간, 뒤따르던 트럭이 내 차의 후미를 들이받았습니다. 트럭의 충격에 밀린 내 차가 앞선 컨테이너차량의 후미를 들이받았습니다. 그때 다시 꽝, 하는 소리가 들리며 내 차가 좌측으로 빙글 돌더니 다리의 난간을 들이받고 가까스로 멈추었습니다. 트럭의 뒤에서 중앙선을 넘어간 레미콘차량이 내 차의 뒷좌석 측면을 들이받았던 것입니다. 내 차는 앞부분이 교량의 철제 난간 지지대를 들이받아 휘며 위로 튀어 올라 앞 범퍼가 파손된 채로 교량의 가장자리에 위태롭게 걸려있었습니다. 그 와중에서도 나는 박사님이 걱정되어 먼저 뒤를 돌아보았습니다. 아, 박사님은 찌그러진 차체에 끼여 얼굴이 온통 피범벅이 되어 신음하고 있었습니다. 너무 놀란 나머지 머릿속이 하얗게 타들어가는 것 같았습니다.

그때 전조등 불빛 하나가 밝게 비치며 경찰 오토바이 한 대가 나타났습니다. 아아, 그래도 경찰이 제때 와주는구나. 오토바이를 멈춘 경찰이 황급히 헬멧을 벗고 내 차로 달려왔습니다. 경찰이 조수석 뒷좌석에 피범벅이 된 채 신음하고 있는 박사님을 보았습니다. 경찰이 찌그러진 조수석 뒷문을 거칠게 잡아당겨 열었습니다. 나는 이때까지도 그 경찰이 박사님을 구조하는 것으로 알았습니다. 그러나 그 뒤에 일어난 일에 나는 더 경악했습니다. 그 경찰이 차체에 끼어 신음하는 박사님의 머리를 두 손으로 잡더니, 갑자기 목을 비틀어 꺾어 돌렸던 것입니다. 박사님은 한마디 비명도 지르지 못했습니다. 도망쳐야 했습니다. 경찰이 차 뒤를 돌아와 운전석의 문을 잡고 여는 순간, 내가 먼저 문을 거칠게 걷어찼습니다. 문에 부딪친 경찰이 뒤로 휘청하며 멈칫거렸습니다. 그 틈을 타 나는 가까스로 차에서 빠져나와 도망치려고 했습니다. 그러나 경찰의 손이 더 빨랐습니다. 경찰이 뒤에서 내 어깨를 잡았습니다. 그 순간, 나는 반사적으로 격렬하게 몸을 틀어 돌리면서 오른쪽 주먹으로 있는 힘을 다해 그 경찰의 턱을 후려쳤습니다. 불의의 반격을 당한 경찰이 휼칠 물러나며 두 손으로 입을 감싸더니, 퉤, 하면서 한 입 가득 짙붉은 핏덩어리를 난간 끝 인도 위에 뱉어냈습니다. 얼핏 보니, 그 피 속에 내 주먹에 맞아 빠진 이빨 하나가 섞여있는 것이 보였습니다. 순간, 한 생각이 떠올랐습니다. 저 이빨을 확보하자. 저 이빨이 이들의 살인을 증명해 줄 것이다. 화가 난 경찰이 발길질을 하며 달려들었습니다. 경찰을 피하여 뒷걸음질을 치던 나는 그만 발을 헛디뎌 밖으로 휘어나간 난간 지지대 틈새 아래로 빠지고 말았습니다. 그 순간 나는 오른손으로 휘어진 지지대의 철제파이프를 잡고 매달렸습니다. 힘들게 왼손을 뻗쳐 올려 인도의 바닥을 잡자, 마침 내가 손을 뻗친 그 바닥에 시뻘건 피에 엉킨 경찰의 탈구된 이빨이 있었습니다. 나는 그 이빨을 단단히 움켜쥐고, 주먹 쥔 손목의 힘으로 몸을 지탱했습니다. 경찰이 능글능글 웃으며 다가오고 있었습니다. 내가 이제는 더 이상 도망할 곳이 없다고 느긋하게 생각한 모양이었습니다. 다가오는 경찰의 뒤에 멈춰 서 있던 트럭에서 운전사가 내리는 것이 보였습니다. 트럭 운전사는 오른손에 자루가 긴 몽키스패너를 들고 있었습니다. 트럭 운전사가 뛰다시피 빠른 걸음으로 경찰을 앞질러 내게로 다가왔습니다. 트럭 운전사가 매달려 있는 내 정수리를 뭉툭한 스패너의 앞머리로 내려찍었습니다.

지금까지의 이야기가 그날, 그들이 박사님과 나를 살해하려고 했던 상황의 전말입니다. 그러나 그들은 박사님은 살해했지만, 나를 살해하지는 못했습니다. 그날 밤, 트럭 운전사의 몽키스패너가 내 머리를 겨냥하고 바람을 가를 때, 나는 매달려 있던 철제 난간 지지대의 손을 놓았습니다. 그리고는 끝없는 나락으로 떨어져 내렸습니다. 그날, 나를 품었던 바다는 차고, 깊고, 어두웠습니다. 끝도 없는 그 어둠 속으로 내 몸은 깊이, 깊이 빨려들고 있었습니다. 그러나 이상하게도 마음은 편안했습니다. 어릴 적부터 바다는 내게 너무도 익숙했기 때문인지도 모릅니다. 그 어둠의 끝까지 내려가다 보면 빛의 근원을 찾아간 동생이 있을지도 모른다는 생각이 얼핏 들었습니다. 내 몸은 끝도 없는 바닥을 향해 점점 더 깊이 침잠하고 있었습니다. 그래도 바닥은 닿지 않았습니다. 그때서야 숨이 막혔습니다. 숨이 막히는 그곳, 그곳이 아마 어둠의 끝이었나 봅니다. 한줄기 빛이 나타났습니다. 그 빛 속에서 동생의 모습이 보였습니다. 내가 사랑하는 소녀의 모습이 나타났습니다. 나를 사랑하는 그녀의 모습이 나타났습니다. 가슴이 시원해졌습니다. 그 빛이 나를 끌어올리고 있었습니다. 그 빛 속에서, 나는 여전히 꽉 움켜진 왼손의 이빨을 오른쪽 양말 속 깊이 밀어 넣었습니다. 이제 그 경찰의 살인을 입증할 증거물을 분실하는 일은 없을 것입니다.

다행히 해류가 교량을 받치고 있는 버팀대 쪽으로 흘렀습니다. 나는 차가운 시멘트 기둥 버팀대에 매달려 참았던 숨을 토해 냈습니다. 다리 위에서 쏟아지는 어지러운 불빛이 물결에 일렁이고 있었습니다. 내 차가 풍덩, 소리를 내며 바다에 떨어졌습니다. 그 차 안에는 여전히 박사님이 계신 거란 생각에 일시 눈물이 쏟아졌습니다. 나는 솟구치는 눈물을 가까스로 추스르며 버팀대에 매달려 생각했습니다.

오늘 사고를 낸 그들의 목적은 박사님과 나를 살해하는 것이다. 그들은 내가 이 사고에서 살아있다는 사실을 알게 되면 반드시 나를 다시 찾아 살해하려고 할 것이다. 그들의 범행을 알고 있는 나를 결코 그냥 두지 않을 것이다. 그들 중의 하나는 경찰이었다. 경찰에 알려서도 안 된다. 나는 경찰과 그들은 물론이고, 다른 어느 누구의 눈에도 띄지 않고 이곳을 빠져나가야 한다. 그들의 추격을 벗어나기 위해서, 나는 이 사고로 바다에 빠져 죽은 사람이 되어야 한다. 그들이 이렇게 믿게 해야 한다.

나는 여전히 버팀대에 매달린 채로 양복 안주머니를 더듬어 보았습니다. 다행히 단추를 단단히 채웠던 안주머니 속의 서류봉투와 지갑은 그대로 있었습니다. 바지 호주머니에 넣어두었던 휴대전화는 없었습니다. 그때 다리 위에서 사이렌 소리가 요란하게 들리며 점멸등이 번쩍거리기 시작했습니다. 나는 긴장했습니다. 헤드라이트의 불빛이 다리 아래를 수색할 수도 있었습니다. 나는 불빛이 비치면 다시 잠수할 준비를 하며 위치를 가늠해 보았습니다. 뭍에 닿기에는 거제 쪽이 더 가까울 것 같았습니다. 그러나 수색이 시작되어 다리를 차단해 버리면 나는 꼼짝없이 섬 안에 갇혀버릴 것입니다. 육지 쪽, 통영 쪽으로 가야 한다는 생각이 들었습니다. 차가운 바닷물에 언 몸이 분절되는 듯 저려왔습니다.

나는 구두를 벗어 구두끈을 허리 벨트에 묶고는 다시 깊이 잠수하여 통영 쪽의 제일 가까운 버팀목을 향해 헤엄쳐 갔습니다. 갈매기와 바다는 나의 친구였습니다. 어릴 적부터 나는 바다에 익숙했습니다. 물살이 빠르긴 해도 해류를 거슬러 오르면서 깊이 잠수하여 몇 번 자맥질을 한 끝에 통영 쪽으로 이어진 첫 번째 버팀대에 도달하여 다시 호흡을 가다듬었습니다.

다리 위에는 여전히 견인차와 경찰차의 점멸등이 번쩍거리고 있었습니다. 그때 문득 생각이 들었습니다. 통영 쪽으로 헤엄쳐 건너가는 것은 별로 어렵지 않을 것 같았습니다. 그러나 그 이후가 문제라는 생각이 들었습니다. 비록 늦은 밤이지만, 혹시 뭍에 도착하여 사람들의 눈에 띌 수도 있었습니다. 늦은 밤, 바다에서 나오는 나를 사람들이 예사롭게 보지는 않을 것입니다. 그러면 내가 살아있다는 사실은 안 그들이 다시 나를 추적할 것입니다. 어떻게 해나 하나? 얼음처럼 차가운 바닷물, 피부를 오려내는 것 같은 칼날 같은 해풍이 불고 있었습니다. 차가운 바닷물에 오래 있을 수는 없을 것 같았습니다. 이미 체온을 많이 빼앗긴 몸은 경직현상을 나타내고 있었습니다.

짙은 구름에 잠겨있던 하늘에서 간간히 비가 뿌리기 시작했습니다. 빗방울은 점차 굵어지며 바다를 두드리기 시작했습니다. 짧은 스타카토로 자지러지는 빗방울 소리가 무수한 타악기 소리를 내고, 다리 위에서 번쩍거리는 견인차와 경찰차의 점멸등이 조명이 되어 암전 상태의 바다무대 위를 모자이크 무늬로 수를 놓고 있었습니다. 그러한 바다무대 위로 작은 배 한 척이 등장하고 있었습니다. 밤늦도록 그물을 끌어 올리고 귀항하는 어선인 것 같았습니다. 통통통통, 배는 어두운 바다 위에 건조하고 무심한 작은 기계음 소리를 내며 느린 속도로 내가 매달린 난간 쪽으로 다가오고 있었습니다. 귀항하는 어선이라면, 아마 저 배는 통영항으로 갈 것이다. 저 배에 매달리자.

나는 난간에 매달린 채 고개만을 물 밖으로 내밀고 다가오는 배를 바라보았습니다. 다행히 갑판 위에는 아무도 보이지 않았습니다. 조타실에서 비치는 희미한 빛 속에 두 사람의 그림자가 보였습니다. 나는 배의 옆구리를 눈여겨 바라보았습니다. 그물이나 어구를 거는 작은 쇠고리 두 개가 달려있는 것이 보였습니다. 저 쇠고리에 매달리자. 나는 넥타이를 풀어 매듭을 짓고는 다른 한 쪽 끝을 오른손목에 묶었습니다. 배가 점점 더 가까이 다가왔습니다. 나는 물속으로 잠수하여 다가오는 어선의 옆구리에 매달리며 매듭지은 넥타이를 쇠고리에 걸었습니다. 내 몸이 배가 나아가는 방향으로 쭉 이끌려갔습니다. 나는 배영을 하는 자세로 바다에 누워 어둠 속에서 점점 멀어지는 다리 위를 바라보았습니다. 경찰차와 견인차들의 점멸등 사이에서 살인자들의 모습이 어른거리고 있었습니다. 차가운 해풍을 타고 낄낄거리는 살인자들의 검은 웃음소리와 냄새가 풍겨오는 것 같았습니다.

배가 내항으로 들어서기까지 나는 여전히 손목에 맨 넥타이를 움켜잡고 바다 속에 잠겨 있었습니다. 차가운 바다 속에서 식어버린 체온 때문에 다리는 이미 감각이 없는 듯 했습니다. 배가 정박하기 위하여 선착장에 천천히 접안하기 시작했습니다. 정박하는 과정에 어부들에게 발각될 위험이 있었습니다. 나는 고리에 걸린 넥타이를 풀어 조심스럽게 다시 잠수하여 이미 정박되어 있는 다른 배로 가서 매달렸습니다. 나는 여전히 물속에 잠긴 채 주위를 둘러보았습니다. 밤이 늦은 시간이라 항구는 어둠에 잠겨 있었습니다. 차가운 날씨 탓인지 선착장을 따라 이어진 횟집들의 간판도 거의 다 불이 꺼져 있었습니다. 조타실에 있던 한 사람이 먼저 배에서 내려 밧줄을 선착장의 쇠고리에 묶었습니다. 조타실에 있던 다른 한 사람이 배에서 내리며 말했습니다.

—한겨울에 무슨 비가 이리 짓궂게 내리노. 아까 다리 위에서 사고가 난 것 같제?

—그런 거 같데예.

—하이고 참, 하필이면 우째 다리 위에서 사고가 나노. 누가 물귀신이라도 된 거는 아인지 모리겠네.

정박을 마친 두 사람이 어둠 속으로 사라졌습니다. 나는 그때서야 물속에서 나와 배 위로 올라갔습니다. 나는 제일 먼저 양말 속을 뒤져 이빨을 꺼냈습니다. 물이 줄줄 흐르는 양복의 바깥 호주머니는 뒤집혀 밖으로 삐져나와 있었습니다. 그러나 단추를 채운 안주머니는 그대로 있었습니다. 나는 안주머니에서 지갑을 꺼내어 양말 속에서 꺼낸 이빨을 지갑 속에 넣었습니다. 이 이빨이 그들의 범행을 입증하는 증거가 될 것입니다. 나는 마치 보물을 다루듯 이빨을 넣은 지갑의 지퍼를 채운 다음 다시 양복안주머니에 넣었습니다. 그리고는 허리 벨트에 묶어 두었던 구두끈을 풀어 구두를 신었습니다. 물에 퉁퉁 부풀은 발이 구두에 잘 들어가지 않았습니다. 그러나 나는 발을 억지로 구두 속으로 구겨 넣었습니다.

바닷물에 체온을 빼앗긴 몸이 한기 때문에 사시나무처럼 떨렸습니다. 비는 여전히 한여름의 소나기처럼 내리고 있었습니다. 밤늦은 시간이라 항구에는 사람들이 없었지만, 그래도 조심해야 했습니다. 뱃 사람으로는 보이지 않는 내가 이 밤늦은 시간에 비에 흠뻑 젖은 모습으로 배에서 내리는 것을 예사롭게 보지는 않을 것입니다. 이런 나를 발견하면 아마 해상을 통하여 침투하는 남파간첩으로 오인할 수도 있을 것 같다는 실없는 생각이 들었습니다. 나는 살쾡이처럼 주위를 살피며 서둘러 선착장을 벗어났습니다.

우선 추위에 언 몸을 녹여야 했습니다. 바닷물과 비에 젖고 추위에 꽁꽁 언 몸은 감각조차 없었습니다. 멀지 않은 곳에 모텔의 간판이 보였습니다. 나는 모텔을 향하여 빠르게 걷다가 문득 생각했습니다. 시설이 좋은 모텔에는 CCTV가 설치되어 있을 것입니다. 경찰이나 살인자들은 CCTV에 찍힌 내 모습을 보고 내가 살아있다는 사실을 알게 될 것입니다. 모텔로 향하던 나는 걸음을 멈추고 주위를 둘러보았습니다.

선착장의 번화가에서 벗어난 골목 안 외딴 곳에 푸른색으로 '여관'이라고 쓰인 먼지를 뒤집어 쓴 조그만 하얀색 사각 아크릴 간판이 눈에 들어 왔습니다. 나는 그 여관을 향해 빠르게 골목길로 접어들었습니다. 다행히 여관에서는 숙박부조차 기재하지 않았습니다. 만약 숙박부를 기재하라고 했다면, 나는 생각나는 대로 아무 이름이나 기재할 참이었습니다. 우선 언 몸을 녹여야 했습니다. 여관의 작은 네모난 창구에서 열쇠를 건네받은 나는 방에 들어서자마자 곧바로 욕조에 더운 물을 받아 몸을 담갔습니다. 욕조에 몸을 담그고 있으면서도 나는 여전히 떨었습니다. 피부의 감각은 하나도 느껴지지 않고, 다만 앙상한 뼈만 남아있는 듯했습니다. 따뜻한 물에 언 몸이 서서히 녹아내리며 엄청난 졸음이 밀려왔습니다. 나는 쏟아지는 졸음기를 참으며 욕조에서 나와 물기를 닦고 이불 속에 몸을 뉘었습니다. 지금은 아무 생각도 말자. 일단은 잠을 자

자. 일어나면 무슨 생각이 다시 떠오를 것이다. 나는 잠속으로 깊이 빠져들었습니다. 죽음보다 더 깊은 잠속으로.

얼마나 깊이 잠들었던 것일까. 깨어났을 땐 이미 9시가 넘어 있었습니다. 어젯밤, 바다 속에서 속절없이 얼었던 몸은 아직도 나무토막처럼 뻣뻣했습니다. 이불 속에서 잠깐 몸을 뒤채자 온 근육이 쑤시고 땅겼습니다. 나는 이불 속에서 나와 팔, 다리 근육을 주물러 풀며 생각했습니다. 나와 박사님의 사고소식이 보도되고 있을 것이다. 나는 여관방에 비치된 조그만 TV를 켰습니다. 그러나 정규 뉴스 시간이 아닌 탓인지, 오락프로가 진행되고 있었습니다. 뉴스 전문 채널에도 뉴스는 진행되지 않고 있었습니다. 제목을 알 수 없는 자연다큐멘터리 방송이 진행되고 있었습니다. 대신 화면 아래에 자막으로 주요 뉴스가 보도되고 있었습니다. 나는 한동안 왼쪽으로 이동하며 사라지는 뉴스 자막을 눈여겨보았습니다. 이상했습니다. 어젯밤, 거제대교에서의 박사님의 교통사고를 전하는 뉴스는 없었습니다. 다른 채널을 돌려봐도 마찬가지였습니다. 나는 생각했습니다. 박사님을 살해한 자는 분명 경찰이었다. 이것은 경찰이 사고를 은폐한 것이다. 그렇다면 비록 언론에 보도되지는 않았지만, 이미 나를 찾는 수색은 은밀하게 시작되었을 것이다. 다른 사람들의 눈에 띄지 않고, 이곳을 벗어나야 한다. 택시를 타서도 안 된다. 택시기사가 나의 얼굴을 기억할 수 있을 것이다. 버스를 타서도 안 된다. 승객 중의 어느 누군가가 나의 얼굴을 기억할 수도 있다. 아니 어쩌면 그 살인자들과 경찰은 이미 시외버스터미널을 장악하고 있을지도 모른다. 남의 이목을 받지 않고 자연스럽게 이곳을 벗어날 수 있는 방법은 없을까? 나는 갑갑한 마음에 일어나 창문을 열고 밖을 내다보았습니다. 비는 그쳐있었고, 겨울 바닷가의 맑고 투명한 햇살이 통영항의 해풍과 함께 방 안으로 밀려 들어왔습니다. 바람에는 소금기와 비린내가 배어 있었지만, 비온 뒷날의 날씨답지 않게 기온은 따뜻하게 느껴졌습니다. 그때 창밖 건물과 건물 사이 틈새로 차도가 보이고, 그 차도를 가로질러 매단 현수막 하나가 눈에 띄었습니다. 이순신배 통영마라톤 대회. 마라톤 대회? 나는 현수막에 새겨진 날짜를 보았습니다. 바로 그날이었습니다. 어쩌면? 그래, 이 마라톤 대회를 이용하자. 나는 다시 욕실로 갔습니다. 가능한 한 어제의 내 모습과는 다르게 변장해야 했습니다. 나는 욕실에 비치된 일회용 면도기로 긴 머리카락을 잘라 짧은 스포츠형 머리로 다듬었습니다. 어젯밤, 잠자리에 들기 전 욕탕에서 헹구어 둔 양복은 그때까지도 마르지 않은 채 눅눅했습니다. 바지의 벨트라인 부분의 두꺼운 곳은 여전히 젖어 있었습니다. 어쩔 수 없었습니다. 나는 구겨진 옷을 대충 펴서 입고는 밖으로 나왔습니다.

일요일인데도, 도로는 마라톤 대회에 참가하는 사람들의 차량으로 넘쳐나고 있었습니다. 자가용뿐만 아니라 마라톤 동호회 이름을 전면 유리창에 붙인 많은 관광버스들이 행사 요원의 안내에 따라 대회장으로 밀려가고 있었고, 인도에도 유니폼과 트레이닝복을 입은 많은 사람들이 대회장으로 걸어가고 있었습니다. 마라톤 행사장이 그리 멀지 않은 곳에 있는 것 같았습니다. 나는 그런 사람들 속에 휩쓸려 행사장을 향하여 빠르게 걷기 시작했습니다.

통영시 산양면 입구 행사장은 대회에 참가한 사람들로 북적대고 있었습니다. 통영에서 생산되는 각종 특산물을 파는 가판대와 유니폼이며 신발, 색안경, 모자 등 달리기 용품을 파는 가판대가 줄지어 서 있었습니다. 가판대 한 곳에서 한꺼번에 물건을 사면 가판대 상인이 행여 내 얼굴을 눈여겨 볼 수도 있을 것입니다. 나는 대회에 참가한 사람처럼 자연스럽게 한 가판대로 가서 먼저 선글라스 하나를 사서 꼈습니다. 그리고는 다른 가판대에 가서 다시 모자 하나를 사서 깊숙하게 눌러썼습니다. 이제는 나의 얼굴을 쉽게 알아보는 사람은 드물 것입니다. 나는 다시 다른 가판대로 가서 유니폼과 트레이닝복을 사고, 또 다른 가판대로 가서 신발과 양말 및 어깨배낭 하나를 샀습니다. 그리고는 탈의장으로 가서 입고 있던 옷을 벗어 배낭에 넣고는 트레이닝복으로 갈아입고 운동화를 신었습니다. 이제 나의 모습은 대회에 참가한 여느 사람과 구별되지 않았습니다. 그때서야 나는 다소 긴장을 풀었습니다. 그러고 보니 어제 저녁부터 아무 것도 먹지 않았다는 사실을 깨달았습니다. 특산물을 파는 가판대 옆에 자원봉사자들이 대회에 참가한 사람들에게 컵라면과 어묵, 커피 등을 무료로 제공하고 있었습니다. 나는 대회 참가자처럼 그곳으로 가 어묵 한 그릇과 컵라면 하나를 받았습니다. 나는 어묵과 컵라면으로 허기를 때우며 잠시 생각했습니다. 이런 모습으로 택시를 타고 서울까지 간다면 혹시 택시기사가 이상하게 여길지도 모른다. 더구나 시 외곽에 설치되었을 각 검문소를 통과하기란 어려울 것이다. 서두르지 말자. 분명 남의 이목을 받지 않고 이 남도의 땅을 벗어나는 방법은 있을 것이다. 그래, 달려보자. 머리를 비우고 달리는 순간에 방법은 떠오를 것이다.

–대회에 참가한 선수 여러분은 출발지로 집결하여 주시기 바랍니다.

행사 시작을 알리는 대회본부의 마이크 소리가 울려나왔습니다.

출발은 먼저 완주 코스 참가자가 출발하고, 뒤이어 하프, 10킬로미터, 5킬로미터 순이었습니다. 나는 제일 앞선 완주 코스 참가자들과 함께 출발선에 섰습니다.

통영시 산양면 해안일주도로를 도는 완주 코스는 굴곡이 심했습니다. 가파른 오르막이 진행되다가 급경사를 이루는 내리막 코스가 연이어 나왔습니다. 가판대에서 엉겁결에 사 신은 신발도 제대로 맞지 않았습니다. 30킬로미터 지점을 통과했을 때, 물집이 생겼는지 양 엄지발가락 끝과 발바닥이 따끔거렸습니다. 35킬로미터 지점을 통과했을 때는 발바닥과 다리에는 감각이 하나도 남아있지 않은 것 같았습니다. 머릿속도 텅 비어 버린 듯 아무 생각도 나지 않았습니다. 나는 내가 쫓기고 있는 사람이라는 사실도 잊어버린 채 기계적으로 다리를 움직이고 있었습니다. 어젯밤부터 바닷물에 혹사당하고 제대로 먹지도 못한 몸이었습니다. 그러나 이미 감각조차 마비되어 버린 몸은 그러한 고통을 느끼지 못하고 있었습니다. 차가운 겨울 해풍은 그러한 내 몸을 여지없이 흔들어 대고 있었습니다.

마라톤은 자기 자신과의 싸움이라고 합니다. 그러나 나는 나 자신과 싸우고 있는 것이 아니었습니다. 마라톤은 자기의 존재를 확인하는 과정이라고 했습니다. 그러나 나는 나의 존재를 확인하기 위해 뛰고 있는 것이 아니었습니다. 나는 나를 숨길 방법을 찾기 위하여, 나의 존재를 감추기 위하여 달리고 있었습니다. 그런데도 그때까지도 나의 머릿속에는 나를 숨길, 나의 존재를 감출 마땅한 방법이 떠오르지 않았습니다.

37킬로미터 지점, 엄청나게 가파른 오르막이 나타났습니다. 쥐가 나고 거의 마비가 되어버린 다리는 말을 제대로 듣지 않았습니다. 나는 엉금엉금 기다시피하며 오르막을 오르기 시작했습니다. 그때 내 앞에서 달리는 한 사람이 보였습니다. 그 사람은 불과 나보다 20여 미터 거리를 앞서가고 있었습니다. 그 사람의 유니폼 등받이에 새겨진

'한강마라톤 동호회'라는 글귀가 보였습니다.

한강마라톤 동호회라면? 텅 비어버린 내 머리에 반짝하는 빛이 들어왔습니다. 저 동호회 사람은 서울에서 참가했을 것이다. 방법이 있을 것도 같다. 나는 마지막 남아있는 힘을 짜내어 그 사람을 따라잡기 시작했습니다. 불과 20미터 정도 앞선 사람을 따라잡는다는 것이 그렇게도 힘든 일인지 정말 몰랐습니다. 내가 있는 힘을 짜내어 뛰는 데도 거리는 쉽게 좁혀지지 않았습니다. 오르막 코스를 거의 다 올랐을 때쯤 해서야 나는 겨우 앞선 사람을 따라잡았습니다. 나는 가쁜 숨을 몰아쉬며 그 사람의 옆으로 다가갔습니다. 뒤에서 볼 때는 몰랐으나 가까이에서 보니 50대 중반쯤으로 보이는 중년이었습니다.

—정말 대단하시네요. 연세가 어떻게 되세요?

나는 숨을 헐떡거리며 물었습니다.

—나이? 자네 눈엔 내 나이가 얼마나 되어 보이나?

—글쎄요? 한 오십 중반?

—허허, 내 나이 올해 육십 여섯이야.

—예? 그런데 그렇게 정정하세요?

—그냥 뛰다보니 나이 드는 줄을 모르겠어.

—정말 대단하세요. 그 연세에 마라톤 완주를 하신다는 것이.

—그래 젊은이는 언제부터 마라톤을 했나?

—전 얼마 되지 않았습니다. 완주는 이번이 처음이에요.

—보자, 지금 기록이 세 시간 반 정도 되었으니까, 조금만 힘을 더 내면 네 시간 안에 도달할 수 있겠어. 처음 뛰는 기록으로는 아주 좋은 기록이야.

—어르신은 몇 번이나 완주를 하셨어요?

—하도 많아 셀 수도 없지. 30대 초반에 마라톤을 시작했으니까 대충 손가락으로 세어 봐도 아마 백 번도 넘었을 것.

—정말 대단하세요. 그런데 한강마라톤 동호회라면, 서울에서 오신 모양이군요. 저도 서울에서 왔는데……. 저 혹시 나중에 돌아갈 때 동호회 버스 함께 좀 타고 갈 수 없을까요? 어제 저녁 버스로 내려왔는데, 불편해서요.

—그렇게 해. 그렇잖아도 회원들이 많이 참가하지 않아 빈자리가 많았는데. 나중에 주차장에 있는 버스로 와. 버스 앞 유리창에 한강마라톤 동호회라고 적혀 있어.

—고맙습니다.

나는 한강마라톤 동호회원이라는 어른과 함께 마지막 스퍼트를 가하여 결승점을 향하여 달렸습니다. 이미 지쳐 감각조차 없던 다리에 절로 힘이 솟아올랐습니다. 귓가로 시린 남도의 해풍이 감겨왔습니다. 나는 달리면서 바다를 굽어보았습니다. 해송과 동백이 아우러진 숲 사이로 겨울의 맑은 다도해가 펼쳐져 있었습니다. 바다는 잔잔하고 평화로웠습니다.

한강마라톤 동호회가 대절한 관광버스가 대진고속도로 통영IC 입구에 들어섰을 때, 매표소에서부터 도로는 주차장을 방불할 만치 많은 차량으로 정체되어 있었습니다. 마라톤대회에 참가한 사람들의 차가 한꺼번에 밀려든 탓도 있지만, 아마도 나를 찾는 검문 때문일지도 모른다는 생각이 들었습니다. 그러나 다행히도 함께 버스에 탄 동호회원 어느 누구도 나를 의심하는 것 같지는 않았습니다. 동호회 회원들은 그들 회원 중 제일 연장자와 함께 실제 완주를 한 나를 혼자서 마라톤 대회에 참가한 사람으로 여겼습니다. 버스에 탄 동호회 사람들은 미리 준비한 술과 음식을 먹으며 한동안 시끌벅적 떠들다가 거의 대부분 의자에 누워 잠이 들었습니다. 그러나 그럴수록 나는 더욱 더 바짝 긴장했습니다. 비록 마라토너로 행세하며 선글라스와 모자, 트레이닝복으로 변장하고 있었지만, 과연 검문을 통과할 수 있을까? 만약 검문에서 내 정체가 탄로 나더라도 박사님으로부터 받은 서류와 녹음 CD, 부러진 경찰의 이빨은 뺏기지 않아야 한다는 생각이 들었습니다. 나는 배낭 속에 든 양복에서 서류봉투를 꺼냈습니다. 그리고는 지갑 속에 넣어 둔 경찰의 이빨을 꺼내어 화장지로 싼 후 비닐봉투의 모서리를 찢고 그것을 봉투 안에 넣었습니다. 그리고 좌석 뒤 그물망에 꽂혀있는 여행안내 책자에서 여백이 많은 갈피 한 장을 찢어 프랑스에서 만난 그녀의 이름과 휴대전화번호, 주소를 적고, '이 봉투를 습득하신 분은 이 주소와 전화로 연락주시기 바랍니다.'라고 적은 후 그것을 역시 봉투 안에 넣었습니다. 소녀에게 보내는 것보다는 그녀에게 보내는 것이 안전할 것 같았습니다. 그리고는 서류봉투를 버스 의자 아래에 깊숙이 감췄습니다.

나는 선글라스만을 끼고, 일부러 모자를 벗어 가슴 위에 얹은 채로 잠이 든 것처럼 의자의 등받이를 뒤로 젖혀 눈을 감았습니다. 만약 매표소에서 검문을 한다면, 모자를 눌러 쓰고 있는 내 모습이 더 의심을 받을 수 있겠다는 생각이 들었던 것입니다. 모자를 벗고 태연하게 누워있으면 이미 짧은 머리로 변장한 내 모습을 유심히 관찰하지는 않을 것 같다는 생각을 했던 것입니다. 에드가 앨런 포의 「숨겨진 편지」에서처럼.

그러나 검문을 하고 있을 것이란 생각은 기우였습니다. 매표소에서 검문을 하고 있지는 않았습니다. 그런데 내가 탄 버스가 막 매표소를 통과하기 직전, 매표소 부스 끝 갓길에 세워진 오토바이 곁에 경찰 정복을 입은 한 사람이 보였습니다. 그 경찰이 갑자기 매표소를 가로질러 내가 탄 버스 쪽으로 바쁘게 걸어오고 있었습니다. 나는 버스의 창문 커튼 사이로 그 경찰을 보았습니다. 그 경찰의 왼쪽 턱 윗부분이 퉁퉁 부어올라 있었습니다. 분명 어젯밤, 그 경찰이었습니다. 저자가 어떻게 알고 여기까지 왔을까? 나는 가슴이 덜컥 내려앉았습니다. 저자가 버스에 올라탄다면? 나는 머리끝이 쭈뼛해졌습니다. 빨리 가자, 나는 속으로 외쳤습니다. 그러나 매표소에서 막힌 차는 여전히 움직이지 않았습니다. 그 경찰이 갓길 쪽 부스에서 도로를 가로질러 내가 탄 버스 옆으로 다가오고 있었습니다. 저자가 내가 버스에 타고 있는 줄을 어떻게 알았을까? 아니, 그냥 우연일지도 모른다. 다른 일로 온 것인지 모른다. 침착하자. 그러나……. 빨리, 빨리, 빨리 출발해. 나는 조바심이 나 속으로 발을 동동 구르며 외쳤습니다. 그 경찰이 내가 탄 차의 출입문 쪽으로 다가오고 있었습니다. 이제는 끝장이구나. 나는 체념하고 눈을 감았습니다. 일촉즉발의 위기, 그 순간, 버스가 그 경찰 앞을 스치면서 매표소 부스 쪽으로 쭉 미끄러져 들어갔습니다. 휴우, 나는 가슴을 쓸어 내렸습니다. 나는 버스 의자 아래 감춘 서류봉투를 꺼내 다시 배낭에 넣고는 이내 깊고 깊은 잠속으로 빠져들었습니다.

그날 이후, 내 머릿속은 오직 한 가지 생각으로 가득 찼습니다. 그들은 왜 박사님을 살해한 것일까? 단지 코리아타워에 대한 경제적 이권 때문일까? 아닐 것이다. 거기에는 박사님과 내가 모르는 다른 이유가 있을 것이다. 먼저 그 이유를 찾아야 한다. 나는 여러 가지로 생각해 보았습니다.

박사님이 살해된 것은 분명히 코리아타워의 계약 때문이고, 계약의 상대방은 K건설이었습니다. 이점에서 먼저 K건설의 K회장이 가장 유력한 용의자였습니다. 직접 살인에 가담한 사람들, 그 경찰과 운전사들은 K회장의 사주를 받았을 것이라는 생각이 들었습니다. 그리고 계약서를 작성한 자리에 있었던 그 사람, H실장이라고 했던 그 사람, 그 사람이 누군지, 그가 이 사건에 얼마나 깊이 개입되어 있는지도 알아내야 한다는 생각이 들었습니다. 인증서를 작성하기 위해 서울에서 일부러 거제에 왔던 C변호사, 어쩌면 그 사람도 K 회장과 한패인지도 모를 일이었습니다.

나는 살인자들과 K회장, H실장, C변호사에 대한 조사를 시작했습니다. 물론 조사는 내 존재가 드러나지 않도록 은밀하게 했습니다. K건설이라는 대기업과 정치권의 비호를 받고 있는 자, 법조계의 유력인사, 그리고 심지어 현직 경찰까지 공모한 거대한 세력 앞에 선불리 달려들었다가는 오히려 내가 당하고 말 것이었습니다. 아니, 그들은 내가 살아있다는 사실을 알게 되는 즉시 나를 추적하여 살해하고자 할 것이었습니다.

그들의 음모를 파헤쳐야 한다고 생각하면서도 막상 어디에서 어떻게 시작해야 할지 갈피를 잡을 수가 없었습니다. 내가 의지할 곳은 소녀와 그녀밖에 없었습니다. 그러나 두 사람을 사건 속으로 끌어들일 수는 없었습니다. 박사님과 나를 살해하려고 한 것처럼, 그들이 비밀을 알게 된 두 사람을 해치려 할 것은 보지 않아도 분명했습니다. 오히려 이 두 사람에게도 나의 존재는 드러나지 않아야 했습니다. 위험은 나 혼자서 감수해야 했습니다. 나는 고심 끝에 중동의 왕자님에게 편지를 썼습니다. 그때까지 왕자님은 프랑스의 그 대학에 있었습니다. 왕자님께서 답장을 보내 왔습니다. 얼마 후, 나는 왕자님께서 파견한 어떤 사람을 만났습니다. 왕자님이 누구인지 말할 수 없는 것처럼, 이 사람이 누구인지도 밝히지 않겠습니다. 그 사람은 왕자님의 나라에서 만든 나의 신분증과 여권을 소지하고 있었습니다. 국내에서 만든 내 여권으로 출국하면 출입국사무소에 내 출국 사실이 남게 될 것이고, 그렇게 되면 수사기관에 나의 존재가 드러날 것이라는 것을 고려한 것이었습니다. 그렇게 나는 제3국의 사람으로 내 존재를 드러내지 않고 국내를 벗어날 수 있었습니다.

그때부터 나는 왕자님의 도움으로 그들에 대한 조사를 시작했습니다. 이러한 조사에는 국내는 물론 전 세계에 걸친 왕자님의 다양한 인맥과 정보원들이 총동원됐습니다. 그 자세한 내막을 밝힐 수 없음을 양해해 주시기 바랍니다. 그리고 1년 후, 나는 박사님을 살해한 자들이 누구인지, 그들이 왜 박사님을 살해했는지, 그들의 음모가 무엇인지 알게 되었습니다. 박사님은 단순히 코리아타워의 경제적 이권을 둘러싼 문제로 살해된 것이 아니었습니다. 거기에는 박사님과 내가 상상도 하지 못한 거대한 음모가 있었습니다. 이 사실을 알게 된 후, 왕자님은 나에게 말했습니다.

—이들의 음모를 저지하고 복수를 하는 것은 신이 너에게 부여한 신성한 소명이다. 너에게 알라신의 가호가 있기를 빈다.

나는 왕자님의 나라에서 양성하는 특수부대 훈련에 참가했습니다. 다시 1년이 지났습니다. 그동안 나는 열사의 사막에서, 혹한의 설산에서, 열대의 밀림에서, 해저에서, 하늘에서, 그야말로 특수부대원 양성을 위한 훈련 중에서도 가장 혹독하다는 훈련을 모두 마쳤습니다. 총검술, 경호, 호신, 경보해제 등은 기본적인 훈련이고, 폭파, 침투, 잠

입, 암살에 이르기까지 특수부대에서 행하는 모든 기술을 연마했습니다. 그렇게 하여 나의 육체는 완벽한 살인기계로 변했습니다. 그 1년 동안의 특수훈련을 통하여 나는 소설에서나 나올 법한 완벽한 킬러로 변신했던 것입니다. 참, 만화 같은 얘기지요. 그러나 이것은 분명한 사실입니다.

나는 다시 국내로 돌아왔습니다. 물론 내 여권은 제3국의 여권이었습니다. 그리고 그들의 음모를 저지시키기 위한 신성한 소명에 착수했습니다. 그동안 치밀하게 준비한 내 계획의 첫 단계는 소녀를 통하여 K건설에 대한 민사소송을 제기하게 하는 것이었습니다. 이 소송이 코리아타워의 지분 3분의 1을 반환하라는 서울중앙지방법원 2○○○가합○○○○○호 손해배상 사건입니다.

이 소송이 시작된 직후, 그들은 진실을 밝혀줄 중요한 증인 한 사람을 살해했습니다. 이 살인 사건이 M시의 무인도에서 있었던 보험사 직원 C씨의 총기 살인 사건입니다. 총기 소지가 금지된 우리나라에서 그들은 대담하게도 불법 개조한 멧돼지 사냥총으로 C씨를 살해했습니다. 이 살인을 방지하지 못한 것은 나의 실수임을 자인합니다. 사실, 증거를 인멸하기 위해 그들이 설마 이 사람까지 살해할 거라고는 나는 예상하지 못했습니다. 그러나 이제부터 나는 신이 나에게 부여한 신성한 소명에 착수합니다. 박사님을 살해하고 무고한 C씨까지 살해한 그들을 나는 반드시 응징할 것입니다.

여러분, 혹시 인체에는 거짓말이 생겨나는 거짓말주머니가 있는 것은 아닐까요? 입안의 침샘에서 침이 나오듯이 거짓말이 솟아나는 그런 거짓말주머니 말입니다. 만약 그런 거짓말주머니가 있다면 몸 속 어디에 있을까요? 말은 혀에서 나오니까, 아마 목 아래 혀뿌리쯤에 있겠다는 생각이 듭니다. 그래서 나는 지금 생각합니다. 진실만을 말하겠다고 선서를 한 법정에서 태연하게 위증을 한 그 사람, 이 기회에 그 사람을 통해 한 번 확인해 봐야겠다고. 만약 그 사람의 혀뿌리에서 정말 거짓말주머니가 발견된다면, 그것을 제거하고 다시 증언을 하게 하면 진실을 말하겠지요. 박사님을 살해한 공범 중의 한 사람, 나를 죽이려고 몽키스패너를 휘두른 그 트럭 운전사 Y, 그는 법정에서 거짓증언을 하여 진실을 은폐했습니다. 나는 진실을 밝히기 위하여 그 사람의 혀뿌리에 있을지도 모를 거짓말주머니를 한 번 찾아볼 작정입니다. 신이 내게 부여한 신성한 소명의 첫 번째 대상은 바로 이자가 될 것입니다.

* * *

송규원의 소설 「마라톤맨」이 발표된 일주일 후

일본 동경 소재 공영빌딩 25층, 뉴재팬클럽 회관, 오후 8시

일곱 개의 책상을 좌우에 각 세 개씩 배열하고 나머지 하나를 그 사이에 끼워 디귿자로 조합한 회의실의 좌우 책상에 여섯 사람이 앉아 있었다. 그중의 두 사람은 여자였다. 출입문이 열리면서 하얀 양복에 붉은 턱시도를 입은 백발의 노인 한 사람이 들어섰다. 자그마한 체구였지만 남다른 기품이 풍겼다. 책상에 앉아있던 사람들이 모두 일어나 허리를 숙여 예를 표했다. 노인이 비어 있는 디귿자의 중간 책상에 앉았다. 여섯 사람이 일제히 다시 착석했다. 노인이 말했다.

—이렇게 긴급하게 모이라고 한 것은 서울프로젝트가 예상치 못한 방향으로 흐르고 있기 때문입니다. 특히 이번에 인터넷에 발표된 「마라톤맨」이라는 소설에 대한 한국의 언론과 여론의 추이에 대하여 만반의 준비를 해야 할 것 같습니다. 서울지부장은 이 사업의 중요성을 잘 아시지요.

—예, 잘 알고 있습니다. 심려를 끼쳐드려 죄송합니다. 그러나 염려하지 마십시오. 이미 그 소설 속의 인물이 누군지는 파악했습니다. 조만간 그자는 제거될 것입니다. 또한 이제까지 약간의 시행착오가 있었지만 결국 소송은 우리가 이길 것입니다.

오른쪽 중간에 앉은 남자가 일어나서 노인에게 깊숙하게 허리를 숙이고서 말했다. 일본어로 말했지만, 발음이 약간 서툴렀다. 그는 한국인이었다.

—북경지부장입니다. 서울프로젝트를 실행하는 과정에서 강호건설을 선택한 것이 가장 큰 문제점인 것 같습니다. 회사의 대표라는 자가 미천한 폭력배 출신인데, 이런 자가 이렇게 큰 사업을 수행할 능력이나 자질이 있는지조차 의심스럽습니다. 이번 문제도 이자가 신중하지 못하고 오직 폭력으로 문제를 해결하고자 하는 데서 비롯된 것이 아닙니까? 더구나 그자는 한국 독립유공자의 후손이라면서요?

왼쪽 중간에 앉은 여자가 말했다.

—그렇지 않습니다. 지적한 것처럼, 강호건설의 대표가 폭력배 출신이고 독립유공자의 후손인 것은 맞습니다. 그러나 오히려 이 때문에 이자를 선택했던 것입니다. 이자는 해방 후 한국 정부의 독립유공자 후손들에 대한 홀대 때문에 국가에 대하여 극도의 반감을 가지고 있

습니다. 제대로 교육을 받지 못했고, 단순한 폭력배라 국가관이나 기업의 사회적 책임 같은 것도 안중에 없습니다. 이자는 오직 맹목적으로 자신의 사익만을 추구할 뿐입니다. 우리 조직이나 이 사업의 숨은 목적을 드러내지 않고 이번 프로젝트를 수행하기에는 이런 자가 오히려 더 적합합니다. 철저하게 검증을 거쳤고, 심사숙고하여 이자를 포섭했던 것입니다.

서울지부장이라는 한국인이 항변했다.

—미주지부장입니다. 소송에서 결국 이길 것이라는 것은 어떻게 장담합니까?

서울지부장의 좌측, 오른쪽 안쪽 책상에 앉은 남자가 고개를 돌리고 옆에 앉은 서울지부장을 보고 말했다.

—한국 정부의 현직 법무부장관이 이 소송을 막후에서 지휘하고 있습니다. 소송은 반드시 이길 것입니다.

—그렇다면 이 프로젝트가 한국 정부에 노출될 위험성이 있는 것은 아닙니까?

—그렇지 않습니다. 장관은 우리 조직이나 프로젝트와는 무관합니다. 그는 자기의 정치적 목적을 위해 이 사업에 개입하였을 뿐입니다. 저는 그의 정치적 야망을 이용하여 이 사업을 위해 잠시 그를 이용하고 있을 뿐입니다. 이번 프로젝트는 지부장인 저와 관리실장외에는 어느 누구도 모르게 철저히 비밀리에 진행하고 있습니다. 강호건설의 대표도 이 사업의 숨은 목적은 자세히 알지 못합니다.

—잠깐 모두 주목하세요.

백발의 노인이 손을 들어 좌중을 정리하고는 말을 이어 나갔다.

—오늘 여러분을 모이라고 한 것은 서울지부장의 공과를 성토하기

위한 것이 아닙니다. 오늘 회합의 목적은 서울프로젝트를 위해 기꺼이 사재를 희사한 뉴재팬 클럽의 고문님과 회원님들의 당부를 전하기 위해서입니다. 지금 서울프로젝트가 진행되고 있는 장소는 풍수지리학적으로 한반도의 지기地氣가 이곳으로 응축되어 근혈根穴을 이룬 곳입니다. 즉 이곳은 한반도 지맥의 대동맥이라 할 수 있는 곳입니다. 그래서 과거 한국을 지배할 당시 우리 조선총독부는 이 자리에 108개의 가장 큰 단지맥봉斷地脈棒을 박아 한반도의 지기가 발현되지 못하도록 억눌러왔습니다. 그런데 바로 이 자리에 한국의 호국의 상징인 동시에 국운융성의 민족염원이 담겼다는 황룡사9층목탑을 복원한 코리아타워가 건설되고, 우리가 심혈을 기울여 박은 단지맥봉이 제거되면 우리 일본은 어떻게 되겠습니까? 이는 곧 한국혼의 부활을 의미하는 것이고 일본정신의 몰락을 초래하는 것입니다. 이렇게 되면 대동아공영이라는 우리 일본의 위대한 비전은 구현될 수 없게 됩니다. 서울프로젝트의 중요성과 상징성이 바로 여기에 있습니다. 서울프로젝트는 한국혼의 부활이냐, 일본정신의 몰락이냐, 하는 우리 대일본제국의 국가미래가 걸려있는 중차대한 사업입니다. 우리 대일본제국은 과거 반세기 동안 한국과 만주를 지배하면서 대동아공영의 제국으로 성장하고 있었습니다. 그러나 불행하게도 패전으로 말미암아 대동아공영의 제국의 꿈을 잠시 보류하게 되었습니다. 그런데 현재 일본 정부는 대동아공영이라는 제국의 꿈을 포기한 것 같습니다. 대동아공영의 주춧돌을 놓았던 국가원로들을 모신 신사神社에 참배조차 하지 않는 수상과 각료들이 늘어나고 있는 실정입니다. 이와 같은 국가 상황은 우리 일본정신의 위기라고 진단할 수 있습니다. 이런 위기의 국가상황에 더하여 한반도 지기의 근혈점根穴點인 그곳에 코리아타워가 건설되면 일본정신의 쇠퇴는 더욱 가속화될 것입니다. 한국의 국운과 한국혼의 부활을 가져올 코리아타워의 건설을 막고, 바로 이곳에 일본정신을 완성할 신사神社를 재현한 대공영타워를 건설하는 것이 서울프로젝트입니다. 한국의 국운상승과 한국혼의 부활을 철저히 봉쇄하고, 일본정신의 융성과 확장을 통하여 다시 한 번 대동아공영의 국가 미래 사업을 완수할 책임이 우리에게 있습니다. 그래서 서울프로젝트는 기필코 성사되어야 합니다. 이것이 뉴재팬클럽 고문님들과 회원님들의 여러분들에 대한 간곡한 당부입니다. 여러분들은 이 점을 명심하시어 다시 한 번 철저한 정신무장을 하여 이 사업의 성공을 위하여 매진하여 주시기 바랍니다. 이상입니다.

웅변과 같은 일장 훈시를 마친 백발의 노인이 형형한 눈빛으로 서울지부장을 응시하며 다시 말했다.

—지금 대공영타워의 건축공사는 계획대로 잘 진행되고 있습니까?

—예, 보내주신 설계도대로 서울시로부터 설계변경 허가를 마쳤고, 지금 터파기 공사를 진행하고 있습니다. 과거의 단지맥봉은 기초공사 이전에 비밀리에 더욱 견고하고 확실하게 시공될 것입니다.

—그렇게 해야 합니다. 만약 서울프로젝트가 실패하면 서울지부장과 관리실장은 일본정신에 따른 엄중한 책임을 지게 될 것입니다.

—명심하겠습니다. 목숨을 걸고 반드시 성공시키겠습니다.

상권 끝. 하권에서 계속…….